메두사의 저주

시각의 문학사

일러두기

1. 이 책의 각 장에서 주요 분석대상인 텍스트의 경우, 맨 처음 나오는 각주에 해당 서지 출처를 밝히고 이하 본문에서는 권수와 쪽수로만 표시했다.

2. 성서 인용의 경우, 저자가 주요 판본으로 삼은 독일어판(*Die Bibel in beutigen Deutsch. Die Gute Nacbricht des Alten und Neuen Testaments*, Stuttgart, 1982)과 저자의 번역을 존중했다.

3. 본문에서 저자가 강조한 부분은 고딕체로 표시했다.

4. 외국 인명 외래어 표기는 국립국어원 고시를 존중하되, 서지사항은 출간된 대로 표기했다.(예: 본문에서는 바타유, 서지사항에서는 바따이유) 단, 일부는 관용을 따랐고(예: 게오르그 짐멜), 주요 분석대상인 해당 소설의 인명은 혼동을 피하기 위해 인용된 국문 판본을 따랐다.

5. 가독성을 고려해, 명사나 동사의 단위별 붙여쓰기를 허용했다.

6. 단행본은 『 』, 글은 「 」, 회화나 비디오 작품 등은 〈 〉로 표시했다.

STUDIUM
스투디움 총서 07

메두사의 저주

시각의 문학사

정항균

문학동네

차례

제3부 문학작품에 형상화된 시선 담론

머리말
|
타자기 앞의 테이레시아스

1

오이디푸스가 '스스로' 눈을 찌른다. 비흐자드도 '스스로' 눈을 찌르른다. 이들은 고대 그리스 신화에 등장하는 예언자 테이레시아스의 '형제'들이다. 물론 그들은 테이레시아스의 형제일 뿐, 테이레시아스는 아니다.

장님 테이레시아스는 헤라의 미움을 사서 눈먼 자가 되었지만, 제우스로부터 예언하는 능력을 얻는다. 그는 시력을 잃은 대신 내면의 눈으로 진리를 볼 수 있는 눈을 얻은 것이다. 오이디푸스와 비흐자드도, 자신의 눈을 찔러 인간의 불완전함을 인식하고 신의 눈으로 세상을 볼 수 있기를 희망한다. 그러나 그들은 테이레시아스와 달리 신에 의해 눈먼 것이 아니라, 스스로의 선택에 의해 눈이 먼다. 이제 인간은 신의 눈으로 보기를 소망할 수만 있을 뿐, 더이상 신의 눈으로 세상을 볼 수는 없게 되었다.

그러나 고대의 신화가 부여한 장님에 대한 신성한 동경은 근대에 들어서면서 더이상 존재하지 않는다. 시력을 상실한 장님은 장애인으로 간주될 뿐이다. 이제 세계를 제대로 인식하기 위해서는 인간의 눈으로 정확히 관찰하고 그로부터 사물의 법칙을 발견하는 것이 보다 더 중요해진다. 대상을 관찰함으로써 자신을 관찰의 주체로 정립하는 근대적 인간은, 보는 행위를 통해 자아의 정체성을 확립하고 사물의 법칙을 인식해나간다. 본다는 것은 개인과 사회의 무한한 발전을 위한 출발점이 된 것이다.

그러나 이후 근대에 대한 믿음이 사라지면서 동시에 관찰로서의 보는 행위에 대한 평가 역시 달라지기 시작한다. 사르트르는 상대방을 대상화하는 인간들의 주체적 시선이 지닌 문제점을 지적하고, 푸코는 관찰이 진리의 발견에서 인간에 대한 감시의 규율적 시선으로 전락했음을 밝혀낸다. 이제 인간의 시선은 더이상 자아의 확립과 세계의 진보를 위한 눈이 아니다. 이 눈은 타인을 대상화하고 감시하는 억압적인 시선이다. 이러한 파괴적인 시선에 대한 예는 이미 신화에도 있었다. 근대의 위협적인 이 시선은, 인간을 돌로 굳게 만드는 메두사의 시선이나 눈빛만으로 엄청난 파괴를 자행할 수 있는 시바(인도의 신)의 시선이 변형된 형태라고 할 수 있다.

근대의 시선이 지닌 이러한 위험성에 대한 경고와 함께, 비로소 현대에 와서 테이레시아스가 '부활'한다. 그러나 우리가 마주하는 테이레시아스는 타자기 앞에 앉아 있는 테이레시아스다. 현대의 테이레시아스는 눈이 보이지만 볼 수 없는 자다. 그는 타자기 앞에서 타자를 치지만, 정작 자신이 치는 글씨를 타자를 치면서 동시에 볼 수는 없다. 오직 비가시성의 조건하에서만 타자를 칠 수 있는 것이다. 타자로 친 글씨와 그것의 산물인 문화는 이러한 비가시성이라는 어둠의 세계에서 비롯되어 나온다. 우리는 종이 위에 각인된 글씨를 볼 수 있을 뿐, 그것이 각인되는 순간은 볼 수 없다. 이는 현대의 테이레시아스가 피할 수 없는 운명이다. 그런데 이러한 현대의 테이레시아스는 다름아닌 니체다.

"우리가 사용하는 필기구가 우리의 생각에 관여한다"[1]라고 니체는 썼다. 니체는 타자기를 사용하면서 타자기의 매체성을 성찰한다. 이를 통해 그는 현대사회에서 진정한 봄이란 역설적으로 보지 못함으로써만 가능하다는 것을 깨닫는다. 물론 니체는 '타자기'로 치며 '타자기'를 넘어서까지 생각한다. 그런 의미에서 "매체가 우리의 상황을 규정한다"[2]라는 매체학자 키틀러의 말은 옳지 못하다.

타자기 앞의 테이레시아스에게는 두 갈래의 길이 주어져 있다. 하나는 암흑같이 깜깜한 총체적 어둠이고, 다른 하나는 사물을 보면서 '어둠'을 같이 보는 것이다. 이 가운데 어떤 길을 가느냐는 우리의 선택이다. 그것은 컴퓨터 앞에 앉아 있는 우리의 현재 모습이기도 하다.

이 책의 제목은 '메두사의 저주'다. 그러나 메두사의 저주를 풀기 위해서는 메두사의 시선이 보지 못하는 어둠을 보아야 한다. 그런 의미에서 이 책의 진정한 제목은 '타자기 앞의 테이레시아스'다.

2

이 책의 부제는 '시각의 문학사'다. 이는 이 책에서 청각, 후각, 촉각, 미각과 대비되는 감각으로서의 시각 내지 시각문화가 주된 연구 대상이 됨을 의미한다. 그러나 이 글에서는 감각으로서의 시각뿐만 아니라, 눈이 바라보는 방향인 시선도 중심주제로 다루어진다. 사물과 인간, 그리고 세상을 어떻게 바라보느냐 하는 시선의 문제는 본다는 것이 단순한 물리적 지각의 의미를 넘어 사회적, 문화적 의미를 지

1. Friedrich Nietzsche, *Briefwechsel. Kritische Gesamtausgabe III-1*, Giorgio Colli/ Mazzino Montinari 엮음(Berlin, 1975~1984), 172쪽.
2. Friedrich Kittler, *Grammophon, Film, Typewrite*(Berlin, 1986), 3쪽.

닐 수 있음을 보여주는 화두다. 시선은 주체가 대상을 바라볼 때 주체의 눈과 대상 사이에 프레임을 형성하지만, 이러한 시각 프레임은 그 것에 선행하는 다양한 담론 질서의 영향을 받는다. 즉 나의 시선은 내 밖에 존재하는 타자로서의 기표 질서에 의해 제한된 시선이며, 이로 인해 본다는 것은 문화적 산물이 된다. 따라서 모든 시선은 문화적으로 구성된 시선이며, 그 때문에 시공을 초월한 보편타당성을 요구할 수 없게 된다. 아울러 이러한 시각 프레임은 프레임 바깥에 위치한 대 상을 볼 수 없다는 한계가 있다. 이 때문에 항상 프레임 너머 보이지 않는 어둠과의 관계 속에서만 온전히 자신의 의미를 드러낼 수 있음을 고려해야 한다. 따라서 이 책에서 본다는 것은 항상 보지 못함과 관련해서 같이 성찰되며, 이러한 어둠의 영역과 연관해 다원적 시점의 의미가 강조될 것이다.

이 책은 크게 세 부분으로 구성되어 있다. 제1부에서는 장님 모티프를 중심으로 문학에 나타난 '보는 것'의 문제를 다룬다. 쉽게 말해 각 시대마다 보지 못하는 사람들에 대한 평가와 입장이 어떻게 변화하는지 살펴봄으로써, 역설적으로 '본다'는 것이 지닌 시대적 의미를 역으로 재구성해보고자 한다. 물론 이러한 방법을 취함으로써 장님이나 실명 모티프가 직접 등장하지 않는 중요한 시선 담론들이 연구에서 배제된다는 단점이 있지만, 다른 한편 이를 통해 본 연구서가 시각에 관한 기존의 다른 연구서와 차별화될 수 있는 이점도 있다. 여기에서는 고대 그리스 신화 및 성서에서 시작해 근대 데카르트의 철학을 거쳐 포스트구조주의적인 데리다의 철학에 이르기까지 장님 모티프가 등장하는 다양한 시선 담론과 더불어, 소포클레스의 『오이디푸스왕』에서 은희경의 『그것은 꿈이었을까』에 이르는 다양한 문학작품의 실제적 분석을 통해 그 양상을 그려보고자 한다. 이를 통해 '본다'는 것의 의미가 역사적으로 어떻게 변천되어왔는지, 그 거대한 밑그림의 일면을 좀더 정치하고 풍성하게 살펴볼 수 있을 것이다.

　고대와 중세의 신의 시선이 지닌 초월성에서 근대적 시선의 합리성을 거쳐 포스트모더니즘에서의 가시성의 조건으로서의 비가시성에 이르기까지, 시선은 끊임없이 그 의미가 변해왔다. 보는 것은 단순히 생리적 지각의 문제를 넘어 항상 사회적, 문화적 의미와 긴밀히 연관되어온 시대적 사유의 요청이었다. 따라서 보지 못한다는 것, 즉 장님에 대한 문제 역시 단순한 의학적 담론을 넘어 문화적 담론 안에서 다루어질 필요가 있다. 이에 따라 장님에 대한 문화적 담론의 변천과정을 다양한 사상과 문학작품의 분석을 통해 재구성하는 것이 제1부의 목표다. 이 구성과 덧붙여 말하고 싶은 것은 고대와 중세의 시선 담론, 근대의 시선 담론 또는 현대의 시선 담론이라는 장에서 다루는 내용이, 각각의 시대에 쓰인 작품들이 아니라 그러한 시대적 담론을 대상으로 다루는 작품들이라는 점이다. 따라서 중세의 시선 담론에서 현대소설인 에코의 『장미의 이름』이 등장하는 것은 이러한 맥락에서 이해할 수 있겠다.

　제2부에서는 철학과 문학을 중심으로 근대적 시선에 대한 비판적 입장들을 살펴본다. 근대의 합리적 시선이나 경험적 시선이 지닌 한계는 그 이후 등장한 다양한 사상과 문학작품들에서 비판되어왔다. 여기에서는 우선 근대의 시선이 지닌 문제점을 성찰한 이론들을 살펴본 후, 그에 상응하는 문학작품들을 분석한다. 사르트르, 바타유, 푸코, 보드리야르 같은 프랑스 철학자들의 시선 이론을 먼저 들여다본 후, 그러한 시선 이론을 문학적으로 형상화하고 있는 작가들의 다양한 작품을 함께 분석해보고자 한다.

　제3부에서는 특정한 모티프를 중심으로 문학작품에 나타난 시선의 의미 변천과정을 다룬다. 먼저 근대의 대표적인 시선으로 간주될 수 있는 '의사'와 '사냥꾼'의 시선을 테마로 한 문학작품들을 분석하면서,

근대적 시선의 의미가 어떻게 변화해왔으며 그러한 의미 변화가 문학적으로 어떻게 형상화되었는지 살펴본다. 근대에는 인간의 오감 가운데 시각이 지배적인 감각으로 등장하였으며, 이러한 근대의 시선은 '어른'의 시선과 동일시될 수 있었다. 그러나 근대에서 포스트모더니즘으로 들어서면서 시각중심주의에 대한 비판과 어른의 시선에 대한 자기반성이 이루어진다. 여기에서는 시각에 대한 자기성찰 과정과 공감각주의에 기초한 시각중심주의 비판이 다양한 문학 텍스트의 예를 통해 다루어진다. 아울러 '아이'의 시선이 근대의 시선을 대신할 포스트모더니즘적인 시선으로 등장하고 있음도 짚어보려 한다.

여기에서 혹시 있을지도 모를 두 가지 의문에 대해 미리 일종의 자기 정당화를 할까 한다. 하나는 하필이면 왜 '본다'는 주제를 다루면서 회화가 아닌 문학을 다루어야 했느냐는 것이고, 다른 하나는 이 책에서 다룬 철학자나 작가의 작품이 너무 제한되어 있거나 자의적이 아닌가 하는 것이다.

문학작품에 나타난 시각과 시선의 문제를 다룬 이 책의 원고를 완성하고 나서, 다시 문학이란 무엇인지 곰곰 생각해보았다. 만일 누가 내게 학문적인 정의와 관련해 문학이 무엇인지 묻는다면, 나는 디트리히 베버의 정의에 따라 다음과 같이 대답할 것이다. 첫번째, 가장 광범위한 의미에서 문학은 문자로 쓰인 모든 텍스트를 의미한다. 두번째, 기술적記述的 의미에서 문학은 문학적인 특징을 지닌 텍스트를 지칭한다. 그러한 텍스트는 문예학의 대상이다. 여기서 문학적 특징이 무엇인지에 대해서는 물론 다양한 논의가 있을 수 있다. 세번째, 가치평가적인 의미에서 문학은 소위 문학성이 높은 작품을 의미한다. 그것은 문학비평의 대상이다.[3] 그러나 내가 실제로 문학작품을 읽을

---

3. Dietrich Weber, *Erzählliteratur*(Göttingen, 1998), 71~72쪽, 77쪽 참조.

때는 물론 이러한 구분을 하지도 않을 뿐더러, 이러한 구분 자체가 의미가 있지도 않다. 경험적인 차원, 아니 실존적인 차원에서 내게 문학은 '시점주의'라는 말과 동일하다. 니체가 도덕적인 현상은 없고 도덕적인 해석만이 있다고 말했던가. 그렇다면 이 말은 고스란히 문학에 적용될 수 있다. 독서란 정답이 없는 텍스트를 끊임없이 새로운 시선으로 해석해내는 유희의 과정이다. 파묵의 『내 이름은 빨강』은 동서양 회화의 충돌이라는 관점에서 읽을 수도 있지만, 추리소설이나 페미니즘의 관점에서도 읽을 수도 있다. 또 동일한 주제를 중심으로 텍스트를 읽더라도 그것에 대한 해석은 다양할 수 있다. 실제로 내가 쓴 논문을 하루도 안 돼 반박하고 싶은 마음이 드는 경우나 51퍼센트의 확신으로 49퍼센트의 반대 입장을 억누르고 논문을 쓴 경우도 드물지 않다. 문학은 결코 '하나의' 진리를 추구하거나 확인하는 장이 아니라, 나와 다른 시점을 지닌 사람의 입장을 이해하고 독서를 통해 내 자신의 '시점들'을 끊임없이 만들어나가는 장이다. 문학을 통해 배울 수 있는 것은 유일무이한 진리가 아니라, 자신이 지닌 시점의 한계를 인정하고 다른 사람의 시점을 인정할 줄 아는 겸손과 관용의 정신이다. 물론 이로써 '모든 것이 다 허용된다anything goes'는 극단적 주장을 하려는 것은 아니다. 단지 진리의 경계가 얼마나 유동적이며 그러한 경계 지점을 끊임없이 탐구하는 것이 얼마나 중요한지를 새삼 떠올려보았을 뿐이다. 이 말로 문학을 연구하는 사람이 '보는 것'이라는 시각적 문제에 관해 책을 쓴 것을 소심하게나마 정당화해본다.

　책을 출판하고 나면 항상 이러저러한 부분을 더 다루어야 하지 않았을까 하는 뒤늦은 후회를 하곤 한다. 이전에 반복이라는 주제로 책을 썼을 때, 벤야민과 보드리야르 같은 이론가를 다루거나 독일 문학을 넘어서 보다 다양한 나라의 작가들을 다루어야 하지 않았을까 하고 후회한 적이 있었다. 지금도 똑같은 후회가 남아 있다. 시각 담론과 관련된 철학자나 작가 가운데 이 책에서 다루지 않은 사람들이 얼마나 많겠는가. 예를 들면 메를로퐁티나 라캉과 같은 이론가가 그러하다. 하지만 이러한 예를 찾기 시작하면 끝이 없을 뿐만 아니라, 다행히도 다른 책들에서 내가 다루지 않은 부분을 다루고 있다는 점이 위안이 되기도 한다. 500쪽이 넘는 이 책을 읽기도 버거운데, 이 책의 분량을 더 늘리는 것은 독자에 대한 예의가 아니다. 이렇게 또 나의 게으름을 정당화해본다.

3

사실 시각의 문제는 언뜻 보기에 문학보다는 회화와 관련이 있는 문제라서 문학 연구에서 이 문제를 체계적으로 다룬 경우는 매우 드물다. 반면 이러한 상황이 이 주제를 중심으로 책을 한번 써보아야겠다는 도전정신을 불러일으킨 것도 사실이다. 시각의 문제는 사실 국내에서만 해도 생소한 연구 주제는 아니다. 이 주제를 매체학적, 사회학적, 미학적 관점에서 다룬 선행 연구들이 있었고, 본 저서도 이러한 기존의 연구들에 많은 빚을 지고 있다. 그러나 문학이라는 매체가 그림이 아닌 문자로 이루어져서 그런지, 문학작품에 나타난 시각 담론은 크게 주목받지 못한 것이 사실이다. 이 책은 이러한 연구 공백을 메우고자 하는 의도에서 시작되었다.

나는 이 책에서 주제와 관련된 정신사적 배경이나 이론을 먼저 짚어보고, 이어 이와 관련된 문학작품을 분석하였다. 분석대상을 내 주요 연구 분야인 독일 문학작품을 넘어 세계문학으로 넓힌 것은, 한편으로 시각과 관련하여 방대한 문학사적 기술을 하기에 독일 문학작품만으로는 부족한 데 기인하기도 했지만, 다른 한편으로 독자층을 독문학연구자라는 좁은 범위로 제한해서는 안 되겠다는 생각 때문이기도 했다. 무엇보다 더 넓게 다양한 독자와 소통하고 싶었다. 이 책에서 다룬 시각 문제와 관련된 다양한 문학작품들을 나 혼자의 힘만으로 찾아내려 했다면 지금보다 더 많은 시간이 걸렸을 것이다. 엄밀히 말해 이 책은 2008년 '문학과 사회'라는 수업에서 했던 '시각'이라는 화두로 접근한 문학 강의에 단초를 두고 있다. 이 수업을 함께했던 학생들의 적극적인 참여가 이 책의 출간에 큰 도움을 주었음을 이 자리에서 밝히고 또 학생들에게 감사의 마음을 표현하고 싶다.

끝으로 이 책의 출판을 허락해주신 문학동네 강병선 사장님과 지난번에 이어 편집 및 출판과정에서 많은 조언과 도움을 아끼지 않은 송지선 편집자에게 진심으로 감사의 말씀을 전한다.

2014년 6월 관악 캠퍼스에서
정항균

제1부

장님 모티프로 살펴본 시각의 문학사

제1장

|

그리스 신화와 성서에 나타난 장님상

1. 그리스 신화: 신의 초월적 시선과 장님 예언자

1) 신의 초월적인 눈

고대 그리스에서 시각은, 플라톤이 『파이드로스*Phaidros*』에서 언급한 것처럼, 가장 예민하고 고귀하며 유용한 감각으로 간주되었다.[1] 하지만 다른 한편으로 고대 그리스는 조각이나 건축과 같은 시각적 조형예술의 발달에서 보듯이 촉각문화 역시 매우 융성해 있었다. 그 때문인지 인쇄술이 발명된 근대 이후에 등장하는 시각의 압도적인 우위를 이 시대에 발견하기란 힘들다. 또한 기원전 5세기 이전의 초기 그리스 사회는 청각중심의 사회였고, 호메로스 시대의 귀족사회에서만 해도 청각이 여전히 중심적인 감각으로 작용하고 있었다.[2] 호메로

---

1. 플라톤, 『파이드로스』, 조대호 옮김(문예출판사, 2008), 72쪽 참조
2. Franz Mayr, "Wort gegen Bild. Zur Frühgeschichte der Symbolik des Hörens," *Das Buch vom Hören*, Robert Kuhn/Bernd Kreutz 엮음(Freiburg, 1991), 16~27쪽 참조.

스의 『일리아스*Ilias*』나 『오디세이아*Odysseia*』는 처음부터 한 작가에 의해 글로 쓰인 것이 아니라 구술로 전해진 이야기를 나중에 기록한 것인데, 이 서사시들에는 구술문화적인 전통의 정형적 어구나 표준화된 테마가 반복해서 등장한다. 이것은 이 시기에 여전히 시각적인 문자문화보다 청각적인 구술문화 전통이 지배적이었음을 보여준다.[3] 벨쉬는 시각이 청각에 대한 우위를 점하기 시작한 것을 기원전 5세기 이후로 보는데, 이러한 시각 우위 현상은 특히 철학, 과학, 예술 분야에서 잘 드러난다.[4] 플라톤의 철학, 유클리드의 기하학과 광학, 그리고 조각과 연극의 발달은 기원전 5세기 이후의 그리스 문화가 시각문화에 기반을 두고 있음을 여실히 보여준다. 이것은 소리를 고정시켜 가시적인 문자로 기록하는 것을 가능하게 한 알파벳문자의 발명과 깊은 연관을 맺고 있다. 이러한 알파벳문자의 사용을 통해 고대 그리스인들은 청각문화에서 서서히 벗어나 시각문화로 이동하게 된다.[5]

초기의 알파벳문자는 상인들의 무역을 위한 계산의 목적으로 자주 사용되며, 이를 통해 합리적인 사고가 싹튼다. 또한 그것은 행으로 배열되는 선형적 특성 때문에 인간이 신화적 사고에서 역사적 사고로 이행하도록 돕는다. 특히 문자텍스트라는 시각적 대상의 존재는 주체와 객체를 분리하며 대상을 인식하게 하는 합리적 사고를 발전시킨

---

3. 호메로스의 서사시의 기원과 특징에 관한 연구로는 다음을 참조하시오: 월터 J. 옹, 『구술문화와 문자문화』, 이기우/임명진 옮김(문예출판사, 1996), 36~46쪽; 에릭 A. 해블록, 『플라톤 서설』, 이명훈 옮김(글항아리, 2011), 100~106쪽, 143~148쪽.
4. Wolfgang Welsch, *Grenzgänge der Ästhetik*(Stuttgart, 1996), 236~237쪽 참조.
5. 고대 그리스에서 선형문자 B가 사라지고 나서 문자 없는 암흑기를 거친 후, 기원전 700년경부터 알파벳이 사용되었지만, 대부분의 사람들은 그 이후에도 한동안 거의 문자를 사용하지 않았으며 청각문화의 영향권에 있었다. 해블록E. A. Havelock은 기원전 5세기 후반부터 문자 사용이 증가하여 기원전 4세기에 이르면 교양 있는 대중이 독서 공동체를 이루게 된다고 말한다.(해블록, 같은 책, 59~60쪽 및 163쪽 참조)

다. 비록 플라톤이 문자를 비하하고 여전히 구술적인 전통을 선호하더라도 역설적으로 그가 문자를 사용해 철학을 한다든지 이데아를 보는 것으로 설정한 것은, 이미 이 시기에 시각중심적인 사고가 본격화되었음을 의미한다.

비록 기원전 5세기 이후의 고대 그리스 사회에서 시각이 다른 감각들을 억압하며 독점적인 지위를 누리고 있다고 말하기는 어렵다 하더라도, 다른 문화권과 비교해 그리스인들이 시각적인 현상에 많은 관심이 있었고 시각이라는 감각에 큰 비중을 둔 것은 의심할 나위가 없다. 심지어 아직 알파벳문자가 일반화되기 이전에 청각문화의 전통이 강한 구술사회에서도, 고대 그리스는 신화나 서사시에서 신들에 대한 다양한 표상을 구체적으로 표현하는 데서 드러나듯이 상대적으로 시각문화에 우호적인 경향을 지니고 있었다. 여기에서는 이러한 맥락에서 그리스 신화에 반영된 고대 그리스의 시각문화를 다루고자 한다. 특히 그리스 신화에 형상화된 신의 초월적인 시선이 지닌 의미를 살펴보고, 그것과 인간의 시선 간의 연관성을 규명할 것이다.

다른 고대 신화들과 마찬가지로 그리스 신화에서도 태양은 신의 눈을 표상한다. 그리스 신화에서 빛과 태양은 중요한 의미를 갖는다. 올림포스의 최고신 제우스는 엄청난 광채를 내는데, 그 빛은 너무나 강렬해 인간이 감당해낼 수 없을 정도다. 세멜레의 일화는 이를 잘 보여준다. 제우스는 카드모스의 딸 세멜레와 관계를 맺어 그녀를 임신시킨다. 이를 질투한 헤라는 세멜레에게 그 남자가 진짜 제우스인지 확인해보라며 변신한 모습이 아닌 본모습을 보여달라고 말하라고 사주한다. 결국 헤라의 잔꾀에 넘어간 세멜레의 청에 못 이겨 제우스는 그녀 앞에 자신의 본모습을 드러내는데, 그녀는 제우스가 뿜어내는 광채를 이기지 못해 타 죽고 만다. 제우스가 여자를 유혹하거나 성관계를 맺을 때 백조, 황금비 등으로 변신하는 것은 헤라의 눈을 피하기 위한 것이기도 하지만, 인간이 그의 본모습을 보면 그 빛을 견뎌낼 수 없기 때문이기도 하다. 이와 같이 그리스 신화에서 빛은 인간이 범접할 수 없는 초월적인 최고신의 지위를 드러낸다. "'제우스'의 어원적 의미는 '빛나는 하늘'이며, 그는 번개로 현현한다."[6] 비록 제우스가 태양신은 아니더라도, 그는 만물을 보살피는 올림포스 최고신으로 모든 것을 보고 알 수 있다.[7]

다른 고대 신화에서와 마찬가지로, 태양 역시 그리스 신화에서도 중요한 의미가 있다. 태양신의 계보는 헬리오스에서 아폴론으로 이어진다. 태양신 헬리오스는 아레스와 아프로디테의 간통을 보고 이를 괘씸히 여겨 아프로디테의 남편 헤파이스토스에게 그 사실을 알린다. 신들이라고 해서 세상에 일어나는 모든 일을 다 알거나 보지는 못한다. 그래서 제우스는 아내 헤라의 눈을 속이며 다른 여자들과 정을 통하곤 한다. 그러나 태양신에게만은 어떤 비밀도 존재하지 않는다. 왜냐하면 그는 이 세상에서 일어나는 모든 일을 내려다볼 수 있기 때문이다. 헬리오스의 밀고로 간통 현장을 들키고 망신을 당한 아프로디테는 이를 복수하기 위해 밀고자 헬리오스가 레우코토라는 여인을 사랑하게 만든다. 헬리오스는 레우코토의 어머니로 변장해 그녀의 방에 들어간 후 자신의 신분을 다음과 같이 밝힌다. "대지 위에 사는 것들은 모두 내 빛에 의지해서 사물을 보느니라. 나는 우주의 눈이니 내 말을 믿어라. 나는 너에게 반하고 말았구나."[8] 헬리오스는 자신의 빛으로 지상의 모든 생명체가 사물을 바라볼 수 있게 만들 뿐만 아니라

---

6. Walter Burkert, *Greek Religion: Archaic and Classical*(Cambridge, 1985), 126쪽. (임철규, 『눈의 역사 눈의 미학』, 한길사, 2006, 48쪽에서 재인용)
7. 소포클레스, 「안티고네」, 『그리스 비극 1—아이스킬로스, 소포클레스 편』, 조우현 외 옮김(현암사, 2001), 321쪽: "모든 것을 보살피시는 제우스 신이여, 증거하시옵소서."
8. 오비디우스, 『변신 이야기 1』, 이윤기 옮김(민음사, 2005), 167쪽.

스스로가 우주의 눈이 되어 세상을 관조한다. 다른 고대 신화에서는 최고신이 빈번히 태양신으로 등장하는 데 반해, 그리스 신화에서는 태양신이 최고신은 아니다. 하지만 적어도 지상과 천상에서 일어나는 모든 일을 다 '보고 안다'는 점에서 결코 제우스에 뒤지지 않는다. 그래도 권능에 있어서는 전능한 제우스가 태양신을 압도한다. 아이스킬로스의 오레스테이아 3부작 중 『자비로운 여신들Eumenides』에서 코로스장은 "제우스 신의 왕권 때문에 아폴론 신도 빛을 보시겠지만"이라고 말하고 있고, 예언의 신 아폴론 자신도 "예언의 신좌에서 남자, 여자, 또는 국가에 대해 올림포스 제신의 아버님이신 제우스 신이 명하신 것 이외엔 말한 적이 없습니다"라고 말한다.[9] 또한 아폴론은 천상의 신 제우스를 지상에서 대변하는 신으로 일컬어지기도 한다.[10] 태양신 헬리오스가 레우코토 앞에 직접 모습을 드러내거나 차세대 태양신 아폴론이 아들 파에톤 앞에 모습을 드러낼 때도 이들은 눈부심에 놀라거나 그로 인해 뒤로 물러나기는 하지만[11] 결코 제우스 앞의 세멜레처럼 그 빛에 타 죽지는 않는다. 여기서도 간접적으로 신들의 제왕 제우스의 우위가 드러난다.

태양신 아폴론은 궁술과 음악, 그리고 의술과 예언의 신이다. 이 가운데 시각 문제와 관련해 중요한 것은, 아폴론이 예언의 신이라는 점이다. 물론 아폴론은 과거, 현재, 미래를 아는 재주가 있으며, 그의 지식은 모든 시간을 포괄하는 전지적인 것이다.[12] 그러나 이러한 시간 차

---

9. 아이스킬로스, 「자비로운 여신들」, 『그리스 비극 1—아이스킬로스, 소포클레스 편』, 조우현 외 옮김(현암사, 2001), 160쪽, 170쪽.
10. 에릭 R. 도즈, 『그리스인들과 비이성적인 것』, 주은영·양호영 옮김(까치, 2002), 73쪽 참조.
11. 이 강렬한 빛 때문에 태양신 아폴론은 포이보스, 즉 '빛나는 자'로 불린다.
12. 그러나 이것이 아폴론 신이 무결점의 완벽한 신이라는 것을 뜻하지는 않는다. 가령 아폴론은 에로스의 화살에 맞아 다프네라는 처녀에게 사랑에 '눈멀게' 된다. 이때 에로스는 아폴론의 화살은 무엇이나 다 쏘아 맞추지만, 자신의 활은 아폴론을

원 중에서도 특히 중요한 것은 미래다. 근대 이후의 지식이 과거를 앎으로써 현재를 진단하고 미래의 발전을 추구하는 반면, 고대에는 미래를 아는 것이 더 중요했다. 프로이트는 꿈을 과거의 경험과 심리상태가 극적劇的으로 변형된 것으로 해석했지만, 고대 그리스인들은 꿈을 미래에 일어날 일을 암시하거나 미래에 취해야 할 행동을 지시하는 신의 메시지를 전달하는 것으로 간주하였다. 평범한 사람들이 해석을 요구하는 상징적인 꿈을 주로 꾸었던 데 반해, 왕이나 특권적인 힘을 가진 사람들은 신이 나타나 미래를 예언하거나 제의를 요구하는 분명한 메시지를 전달하는 신성한 꿈을 꾼다.[13] 고대 그리스인들은 '꿈을 본다'라고 말했는데, 이는 꿈을 꾸는 사람이 꿈속에서 신으로부터 수동적으로 꿈의 내용을 전달받는 상황을 나타낸다.[14] 하지만 더 나아가 이것을 육신의 눈을 감고 마음의 눈으로 꿈에서 신의 뜻을 보게 되는 것으로 해석할 수도 있을 것이다.

꿈은 신탁을 통한 예언과 긴밀한 연관성을 지닌다. 꿈에서와 마찬가지로 신탁에서도 신이 보내는 메시지가 인간에게 전달된다. 특히 이러한 메시지는 현재의 감추어진 상황에 대한 인식을 바탕으로 미래의 행동(가령 제의)을 요구하거나 미래에 일어날 일을 암시하는 것과 관련된다. 고대 그리스인들에게 미래의 운명을 아는 것은 곧 신의 뜻을 아는 것이며, 이러한 신의 뜻을 읽어내는 역할을 하는 사람이 바로 예언자다. 그러나 그 어떤 예언자들보다 더 높은 곳에 위치해 신탁을 내리는 신이 바로 아폴론이다. 물론 아폴론에게 신탁을 준 것은 제우스이지만 말이다. 고대 그리스인들은 어려운 일이 생기면 델포이의 아폴론 신전으로 가서 신탁을 통해 앞으로의 행동지침이나 미래에

맞출 수 있다며 자신의 우월함을 뽐낸다.
13. 같은 책, 90~91쪽 참조.
14. 같은 책, 86~87쪽 참조.

일어날 자신의 운명을 듣는다. 물론 이러한 신탁은 항상 비유로 전달되기 때문에 그러한 비유를 해석하기 위해서는 특별한 능력을 지닌 예언자들의 지적인 능력이 요구된다.[15]

하늘에서 내려다보는 태양신의 눈은 초월적인 눈이지 대상을 있는 그대로 받아들이고 지각하는 현실의 눈이 아니다. 인간의 눈 역시 진실을 바라보기 위해서는 사물이나 사태를 있는 그대로 보아서는 안 된다. 인간에게는 태양(신)과 같이 그 자체로 발광하며 모든 것을 비추고 내려다볼 수 있는 눈이 없기 때문에, 생리적인 눈을 극복해서 보아야만 하는데 그것이 바로 마음의 눈이다. 철학자 데모크리토스에 대한 항간의 한 일화는 내면의 눈이 지닌 중요성을 잘 보여준다. 그는 말년에 장님이 되었다고 하는데, 이는 아마도 자연적인 실명이었을 가능성이 크다. 그러나 그를 숭배하는 후세의 시인들은 그가 진실을 더 잘 탐구하기 위해 스스로 실명을 택했다고 이야기를 꾸며냈다. 이러한 이야기가 허구인지 아닌지의 문제보다 더 중요한 것은, 혼란스러운 외부세계의 방해를 받지 않고 내면의 눈으로 철학적 탐구를 선택한 데모크리토스의 태도다. 진리를 보기 위해 스스로 장님의 길을 선택했다는 그의 일화는 모든 것을 통찰하고 있는 태양신의 초월적인 눈을 닮고자 하는 인간의 욕망을 보여준다.

2) 실명의 두 의미: 처벌과 통찰

헤라가 제우스의 애정행각을 비난하자, 제우스는 잠자리에서 여자가 남자보다 쾌락을 더 많이 느끼기 때문에 자신이 외도로 부족한 부

---

15. 도즈는 예언력을 가진 광기에 대해 언급한다. 여기서 광기는 신체적인 질병을 의미하기보다는 신성이 몸에 들어온 일종의 '신적 광기'라고 할 수 있다. 이처럼 "예언력을 가진 모든 광기는 잠, 신들림, 종교제의를 통해서 육체의 간섭과 이성의 통제에서 벗어나는 특별한 상황에서만 발휘될 수"(같은 책, 69쪽) 있는데, 이를 통해 이들은 평범한 사람들이 볼 수 없는 것을 볼 수 있었던 것이다.

분을 상쇄했다고 말한다. 남자와 여자 중 누가 더 성행위에서 쾌락을 많이 느끼는지 묻는 제우스와 헤라의 질문에, 남녀의 삶을 다 살아본[16] 테이레시아스는 남자라고 대답했다가 헤라의 미움을 사서 그 벌로 실명한다. 그리스 신화에서는 한 신이 내린 벌을 다른 신이 무효로 만들 수 없기 때문에 테이레시아스를 불쌍히 여긴 제우스는 그에게 빼앗긴 시력 대신 마음의 눈을 주어 미래를 예언할 수 있도록 만든다.[17] 여기서 우리는 중요한 두 가지 사실을 알 수 있다. 하나는 신들이 벌로 눈을 멀게 했다는 것이고, 다른 하나는 장님이 마음의 눈으로 진실을 볼 수 있다는 것이다.

다른 어떤 감각보다도 시각에 중요성을 두었던 고대 그리스인들에게 실명은 큰 불행을 의미했다. 그래서 심지어 장님이 되느니 차라리 죽음을 선택하는 사람도 있었다. 역으로 고대 그리스인들은 자신이 증오하는 사람을 저주하며 실명을 기원하기도 했다. 고대 그리스 희곡이나 그 이후의 로마 희곡에서도 이러한 사례가 많이 등장한다.[18] 실명의 부정적 특성은 그리스 신화에서 질투, 소유욕, 애정 같은 감정이 인간의 눈을 멀게 한다는 비유적 의미를 지니는 데서도 잘 드러난다. 또한 신들이 인간에게 실명의 처벌을 내리는 것도 같은 맥락에서 이

---

16. 테이레시아스는 산길을 가다 뱀 두 마리가 사랑을 나누는 것을 보고 지팡이로 때렸다가 여자로 변해 7년을 산 후, 8년째에 다시 똑같이 뱀들이 그러는 것을 보고 그들을 지팡이로 때린 후 남자로 돌아온다.
17. 이 점에서 그리스 신화와 성경의 차이가 뚜렷이 드러난다. 뒤에서 자세히 살펴보겠지만, 성경에서는 하느님이 벌로 실명하게 한 후 동시에 실명한 사람을 자신의 종, 즉 선택된 자로 삼는 경우가 빈번히 등장한다. 반면 다신교이며 신들 간의 절대적 우위가 보장되지 않는 고대 그리스 신들의 세계에서는 어떤 신이 처벌을 내리면 다른 신이 그 벌을 상쇄하고 보상하는 방식이 선호된다. 올림포스 최고의 신 제우스조차 운명의 여신이 정해놓은 운명을 바꿀 수 없고, 다른 신이 이미 내린 벌을 무효로 만들 수도 없으며, 심지어 자신이 들어주기로 맹세한 약속조차 무를 수 없다.
18. Albert Esser, *Das Antlitz der Blindheit in der Antike*(Leiden, 1961), 128~129쪽 참조.

해할 수 있다.[19]

그리스 신화를 보면, 신들이 인간이 보아서는 안 되는 것을 금기로 정한 후 그것을 어기면 처벌하는 경우가 자주 등장한다. 크로노스는 "신 스스로가 선택하지 않은 사람이 불멸의 신 가운데 누군가를 보게 된다면 값비싼 대가를 치르게 될 것"[20]이라고 말한다. 이 말은 인간이 자신의 한계를 망각하고 신의 비밀을 엿보려 할 때 신들이 그것을 방관하지 않음을 의미한다. 눈으로 지은 범죄는 특히 여신과 관련해서 많이 등장한다. 남자의 시선이 여신의 알몸을 바라볼 때, 그것은 한편으로 신에 대한 모욕이기도 했지만, 동시에 여성에 대한 모욕이기도 했다. 테이레시아스가 장님이 된 또다른 이유 가운데 하나도, 아테나 여신이 목욕하는 것을 보았기 때문이라고 한다. 물론 눈으로 행한 죄가 반드시 눈에 대한 처벌로 이어지는 것은 아니다. 예를 들어 악타이온은 수렵의 신이자 처녀신인 아르테미스가 목욕하는 광경을 우연히 보았다가 수치심과 분노에 사로잡힌 여신에 의해 사슴으로 바뀌어 도망치다 자신의 사냥개에 쫓겨 갈기갈기 찢겨 죽는다. 여기에서도 인간의 눈이 보아서는 안 될 것을 볼 경우 중대한 처벌이 내려진다는 점에서는 앞의 예와 큰 차이가 없다.[21] 여신의 알몸을 보는 것에 대한

19. 예외적인 경우로 신이 실명의 처벌을 받는 경우도 있다. 제우스가 부의 신 플루토스의 눈을 멀게 한 경우가 그 대표적인 예다.

20. 같은 책, 155쪽 이하.

21. 그러나 악타이온이 아르테미스 여신의 알몸을 본 것과 테이레시아스가 아테나 여신의 알몸을 본 것을 서로 완전히 대립되는 현상으로 해석할 수도 있다. 초기 그리스 신화에서는 남성신과 여성신 사이에 경쟁적인 관계가 존재했다. 이러한 맥락에서 볼 때 악타이온 신화는 모계사회의 배경에서 생겨난 것으로 볼 수도 있다. 모계사회에서는 여왕이 젊은 남성들 가운데에서 연인을 골라 1년간 관계를 맺은 후 그를 제물로 바친다. 그의 피는 땅에 뿌려지고 임신의 상징으로 섬기는 땅속에 묻힌다. 땅은 여성과 어머니를 상징하며 식물을 자라나게 하는 능동적 힘을 나타낸다. 악타이온 신화에서 아르테미스 여신의 목욕을 이러한 맥락에서 해석하면, 여신이 일정 기간 자신의 연인으로 삼은 남성을 살해한 후 목욕으로 자신을 정화하는 순간으로 간주할 수 있다. 그리고 악타이온이 사냥개에 의해 갈기갈기 찢겨 죽는 사건은 여신

금기는 여신 자체를 보는 것에 대한 금기로 확대된다. 그래서 여신의 신전에는 남자가 들어갈 수 없는 경우가 있다. 또한 여자들만이 참여하는 제사나 이때 드러난 여자들의 알몸을 보는 것 역시 남자들에게는 엄격하게 금지되어 있었다.[22] 펜테우스 왕이 디오니소스 축제에 참여한 여성들을 쳐다보다가 갈기갈기 찢겨 죽은 것도 이에 해당된다. 이처럼 여신을 쳐다보는 것을 포함해 신에 의해 금기시된 것을 보는 행위는 원칙적으로 모두 처벌받는다. 심지어 감동적인 연주로 하데스의 마음을 돌려 죽은 아내를 지상으로 데려오는 것을 허락받았던 오르페우스 역시 이러한 금기의 예외가 되지는 못한다. 오르페우스는 자신의 뒤를 따라오는 아내 에우리디케를 돌아보지 않고 지옥을 빠져나와야만 그녀를 살릴 수 있었지만, 그 금기를 어기고 그녀를 뒤돌아보았으므로 결국 그녀와 영원히 헤어진다.

반드시 눈으로 저지른 죄가 아니더라도 실명의 처벌을 받는 경우도 있다. 클뤼메네는 아들 파에톤에게 그의 아버지가 태양신 헬리오

을 위한 희생제의에 바쳐진 남성을 상징한다고 할 수 있다. 성스러운 땅이자 여성의 월경에 영향을 미치는 것으로 간주되었던 달과 밤은 모계사회 신화에서 주도적인 의미를 지닌다. 아르테미스 여신 역시 원래는 밤과 달의 여신으로, 나중에야 빛을 가져다주는 여신으로 의미가 바뀌었다. 이에 반해, 아테나 여신은 어머니 없이 제우스 신의 머리에서 태어난 지혜의 여신이다. 그녀의 출생과 함께, 아버지 없는 어머니의 모계사회 대신, 어머니 없는 아버지의 부계사회가 들어서게 된 것이다. 또한 번개를 내던지는 빛의 신 제우스 신 역시 달과 밤과 대지를 대신해 태양과 낮과 천상이 지배하는 부계사회의 승리를 보여준다. 이러한 맥락에서 테이레시아스가 아테나 여신의 알몸을 보고 실명한 것은, 신성한 빛을 접한 계시적인 순간으로 해석할 수 있다. 또한 아테나 여신이 헤라에게 자신의 처벌을 자의적인 행동이 아니라 제우스의 지시를 따른 것으로 정당화할 때, 테이레시아스의 실명은 가부장적인 신화적 맥락에서 이해될 수 있음을 알 수 있다. 이로써 테이레시아스는 더이상 모계사회의 신화적 맥락에서 여신을 위해 선택되어 역할을 다한 후 갈기갈기 찢겨 대지에 희생되는 것이 아니라, 부계사회의 신화적 맥락에서 지혜의 여신 아테나와 빛의 신인 제우스에 의해 선택되어 미래를 내다보는 최고의 지혜를 얻게 된 것이라 할 수 있다.(Harry Merkle, *Die künstlichen Blinden. Blinde Figuren in Texten sehender Autoren*, Würzburg, 2000, 82~90쪽 참조)
22. A. Esser, 같은 책, 156쪽 참조.

스라고 맹세하며, 만일 자신의 말이 거짓이면 "그분이 내 눈을 앗아가실 것인즉, 내가 세상을 보는 것도 오늘이 마지막이 될 것"[23]이라고 말한다. 비록 클뤼네메가 실명의 처벌을 받는 것은 아니더라도, 그녀가 자신에게 가해질 수 있는 처벌로 실명을 언급하는 것은 의미심장하다. 트라키아의 왕 피네우스도 후처의 중상모략에 넘어가 전처의 자식들을 실명시킨 후 감옥에 가두었다가 제우스의 노여움을 사서 장님이 된다. 또다른 설에 따르면 예언능력을 가진 그가 필요 이상의 일을 알려줘 그 벌로 눈이 멀었다고도 한다.

　눈으로 보는 것을 중요하게 여긴 그리스인들에게 실명은 분명 커다란 불행을 의미했다. 신화에 눈을 멀게 하는 처벌이 유독 많이 등장하는 것은, 역설적으로 눈의 중요성을 보여준다. 그러나 평범한 사람과 달리, 실명이라는 처벌을 단순히 불행으로만 받아들이지 않고 그러한 암흑의 세계에서 새로운 빛의 세계를 만들어내려고 한 사람도 있다. 호메로스나 테이레시아스는 장님의 운명을 위대한 시인이나 예언가의 재능으로 바꾸어놓은 대표적인 예다. 고대 그리스에는 시인이라면 으레 장님으로 생각해야 할 정도로 많은 장님 시인이 있었다. 뮤즈의 여신들은 스케리아 섬에 사는 데모도코스의 시력을 빼앗은 대가로 음유시인의 재능을 주었다고 한다. 그는 외부세계를 보는 눈을 잃었지만 이를 통해 내면세계를 볼 수 있는 능력을 얻게 된 것이다. 호메로스의『오디세이아』에서 데모도코스의 노래는 오디세우스에게 트로이전쟁에 대한 생생한 기억을 불러일으키며, 스케리아 섬의 파이아케스 부족의 왕 알키노오스는 그를 성스러운 악사로 존중한다. 구술문화 시대에 시인은 글을 쓰는 작가가 아니며, 과거의 전통과 관습을 구술로 청중에게 전수하는 역할을 맡고 있었다. 즉 시인은 창조적

---

23. 오비디우스, 같은 책, 60쪽.

인 예술가라기보다는 문화전수자였던 셈이다. 그래서 시인과 낭송자의 경계가 분명하지 않았는데,[24] 이는 구술적인 시인이 청각문화의 영향하에 있었으며 그 때문에 그에게 시력이 큰 의미를 갖지 않았음을 의미한다. 장님 시인이 많은 것은 이러한 사실과 무관하지 않다.

이러한 시인과 마찬가지로 예언가 역시 내면의 눈으로 신의 뜻을 해석해낸다. 시인과 예언가 사이의 연관성은 호메로스의 예에서 잘 드러난다. 장님 예언자 테이레시아스는 죽은 후에 스스로 신탁을 내리는 능력을 획득한다. 또한 그의 딸 다프네는 예언능력을 물려받아 델피의 여사제가 된다. 옛날에는 예언자가 음유시인이기도 했는데, 이들이 모두 장님으로 자주 등장하는 것도 우연이 아니다. 호메로스는 다프네가 노래한 시를 들은 후 그것을 나중에 자신의 작품에 끌어들이는데, 이 전설은 시인과 예언자 사이의 긴밀한 연관성을 잘 보여준다.[25]

'신비주의Mystik'라는 말은 어원적으로 '눈을 감다'라는 뜻을 지니고 있다. 이것은 신의 신비를 인식하기 위해서는 외부세계로부터 눈을 돌려 내면의 비밀스러운 과정에 주목해야 함을 의미한다. 그리스 신화에서 신의 계시를 통해 진리가 드러나는 것도 모두 이처럼 눈을 감은 순간이다. 그것은 꿈이나 장님 시인과 장님 예언자의 시선에서처럼 생리적인 감각의 눈을 감고 마음의 눈으로 신을 바라보는 순간이다. 이러한 맥락에서, 실명은 바로 초월적 시선과 만나기 위한 하나

---

24. 해블록, 같은 책, 154쪽: "시인의 기억에 축적된 소재가 늘 반복되고 청중에 의해 기억되어가는 것이기 때문에…… 시인을 하나의 명확한 직업으로 여기기는 쉽지 않았고, 창의적인 작가와 그 작품을 단순히 복사하는 사람을 구별하기도 쉽지 않았다. 이런 점이 하나의 집단으로서의 시인들에 대한 언급의 불충분함이나, 시인과 서사시 낭송자 간의 초기의 관계를 둘러싼 모호함도 밝혀줄 수 있을 것이다. 양자의 활동은 시대를 같이하며 겹치기도 했다."
25. A. Esser, 같은 책, 101~102쪽 참조.

의 조건으로 긍정적 의미를 획득한다.

3) 신의 시선이 지닌 양면성: 선한 시선과 악한 시선

고대 그리스 사회에서 시각이 긍정적인 의미만 지닌 것은 아니었다. 고대의 다른 신화들에서와 마찬가지로 그리스 신화에서도 시각은 양면성을 지닌다. 고대의 신이 창조적인 동시에 파괴적이기도 한 것처럼, 신들의 눈 역시 인간을 구원하는 선한 측면뿐만 아니라 악한 측면도 지니고 있었다. 가령 인도의 최고신 시바는 제3의 눈의 "눈짓만으로 세계를, 그리고 신들을 재로 변하게" 할 수 있었고 "고대 수메르와 바빌로니아 신화에 나오는 신들도 흘깃 보는 것만으로 상대방에게 상처를 입히거나 상대를 죽일 수 있었다."[26] 고대 페르시아와 이슬람 국가에서도 악한 눈이 존재한다고 믿었는데, 특히 이러한 악한 눈은 시기심에서 비롯되는 것으로 간주되었다. 악한 눈은 인간에게 병과 고통을 가져다줄 뿐만 아니라 심지어 그를 죽음에 이르게 하기도한다. 그래서 많은 이슬람 국가에서는 악한 눈을 '시기의 눈'이라고 지칭한다.[27]

그리스 신화에는 고대 인도나 이슬람권 국가의 신화에서 나타나는 정도의 파괴적인 사악한 눈이 등장하지는 않지만, 그렇다고 시기하는 악한 눈의 존재가 없는 것은 아니다. 그리스 신화에 등장하는 사악한 눈의 대표적인 예로 젤로스 여신의 눈을 들 수 있다. 아테나 여신의 팔라스 축제에 처녀들이 참여해 신전으로 들어가는 날, 헤르메스 신은 헤르세라는 처녀의 모습을 보고 그만 반해버린다. 헤르메스는 헤르세를 만날 수 있도록 그녀의 여동생 아글라우로스에게 도움을 요

---

26. 임철규, 같은 책, 60쪽.
27. 같은 책, 62~63쪽 참조.

청하지만, 아글라우로스는 황금을 요구하며 자신의 요구가 거절당하자 그를 궁전에서 내쫓는다. 아테나 여신은 이 모습을 보고 분노가 폭발한다. 이미 이전에도 아글라우로스는 아테나 여신이 들여다보지 말라고 그렇게 당부했음에도 불구하고 헤파이스토스의 아들 에릭토니오스가 들어 있는 궤짝을 열어본 적이 있었다. 들여다보지 말라는 신의 명령을 어기고 궤짝을 들여다보았을 뿐만 아니라 헤르메스 신을 욕보이기까지 한 아글라우로스의 사악함을 벌하기 위해 아테나 여신은 젤로스 여신을 찾아간다. 질투의 여신인 젤로스는 라틴어로는 '인비디아invidia'로 불리는데, 이 말은 라틴어 'videre'에서 유래한 것[28]으로 시기심과 보는 행위 사이의 연관성을 잘 보여준다. 지독한 '사팔뜨기'인 젤로스 여신은 현실을 왜곡하는 질시의 시선을 상징한다. 아테나 여신은 이 질투의 여신으로 하여금 아글라우로스의 몸에 독을 뿌릴 것을 명령한다. 질투의 여신이 뿌린 독으로 인해 아글라우로스는 헤르메스와 헤르세가 화려하게 결혼하는 '환상을 본다'. 그리고 타오르는 질투심에 사로잡힌 아글라우로스는 언니 헤르세의 방문 앞에 드러누워 헤르메스가 그 방 안으로 들어가는 것을 가로막는다. 그러나 그녀는 곧 젤로스 여신이 뿌린 독의 영향으로 온몸이 굳어지더니 검은 돌로 굳어버리고 만다.

남이 잘되는 꼴을 보면 속이 상해 그러한 모습을 보는 것만으로도 나날이 야위어가는 젤로스 여신은 그리스 신들이 지닌 인격성과 더불어 신의 시선도 사악할 수 있음을 보여주는 대표적인 예라고 할 수 있다. 이러한 젤로스 여신이 지닌 질투의 시선을 그리스 신화에서 예외적으로 등장하는 사악한 시선으로 간주하는 것은 잘못이다. 오히려

---

28. Jacques Lacan, *Die vier Grundbegriffe der Psychoanalyse: Das Seminar Buch XI*(Weinheim/Berlin, 1996), 122쪽 참조.

그녀는 뛰어난 인간을 질투하고 신의 금기를 무시하거나 신의 영역을 넘보는 오만한 인간을 처벌하는 그리스 신화의 신들 모두에게 나타나는 시기의 시선을 극단적으로 보여주는 예로 볼 수 있다. 신의 시선을 닮은 인간의 시선 역시 이러한 사악함을 드러내는데, 특히 언니의 행복을 질투 어린 시선으로 바라보고, 들여다보지 말라는 신의 금기를 어기며 심지어 신을 모욕하기까지 하는 아글라우로스는 인간 시선의 사악함과 질투의 긴밀한 연관성을 잘 보여주고 있다.

한편, 젤로스 여신이 뿌린 독이 아글라우로스를 검은 돌로 굳어버리게 만든다는 이야기는 메두사의 이야기를 연상시킨다. 질투의 여신이 퍼뜨린 독이 아글라우로스를 석화시키듯이, 메두사의 끔찍한 모습 역시 자신을 바라보는 사람을 돌로 굳게 만든다. 아테나 여신의 신전에서 포세이돈과 사랑을 나눈 벌로 머리가 뱀으로 뒤덮인 괴물이 된 메두사는 그 모습이 얼마나 섬뜩했던지 그 얼굴을 보는 사람은 모두 돌로 굳어버린다. 자신의 신전에서 일어난 성행위 장면을 본 처녀 여신[29] 아테나가 돌처럼 굳어버렸을 것은 쉽게 상상할 수 있다. 이와 마찬가지로 보아서는 안 될 성행위 장면처럼 끔찍한 메두사의 뱀 머리를 본 사람 역시 돌로 굳어버린다.

아글라우로스를 돌로 변하게 하는 젤로스 여신의 독이나 자신을 본 사람들을 돌로 변하게 한 메두사의 무서운 얼굴, 모두 근원적으로 아테나 여신에게로 거슬러올라간다는 점에서 두 사건은 공통점을 지닌다. 그밖에도 이 두 사건에는 많은 공통점이 존재한다. 아글라우로스는 아테나 여신의 지시를 어기고 궤짝 안을 들여다볼 뿐만 아니라

---

29. 아테나 여신은 아르테미스 여신과 더불어 그리스 신화의 대표적인 처녀신이다. 아르테미스 여신이 자신의 알몸을 본 악타이온을 수치심과 분노에 못 이겨 끔찍한 벌을 내렸듯이, 아테나 여신도 자신의 신전에서 문란한 성행위를 벌인 메두사를 이와 똑같은 감정에 사로잡혀 괴물로 변신시켰다고 생각할 수 있다.

헤르메스 신을 모욕하기조차 한다. 메두사 역시 아테나 여신의 신전에서 보여서는 안 될 모습을 보이면서 여신을 모독한다. 두 사람 다 금기를 어기고 신성모독의 죄를 저지른 것이다. 아글라우로스의 질투심과 사악한 시선은 그것을 능가하는 질투의 여신의 사악한 시선 때문에 처벌받는다. 그러한 사악한 시선은 인간을 돌로 변화시키며 그의 생명을 앗아간다. 아테나 여신의 분노를 산 메두사는 괴물로 변하며, 그 스스로 사악한 시선이 되어 자신을 쳐다본 인간을 돌로 굳게 만든다. 그런데 이러한 메두사의 위협적인 시선은, 분노에 찬 아테나 여신의 시선을 반영한 것이기도 하다. 페르세우스에 의해 목이 잘린 후에도 메두사의 머리가 아테나 여신의 방패에 박혀 그 힘을 잃지 않고 사용되는 것이 이에 대한 증거이다.

그리스 신화에 등장하는 영웅들은 종종 이러한 사악한 시선의 유혹을 피해 그것에 맞서 싸우곤 한다. 그리스의 영웅 페르세우스는 메두사의 얼굴을 직접 보지 않고 방패에 비친 모습을 보며 싸워 그 목을 벨 수 있었다. 또한 그는 메두사가 있는 곳을 알아내기 위해 그라이아이를 찾아간다. 태어날 때부터 백발 노파의 모습을 지닌 세 명의 자매인 그라이아이는, 셋이서 하나의 눈과 이를 번갈아가며 사용한다. 페르세우스는 고르고[30]의 자매인 이들로부터 메두사가 있는 곳을 알아내기 위해, 이들이 눈을 빼서 서로에게 건넬 때 그것을 빼앗은 후 협박하여 메두사의 거처를 알아냈다고 한다. 나중에 그는 후환을 피하기 위해 빼앗은 눈을 돌려주지 않고 호수에 버린다. 이것은 오디세우스가 외눈박이 거인 폴리페모스의 눈을 불붙은 장작개비로 쑤셔 눈이 멀게 한 것과 흡사하다. 바다의 야만적인 파괴와 공포를 상징하는 폴리페모스와 그라이아이가 외눈으로 등장한다든지, 이러한 괴물

---

30. 메두사도 고르고 자매 중 한 명이다.

들이 영웅들에 의해 눈이 뽑히거나 눈을 빼앗기는 것은, 사악한 눈과 그에 대한 영웅들의 저항을 의미한다.

호메로스의 서사시에 나오는 영웅들의 시대에는 육체적 용맹이 지적인 능력보다 우선시되며, 영웅들은 그 무엇보다 사회적 존경, 즉 남에게 부끄럽지 않은 삶을 사는 것을 최우선으로 여긴다.[31] 그런데 이 영웅들은 단순히 집단의식을 지닌 채 타인의 시선을 의식하며 부끄럽지 않고 용감하게 행동하려고 할 뿐만 아니라, 때로는 사악한 시선을 피하고 평범한 사람들과 다른 각도에서 사물이나 사태를 보면서 지력을 이용해 괴물을 물리치기도 한다. '보는 것이 곧 아는 것'이 되는 고대 그리스에서, 페르세우스와 오디세우스는 남들과 다른 방식으로 세상을 바라본다. 페르세우스는 남들과 달리 메두사를 직접적으로 마주하지 않고 방패에 비친 모습을 통해 보며, 오디세우스도 단순히 육체적 용맹만 과시하는 사람들과는 다른 각도에서 사태를 바라봄으로써, 사악한 시선을 피하고 괴물을 제압한다. 물론 이러한 영웅들의 시선이 보통 사람들의 시선과 다를지라도, 이들 역시 큰 틀에서는 하늘에서 내려다보는 신들의 시선과 주어진 운명에서 벗어나지 못하는 것이 사실이다. 또한 그들은 신들의 도움 없이는 혼자 문제를 해결할 수 없다. 특히 전투의 여신이자 지혜의 여신인 아테나는 페르세우스가 메두사를 처치할 수 있도록 도움을 줄 뿐만 아니라, 오디세우스가 트로이전쟁이 끝난 후 귀환하면서 여러 가지 모험을 겪을 때 도움을

---

31. 도즈는 귀족사회인 호메로스 시대에는 아직까지 양심과 도덕이 강조되는 죄 문화가 발달하지 못했고, 그 대신 공적인 명예를 중요시하는 수치문화가 발달해 있었다고 주장한다. 이러한 수치문화는 자신이 저지른 잘못을, 개인의 의지가 아닌 신에 의해 어쩔 수 없이 이루어진 행위로 해석하는 것과도 관련이 있다. 즉 그 행위의 결과 자체는 수치스러운 것이지만, 그것은 자신의 자유의지에 따른 행위가 아닌 만큼 도덕적인 질타의 대상이 되지는 않는다는 것이다. 이로써 수치스러운 행위를 한 사람은 그러한 수치를 신의 탓으로 돌림으로써 그것을 견뎌낼 수 있다.(도즈, 『그리스인들과 비이성적인 것』, 31~32쪽 참조)

주기도 한다. 따라서 이러한 영웅들은 인간과 괴물의 악한 시선을 제압할 수 있을 뿐, 결코 신의 악한 시선까지 압도하지는 못한다.

호메로스의 서사시에서 상고시대의 문학작품에 이르기까지 질시하는 신의 시선은 반복해서 등장한다. 이것은 인간이 불완전하고 미약한 존재이며, 만일 인간이 자신의 한계를 자각하지 못하고 그것을 뛰어넘으려고 하거나 자신을 지나치게 과시하거나 자랑하면, 압도적인 힘과 지혜를 지닌 신에 의해 파멸하게 된다는 것을 의미한다.[32] 인간은 신의 질시하는 시선에서 벗어날 수 없으며 항상 그것의 감시를 받고 살아가지 않을 수 없는 것이다. 신은 위대한 행위를 하거나 위대한 생각을 지닌 인간에게 질투심을 느껴 해를 입히기도 한다. 고대 그리스인들은 호메로스가 눈이 먼 것도 신의 질투 때문이라고 믿었다.[33]

앞에서 살펴본 것처럼 테이레시아스는 장님이 된 후 예언능력을 얻는다. 이러한 능력은 전적으로 신에 의해 주어진 능력이다. 예언가가 된 테이레시아스가 신탁의 말을 있는 그대로 받아들이지 않고 그것의 비유적인 의미를 파악하여 진실을 알아내듯이, 현상을 있는 그대로가 아닌 마음의 눈으로 봄으로써 올바로 인식할 수 있다. 이러한 진정한 봄과 예언은 항상 초월적인 신성과 연결되어 있다. 여기에는 인간의 지력과 인식이 개입할 여지가 존재하지 않는다. "신탁의 문구에 담긴 다의성은 신에 의해 의도된 것이다. 이것은 인간이 진리를 전부 알게 됨으로써 신의 지도에서 벗어나는 것을 막고자 한다. 그러나 인간이 절반의 지식만 갖게 된다면 신의 도움에 의지할 수밖에 없으며, 신에게 청원하고 기도해야만 할 것이다."[34] 예언자 피네우스는 신의 뜻을 남김없이 알려줌으로써 금기를 어겨 그 벌로 실명한다. 반인

---

32. 도즈, 같은 책, 34~36쪽 참조.
33. A. Esser, 같은 책, 165쪽 참조.
34. 같은 책, 153쪽.

반마인 현자 케이론의 딸 오키로에 역시 아버지에게서 배운 예언능력을 오만하게 사용하다 역시 벌을 받는다. 그녀는 운명의 여신의 뜻을 어기고 운명의 비밀을 누설한 대가로 말로 변한다.

페르시아전쟁(기원전 492~479)과 페리클레스(기원전 495?~429) 시대를 거치면서 그리스에는 휴머니즘과 폴리스 민주주의가 정착한다. 이 시기를 그 이전 시기인 상고시대와 구분하여 고전주의 시대라고 부른다. 이 시기에는 합리적, 과학적 사고가 싹트며, 개인의 자아와 내면성에 대한 성찰이 이루어진다. 특히 소피스트들은 인간을 만물의 척도로 내세우는데, 이로써 인간 스스로 자신의 운명을 결정할 수 있다는 생각이 발전한다. 그러나 상고시대까지만 해도 개인주의나 자아개념 대신 집단의식과 귀족적 영웅주의가 지배한다. 이 시기에는 영웅의 행동 원인과 결과가 전적으로 신에 의해 운명적으로 결정되는 것으로 간주된다.[35] 더 나아가 고대 그리스 시대 전체의 근간을 이루는 그리스 신화를 보면, 인간의 자유의지보다는 초월적 존재인 신의 의지가 강조되며, 신의 명령이나 주어진 운명에 저항하는 인간은 파멸한다. 예언녀 오키로에는 그 좋은 예다.

게다가 예언을 비웃거나 무시한 사람의 운명은 비참하게 끝난다. 비단 오이디푸스 왕의 예를 들지 않더라도 그리스 신화에는 이러한 예가 무수히 등장한다. 테이레시아스는 펜테우스 왕이 디오니소스 축제의 현장에서 죽음을 맞이할 것이라고 예언한다. 펜테우스 왕은 장님인 그를 조롱하지만, 결국에는 그의 예언대로 자기 어머니를 필두로 한 디오니소스 신도들에게 사지가 갈기갈기 찢겨 죽고 만다. 외눈박이 거인 키클롭스 폴리페모스 역시 텔레모스가 그의 이마에 박힌

---

35. 고대 그리스 상고시대와 고전주의 시대의 특징에 대해서는 다음을 참조하시오: 임철규, 같은 책, 214~226쪽.

하나의 눈마저 오디세우스에 의해 멀게 되리라고 한 예언을 비웃지만 결국 예언대로 눈을 잃고 만다.

호메로스의 『오디세이아』에 등장하는 이 외눈박이 괴물은 시칠리아 해변에 도착한 오디세우스의 부하들을 잡아먹지만, 결국 오디세우스의 꾀에 넘어가 포도주에 취한 후 불타는 장작개비로 눈이 완전히 멀고 만다. 오비디우스의 『변신 이야기*Metamorphoses*』에서는 이 사건이 일어나기 전에 폴리페모스가 바다의 요정 갈라테이아에게 사랑에 빠진 이야기를 다룬다. 아키스라는 잘생긴 청년을 사랑하는 갈라테이아에게 반해버린 폴리페모스는 자신의 힘, 재산 그리고 외모를 자랑한다. "내게는, 눈이 이마 한가운데 박힌 것 하나밖에 없지만 이게 크기가 방패만 하다. 생각해보라, 태양도 이런 눈으로 우리 사는 세상을 내려다보고 있지 않은가? 태양에게도 눈이 하나밖에 없지 않은가?"[36] 그러나 자신의 눈을 태양신의 눈과 비교하는 오만한 외눈박이 거인 폴리페모스는 결국 갈라테이아의 사랑을 받지 못함은 물론 나중에는 오디세우스의 지략에 넘어가 하나밖에 없는 눈마저 멀고 만다. 태양신 헬리오스와 아폴론이 세상을 내려다보며 지상과 천상의 일을 모두 다 알고 있는 데 반해, 키클롭스 폴리페모스의 지략은 영웅 오디세우스에도 미치지 못한다. 그는 야만적인 괴물[37]일 뿐이며, 그의 외눈은 결코 절대자를 상징하는 태양의 눈이 될 수 없다.

신들은 인간을 벌하며 시력을 빼앗아가기도 하지만 또한 시력을

---

36. 오비디우스, 『변신 이야기 2』, 이윤기 옮김(민음사, 2005), 233쪽.
37. 『변신 이야기』에서 피타고라스는 육식의 야만성을 비판하며 채식을 권하는데, 이때 그는 사악한 이빨을 다른 짐승에게 박는 외눈박이 거인들을 예로 든다.(같은 책, 296쪽 참조) 『신통기*Theogonia*』에서도 키클롭스는 대단히 힘이 세고 난폭하며 대장장이 일에 능숙한 외눈박이 거인으로 등장한다. 이들은 흉측한 외모와 엄청난 힘 때문에 두려움의 대상이 되며, 우라노스에서 크로노스에 이르기까지 타르타로스에 갇힌다. 그후 제우스에 의해 풀려난 이들은 제우스와 티탄 간의 전쟁에서 무기를 만들며 제우스를 돕는다.

되찾아주기도 한다. 한편으로 신은 도덕적 심판관 역할을 하면서 인간의 잘못에 대한 벌로 시력을 빼앗아간다. 그러나 잘못을 범한 인간이 자신의 잘못을 회개하면 다시 시력을 찾는 경우도 있다.[38] 여성신을 제외하면 남성신 가운데에는 주로 태양신인 헬리오스와 아폴론이 인간의 눈을 치료해주는 역할을 맡는다. 이것은 결코 우연이 아닌데, 왜냐하면 그리스인들은 인간의 눈이 태양을 닮았으며, 그래서 태양신이 인간의 눈을 치료할 수 있다고 믿었기 때문이다. 헤카베에게 눈을 뽑힌 폴리메스토르는 시력을 되찾게 해달라고 헬리오스 신에게 기도한다. 의술의 신 아폴론 역시 인간의 시력을 되찾아주기도 한다.

이처럼 인간의 시력을 빼앗기도 하고 다시 돌려주기도 하는 신들의 권능에는 자연에 대한 인간의 생각이 반영되어 있다. 특히 태양신은 자연적인 힘이 형이상학적인 신의 모습으로 순수하게 반영된 형태라고 할 수 있다. 태양은 한편으로 만물을 싹트게 하는 생명력의 원천이지만, 다른 한편으로 뜨겁게 작열하는 태양의 힘은 생명을 고사시키는 위협이 되기도 한다. 그래서 태양은 선한 신의 눈일 뿐만 아니라 인간의 눈을 멀게 하는 파괴적인 악한 신의 눈이기도 하다. 문명의 초기에 신화가 자연에 대한 경외심이 형이상학적으로 변형되어 나타난 것이라면, 신화의 세계가 몰락하기 시작하면서 합리적 이성은 신화의 세계를 다시 자연의 과정으로 설명한다.[39] 그러나 이때 인간은 자연을 더이상 경외하는 눈이 아닌 차가운 이성의 눈으로 바라본다.

---

38. 이것은 오비디우스가 쓴 다음의 구절에서 잘 드러난다. "비슷한 죄로 시력을 빼앗긴 어떤 다른 사람이 길 한가운데에서 자신이 벌 받을 짓을 했노라고 외쳤다. 신들은 그러한 죄의 고백을 기뻐한다. 증인을 통해 신의 권능이 무엇을 할 수 있는지를 입증할 수 있기 때문이다. 신들은 인간이 자신의 죄를 진지하게 후회하고 있는 것을 보면, 종종 벌을 가볍게 해주고 빼앗은 시력을 돌려주기도 한다."(A. Esser, 같은 책, 170쪽 재인용)
39. 같은 책, 177~178쪽 참조.

하지만 고대인은 현대인과 달리 아직까지 신에 대한 경외심을 지니고 있었고 신의 눈을 두려워하였다. 『변신 이야기』의 저자 오비디우스는 프로크네와 필로멜라 이야기를 하면서, 서술자로서 자신의 감정을 드러내며, "하기야 인간이 무슨 수로 한 치 앞을 볼 수 있으랴!"[40]라고 말하거나 "오, 신들이시여, 이렇게 눈이 먼 인간들을 굽어 살피소서"[41]라고 말한다. 고대 그리스에서 인간은 눈을 뜨고도 보지 못하는 자들로, 모든 것을 꿰뚫어보는 신의 초월적인 눈을 경배할 수밖에 없었다. 그러나 이러한 신의 눈이 반드시 선한 것만은 아니며, 때로는 악한 눈으로 인간을 위협하기도 한다. 플라톤의 생각처럼 인간의 눈이 신의 눈을 닮았다고 한다면, 인간의 눈 역시 선한 면과 악한 면을 모두 지니고 있다. 그리스 신화에는 악한 눈의 위험을 경고하고 그것에 맞서 싸우는 영웅의 이야기가 등장한다. 이러한 영웅은 그를 지원하는 지혜의 여신 아테나를 닮아 있다. 그러나 그보다 더 많은 것을 보며 신의 초월적이고 선한 눈을 닮은 것은, 바로 장님 예언자의 눈이다. 그는 불완전한 감각적 눈 대신 영혼의 눈으로 세상을 바라보며, 신이 보는 것을 그 자신도 볼 수 있다. 물론 그러한 능력이 신으로부터 주어진 것이기는 하지만 말이다.[42]

2. 성서: 신의 존재증명으로서의 성스러운 희생적 실명

매체학적인 관점에서 볼 때 유목민인 유대인과 아랍인이 신을 그린 무거운 그림 대신 글 두루마리(성경이나 코란)를 숭배하게 된 이유

---

40. 오비디우스, 『변신 이야기 1』, 266쪽.
41. 같은 책, 268쪽.
42. 심지어 테이레시아스는 죽어서 신의 반열에 올라 직접 신탁을 내리기도 한다.

는, 그것이 운반이 편리하기 때문이라는 해석이 있다. 이러한 관점에 따르면 문자는 신의 말씀을 기록하고 저장하는 매체인 동시에, 상당히 느리기는 했지만 일종의 우편으로서의 전달매체였기도 하다. 글은 그림과 달리 정보의 저장과 전달이 동시에 가능했으므로, 운반 가능한 성물로서의 코란과 성경은 동상이나 우상을 그린 그림에 대해 승리를 거둘 수 있었다는 것이다.[43] 이러한 매체학적인 관점을 토대로 유대교와 이슬람교에서 청각문화가 시각문화에 대해 우위를 점하는 것에 대해서도 마찬가지 설명을 해볼 수 있을 것이다. 그러나 청각문화의 우위는 기독교로 계속 이어지지만, 점차 시각문화적 특성이 청각문화 내로 침투해 들어오는 것을 막지는 못한다. 성서에서도 태양 및 빛과 신 사이의 연관성이 분명히 드러난다. 구약에 나오는 여호와는 처벌하고 구원하는 태양신이며, 예수 역시 정의의 태양으로 일컬어진다.[44] 태양처럼 여호와의 눈은 하늘에서 지상을 내려다보며 인간의 행동을 심판한다. 단, 구약의 여호와가 주로 심판하는 신으로 등장한다면, 하느님의 아들이자 육화된 존재인 예수는 심판하기보다는 구원하기 위해 지상에 온 것으로 전해진다. 그리하여 예수는 태양처럼 밝은 빛을 발하는 신성한 빛으로 언급되기도 한다.

「요한복음」 1장에는 "태초에 말씀이 있었습니다. 그 말씀은 하느님과 함께 있었고, 그 말씀은 하느님이셨습니다"[45]라고 쓰여 있다. 여기

43. F. Kittler, *Optische Medien. Berliner Vorlesung 1999*(Berlin, 2002), 48~49쪽 참조.

44. Othmar Keel/Christoph Uehlinger, *Gods, Goddesses and Images of God in Ancient Israel*(Minneapolis, 1998), 227쪽; R. C. Zaehner, *Mysticism: Sacred and Profane*(Oxford, 1967), 91쪽 참조.(임철규, 같은 책, 45쪽 재인용)

45. Bibel N 101, Die gute Nachricht nach Johannes 1. 1; 본문에서 인용한 성서는 다음과 같다: *Die Bibel in heutigem Deutsch. Die Gute Nachricht des Alten und Neuen Testaments*(Stuttgart, 1982). 이하 성서 인용은 'Bibel A-구약/N-신약 쪽수, 해당부분 장과 절'의 순서로 표기한다.

서 하느님은 자신의 모습을 드러내기보다는, 말씀으로 인간에게 나타나는 존재임을 알 수 있다. 헤브라이즘에서 청각문화가 발전한 것도 이러한 맥락에서 이해할 수 있다. 이렇게 인간에게 직접 자신의 모습을 드러내지 않고 목소리로만 들려오는 하느님이 인간에게 다가가기 힘든 존재라면, 인간의 모습으로 나타나서 직접 보고 만질 수 있는 육화된 존재인 예수는 보다 친밀하게 여겨진다. 「요한일서」 1장에는 "생명을 가져다주는 말씀은 태초부터 있었습니다. 우리가 그 말씀을 들었고 우리 눈으로 보았으며 주목했고 손으로 만져본 것입니다. 그 생명이 나타나셨습니다. 우리는 아버지와 함께 계시다가 우리 앞에 나타나신 그 영원한 생명을 보았습니다. 그래서 우리는 여러분에게 영원한 생명에 대해 증언하고 이야기하는 것입니다"[46]라고 쓰여 있다. 이제 들리기만 하던 말씀은 생명으로 모습을 드러내었고, 보고 만질 수도 있는 육체적인 존재가 된다. 이것은 하느님의 아들 예수가 이 세상에 나타났음을 알린다. 또한 예수는 참된 빛으로 세상에 와서 모든 사람을 비추어주며, 자신을 따르는 사람을 어둠 속에서 헤매지 않게 하고 생명의 빛을 던져준다. 예수는 사람들에게 자신을 보는 사람은 곧 자신을 보내신 하느님을 보는 것이라고 말한다. 이것은 인간의 모습으로 바뀐 신성한 빛인 예수를 통해 인간의 눈으로 직접 볼 수 없었던 여호와를 간접적으로 대면할 수 있게 됨을 뜻한다.

인간이 하느님을 직접 볼 수 없다는 언급은 성경 곳곳에서 발견된다. 「요한복음」 1장에는 "지금까지 하느님을 본 사람은 아무도 없었습니다"[47]라고 적혀 있고, 「출애굽기」 33장에서도 모세가 여호와에게 주의 영광을 '보여달라'고 하자, 여호와는 "네가 내 얼굴을 보아서는

---

46. Bibel N 270, Der erste Brief von Johannes 1. 1~2.
47. Bibel N 101, Die gute Nachricht nach Johannes 1. 18.

안 된다. 나를 보고도 살아남은 사람은 없다"[48]라고 말한다. 그리하여 모세는 여호와의 뒷모습만을 본다. 그러나 다른 한편 하느님을 직접 대면하고도 살아남은 사람들에 대한 언급도 있다. 「창세기」 32장에서 야곱은 하느님을 보고도 생명이 보존되었다고 적혀 있고[49] 「신명기」 34장에서도 모세는 여호와를 대면해서 알고 있다고 쓰여 있다.[50] 또한 아브라함도 천사들과 함께 오신 여호와를 대접했고 「욥기」 42장에서 욥도 지금까지 귀로만 들었던 주를 보게 되었다고 말한다.[51] 이러한 맥락에서 볼 때, 여호와 하느님을 지금까지 본 사람은 아무도 없었다는 말과 예외적으로 그를 대면한 사람들이 존재했다는 말이 모순적으로 성경에 공존하고 있음을 알 수 있다.

그러나 하느님을 본 사람이 예외적으로 존재했다는 사실을 부정할 수는 없다 하더라도,[52] 일반적으로 하느님을 인간이 직접 대면해서 볼 수 없는 신성한 존재로 간주하는 것이 타당할 것이다. 따라서 예수는 이러한 비가시적인 신성한 존재를 볼 수 있도록 하기 위해 지상에 내려온 존재다. 세상의 빛으로 일컬어지는 예수는 사람들이 자신을 보고 믿음으로써 어둠에서 빠져나와 빛의 세계로 향할 수 있도록 인도한다. 「요한복음」에서 예수는 날 때부터 눈이 먼 사람을 만난다. 예수

---

48. Bibel A 84, Exodus 33. 20.
49. Bibel A 31, Genesis 32. 31: "'내가 직접 하느님을 보았는데도, 이렇게 살아 있구나' 하고 야곱이 외쳤습니다. 그래서 그는 그곳을 브니엘이라고 불렀습니다." 물론 여기서 야곱이 같이 씨름을 하고 바라본 하느님은 인간으로 변신한 모습을 하고 있었기 때문에 하느님의 진짜 모습이라고 보기는 힘들다. 또한 여기서 하느님이 야곱을 축복하고 야곱이 씨름을 한 장소를 떠나자마자 막 태양이 떠오른다는 점을 상기해볼 때, 태양은 하느님의 상징으로 볼 수 있다.
50. Bibel A 189, Deuteronomium 34. 10: "그 이후로 이스라엘에는 하느님과 대면해 이야기를 나눈 모세와 같은 예언자는 없었습니다."
51. Bibel A 486, Ijob 42. 5: "지금까지 내가 주에 대해 이야기를 들어서 알고 있었을 뿐인데, 이제 내 눈으로 주를 보게 되었습니다."
52. 물론 여기서 '보았다'는 말을 문자 그대로의 의미가 아니라 비유적으로 '하느님을 접했다'는 의미로 해석할 수도 있을 것이다.

의 제자들이 눈먼 사람으로 태어난 것이 누구의 죄냐고 묻자, 예수는 그것은 누구의 죄도 아니며, 다만 하느님이 하시는 일을 그에게서 드러내려 하시는 것일 뿐이라고 말한다. 그는 장님에게 실로암 연못에 가서 눈을 씻으라고 말하며 그의 눈을 뜨게 한다. 이처럼 장님은 성서에서 부정적인 인물이 아니다. 오히려 눈을 뜨고도 제대로 보지 못하는 사람이 죄가 있는 사람으로 묘사된다. 바리새파가 예수에게 자신들도 눈먼 사람이냐고 묻자, 예수는 "너희가 눈이 먼 사람이었다면, 죄가 없었을 것이다. 그러나 너희가 "볼 수 있다"고 하니, 너희의 죄가 그대로 남아 있다"[53]라고 말한다. "문자를 맹신하는 바리새파는 근본적으로 장님과 다를 바 없다. 그들의 시선이 밖으로 향해 있기 때문에, 외부의 것만을 보기 때문에, 그들은 아무것도 보지 못한다. 사람들은 그들을 내면으로 향하도록 전도해야 하고, 그들의 시선이 내면으로 향할 수 있도록 해야만 한다."[54] 또한 예수의 제자 도마가 예수의 부활을 직접 보지 못해 믿을 수 없다고 하자 예수는 그에게 모습을 드러내며 이렇게 말하기도 한다. "너는 나를 보았기 때문에 이제야 믿는 것이냐? 나를 보지 않고도 믿는 사람에게 복이 있을 것이다."[55] 실제로 「히브리서」 11장에서 언급되고 있듯이, 노아는 믿음으로 아직 일어나지 않은 일에 대한 경고를 받아들여 이에 대한 준비를 함으로써 구원받는다. 따라서 중요한 것은, 인간의 눈이 외부의 대상을 바라보고 이를 인식하는 것이 아니라, 내면의 눈으로 신의 존재를 받아들이며 믿는 것이다.

　「사도행전」에서 바울은 성령이 예언자 이사야를 통해 과거 유대

---

53. Bibel N 114, Die gute Nachricht nach Johannes 9. 41.
54. Jacqeus Derrida, *Aufzeichnungen eines Blinden. Das Selbstporträt und andere Ruinen*(München, 2008), 24쪽, 26쪽.
55. Bibel N 128, Die gute Nachricht nach Johannes 20. 29.

백성에 대해 말한 것을 다시 한번 이야기한다. 이에 따르면 유대 백성은 눈을 뜨고 있어도 보지 못하며 이들의 눈은 감겨 있는 것과 마찬가지라는 것이다. 이처럼 눈을 뜨고도 보지 못하며 신을 모독하는 사람은 실명이라는 처벌을 받는다. 예를 들어 소돔과 고모라에 사는 사람들은 악행을 일삼으며 신을 모독하여 실명 처벌을 받는다. 또한 엘루마라는 마술사가 총독이 예수를 믿지 못하도록 방해하다가 스스로 눈이 머는 벌을 받기도 한다.

이와 같이 실명은 가시적인 존재만 보고 신의 존재를 부정하는 사람들에 대한 처벌의 기능이 있다. 그러나 성서에서 실명은 단순한 처벌의 의미를 넘어 보다 복합적인 의미를 지니기도 한다. "한 사람을 순교자, 즉 신의 증인으로 만드는 실명은 종종 궁극적으로 자신의 눈이나 다른 사람의 눈을 뜨게 해주어야 할 사람이 치러야 할 대가이다. 그렇게 함으로써 그들은 자연적인 시력을 되찾거나 정신적인 빛에 대한 통로를 획득할 수 있다."[56] 그래서 장님은 신의 선택을 받은 사람이 되고, 실명은 내면의 눈을 통해 신과 대면할 수 있는 계기로 작용하는 것이다. 그 대표적인 예로 바울과 삼손을 들 수 있다.

예수를 믿기 전에 바울은 사울로 불린다. 사울은 원래 조상의 율법으로 엄격한 훈련을 받았고 예수를 믿는 사람을 탄압했던 인물이다. 그런데 그가 다메섹으로 가던 도중 갑자기 하늘에서 빛이 비춰 그를 둘러싼다. 그리고 '왜 자신을 핍박하느냐'는 예수의 음성이 들린다. 사울과 동행하던 사람들은 그 빛은 보았지만 예수의 음성은 듣지 못한다. 반면 예수의 음성을 들은 사울은 그 광채 때문에 시력을 잃는다. 그러나 환상 속에서 주님의 지시를 받은 아나니아가 다메섹에서 사울을 찾아가 그의 눈에 손을 얹어 그 눈을 뜨게 한다. 그 이후 사울

---

56. J. Derrida, 같은 책, 105쪽.

은 바울이라 불리며 예수에 대한 믿음을 전파하는 사도가 된다. 「사도행전」에서는 두 번이나 바울이 하느님에 의해 선택된 사람이라고 언급되고 있다. 바울의 임무는 자신이 보고 들은 것을 모든 사람에게 전파하며 예수의 증인이 되는 것이다. 예수는 바울에게 자신을 보지 못하는 유대인과 이방인의 눈을 뜨게 할 임무를 맡긴 셈이다.

삼손 역시 태어날 때부터 이스라엘을 구원할 하느님의 도구로 선택된 인물이다. 그의 어머니는 삼손을 낳기 전에 삼손이 블레셋 사람의 손에서 이스라엘을 구할 것이라는 계시를 받는다. 삼손은 자라면서 엄청난 괴력을 발휘하며 블레셋인을 물리치지만, 델릴라의 꾐에 넘어가 자신의 힘의 근원인 머리털이 깎인 후 힘을 상실한다. 이때 주목할 것은 블레셋 사람들이 그의 머리카락을 자를 뿐만 아니라 눈을 뽑기도 한다는 것이다. 블레셋 사람들은 제사를 드리는 신전에서 삼손을 두 기둥 사이에 세우고 웃음거리로 삼는다. 이에 삼손은 여호와에게 자신을 기억해달라며 자신의 두 눈을 뽑은 블레셋 사람들에게 복수할 수 있는 힘을 달라고 애원한다. 그리하여 마침내 하늘이 그의 소원을 들어주어 그는 신전을 받치고 있는 두 기둥을 뽑아냄으로써 신전을 파괴하고 블레셋 사람들과 함께 죽는다. 삼손에게 있어서도 실명은 삶의 전환점이 되며, 하느님에 대한 믿음을 더욱 공고히 하는 계기가 된다. 또한 그는 바울과 마찬가지로 실명을 통해 선택된 사람으로서의 자신의 지위를 확인한다.

눈이 먼 사람은 때로는 의도적으로 때로는 자신도 모르게 하느님의 뜻을 실행에 옮기며 선택된 자로서의 임무를 수행한다. 이삭과 야곱이 각각 자신의 아들을 축복하는 사건이 이에 대한 예가 될 수 있을 것이다.

이삭이 나이가 들어 눈이 침침해져 잘 보이지 않게 되었을 때, 큰아들 에서를 불러 사냥한 음식을 맛있게 요리해 가져오면 여호와 앞에서 그를 축복하겠다고 약속한다. 그러나 이삭의 부인 리브가는 둘째 아들 야곱을 변장시켜 그의 매끄러운 손과 목에 염소 가죽을 둘러 이삭에게 그가 에서라고 믿게 만들어 그를 축복하게 한다. 나중에야 이삭은 자신이 속았음을 알게 되지만, 사태를 돌이킬 수는 없다. 이 사건은 표면적으로는 야곱이 어머니와 합심해 형과 아버지를 속인 계략처럼 보이지만, 사실은 하느님의 계시로 이미 예정된 일이었다. 즉 리브가가 임신했을 때 하느님은 형이 동생을 섬기게 될 것이라고 예언했으며, 그러한 하느님의 뜻이 나중에 실현된 것이다. 이러한 과정에서 이삭의 자연적인 실명은 신의 뜻을 이루기 위한 도구로 기능한다.

야곱이 장남 므낫세보다 에브라임을 더 축복하는 사건 역시 비슷한 양상을 띤다.[57] 야곱 역시 나이가 들어 눈이 어두워 잘 보이지 않게 된다. 요셉이 두 아들을 데리고 가서 장남 므낫세를 야곱의 오른쪽, 에브라임을 왼쪽에 서게 하여, 므낫세가 더 큰 축복을 받게 하려고 하지만, 야곱이 손을 엇갈려 축복을 내림으로써 에브라임이 더 큰 축복을 받게 된다. 이에 요셉이 마음이 불편해져 그 사실을 말하자, 야곱은 자신도 누가 장남인지 알고 있었지만, 그렇게 한 것이라고 말한다. 이 경우 야곱은 이삭과 달리 의도적으로 행동한 것이며, 보이지 않았지만 보는 자를 속이면서 하느님의 뜻을 실행한다.

개신교와 유대교에서는 외경으로 간주되지만, 로마가톨릭교에서는 정경으로 인정되는 「토비트서」에도 장님이 등장한다. 이스라엘의 한 씨족의 일원인 토비트는 다른 씨족원이 모두 하느님에게 등을 돌려 황소를 숭배하는 상황에서 홀로 신앙을 유지한다. 다른 이스라엘

---

57. 므낫세와 에브라임은 원래는 야곱의 아들인 요셉의 자식들이지만, 야곱은 이들을 자기 아들로 삼으며, 나중에 태어난 요셉의 아들들이 요셉의 자식이 될 것이라고 말한다.

사람들처럼 아시리아로 추방된 그는 그곳에서 가난한 사람을 도와주거나 생명의 위험을 무릅쓰고 죽은 동족을 매장하기도 한다. 이러한 그는 하느님의 시험으로 장님이 되지만, 신앙을 버리지 않고 오히려 아들 토비아에게도 하느님에 대한 믿음을 굳건히 하도록 교육시킨다. 그러나 장님이 된 상황에서 곤경에 처한 그는 자신에게 죽음을 통해 평안을 달라고 하느님께 간청한다. 토비트와 마찬가지로 사라라는 이스라엘의 여성 역시 결혼하자마자 남편이 악마에 의해 죽는 시련을 겪는다. 매번 첫날밤마다 같은 방식으로 일곱 명의 남편을 잃은 그녀는 다른 사람의 조롱에 시달리다 못해 하느님에게 역시 죽음을 간청한다. 토비트와 사라의 간절한 기도는 하늘에 닿아, 하느님은 천사 라파엘을 내려보내 이들을 구원한다. 즉 토비트의 아들 토비아는 사라와 결혼하며, 토비트 역시 시력을 되찾게 된다.

토비트가 장님이 된 것은 그의 신앙을 시험한 하느님의 시험 때문이다. 그러나 그는 예언자인 노아, 아브라함, 이삭 그리고 야곱의 후손으로서 자신의 정체성을 인식하는데, 이는 눈을 뜨고도 하느님을 보지 못하는 자들과 달리 장님인 그가 내면의 눈으로 하느님을 보며 예언자의 지위를 갖게 됨을 의미한다. 그의 시력 회복은 하느님의 시험에 합격했음을 의미하는 동시에 그가 세상을 영적인 눈으로 진정으로 볼 수 있게 되었음을 의미한다. 그리하여 그는 죽기 전에 아들 토비아에게 그들이 살고 있는 아시리아에 내려질 형벌을 언급하며 메대로 이주할 것을 명령한다. 더 나아가 그는 아직 이스라엘에 살고 있는 자신들의 동족이 모두 그곳에서 쫓겨나 여러 민족 사이에 흩어져 살게 될 것이지만, 언젠가 다시 이들이 이스라엘로 돌아와 부서진 성전을 재건하게 될 것이라고 예언한다. 물론 이 말은 예언자들에게서 나온 것이지만, 토비트의 입을 통해 아들에게 전해진다. 그는 이때 예언자로서 이스라엘 민족 전체에게 회개를 요구하는 동시에 구원을 약속하고 있는 것이다.

　이상에서 살펴본 것처럼, 성서에 등장하는 장님은 결코 빛을 잃고 어둠 속에서 헤매기만 하는 사람이 아니다. 오히려 그는 이를 계기로 내면의 눈을 뜨게 되어 신성의 빛을 보도록 선택된 자가 된다. "신앙은 그 고유한 특성상 눈이 멀어 있다. 신앙은 본다는 것이 궁극적으로 보는 것의 관점에서 일어나더라도 시력을 희생시킨다. 여기에서 연출되는 행위는 '시력을 되돌려주는' 행위이다. 중요한 것은 가시적인 대상, 존재하거나 우리 앞에 놓여 있는 것을 확인하는 묘사가 아니라 봄 자체이다."[58] 성서에서 인간을 처벌할 때 눈을 멀게 하지 귀가 안 들리게 하지는 않는다. 하느님은 인간에게 보이지 않는 존재이기에 눈을 뜨고 있다고 해서 볼 수 있는 것이 아니다. 오히려 외부로 향한 눈을 내면으로 돌릴 때 진정으로 하느님을 볼 수 있는 것이다. 반면 귀는 말씀으로 자신을 드러내는 하느님의 음성을 듣기 위해 항상 열려 있어야 한다. 그렇기 때문에 하느님이 선택한 사람은 장님이 될지언정 귀머거리가 되지는 않는 것이다. 물론 진정으로 듣는 것은 육신의 귀가 아닌 내면의 귀로 듣는 것을 의미하지만 말이다. 이러한 하느님의 말씀에 대한 강조와 장님에 대한 긍정적 평가는 청각문화가 우세했던 당시의 시대적 상황과도 긴밀한 연관이 있을 것이다.

---

58. 같은 책, 35쪽 이하.

|

제2장

고대와 중세의 시선 담론
초월적 시선과 지성의 시선 사이에서

1. 철학: 플라톤의 이데아론과 아우구스티누스의 신적 조명설

1) 고대: 플라톤의 이데아론

그리스 신화에서 태양신 아폴론이 아직까지 여러 신 가운데 하나이며 그의 지식과 예언능력에도 불구하고 절대적인 위치를 점하고 있지 못한 반면, 시각문화의 우위가 본격화되는 기원전 5세기에 이르면 태양은 '선의 이데아'에 비유되며 진리를 담보한다.

'장님'에 관한 입장이나 진정한 '봄'의 의미는 플라톤에게서는 그리스 신화에서와 현격하게 달라진다. 플라톤의 『국가』에서 장님은 항상 부정적인 것의 비유로 등장한다. 가령 이 책에서 소크라테스는 나라의 법률과 관행을 감시해야 할 사람은 눈먼 사람이어서는 안 되며 예리하게 볼 수 있어야 한다고 말한다. 또한 그가 탐욕스럽게 재산을 모으는 사람을 비난하자, 글라우콘은 이에 동조하며 장님, 즉 재물의 신 플루토스를 존경해서는 안 된다고 말한다. 이 책의 핵심적인 내용과 관련해서 플라톤은 눈에 보이는 감각적인 대상에 대한 '억견doxa'

만 있는 사람을 장님에 비유하며, '지성nous'[59]의 힘으로 눈에 보이지 않는 불변의 존재를 인식할 것을 요구한다.

존재의 진정한 인식이 감각적인 지각을 넘어선다는 것은 동굴 비유에서 명확하게 드러난다. 동굴 비유에 등장하는 사람들은 평생 사슬에 묶인 채 동굴의 벽을 바라보도록 강요되는 것으로 묘사된다. 만일 그들의 등 뒤에서 불빛을 비춰 사물의 모습을 벽에 투사시킨다면, 그들은 사물의 그림자를 사물 자체로 간주하게 될 것이다. 이는 현실에서 인간이 감각적으로 지각한 것을 사물 자체와 동일시하는 것을 의미한다. 그런데 그들 중 한 사람이 사슬에서 풀려나 실물과 불빛을 보게 된다면 자기가 본 것이 그림자에 지나지 않으며 실물은 다르다는 것을 알게 될 것이다. 더 나아가 그가 동굴 바깥으로 나가 태양이 있는 위쪽으로 올라가면, 사물을 비춰주는 불빛에 해당하는 태양이 자신이 보기 위한 조건임을 알게 된다는 것이다. 이러한 태양은 바로 플라톤이 이데아[60] 중의 이데아로 간주한 '선의 이데아'를 상징한다. 이것은 플라톤이 선을 진리와 아름다움의 원인으로 간주하고 있으며, 궁극적으로는 이 세 가지를 서로 다른 영역으로 구분하지 않고 있음을 보여준다. 이처럼 플라톤은 동굴우화를 통해 사물에 대한 감각적 지각의 불완전성을 지적하며, 끊임없이 생성되고 변화하는 감각세계의 그림자를 넘어서 영원불변의 진정한 존재인 이데아를 보기 위해

---

59. 박종현은 nous를 logos와 구분하며, '이성'이 아닌 '지성'으로 번역할 것을 주장한다. 이 경우 nous는 이데아 또는 형상을 인식대상으로 삼으며, logos를 포함하는 보다 포괄적인 개념으로 이해된다.(플라톤, 『국가』, 박종현 옮김, 서광사, 2009, 436쪽 참조).

60. 이데아란 사물의 본질적인 모습, 즉 불변의 존재 자체를 의미한다. 예를 들면 우리가 실제로 그린 삼각형은 그 내각의 합이 정확히 180도가 되지 않겠지만, 그러한 삼각형을 그릴 때 염두에 둔 이상적인 삼각형이 있을 것이다. 바로 이러한 이상적인 삼각형이 삼각형의 이데아이다. 이러한 다양한 이데아들의 관계에서 제일 꼭대기에 위치한 최고의 이데아가 바로 선의 이데아다.

서는 지성의 눈이 필요함을 강조한다. 그리스 신화에서 장님 예언자가 감각적인 눈을 희생하고 '신에 의해 주어진 내면의 눈'으로 진리를 볼 수 있었다면, 플라톤에게서는 인간이 신의 도움 없이 '지성의 눈'으로 진리를 보게 된다. 물론 그러한 지성의 눈 역시 감각적인 눈을 넘어선다는 점에서 장님 예언자의 눈과 공통점을 지니지만, 감지 않고 뜬 관조하는 눈이라는 점에서 차이가 난다. 그러한 지성의 눈은 더이상 예언이나 계시에 의존하지 않고 인간의 지적인 힘을 이용해 진리에 접근한다.

플라톤의 철학에서 사물의 본모습으로서의 존재를 나타내는 '이데아idea'가 '봄idein'에서, 같은 의미인 '형상eidos'이 '본다eidō'에서 유래한다는 사실은 그의 철학이 '봄' 자체를 얼마나 강조하고 있는지를 보여준다. 따라서 이데아를 '보는' 진정한 철학자는 깨어 있는 자이지 결코 눈을 감고 꿈꾸는 자가 아니다. 그리스 신화에서 신의 메시지는 '꿈'을 통해 전달된다. 눈을 감고 자는 사람만이 앞으로 일어날 일이나 해야 할 일을 신에게서 전달받게 되는 것이다. 그런데 플라톤의 『국가』에서 꿈은 항상 부정적인 맥락에서 나타난다. 꿈에서는 온갖 무분별한 욕망이 생겨나기 때문에 지혜를 통해 이를 조절하거나 절제하는 것이 필요하다고 간주된다. 그래서 꿈에서 본 것은 허상에 불과하며 이데아와 거리가 멀기 때문에 깨어난 상태, 즉 지성의 힘으로 보아야 한다는 것이다. 더 나아가 신의 메시지를 전하는 신탁이나 꿈이 모두 미래에 일어날 일을 진리로서 예언한다면, 플라톤의 철학에서 진리는 과거에 위치한다. 즉 인간은 자신이 태어나기 전에 보았던 이데아의 세계를 출생과 함께 '망각의 강'을 건너오면서 잊어버리지만, 지성의 힘에 의해 이를 다시 기억함(또는 봄)으로써 존재의 진리에 도달할 수 있다는 것이다.[61] 플라톤이 철학자로서의 통치자가 갖추어야 할 덕목으로 '기억력'을 강조하는 것도 이 때문이다. 이러한 맥락에서 진정한 봄이란 미래에 일어나게 될 것을 신의 힘을 빌려 미리 보는 것이 아니라, 이미 보았지만 망각했던 것을 다시 기억하여 보는 것을 의미한다. 이러한 재확인과정으로서의 봄은 더이상 신의 초월적인 눈이 아니라 인간의 지성의 눈을 통해 이루어진다.

플라톤은 이러한 지성의 눈을 강조함으로써 그림이나 문학작품에서의 현실 재현과 같은 감각적 묘사를 불완전한 것으로 간주하면서 추상적 사고를 내세우고 있다. 이러한 추상적 사고는. 어찌 보면 구술 문화에서 서사시가 구술적인 방식을 통해서이기는 하지만 사건을 생동감 있게 전달하며 내면적 시선으로 그 장면을 생생하게 그릴 수 있게 한 것에 견주어볼 때, 시각에 적대적인 것으로 간주될 수도 있다. 그러나 플라톤은 추상적 사고를 전개하면서도 동시에 여러 가지 비유를 사용하거나 감각적인 대상의 원형이 되는 이데아를 시각적으로 볼 수 있는 형상인 것처럼 말함으로써 시각에 완전히 적대적인 모습을 보이지는 않는다. 해블록은 이러한 시각적 사고가 플라톤의 순수하게 추상적인 합리적 사고와 모순되는 측면이 있음을 지적한다. "이데아라는 용어의 문제점은 무엇보다도 그것이 인식을 객관화하고 억견으로부터 분리하려고 할 때, 인식을 다시 한번 시각적인 것으로 만들어버리는 경향에 있다. 왜냐하면 이데아란 그것이 '형태'나 '외모'라는 의미를 갖는 한, 결국은 누군가가 보거나 주시하거나 응시하게

---

61. 영혼은 인간으로 태어나기 전에 이데아를 보지만, 태어나면서, 즉 육체와 영혼이 결합하면서 이를 망각하게 된다. 하지만 육체 속의 영혼은 자신 속에 이미 진리를 가지고 있기 때문에 이를 다시 발견, 즉 회상하기만 하면 된다. 따라서 플라톤의 상기론에 따르면, 외부에서 영혼 속으로 들어오는 것은 없으며 오히려 영혼은 자기 내부에서 모든 것을 발견한다. 플라톤의 『메논』에서 소크라테스는 무지한 노예에게 기하학에 관한 질문을 던져 노예 스스로 진리를 발견할 수 있게끔 한다. 이때 질문자는 단지 노예로 하여금 그 자신의 내면으로 들어가도록 인도할 뿐이며, 사실 진리는 이미 그 사람 안에 들어 있다는 것이다.(에티엔느 질송, 『아우구스티누스 사상의 이해』, 김태규 옮김, 성균관대학교출판부, 2010, 145~148쪽 참조)

마련인 어떤 것이기 때문이다. 플라톤은 선이나 짝수나 홀수의 실재
성을 확신하고 있기 때문에, 우리에게 그것을 보게 하려고 한다."[62]
"이데아론이 확인하려고 하는 것은 물리적 대상이 갖는 추상적인 속
성이나, 물리적 대상 사이의 추상적인 관계"[63]이므로 이러한 것의 궁
극적인 파악은 모사된 원형의 시각적 재구성이 아니라 합리적인 탐
구에 의해 이루어져야 하지만, 플라톤은 삼각형이나 침대의 비유에서
처럼 시각적인 모사관계를 암시하는 비유를 사용하고 있다. 플라톤의
합리적 철학에 신화적 흔적이 남아 있는 것처럼, 그의 추상적 사고에
도 감각적인 시각적 내용이 잔존해 있는 것이다.

　비록 플라톤이 신을 부정하지 않고 때로는 지성적인 것과 거리가
면 듯한 저승에 대한 묘사를 하고 있을지라도[64] 근본적으로 그에게
신성함은 인간적인 것과 매우 긴밀히 맞닿아 있다. 세상을 창조한 신
과 마찬가지로 물품을 제작하는 장인 역시 '데미우르고스dēmiurgos'
라고 불릴 때, 신이나 장인 모두 이데아에 의거해 세계와 물품을 만들
게 된다. 더 나아가 이러한 신을 쫓아 지상에 이상적인 나라를 세우고
통치해야 할 통치자 역시 이데아에 도달할 수 있는 나라를 만들어야
하는 장인으로서의 과제를 떠맡게 된다.[65] 그러한 과제는 신의 도움
없이 온전히 인간의 힘으로 이루어져 하며, 여기에 장인으로서의 그

---

62. 해블록, 같은 책, 325쪽
63. 같은 책, 329쪽.
64. 『국가』의 마지막 부분에서 죽음을 체험하고 돌아온 에르라는 한 남자의 이야기
가 소개된다. 전투에서 죽게 된 에르는 실제로 저승을 체험하고 화장되기 직전에 다
시 살아나 사람들에게 자신이 저승에서 본 것을 상세히 이야기한다.
65. 소크라테스에 의해 철학자로 불린 티마이오스와 이데아에 따라 세계를 만든 데
미우르고스의 유사성을 지적하는 논문도 있다. 이 경우 존재론적 차원에서 세계를
제작하는 신 데미우르고스는 사실은 인식론적 차원에서 지성의 힘으로 이데아의 세
계를 인식하는 인간 티마이오스에 대한 일종의 은유라는 것이다.(이경직, 「플라톤과
데미우르고스─세계 설명과 세계 제작」, 『서양고전학 연구』 제16권, 2001, 63~86쪽
참조)

에게 막중한 책무가 주어지게 된다. 그러한 통치자는 신의 초월적인 눈이 아니라 인간의 지성의 눈으로 이데아를 인식하고 이에 따라 이상적인 국가를 만드는 장인인 것이다.

2) 중세: 아우구스티누스의 신적 조명설

내면의 시선을 통해 신을 볼 것을 강조하는 성서의 가르침은 중세 초기 교부철학자인 아우구스티누스의 철학에서도 나타난다. 원래 신앙의 진리를 초자연적인 계시를 통해 전달하던 원시기독교가 이교도적인 로마제국의 박해를 받으면서 보다 이성적이고 체계적으로 교리를 세울 필요성이 생겨난다. 또한 기독교가 로마의 국교가 되면서 보다 신학을 체계화해야만 했는데, 이러한 배경하에서 아우구스티누스의 교부철학이 생성된 것으로 볼 수 있다.[66] 그 때문에 그의 철학에서는 신을 단순히 믿는 것을 넘어서 신을 아는 것, 그의 존재를 증명하는 것이 중요하게 된다. 그러나 기독교는 그때까지 철학을 멸시하며 그 자체의 철학적 전통이 없었기 때문에, 아우구스티누스는 플로티노스의 신플라톤주의를 통해 플라톤의 철학을 접하며 이를 자신의 철학에 활용한다.[67]

---

66. 그렇다고 아우구스티누스에게서 계시의 의미가 완전히 부정적으로 평가되고 있는 것은 아니다. 아우구스티누스의 『고백록』을 보면, 하느님이 계시를 통해 미래의 일을 예언하는 것에 대한 언급이 자주 등장하곤 한다. 가령 아우구스티누스는 자신의 어머니가 꾼 꿈의 내용을 미래에 자신이 회심하고 하느님의 품으로 향하게 될 것에 대한 계시로 해석하고 있다.(아우구스티누스, 『고백록』, 김평옥 옮김, 범우사, 2002, 68~69쪽 참조)

67. 아우구스티누스 스스로 플로티노스의 철학이 자신에게 미친 영향에 대해 언급한다. 플로티노스의 철학은 빛의 유출과정으로 세계의 형성을 설명한다. 그리하여 일자一者에서 빛이 유출되어 정신이 되고 거기서 다시 빛이 유출되어 영혼이, 그 다음에는 자연이 된다는 것이다. 플로티노스의 일자, 정신, 영혼처럼 아우구스티누스의 철학에는 성부, 성자, 성령이 있다. 또한 여기에서도 빛의 유출과 유사하게 빛의 조명이 거론된다. 그러나 이 두 철학 체계 사이에는 아우구스티누스 스스로도 명확히 인식하지 못한 차이점이 있다. 플로티노스의 이론에 따르면, 빛의 유출로 인해

아우구스티누스에게는 신을 믿는 것 못지않게 신을 발견하는 것 내지 아는 것이 중요하다. 신앙은 신을 찾아나서는 출발점일 뿐이며, 신을 마지막으로 발견하는 것은 지성이다. 그런데 신을 발견하고 알게 되는 과정은 단계별로 이루어진다. 인간은 영혼과 육신으로 이루어져 있는데, 육신에 생명을 불어넣어주는 것이 바로 영혼이다. 신으로 상승해가기 위해 영혼은 단순히 살아 있는 생명의 차원을 넘어서 감각적 인식을 하게 된다. 그런데 감각적 인식은 감각적 대상이 인간의 영혼에 각인되는 것이 아니라, 영혼 자신이 그러한 감각작용을 수행하며 감각적 인식을 하는 것으로 간주된다. 육체는 영혼보다 열등한 것이므로 영혼에 영향을 줄 수 없으며 단지 영혼의 주시를 요청할 뿐이다. 그리하여 최종적인 감각적 인식은 물질적 지각을 넘어선 영혼의 개입이 있어야만 가능하다. 따라서 "인식 행위는 외부의 물질적인 대상을 향하지 않고, 자기 자신의 내면을 향하여 진행된다. 진리를 찾고자 한다면, 내면으로 들어가서 자신을 파악해야만 하는 것이다."[68] 이처럼 아우구스티누스는 우리가 눈을 통해 지각하는 외부의 빛 외에, 감각적 인식이 가능하도록 내부로부터 비춰주는 이성적인[69] 영혼의 빛을 강조한다.

플라톤은 바라보는 주체와 보이는 대상 외에 보는 것을 가능하게

일자의 빛이 정신을 거쳐 이미 영혼 속으로 흘러들어왔기 때문에 영혼 스스로 자신의 힘으로 빛을 발견할 수 있다. 반면 아우구스티누스의 영혼은 그 빛이 신에게서 나오기 때문에 지성적 인식을 위해 신에게 의지하지 않을 수 없다. 그 때문에 범신론적인 플로티노스가 신에 대한 믿음이나 신의 증명을 요구할 필요가 없었던 반면, 창조론적인 아우구스티누스에게는 이것이 꼭 필요했던 것이다. 앞에서 언급한 아우구스티누스의 이론과 플로티노스의 이론 사이의 공통점에 대해서는 다음을 참조하시오: 진중권, 『미학오디세이 1』(휴머니스트, 2003), 123~124쪽 및 134쪽 참조. 또한 이 두 이론의 차이점에 대해서는 다음을 참조하시오: 질송, 같은 책, 217~226쪽.
68. 아먼드 A. 마우러, 『중세철학』, 조흥만 옮김(서광사, 2007), 29쪽.
69. 질송, 같은 책, 177쪽, "단지 이성만이 감각적인 것과 협력하고 지성은 정신적인 질서에만 몰두하고 질료적인 것으로부터 추상한 어떤 것도 가지지 않는다."

하는 근본조건으로 태양으로 상징되는 선의 이데아를 상정한다. 아우구스티누스에게서도 플라톤의 선의 이데아에 비유될 수 있는, 인간의 진정함 봄 내지 앎을 가능하게 하는 조건이 존재한다. 그것은 다름 아닌 신이다. 여기서 아우구스티누스의 '신적 조명설'이 출발한다. 아우구스티누스는 "정신이 진리를 아는 행위를 눈이 물체를 보는 행위에 비교"한다. "태양이 사물을 가시적으로 만드는 물리적인 빛의 원천인 것처럼, 신은 지성적인 지식을 정신에게 인식 가능한 것으로 만드는 정신적인 빛의 원천"[70]이다.

아우구스티누스에 따르면, 신은 모든 인간을 비춰준다. 인간은 육체적인 감각을 넘어서 지성의 빛을 지니고 있는데, 이러한 빛은 인간 외부에 존재하는 신에 의해 선물된 것이다. 즉 신의 조명에 의해 비춰진 인간 안에 지성의 빛이 창조되어 진리를 인식할 수 있는 것이다. 감각적인 외면의 눈이 아무것도 보지 못하며 어둠 속에 있다면, 신의 조명으로 비추어져 창조된 지성의 내적인 눈은 신적인 빛 덕택에 모든 것을 볼 수 있다. 그것은 가장 높은 단계에서 감각적인 지각과 무관한 정의, 사랑, 신앙 등이 무엇을 의미하는지, 아니 보다 규범적인 의미에서 무엇을 의미해야 하는지 알 수 있게 된다. 이처럼 진리에 다가가기 위해서는 육신의 눈을 버리고 보아야 하며, 이는 신의 조명 없이는 불가능함을 알 수 있다. 아우구스티누스의 대표작인 『고백록』 역시 그가 어떻게 육신의 눈에서 벗어나 영혼의 눈으로 보게 되었는지 그 변화과정을 고백록의 형식으로 상세히 기록하고 있다. 이에 따라 그는 우리가 하느님의 성령으로 사물을 보는 것이 바로 하느님이 우리 안에서 보는 것을 의미한다고 역설한다.[71]

---

70. 같은 책, 161쪽.

아우구스티누스가 지성의 힘에 의한 신의 직관을 주장할지라도, 다른 한편 그가 신의 신비주의적 체험을 강조하고 있음을 간과해서는 안 된다. 여기서 '눈멂'이 강조되는데, 왜냐하면 신의 빛을 보는 순간, 즉 신을 직관하는 순간 우리는 그 찬란한 빛에 눈이 멀지 않을 수 없기 때문이다.[72] 앞에서 말한 지성의 빛은 창조된 것이기에 불완전한 면이 있다면, 신의 빛 자체는 완전한 것이다. 지성의 눈은 신의 조명, 즉 신의 빛에 의해 볼 수 있으며 그래서 신이라는 진리 안에서 진리를 본다면, 신비주의자의 눈은 신의 빛 자체를 보며 그래서 진리의 직관이라고 할 수 있다.

아우구스티누스는 신의 계시보다 지성을 통한 신의 발견을 강조하고, 외적인 사물과 진리의 인식을 위해 육체적 감각, 인간의 지성, 그리고 신적인 조명의 협력 필요성을 역설한다. 더욱이 신의 조명은 감각적인 세계와 관련되는 한 감각적 지식의 필요성을 인정하고 있으며, 이러한 감각적 지식을 얻기 위해서는 감각이 결핍되어서는 안 된다.[73] 따라서 이러한 의미에서 장님의 의미가 상대적으로 제한되고 시각의 의미가 어느 정도 복원되기도 한다. 비록 그가 신의 조명을 받는 내면적인 지성의 빛에 주목하며 내면적 시선을 강조하더라도, 빛나는 지성의 눈은 여전히 지적인 정신의 보는 눈을 의미한다. 쉽게 말해, 그는 신앙의 우위하에 인간의 정신과 신앙의 조화를 꾀한 것이다.

그렇더라도 아우구스티누스가 장님을 부정적인 맥락에서만 바라보고 있지는 않음에 유의할 필요가 있다. 물론 그는 『고백록』에서 육체적인 쾌락에 '눈이 멀었던' 자신을 반성하거나 하느님을 알지 못하며 '눈먼 채' 살고 있었던 자신을 회고할 때, 장님의 비유를 부정적인

---

71. 아우구스티누스, 같은 책, 374쪽 참조.
72. 질송, 같은 책, 199쪽 참조.
73. 같은 책, 172~173쪽 참조.

맥락에서 사용하기도 한다. 하지만 그가 토비트, 이삭, 야곱이 눈이 보이지 않는다는 것에도 불구하고 어떻게 자식을 올바른 삶으로 이끌거나 선한 아들을 분별하는 능력을 보여주었는지 설명할 때,[74] 여기서 묘사된 장님은 더이상 부정적 함의를 갖고 있지 않으며 하느님에 의해 조명된 영혼의 눈으로 볼 수 있는 사람을 가리키게 된다. 또한 앞에서 언급한 것처럼, 아우구스티누스가 지성의 눈을 넘어 신의 빛 자체에 대한 신비주의적 직관을 언급할 때 역시 장님의 긍정적 의미가 강조된다. 이러한 맥락에서 아우구스티누스의 철학이 이성과 지성의 의미를 강조하고 있다 하더라도 기독교적인 틀을 떠나지 않고 있으며, 그 때문에 그에게서 신에 의해 비춰진 영혼의 시선으로 바라보는 장님 역시 긍정적으로 묘사되고 있음을 알 수 있다.

2. 문학: 소포클레스의 『오이디푸스 왕』과 에코의 『장미의 이름』

1) 고대: 종교적 예언자와 합리적 소피스트 사이에서
―소포클레스의 『오이디푸스 왕』

고대 그리스 비극 소포클레스의 『오이디푸스 왕』은 구조적으로 볼 때 '분석극analytisches Drama'의 형태를 지니고 있다. 일반적인 연극의 줄거리가 순차적으로 진행되는 반면, 분석극의 구조는 극이 전개되면서 과거의 사건이 점차적으로 밝혀지게 된다. 『오이디푸스 왕』에서도 주인공인 오이디푸스 왕이 현재 테베에 만연한 재앙의 원인을 찾던 중, 자신의 출생 비밀과 아버지를 죽이고 어머니와 결혼한 과거사가 밝혀진다.

---

74. 아우구스티누스, 같은 책, 257~258쪽 참조.

또다른 관점에서 보면 『오이디푸스 왕』은 추리소설과도 유사한 점이 있다. 물론 이 작품에 탐정이 등장하는 것은 아니지만, 오이디푸스 왕이 현재 테베에서 일어나고 있는 재앙의 원인인 라이오스 왕의 살해범을 밝혀내는 과정은 추리소설의 구조와 흡사하다. 비록 오이디푸스 왕이 처음에는 라이오스 왕의 살해범을 예언자 테이레시아스를 통해 찾을지라도, 테이레시아스가 자신을 범인으로 지목한 이후 그 스스로 범인을 찾는 탐정 역할을 하게 된다. 사건이 진행되면서 그를 범인으로 지목하는 단서들이 점점 늘어나지만, 오이디푸스 왕은 비밀을 밝혀내려는 의지를 굽히지 않으며 결국 이로 인해 운명의 희생양이 되고 만다.

오이디푸스 왕은 자신의 힘으로 진실을 밝혀내려는 강한 의지를 지닌 인물이다. 이러한 근대적 모습을 지닌 오이디푸스 왕과 인간의 운명을 규정하는 신적인 질서 사이의 갈등이 바로 이 작품의 중심주제다. 이것은 이 작품의 역사적 배경에서도 확인된다. 기원전 5세기 후반의 아테네에서는 예언적, 종교적 전통과 새로 등장한 소피스트의 주관적, 합리적 정신 간의 대결이 벌어진다.[75] 이러한 사회적 대립구도는 이 작품에 고스란히 반영된다.

그러나 이러한 대립구도가 작품 초반부터 나타나는 것은 아니다. 나라 전체가 온갖 재앙으로 인해 폐허로 변해가자, 오이디푸스 왕은 그 원인을 알아내기 위해 처남인 크레온을 아폴론의 신전으로 보내 신탁의 말씀을 전해 듣고자 한다. 그는 신의 말씀을 실행에 옮기겠다는 결의를 보인다. 크레온은 선왕의 살인범을 찾아내 처벌해야만 저주가 풀린다는 아폴론의 신탁을 전하지만, 그 범인이 누구인지는 밝

---

75. 이에 대해 자세한 내용은 다음을 참조하시오: 임철규, 『눈의 역사 눈의 미학』, 362~363쪽.

히지 않았다고 말한다. 코로스장이 아폴론이 그 살인범을 알려주었어야 한다고 말하자, 오이디푸스는 인간이 신의 뜻을 어기고 억지로 말하게 할 수는 없다며 신의 뜻을 존중하는 태도를 보인다. 또한 그는 코로스장이 아폴론을 대신해 범인을 밝힐 인물로 예언자 테이레시아스를 추천하자, 자신도 크레온으로부터 같은 권유를 받았다며 그 의견에 동의를 표한다. 따라서 오이디푸스 왕이 처음부터 지적인 오만을 드러내며 신화적 세계관과 충돌하지는 않았음을 알 수 있다.

그런데 테이레시아스가 오이디푸스 왕을 범인으로 지목하면서부터 그의 태도는 변한다. 그는 신의 대변자인 예언자의 예언능력을 의심하며 오만하게도 인간의 지성을 뽐낸다.

> 말해봐라. 네가 한 번이라도 참다운 예언자임을 보여준 적이 있더냐? 저 요사한 개(스핑크스―필자)가 이곳에 나타났을 때 너는 어디 있었더냐? ……그 수수께끼는 보통 재주로는 풀 수 없는 것이었다. 예언자가 풀었어야 했지만 너는 아무 대답도 하지 않았다. 새의 점도 신의 계시도 다 너를 돕지 않았다. 바로 그때, 내가 나타났던 것이다. 이 무식한 오이디푸스가. 그리하여 새의 점이 아니라 타고난 지혜로 나는 그 수수께끼를 풀고야 말았다.[76]

그러나 과거의 비밀을 밝혀내려 할수록 오이디푸스 왕은 신에 대한 믿음을 둘러싼 자신과의 심적 갈등을 피할 수 없게 된다. 한편으로 오이디푸스 왕은 자신이 범인임을 점차 예감하면서 제우스 신에게 하소연하거나 자비를 요청하기도 하지만, 다른 한편으로 부친살해를

---

76. 소포클레스, 「오이디푸스왕」, 『그리스 비극 1―아이스킬로스, 소포클레스 편』, 조우현 외 옮김(현암사, 2001), 211쪽.(이하 본문에 쪽수로 표시)

염려하던 차에 자신의 아버지로 믿고 있던 폴리보스 왕의 사망 소식이 전해지자 아폴론의 신탁을 염려할 필요가 있을까 하는 오만에 찬 의심을 보이기도 한다. 또한 이오카스테가 라이오스 왕이 친자식에 의해 살해될 것이라는 아폴론의 예언은 그의 자식이 이미 죽고 없기 때문에 빗나갔다며 신의 예언마저 무시할 때, 오이디푸스 왕은 그녀의 말에 동조하기도 한다. 이처럼 오이디푸스 왕은 근친상간과 부친살해라는 무서운 진실을 피해가기 위해, 자신의 무죄를 밝힐 수 있는 현실적인 근거들이 제시되면 신의 예언능력까지 반박한다. 그러나 오이디푸스 왕과 이오카스테 왕비 모두 이러한 내적 갈등 속에서 완전히 신을 부정하지는 못하며, 아폴론의 신탁이 실현될까봐 걱정하거나 알 수 없는 운명의 힘을 인정하는 등 앞의 행동과 모순되는 태도를 보이기도 한다.

오이디푸스 왕과 이오카스테 왕비가 신탁의 예언을 비웃자, 코로스는 인간의 오만을 경고하고 아폴론을 비롯한 신들에 대한 믿음이 날로 식어가고 있는 상황을 한탄하며 제우스 신에게 옛 신탁을 다시 밝혀줄 것을 청한다. 여기서 신화적인 세계관이 인간의 합리적인 사고에 의해 위협받는 시대적 상황이 간접적으로 묘사되고 있음을 알 수 있다.

『오이디푸스 왕』은 근대의 탐정에 해당하는 오이디푸스 왕 자신이 역설적으로 범인이고, 신의 질서를 파괴한 그를 희생시키고 속죄양으로 삼음으로써만 사회적 질서가 회복될 수 있음을 보여준다.[77] 이러한

---

77. 임철규, 『그리스 비극』(한길사, 2011), 360쪽 참조. 그러나 이러한 희생제의에 숨어 있는 이데올로기적인 측면에도 주목할 필요가 있다. 르네 지라르는 테베에서 발생한 역병의 원인을 찾는 것이 사실은 역병으로 상징되는 폭력의 확산을 차단하기 위한 희생양을 찾는 것을 의미한다고 말한다. 사회적 질서를 근본적으로 흔들어놓을 수 있는 폭력의 근원은 부친살해와 근친상간의 죄를 저지른 한 개인인 오이디푸스 왕에게 돌려지지만, 사실 이 폭력은 오이디푸스 왕을 살해하려 한 그의 아버지

점에서 이 작품은 전통적인 추리소설의 구조에서 벗어난다. 범인을 밝히는 과정에서 서로 맞서게 되는 오이디푸스 왕과 예언자 테이레시아스 간의 대결구도는 보는 자와 보지 못하는 자 사이의 대결로 볼 수도 있다. 실제로 오이디푸스 왕이 테이레시아스를 가리켜 "귀도 마음도 눈도, 모든 것이 어두운 자"(211쪽)라고 한다면, 테이레시아스는 "왕께서는 눈은 뜨고 계시면서도 얼마나 처참한 일에 빠지고 계신지 그리고 어디서 사시고, 누구와 함께 지내고 계신지" 모른다고 비난하며, "지금은 밝은 그 눈도 그때부터는 끝없는 어둠이 되고 말 것입니다"(212쪽)라고 예언한다. 여기서 인간의 신체적 눈은 현상만을 볼 뿐 진실을 볼 수 없는 것으로 간주되는 반면, 장님 예언자의 내면의 눈은 신의 초월적인 힘을 빌려 진실을 내다볼 수 있는 것으로 간주된다. 여기서 근대인이 지닌 이성의 힘으로 과거의 진실을 재구성하려는 오이디푸스 왕과 신으로부터 부여받은 예언능력으로 미래를 내다보는 테이레시아스는 서로 다른 진리 개념을 보여준다는 면에서 대조적이다.

신화적인 세계와 소피스트적인 인간중심적 세계의 대립구도는, 진리뿐만 아니라 도덕 개념에 대한 이해에 있어서도 나타난다. 근대에 있어서 도덕이란 기본적으로 자신의 의지에 따라 선택할 수 있는 인간의 행위와 관련된 개념인 반면, 신화적인 세계관에 따르면 인간의 의지와 상관없이 저지른 금기 위반이나 잘못마저 죄로 간주된다. 오

라이오스 왕에서 발단된 것이며, 이러한 상호적 폭력은 나중에 예언자 오이디푸스 왕과 테이레시아스 간의 언어적 대결의 형태로 이어진다는 것이다. 결국 테베에 만연한 전염병은 사회문화적 질서의 기본이 되는 차이—예를 들면 부자관계(부친살해)나 모자관계(근친상간) 또는 왕과 신하의 관계(역모나 왕위박탈)—를 없애는 폭력의 사회적 만연성을 나타낸다. 이처럼 폭력의 극단적 확산을 몰아내고 사회적 질서를 회복하기 위해서는 역설적으로 다시 새로운 폭력이 요구된다. 그러한 '신성한' 폭력은 집단이 일치단결하여 한 개인에게 죄를 뒤집어씌우고 그를 희생양으로 삼는 형식으로 발현되는데, 오이디푸스 왕의 경우가 바로 그러하다.(르네 지라르, 『폭력과 성스러움』, 김진식, 박무호 옮김, 민음사, 2003), 105~135쪽 참조)

이디푸스 왕이 스핑크스의 수수께끼를 풀며 인간의 지식으로 세계의 진리를 알아내려고 한 것이 지적인 금기를 깬 것이라면, 아버지를 살해하고 어머니와 결혼한 것은 도덕적 금기를 깬 것이라고 할 수 있다.[78] "그리스인들에게 궁극적으로 중요한 것은 의도가 아니라 행위와 행위의 결과였다. 더럽혀진 우주 질서가 다시 회복되기 위해서는 어떤 식으로든 행위자를 희생시켜야만 했다. 이것이 그리스 비극의 근본적인 패턴이다."[79]

테이레시아스가 장님이 된 이유와 관련하여 두 가지 신화가 전해진다. 하나는 성행위에서 남녀 중 누가 더 많은 쾌락을 느끼느냐는 질문에 그가 '남자는 10분의 1, 여자는 10분의 9'의 쾌락을 느낀다는 '진실'을 말함으로써 헤라의 분노를 사서 실명했다는 설이고, 다른 하나는 목욕중인 아테나 여신의 몸을 훔쳐본 벌로 실명했다는 설이다. 여기서 실명은 인간이 성적인 욕망에 못 이겨 신의 몸을 보아서는 안 된다는 금기를 위반한 것에 대한 처벌이거나, 인간의 지식으로 진리를 점유해서는 안 된다는 금기를 깬 것에 대한 신의 처벌이다.[80]

그러나 오이디푸스의 실명은 테이레시아스의 실명과는 차이가 있다. 한편으로 오이디푸스가 자신의 눈을 찔러 실명한 이유는 우선은 자신의 행위, 즉 부친살해와 근친상간의 범죄에 대한 수치심 때문이다. 그는 "저승에 가서 무슨 눈으로 내 아버지를, 그리고 내 불쌍한 어머니를 뵐 수 있을는지 모르겠다"(242쪽)라거나 "그런 더러운 사내임을 스스로 알고도 내 어찌 사람들을 마주볼 수 있겠는가?"(243쪽)라고 말하며 수치심이 자발적인 실명의 원인임을 밝힌다. 개인의 도덕적인 양심 대신 타인의 시선과 사회적 체면이 그의 실명의 원인이라

---

78. 임철규, 『눈의 역사 눈의 미학』, 366쪽 참조.
79. 같은 책, 349쪽.
80. 같은 책, 359쪽 참조.

는 사실은, 그가 전근대적인 윤리관에 따라 행동하고 있음을 보여준다. 하지만 그가 눈을 찌른 행위에는 동시에 근대적인 의지의 측면도 엿보인다.

아폴론이다, 친구들이여. 나한테 쓰리고 괴로운 재앙을 가져온 아폴론이다. 그러나 눈을 찌른 것은 다른 아무것도 아니다. 바로 나다. 무엇 때문에 내 눈으로 보아야 하나? 모든 것이 추악한 곳에서.(241쪽)

다시 말해 오이디푸스 왕이 아폴론의 신탁에 따라 정해진 운명을 벗어나지 못한 채 죄를 짓고 이에 대한 벌을 받을지라도, 그 벌의 수행은 신에 의해서가 아니라 오이디푸스 왕 자신에 의해 이루어진다는 점은 중요하다. 즉 "오이디푸스는 실명으로 '제2의 테이레시아스'가 되지만, 테이레시아스의 예언의 눈이 신에 의해 주어진 '타인'의 눈이라면, 오이디푸스의 지혜의 눈은 자기 자신에 의해 얻어진 '나'의 눈이다. 바로 이 지점에서 『오이디푸스 왕』이 운명의 비극이라는 틀은 무너진다. 오이디푸스의 지혜의 눈은 아폴론의 의지가 전혀 개입할 수 없었던 오이디푸스 '그 자신'의 눈이기 때문이다."[81] 자신이 저지른 죄를 차마 눈으로 볼 수 없는 오이디푸스는 왕비가 입던 옷에서 황금의 장식바늘을 빼들어 자신의 눈을 찌른다. 비록 예언자 테이레시아스가 그가 실명할 것을 앞에서 예언하기는 하더라도, 그것이 신에 의해서가 아니라 오이디푸스 자신의 '각성'에 의해 이루어진다는 점이 중요하며, 이 점에서 소포클레스가 동시대 소피스트의 담론을 어느 정도 수용한 것으로 해석할 수 있을 것이다. 그렇다고 해도 이것이 신의 질서를 깨뜨릴 정도로 나아가지는 않는다. 작품 마지막에서

---

81. 같은 책, 371쪽.

크레온이 오이디푸스 왕에게 "이젠 당신도 신을 믿으시니까"(244쪽)라고 말할 때, 오이디푸스 왕이 신에 의해 주어진 자신의 운명을 받아들이고 있음을 알 수 있다.

오이디푸스 왕은 자신의 눈을 찔러 실명함으로써 세계와 자기 자신에 대한 진정한 깨달음의 길에 들어설 수 있게 된다. 바꿔 말하면, 이것은 그가 인간의 신체적인 감각으로서의 눈의 자명성을 불신하게 되었음을 의미한다. 또한 오이디푸스 왕은 자신의 죄를 인식하고 나서 "듣지 못하게 하는 방법만 알았더라면 눈뿐이겠는가, 귀도 들리지 않게 이 부끄러운 몸뚱이를 땅속의 감옥으로 만들겠다"(243쪽)고 말함으로써 청각에 대해서도 부정적 입장을 간접적으로 드러낸다. 반면 그가 실명한 후 자식들을 손으로 만져보기를 원하며 그것이 눈으로 볼 때처럼 함께 하는 느낌을 줄 것이라고 말한다든지 크레온에게 자신의 부탁을 들어주는 승낙의 표시로 손을 만져달라고 말할 때, 여기에서 '촉각'은 보다 긍정적이고 믿을 만한 감각으로 등장한다. "시각에 특권이 부여되었다고 해서 그리스 문화를 일방적으로 시각만이 모든 것을 지배한 것으로 파악하는 것은 모든 일면적인 해석이 그렇듯이 위험한 것일 수 있다. 예컨대, 이빈스는 그리스 문화를 촉각적인 것으로 보는데, 그는 특히 그리스 기하학은 촉각적-근육적 직관이 지배한다고 해석한다."[82] 이러한 해석은 『오이디푸스 왕』에서도 어느 정도 타당성을 얻는다. 반면 믿을 수 없는 감각으로 묘사된 시각은, 신체적인 감각의 눈에서 정신적인 내면의 눈으로 전환됨으로써 진리의 담지자가 될 수 있다. 그러한 진리의 눈은 테이레시아스가 대변하는 신의 초월적인 눈일 수도 있겠지만, 신의 질서와 운명을 받아들이고 그러한 깨달음을 내면화한 오이디푸스가 대변하는 '인간'의 내면

---

82. 주은우, 『시각과 현대성』(한나래, 2003), 148쪽.

적인 눈일 수도 있을 것이다.

2) 중세: 청각문화와 시각문화의 대결—에코의 『장미의 이름』

움베르토 에코의 『장미의 이름 *Il nome della rosa*』(1980)은 14세기 중세를 배경으로 이야기를 펼친다. 이 소설의 역사적 배경은 황제 및 프란체스코회 측과 교황 측 간의 청빈사상을 둘러싼 논쟁이다. 프란체스코회는 교회가 예수그리스도와 사도들의 물질적 소유를 일종의 재산으로 간주하면서 자신들의 부의 축적과 부패를 정당화하는 것을 비판하며 청빈사상을 주장한다. 교파들 간의 이러한 도덕적 논쟁은 이들을 사회적으로 보수와 진보의 진영으로 각각 구분할 수 있는 근거를 마련해준다.

그런데 교파들 간의 보수, 진보 논의는 도덕적 논쟁을 넘어서 감각문화의 틀 내에서도 이루어진다. 에코는 이 소설의 배경을 자신이 잘 아는 12~13세기가 아닌 14세기로 잡은 이유를 다음과 같이 설명한다. "나에게는 관찰력이 예민하고, 정황을 해석하는 데 탁월한 안목을 지닌 조사관, 그것도 가급적이면 영국인(상호텍스트적인 인용)이 한 명 필요했다. 그런데 이러한 조사관은 프란체스코 수도회에, 그것도 로저 베이컨 이후에나 있을 수 있다."[83] 로저 베이컨Roser Bacon (?1220~1292)은 이 작품의 실질적인 주인공인 프란체스코 수도회 소속 윌리엄 수도사의 스승으로 언급된다. 프란체스코 수도회의 수사였던 로버트 그로스테스트Robert Grosseteste(?1175~1253)는 빛이 천지창조 첫날 신에 의해 창조되었다는 데서 출발해, 광학을 신의 은총인 빛을 설명할 수 있는 수단으로 간주한다. 그에 따르면 신에 의해 최초로

---

83. 움베르토 에코, 『장미의 이름 창작노트』, 이윤기 옮김(열린책들, 2004), 45~46쪽.

만들어진 빛은 모든 자연현상의 원인이 되기 때문에, 광학은 자연 연구의 토대를 이룬다. 또한 빛의 움직임은 기하학적으로 규정되기 때문에, 기하학은 우주에서의 빛의 본성을 설명하는 데 기여할 수 있다.[84] 그로스테스트의 영향을 받은 베이컨 역시 수학, 특히 기하학을 만물을 설명하고 신적인 것을 이해하기 위한 기초로 간주한다. 베이컨은 눈과 뇌의 해부학뿐만 아니라 광학에도 큰 관심을 가졌다. 이때 수학은 빛의 반사와 굴절 각도를 계산하고 렌즈를 제작하는 데 사용되며 광학의 필수적인 학문이 된다.[85] 비록 그의 자연과학 연구가 궁극적으로는 신앙과 신학을 위한 것이라 할지라도, 이에 대한 그의 기여는 과소평가될 수 없을 것이다. 흔히 중세는 청각중심적인 사회로 많이 인식되지만, 중세 내에서도 이처럼 시각문화의 전통이 완전히 사라지지는 않는다. 특히 유대교와 이슬람교에 비해 그리스도의 육화를 주장하는 기독교에서는, 성스러운 이미지의 창조를 허용하고 심지어 장려하며 그 나름의 시각문화를 형성해나간다. 그로스테스트와 베이컨을 중심으로 하는 프란체스코 수도회도 신에 의한 빛의 창조와 기하학 및 광학을 강조하며, 근대의 시각중심적인 문화로 이행할 수 있는 발판을 마련한다. 또한 이들의 광학 연구는 르네상스 시대의 원근법 확립에도 크게 기여한다.

이 작품의 주인공인 윌리엄 역시 여러 차례 베이컨을 언급하면서 근대적인 특성을 보여준다. 그의 탐정적인 면모 외에 다양한 시각보조기구에 대한 언급 역시 근대의 과학과 기술로 이행하는 과도기로서의 중세의 모습을 보여준다. 그는 시계, 천체관측의 등을 들고 다니는데, 그의 제자인 아드소만 해도 그러한 물건을 못된 마술에나 쓰는

---

84. 주은우, 같은 책, 156쪽 참조.
85. 마우러, 같은 책, 164~165쪽 참조.

연장으로 간주한다. 또한 윌리엄은 돋보기안경을 인간의 약점을 극복하는 데 도움을 주는 유익한 도구로 간주한다. 다시 말해 돋보기안경은 인간의 눈이 지닌 단점을 보완하기 위한 기술적인 발명품으로 긍정된다.

이렇게 근대 시각문화에 가까운 중세의 시각문화를 대변하는 윌리엄과 대조를 이루는 인물이 바로 호르헤 신부다. 40년 전 시력을 잃은 장님 호르헤는 살인사건이 벌어지고 있는 베네딕트 수도원의 숨은 권력자라고 할 수 있다. 안경을 쓴 윌리엄과 대비되는 장님 호르헤의 실명은 단순히 신체적인 특징을 가리키는 것이 아니다. 호르헤의 시력 상실은 시각문화에 적대적인 그의 입장을 상징적으로 보여주고 있다. 그는 장님인 반면, "음성에는 권위와 위엄이 묻어 있어서 그의 말이 선지자의 예언처럼 들리게 했다."[86] 물론 그가 말을 가려서 해야 하고 몹쓸 말 대신 차라리 침묵의 필요성을 강조하기는 하지만, 그의 비판대상은 무엇보다 몹쓸 형상에 집중되어 있다.

이미 8세기부터 약 100년간 비잔틴제국에서 성상파괴운동을 둘러싼 논쟁이 벌어진 바 있었다. 성상파괴운동을 시작한 장본인인 레오 3세를 비롯한 성상파괴론자들은, 모세의 십계명 중 두번째 계명인 우상숭배의 계율에 근거해 신의 모습을 형상화하는 것에 반대하며 성상을 파괴했다. 이에 반해 성상옹호론자들은 인간의 모습으로 세상에 온 신의 아들 그리스도의 육화를 근거로 예수의 성상을 세우는 것을 옹호하였다.[87] 이 논쟁 이후 중세 말까지 성상은 지속적으로 옹호되었으며, 호르헤 역시 이러한 성상 자체에 대해서는 비판의 말을 하지 않는다. 그럼에도 불구하고 시각문화에 대한 호르헤의 기본적인 태도

---

86. 움베르토 에코, 『장미의 이름―상』, 이윤기 옮김(열린책들, 2005), 158쪽.(이하 본문에 권과 쪽수로 표시)
87. 임철규, 같은 책, 104~107쪽 참조.

는 적대적이다. 가령 필사본의 난외채식欄外彩飾과 관련하여 벌어진 수도사들과의 논쟁에서 호르헤는 인간이 기괴한 형상을 통해 하느님이 만드신 세계와 정반대의 세계를 그려냄으로써 세상을 미혹하고 있다고 비판한다.

> "아하…… 형상이라고 하는 것이, 피조물 중에서도 최고의 걸작이라고 할 수 있는 인간으로 하여금 그 교만한 머리를 숙이게 할 수 있다면야 좋겠지만, 필경은 하느님의 피조물인 인간을 웃음거리로 전락시키고 말아요. 이래서 하느님 말씀이 거문고 뜯는 나귀, 방패로 밭을 가는 올빼미, 스스로 멍에를 쓰고 일하는 황소, 거꾸로 흐르는 강, 불붙는 바다, 은자로 변신하는 늑대 따위로 그려지는 불상사가 생기는 것입니다."(상, 159~160쪽)

위의 구절에서 호르헤가 기독교의 성상문화 자체는 받아들이지만, 그 틀 내에서 시각문화에 대한 보수적인 입장을 견지하고 있음을 알수 있다. 그는 하느님의 '말씀'이 인간이 만들어낸 형상들, 특히 성상이 아닌 형상들에 의해 왜곡되고 있음을 신랄하게 비판한다. 그는 수도사들이 책보다 대리석 부조를 더 탐하고, 명상이나 사색 대신 기이한 형상에 빠져 있는 것을 비판한다. 명상이나 사색은 모두 눈을 감고 이루어지는 과정들로, 관찰하고 탐색하는 윌리엄의 시각과는 대립되는 특성이다.

이와 달리 윌리엄은 미덕뿐만 아니라 죄악도 사례로 다룰 수 있고 그러한 예화를 통해 보는 자를 계도할 수 있다며, 형상을 통한 이야기를 용납해야 한다고 주장한다. 그리스어를 번역하는 베난티오 수도사역시 신성한 것은 하느님으로부터 가장 먼 천한 형상을 통해서라도 자신을 드러낼 수 있다며, 형상화의 자유를 요구한다.

시각문화와 청각문화의 대립은 중세의 진보와 보수 간의 대립구도의 또다른 표현이라고 할 수 있다. 종과성무 기도 때 연장자인 호르헤가 설교를 하는데, 그 주된 내용은 수도원의 사명이 탐구가 아니라 보존이라는 것이다. 하느님에게 속하는 지식은 완전한 것이고 이 완성된 지식의 보고가 이미 수도원에 있으니 그것을 보존하기만 하면 되고 이에 도전하는 것은 마땅히 파기해야 한다고 그는 주장한다. 그러면서 그는 호기심 많은 수도사들이 도서관에 침입해 이교도적인 서적을 보는 것을 간접적으로 경고한다. 그가 사실상 지배하고 있는 도서관의 도서 분류 원칙 역시 반시각적인 것이다. 최근에 저자명에 의한 분류법이 생겨났지만, 이 도서관에서는 책이 도서관에 들어온 순서에 따라 정리된다. 알파벳 순서에 따라 시각적으로 배열되는 것이 아니라 아무런 연관 없이 책이 분류되는 이러한 시스템은, 특정 책을 찾을 수 있는 사람을 도서관 사서에 국한시킴으로써 또하나의 권력을 만들어낸다. 도서관 사서는 뛰어난 암기력으로 이를 기억해야 하며, 책에 대한 독점적인 권력을 행사할 수 있게 된다. 흥미로운 것은 장님 호르헤 역시 "장님 특유의" "놀라운 기억력"(상, 161쪽)으로 수도원의 건축물에 새겨진 기괴한 문양들을 다 기억하고 있다는 사실이다. 이러한 기억은 이미 존재하고 있는 것을 다시 그대로 반복하고 새로운 것의 추가를 허용하지 않는 배타적이고 재현적인 기억으로, 도서관의 책 배열과 관련해서 권력적이고 반시각적인 특성을 보여준다.

에코는 윌리엄을 비롯한 진보적인 수도사들과 호르헤를 비롯한 보수적인 수도사들의 논쟁을 통한 성상파괴 논쟁 외에도 또다른 중세의 시각 담론 양상을 보여준다. 말하자면 에코의 소설이 단순히 중세의 역사적 배경에 머물지 않고 포스트모더니즘 소설의 특성을 보여주는 지점을 간과해서는 안 될 것이다. 즉 윌리엄이 대변하는 시각 담론 역시 단순히 근대적 특성을 지닌 진보적인 중세의 시각 담론으로 해석하는 데 그쳐서는 안 된다는 말이다. 윌리엄은 예리한 관찰과 이에 따른 합리적 추론을 통해 살인범을 추적하고 사건의 전말을 밝혀내지만, 그 과정이 홈스에게서처럼 실수 없이 완벽하게 이루어지는 건 아니다. 추리의 과정에 있어 우연의 도움이 작용할 뿐만 아니라, 범죄 자체에도 예기치 못한 우연과 복잡한 인과관계가 작용함으로써, 근대적인 의미에서의 범인 추리와 체포 도식은 지켜지지 않고 있다. 또한 윌리엄은 진리를 위해 죽을 수 있는 사람이야말로 위험한 인물임을 경고하면서 진리를 독점하려는 입장에 반대하여 진리에 이르는 다원적인 통로를 열어놓는다. 그는 진리에 이르는 다양한 시각을 열어놓으면서 하나의 시각이 군림하는 것을 반대한다.

진리에 대한 윌리엄의 다원적인 입장과 이교도에 대한 그의 포용 정신은 그가 도서관에 몰래 들어가 서책을 보면서 제자 아드소와 나눈 대화에서 잘 드러난다. 아드소가 『코란』을 보고 사서邪書가 아니냐고 묻자, 윌리엄은 "사서라고 하지 말고, 우리 성서와는 유가 다른 지혜가 담긴 서책이라고 부르거라"(하, 585쪽)라고 대답한다. 또한 아랍 사람이 쓴 『시각론』이라는 책을 발견하고, 이 도서관에 기독교인들이 마땅히 읽고 배워야 할 이교도들이 쓴 과학논문도 있다며 다른 문화로부터의 학습의 필요성도 강조한다.

임철규는 성상을 거부하며 청각문화에만 기반을 둔 유대교나 이슬람교에 비해, 다수의 신과 다양한 종류의 성상을 허용하는 불교나 힌두교에는 그러한 배타성이 존재하지 않는다고 말한다. 그러면서 기독교는 일신교와 예수의 육화(이와 더불어 성상의 허용)의 교리 사이의 긴장관계에 있다고 말한다.[88] 호르헤가 기독교의 이러한 두 측면 사이에서 일신교적인 배타성으로 기울어간다면, 윌리엄은 이와 반대로

---

88. 같은 책, 119쪽 참조.

다원적인 시각문화의 표징하에서 개방성과 관용의 정신을 보여준다.

　이러한 텍스트 맥락에서 장님은 시각문화에 적대적인 청각문화의 배타성을 상징하는 것으로 해석할 수 있다.[89] 그러나 에코가 묘사한 중세의 모습이 진보적이고 더 나아가 포스트모더니즘적인 특성을 담지하고 있는 특수한 상황이라는 점을 전제한다면, 보다 중립적인 시각에서 장님의 의미를 파악할 필요가 있다. 이러한 시각에서 볼 때 장님은 말씀으로서의 하느님의 존재에 주목하고 인간화되지 않는 신을 사색과 명상을 통해 체험하는 사람에 대한 비유라고 할 수 있다. 중세의 기독교 문화가 청각문화의 주도하에서도 시각문화와의 긴장관계 내지 상호보완관계에 있었다는 점을 고려한다면, 장님의 비유 역시 어떤 맥락에서 바라보느냐에 따라 그 의미가 달라질 수 있을 것이다. 특히 에코의 『장미의 이름』은 청각문화의 특징을 지니는 것으로 생각되는 중세에도 시각문화의 의미가 부각될 수 있고, 그 때문에 장님 비유가 중세적 맥락에서도 부정적인 의미를 띨 수 있음을 보여주는 하나의 사례가 될 것이다.

---

89. 오늘날에도 청각중심의 매체예술에서 장님이 이상화되는 경향을 발견할 수 있다. 예를 들어 라디오방송극에서는 시각적인 요소를 배제한 채 소리, 언어, 음악과 같은 음향만을 이용해 정신적인 체험을 표현하는 내면의 상들을 만들어내려고 한다. 이때 우리가 모범으로 삼을 수 있는 이상적인 방송극 청취자와 작가의 상은 장님에게서 발견할 수 있다.(Christa Karpenstein-Eßbach, *Einführung in die Kulturwissenschaft der Medien*(Paderborn, 2004), 269쪽 참조)

제3장

|

근대의 시선 담론
합리적인 이성의 눈과 원근법의 단안적 시선

1. 철학: 데카르트의 장님 비유와 추상적인 이성의 시선

서양 합리주의 철학의 계보는 플라톤에서 시작해 데카르트로 이어진다. 그러나 플라톤과 데카르트 사이에는 매체사적으로 볼 때 커다란 단절이 놓여 있다. 고대 그리스 시대의 플라톤이 표음문자인 알파벳이 본격적으로 사용되기 시작한 시대에 살았다면, 데카르트는 필사문화가 끝나고 본격적으로 인쇄문화가 시작되는 시대에 살았다. 물론 필사문화와 인쇄문화 모두 알파벳문자를 바탕으로 하지만, 이들 사이에는 구술문화와 문자문화 사이만큼이나 큰 간극이 있다.

알파벳문자가 사용되면서 소리가 문자로 포착되고 시각적으로 보이는 텍스트로 변하면서 청각의 주도적 지위가 약화된 것은 사실이다. 그렇지만 인쇄술이 발명되기 이전의 필사문화에도 청각의 의미는 여전히 살아 있다. 필사문화에서는 정확한 철자법이나 문법에 대한 고려가 없으며 그 대신 수사학이 중요한 역할을 한다. 이 시기에는 청중들 앞에 있을 때뿐만 아니라 혼자 있을 때도 텍스트를 소리 내어 읽는 것이 일반적이다. 그러나 인쇄술 발명 이후, 문자가 활자로 배열되며 텍스트라는 공간에 위치한 사물의 지위를 갖게 되면서, 텍스트의 시각적 측면이 두드러지게 나타나기 시작한다. 이처럼 선형적 질서에 따라 배열되고 상하좌우로 잘 정렬된 텍스트는 보다 빠른 속도로 텍스트를 묵독하는 것을, 즉 소리 내어 읽지 않고 눈으로만 보는 것을 가능하게 만든다. 또한 인쇄술의 발명으로 대중적인 상품이 되었고 크기도 작아져 보다 휴대하기 편해진 책은, 더이상 도서관에만 보관되는 것이 아니라 개인적으로도 소장되어 사적 공간에서의 독서를 가능하게 해준다. 독자와 마찬가지로 작가도 텍스트를 대상으로 마주하며 개인과 주체로서의 자신의 지위를 확인하게 된다. 이로써 구술문화나 구술 전통이 남아 있던 필사문화에서 낭송이 가져다주는 공동체적 일체감이나 촉각적 접촉은 사라지며, 텍스트와 작가 및 독자 사이에 메울 수 없는 심연이 벌어지는 것이다. 작가와 독자는 텍스트를 더이상 자신과 촉각적으로 연결된 것으로 여기거나 텍스트에서 목소리를 들으려고 하는 대신, 점점 그것을 시각적인 대상물로 간주하기 시작한다. 물론 인쇄술이 발명된 15세기에서 17세기 말까지 내용적으로는 주로 중세 문헌들이 인쇄되지만,[90] 그럼에도 불구하고 인쇄된 책이라는 매체 자체가 인간에게 가져다준 심리적, 사회적 영향은 무시할 수 없다. 또한 이러한 인쇄문화의 발전은 르네상스를 거쳐 데카르트에 이르면서 시각중심주의와 자아에 대한 관념을 더욱 발전시킨다. 똑같은 내용이라도 목소리나 필사본으로 표현할 때 생기는 다양한 차이들은 획일적이고 반복 가능한 조립공정을 거치는 활자에 의해 사라지고 만다. 이러한 획일성은 인쇄된 텍스트의 획일적인 배

---

90. 마샬 맥루한, 『구텐베르크 은하계―활자 인간의 형성』, 임상원 옮김(커뮤니케이션북스, 2001), 280쪽 참조.

열과 조직에서 더욱 극명히 드러난다. 또한 인쇄에 의해 문자가 시각적으로 고정되면서, 구술문화의 전통이 잔존한 중세 언어에서 비교적 자유롭게 문장 내에서 이동할 수 있던 주어나 술어의 위치, 즉 어순도 고정된다.[91] 이처럼 시각이라는 하나의 감각을 극대화하여 사용할 때 그것은 정확성을 낳지만, 또한 다른 감각을 배제하는 가운데 감각의 불균형을 초래하여 사태를 편향적으로 바라보며 왜곡시키기도 한다. 하나의 고정된 관점에서 관찰하도록 만드는 활판인쇄술은 동시대에 르네상스 원근법을 낳고,[92] 그 이후에는 수학적 합리성이라는 하나의 관점으로 세계를 바라보는 데카르트의 철학을 생겨나게 한다. 또한 필사본은 끊임없이 외부세계와 대화를 주고받으며 주석이나 난외방주를 달 수 있는 상호텍스트성이라는 구술문화의 특성을 지닌 반면, 인쇄된 텍스트는 한 번 출판되면 원칙적으로 삽입이나 수정이 불가능하기 때문에 폐쇄적이고 완결된 성격을 띤다.[93] 17세기 데카르트의 철학은 이러한 시각중심적이고 폐쇄적이며 합리적인 인쇄문화의 정신이 인간의 개인적 심리와 사회적인 환경 곳곳에 침투해 들어오기 시작한 시대의 산물이다.

계몽주의는 비합리적이고 미신으로 가득한 암흑 같은 중세에서 탈피해 이성의 빛으로 세계를 해명하려는 근대의 대표적 사조다. 이러한 근대 철학의 주창자라고 할 수 있을 데카르트 역시 이성중심적인 자신의 철학을 빛의 비유를 통해 설명하곤 한다. 그의 미완성 원고 「자연의 빛에 의한 진리 탐구La Recherche de la vérité par la lumière naturelle」[94]의 한 구절에서 저자의 입장을 대변하는 인물인 에우도수

---

91. 같은 책, 447쪽 참조.
92. 같은 책, 251~252쪽 참조.
93. 월터 J. 옹, 같은 책, 200쪽 참조.
94. 이 원고의 원제목은 「건전한 사람이 그 생각에 떠오르는 모든 것에 대해 가져야

스는 "에피스테몬처럼 무수한 의견과 선입견을 갖고 있는 사람은 자연의 빛을 신뢰하지 않으며, 따라서 자기 이성의 소리보다는 권위에 더 귀를 기울이는 데 익숙해져"[95] 있다고 말한다. 여기서 자연의 빛은 이성에 대한 비유로 사용된다. 에우도수스는 폴리안데르라는 평범한 정신의 소유자에게 보편적인 의심과 회의라는 방법을 사용해 궁극적으로 회의할 수 없는 확실한 것에 대한 인식을 전달하려고 한다. 이러한 과정에서 사용된 "저 의심들은 희미하고 어렴풋한 빛을 틈타 밤에 나타나는 유령이나 헛된 상과 같은 것"[96]으로 간주된다. 즉 의심은 아직 어렴풋한 빛을 틈타 나타나는 유령, 이성의 불빛이 활활 타오르지 않은 상태에서 나타나는 '그림자' 같은 것으로, 그 자체로는 완전한 진리를 보장하지 않는다. 그러나 그것을 두려워하지 않고 적극적으로 활용하여 생각을 발전시키면 진리에 접근할 수 있다. 모든 것에 대한 보편적 회의는 의심하고 있는 (혹은 사유하고 있는) 나 자신만은 확실히 존재한다는 인식을 낳는다. 왜냐하면 우리가 모든 것을 다 의심해도 그러한 의심을 하고 있는 나 자신의 존재를 부정할 수는 없기 때문이다. 에우도수스의 인도로 폴리안데르는 점점 이러한 인식에 다가가며 "의심하는 나는 무엇인지를 고찰하고, 이것을 이전에 나에 대해 믿고 있었던 것과 혼동하지 말라는 권고는 내 정신에 불을 붙여줌과 동시에 어둠을 추방시켰기 때문에, 나는 눈에 나타나지 않는 것을 이

하는 의견을 종교나 철학의 도움 없이 순전히 그 스스로 규정해주고, 기이한 학문의 비밀 속으로 침투하는 자연의 빛에 의한 진리 탐구"이다. 데카르트는 이 글에서 자신의 견해를 대변하는 인물인 에우도수스, 강단철학자를 대변하는 에피스테몬, 전문적 지식이 없는 평범한 지성의 소유자 폴리안데르라는 세 인물을 내세워 대화 형식으로 자신의 철학적 견해를 표명하고 있다.

95. 르네 데카르트, 「자연의 빛에 의한 진리 탐구」, 『성찰』, 이현복 옮김(문예출판사, 2006), 156쪽.
96. 같은 책, 143쪽.

횃불을 통해 내 안에서 더 자세히 볼 수 있게"[97] 되었다고 말한다. 이 문장에서 어둠은 무지를, 횃불은 진리를 밝히는 이성의 비유로 등장한다. 이와 같이 데카르트의 철학에서 빛은 이성을 상징하며 진리로 이끄는 유일한 길을 나타낸다. 그리고 이러한 이성의 횃불은 '나의 눈에 나타나지 않는 것을 더 자세히 볼 수 있게' 하는 역할을 수행한다. 여기서 이성과 감각적 지각의 관계가 간접적으로 언급된다.

데카르트는 '나의 눈에 나타나는 것,' 즉 감각적으로 지각되는 것의 불충분성에서 대해서 여러 차례 언급한 바 있다. 앞의 책에서도 에우도수스는 감각이 사람들을 기만하고 있기 때문에 항상 감각에 속지 않도록 주의해야 하지만, 사람들은 지식이 감각의 확실성에 근거하고 있다고 경솔하게 믿곤 한다고 말한다.[98] 데카르트는 연역, 즉 어떤 하나에서 다른 하나를 끌어내는 순수한 추리가 이성적으로 이루어지기 때문에 그것만이 진리에 도달할 수 있는 반면, 사물에 대한 경험은 오류에 빠질 위험이 있음을 지적한다. 그러나 그렇다고 그가 감각의 유해성이나 불필요성만을 강조하는 것은 아니다. 「정신지도를 위한 규칙들Regulae ad directionem ingenii」에서도 데카르트는 "지식을 획득할 수 있는 능력은 오성뿐이지만, 오성은 다른 능력들, 즉 상상력, 감각 및 기억으로부터 도움을 받기도 하고 또 방해를 받기도 한다"[99]고 말한다. 이처럼 데카르트는 감각 자체의 불완전성을 인식하면서도 그것이 연역을 통한 인식의 과정에 필요한 수단으로 사용될 수 있음을 인정하며 양면적인 입장을 취한다.

감각 일반에 대한 데카르트의 이러한 입장을 바탕으로, 이제 데카

---

97. 같은 책, 150쪽.
98. 같은 책, 138쪽 참조.
99. 데카르트, 「정신지도를 위한 규칙들」, 『방법서설』, 이현복 옮김(문예출판사, 2006), 62쪽.

르트의 철학에서 시각이 차지하고 있는 위치는 어떠하며 진정한 봄, 즉 진정한 인식은 그에게 무엇을 의미하는지 살펴보도록 하자. 특히 장님의 비유는 이러한 맥락에서 중요한 의미를 갖는다.

계몽의 빛을 강조하는 근대에 장님은 무지를 상징하는 암흑과 연관되어 부정적 맥락에서 등장한다. 데카르트는 『방법서설Discours de la méthode』(1637)에서 강단철학자들을 장님에 비유하며 이렇게 말한다. "이런 점에서 그들은 장님이 정상적인 사람과 동등한 조건에서 싸우기 위해 아주 어두운 동굴로 끌고 들어가는 것과 비슷하다고 생각된다. 그리고 내가 사용한 철학의 원리를 공표하지 않는 것이 그들에게는 유리할 것이다. 왜냐하면 이 원리들은 아주 단순하고 명증한 것이기 때문에, 그것을 공표한다면 그들이 싸우기 위해 내려간 동굴에 몇 개의 창문을 내고 빛이 들어오게 하는 것과 다름없기 때문이다."[100] 강단철학자들은 이성의 빛에 맞서 어둠의 동굴에 갇혀 사는 장님 같은 존재다. 이들은 다른 사람들이 이전의 학문적 권위와 지식에 안주하도록 만들며 이성을 통해 진리를 깨닫는 것을 방해한다. 이러한 맥락에서 장님은 진실을 보지 못하는 사람을 가리키며, 부정적인 의미를 지닌다.

그런데 다른 한편 데카르트는 『굴절광학La Dioptrique』[101]에서 빛의 성질과 시각적 지각 원리를 설명하기 위해서도 장님의 예를 든다. 데카르트는 물체에 반사된 빛이 투명한 물체인 공기를 거쳐 우리의 눈에 도달한다고 말한다. 그러나 그는 이로부터 대상의 어떤 물질적인 것이 우리의 눈에 그대로 들어와 상을 형성한다고 주장하지는 않는

---

100. 같은 책, 230쪽.
101. 『방법서설』, 『굴절광학』, 『기상학』, 『기하학』이라는 네 편의 글로 구성된 이 책의 제목은 『이성을 잘 인도하고, 학문에 있어 진리를 탐구하기 위한 방법서설, 그리고 이 방법에 관한 에세이들인 굴절광학, 기상학 및 기하학Discours de la méthode pour bien conduire sa raison, et chercher la vérité dans les sciences. Plus la Dioptrique, les Météores et la Géométrie qui sont des essais de cette Méthode』이다.

다. "아리스토텔레스나 스콜라 철학에서는 빛이 대상의 형태를 전달하며, 이 형태가 눈 속에 들어온 것이 핵종species이다. 시각이 대상의 색채나 크기와 형태를 지각하는 것은 핵종이 전달하는 이미지와 대상과의 유사성 때문이다."[102] 그러나 데카르트는 이러한 핵종의 존재를 부인하며, 대상과 지각된 상 사이에 아무런 유사성이 존재하지 않는다고 말한다. 오히려 그는 인간의 시각적 지각과정을 장님이 대상을 식별하는 과정에 비유한다. 장님은 지팡이를 이용해 물체의 특성을 간파하고 이를 통해 그것이 무엇인지 인식한다. 즉 인식된 대상과 장님이 지팡이를 통해 얻은 감촉 사이에는 아무런 유사성이 없으며, 단지 그러한 손의 감촉을 통해 뇌의 특정 부분이 자극되며 이를 통해 뇌가 물체의 특성을 파악하여 그 대상의 실체를 인식하는 것이다. 이에 따라 "시지각은 몸에게 주어진 기호들을 엄밀하게 해독하는 사유"이며, 대상과 지각된 상과의 "유사성은 인지의 결과이지 인지의 원천이 아니"[103]라는 것을 알 수 있다.

데카르트는 『굴절광학』에서 물체에 반사된 빛이 인간의 눈으로 들어오고, 그것이 다시 눈에 있는 시신경을 통해 뇌로 전달되어 최종적인 상이 생겨난다고 말한다. 따라서 엄밀한 의미에서 "보는 것은 우리의 영혼이지 눈 자체가 아니며, 영혼은 직접적으로 보는 것이 아니라 뇌의 매개를 통해서만 보게 된다."[104] 더 나아가 그는 정신병자나 꿈꾸는 사람처럼 대상을 직접 보지 않고도 뇌에서 시각적 이미지를 만들어내거나 역으로 뇌를 다쳐서 전혀 감각을 느끼지 못하는 경우

---

102. 주은우, 같은 책, 268쪽.
103. 모리스 메를로-퐁티, 『눈과 마음―메를로-퐁티의 회화론』, 김정아 옮김(마음산책, 2008), 75쪽.
104. Gertrud Leisegang, *Descartes Dioptrik*(Meisenheim am Glan, 1954), 105쪽.(데카르트의 『굴절광학』 번역은 69~164쪽까지 참조)

도 언급한다. 이처럼 시각적 지각은 단순히 신체적, 물리적인 눈을 통한 감각적 지각과 동일시될 수 없으며, 뇌의 사유과정을 거쳐야 완결됨을 알 수 있다.

데카르트는 경험적이고 감각적인 눈을 불신하고 추상화된 합리적인 오성의 눈을 신뢰하였다. 이러한 맥락에서 장님의 비유는, 감각적인 눈에 대한 불신과 마음의 눈인 오성의 눈에 대한 신뢰를 상징적으로 보여준다. 그러나 이러한 장님 비유를 지나치게 확대해석하여 데카르트가 시각 자체를 불신하는 것으로 해석해서는 안 될 것인데,[105] 왜냐하면 오성적인 마음의 눈이 작동하기 위해서는 대상을 지각하고 관찰하는 시선이 전제되어야 하기 때문이다. 여기에서 근대와 전근대의 장님상에 있어 근본적인 차이점이 드러난다. 가령 고대 그리스에서, 장님이 신의 메시지를 전달하는 예언자의 기능을 수행한다고 할 때, 장님은 하나의 비유가 아니라 실제적인 인물로 등장한다. 따라서 장님의 예지능력은 정확한 관찰과 이를 토대로 한 합리적 인식에 기반을 두는 것이 아니라, 초월적 성격을 띤다고 할 수 있다. 또한 유대교나 이슬람교 또는 중세의 보수적인 기독교 전통에서도, 시각적인 것이 폄하되고 청각문화가 강조됨으로써, 장님은 시각문화에서 비롯되는 이교적인 우상숭배의 유혹에서 벗어나 하느님의 말씀에 전념할수 있는 긍정적인 인간상으로서의 의미를 갖는다. 또는 중세의 시각문화 내에서, 장님은 신의 눈으로 세계를 보는 사람으로 칭송되기도한다. 그러나 근대에 들어서, 이러한 초월적 종교사회에서 합리적 인간사회로의 이행이 이루어지면서, 장님이 가지고 있는 초월적인 신성

---

105. 데카르트는 『굴절광학』의 첫 부분에서 시각을 모든 감각 중에 가장 포괄적이면서도 고귀한 감각으로 부르고 있으며, 이러한 시각의 능력을 확대하고 인간의 시력 결함을 보완하는 발명품이야말로 이 세상에 존재할 수 있는 가장 유용한 것이라고 강조한다.(같은 책, 69쪽 참조)

의 측면 역시 사라진다. 이제 장님은 인간 신체의 불완전한 감각을 대신해서 합리적인 내면의 눈으로 진실을 보는 사람의 비유가 된다. 이러한 점에서 1724년판 데카르트의『굴절광학』에 실린 삽화에서 그림 속 보행자가 장님이 아니라 단지 눈을 가리고 있는 인물로 묘사되고 있는 것은 주목할 만하다.[106] 왜냐하면 이 그림은 데카르트의 장님 비유가 지닌 비유적 의미를 명확히 드러내주며, 보는 것 자체의 의미를 가치절하하지 않기 때문이다.

주은우는『시각과 현대성』에서 원근법과 데카르트의 시각 이론과의 연관성을 다음과 같이 지적한다. "서구 현대성에서의 시각중심성은 의식 철학의 주체와 연결되어 있다. 결국 현대성의 시각중심성을 담지한 눈은 데카르트의 이원론을 따라서 객체와 거리를 둔 의식적 주체의 눈이고 신체로부터 추상된 마음의 눈인 것이다…… 그러므로 서구 현대성의 인식론을 지배하던 시각은 실제의 시각과 다른 것이라 할 수 있는데, 이 점에서 원근법적 시각 양식과의 상동성을 찾아볼 수 있다. 원근법적 시각 양식에서 보는 주체 역시 신체가 폐색되고 하나의 점으로 환원된 초월적 주체이고, 이 주체의 시각은 고정된 단안적monocular 시각이며 세계를 통제하는 전능한 힘이 부여된다는 점에서 실제의 시각과 다르기 때문이다."[107] 원근법의 소실점에 위치한, 화가나 관람자의 단안적 시선이 세계를 합리적으로 조직하고 재현하듯이, 데카르트 역시 세계를 수학적으로 분석하고 공식화하여 절대적 진리를 발견하려 한다. 데카르트의 이러한 일원적인 수학적 합리성은 원근법의 추상적이고 고정된 단안적 시선과 구조적으로 상응한다. 원근법의 단안적 시선에 의해 합리적으로 구성되고 재현된 현실이 환

---

106. 주은우, 같은 책, 283쪽 참조.
107. 같은 책, 254쪽.

상에 불과하듯이, 데카르트가 과학적인 합리성에 의해 재구성한 진리 역시 환상에 불과하다. 근대에 이르러 인간의 단안적 눈은 신의 눈을 대체하며 절대적인 타당성을 요구하지만, 그것의 불완전성과 문제성은 현대에 들어서면서 점점 더 명확히 드러나고 있다.

2. 문학: 셰익스피어의 『리어 왕』과 파묵의 『내 이름은 빨강』

1) 셰익스피어: 전근대의 공감각주의와 근대의 시각중심주의의 대결

1603~1606년경 셰익스피어가 쓴 『리어 왕King Lear』에서는 봉건적 가치와 근대적 가치의 충돌이 다루어진다. 즉 자신의 사회적 역할에 충실한 봉건적 인물과 개인주의와 타산적 사고를 지닌 근대적 인물 유형이 극명한 대립을 이룬다. 코델리아와 켄트 같은 인물이 전자에 속한다면, 고네릴, 리건, 에드먼드 같은 인물은 후자에 속한다.

그렇다면 이러한 대립구도의 발단이 된 사건의 중심에 서 있는 리어 왕은 어떤 인물인가? 그는 사회적 변화를 감지하며 근대적 사고에 따라 행동하다가 스스로 그 희생양이 되어 다시 전근대사회의 미덕으로 회귀하는 인물이다. 이러한 주장을 뒷받침하기 위해 사건의 발단이 되는 영토 및 통치권 양도 장면을 살펴보자.

리어 왕은 세 딸에게 '그들 가운데 누가 자신을 제일 사랑하는가,' 즉 효심이라는 척도에 따라 자신의 재산과 영토를 분배하고자 한다. 그는 세 딸 모두에게 효성을 말로 표현해보도록 요구한다. 고네릴은 "시력보다도, 무한한 공간보다도, 자유보다도 더 사랑합니다"[108]라고

---

108. 윌리엄 셰익스피어, 「리어 왕」, 『셰익스피어: 셰익스피어 4대 비극』, 이태주 옮김(범우사, 2002), 251쪽.(이하 본문에 쪽수로 표시)

말하는데, 이는 그녀가 가장 중요하게 생각하는 가치가 무엇인지를 잘 보여준다. 즉 근대의 가장 중심적인 감각기관인 시각, 근대적 덕목인 자유, 무한한 공간이 바로 그녀의 사고를 규정하는 가치인 셈이다. 리건 역시 자신의 '효심의 가치'가 언니의 그것과 같다며 아버지에 대한 사랑을 표현한다. 리건은 아버지에 대한 사랑을 측량 가능한 가치로 환원시킬 수 있다고 생각하는데, 이러한 계산과 측량은 르네상스 시대 이후 근대적 사고의 대표적 특징이라고 할 수 있다. 이에 반해, 막내딸 코델리아는 자신은 아무 할 말이 없으며 그저 자식으로서 효성을 다할 뿐이라고 말한다. 코델리아는 아버지에 대한 사랑을 말로 표현할 수 없다고 주장한다. 이것은 그러한 감정을 언어적 표현, 즉 의미의 가치로 환산하여 시각적으로 드러낼 수 있다고 믿는 근대적 사고와 충돌한다. 말로 표현되지 않는 효심, 즉 볼 수 없는 사랑은 근대적인 계량적 사고에 영향을 받은 리어 왕의 마음을 얻을 수 없다.

시장의 등장과 함께 물건은 상품으로서의 가치를 갖는데, 이러한 가치 법칙이 비단 상품에만 적용되는 것은 아니다. 인간의 성품이나 효심과 같은 내면적 덕목마저 가치로 환산할 수 있는 것으로 간주된다. 그래서 리어 왕은 코델리아의 말에 분노를 표하며 의절을 선언한 후, 코델리아의 구혼자 버건디 공에게 그녀의 '가치'가 하락하였는데도 부인으로 맞을 수 있겠냐고 묻고 그가 그럴 수 없다고 하자 그에게 더 '가치' 있는 여자를 찾아 결혼할 것을 권한다. 나중에 딸들에게 박대를 받으면서도 리어 왕은 여전히 자신의 시종을 25명만 데리고 오라고 한 리건보다 50명의 기사를 데리고 오라고 한 고네릴의 효심이 두 배 낫다며, 계량적인 가치 법칙에 근거한 사고에서 벗어나지 못한다. 반면, 코델리아를 값으로 따질 수 없을 만큼 고귀한 여자로 생각하는 프랑스 왕이 사랑을 가치로 환산할 수 없다고 믿는 코델리아와 결혼하는 것은 당연한 일일 것이다.

리어 왕은 자신의 딸들에게 영토와 통치권을 분할하기 위해 지도를 펼친다. "메르카토르가 투시도법을 고안해낸 16세기, 지도는 역시 진기한 물건이었으며 그것은 권력과 부를 눈으로 확인하는 데 결정적인 열쇠의 구실을 하였다. 콜럼버스는 항해사가 되기 이전에 지도 제작자였다. 공간이 마치 획일적이고 연속적이라는 듯이 직선을 따라 똑바로 나아갈 수 있다는 발견은 르네상스 시대 인간의 인지양식에 있어서 주된 변화의 하나였다. 보다 중요한 것은 지도가 리어 왕의 주된 주제, 말하자면 그의 지도 위에서의 시각상의 분할이 실제 영토의 분할을 의미하는 것으로 만드는 것이었다."[109] 그는 딸들에게 효심을 표현하게 하는 '경쟁'을 시키며 집단적인 협력 대신 개인주의를 추구하게 한다. 이처럼 리어 왕은 계량적인 가치와 시각중심적 사고를 바탕으로 인간의 내면적 가치를 평가하는 오류를 범한다. 그러한 오류는 나중에 자신의 전 재산을 나눠주었던 첫째 딸 고네릴과 둘째 딸 리건이 무가치해진 그를 배신하는 순간 명백히 드러난다.

이 작품에서는 딸들이 아버지를 배신하는 리어 왕의 사건과 더불어, 아들이 아버지를 배신하는 글로스터 백작의 사건이 있다. 글로스터 백작에게는 적자인 에드거와 사생아인 에드먼드라는 두 아들이 있다. 에드먼드는 운명을 믿고 최근에 일어나는 여러 가지 도덕적 타락의 징후를 점성술로 해석하는 아버지 글로스터 백작을 비웃으며, 자신의 머리를 이용해 출세를 꾀한다. 그는 형 에드거가 아버지를 헤치려 한다는 거짓말로 아버지를 속인 후 다음과 같이 독백한다.

남을 잘 믿는 아버지, 그리고 고상한 성격의 형님은 천성적으로 남을 해칠 줄을 몰라 남을 의심할 줄도 모르지. 그 우직함 덕에 내 책략

---

109. 마샬 맥루한, 같은 책, 30쪽.

은 착착 순조롭게 진행될 거다! 이 일의 결말이 눈에 훤히 보이는구나. 혈통으로 영토를 얻지 못할 땐, 지혜를 짜서 얻어야 한다. 내가 제대로 꾸미기만 하면, 만사 어긋나는 일은 없을 것이다.(266쪽)

　에드먼드는 태생적 한계를 극복하기 위해 자신의 지략을 이용해 음모를 꾸민다. 이때 그는 봉건적인 혈통중심주의를 비판하고 근대적인 계산적 지략을 강조한다. 그러면서 그는 계획을 통해 자신이 사건의 흐름을 통제할 수 있으며 미래의 결말을 예측할 수 있다고 믿는다. 물론 이러한 에드먼드의 계산적인 시각은, 남의 '눈을 속이며' 즐긴 결과로 태어난 자신이 지루한 부부생활에서 태어난 형보다 더 생명력이 강할 것이라는 그의 독백에서 나타나듯이, 도덕적으로 부정적인 의미를 내포하고 있다. 이것은 셰익스피어가 근대적인 계산적 사고와 그것과 긴밀히 연결된 시각중심주의를 비판적으로 바라보고 있음을 보여준다. 목숨을 내걸고 리어 왕의 잘못된 영토 분배와 코델리아의 추방에 저항한 충신 켄트 백작 역시 "똑똑히 보십시오. 그리고 저를 언제나 폐하의 눈동자 한복판에 자리잡게 해주십시오"(254쪽)라고 말하면서 근대적 시선의 오류를 지적한다. 고네릴의 남편 알바니 공작 역시 국왕을 박대하는 아내의 태도에 거리를 두며 "당신의 눈이 사태를 얼마나 꿰뚫어보고 있는지 몰라도, 잘하려다가 일을 망친 적이 한두 번이 아니었잖소"(281쪽)라며 그녀의 행동에 우려를 표한다. 결국 남의 눈을 속이며 음모를 꾸미는 에드먼드와 고네릴, 그리고 리건은 모두 그 음모가 백일하에 드러남으로써 죽음으로 대가를 치른다. 이처럼 계산하고 측량하는 근대적 시선은 남을 속이고 음모를 꾸미는 비도덕적인 것으로 간주되며, '모든 죄는 반드시 밝혀지기 마련이다'라는 믿음을 표명하는 전근대적인 '시적 정의poetische Gerechtigkeit'에 의해 심판받는다.

하나의 시점을 중심으로 눈과 세계 속 대상과의 거리를 측정하고 그 측정비율에 따라 3차원적 세계를 2차원적 화폭에 옮겨놓는 일점원근법은, 바로 근대적 시선을 대변한다. 이러한 일점원근법은 현실을 충실하게 재현하는 것으로 간주되지만, 그러한 근대적 원근법의 시선이 얼마나 환영에 불과한지는 에드거가 아버지 글로스터 백작을 평야로 데리고 간 장면에서 잘 드러난다. 에드먼드의 계략으로 아버지를 살해하려는 의도를 지닌 것으로 오해받아 사형 명령이 내려진 에드거는 실성한 거지로 변장한다. 국왕에 대한 지조를 지키다가 리건의 남편인 콘월 공작에 의해 눈이 뽑힌 글로스터 백작은, 나중에 자신을 배반한 사람이 에드거가 아니라 에드먼드임을 깨닫고 자살하려고 한다. 그는 거지로 변장한 에드거에게 바닷가 절벽에 데려다줄 것을 요구하고 그곳에서 뛰어내려 자살하려 한다. 에드거는 그를 절벽이 아닌 들판으로 데려가지만, 바닷가 절벽에 온 것처럼 가장하려고 다음과 같이 주변풍경을 묘사한다.

자아, 여깁니다. 가만히 서 계십쇼. 밑을 내려다보면 무서워서 눈이 핑핑 돕니다! 저 아래 하늘을 날고 있는 까마귀나 붉은 다리 까마귀는 크기가 꼭 딱정벌레만 합니다. 그리고 절벽 중간에는 바다미나리 따는 사람이 매달려 있네요. 위험한 직업입니다! 그 사람은 제 머리만 하게 보입니다. 바닷가에서 거닐고 있는 어부는 꼭 생쥐 같아요. 저기 닻을 내리고 있는 커다란 배는 작은 배만큼 작아 보이고, 또 작은 배는 너무 작아서 눈에 띨까말까 할 정도의 부표로 보이는군요.(347쪽)

자신과 떨어져 있는 거리에 비례하여 사물의 크기를 기술하고 있는 에드거의 묘사는 르네상스 원근법 회화를 떠오르게 한다. 그러나 이것은 실제 풍경의 묘사가 아니라 상상을 통한 묘사일 뿐이며, 따라서 이렇게 생겨난 풍경은 환영에 지나지 않는다. "셰익스피어가 여기서 분명하게 보여주고 있는 것처럼 인간에게 3차원의 환영을 부여하는 것은 다른 감각들로부터 의도적으로 분리된 시 감각이다. 시선을 고정하고 응시하는 것 또한 이를 위해 필요하다."[110] 이처럼 이 작품에서는 근대의 원근법적 묘사가 현실의 재현이 아닌 환영의 구성에 불과한 것으로 묘사됨으로써 근대적 시선이 지닌 문제점이 직접적으로 비판된다.

오늘날의 관점에서 볼 때 원근법에 대한 이러한 비판은 전적으로 타당하다. 모든 다른 감각과 분리된 시각이 현실을 있는 그대로 재현할 수 있다는 믿음은 환상에 지나지 않는다. "눈은 자신의 과거와 귀, 코, 혀, 손가락, 심장 그리고 뇌가 이전에 또는 최근에 속삭여준 것들의 지배를 받는다. 눈은 홀로 독자적인 힘을 지닌 도구로 기능하는 것이 아니라, 복합적이고 변덕스러운 몸의 의무감 있는 한 부분으로 기능한다. 그것이 어떻게 보는지 뿐만 아니라 무엇을 보는지도 욕망과 선입견에 의해 규정된다."[111] 또한 원근법에서는 한 눈을 감고 다른 눈을 고정시켜 엿보는 구멍을 통해 대상을 쳐다보며 그리는데, 이러한 원근법의 시선은 자연스럽지 못한 인위적 시선일 뿐이다. 실제로 인간의 시선은 사물을 바라볼 때 고정되지 않고 끊임없이 이동하며 대상 주위를 탐색하면서 바라본다. 눈을 움직이지 않고서는 사물을 정상적으로 볼 수 없으며, 그래서 고정된 시선은 장님의 시선이나 마찬가지인 것이다.[112] 또한 원근법 그림은 기하학적 합리성을 강조하며 철도 선로와 같이 평행한 두 선이 나란히 뻗어나가다보면 어느 한 지

110. 같은 책, 40쪽.
111. Nelson Goodman, *Sprachen der Kunst. Entwurf einer Symboltheorie* (Frankfurt a. M., 1997), 19쪽.
112. 같은 책, 23~24쪽 참조.

점으로 수렴되는 것에 집착한다. 그러나 전신주나 건물 정면의 모서리처럼 평행한 두 수직선의 경우에는 두 선을 어느 한 지점에 수렴시키지 않고 평행선으로 그대로 묘사하는데, 이것은 평행선이 무한히 뻗어나가면 만나는 것으로 간주하는 기하학적 법칙과는 맞지 않는다. 이처럼 원근법의 시선은 광학의 기하학적 법칙을 따르지 않으며 자신만의 현실상을 만들어내는 것이다.[113]

이 작품에서 원근법과 함께 근대의 시각중심주의가 비판적으로 다루어지고 있다는 것은, 또한 눈을 뽑는 처벌을 통해서도 알 수 있다. 리어 왕은 고네릴에게 박대를 받은 후 사람을 제대로 보지 못한 자신의 어리석은 눈을 한탄하며 또다시 같은 실수로 눈물을 흘리는 날에는 자신의 눈을 뽑겠다고 말한다. 이것은 리건에게 한번 더 모멸을 당하기 이전으로, 여전히 리어 왕이 계량적 사고와 근대적 시선을 가지고 있는 시점에서 한 말이다. 그 때문에 그가 눈을 뽑는 것을 최고의 형벌로 생각한 것은, 역으로 말하면 그가 오감 중 시각에 가장 큰 의미를 부여하며 시각중심주의적 사고에 빠져 있음을 입증한다. 또한 나중에 리건의 남편인 콘월 공작이 글로스터 백작을 반역죄로 몰아붙이며 눈을 뽑은 것 역시, 그가 시각을 가장 중요한 감각으로 간주하고 있음을 보여준다.

구텐베르크 인쇄술의 발전과 함께, 감각이 서로 분리됨으로써 감각 기능이 축소되는 과정이 생겨난다. 이로써 다양한 감각들 간의 상호작용은 방해를 받게 된다. 이러한 경향은 특히 『리어 왕』이 출판된 17세기 초기에 정점에 달한다.[114] 셰익스피어는 이 작품에서 "감각들 간의 적절한 비율과 감각들의 상호작용이 필수적임"[115]을 보여주고

---

113. 같은 책, 27쪽 참조.
114. 매클루언, 같은 책, 42쪽 참조.
115. 같은 책, 33쪽.

있다. 실제로 이 작품에서 이러한 예가 곳곳에 등장한다. 글로스터 백작은 "생전에 너를(에드거를) 만져볼 수만 있다면, 다시 눈을 얻은 거나 다름없겠다!"(334쪽)라고 말한다. 촉각이 눈을 보완할 수 있음이 언급되고 있는 것이다. 또한 두 딸에게 버림받은 후 충격으로 정신이상이 된 리어 왕은 광기 속에서도 지혜를 번뜩이는데, 특히 그가 "사람은 눈이 없어도 세상 돌아가는 일쯤은 볼 수 있는 법이야. 귀로 세상을 보게"(351~352쪽)라고 말할 때, 감각에 대한 그의 입장이 시각중심주의에서 벗어나 공감각적인 상호작용으로 변하고 있음을 확인할 수 있다.

근대의 원근법적 시선과 시각중심주의의 비판이라는 맥락에서, 보지 못하는 장님은 이 작품에서 새롭게 긍정적 의미를 획득한다. 눈을 뜨고도 각각 아들과 딸에게 속아 넘어간 글로스터 백작과 리어 왕은, 시력을 잃고 나서야 비로소 자신을 사랑하고 자신에게 충직했던 자식과 신하의 마음을 알아볼 수 있게 된다. 글로스터 백작이 눈이 뽑혀 장님이 되었다면, 리어 왕 역시 죽음을 앞두고 눈이 잘 보이지 않는다. 하지만 눈이 멀어가는 순간 그는 생명의 위협을 무릅쓰고 충언을 아끼지 않았던 충신 켄트를 만나 그의 마음을 알게 된다.

『리어 왕』에서 에드먼드가 대변하는 근대적 지략은 간계로 비판받는다. 반면 정신이상의 바보광대나 광인이 된 리어 왕의 정신착란적 발언은, 오히려 의미와 무의미를 교차시키며 보다 깊은 진실을 우리에게 보여준다. 두 딸에게 쫓겨나 들판에서 비를 맞으며 리어 왕은 지금까지 영화를 누리던 자신이 가난한 자의 고통을 제대로 이해하지 못했으며 그것에 좀더 주의를 기울이지 못했음을 후회한다. 그후 얼마 되지 않아 그의 정신이 이상해지기 시작한 것은 우연이 아니다. 왜냐하면 이러한 정신이상은 자식이 부모를 배반하고 형제자매가 서로 살육을 벌이는 미친 세상에서 지극히 정상적인 것이기 때문이다. 더 나아가 그러한 정신이상은 근대적인 지성과 자본주의적인 부의 축적이 지닌 광기를 드러내고, 오히려 바보나 광인이나 거지가 더 많은 진실과 인간애를 담고 있음을 보여준다. 나중에 광인이 되고 나서도 리어 왕은 가난한 사람의 누더기 옷에 뚫린 구멍으로는 티끌 만한 죄도 다 보이지만, 정작 부자는 예복이나 모피 외투로 모든 죄를 감추고 있다고 말한다. 이것은 정신 나간 한 늙은이의 발언이지만 어떤 영리한 젊은이의 말보다도 더 깊은 인식을 내포하고 있다. 이 작품에 등장하는 여러 바보와 거지는 진짜 바보와 거지라기보다는 이들이 그렇게 변장하고 살아갈 수밖에 없는 시대적 상황에 대한 비판을 담고 있다.[116] 그것은 자본주의적 가치관과 근대적 사유에 대한 비판과 각성을 의미한다.

리어 왕의 재산을 나눠 갖고 그를 홀대하는 데 공동전선을 편 고네릴과 리건은, 작품 마지막에 에드먼드를 두고 연적이 되며, 리건을 살해한 고네릴이 결국 스스로 목숨을 끊는 것으로 운명의 막은 내린다. 개인의 이익을 위해서는 언제든지 타인으로부터 등을 돌릴 수 있고 심지어 형제자매까지도 살해할 수 있다는 생각은, 근대 개인주의에 내재된 비도덕성을 여실히 보여준다. 이에 반해 자신을 버린 아버지 리어 왕을 위해 싸우며 목숨까지 잃은 코델리아나, 왕에게 버림받고도 끝까지 지조를 지키며 왕을 따라 죽는 켄트는, 긍정적인 봉건적 가치의 대변자로 등장한다. 이들은 자신들에게 주어진 역할을 변치 않고 수행함으로써 리어 왕을 감동시키고, 근대적 가치관에 사로잡힌 그를 다시 전근대적 가치관으로 돌아오게 한다. 『리어 왕』에서 이러한 근대와 전근대의 충돌은 특히 측량하고 계산하는 근대의 시선 및

---

116. 아버지를 암살하려 했다고 모함받는 에드거는 생명을 보존하기 위해 거지로 변장한다. 또한 리어 왕의 곁에 있는 바보광대 역시, 켄트 백작이 언급하고 있듯이 '완전한 바보'는 아니다. 오히려 이 바보광대는 근대적 정신에 사로잡혀 자신의 모든 권리와 영토를 딸들에게 넘겨준 리어 왕을 바보 취급하고 있다. 나중에 정신이상으로 진짜 바보가 된 리어 왕도 광기 속에서 번뜩이는 지혜를 드러낸다.

시각중심주의에 대한 비판적 형상화를 통해 드러난다. 보지 못하는 장님이 정상인보다 더 잘 볼 수 있다는 역설과, 촉각과 청각이 시각을 보완하고 심지어 능가할 수 있다는 생각은, 시대적 변화로 인해 위기에 빠진 전근대의 공감각적 사유를 회복하고자 하는 시도로 해석할 수 있을 것이다.

2) 파묵: 이슬람 전통회화와 서양 르네상스회화의 대립

오르한 파묵의 장편소설『내 이름은 빨강 *Benim Adim Kirmizi*』(1998)은 여러 면에서 앞에서 다룬 에코의『장미의 이름』과 공통점을 지닌다. 특히 전통과 근대 간의 갈등이나 추리소설의 구조에서, 이러한 공통점을 찾을 수 있다. 그러나 사건이 벌어지는 장소와 시대적 배경에 있어서는 두 작품 사이에 큰 차이가 있다.『장미의 이름』이 종교적 논쟁이 벌어지고 있는 14세기 유럽을 역사적 배경으로 삼았다면,『내 이름은 빨강』은 1591년 오스만투르크 제국의 이스탄불을 배경으로 이슬람 세밀화를 둘러싼 동서양 문화의 충돌을 다루고 있다.

이 소설은 세밀화가 엘레강스의 살인범을 찾는 과정을 서술하고 있다. 엘레강스의 죽음은 단순한 살인사건이 아니라 이슬람의 종교적 전통, 문화, 세계관을 둘러싼 갈등에서 비롯된 사건이다. 베네치아에서 원근법에 따라 그린 서양화를 보고 크게 매료된 에니시테는, 술탄에게 서양화풍으로 그린 삽화가 들어간 책을 제작할 것을 권유한다. 망설임 끝에 이를 허락한 술탄은 헤지라 천년이 되는 해를 기념하여 이 책을 완성하도록 지시한다. 에니시테는 재정적으로 어려운 궁정화가 엘레강스, 나비, 황새, 올리브를 포섭하여 이 작업에 참여시킨다. 이 과정에서 에니시테는 전통적인 이슬람화풍을 고수하는 오스만 화원장과 갈등에 빠지고, 위에서 언급한 궁정세밀가들 역시 전통 이슬람화풍을 배신했다는 생각에 내면적인 갈등을 겪는다. 특히 엘레강스가 급진적인 보수파 에르주름에게 에니시테의 계획과 세밀화가의 비밀작업을 폭로함으로써, 궁정화원을 위협할 것을 우려한 올리브는 엘레강스를 살해한다. 이어서 올리브는 우발적이기는 하지만 자신을 무시하고 이슬람 전통화풍의 몰락을 예견하는 에니시테 역시 살해한다. 에니시테가 죽은 후, 술탄은 이 문제에 개입하여 궁정화원장 오스만과 세큐레의 새 남편 카라에게 범인을 밝혀낼 것을 명령한다. 오스만은 살해당한 엘레강스의 주머니에 있던 말 그림에서 특이하게 묘사된 말의 코를 단서로 삼아, 이 그림을 그린 사람이 올리브임을 밝혀내지만 범인은 제대로 알아맞히지 못한다. 반면 카라는 올리브가 범인임을 밝혀내지만 그를 체포하지는 못한다. 그러나 카라의 추적을 피해 도망치던 올리브는 결국 카라에게 세큐레를 빼앗긴 하산이라는 인물에 의해 카라의 일당으로 오인되어 살해당한다. 작품 마지막에서는 에니시테가 계획한 책이 완성되지 못하고 새로운 술탄의 무관심으로 그림 자체가 버림받는 사회적 상황이 서술된다.

에르주름이라고도 불리는 누스렛 호자가 이끄는 이슬람 광신도 집단은, 커피를 악마의 음료로 간주하고 그림을 저주하며 최근 10년간 이스탄불을 들끓게 한 온갖 재앙, 즉 대형 화재, 흑사병, 전쟁의 패배를 코란의 명령을 무시하고 기독교인들에게 호감을 보이거나 곳곳에서 포도주를 팔고 이슬람 수도원에서 악기를 연주한 탓으로 여긴다. 이들은 이슬람의 전통이 위협당한다고 여기면 거침없이 폭력을 행사하고, 그림 자체를 우상숭배로 간주하며 배격한다. 이에 반해 헤라트파의 옛 장인들은 '보지 못하는 사람과 보는 사람이 같을 수 있겠는가'라는 코란의 구절을 언급하면서, 종교에서 그림을 금하고 있으며 화가가 심판의 날에 지옥에 간다는 이슬람 광신도 집단의 주장을 반박한다. 전통적인 화풍의 계승자인 화원장 오스만 역시, 세상을 내려다본 알라가 자신이 본 것의 아름다움을 믿으며 인간으로 하여금 그

장엄한 아름다움을 기억하여 그리게 했다고 믿는다. 그런 한에서 전통적인 이슬람화풍을 고수하는 세밀화가들은 그림 자체를 우상숭배로 배격하는 광신도 집단과 구분된다. 그러나 이들은 새로운 서양 화풍을 배격하고 전통 회화를 불변의 것으로 고집한다는 점에서 보수적인 성향을 보여준다. 그렇다면 전통적인 이슬람회화는 어떤 특징을 지니고 있는가?

아랍 문학과 역사에 심취한 영국 작가 로버트 어윈Robert Irwin은 르네상스 시대 원근법 회화와 달리, 이슬람 전통회화에는 그림에 형상을 배치하기 위한 이론이 존재하지 않는다고 말한다. 이슬람 전통회화에는 소실점과 같은 고정된 시선이 존재하지 않으며, 주제를 나타내기 위해 가장 유리한 지점 내지 보다 더 유리한 지점들이 설정된다. 그리하여 감상자는 건물의 사면 중 삼면에서 일어나는 광경을 동시에 볼 수 있게 된다.[117] 이처럼 이슬람 전통회화는 평면적이며 투시도법을 활용한다. 건물의 안과 밖을 동시에 볼 수 있게 만든 이러한 투시도법은, 세상에서 일어나는 모든 일을 볼 수 있는 신의 눈으로 조망한 세상을 재현하고 있다. 또한 화가는 "위에서 내려다본 경치(조감도)와 아래에서 위를 올려다본 경치(앙시도) 모두를 표현하기 위해" "건물을 그릴 때 과거의 전통에 따라 측면에 있는 벽과 지붕을 비롯한 많은 부분을 묘사하려고 시도했다."[118] 그 밖에도 이러한 그림에는 명암이나 그림자가 등장하지 않는데, 그 이유는 세상을 환히 밝히는 신의 시선으로 그림을 그리면 어두운 그림자가 생겨나지 않기 때문이다.

형상보다 주제를 강조하는 이슬람 미술의 경향은 '사회적인 화법'이나 '서술적인 화법'에서도 잘 나타난다. 사회적인 화법이란 "그림

---

117. 로버트 어윈, 『이슬람 미술』, 황의갑 옮김(예경, 2005), 220~221쪽 참조.
118. 같은 책, 221쪽.

에서 보다 중요한 인물을" 다른 인물들보다 "훨씬 더 크게 표현하여" "특정한 인물의 중요성을 강조하는" 것과 같이 사회적 의미에 따라 그림을 그리는 것을 의미한다. 그리고 서술적인 화법이란 "그림 안에서 이야기의 전개과정을 보여주거나 서로 다른 요소를 동시에 표현하는" 것을 의미한다.[119] 이와 같이 사회적 화법이나 서술적 화법에서는 그림이 의미와 이야기에 종속되는 경향을 보인다.

어윈은 또한 단축화법을 언급하고 있는데, 이는 프레임 바깥 세계를 암시하기 위해 그림 속 대상이 프레임을 부수고 나오는 것처럼 그리는 것을 가리킨다. 이것은 "눈으로 볼 수 있는 영역을 초월한 어떤 것의 존재를 암시하기 위해 인물이나 사물의 일부만을 묘사하는 수법"[120]이다. 이로써 인간의 눈을 통한 현실 재현의 불완전성이 암시된다. 이것은 화가가 자연을 있는 그대로 보지 않고, 그것에 상징적 의미를 부여하여 그리도록 만든다. "배경이 되는 경치는 그림 속 인물의 매력과 정서를 암시한다. 따라서 삼나무는 한 그루의 나무인 동시에 날씬하고 아름다운 사람을 뜻하는 비유다. 튤립은 사랑을 암시하고 제비꽃은 비탄을 의미한다. 달을 보고 아름다운 사람의 얼굴을 연상하지 않는 이란인은 아무도 없었을 것이다."[121] 이러한 의미에서 볼 때, 이슬람 미술에서의 재현은 근대회화에서의 현실 재현과 다른 의미를 지님을 알 수 있다.

전통적인 이슬람화풍에서는 인간의 시선이 아닌 신의 시선으로 세상을 재현할 것을 요구한다. 위대한 옛 장인은 신의 시선으로 세상을 보려고 했으며, 후대의 장인은 이러한 스승의 그림을 기억해 그려야 한다. 그래서 설령 지역과 시대가 다를지라도 훌륭한 장인의 그림은

---

119. 같은 곳.
120. 같은 책, 222쪽.
121. 같은 책, 215쪽.

모두 똑같아 보이는 것이다. 궁정화원장 오스만은 모범적인 전통화풍을 판단할 수 있는 기준으로 시간, 스타일과 서명, 그리고 눈멂과 기억을 제시한다. 같은 이야기가 끊임없이 반복되는 완벽한 그림에서는 황금시대의 완전한 행복이 표현되며 시간이 멈춘다. 이 경우 그림은 한 개인이나 민족의 전기적이고 역사적인 시간을 반영하는 것이 아니라, 신의 세계에 해당하는 초월적 시간을 표현한다. 이러한 그림에서 화가 개인의 고유한 스타일은 결함으로 간주된다. 오히려 화가는 이전 대가의 화풍을 기억하고 반복해야 한다. 또한 이러한 그림을 누가 그렸느냐의 문제 역시 중요하지 않기 때문에 화가의 서명은 불필요하다. 왜냐하면 그림은 그 그림을 그린 화가의 시선을 표현하는 것이 아니라 신의 시선을 표현해야 하며, 궁극적으로 그 그림의 주인은 화가가 아니라 신이기 때문이다. 신의 시선은 인간의 지각 및 시선과 다르기 때문에 그것을 재현하는 사람, 즉 화가의 눈이 보일 필요가 없는 것이다. 오히려 세속적 왕조 교체에 따른 화풍 변화를 피하고 초시간적 신의 아름다움을 기억하고 그리기 위해서는 장님이 되는 것이 유리한 셈이다. 전설적 화가 비흐자드가 헤라트 멸망 이후 자신의 눈을 찔러 장님이 된 것이나, 서양화풍에 따라 그림 그리기를 거부하는 오스만 화원장이 비흐자드가 사용한 바늘로 자신의 눈을 찔러 장님이 된 것은, 이를 입증해주는 한 예다. 비흐자드의 스승이자 헤라트파의 대가인 세이트 미렉의 말에 따르면, "눈이 머는 것은 재앙이 아니라, 신의 아름다움을 그려내는 데 일생을 바친 화가들에게 신께서 주시는 마지막 행복이다. 왜냐하면 그림이란 신이 세상을 어떻게 보았는지를 찾아내는 작업이기 때문이다. 그리고 이 그지없이 아름다운 광경은 그것을 그려내기 위해 모든 것을 다 바친 화가가 결국 눈이 먼 다음에야 기억되고 완성된다는 것이다. 즉 신이 세상을 어떻게 보았는지는 장님 화가들의 기억 속에서만 알 수 있다는 말이다. 결국 화가는 그 경이의 순간이 자신에게 다가왔을 때, 실명의 어둠 속에서 신의 광경이 드러날 때, 그 아름다운 그림을 보지 않고도 그릴 수 있도록 평생 동안 손을 연습하는 것이다."[122] 장님 화가는 눈이 멀 정도로 무수한 연습을 통해 외운 모든 것을 손의 기억만으로 그릴 수 있다. 그는 세상의 더러움을 더이상 보지 않아도 되기 때문에 신의 모든 아름다움을 기억만으로 가장 순수하게 그릴 수 있는 것이다. 따라서 전통적인 이슬람 화가에게 그림은, 신에 대한 기억을 되찾는 것이며, 세상을 신이 본 대로 다시 보는 것을 의미한다. 이러한 맥락에서 실명은 특별한 의미를 얻게 되며, 장님(화가)의 지위도 격상된다.

이와 같이 세계에 대한 신의 시선을 재현해야 하는 그림에서 중요한 것은, 그림의 형식이 아니라 '의미'다. 그림 속에 등장하는 모든 사소한 사물은 그것이 그 안에서 갖는 의미에 의해서만 존재할 수 있다. 이러한 그림은 그림 자체로서 독자적인 지위를 갖지 못한다. 그것은 책의 이야기에 종속되며, 이야기에 색채를 더해주고 그것을 더 잘 상상할 수 있도록 도와주는 기능을 갖는다. 그 때문에 이야기 없는 그림은 상상할 수 없는 것이다. 이 소설에서는, 동식물이나 사물도 인간처럼 하나의 시점을 지닌 주체로 등장하며 자신의 생각을 표현한다. 그중 하나인 나무는 여러 나무를 특색 있게 그리며 서로 구분하는 서양 화풍에 반대하며 이렇게 말한다. "여러분께서 보시고 있는 나무 그림인 제가 이런 사고방식으로 그려지지 않아서 얼마나 신께 감사하고 있는지, 여러분은 모르실 겁니다. 제가 만일 그런 식으로 그려졌다면 저를 진짜 나무로 여긴 이스탄불의 개들이 제 발치에다 오줌을 쌀까봐 걱정되어서가 절대 아닙니다. 저는 그저 한 그루 나무이기보다는

---

122. 오르한 파묵, 『내 이름은 빨강 1』, 이난아 옮김(민음사, 2008), 142쪽.(이하 본문에 권과 쪽수로 표시)

어떤 의미가 되고 싶습니다."(1권 96쪽)

이에 반해 베네치아의 그림으로 대변되는 르네상스 원근법 회화에서는, '형식'이 의미에 우선한다. 주지하다시피 원근법은 건축가였던 브루넬레스키의 실험에 의해 초석이 놓였고, 알베르티의 『회화론Della Pittura』(1435)에서 최초로 이론적으로 체계화되었다. 원근법의 기본 발상은 수학적인 계산에 의해 형태의 정확한 위치를 평면상으로 옮길 수 있다는 생각, 즉 2차원적 평면에 3차원적 공간을 재현하려는 것이다. 알베르티는 그림의 중심이 되는 하나의 소실점을 설정하며, 이에 따라 기하학 원리에 입각한 조화와 비례에 의해 회화를 구성할 것을 제안한다. 모든 것이 무한성의 소실점으로 수렴되듯이 눈으로 모든 상이 수렴되기 때문에, 소실점은 바로 그림을 바라보는 사람의 눈과 일치한다. "소실점과 일치된 보는 사람의 눈, 즉 그림을 그리는 화가와 그림을 보는 관람자의 눈이 가시적인 세계를 질서짓고 배치하는 중심이다. 따라서 원근법은 보는 사람을 가시적인 세계의 중심이 되는 '보는 주체'로 정립한다."[123] 이로써 원근법에서는 '단안적인' 눈을 지닌 인간이 보는 주체로서 세계의 중심에 놓이게 되며, 인간의 합리성이 세계를 그림 속에 재현하는 수단이 된다. 다시 말해 원근법은 '주체로서의 인간'과 '합리성'을 강조하는 근대회화의 토대인 것이다.

『내 이름은 빨강』에서도 베네치아 회화로부터 영향받은 에니시테를 통해 서양 원근법 회화의 특성이 언급된다. 에니시테뿐만 아니라 술탄과 카라까지 사로잡은 대표적인 그림 장르는 무엇보다 초상화다. 자신이 사랑하던 애인 세큐레와 헤어지고 이스탄불을 떠나 페르시아 지역에서 12년간 떠돌아다닌 카라는, 그녀의 모습을 정확히 떠올리려고

---

123. 주은우, 같은 책, 196쪽.

하지만 기억해낼 수가 없다. 그는 그녀를 있는 그대로 묘사한 초상화가 있었더라면 이별의 아픔을 더 잘 극복해낼 수 있었으리라 믿는다. 에니시테는 서양의 초상화를 보고 자신의 초상화를 그리고 싶은 생각을 갖지만, 자신의 미천함을 생각하며 술탄의 초상화와 술탄을 상징하는 것을 그려넣은 책을 제작할 것을 술탄에게 제안한다. 이에 대해 술탄은 처음에는 보잘것없는 대상이 이야기의 일부로 기능하지 않고 독자적으로 그림의 중심에 위치한다면 그것은 결국 우상이 될 것이라며 에니시테의 제안에 반대한다. 하지만 그는 결국 서양화풍으로 자신의 모습을 그린 그림이 궁금해 이 계획을 승낙한다.

에니시테는 베네치아인이 자신의 부와 권위를 남에게 과시하고 자신이 다른 사람과 구별되는 특별한 존재임을 나타내기 위해 자신의 초상화를 그리게 한다고 말한다. 그가 이 초상화에서 두려워하는 것은 베네치아인의 부가 아니라, 그 그림이 이 세상에 존재하는 모든 존재의 특별한 고유성을 믿게 만들려고 한다는 것이다. "내가 다른 사람과 다르다는 걸, 유일무이한 존재라는 걸 느끼고 싶다는 생각이 들었지…… 어떻게 말해야 하나…… 그건 마치 죄악과도 같은 갈망이었다. 신에 대항해서 내가 위대하고, 나 자신이 중요한 그 무엇이라고 생각하는 것, 세상의 중심에 나 자신을 놓는 것 같은 느낌이라고나 할까."(1권 191쪽) 이와 같이 서양화풍의 원근법 그림, 특히 '초상화'는 인간을 개성 있는 주체로 인식시키며 신 중심의 세계관에서 벗어나도록 유혹한다.

술탄은 그림을 자신의 힘과 권력을 과시할 수 있는 수단으로 간주하기에 세밀화에 금박을 입히게 한다. 테두리 장식 역시 그러한 기능을 갖는다. 카라는 세밀화 자체도 그것의 금박 테두리 장식과 마찬가지로 신으로 대변되는 의미세계를 표현하기 위해 사용되는 장식적 기능 이상의 의미를 갖지 못한다며, 서양화풍을 모방할수록 그림이 단순한 장식 기능에서 벗어나 솔직한 묘사가 되기 시작할 것이라고 주장한다. 이에 따르면, 그림은 더이상 이야기의 의미를 전달하기 위해서가 아니라, 그림 자체를 위해 존재하는 것이 된다. 또한 그림은 신이 만든 세계의 아름다움을 다시 신의 시선으로 재현하기 위해 있는 것이 아니라, 인간 자신의 솔직한 표현을 위한 수단이 된다.

그림을 그리는 주체 역시 이제 단순히 옛 대가를 모범 삼아 신의 시선을 반복적으로 재현하는 것에서 벗어나 자신의 개성 있는 화풍을 주장하며 화가로서의 존재 인식에 눈뜬다. 화가 개인의 고유한 스타일은 더이상 결함이 아니라 개성으로 간주된다. 원근법 화가는 금박 테두리를 장식 대신 세상을 바라보는 창틀로 활용하며, 그 틀 안에 표현된 공간에 입체적 깊이와 그림자를 표현하면서 그림 속 세계를 현실로 묘사한다. 새로운 화풍에 의해 전통적인 이슬람화풍이 사라질 것을 우려하는 엘레강스는, 인간이 그림의 주체가 되어 창조주의 역할을 수행하는 것을 신에 대한 죄악으로 간주한다. 그는 에니시테가 기획한 마지막 그림에 묘사된 인간의 얼굴이 너무나 진짜 같아서 그 앞에 엎드려 경배라도 하고 싶은 충동을 느꼈다며, 원근법이 그림을 신의 시선에서 거리를 쏘다니는 개의 시선으로 격하시켰다고 말한다. 물론 이 경우 엄격히 말하면 '개의 시선'보다는 '인간의 시선'이 더 적합한 말이겠지만, 어쨌든 이로써 분명해진 것은 원근법이 신 중심의 세계관을 뒤흔들어놓고 있다는 사실이다.

에니시테가 서양화풍에 매료되었다고 해서 그것을 일방적으로 지지하는 것은 아니다. 오히려 그는 전통적인 이슬람화풍과 근대 서양화풍을 서로 결합시키려고 시도한다. 올리브가 엘레강스의 말을 인용하면서 베네치아인의 기법을 모방하는 것이 이슬람의 전통적 화풍을 이교도의 화풍과 뒤섞어 자신들의 순수성을 훼손하는 행위라고 주장하자, 에니시테는 절대적으로 순수한 화풍은 없다며 모든 위대한 예술은 항상 이전까지 합쳐진 적이 없었던 두 가지 화풍이 결합되면서 생겨난다고 응수한다. 그러면서 그는 서방도 동방도 모두 신의 것이라며, 순수함에 대한 의지를 버릴 것을 주장한다. 에니시테는 세밀화가들에게 절반은 베네치아화풍이고 절반은 페르시아화풍인 그림을 그리도록 주문한다. 또한 흥미로운 것은, 그가 아직 책의 이야기가 완성되기 전에 미리 그림을 그리도록 지시한다는 것이다. 즉 제작 순서에 있어 그림이 이야기에 선행하는 셈인데, 이는 전통적인 책 제작 방식과 대립된다.

보수적인 화가 오스만이 보기에는 에니시테의 절충안은 이도 저도 아닌 실패작이라고 할 수 있다. "나의 세밀화가들, 즉 사랑하는 나비, 영리한 황새, 교활한 올리브에게 내가 나무 한 그루를 그리라고 했다면, 그들은 먼저 어떤 이야기의 일부인 나무를 상상해야만 불안감을 느끼지 않고 그릴 수 있었을 것이다…… 그런데 죽은 바보(에니시테―필자)가 그리게 한 나무는 가련하고 외로운 나무였다. 뒤편으로는 그 나무를 더욱 외로워 보이게 하는, 시라즈의 가장 오래된 거장들의 화풍을 연상시키는 꽤 높이 그려진 지평선이 있었다. 그런데 지평선을 너무 높이 그려서 생긴 여백에는 다른 그 무엇도 없었다. 이처럼 나무를 나무이기 때문에 그리려는 베네치아 화가들의 욕구와, 세상을 한눈에 내려다보려는 페르시아 거장들의 욕구가 서로 뒤섞여, 베네치아인의 그림도 페르시아인의 그림도 아닌 비참한 결과가 나온 것이다." (2권 83쪽) 그러나 이러한 오스만의 비판에도 불구하고, 동방과 서방을 명확히 구분하는 배타적 태도에 작가가 동조하는 것은 아니다. 왜냐하면 에니시테가 죽은 후 듣게 되는 신의 목소리는 "동방도 서방도 나의 것이다"(2권 51쪽)이라고 말하고 있기 때문이다.

이 소설의 맨 마지막 장에 등장하는 에니시테의 딸 세큐레는 평생 두 점의 그림을 소유하기를 소망한다. 첫번째 그림은 자신의 초상화이고, 두번째 그림은 시간을 멈추게 한 헤라트파 옛 장인의 기법으로 두 아이가 있는 어머니의 행복을 그린 그림이다. 헤라트파 장인이 세큐레의 있는 그대로의 모습을 그릴 수 없고, 서양화가가 절대로 시간을 멈추게 할 수 없을 거라는 아들 오르한의 말에, 세큐레는 부분적으로 동조하면서도 지나치게 논리적인 오르한의 생각에 거리를 두기도 한다. 그리고 세큐레는 그림으로 그릴 수 없을 이 이야기를 글로 쓸 수 있으리라 생각하며, 아들 오르한에게 그 이야기를 들려주고 그와 관련된 자신의 자료를 전해준다. 에니시테가 완전히 실현하지 못한 동서양 화풍의 창조적 결합이라는 과제를 이제 오르한이 소설을 통해 떠맡게 된 것이다.

실제로 『내 이름은 빨강』은 서로 결합될 수 없을 것 같은 두 화풍을 소설에서 두 가지 상이한 시점을 결합하는 형태로 생산적으로 연결한다. 한편으로 이 작품에서는 근대 서양화의 특성이 문학적으로 변형되어 나타난다. 예를 들면 근대적 장르인 추리소설의 형식으로 범인을 추리하여 찾아내는 것은 추리소설이 지닌 합리성이 이 소설에서도 의미를 지니고 있음을 보여준다. 엘레강스의 살해범인 올리브는 그 스스로 고백하듯이 범죄와 관련해 개인적 흔적을 남길 뿐만 아니라, 독자에게 자신의 말투와 색깔로 자신이 누구인지 찾아낼 수 있을 것이라고 말한다. 그의 화풍 역시 자신의 주장과 달리 특정한 스타일을 지니고 있다. 말의 코를 그릴 때 나타나는 그의 고유한 화풍을 증거로 그 말 그림의 주인이 올리브임을 올바로 추측한 오스만 화원장이 범인을 황새로 잘못 추정한 것은, 현실을 있는 그대로 바라보지 못하는 장님 오스만이 근대적인 합리적 추리에 적합한 인물이 아님을 보여준다. 끝으로 이 소설의 각 장 주인공들이 '나는(내 이름은) ~이다'라는 식으로 등장하는 것 역시, 각 인물의 개성을 보여주는 것으로 해석할 수 있다. 이를 바탕으로 우리는 범인을 추리할 수 있고, 인물의 심리나 성격을 파악할 수도 있다.

그러나 이 소설이 결코 합리성과 자아라는 근대적 특성만을 보여주며 근대적 화풍의 원칙에 따라 구성된 것은 아니다. 이 작품에는 일점원근법의 소실점에 해당하는 하나의 시점을 지닌 서술자가 등장하지 않으며, 서로의 시점을 제한하며 다양한 시점을 만들어내는 서술구조가 나타난다. 심지어 나무, 개, 말, 빨강과 같이 동식물이나 사물에까지 고유한 시점을 부여함으로써 근대의 인간중심적 시각에서 벗어나고 있다. 또한 이 소설의 인물들은 독자에게 말을 걸기도 하는데, 이로써 소설의 현실 재현적 기능은 파괴되고 소설 속 세계와 현실세계 사이의 뚜렷한 경계는 사라진다. 이것은 근대회화가 그림 속 세계를 마치 현실처럼 보여주며 현실의 재현을 추구하는 것에 작가가 거리를 두고 있음을 보여준다. 오스만은 호스로우[124]가 밤에 말을 타고 쉬린에게 가서 그녀를 향한 사랑으로 애태우며 기다리는 장면을 그린 옛 헤라트파 장인들의 화풍을 설명하면서, 이 그림의 자기지시적 특성을 언급한다. 이는 오르한 파묵의 소설에 등장하는 소설의 자기지시적 특성과 연결된다. "세밀화가가 애정을 가지고 그린 미묘한 색깔과 질감에서 나오는 빛 속에서 연인들은 영원히 그곳에 머물러 있을 것만 같지. 보이나? 고개는 약간만 서로를 향하고 있지만 몸은 반이나 우리 쪽으로 돌아서 있네. 왜냐하면 자신들이 서 있는 곳이 그림 속이라는 것을, 우리에게 보여지고 있다는 걸 알고 있기 때문이야."(2권 218~219쪽) 즉 이 그림은 현실을 재현하지 않고 그림을 그림으로 폭로하고 있는 것인데, 이와 마찬가지로 파묵의 소설에서도 인물들이 고개를 서로에게 향하고 있으면서도 몸은 반쯤 독자에게 돌아서 있음으로써 이 소설 속 이야기가 현실이 아니라 소설임을 보여주고 있다. 작품 마

---

124. 『내 이름은 빨강』에서는 호스로우가 '휘스레브'로 번역되어 있음.

지막에서 세큐레가 자신의 아들이자 이 소설의 작가로 드러나는 오르한의 말을 믿지 말라며 "그 애는 이야기를 재미있게 하고 그럴듯하게 만들기 위해서라면 못할 거짓말이 없으니까요"(2권 334쪽)라고 말할 때, 이 말 역시 소설 속 이야기를 현실로 받아들이지 말라는 뜻으로 해석할 수 있다. 더 나아가 소설 속 인물 오르한이 동시에 실존작가로서의 오르한 파묵과 연결될 때, 이 소설이 현실이 아니라 작가의 허구적 상상력에 지나지 않음을 알 수 있다. 끝으로 어린 오르한이 세큐레가 전해준 이야기와 하산과 카라가 그녀에게 보낸 편지, 엘레강스의 몸에서 나온 말 그림을 바탕으로 『내 이름은 빨강』을 쓴다는 사실에 주목할 필요가 있다. 이것은 이 소설의 구성 원칙이 작가의 개성적 시점으로 바라본 독창적 세계의 창조가 아니라 기존 텍스트들의 인용과 결합임을 보여준다. 그러나 이러한 인용은 전통적인 이슬람회화에서처럼 단순히 이전의 것을 그대로 반복한 것이 아니라, 오르한의 '거짓말'에 의해 창조적으로 변형된 것이다. 이것은 이 소설이 포스트모더니즘적인 상호텍스트성, 즉 창조적 반복에 기반을 두고 있음을 암시한다. 이와 같이 작가는 전통적 이슬람회화의 시점으로 근대적 시점을 비판하지만, 동시에 전근대의 상태에 머무르지 않고 그것을 포스트모더니즘적인 시점으로 발전시킨다.

이와 같이 오르한 파묵은 전통적인 이슬람회화와 근대적인 서양회화의 양식을 각각 비판적으로 수용하고 창조적으로 결합하면서 포스트모더니즘적인 독특한 시선과 서술기법을 만들어낸다. 소설 속 인물 에니시테가 그림을 통해 시도했던 것이 파묵의 소설에서 마침내 실현된 것이다. 그렇게 실현된 새로운 세계는 전통적인 이슬람 세계도 근대적인 서구 세계도 아닌, 두 세계를 창조적으로 결합시킨 포스트모더니즘 세계다. 그것은 다원적 시점을 허용하고 현실과 허구의 경계를 넘나들며 창조적 반복을 허용하는 세계인 것이다.

제4장
|
현대의 시선 담론
근대적 시선 비판으로서의 장님상과 새로운 총체성의 동경

1. 철학: 디드로의 철학과 키틀러의 매체이론을 중심으로

1) 디드로와 계몽의 변증법

드니 디드로는 흔히 '근대의 바이블'이라고 할 수 있는 『백과사전 *Encyclopédie*』을 편집한 프랑스의 대표적인 계몽주의자로 알려져 있다. 디드로와 함께 이 백과사전을 편집한 달랑베르는 서문에서 이 책을 "일종의 인식의 세계지도"[125]라고 불렀는데, 이 말은 이 사전이 모든 시대와 영역을 아우르는 방대한 지식의 저장고임을 잘 보여준다. 그러나 이 백과사전이 지닌 의미는 단순히 방대한 지식을 수집한 데 있는 것이 아니라, 그것을 배열하고 설명하는 기본원칙의 혁신성에 있다. 이 백과사전의 내용은 종교와 형이상학이 아니라 자연과 인간에 대한 과학적 탐구이며, 인간은 이러한 탐구를 통해 새로운 인식을 만

---

125. Ralph-Rainer Wuthenow, *Diderot zur Einführung*(Hamburg, 1994), 54쪽 재 인용.

들어내는 중심적인 위치에 올라선다.

　거의 25년 동안 디드로는 이 백과사전 작업의 기획자이자 편집자, 필자로서 활약했다. 이 방대한 백과사전을 만들기 위해 많은 집필진이 필요했는데, 이들 사이의 관계가 원만한 것만은 아니었다. 오히려 계몽주의적 성향의 시민계층으로 구성된 이들 집필진 간의 관계는 볼테르와 루소, 디드로와 달랑베르, 디드로와 루소의 관계에서 드러나듯이 불화와 긴장으로 얼룩지곤 했다. 이러한 불화는 단순히 성격의 차이나 개인적인 오해에서 비롯된 것만은 아니며, 집필진 개개인의 성향과 세계관의 차이에서 비롯된 것이기도 했다. 이러한 사실은 백과사전 집필에 참여한 시민계층 지식인의 다양한 구성을 보여주며, 따라서 계몽주의라는 사조로 이들의 사상을 일괄적으로 재단해서는 안 된다는 것을 의미한다.

　백과사전의 발간을 주도한 디드로 역시 하나의 범주에 집어넣어 규정하기 어려운 인물이다. 디드로는 급진적인 사회변혁을 주장하지는 않았지만 무신론자이자 유물론자였고, 봉건군주의 전횡을 비판하며 사회적 계약에 기반을 둔 국가체제를 지지하였다. 또한 그는 이성에 대한 믿음을 지니고 있었고 사회적 악덕을 비판하는 도덕가의 면모도 보여주었다. 그러나 다른 한편으로 그는 이성에 의한 진보를 확신하는 낙관론자가 아니었으며, 심지어 문명비판가의 모습을 보이기도 했다. 루소의 문명 비판이나 당시의 여행기를 통해 디드로는 문명사회의 인간이 소위 말하는 야만인보다 더 비인간적이고 비도덕적임을 인식한다. 비록 그가 당시의 문명사회에서 문명 이전의 순수한 자연 상태로 회귀하는 것이 불가능하다는 것을 알고 있었고 그의 문명 비판이 이성 자체에 대한 비판은 아니었다고 할지라도, 역사적 진보를 믿는 계몽주의의 낙관적 태도는 그에게서 발견하기 힘들다.

　또 한 가지 디드로의 철학에서 흥미로운 것은 주체와 객체, 인간과 자연, 정신과 육체를 이분법적으로 구분하는 데카르트의 철학에 대해 거리를 두고 있다는 점이다. 디드로는 자연을 수학적으로 설명하려는 시도에 반대하며, 자연 및 자연법칙의 무한한 변화를 가정한다. 그는 자연을 신의 계획에 따라 창조된 세계가 아니라, 무한한 시간에 걸쳐 물질적인 것이 끊임없이 변화하고 발전한 것으로 간주한다. "자연의 왕국에서 가능성은 규정되어 있지 않고 그 자체로 무한하다. 분명 순수한 인과율은 설명을 위한 원칙으로 충분하지 못하다. 자연의 왕국에서 모든 것은 항상 다양성과 상승을 향해 나아가는 것처럼 보인다. 생명이 없는 물질은 감각을 지닌 물질로 발전한다. 그리고 감각을 지닌 존재는 감각의 영역 자체 내에서 의식이 있는 존재에 근접하게 된다."[126] 자연은 역동적이고 무한할 뿐만 아니라 모든 것을 가능하게 하는 변신과 진화 그리고 이행의 세계이며, 인간은 이러한 자연의 연관관계 안에 위치하는 존재다.[127] 자연에서 명확한 구분이란 없으며, 인간 역시 더이상 명확히 구분되거나 정의될 수 없는 존재가 된다. "이렇게 보자면 죽음 역시 존재하지 않는다. 왜냐하면 태어나는 것, 사는 것, 죽는 것은 단지 형태를 바꾸는 것을 의미할 뿐이기 때문이다."[128] 따라서 데카르트식의 통일적 의식을 지닌 주체나 주체와 자연의 이분법적 구분은 더이상 성립되지 않는다. "디드로는 자연의 단순한 측량이나 계산은 물론 그것의 도구화도 반대하면서 자연을 구원하고자 한다."[129]

디드로의 철학은 체계적이지 않고 완결된 형식을 갖추고 있지도 않다. 그것은 아포리즘과 에세이, 대화의 형식을 취하며 파편적인 성격

---

126. 같은 책, 157쪽
127. 같은 책, 159쪽 참조.
128. 같은 책, 152쪽.
129. 같은 책, 157쪽.

을 띤다. 또한 사회현상에 대한 설명을 제공하기보다는 독자에게 끊임없이 질문하고 독자 스스로 답을 찾도록 유도한다. 이러한 그의 글쓰기 방식은 끊임없이 변화하는 역동적 자연에 상응한다. 심지어 자연에 대한 그의 해석은 계몽주의적 이성에 대한 그의 입장과 상충하며 계몽에 대한 비판으로 역전될 수 있다. 비록 디드로가 아도르노처럼 이 점을 명확히 인식하지 못하고 물리학과 도덕을 구분하며 여전히 사회비판적인 도덕가의 입장을 견지하더라도, 그의 철학과 글쓰기에 잠재된, 근대 이성에 대한 비판적 잠재력을 간과해서는 안 될 것이다.

2) 『장님에 관한 서한』을 중심으로
—수학자로서의 장님

계몽주의 시대에 인간의 눈은, 대상에 대한 거리를 통해 대상을 객관적이고 합리적으로 인식할 수 있는 이성적 감각으로 간주되면서, 다른 감각들에 대한 절대적 우위를 누린다. 독일의 계몽주의 철학자 모제스 멘델스존은 "모든 감각기관 가운데 우리의 인식과 행복에 영향을 미친 가장 오래되고 가장 영향력이 큰 감각이 바로 눈이다. 장님은 귀머거리보다 훨씬 더 귀중한 자연의 자산을 빼앗긴 채 살아가야 한다. 눈은 귀보다 더 분명하게, 더 예리하게, 더 먼 거리에서 느낄 수 있다"[130]라고 말하면서 시각의 중요성을 강조하였다. 이러한 계몽주의적 인식에 따르면, 장님은 볼 수 있는 능력을 상실한 결함 있는 인간으로 간주되었고, 그 때문에 녹내장 수술을 통해 장님의 눈을 뜨게 해준 의학적 성과들이 칭송받았다. "장님의 치료는 계몽주의의 근원적 장면이 된다. 이것은 그러한 치료가 빛을, 눈이 보이는 관중들이

---

130. Moses Mendelssohn, "Briefe über die Empfindungen," *Schriften zu Psychologie und Ästhetik. 11. Brief, Band 2*, Moritz Brasch 엮음(Leipzig, 1880), 55쪽.

감동의 눈물을 흘리며 찬미할 수 있을 천지창조의 날, 천지창조의 행위와 유사한 것으로 만들기 때문만은 아니다. '인식의 순간', 즉 늦어도 라이프니츠 이후의 계몽주의적 인식의 유토피아 역시 여기서 특별한 모습을 띠게 된다."[131]

시각의 절대적 우월성을 강조하면서 장님을 결함 있는 존재로 간주하는 계몽주의적 사고방식은 디드로에게서 어느 정도 제한된다. 디드로의 『보이는 사람들이 활용하기 위한 장님에 관한 서한Lettre sur les aveugles à l'usage de ceux qui voient』(1749, 이하 『장님에 관한 서한』)은 서간문의 형식으로 장님의 지각능력, 도덕성, 예술적 재능 등을 철학적으로 탐구한 책이다. 디드로는 장님의 내면세계를 파고들어가 그만의 비밀을 캐낼 뿐만 아니라, 더 나아가 책의 제목에서 드러나듯이 이를 통해 소위 말하는 정상인 독자들의 자기성찰도 유도한다.

디드로는 이 책에서 여러 유형의 장님을 소개하고 있는데, 제일 먼저 소개된 사람은 퓌조 출신의 장님이다. 평범한 인물로 소개되고 있는 이 장님은 '눈이란 무엇이라고 생각하느냐'는 디드로의 질문에 "내 손에서 지팡이가 하는 노릇처럼 공기가 거기에 닿아 작용하는 한 기관입니다…… 그래요, 내가 당신의 눈과 어떤 대상 사이에 내 손을 집어넣으면, 당신에게 내 손은 계속 보이겠지만 대상은 사라져버립니다. 내가 지팡이로 무언가를 찾다가 다른 무언가에 부딪힐 때도 마찬가지 상황인 겁니다"[132]라고 답한다. 시각적 인지과정을 지팡이로 대상을 지각하는 장님의 인식행위에 비유한 이 퓌조의 평범한 장님 이야기는 『굴절광학』에서 데카르트가 사용한 장님 비유와 정확히 일치

---

131. Peter Utz, *Das Auge und das Ohr im Text. Literarische Sinneswahrnehmung in der Goethezeit*(München, 1990), 31쪽.
132. Denis Diderot, "Brief über die Blinden. Zum Gebrauch für die Sehenden," *Philosophische Schriften Bd. 1*(Berlin, 1961), 54쪽.(이하 본문에 쪽수로 표시)

한다. 디드로 역시 이러한 유사점을 언급하고 있는데, 이로부터 장님에 대한 디드로의 평가는 간접적으로 데카르트에 대한 그의 평가로 이어짐을 알 수 있다. 왜냐하면 데카르트는 장님의 지각 및 인식과정을 인간의 시각적 인식 모델로 삼고 있기 때문이다.

데카르트는 세계를 경험적으로가 아니라 연역적으로 인식할 것을 요구한다. 이는 그가 추상적인 수학적 이성을 자신의 철학적 원칙으로 삼고 있음을 보여준다. 흥미로운 것은, 디드로의 글에서도 장님으로 태어난 사람이 정상인보다 사물을 더 추상적으로 지각하며 추상적인 사변을 할 때 오류에 덜 빠진다고 언급하고 있다는 점이다. 디드로가 두번째로 소개하는 장님 손더슨이 수학자인 것도 우연이 아니다. 손더슨은 두 눈이 보이지 않았지만 케임브리지 대학에서 광학, 빛과 색의 속성, 시각 이론 등을 가르치며 큰 성공을 거두었다. 비록 그가 현상 자체를 볼 수는 없었을지라도, 주어진 조건을 알면 계산할 수 있었기에 시각기관 및 시각적 능력과 관련된 연구를 할 수 있었던 것이다.

눈으로 직접 사물을 지각할 수 없었던 손더슨은 합리적인 수학적 사유를 통해 사물을 인식하고 사물의 법칙을 통찰할 수 있었다. 이러한 손더슨의 합리적 사유는, 한편으로 전근대적인 종교적 맹목성에 대한 비판의 도구로 사용된다. 손더슨의 임종 때 사람들은 홈스라는 유명한 목사를 부른다. 홈스 목사는 모든 기적 뒤에 숨어 있는 하느님의 능력을 강조하면서 손더슨에게 믿음을 심어주려고 하지만, 손더슨은 오히려 소위 우리의 이성을 넘어서는 듯이 보이는 현상을 보기만 하면 곧바로 신의 권능과 연결시키는 사람들에게 나타나는 철학의 부재를 지적하며 홈스 목사에게 자신의 무지를 인정하라고 말한다. 디드로는 손더슨의 입장에 동조하면서 '눈을 뜨고도 보지 못하는' 사람들을 질타하는 성경을 패러디하며 이렇게 말한다.

볼 수 있으면서도 그(손더슨─필자)보다 더 훌륭한 이성적 논거를 지니지 못한 사람들에게 이러한 사실은 얼마나 부끄러운 일입니까. 자연의 신비한 스펙터클이 그들에게는 해가 떠서 가장 작은 별들이 질 때까지 모두 창조주의 존재와 영광을 알리는 것에 지나지 않는군요! 그들에게는 눈이 있지만 손더슨에게는 눈이 없습니다. 하지만 손더슨은 윤리적으로 깨끗했고 솔직한 사람이었습니다. 반면 그들에게는 그러한 특성이 결여되어 있었습니다. 그래서 그들은 눈을 뜨고도 장님처럼 살았던 것입니다. 그러나 손더슨은 마치 보고 있었던 것처럼 죽음을 맞이합니다."(81쪽)

디드로는 장님과의 만남을 통해 연습만 하면 촉각이 시각보다 더 섬세해질 수 있음을 알게 된다. 왜냐하면 손더슨은 손으로 만져 진짜 동전과 가짜 동전을 구분할 뿐만 아니라 손바닥에 그린 친구의 그림조차 식별할 수 있었기 때문이다. 다시 말해 그는 피부로 보았던 것이다. 디드로는 장님의 탁월한 감각적 능력을 확인하면서, 소위 정상인이 자신의 장점을 과신하고 단점을 대수롭지 않게 여기는 경향이 있지만, 장님은 때로 정상인보다 자신이 더 우월한 존재라고까지 여긴다고 말한다. 데카르트가 장님의 인지과정을 인간의 인지과정 모델로 삼을 때의 장님은 단지 비유적 의미에 불과할 뿐인 반면, 디드로는 위의 책에서 실제 장님의 지각능력을 다루면서 정상인의 선입견으로 과소평가된 그 능력을 새롭게 평가한다. 그래서 게싱거는 디드로의 편지를 "눈의 독점에 대한 거부"[133]로 해석한다.

그러나 다른 한편 디드로는, 손더슨의 추상적인 형이상학 원칙이

---

133. Joachim Gessinger, *Auge und Ohr. Studien zur Erforschung der Sprache am Menschen 1700~1850*(Berlin, 1994), XVII쪽.

소위 이상주의 철학자들의 형이상학과 유사성을 띠고 있다고 지적하며, 자신의 내면에서 일어나는 감정과 자신의 실존만 의식할 뿐 이와 다른 것을 받아들이지는 않는 이들의 정신체계가 지닌 불합리함을 비판한다. 그는 특히 17세기 자연과학철학자 몰리뉴W. Molyneux가 제기한 질문을 성찰하는 가운데, 손더슨의 추상적인 기하학적 사고가 지닌 한계를 분명히 한다. 몰리뉴는 같은 물질로 만들어진 거의 같은 크기의 공과 정육면체를 이전에 촉각으로 서로 구분할 수 있었던 선천적 장님이 수술로 시력을 회복한 후에 시력의 힘만으로 또다시 구분할 수 있을지 질문을 던진다.[134] 몰리뉴 자신은 막 시력을 찾은 장님이 눈으로만 두 물질의 실체를 알아맞히기는 어려울 것이라고 생각한다. 로크 역시 경험이 인간의 인식에 얼마나 크게 기여하는지 강조하면서, 보는 것도 언어처럼 배워야 한다고 말한다. 디드로도 수술로 시력을 되찾은 장님의 눈에 대상이 비친다 하더라도 이 감각과 감각을 유발한 대상 사이에는 본질적으로 유사성이 없으며, 따라서 경험만이 이 둘을 비교할 수 있도록 가르쳐준다고 말한다. 그는 관찰과 성찰, 또는 경험을 통해서 감각의 혼란을 극복할 수 있으리라고 생각한다.

디드로는 손더슨이라면 몰리뉴가 제기한 질문에 대해 긍정적인 답변을 했을 것이라고 말한다. 그러면서도 설령 수술로 시력을 찾은 장님이 공과 정육면체를 구분할 수 있을지는 몰라도 보다 복잡한 물체의 경우에는 그 구분이 불가능할 것이라고 주장한다. 가령 장갑이나 실내화 등의 대상은 다양하게 변형될 수 있어서 그것의 형태와 신체 형태 사이에 거의 연관성이 없다. 그런데도 손더슨 같은 사람은, 대상과 그것을 사용하는 용도 사이에 수학적 관계가 존재하므로 몇 가지

---

134. 로크는 영국의 의사 몰리뉴가 머릿속으로 전개해본 실험 결과를 기록한 편지를 받은 후 그것을 『인간의 이성에 관한 에세이』라는 책의 2판에 싣는다.(John Locke, *An Essay Concerning Human Understanding*, Oxford, 1975, 146쪽 참조)

유사성에 기초해 정확한 추론을 할 수 있다고 전제할 것이라는 것이다. 그러나 디드로에 따르면, 손더슨의 주장과 달리 가령 모자의 형체는 그 용도와 상관없이 자의적으로 변형될 수 있고 아무런 기능 없는 장식이 달릴 수도 있는데, 이러한 변형은 그를 어처구니없는 추론으로 이끌 수 있다는 것이다.

디드로는 『장님에 관한 서한』에서 장님에 대한 인식 전환을 요구하면서 장님의 추상적, 수학적 사고에서 계몽주의적 이성의 긍정성을 끌어냈지만, 이러한 장님의 관념적 형이상학이 또다른 '맹목성'과 배타성을 낳을 수 있음을 간과하지 않는다. 그래서 그는 중세의 암흑에 갇힌 채, 진리를 발견한 계몽주의자들을 박해하고 억압한 종교의 옹호자뿐만 아니라 그러한 계몽주의자 역시 진리를 보지 못하는 '눈먼 장님'으로 묘사하고 있다.

> 단지 하루 내지 이틀 동안만 볼 수 있었던 사람이 장님의 무리 속에 들어간다면, 그는 침묵을 결심하거나 아니면 정신 나간 사람으로 간주되는 것을 받아들여야 할 것이다. 그 사람이 매일 그들에게 새로운 비밀을 털어놓는다면, 그 장님의 무리에게는 그것이 받아들여질 수 있을지 몰라도, 그들 가운데 계몽된 정신을 지닌 사람은 자부심 때문에 그러한 사실을 믿으려 하지 않을 것이다.(60쪽)

―낭만주의 시인으로서의 장님

디드로의 『장님에 관한 서한』은 1749년에 출판되었다. 이로부터 약 33~34년이 지난 후 그는 이 책에 관한 후기를 싣는다. 그는 이 후기에서, 이전에 자신이 쓴 글을 입증하거나 반박하기 위해 자신이 본 현상들을 기록하겠다고 밝히고 있는데, 여기서 특히 눈에 띄는 것은 이전의 장님 유형과 구분되는 또다른 장님 유형이 등장하고 있다는 것이다.

『장님에 관한 서한』의 본문과 나중에 덧붙여진 후기의 내용 간의 두드러진 차이 중 하나는, 장님의 도덕관에 관한 디드로의 입장 변화다. 본문에서 디드로는 장님이 보지 못하기 때문에 수치심이 없다고 말한다. 더 나아가 그는 정상인의 경우도 가까이 있는 소를 자신의 손으로 도살하는 것이 멀리 있어 제비처럼 작게 보이는 사람을 죽이는 것보다 더 어려울 것이라며, 보이지 않는다는 신체적 조건이 도덕적 불완전성을 야기할 수 있기 때문에 장님은 일반적으로 '비인간적'이라는 결론을 내린다. 그러나 이러한 생각은 후기에 등장하는 살리냑이라는 장님 처녀가 디드로의 책을 읽고 이의를 제기하면서 바뀌게 된다. 살리냑은 장님이 정상인보다 더 고통의 소리를 잘 들을 수 있다며, 장님이 무감각하고 비인간적이라는 디드로의 견해를 반박한다. 그녀는 엄격한 어머니 밑에서 자라서 성적인 것에 대한 수치심을 지니고 있었을 뿐만 아니라 심지어 그것이 지나쳐서 나중에 여성의 질에 생긴 종양을 이야기할 용기가 없어 이로 인해 죽고 만다.

지나치게 합리적인 인간에게는 감정이 결여되어 있어 비인간적이고 비도덕적으로 행동할 위험이 존재한다. 디드로는 장님 수학자 손더슨의 예를 통해 외부의 대상을 보지 못하는 데서 비롯되는 장님의 비도덕성을 그의 추상적 사고와 연결시키며 합리주의를 비판한다. 그러나 그는 살리냑이라는 장님 처녀를 통해 이러한 자신의 생각이 선입견에 지나지 않았음을 알게 된다.

본문과 후기 사이의 또다른 차이는, 장님의 미학적인 능력에 대한 평가와 관련되어 있다. 본문에서 디드로는 장님에게서 미학적인 것은 유용성과 연결되며 그로 인해 쓸모 있는 것만이 아름다운 것으로 간주된다고 주장한다. 또한 장님은 스스로 미적인 판단을 내리기보다는 눈으로 볼 수 있는 사람들의 미적인 판단을 받아들여 그것을 적용할 뿐이라고 말한다. 즉 장님은 정상인이 어떤 대상 전체를 아름답다고 말할 때 전체를 이루는 부분의 배열을 촉각으로 연구하여 미의 개념을 적용하는 법을 배운다는 것이다.

장님의 미학적 능력에 대한 이러한 과소평가는 후기에서 근본적인 변화를 겪는다. 디드로가 30년이 넘는 세월이 지난 후 목격한 새로운 현상들을 기록할 때 제일 먼저 언급하는 현상은, 예술의 촉각적 특성이다. "자신의 예술이론을 마스터하고 있으며 실천적 작업에 있어서도 어떤 사람에게도 뒤지지 않는 한 예술가가, 자신은 솔방울의 둥근 형태를 시각이 아닌 촉각으로 평가한다고 내게 단언하였다. 그 예술가는 엄지손가락과 집게손가락 사이에 그것을 끼워 조심스럽게 돌리면서 여기서 얻은 인상을 통해 천천히 섬세한 울퉁불퉁한 면들을 구분해나가는데, 그것은 그의 눈으로는 포착할 수 없으리라는 것이다." (101쪽) 이어서 디드로는 촉각으로 색을 알아내거나 꽃다발을 섬세하게 그리는 장님에 관해서도 언급한다. 이와 같이 장님이 지닌 예술적인 능력에 대한 인식의 변화는, 살리냑이라는 장님 처녀의 이야기에서 절정에 이른다. 살리냑의 이야기는 손더슨의 이야기처럼 딱딱한 학문적인 인식 담론의 틀을 벗어나 보다 감상적인 인간적 분위기에서 전개된다. 디드로는 살리냑이 지닌 다재다능함, 특히 예술적 능력을 경탄의 눈으로 바라본다. 그녀는 장님 특유의 학문이라고 할 수 있는 대수, 기하학, 천문학과 같은 학문은 물론 일상적인 수작업에도 능통하다. 또한 그녀는 엄청난 기억력으로 시를 암송할 수 있을 뿐만 아니라 심지어 시인보다도 더 좋은 시적 표현을 찾아낼 줄 안다. 그뿐만 아니라 그녀는 추상적이고 수학적인 합리성을 지닌 장님 손더슨이나 사물에 대한 시선에 현혹되는 '정상인'과 달리, 음악에 완전히 몰입하여 전율하며 음악을 듣는다. 따라서 합리적인 사고에 매몰되어 감정이 결여된 비인간적 존재로 간주되던 기존의 장님 유형과 달리, 여기에서는 예술적 감수성을 지닌 천재예술가[135]로서의 장님 유형이 나타나고 있다. 이것은 특정한 법칙에 따라 작품을 구성하는 프랑스의 의고전주의 문학과 달리 규범에 얽매이지 않고 자유로운 상상력에 호소하는 천재예술가의 상을 보여준다. 그러나 그러한 천재적 감수성이 카오스적인 무질서를 의미하지 않으며, 오히려 자유와 질서가 조화를 이루고 있다는 것은 살리냐이 예술가의 자질과 수학자의 자질을 모두 갖추고 있다는 데서 알 수 있다.

디드로는 『달랑베르의 꿈 Rêve D'Alembert』(1769)에서 달랑베르를 "꿈꾸는 수학자"[136]로 묘사한다. 수학자 달랑베르가 꿈속에서 내뱉은 기이한 말들을 그의 여자친구가 기록해두었는데, 그가 정신이 나간 것은 아닌지 염려하는 그녀의 걱정과 달리 무의식을 통해 나온 그의 말에는 깊은 철학적 의미가 담겨 있다. 이렇게 진리를 이야기하는 '꿈꾸는 수학자'의 모습에서 자유로운 상상력과 합리적 이성이 서로 만나게 된다. 합리성과 상상력의 이러한 조화로운 결합은 멜라니 드 살리냐이라는 인물을 통해 다시 한번 실현된다.

디드로는 이처럼 『장님에 관한 서한』의 후기에서 장님의 미학적 능력에 대한 이전 평가를 수정하면서 동시에 자신의 철학과 미학을 발전시킨다. "디드로의 철학적 자기실명은 그의 예술 개념을 확장시킨다. 동시에 그는 합리주의적 시각성의 경직된 미를 촉각적인 과정의 미로 역동적으로 바꾸는데, 이는 멀리 19세기를 선취하고 있다."[137] 스위스 로잔느 대학의 페터 우츠도 "편지가 눈이 보이는 사람, 즉 계몽의 빛의 얼굴을 하고 있다면, 이와 반대로 후기는 노래를 부르는 장

---

135. 살리냐이 스물두 살의 나이로 요절한 것 역시 그녀의 천재성을 뒷받침해준다.
136. R. R. Wuthenow, 같은 책, 157쪽.
137. Kai Nonnenmacher, *Das schwarze Licht der Moderne. Zur Ästhetikgeschichte der Blindheit* (Tübingen, 2006), 53쪽 이하.

님 처녀의 조화로운 목소리가 울려퍼지는 밤의 세계를 들여다보고 있다"[138]고 말한다. 즉 노래하는 시인으로서의 드 살리냑은 낭만주의 시인의 모습을 선취하고 있다.[139]

디드로가 이 작품에서 계몽주의적 합리성을 완전히 포기했다고 이야기한다면 지나친 해석이 될 것이다. 비록 그가 이성 자체에 대한 믿음을 포기하지 않더라도, 추상적이고 수학적인 합리성의 체계가 지닌 억압성과 독백적인 성격을 비판하고 있다는 데는 의심의 여지가 없다. 그는 편지 형식을 통해 독백 대신 대화를 추구하고, 목적 지향적인 글쓰기에서 벗어나 주제에서 이탈하는 비체계적인 에세이적 글쓰기를 지향한다. 또한 장님 수학자의 추상적이고 관념적인 세계에서 벗어나, 섬세한 감수성을 지닌 장님 시인의 촉각적인 유물론[140]의 세계를 향해 다가간다.

운명에서 벗어나려는 인간의 노력이 결국은 다시 우리를 운명으로 이끌고 갈 뿐이라고 생각하는 드 살리냑은 운명론자다. 그러나 그녀의 종교적 관점이 무엇인지 디드로는 알지 못한다. 그녀는 그것에 대해 이야기하지 않고 그 때문에 그것은 비밀로 간직된다. 이러한 그녀의 태도는 타인을 자신의 관점에 맞추며 신앙을 강요하는 홈스 목사의 태도와 대비된다. 드 살리냑의 기하학적 상상력에 경탄하며 그녀의 촉각적 인식의 비밀을 궁금해하는 디드로에게, 그녀는 차분히 설명해주면서도 결국은 자신도 더이상은 모른다며 궁극적인 해답을 비

---

138. P. Utz: "»Es werde Licht!« Die Blindheit als Schatten der Aufklärung bei Diderot und Hölderin," *Der ganze Mensch. Anthropologie und Literatur im 18. Jahrhundert*, Hans Jürgen Schings 외 엮음(Stuttgart, 1994), 381쪽.
139. 같은 맥락에서 논넨마허도 『장님에 관한 서한』의 후기에 나타나는 낭만주의적 성향을 몇 차례 언급하고 있다.(K. Nonnenmacher, 같은 책, 58쪽, 69쪽 참조)
140. 장님의 섬세한 촉각적 인식은 신체성을 강조하며, 디드로가 지닌 유물론적 세계관으로 연결된다.

밀로 남겨둔다. 이러한 그녀의 태도는 인간의 한계를 인정하고 열린 이성을 지향하는 디드로의 태도와 일치한다. 디드로의 회의주의는 그의 계몽주의적 이성이 억압적이거나 폐쇄적인 것이 되지 않도록 지켜준다. 이 회의의 정신은 또한 『장님에 관한 서한』의 본문과 후기에 나타난 여러 가지 대립 요소와 부분적 관점 변화에도 불구하고 이들을 서로 연결하는 요소이기도 하다. 이러한 점에서 본문 마지막에 몽테뉴를 거론하며 편지의 수신자에게 털어놓는 디드로의 고백은, 그가 데카르트적인 일원적 합리성을 넘어 현대적 세계관으로 넘어가고 있음을 잘 보여준다.

우리는 대체 무엇을 알고 있습니까? 물질이 무엇인지 안다고요? 결코 그렇지 않습니다. 정신과 사상이 무엇인지 안다고요? 그것에 대해서는 더 모릅니다! 운동과 공간 그리고 시간에 대해 안다고요? 전혀 그렇지 않습니다! 수학적 진실을요? 정직한 수학자에게 물어보시면, 그들은 그들이 사용하는 원칙이 모두 동일한 것이라는 사실을 고백할 겁니다…… 따라서 우리는 거의 아는 바가 없습니다. 그런데도 무언가를 안다고 주장하는 저자들이 쓴 책들이 얼마나 많습니까? 저로서는 배우는 것이 아무것도 없는데도 세상에는 그렇게 많은 읽을거리가 있다는 사실이 수수께끼일 따름입니다. 하지만 어쩌면 아무런 의미 없는 말을 하고도 나 역시 지루해하지 않으면서 두 시간 동안 당신에게 즐거움을 준 것이 내게 큰 영광이듯이, 같은 이유에서 그렇게 많은 사람이 그렇게 많은 책을 썼는지도 모르겠군요.(99쪽)

3) 키틀러의 『기록시스템 1800·1900』
—1800년대의 기록시스템
키틀러는 1800년대의 기록시스템[141]에서 1900년대의 기록시스템으로 넘어가는 전환점이 책이라는 매체의 독점성이 붕괴된 데서 비롯된 것으로 간주한다. 축음기, 영화, 타자기 같은 새로운 매체가 등장하면서 1900년대에 문자로 쓰인 책은 여러 매체 가운데 하나일 뿐, 더이상 독점적인 지위를 지니지 않는다. 이처럼 매체 간에 이루어지는 경쟁 상황의 변화는 정보전달 수단인 문자의 지위에 대한 인식의 변화를 가져온다.

그런데 흥미로운 것은, 키틀러가 책이라는 매체와 문자를 다루면서도 구텐베르크의 금속활자가 발명된 이후인 15~16세기가 아닌 19세기에서 출발하고 있다는 사실이다. 그는 16세기에 인쇄술의 발전과 종교개혁이 이루어졌음에도 불구하고 민중의 교육에 대한 우려가 여전히 남아 있었고, 이로 인해 보편적인 교양으로서의 알파벳 교육이 이루어지지 못하고 있었음을 강조한다. 알파벳을 배우기 위해서는 읽고 쓰는 능력이 모두 전제되어야 하는데, 이 시기에는 여전히 글을 쓸 수 있는 사람이 특정한 계층으로 한정되어 있었다는 것이다.(134쪽) 또한 텍스트 번역 역시 루터의 성서 번역처럼 성서라는 원문에 대한 충실한 번역만이 허용될 뿐이었다. 파우스트가 성서에 나오는 '말'이라는 단어를 자신의 솔직하고 자유로운 감정에 따라 '행위'로 번역한 것과 같은 자유로운 해석은 1800년대의 기록시스템에서야 가능해진다.

이처럼 신의 정신을 자신의 정신으로 대체하는 인간의 해석은 1800년 이후의 기록시스템의 특징적인 현상이다. 이러한 새로운 정

---

141. 키틀러는 『기록시스템 1800·1900』의 후기에서 기록시스템을 다음과 같이 정의한다: "기록시스템이란 말은…… 하나의 문화로 하여금 중요한 자료의 수신자를 설정하고 그 자료를 저장하고 가공할 수 있도록 해주는 기술과 제도의 네트워크를 지칭할 수도 있다. 그리하여 인쇄술과 같은 기술과 그것과 연결된 문학이나 대학 같은 제도는 역사적으로 아주 강력한 대형隊形을 형성하였다. 그러한 대형은 괴테 시대의 유럽에서는 문예학 자체가 생겨날 수 있는 조건이 되었다."(F. Kittler, *Aufschreibesysteme 1800·1900*, München, 2003, 501쪽/ 이하 본문에 쪽수로 표시)

신과학인 해석학에 상응하며 단어를 순수한 의미로 환원시키는 것이 '시문학Dichtung'이다. 해석학이나 시문학 모두 선험적인 기의를 찾으려고 노력하는데, 그러한 선험적 기의는 바로 자연에 놓여 있다.

키틀러에 따르면, 1800년대의 기록시스템에서 근원적인 자연은 어머니다. 문화적 산물로서 생겨난 언어의 근원은 자연을 상징하는 어머니인 것이다. 남성은 이러한 어머니에게서 언어를 배워 작가가 되며 담론을 생산한다. 모든 사회적 활동에서 배제된다는 의미에서 여성은 부정적인 의미에서의 자연으로 간주될 수도 있겠지만, 이 시기에 어머니로서의 여성은 이러한 사회문화적 담론과 제도가 생겨나기 위한 토대로서의 근원적 자연을 의미하기도 한다.

19세기 초에 하인리히 슈테파니Heinrich Stephani는 아이에게 독서를 가르치기 위해 '음독법Lautiermethode'을 개발한다. "음독법은 먼저 단어를 구성하는 개별 철자들의 '발음'(ʃ-o-n)을 가르친 후, 이어서 그것들이 조합된 단어의 발음(ʃon)을 가르친다. 그리하여 철자를 암기하며 단어를 외우는 '철자를 읽어주는 방법'이 지닌 외면성과 반대로, 음독법은 내면의 목소리로 책을 읽는 방법을 사용한다."[142] 키틀러는 "유럽 알파벳 혁명의 본질은 알파벳이 구술적으로 된 데 있다"(42쪽)라고 말하면서, 슈테파니의 독본이 지닌 혁명적 의미를 강조한다.

슈테파니의 '음독법'에서 언어는 가시적인 기호에서 벗어나 악보에 접근한다. 즉 그것은 알파벳을 보이는 언어에서 들리는 언어로 전환시킨다. 16세기에 문자가 우선적으로 그래픽적인 표현이었고 물질성을 지니고 있었다면, 이제 문자는 그러한 물질성을 상실하고 악보처럼 사용되어 소리를 전달하는 기능으로 의미가 제한된다. 음독법을 가르치는 어머니는 먼저 정확한 발음을 하기 위해 표준어를 배워야

---

142. 정항균, 『"typEmotion"—문자학의 정립을 위하여』(문학동네, 2012), 105쪽.

했고 이로써 방언을 몰아내는 계기가 되었다. 동시에 그녀는 문자 없이도 알파벳을 배울 수 있는 것처럼 가르침으로써 나중에 아이가 책을 읽을 때도 행간에서 목소리를 듣도록 만든다.(43쪽, 45쪽 참조)

문자의 물질성을 배제하고 문자 속에 공명하는 순수한 자연의 음향을 들으려는 시도는 언어의 기원을 설명할 뿐만 아니라 언어를 가르치는 교육학적 방법에도 사용되었다. 이에 따르면 태초에 a라고 하는 문자가 있는 것이 아니라 a라는 소리가 있으며, 이것이 확장되어 'Ach'[143]가 되고 그것이 더 확장되어 'nach, rach, sprach'가 된다. 여기서 'ach'는 일종의 최소기의로서 언어의 근원이 되며, 이로부터 점점 언어가 확장되어 문화적인 언어가 생겨난다. 역으로 문자의 물질성을 모두 제거하고 이러한 음향을 모방하면 태초의 자연적 음향으로 돌아갈 수 있다.(58쪽, 60쪽 참조)

1800년대의 기록시스템에 퍼져 있던 이러한 생각을 바탕으로 한 이 시기의 텍스트는, 신의 목소리가 아닌 자연의 목소리를 받아 적은 것이라고 생각해볼 수 있다. 이러한 조용한 자연의 목소리와 최소기의를 듣기 위해서는 다른 사람이 들을 수 있는 큰 소리가 아니라 자신만이 들을 수 있는 나지막한 소리로 읽는 독서법이 요구된다. 이를 통해 독서를 하는 사람은 텍스트의 행간에서 들려오는 순수하고 선험적인 목소리를 듣는다.

1800년대의 기록시스템에서 어머니로서의 여성의 목소리가 담론의 근원이라면, 어머니라는 자연이 확장되면서 생겨나는 문화적 텍스트의 생산자는 남성이다. 남성은 시인과 공무원이 되어 공적인 담론에 참여하며 자신을 작가이자 주체로 정립해나간다. 반면 어머니로서

---

143. 독일어 감탄사이며 우리말로 '아!' 정도의 뜻을 지닌다. 여기서 이 감탄사는 자연적인 음향에 가까운 소리로 근원적인 감정을 표현하는 것으로 간주되고 있다.

의 여성은, 가정이라는 보다 본질적이고 기본적인 영역에 머무르며 미래의 공무원과 작가로서 글을 쓰게 될 아이를 양육하는 역할을 맡는다. 또한 여성은 연인으로서 남성의 담론을 만들어내기도 한다. 말로 표현할 수 없는 최고의 자연스러운 사랑의 감정을 표현하기 위해 남성은 시인이 되어 글을 쓰는 것이다. 이에 따라 헤르더는 사랑과 문학의 관계를 이렇게 정의한다.

> 시인의 마음속에 있고 그가 언어를 통해 자신의 내면에서 끌어내고자 하는 자연, 즉 열정과 행위의 세계 전체가 작용할 것이다. 언어는 전달매체에 불과하고, 진정한 시인은 통역사에 불과하다. 아니 보다 본질적으로 그는 자연을 영혼과 자기 동료의 심장에 전달하는 사람이다.[144]

이처럼 시인은 아이가 어머니의 목소리를 듣고 독서를 배우듯, 자연의 목소리를 들어 그것을 문자로 번역하기만 하면 된다. 그런데 이러한 글쓰기 과정에서는 글씨를 쓰는 법 자체가 중요한 의미를 갖는다. 슈테파니는 글씨 수업 자체가 정신력의 자주적인 발전에 도움이 된다며, 모범적인 규범적 글씨체를 가르친다. 그는 우선 각각의 철자를 기본적인 요소, 즉 획이나 반원, 반타원형 등의 요소로 분해하여 연습시킨 후, 이렇게 분해된 기본요소들을 다시 연결하여 철자 전체를 쓰는 법을 연습하게 한다. 그런 다음 각 철자를 연결하여 단어를 쓰는 연습으로 넘어간다. 그리고 최종적으로 다양한 미학적 비율을 고려하여 펜으로 글을 쓰는 법을 연습한다. 이러한 과정에서 무엇보

---

144. Johann Gottfried von Herder, *Sämtliche Werke VIII*, Bernhard Suphan 엮음 (Berlin, 1877~1913), 339쪽.(F. Kittelr, 같은 책, 90쪽 재인용)

다 중요한 것은, 마치 어머니의 입이 조금씩 변하면서 음이 다음 음으로 넘어가듯이, 손으로 쓰는 글씨 역시 유기적이고 정합적인 글씨체가 되어야 한다는 것이다.(101쪽 참조) 이러한 연습을 통해 최종적으로 자주적이면서도 개인적인 특성을 지닌 글씨체가 생겨난다. "이러한 필적은, 필적감정을 통해 정신 상태를 알아맞히는 사람이나 경찰의 필적전문가가 신원확인을 할 때 사용하는 어떤 특성을 통해서가 아니라, 교양 있는 개인의 전기적이고 유기적인 연속성을 문자 그대로, 즉 그에 상응하는 문자로 물질화하는 필적의 유기적 연속성에 의해 개인적이 된다."(103쪽) 즉 이러한 글씨 수업의 목표는 독특한 개개인의 개성적 글씨체가 아니라, 자서전이나 교양소설에서처럼 연속적으로 발전하는, 유기적 흐름을 보여주는 '나누어질 수 없는 개인In-dividuum'의 글씨체다. 따라서 이러한 유기적이고 정합적인 필적을 규범화하려는 시도는, 1800년대의 시민적 개인의 이념을 물질적 매체 차원에서 이데올로기화하려는 시도로 해석할 수 있을 것이다.

물론 규범적 글씨를 베껴 쓰는 것이 단순히 그것의 모방에 머물러서는 안 된다. 호프만E. T. A. Hoffmann의 소설 『황금단지Der goldne Topf』(1814)에 나오는 주인공 안젤무스의 예에서처럼, 그러한 모방을 통한 연습은 자신의 고유한 글씨를 만들어내게 한다. 근원문자인 산스크리스트어를 베껴 쓰는 안젤무스는 근원문자의 물질성보다는 거기에 공명하는 자연의 목소리에 빨려들어가며, 그 때문에 그의 필사는 독일어 번역으로 변한다. 따라서 중요한 것은, 물질적 기표가 아니라 거기에 담겨 있는 순수한 기의다. 안젤무스는 꿈속에 등장한 연인의 모습에 매혹되어 자신도 모르게 물 흐르는 듯한 글씨체로 비밀 원고의 필사를 완성한다.

그러나 안젤무스의 글쓰기는 어디까지나 이상적인 경우일 뿐이며, 실제로 종이 위에 기록되는 글씨를 보지 않고 글을 쓰는 것은 불가능하다.[145] 그 때문에 행간에서 자신도 모르게 자연의 목소리를 들으며 유기적이고 정합적인 글씨체로 써나가는 시민적 개인의 이상 뒤에는, 글자를 쓸 때마다 매번 간격이나 모양을 관찰하고 통제하는 근대적 주체의 억압적 시선이 숨어 있음을 강조할 필요가 있다. 근대적 주체가 결코 자유롭지도 않고 그의 발전이 유기적이고 조화롭게 진행되지도 않는다는 사실은, 글 쓸 때 스스로를 통제하며 글자의 유기적 질서에 자신을 종속시키는 모습에서 잘 드러난다. 정확한 관찰과 훈련을 통한 개성적 필체의 훈련은, 역설적으로 규율과 억압이라는 이면을 숨기고 있다. 그러한 규율과 억압은 유기적 필체를 배우는 과정은 물론이고 완성된 단계에서도 완전히 사라지지는 않는다.

프리드리히 슐레겔은 여성에게 내면성의 영역인 노래와 독서를 가르치며 구술성을 교육할 임무를 부여한 반면, 남성에게는 인류의 소명인 글 쓰는 역할을 맡긴다.(138쪽 참조) 그런데 이중적인 의미에서 주체가 되는 과정인 글쓰기는 근대적 인간 내지 주체인 남성 특유의 권한이다. 첫번째로, 남성적 주체는 유기적이고 조화로운 필적을 연습함으로써 시민적인 교양을 갖춘 개인으로 성장한다. 두번째로, 그는 자신이 자연의 소리를 들으며 무의식적으로 완성한 글을 다시 읽는 과정에서 스스로를 작가로 인식한다. 즉 쓰는 과정에서는 자신이 글을 쓰는 것조차 인식하지 못한 채 도취 상태에 빠져 있다가 나중에 글이 완성된 후에야 다시 그것을 읽고서는 자신이 쓴 글임을 인식하게 된다는 것이다. 이러한 자기성찰이 주체로서의 작가의 위치를 만들어낸다. 이것은, 무의식적으로 쓴 자신의 글을 다시 읽어보지 않으

---

145. 키틀러는 이 점을 직접적으로 언급하지는 않는다. 다만 그는 1900년대의 타자기를 이용한 글쓰기와 1800년대의 펜으로 쓴 글쓰기를 서로 비교하며 후자가 갖는 일반적인 한계를 지적한 아브라함 반 바이어렌Abraham van Beyeren의 글을 인용할 뿐이다.(F. Kittelr, 같은 책, 237쪽 참조)

며 그래서 주체로서의 작가의 위치를 상실하는 1900년대의 자동기술적인 글쓰기와 대조를 이룬다.(137~138쪽 참조) 1800년대의 시인이 자신이 쓴 글을 다시 읽음으로써만 작가가 될 수 있다는 것은, 안젤무스의 도취적 글쓰기 자체가 담고 있는 역설을 보여준다. 즉 이러한 글쓰기는 단순히 자동적으로 이루어지는 1900년대의 글쓰기와 달리 선험적 기의를 찾아야 하는 목적을 지닌다. 이러한 근원적 의미에 대한 예속성 때문에 자신이 쓴 작품을 확인하는 재독서가 필요한 것이다. 심지어 그러한 작품 서술이 안젤무스와 같은 이상적 경우와 달리 끊임없이 의식적으로 의미를 찾아나가는 과정이라면, 그러한 서술과정은 선험적 의미의 통제를 받으며 저술과정 중에도 텍스트를 다시 읽어볼 것을 요구할 것이다. 이처럼 다시 한번 읽어 '보는' 재독서는 그것이 저술과정 중에 이루어지든 아니면 저술이 완료된 이후에 이루어지든 상관없이, 자신의 필적에 대한 끊임없는 확인과 마찬가지로 성찰이라는 미명하에 작품의 의미를 확인하고 그것을 평가하는 통제적 기능을 갖는다. 자유로운 주체의 글쓰기는 바로 이와 같은 선험적 의미를 추구하는 과정에서 지속적인 통제를 받게 된다.

정확한 관찰을 통해 필체를 배워 유기적인 자아로 성장하고자 하는 근대인의 추구는, 역설적으로 아무것도 보지 못하고 장님이 되어버리는 계몽의 변증법을 낳는다. 이것은 특히 1800년대 기록시스템 내에서 이루어지는 독자의 독서행위를 살펴보면 잘 알 수 있다. 이 시기의 독자가 문자의 물질성을 인식하지 않고 자연의 목소리를 들으며 선험적 기의와 만날 수 있도록 하기 위한 장치는 인쇄된 책의 글씨체에서부터 시작된다. 18세기 말 예술 후원가이자 출판가였던 베르투흐F. J. Bertuch(1747~1822)는 장식체로 쓰인 글씨라는 장애물을 제거함으로써 책의 가독성을 높이려고 한다. 웅거J. F. Unger는 각을 없애 쉽게 읽을 수 있는 독일식 고딕체Fraktur를 계발한다. 그는 글자의 살을 많이 떼어내 가독성을 높이고, 밝고 부드러운 라틴어 글자체의 특성을 개혁된 글자체에 반영할 뿐만 아니라, 검은 글자도 회색 글자로 대체한다.(113~114쪽 참조) "이처럼 문자가 물질적인 특성에서 벗어남으로써만, 독자의 눈은 문자의 물질성을 지각해야만 하는 압박에서 구원될 수 있었다."(114쪽) 안젤무스가 텍스트에 눈을 고정시키기보다 귀로 소리를 듣는 것을 가능하게 한 물질적 조건이 마련된 셈이다. 앞에서 언급했던 슈테파니의 음독법 역시 어려서부터 아이들이 눈에 보이는 글자가 아니라 들리는 이상적 소리를 통해 독서하는 기술에 익숙해지게 한다.(117쪽 참조) 문자라는 매체는 신체라는 물질성을 잃어버리고 생리학의 영역에서 심리학의 영역으로 들어선다. 왜냐하면 독자는 독서를 통해 어머니나 연인의 목소리를 들으며 사랑에 빠지고 그러한 도취의 상태에서 자위를 하듯 손가락으로 글을 쓰기 때문이다.(117~120쪽 참조) 이러한 의미에서 독서와 글쓰기는 육체적 경험이 된다. 그리고 문자라는 매체 역시 더이상 전달매체를 통한 어떤 손실이나 장애 없이 순수한 기의를 전달할 수 있게 된다.

아우구스트 빌헬름 슐레겔은 『순수문학과 예술에 대한 강의 *Vorlesungen über schöne Litteratur und Kunst*』(1884)에서 돌이나 색 등의 물질성에 얽매인 조각이나 회화와 같은 예술장르와 달리 시문학이 매체의 물질적 제약을 받지 않음을 강조한다. 시문학의 매체는 언어 자체이며, 그래서 어떤 물질적 제약도 받지 않고 마음껏 상상력을 펼쳐나갈 수 있다는 것이다. 감각적 물질성인 활자는 시문학에서 표면적인 것으로 간주되며, 이를 넘어서는 목소리가 보다 근원적인 지배원리로 나타난다. 이처럼 시문학은 물질적 제약성을 벗어나 순수하게 정신을 직접 드러내줄 수 있기에 가장 보편적인 예술이라는 것이다.[146]

---

146. August Wilhelm Schlegel, *Kritische Schriften und Briefe II*, Edgar Lohner 엮음

시문학이 지닌 놀라운 상상력은, 1900년대에 축음기나 영화와 같은 기록시스템이 등장하면서 그 의미를 상실한다. 그것이 불러일으키는 환영이 더이상 기술매체의 환영과 경쟁할 수 없게 되었기 때문이다. 이로써 독서와 글쓰기에서 육체적 도취를 경험하게 했던 문학은 다시 단순히 하얀 종이 위에 쓰인 검은 글자로만 나타나는 금욕적인 매체로 전락하고 만다.(144쪽 참조)

무엇보다도 시문학이 처한 진정한 역설은, 시문학 독자가 활자의 물질성, 즉 하얀 종이 위에 쓰인 검은 잉크를 보지 못하고 거기서 어머니나 연인의 순수한 목소리를 들으며 선험적 기의를 찾아냈다고 믿었던 것이 환상에 지나지 않는다는 것이다. 1800년대의 기록시스템에서 독자는 책을 읽으면서도 아무것도 보지 못하는 '장님'에 지나지 않았던 것이다. 정확한 관찰과 훈련을 통해 자신의 개성적 필체를 개발함으로써 진정한 근대적 자아로 발전할 수 있다는 근대인의 믿음은, 자신 앞에 놓인 종이 위의 검은 글자마저 인식하지 못하는 장님의 맹목적 믿음으로 폭로된다.

책에서 어머니의 목소리를 들으며 독서하고 어머니로 대변되는 자연의 목소리를 들으며 글을 쓰는 1800년대의 기록시스템에서, 작가와 독자 모두 텍스트를 보지 못하는 장님이 된다. 이렇게 보지 못하는 장님은 자연의 목소리를 통해 선험적 의미를 접한다는 의미에서 긍정적인 의미를 지니는 것으로 해석된다. 그런데 실제로 글을 쓰기 위해서는 타자기를 칠 때와 달리 종이 위에 기록되는 글자에 '주목'해야 하고, 작가로서 정체성을 갖기 위해서는 목소리에 이끌려 쓴 텍스트를 다시 한번 읽어 '보아야' 한다. 이런 의미에서 1800년대의 기록시스템에서 작가와 독자는 또한 장님이 아니기도 하다. 그러나 이들

(Stuttgart 외, 1962~1967), 225쪽; F. Kittler, 같은 책, 139쪽 재인용.

은 정상인처럼 글자를 보면서 쓰고 텍스트를 읽으며 의미를 찾아나가면서도, 의미의 형이상학에 빠져 글자의 형상성과 물질성을 인식하지 못한다. 이로 인해 이들은 앞에서와 다른 부정적 의미에서 또다시 '장님'이 되고 만다.

—1900년대의 기록시스템

1800년대 기록시스템이 선험적 기의를 찾으려고 한다면, 1900년대 기록시스템은 '우연의 발전기'를 돌려 무수히 많은 무의미한 담론을 생산해낸다. 20세기 초반이 정신병자와 아이의 시대인 것은 결코 우연이 아니다. 이 시기에 발전한 정신물리학은 더이상 숭고한 형이상학적 의미를 추구하지 않으며, 병적이거나 무의미해 보이는 것을 연구하기 시작한다. 다시 말해 1800년대의 기록시스템에서 배제되었던 무의미한 담론이 이제 정상과 비정상, 어른과 아이의 이분법적 사고를 벗어나면서 분석 대상이 된 것이다.

브레슬라우의 심리학 교수인 에빙하우스H. Ebbinghaus는 의미가 없는 단어와 의미가 있는 단어를 암기하는 데 걸리는 시간을 각각 측정했는데, 놀랍게도 둘 사이에 큰 차이가 없다는 결론에 도달했다. 이것은 기의가 영혼에 가까이 있기 때문에 외부로 향해 있는 기표보다 훨씬 더 빨리 독자의 기억에 새겨질 것이라는 1800년대 기록시스템의 믿음을 근본적으로 뒤흔들어놓았다. 이러한 실험 결과를 통해 차이로서의 기표가 모든 의미에 선행해 있음을 알 수 있다.(252쪽 참조) 이것은 의미 있는 담론에 기반을 둔 1800년대의 기록시스템이 사실은 다양한 기표들의 우연적 결합에 의해 생겨난 특별한 경우에 불과하다는 것을 의미한다. 이로써 '아Ach'와 같은 단어는 더이상 최소기의로서 자연에서 문화로 나아가는 길을 열어주는 근원적 지위를 갖지 못하며 음들의 다양한 조합 가운데 하나에 불과한 것으로 간주된다.(254쪽 참조) 그리하여 1900년대 기록시스템은 더이상 근원적인 자연의 목소리에 귀를 기울이지 않으며, 오히려 철자의 우연적인 조합에 의해 생겨난 물질적인 문자 자체에 관심을 기울이게 된다.

1800년대 기록시스템에서 반복적인 독서를 통해 작가의 지위를 확인하고 작품을 '자신의' 작품으로 인식하는 경향이 지배적이었다면, 1900년대 기록시스템에서는 '자동기술법écriture automatique'이 지배적인 글쓰기가 되면서 작가나 글을 쓰는 주체로서의 자아 개념은 사라지게 된다. 무의식적인 생각을 의식의 필터로 거르지 않은 채 써내려가는 자동기술법은 반복적인 독서를 필요로 하지 않는다. 또한 그렇게 생성된 텍스트는 그것을 생성해낸 의식적 주체인 '나'의 작품으로 간주되지도 않는다. 이처럼 텍스트가 자아의 의식적인 검열과 통제 없이 무의식적인 글쓰기를 통해 생겨날 수 있게 됨으로써, 사회문화적 담론에서 배제되어 있었던 정신장애인이나 여성도 글을 쓸 수 있는 가능성이 생겨난다. 더욱이 근원적 목소리를 표상하는 어머니, 즉 자연의 지위에서 쫓겨난 여성들도 문화적 담론에 참여하며 글을 쓰고, 나아가 작가가 될 수 있는 조건을 갖게 된다.

자신이 글을 쓰고 있다는 것을 의식하지 못할 정도로 빨리 타자를 치는 여성들이 비약적으로 늘어나 타이피스트라는 새로운 직업을 거의 독점하게 된 것은 우연이 아니다. 선험적인 기의를 포기한 책은 상상력을 통해 의미를 찾는 집중적인 독서 대신 산만한 독서를 요구한다. 더이상 확고한 이념을 찾지 않는 상황에서 달아나는 무의미를 재빨리 포착할 수 있는 새로운 기술매체가 등장한다. 축음기와 영화는, 인간의 지각능력을 넘어 청각자료와 시각자료를 다양하게 포착하여 저장할 수 있는 기술매체다. 이 경우 축음기는 쓰레기 같은 무의미한 소음을 저장하고, 영화 역시 뇌에서 이루어지는 생리학적인 무의식의 과정을 클로즈업, 편집, 투사 등을 통해 재현한다.

또한 타자기는 자동기술법이라는 무의식적 글쓰기를 대신할 새로운 기술매체로 등장한다. 반쯤 눈이 먼 니체가 펜으로 글을 쓰는 대신 타자기를 구입한 사실은, 이러한 매체사적 변화를 역사적으로 입증해준다. 니체는 아주 심한 근시였고 특히 오른쪽 눈으로 보면 글자가 심하게 왜곡되어 알아볼 수 없을 정도였다. 그래서 그는 1881년 타자기 구입을 계획하고 그것을 실행에 옮긴다. 아직까지 독일에 타자기를 파는 대리점이 없던 시절에, 니체는 타자기 발명가 가운데 한 사람인 덴마크 학자 말링한젠R. Malling-Hansen과 직접 접촉해 1882년 당시 최신 모델을 전달받는다. 비록 니체가 구입한 타자기는 곧 망가져 사용할 수 없게 되었고, 이로 인해 그는 자신의 글을 받아 적을 여비서를 구하게 되었지만, 타자기와 관련된 그의 에피소드는 에피소드 이상의 의미를 지닌다.(233쪽, 242쪽 참조)

니체는 눈이 반쯤 멀게 된 것을 부정적으로만 생각하지는 않는다. 오히려 그는 실명이 가져다준 어둠이 자신에게 망각을 허용한 것을 긍정적으로 생각한다. 그것은 끊임없이 의미를 찾아 헤매는 독서로부터의 해방이자, 문화적 의미를 창출하는 음성과 기억에서 벗어나 원천적인 소음과 망각으로 향하는 것을 의미한다. 타자기로 글을 쓰는 것은, 바로 이러한 자신의 상황을 물질적인 매체를 통해 보여주는 것을 의미한다. 거의 무의식적으로 이루어지는 타이핑은 의식의 차원 밑에서 이루어지고 있는 자동기술적 글쓰기를 보여준다. 비록 니체가 타자기를 오래 사용하지는 않았을지라도, 그가 타자기를 구입한 이유는 이러한 글쓰기 의도와 무관하지 않다.

타자기는 그 생성 배경에서부터 이미 '실명'과 긴밀한 연관을 지니고 있었다. 원래 타자기는 장님의 불편을 덜어주기 위한 것이었으며, 장님이 장님을 위해 타자기를 발명한 경우도 있었다. 니체가 사용한 타자기 발명가인 말링한젠의 타자기 역시 원래는 장님을 위해 만들어진 것이었다. 장님에게 타자기가 지닌 매력은 글씨를 보지 않고 촉각에 의존해 자판을 침으로써 글씨를 쓸 수 있다는 점이다. 타자기 자판에 있는 기표들은 이제 오직 그것이 위치한 장소와의 관계에 의해서만 규정된다.(234쪽 참조) 이러한 공간적 구분에 의해 기표의 순수한 차이가 생겨난다. 타자기 자체가 기표의 인위성과 그것의 물질성을 극명히 보여주는 것이다.

"1897년 언더우드의 위대한 혁신이 있기 전에, 타이핑한 결과를 곧바로 눈으로 검토하는 것이 가능한 타자기 모델은 하나도 없었다. 레밍턴 타자기의 경우에는 글을 쓴 것을 다시 읽기 위해서는 덮개를 들어올려야 했고, 말링한젠이 만든 타자기의 경우에는…… 반구 모양의 자판 자체가 종이 위를 쳐다보는 것을 방해했다."[147] 즉 언더우드 사가 발명한 타자기 이전의 모델들에서는 타자를 치면서 글씨를 볼 수 있는 가능성이 원천적으로 차단되어 있었기 때문에 글을 쓰기 위한 조건으로 비가시성, 즉 실명이 전제되어 있었다고 할 수 있다. 이것은 타자기가 본래 장님을 위한 것이라는 사실과도 같은 맥락이다. 그러나 설령 언더우드 이후의 타자기에서 타이핑한 글씨를 보는 것이 가능하게 되었다고 할지라도, 타자기로 글씨를 쓰는 데 비가시성이 전제조건이 된다는 사실에는 변함이 없다. 왜냐하면 타자를 치면서 동시에 타이핑되는 글자를 볼 수는 없기 때문이다. 그래서 언더우드 타자기 모델에서도 "바로 타이핑되는 글자가 생겨나는 자리는 보이지 않는 유일한 장소인 것이다."[148] "글쓰기 자체를 위해 가시성은 예전과 마찬가지로 오늘날에도 여전히 불필요하다."[149]

---

147. F. Kittler, *Grammophon, Film, Typewriter*, 296쪽 이하.
148. Angelo Beyerlen, *Eine lustige Geschichte von Blinden usw. Schreibmaschinen-Zeitung Hamburg Nr 138*, 1909.(F. Kittler, 같은 책, 298쪽 재인용)
149. 같은 글.(F. Kittler, 같은 곳 재인용)

1800년대의 손으로 쓰는 글쓰기와 1900년대의 타자기로 쓰는 글쓰기의 차이를 바이어렌은 이렇게 정리한다.

손으로 글씨를 쓸 때 눈은 계속해서 글자가 있는 곳, 정확히 말하면 바로 그곳만을 관찰해야 한다. 눈은 모든 글자의 생성을 감시하고 측정하며 지시해야 한다. 간단히 말해, 그것은 글자의 획을 그을 때 손을 지도하고 조종해야 한다. 이를 위해서만 글자의 가시성, 정확히 말하면 각각의 글자행의 가시성이 필요하다. 이와 반대로 타자기는 자판을 한 번 손가락으로 살짝 치는 것으로 적합한 종이 위치에 완성된 철자를 만들어낸다. 이때 종이는 타자를 치는 사람의 손과 전혀 접촉하지 않을 뿐만 아니라, 손과 떨어져 손이 작업하는 곳과 완전히 다른 장소에 위치한다. 오로지 건반 위의 자판만 제대로 사용하여 모든 것이 아주 확실하게 제대로 타자기를 통해서 기계적, 자동적으로 이루어질 때, 타자를 치는 사람이 종이 위를 쳐다볼 필요가 있겠는가?[150]

근대의 유기적이고 정합적인 글씨체를 위해 감시하고 통제하는 시선이 불가피했다면, 이제 타자기를 사용하는 현대의 새로운 글쓰기에서는 이러한 시선이 불필요할 뿐만 아니라 필연적으로 사라지게 된다. 왜냐하면 글씨가 쓰이는 장소만이 유일하게 볼 수 없는 곳이기 때문이다. 이로써 새로운 세기인 1900년대에 글을 쓰려면 니체처럼 눈이 머는 것이 바람직할 뿐만 아니라 더 나아가 반드시 필요하다. 그것이 자기 검열의 시선이 없는 무의식적 자동기술법이 지닌 의미다.

장님이 사용하는 타자기를 이용한 글쓰기는 촉각의 글쓰기이다. 손으로 쓰는 시각적 글쓰기에서 타자기를 이용한 촉각적 글쓰기로의

---

150. 같은 글.(F. Kittler, *Aufschreibesysteme 1800·1900*, 237쪽 재인용)

전환이 갖는 의미를, 니체는 『도덕의 계보학Zur Genealogie der Moral』 (1887)에서 잘 설명하고 있다. 니체는 이 책에서 다양한 고문의 형태를 소개한 후, 인간의 기억은 이러한 고문 덕택에 생겨난 것이라며 기억의 촉각적 성격을 강조한다. 마치 타자기의 활자가 종이 위를 내리치며 글자를 새기듯이, 고통과 상처는 인간의 신체에 기억을 각인한다는 것이다. 이로써 자연에서 문화로의 이행은 선험적 기의로부터 점차적으로 이루어지는 유기적인 연속적 발전과정으로서가 아니라 기억과 글자가 신체와 종이에 새겨지는 불연속적 사건이라는 쇼크로서 이루어진다.[151] "인간의 기억이 새겨지는 결정적인 순간은 타자기의 기계적 각인의 순간과 마찬가지로 '보이지' 않는다."[152] 왜냐하면 그러한 기억의 문자는 무의식의 문자이며, 그 때문에 모든 해석에서 벗어나 있기 때문이다. 랜덤 노이즈의 상태, 즉 "잘 잊어버리는 동물을 인간으로 만들기 위해서는 고통 자체로부터 기억이 생길 때까지, 실재 상태에 있는 그것의 신체를 갈기갈기 찢고 거기에 글자를 새겨넣는 맹목적 폭력이 가해지게 된다."[153] 이와 마찬가지로 초기의 타자기 역시 바늘 끝으로 구멍을 뚫는 방식으로 작업했는데, 이는 인간의 피부에 구멍을 내며 각인되는 기억의 문자에 상응한다. 이처럼 문자와 기억은 인간을 만들고 문화를 낳는다. 인간은 더이상 글을 쓰는 주체가 아니라, 글이 새겨지는 종이 표면이 된다. "니체가 사용한 각인이라는 개념은, 정보기술이 인간에게 소급되기를 멈추는 곳에서 전환점을 지시한다. 왜냐하면 정반대로 정보기술 자체가 인간을 만들어냈기 때문이다."[154]

---

151. 프리드리히 니체, 『도덕의 계보학』, 홍성광 옮김(연암서가, 2011), 78쪽; F. Kittler, 같은 책, 238쪽 참조.
152. 같은 곳.
153. F. Kittler, *Grammophon, Film, Typewriter*, 305쪽.
154. 같은 책, 306쪽.

디티람보스dithyrambos 중 하나인 니체의 「아리아드네의 한탄」에서 아리아드네는 자신을 날카로운 것으로 찌르며 고문하여 말하게 하는 숨은 존재에 대해 언급한다. 무의식적인 타자의 욕망을 상징하기 때문에 그 자체로 드러나지 않는 이 존재는 바로 디오니소스다. 타자기와 마찬가지로 디오니소스는 아리아드네의 몸에 기억의 문자를 새겨넣으며, 말하게 하는 순간에 자신의 모습을 드러내지 않는다. 그래서 키틀러는 "디오니소스는 타자기의 신화이다"(239쪽)라고 말하는 것이다. 설령 아리아드네의 한탄에 이어 디오니소스가 모습을 드러내 직접 말을 할지라도, 그는 "번개로 자신의 모습을 숨긴 자!"이기 때문에 아리아드네에게는 보이지 않고, 자신을 그녀의 "미로"로 선언하기 때문에 그의 말은 그녀에게 이해되지도 않는다.[155] "아리아드네가 지은 한탄의 시는 완전한 어둠 내지 눈멂에서 솟아오르는 것이다."[156]

니체의 디오니소스와 타자기라는 기술매체에서 보듯이, 1900년대의 기록시스템에서 글을 쓰는 것은 비가시성과 눈멂을 전제로 한다. 이와 마찬가지로 글을 읽는 독자 역시 눈뜬장님처럼 알파벳을 읽지 못하는 문맹 상태에 있을 때만 역설적으로 제대로 글을 '보고' 읽을 수 있다. 문자의 물질성을 인식하는 생리학적 독서는, 문자에서 선험적 기의를 찾고 근원적 목소리를 듣는 청각적 독서에서 종이 위에 쓰인 글자를 기표로만 인식하고 그것의 물질성을 확인하는 시각적 독서로의 전환을 의미한다. 하얀 여백으로 나타나는 심층적 의미를 '볼 수 없는' 장님은 표층적인 글자의 형상에 주목하게 되는 것이다. 이러한 맥락에서 고트프리트 벤은 이렇게 말한다.

---

155. F. Nietzsche, *Dionysos-Dithyramben. Kritische Studienausgabe in 15 Einzelbänden. Bd. 6*, Giorgio Colli/Mazzino Montinari 엮음(München, 1999), 400쪽과 401쪽.
156. F. Kittler, *Grammophon, Film, Typewriter*, 307쪽.

내 개인적으로 현대시는 낭독에 적합하지 않다고 생각된다. 시를 위해서도 그렇고, 청중을 위해서도 그렇다. 오히려 시는 읽을 때 쉽게 이해된다⋯⋯ 내 생각으로는 시각적인 이미지는 시를 수용하는 능력을 강화시켜준다. 현대시는 종이 위에 인쇄될 것을 요구하고, 읽을 것을 요구하며, 검은 글자를 요구한다. 현대시는 그것의 외적인 구조에 시선을 던질 때 더 입체적이 된다.[157]

자연주의 작가 홀츠A. Holz는 글자를 건너뛰며 읽도록 유도하는 심리적 독서와 달리 인쇄된 글자 자체에 대한 즐거움을 강조하며 글자의 시각성을 고려하는 생리적 독서를 유도한다.(271~272쪽 참조) 이러한 경향은 특히 아방가르드 문학에서 정점에 달한다. 1800년대에만 해도 문학은 조각이나 회화 또는 음악 등 다른 예술과 비교해 전달매체의 물질성에 제약받지 않는 보편적 예술로 간주되었다. 그리하여 문학은 모든 감각을 포괄할 수 있는 상상력을 통해 독자에게 환상을 불러일으킬 수 있었다. 그러나 1900년대에 영화와 같은 기술매체들이 등장하면서, 문학은 더이상 환상을 낳는 기능에서 이러한 매체들과 경쟁할 수 없게 되며 상상력을 포기하도록 강요받는다. 또한 문자 역시 더이상 순수하게 기의를 전달하는 비물질적 매체가 아니라, 다른 전달매체와 똑같이 물질성을 지니고 있는 것으로 간주되기 시작한다. 그러면서 아방가르드의 엘리트 문학은 이제 오히려 문자의 물질성을 강조하며 영화와 같은 다른 예술로 각색되지 않고 독자적인 영역을 구축하려고 한다.[158] 말라르메s. Mallarmé의 「주사위 던지기」(1897)에서

---

157. Gottfried Benn, *Gesammelte Werke I*, Dieter Wellershoff 엮음(Wiesbaden, 1959~1961), 529쪽.(F. Kittler, 같은 책, 330쪽 재인용)
158. 그러나 오늘날은 심지어 문자의 기표적 기능과 순수한 물질성만을 보여주는 '문자영화Schriftfilm'도 존재한다.

아폴리네르G. Apollinaire의 『칼리그람Calligrammes』(1918)을 거쳐 구체시에 이르는 시들은 문자의 그래픽적 성격에 주목하며 언어의 물질성을 부각시킨다. 이러한 시들은 더이상 낭송하기 위한 시가 아니라 보기 위한 시이며, 단어에 숨겨진 의미보다는 단어 자체의 형상에 초점을 맞춘다.

　독자가 문자의 물질성에 관심을 갖도록 하기 위해서는 가독성을 떨어뜨려야 한다. 다시 말해 독자가 문자의 물질성이라는 장애물을 보지 못한 채 그것의 의미에 빠져드는 심리적 독서를 가로막기 위해서는 선형적 독서를 차단할 수 있는 장치가 마련되어야 한다. 1900년대에 들어오면 타자기에서 사용되는 인쇄체가 학교까지 옮겨진다. 1800년대에 글자체 개혁을 주도했던 웅거가 아직까지 '독일식 고딕체'를 고수한 반면, 이 시기에 이르면 예순여섯 개의 기본요소를 지닌 복잡한 독일식 고딕체 대신 반원과 획이라는 두 개의 기본요소를 지닌 '라틴문자체Antiqua'가 등장한다. 공식문서는 장식을 배제한 라틴문자체, 즉 인쇄체로 채워지며, 학교에서도 더이상 식물과 근원문자의 유기적 성장을 흉내 내는 글자체 대신 서로 분리되어 있는 불연속적 기호들을 사용하는 인쇄체를 가르친다.(308~309쪽 참조) 이것은 유기적으로 성장하는 자아가 더이상 존재하지 않으며 인간이 자아를 상실한 익명의 존재로 변해간다는 것을 상징적으로 보여준다.

　이러한 인쇄체로의 전환이 지니는 또 한 가지 중요한 의미는, 이전에 글씨를 쓰거나 읽는 사람이 글자 자체에만 주목한 반면 인쇄체는 기호와 빈 공간의 대립적 관계에 주목하게 한다는 것이다. 이러한 맥락에서 라리쉬는 다음과 같이 썼다.

　　그러므로 초심자는 지금까지와 달리 글자의 형상 자체만을 포착하기보다는 글자들 사이도 항상 들여다보아야만 한다. 그는 자신의 시력을 다 투입하여 글자들 사이에서 생겨나는 여백의 윤곽을 파악하고, 그것을 시각적인 질량작용에 따라 평가해야 한다.[159]

이제 배경으로서의 사잇공간은 그 위에 쓰인 글자와 동등한 지위를 차지한다. 배경색으로 회색을 사용해 글자와 배경 간의 색상 차이를 약화시켜 이 둘을 유사하게 만들려고 한 웅거와 달리, 라리쉬는 이러한 배경색의 부적합성을 지적하면서 인쇄된 책에서 흑백의 강렬한 대조로 인한 충격효과를 강조한다.(310쪽 참조) 이러한 사잇공간이 없어지면 아무것도 인식될 수 없다고 할 때, 기호의 가독성은 타자기에서와 같이 공간적으로 차별화된 기호들에 의해서 생겨남을 알 수 있다. 따라서 생리학적이고 문맹인 독서는 글자뿐만 아니라 사잇공간까지 읽어내며 문자로 된 '건축'을 볼 수 있어야만 한다.[160] 실제로 기술매체가 발전하면서 3차원적인 문자의 건축물을 그래픽으로 만드는 것이 가능해진다. 키틀러는 이러한 사잇공간이 없어지면 카오스 상태에 빠져 아무것도 분간할 수 없다고 말한다. 그런데 만일 이러한 하얀 종이의 사잇공간 자체를 백색소음으로 이해한다면, 종이 위에 새겨진 글자는 백색소음의 배경하에서 생겨나는 것으로 해석할 수 있을 것이다. 이 경우 백색의 사잇공간을 본다는 것은 언어 뒤에 숨어 있는 무의미를 발견하는 것을 의미한다. 1800년대의 독자가 글자만을 읽고 기의를 찾으면서 유기적인 자아정체성을 확인했다면, 1900년대의 독자는 그러한 글자의 배경까지 보면서 선험적 기의와 자아정체성의

---

159. Rudolf von Larisch, *Unterricht in ornamentaler Schrift*(Wien, 1922), 11쪽.(F. Kittler, *Aufschreibesysteme 1800·1900*, 310쪽 재인용)
160. 키틀러는 모르겐슈테른의 「외가지 울타리Der Lattenzaun」라는 시를 분석하며 '외가지Latte'가 '문자Letter'를 의미하는 것으로 해석한다. 이를 통해 그는 이 시가 인쇄체의 건축가를 다루고 있다는 결론을 내린다. 이 시의 분석은 아래의 책을 참조하기 바란다.(같은 책, 311쪽 참조)

허구성을 인식한다.

글자만을 읽지 않고 배경이 되는 사잇공간까지 보는 독서는 난독증難讀症을 유발하며 책의 가독성을 떨어뜨린다. 하지만 기호의 진정한 비밀을 엿보기 위해서는 장님이나 문맹처럼 독서하는 데 장애가 있어야 한다. 그러한 장애는 생리적이고 촉각적인 독서를 유도하며 독자가 문자의 물질성에 주목할 수 있게 한다.

'순간노출기tachistoscope'라는 기계의 실험 결과 역시 청각적 독서를 방해하는 데 사용될 수 있었다. 예를 들면 한 순간노출기 실험에서 실험자는 기계의 렌즈 앞에 피실험자의 눈을 갖다 대게 한 후 아주 빠른 속도로 지나가는 알파벳 철자를 보여주었는데, 이 실험 결과 모음이나 소문자 자음과 같은 행의 중간 부분에 위치한 단어가 행의 상단부에서 하단부까지 이르는 자음이나 대문자보다 인식하기 어렵다는 것이 밝혀졌다.(306쪽 참조) 시인 슈테판 게오르게Stefan George(1868~1933)는 이러한 실험 결과를 자신의 문학에 적극적으로 도입한다. 그는 가능한 한 대문자와 소문자의 차이를 없애며, 시행의 중단부에서 소문자 위주의 시구를 배열함으로써 이를 실행한다. 명사의 첫 글자를 소문자로 바꾸거나 'ß'를 'ss'로 바꾼 것은, 가독성을 떨어뜨리고 글자의 물질성에 주목하게 하기 위한 장치다.(315쪽 참조) "니체의 독자가 단지 몇몇 곳에서만 까다로운 문장에 걸려 비틀거리며 고생하는 반면, 게오르게의 독자는 매 글자마다 어려움을 겪는다."(316쪽)

"1900년대에는 글쓴이, 글쓰기, 글자라는 여러 개의 실명이 한데 모여 기본적인 실명을 보장한다. 즉 이로써 보이지 않는 지점을 쓰는 행위가 가능해진다."(238쪽) 1900년대에 글을 쓰는 사람과 글을 읽는 사람은 더 잘 쓰고 더 잘 읽기 위해서 눈이 멀어야 한다. 글을 쓰는 사람은 타자기로 글을 쓰듯 보이지 않는 어둠 속에서 문자를 불러내기 때문에, 그 자신은 글자가 생겨나는 순간을 볼 수 없다. 또한 글을 읽는 사람이 문자를 단순한 전달매체로만 생각하고 빠르게 읽어나가며 그 속에서 목소리로 울리는 의미만을 들을 경우, 문자가 갖는 물질성과 기호의 순수한 기표적 성격을 놓치고 만다. 따라서 이러한 문자의 물질성과 기표의 유희를 인식하기 위해서 독서는 물 흐르듯이 진행되어서는 안 되며, 자주 차단되어야 한다. 글을 읽는 사람은 이러한 잘 보이지 않는 문자의 장애물에 걸려 역시 잘 보이지 않는 눈으로 힘겹게 그것의 물질성을 확인해야만 한다. 왜냐하면 쉽게 읽을 수 없는 글자의 형상성에 주목함으로써만 그것이 생겨나는 배경으로서의 백색 사잇공간과 마주할 수 있기 때문이다. 이로써 독자는 무의미라는 백색소음의 공간에서 존재의 비가시성을 확인하는 눈먼, 아니 진정으로 눈뜬장님이 된다.

— 기술적 아프리오리의 아포리아

키틀러는 『축음기, 영화, 타자기*Grammophon, Film, Typewriter*』(1986)의 서문에서 "매체가 우리의 상황을 규정한다"[161]고 주장한다. 이와 관련해 카르펜슈타인에스바흐는 매체이론이 매체의 기술적 특성에서 출발하여 역사를 물질적으로 정초하려고 한다는 의미에서 마르크스K. Marx의 역사적 유물론의 연장선상에 있다고 말한다.[162] 마르크스는 존재가 의식을 지배하고 생산력의 변화가 생산관계(또는 소유관계)의 변화를 가져온다는 유물론적 사고를 지녔다. 그는 사회 발전의 특정한 단계에서 물질적 생산력이 생산관계와 모순에 빠지게 되며, 이를 통해 기존의 생산관계를 파괴하고 새로운 생산관계를 만들어내는 변화를 초래한다고 주장한다. 키틀러는 이러한 마르크스의 유물론을

---

161. F. Kittler, *Grammophon, Film, Typewriter*, 3쪽.
162. C. Karpenstein-Eßbach, 같은 책, 95~96쪽 참조.

매체이론적으로 변화시키며, 매체의 기술적 상태와 함의가 마르크스의 이론에서의 생산력처럼 사회를 규정하는 의미를 지닌 것으로 간주한다.[163]

그러나 키틀러가 자신의 책에서 보다 직접적으로 언급하는 것은 마르크스가 아니라 푸코다. 푸코는 『사물의 질서—인문학의 고고학 *Les Mots et les choses. Une archéologie des sciences humaines*』(1966)을 "인식과 이론이 어디서부터 가능하게 되고, 지식이 어떤 질서의 공간에서 형성되며, 이념이 어떤 역사적 아프리오리a priori와 어떤 실정성의 요소에서 나타나…… 곧 다시 해체되고 사라지는지 확인하려고 애쓰는 연구"[164]로 간주한다. 여기서 중요한 것은, 특히 '역사적 아프리오리'라는 개념이다. 푸코는 개별 학문을 넘어서 그러한 담론을 가능하게 하는 전제조건으로서의 특정한 사유의 질서가 존재함을 강조한다. 그러나 이러한 질서는 시간을 초월하여 효력을 발휘하지는 못하기 때문에 역사적 아프리오리라고 불린다. 카르펜슈타인에스바흐는 키틀러에게서 푸코의 역사적 아프리오리 개념이 '기술적 아프리오리' 개념으로 변형되어 나타난다고 주장한다.[165] 키틀러는 가령 타자기의 등장이 가져온 사물의 완전히 새로운 질서를 언급하며, 푸코가 이러한 매체의 차원을 전혀 고려하지 못하고 있음을 비판한다.(426쪽 참조) 그러나 이러한 비판에도 불구하고 키틀러의 이론적 틀은 근본적으로 푸코의 그것과 상당한 유사점을 보여주고 있는 것이 사실이다. "그런 한 기술혁신의 원칙은 매체이론적, 매체사적 준거점이다. 이로부터 이론, 방법, 사유상 또는 인간관이 매체기술로부터 도출될 수 있

---

163. 같은 책, 98쪽 참조.
164. Michel Foucault, *Die Ordnung der Dinge. Eine Archäologie der Humanwissenschaften*(Frankfurt a. M., 1974), 24쪽.
165. C. Karpenstein-Eßbach, 같은 책, 102~103쪽 참조.

는 사물의 새로운 질서가 생겨난다."[166]

키틀러는 "우리가 사용하는 필기구가 우리의 생각에 관여한다"[167]라는 니체의 말을 인용하면서 매체기술적 아프리오리 이론을 제시한다. 그러나 키틀러 자신의 말을 빌리자면, 니체 독자인 그 스스로 니체의 까다로운 문장에 걸려 비틀거린다.(316쪽 참조) 왜냐하면 앞에서 인용한 니체의 문장에서 매체로서의 필기구는 우리의 사고 형성에 관여하기는 하지만 그것을 일방적으로 규정하지는 않기 때문이다. 그런데 키틀러는 이 점을 간과하며 매체기술을 일종의 존재론으로 환원해버린다. 이로써 니체의 사상은 1900년대의 기록시스템을 보여주는 타자기에서 비롯된 것으로 규정된다.

그러나 니체는 단지 두 달 동안 타자기를 사용했을 뿐이며, 이렇게 짧은 기간 동안 타자기를 사용한 것이 그의 사고를 결정했을 수는 없다. 더 나아가 타자기라는 매체 자체가 니체의 포스트모더니즘 사상에 상응하는 사물의 질서에서 생겨난 것인지도 검토가 필요하다. 키틀러는 브르통, 벤, 카프카, 니체를 모두 하나의 사물의 질서로 분류하면서, 이들 사이에 나타나는 크고 작은 차이들을 간과하고 있다. 키틀러에 따르면, 이들은 모두 무의식을 자아의 검열 없이 기록하는 '자동기술법'의 글쓰기를 수행한다. 그러나 엄밀한 의미에서 무의식을 그대로 기술하는 자동기술법은, 브르통으로 대변되는 초현실주의 작가들의 글쓰기 방식이다.[168] 초현실주의 작가들은 인간이 일반적으로 지각하는 외적 현실이 아니라 인간의 내적인 무의식이 진정한 현실

---

166. 같은 책, 105쪽.

167. F. Nietzsche, *Briefwechsel. Kritische Gesamtausgabe III-1*, 172쪽.

168. 이러한 자동기술법은 실천적인 글쓰기 과정에서는 실현될 수 없었으며 작가의 구성적인 작업을 요구하였다. 초현실주의자의 작품뿐만 아니라 니체의 작품 역시 단순히 무의식적인 자동기술법과 동일시될 수 없으며, 카오스모스의 치밀한 구성적 작업의 산물이기도 하다는 점을 간과해서는 안 될 것이다.

이라고 주장한다. 따라서 이들은 외적인 현실 개념을 폐기하기는 했지만 또다른 실재로서의 무의식의 존재와 그것의 재현을 포기하지는 않는다. 벤 역시 진리와 객관적 현실의 이상에 의문을 제기하면서도 미학적인 방식으로 새로운 총체성을 추구한다는 점에서 현대성의 범주에 포함된다고 할 수 있다. 카프카는 총체성이 붕괴된 세계에 절망하고 불가지론적인 태도를 보인다는 점에서는 앞의 두 작가들과 차이가 나지만, 이것 역시 파편적이고 카오스적인 세계에 불안해하는 현대인의 사유를 보여준다는 점에서는 같은 현대성의 범주에 포함될 수 있다. 반면, 니체는 이러한 파편화된 우연의 질서를 긍정하고 그러한 카오스 자체에 존재하는 질서를 인식한다는 점에서, 이들과 본질적으로 구분된다. 니체는 인간이 존재 자체를 인식할 수 없으며 근본적으로 표면적인 세계에서 살아갈 수밖에 없음을 깨닫지만, 이러한 다원성을 위기로 생각하기보다는 기회로 간주한다. 이러한 점에서 니체는 현대를 넘어 포스트모더니즘의 사상을 선취하고 있다고 볼 수 있다.

또한 니체의 사상은 청각, 시각, 상징을 대변하는 축음기, 영화, 타자기의 기술매체로 분화된 1900년대의 현대적인 기록시스템을 넘어 이러한 다양한 감각을 공감각적으로 통합하는 2000년대의 기록시스템 컴퓨터를 선취하고 있다. 1800년대까지의 책의 독점이 근대의 일원적 합리성의 산물이고, 이를 뒤따르는 1900년대 기술매체의 분화가 파편화된 현대 세계를 매체적으로 보여준다면, 니체의 사상이 선취하고 있지만 훨씬 이후에야 실현될 새로운 컴퓨터 매체는 0과 1이라는 숫자의 조합으로 이미지, 소리, 상징적 기호를 만들어내며 다양한 감각을 다시 통합한다. 이는 1900년대 기록시스템인 아날로그 매체의 물질적 속성에서 벗어나 디지털 매체의 비물질적 속성으로 넘어감으로써 가능해진다.

사진이나 영화와 같은 개별 매체에서 제공되는 기술영상은 원칙적으로는 카메라의 시점이나 영화의 편집기술 등에 의해 가공된 이미지에 불과하지만, 이것을 보는 사람들은 그것을 마치 현실인 것처럼 수용한다. 이러한 1900년대의 기술매체는 그것의 본질을 인식하는 소수의 사람에게는 객관적 진리나 현실이라는 개념의 허구성을 보여주는 것으로 나타나지만, 일반인은 그렇게 제공되는 이미지의 허구성을 쉽게 간파할 수 없다. 이에 반해 디지털 매체는 그것을 사용하는 사람 누구에게나 거기서 만들어진 영상이 언제든지 조작 가능한 가상에 불과하다는 것을 인식하게 해준다. 더 나아가 이러한 가상성의 인식은 더이상 환영에 속아 넘어간다는 부정적 의미가 아니라, 오히려 가능성을 실험할 수 있는 열린 공간이라는 긍정적 의미를 지닌다. 1900년대의 기술매체가 가져온 인식의 위기와 세계의 파편화가 위기를 의미했다면, 2000년대의 기술매체인 컴퓨터가 보여주는 표면에서의 허구적 놀이는 가능성과 새로운 기회를 의미하게 된다.

니체의 철학은 벤이나 그 밖의 다른 동시대 작가들과 달리 삶의 총체성을 파괴하는 데 만족하지 않고 그러한 카오스를 긍정하며 그로부터 미학적 놀이의 가능성을 끌어낸다는 점에서 본질적으로 차이가 난다. 니체는 1900년대의 기록시스템을 사용하고 그것에 대해 성찰하면서 자기가 사는 시대의 기술적 아프리오리를 뛰어넘는다. 그의 사유가 동시대의 아날로그 타자기를 뛰어넘어 거의 한 세기 후에야 보편화되는 디지털 컴퓨터를 선취하고 있다는 사실은, 기술매체가 인간의 사유를 규정한다고 주장하는 키틀러의 기술적 아프리오리의 이론이 지닌 문제점을 잘 드러내준다.

키틀러가 1800년대의 기록시스템과 1900년대의 기록시스템을 구분하는 기준은 유기성과 기술성이다. 1800년대의 문학은 자연에서 문화로, 목소리에서 글자로 유기적으로 변화하는 과정에서 생겨난 산물이다. 이에 따라 유기적으로 성장하는 시민적 자아의 이상이 등장한다. 또한 이러한 문화적 생산의 과정을 역으로 추적하면 자연이라는 선험적 기의에 도달할 수 있다. 반면 1900년대의 문학은 실증주의 과학과 이로 인해 생겨나는 불연속적인 무의미의 산물이며, 이에 따라 총체적 세계와 통일적 자아의 이념도 붕괴된다. 또한 그러한 문학을 생성시킨 근원세계도 더이상 밝혀낼 수 없게 된다.

키틀러에 따르면 이러한 유기성과 기술성의 대립은, 연속적인 알파벳과 불연속적인 숫자의 대립으로도 설명할 수 있다. 이러한 설명에 따르면 1900년대의 기록시스템은, 선형적인 알파벳문자로 이루어진 책이라는 매체와 달리 인간의 정신적 과정마저 정신물리학적으로 실험하고 수치로 계산함으로써 그것의 유기적, 총체적 성격을 파괴한다는 것이다. 이러한 실험은 더이상 숭고한 정신으로서의 의미에 관심이 없으며, 무의미라는 소음까지 연구의 대상으로 삼는다. 그리하여 1900년대에는 책의 기능 역시 무의미라는 쓰레기의 하치장으로 변한다. 그런데 이러한 설명의 문제점은 1900년경에 발전한 실증주의 과학이 총체적 세계와 절대적 인식의 붕괴를 가져온 것으로 간주되며 1900년대의 기록시스템을 이러한 연관 속에서 설명한다는 것이다. 이 경우 키틀러는 실증주의 과학의 틀을 문학에 적용하면서 객관적 진리를 추구한 에밀 졸라 같은 작가는 언급하고 있지 않다. 졸라는 실증주의 과학이 인식의 위기보다는 오히려 객관적 인식 추구에 사용되었음을 보여주는 좋은 예다. 따라서 실증주의 과학과 기술매체의 발전이 인식의 해체와 무의미에 대한 관심을 가져왔다는 키틀러의 주장은 문제가 있다.

또한 키틀러가 1800년대의 기록시스템을 고전주의와 낭만주의라는 두 사조에 국한시키며, 계몽주의로 대변되는 근대적 합리성을 언급하지 않는 것도 눈에 띈다. 이러한 분류를 통해 데카르트적인 수학적 합리성은 1800년대의 기록시스템의 정신과 암묵적으로 단절되고 1900년대의 기록시스템과 암암리에 연결된다. 비록 고전주의가 계몽주의적인 일원적 합리성에 대한 비판적 태도를 견지하고 있는 것은 사실일지라도, 총체적 세계에 대한 믿음과 절대적 진리에 대한 추구를 통해 넓은 의미에서 근대의 범주와 연결될 수 있다. 반면 낭만주의는 이러한 계몽주의적 합리성을 근본적으로 문제시하고 적대적인 태도를 취하면서 20세기 초에 등장하는 인식의 위기를 선취한다. 파괴된 현실의 총체성을 새로운 총체성을 통해 대체하려는 낭만주의는 키틀러가 1900년대의 기록시스템에 포함시키는 현대문학과 그리 멀리 떨어져 있지 않다. 또 한 가지 지적하자면, 1900년대의 자동기술법은 바로 데카르트로 대변되는 수학적 합리성의 비판에서 출발하고 있으며, 실증주의 과학의 발전과 결코 동일시될 수 없다는 것이다. 물론 실증주의 과학이 실험을 할 때 주체로서의 인간을 배제하고 그를 오직 실험대상으로 간주하면서 주체나 자아의 이념에 제한을 가하고 무의미한 소음을 편견 없이 연구대상으로 삼고 있는 것은 사실이지만, 이러한 객관적 실험은 기본적으로 객관적 진리와 인식을 추구하는 정신에 바탕을 두고 있음을 부인할 수 없을 것이다. 이러한 점에서 1900년대의 인식의 위기는, 실증주의 과학보다는 괴델의 불확정성 이론이나 아인슈타인의 상대성 이론과 더 밀접한 연관을 맺고 있다.

지금까지의 비판 내용을 종합해보자면, 키틀러는 이질적인 사조나 경향들을 1800년대의 기록시스템과 1900년대의 기록시스템에 일괄적으로 포함시키는 오류를 범하고 있다. 이와 같은 분류는 (매체)기술적 발전이 인간의 의식과 사유를 규정한다는 기술적 아프리오리에 대한 믿음을 전제로 한다. 비록 매체가 인간의 사유와 행위에 미치는 영향력을 부정할 수는 없을지라도, 양자의 관계를 일방통행의 관계로 환원시켜서는 안 될 것이다. 이러한 맥락에서 포스트모더니즘은 하나의 시대적 구분이 아니라 정신적 태도를 의미한다는 에코의 말을 상기할 필요가 있다. 오직 이러한 관점에서만 니체가 거의 한 세기를 앞서 포스트모더니즘을 선취한 것을 이해할 수 있을 것이다.

2. 문학: 사라마구의 『눈먼 자들의 도시』, 프리쉬의 『내 이름을 간텐바인이라고 하자』, 은희경의 『그것은 꿈이었을까』

수학적인 이성을 통해 세계를 이해할 수 있다는 근대의 믿음은, 특히 20세기 초반에 이르러 본격적인 위기를 맞이하게 된다. 근대가 통일적인 자아와 일원적인 합리성에 대한 믿음을 특징으로 갖는다면, 현대에는 자아와 합리성에 대한 믿음이 근본적으로 흔들리기 시작한다. 그리하여 모더니즘의 시기로서의 현대에는 자아가 해체되고 세계가 파편화되는 양상을 띤다. 그러나 현대는 통일적인 자아와 일원적인 합리성을 비판하면서도 여전히 총체성의 해체에 불안해하며 새롭게 총체성을 추구하는 양상을 보인다는 점에서, 다원성을 위기가 아닌 기회로 보는 포스트모더니즘과 차이를 보인다.[169] 이것은 근대적인 시선을 비판하는 현대 문학작품에서도 잘 드러난다. 아래에서는 장님 모티프와 관련해 주제 사라마구의 『눈먼 자들의 도시*Ensaio sobre a cegueira*』(1995), 막스 프리쉬의 『내 이름을 간텐바인이라고 하자*Mein Name sei Gantenbein*』(1964), 은희경의 『그것은 꿈이었을까』(1999)를 중심으로, 이 세 작가가 근대의 합리적이고 재현적인 시선을 어떻게 비판하며 그 대안으로 어떤 새로운 현대의 총체성의 시선을 제시하는지 살펴보도록 하자.

---

169. 정항균, 『므네모시네의 부활』(뿌리와이파리, 2005), 17쪽 참조.

1) 사라마구의 『눈먼 자들의 도시』

포르투갈 작가인 주제 사라마구는 보르헤스나 마르케스와 같은 마술적 리얼리즘 계열의 작가로 잘 알려져 있다. 『눈먼 자들의 도시』에서도 백색실명이라는 원인 모를 질병이 전염병으로 급속히 퍼져, 한 사람을 제외한 전 인류가 장님이 되는 허구적인 상황이 전개된다. 그러나 그의 문체는 이러한 허구적 상황을 환상이 아닌 현실로 믿게끔 만들며, 전 인류가 파국에 직면한 절망적인 상황에 독자를 같이 빠져들게 한다. 장님 모티프를 다루는 이 장과 연관시켜 볼 때, 이 작품은 특히 인류 전체가 어느 날 갑자기 눈이 멀게 되는 극한적인 상황 설정이 갖는 의미가 무엇인지 생각하게 만든다. 이러한 질문은 동시에 근대적인 시선의 문제에 대해 성찰하며 본다는 것의 의미를 새롭게 이해할 것을 요구한다.

이 작품은 운전을 하던 한 남자의 눈이 갑자기 안개나 우유로 가득 찬 바다 속에 들어와 있듯이 하얗게 보이는 백색실명을 겪는 상황으로 시작한다. 이 첫번째로 실명한 남자와 접촉한 사람들은 모두 눈이 멀면서 이 병은 전염되는 것으로 밝혀진다. 보건당국은 곧 첫번째 실명한 남자를 비롯한 모든 실명자를 찾아내어 정신병원 건물에 수용한다. 정부는 백색실명을 진압하기 위해 감염자들을 바깥세상과 격리하며 이들이 정신병원 밖으로 나오지 못하도록 감시하고 통제한다. 그러나 당국은 이들의 위생이나 건강, 식량 문제 등을 제대로 관리하지 않으며, 한 연대 사령관은 심지어 이 실명자들에 대한 인도주의적 고려 없이 이들을 고립시켜 죽게 하는 것으로 문제를 해결하려고 한다. 높은 담으로 둘러싸인 수용소 건물은 안과 밖을 분명히 구분하고 격리를 통해 사회적 약자들을 말살시킴으로써 문제를 해결하려는 냉혹한 사회현실을 보여주고 있다. 이러한 극단적인 상황에서 현대사회의 대응은 수용소에 갇힌 사람들 개개인의 상황을 전혀 고려하지 못할 뿐만 아니라 최소한의 인도적 배려조차 포기한 야만성을 드러낸다.

그럼에도 불구하고 수용소의 질서는 인원이 적었던 초기에는 그럭저럭 지켜진다. 특히 눈이 먼 남편과 같이 있기 위해 실명의 위험을 무릅쓰고 수용소에 들어온 의사 부인의 노력 및 다른 수용자들의 협조로 수용소 생활은 견딜 만한 것이 된다. 그러나 이러한 상황은 눈이 먼 군인들을 비롯한 깡패들이 수용소에 들어오면서 바뀐다. 이 깡패조직의 두목은 총을 가지고 있으며, 이러한 무장권력을 이용해 다른 건물에 수용된 장님들의 식량과 귀중품을 갈취한다. 여기서 흥미로운 것은, 이들이 눈이 먼 자신들의 상태를 의식하지 못한 채 실질적으로 쓸모없게 된 귀중품 약탈에 몰두한다는 점이다. 이것은 이들이 얼마나 '맹목적blind'인지를 보여준다. 이 작품에서는 장님 생활이 진행되면서 사람들이 점점 짐승처럼 변해가는 모습이 나타난다. 그중에서도 이 깡패집단은 인간적인 면모를 완전히 상실한 채 약탈과 성폭행을 일삼으며 다른 수감자들의 인권을 유린한다. 이들은 보이지 않게 되자, 즉 자신들을 지켜보는 도덕적인 감시의 시선이 없다고 믿자마자 동물적인 본성을 노골적으로 드러낸다.

위에서 언급한 공권력과 깡패조직의 공통점은, 이들이 다른 사람을 자신과 동등한 인간으로가 아니라 억압과 착취의 대상으로 바라본다는 것이다. 이들은 상대방의 입장이 되어 그들을 이해하려는 노력을 전혀 하지 않으며 그들의 고통을 철저히 외면한다. 그들의 시선은—그들이 눈이 보이는 사람이든 보이지 않는 사람이든 상관없이—타인에 대한 배려와 연민을 상실한 비인간적인 시선이다. 이 깡패조직의 일원들은 이미 눈이 멀기 전에 이와 같이 행동해왔기 때문에, 어떤 의미에서는 눈이 보일 때도 그들이 사실은 눈이 먼 사람들이었음을 알 수 있다. 수용소를 감시하는 군인들 중 일부가 눈이 먼 후 이 깡패조직에 들어와 있다는 사실은 이 두 집단 사이의 연관성을 잘 보여준다.

상대방을 자신과 같은 인간으로 바라보지 않고 하나의 대상으로 관찰하는 시선이나, 사물이나 사태의 표면만 보고 그 속을 들여다보지 못하는 시선은 이 작품에서 모두 비판된다. 이 작품에서 가장 윤리적인 의식이 강하고 동료들에 대한 책임을 행동으로 실천하는 의사 부인 역시 인간을 대상화하는 근대적인 시선에서 처음에는 완전히 벗어나 있지 못하다. 유일하게 눈이 보이는 그녀는 수용소에 처음 들어왔을 때, 자신이 현미경을 통해 보듯이 다른 인간들의 행동을 관찰하고 있다는 것을 깨닫고 그러한 행동에 모멸감을 느낀다. 그러면서 다른 사람이 자신을 볼 수 없다면, 자신도 다른 사람을 쳐다볼 권리가 없다고 생각한다. 물론 이것은 그녀가 완전히 보는 것을 포기하는 것을 의미하는 것이 아니라, 오히려 보는 것의 의미를 새롭게 생각하도록 자신에게 촉구하는 것을 의미한다. 그리하여 그녀가 갖게 되는 새로운 시선은, 바로 타인을 배려하고 이로부터 책임감을 느끼는 인간적이고 윤리적인 시선이다. 그것은 상대방의 고통에 눈감지 않으며 그들의 고통을 같이 아파하고 도우려는 시선이다. 물론 그녀 역시 인간으로서 한계를 느끼며 때때로 눈먼 자들에 대한 자신의 책임감의 무게에 짓눌려 차라리 자신도 눈이 멀었으면 하는 생각을 갖기도 한다. 그러나 그녀는 이러한 위기를 잘 이겨내며 다른 실명자들이 최소한의 인간적 존엄성을 유지하며 살 수 있도록 돕는다. 이와 같이 의사 부인의 예에서 사물을 대상화함으로써 자신을 주체로 승격시키는 근대의 주관적 시선이 상대방을 자신과 같은 인격체로 존중하고 배려하는 상호주관적 시선으로 변화하고 있음을 확인할 수 있다.

수용소 방화사건을 계기로 불길을 피해 밖에 있는 군인들에게 도움을 청하러 간 의사 부인은 군인들이 사라졌다는 사실을 알고 같은 병실에 있던 사람들과 함께 수용소 밖으로 나온다. 그러나 처음에 느꼈던 해방감은 곧 사라지고 도시 전체가 장님들로 가득 찬 채 혼란에 빠져 있음을 알게 된다. 이로써 바깥과 안의 구분은 사라지고 도시 전체가 총체적인 백색실명에 빠진다. 이러한 상황에서 의사 부인의 주도하에 수용소에서 같은 병실에 있었던 의사, 검은 색안경을 쓴 여자, 사팔뜨기 소년, 검은 안대를 한 노인, 첫번째로 실명한 남자와 그의 부인이 공동생활을 한다. 이미 수용소에 있을 때부터 의사와 의사 부인은 이러한 상황을 헤쳐나가기 위해서 조직이 필요하다는 점을 강조한다. 그들은 각 병실이 책임자를 선정하고 책임자가 다수의 권익을 위해 권한을 행사하고 다수는 그 책임자의 권위를 인정할 수 있는 조직이 필요하다고 말한다. 나중에 수용소 밖에서 생활할 때도 의사는 도시 전체의 총체적인 카오스 상황을 보면서 자신들에게 가장 큰 문제는 조직이 없다는 것이라고 말한다.

가장 큰 문제는 우리에게 조직이 없다는 거야. 각 건물마다, 각 거리마다, 각 지역마다 조직이 있어야 해. 정부가 필요하다는 거로군요, 아내가 말했다. 조직이 있어야지, 인간의 몸 역시 조직된 체계야, 몸도 조직되어 있어야 살 수 있지, 죽음이란 조직 해체의 결과일 뿐이야. 눈먼 사람들의 사회가 어떻게 조직을 가지고 살아갈 수 있겠어요. 스스로를 조직해야지, 자신을 조직한다는 것은 어떤 면에서는 눈을 갖기 시작하는 거야.[170]

자기 자신을 조직하고 집단적인 조직을 만든다면, 이는 한 개인에

---

170. 주제 사라마구, 『눈먼 자들의 도시』, 정영목 옮김(해냄, 2008), 416쪽.(이하 본문에 쪽수로 표시)

게 결여되어 있는 눈의 역할을 할 수 있다. 이것은 '봄'과 사회적 관계 사이의 긴밀한 연관성을 보여준다. 백색실명이 생겨나기 전에 눈이 멀었던 사람들은 그 밖의 대다수의 사람들이 눈이 보였기 때문에 눈 뜬 사람의 감정을 가지고 있었던 반면, 거의 모든 사람이 장님이 된 현 상황에서 그들은 진짜 눈먼 사람의 감정을 갖게 된다. 또한 의사 부인 역시 주변의 눈먼 사람들로 인해 눈이 보임에도 불구하고 어떤 면에서 눈이 멀었다고도 할 수 있으며, 볼 수 있는 사람이 더 많아진 다면 자신도 더 잘 볼 수 있을지 모르겠다고 말한다. 이처럼 보는 것의 문제는 단순히 한 개인의 신체적 상태에만 관련되는 것이 아니라 사회적 관계의 직접적 영향을 받기도 한다. 바꿔 말하면, 총체적인 백색실명의 상태에서는 어떻게 사람들이 연대하고 자신과 사회를 조직하느냐에 따라 세상을 더 잘 바라볼 수 있게 되는 것이다.

현대사회에서 개인은 점점 파편화되고 이기적이 된다. 검은 색안경을 쓴 여자의 이웃인 노파는 혼자서 그 집 건물에 남아 있는데, 그녀는 이러한 상황을 다행으로 여긴다. 왜냐하면 그녀는 혼자 있음으로써 뜰에 있는 야채와 가축을 키우며 자신의 생명을 더 잘 연장시킬 수 있으리라 믿기 때문이다. 그러나 검은 색안경을 쓴 여자의 일행이 그곳을 떠나자 이 노파는 자신의 식량을 계속해서 독점할 수 있게 되었으므로 기뻐해야 마땅했지만, 그러지 못하고 눈물을 흘린다. 심지어 그녀는 처음으로 자신의 삶에 회의를 느끼기조차 한다. 그녀가 결국 비참한 최후를 맞이할 때, 그녀의 이기적인 생존방식의 문제점이 드러나고 연대의식에 기반을 둔 삶의 긍정성이 대조적으로 부각된다.

이 작품에서 강조되는 연대감은 인간 사이의 연대감이다. 비록 이 작품에 신에 대한 언급이 몇 번 등장하기는 하지만, 신에 의한 구원의 가능성은 제시되지 않는다. 가령 비가 오는 날 의사 부인, 검은 색안경을 쓴 여자, 첫번째 실명한 남자의 부인이 다 같이 옷을 벗고 몸을 정화하듯이 깨끗이 씻을 때, 첫번째 실명한 남자의 부인이 오직 신만이 우리를 볼 수 있을 거라고 말한다. 그러나 의사 부인은 지금은 하늘에 구름이 껴 신도 우리를 볼 수 없고 오직 자신만이 볼 수 있을 뿐이라고 말한다. 물론 이러한 언급은 사소한 것으로 여겨질 수도 있지만, 작품 마지막 부분에서 성당의 성상에 안대가 묶여 있어 신도 인간과 마찬가지로 궁극적으로 볼 자격이 없는 것으로 묘사될 때, 신에 의한 구원 가능성은 생각하기 어렵게 된다. 따라서 이 작품에서 갑작스럽게 인간이 백색실명에 걸리는 것이나 그러한 상태에서 빠져나오는 과정은 신에 의한 처벌과 구원의 도식으로 설명하기는 어렵다. 오히려 갑작스러운 백색실명이라는 전염병에 대한 상상은 우리가 인식하지 못하고 있는 인간의 냉혹함과 이기심을 적나라하게 보여주기 위한 충격요법으로 해석할 수 있을 것이다. 이를 통해 우리는 진정한 봄과 눈멂의 의미에 대해 성찰할 수 있다.

데카르트는 세상을 이성적으로 조직하여 재현하는 주관적인 내면의 눈을 강조하였다. 그러나 근대의 시선은 이러한 데카르트적인 합리적 시선 외에 감각적 지각에 바탕을 두고 재현하는 경험적인 시선도 내포한다. 이러한 시선은 표면에 드러나는 모습을 있는 그대로 수용하여 재현하고자 한다. 이러한 감각적 지각에 따른 경험적 시선의 문제점은 그것이 사물이나 사태의 본질을 포착하지 못한 채 단지 그것의 외면만을 재현할 뿐이라는 데 있다. 의사 부인이 눈에 보이는 사물의 거죽을 뚫고 들어가 내적인 면에 다가갈 수 있기를 희망한다고 말하는 것은 바로 이러한 맥락과 맞닿아 있다.

이 작품에 등장하는 검은 색안경을 쓴 여자는 눈이 멀기 전까지 매춘부 생활을 해왔다. 그러나 그녀가 수용소에 들어온 후 부모의 행방을 걱정하는 모습을 보면, 공중도덕의 측면에서 볼 때 행실이 바르지 못한 여자는 효심을 비롯한 진지한 감정이 없으리라는 생각이 선입견에 지나지 않는다는 것을 알 수 있다. 작가는 일반적인 사람들이 한 인간이나 사태의 외면만을 보고 그릇된 판단을 하곤 한다는 것을 특히 검은 색안경을 쓴 여인과 검은 안대를 한 노인의 예에서 보여준다. 가령 검은 색안경을 쓴 여인을 비롯한 1병실 여인들은 깡패집단에게 성상납을 하기 전에 같은 병실 남자들의 욕구를 풀어주기로 결정한다. 그런데 가장 매력적인 여성인 검은 색안경을 쓴 여자는 검은 안대를 한 노인과 잠자리를 같이 할 뿐만 아니라 그 노인도 외모와 달리 최선을 다해 그녀를 성적으로 만족시킨다. 다른 사람들은 검은 색안경을 쓴 여자가 노인과 잠자리를 한 것은 일종의 자선행위라고 해석하지만, 나중에 이들 간의 사랑이 싹트면서 그러한 추측이 잘못된 것임이 드러난다. 여기서 서술자는 외모로 사람을 판단해서는 안 되며 우리가 얼마나 겉모습에 현혹되어 잘못된 판단을 하는지 보여준다. 비가 내리는 날 검은 안대를 한 노인이 몸을 씻을 때 누군가가 그의 등을 씻어준다. 노인은 그 사람이 의사 부인일 것이라고 생각한다. 그러나 이러한 이성적 추측과 달리 그 사람은 바로 검은 색안경을 쓴 여자였음이 밝혀진다. 나중에 이들이 모두 눈을 뜨게 되었을 때도 이 여자는 실명했을 때와 마찬가지로 노인과 계속해서 부부처럼 살겠다고 말한다. 만일 그녀가 지속적으로 눈이 보이는 정상적인 상태에만 있었다면, 아마 이러한 선택을 하지 않았을 것이다. 그러나 그녀는 실명을 체험함으로써 인간의 표면이 아닌 내면을 보는 법을 배우게 되었고, 진정으로 눈이 먼 것과 진정으로 보는 것이 무엇인지 다시 생각하게 된 것이다. 이에 따르면, 진정한 봄이란 표면적인 것에 대한 시선을 넘어서는 내면에 대한 통찰이라고 할 수 있다.

작품 마지막에서 백색실명 상태가 없어지고 사람들이 시력을 되찾는 과정에서 의사 부인은 의사와 다음과 같은 대화를 나눈다.

나는 우리가 눈이 멀었다가 다시 보게 된 것이라고 생각하지 않아
요. 나는 우리가 처음부터 눈이 멀었고, 지금도 눈이 멀었다고 생각해
요. 눈은 멀었지만 본다는 건가. 볼 수는 있지만 보지 않는 눈먼 사람들
이라는 거죠.(461쪽)

여기서 말하는 눈먼 사람이란 볼 수는 있지만 보지 않는 사람들이
다. 즉 그들의 시선은 표면적인 것에 향해 있고 내면을 들여다보지 못
하며, 인간을 인간으로 보지 않고 사물로 격하시키는 시선이다. 그러
한 사람들은 설령 그들이 신체적으로 보인다 할지라도 실질적으로는
눈이 멀어 있다고 할 수 있다.

이 작품은 이러한 눈멂의 의미를 백색실명이라는 비현실적인 상황
을 상상함으로써 충격적인 방식으로 제시하고 있다. 사람들이 눈이
멀었을 때 모든 것이 하얗게 보인다는 것은, 여기서 말하는 실명이 일
반적인 실명과는 다른 의미를 지니고 있음을 암시한다. 즉 백색실명
은 우리가 밝은 빛을 받으며 우리의 눈으로 사람이나 사물을 보면서
도 그 본질을 들여다보지 못하는 상황, 다시 말해 이기심과 탐욕에 눈
이 멀어 올바로 사람이나 사물을 인지하지 못하는 상황을 비유하고
있다. 도덕적으로 깨끗하고 순수한 상태를 상징하는 백색이 이기심과
탐욕에 일그러진 도덕적 타락의 어두운 면을 감추고 있다면, 역으로
검은 안대를 쓴 노인과 검은 색안경을 쓴 여인의 경우처럼 죽음과 도
덕적 타락을 상징하는 검은색[171]은 이와 정반대되는 도덕적 순수성을

---

171. 노인은 백내장 때문에, 여인은 결막염 때문에 각각 검은 안대와 검은 색안경을
쓰고 있다. 이 노인과 매춘부 여성은 사회적인 시선에서는 노쇠함(내지 죽음)과 도
덕적 타락의 모습으로 비쳐지지만, 실제로 이들은 실명을 겪으면서 오히려 다른 사
람들보다 더 건강하고 도덕적인 모습을 보여준다. 그리하여 색안경을 쓰고 사람을
바라보는 것은 매춘부 여성이 아니라 매춘부 여성을 바라보는 관습적인 사회적 시
선임이 폭로된다.

보여준다.

이 작품에서 백색실명과 더불어 또 한 가지 흥미로운 상황은 작품 맨 마지막에 다른 사람들이 다시 눈을 뜨게 되는 순간 의사 부인이 홀로 실명하게 된다는 것이다. 이 의사 부인이 다른 사람들에게 보여 준 헌신적 사랑과 책임의식으로 미루어볼 때, 그녀의 실명이 처벌과 같은 부정적 의미를 갖는 것으로 보기는 힘들다. 대다수의 사람들이 다시 볼 수 있게 된 상황에서 그녀 혼자 눈이 멀게 되지만, 사회적인 조직이 잘 이루어지고 연대의식이 발휘된다면 그녀는 이전에 백색실명을 당했던 사람들보다 더 잘 볼 수 있게 될 것이다.[172] 왜냐하면 본다는 것은 결코 단순히 개인적이고 주관적인 감각의 문제가 아니며, 사회적인 관계와 연대의 문제이기도 하기 때문이다. 그 때문에 작품 마지막에 일어난 그녀의 실명은 결코 비극이 아니며, 백색실명을 통해 새로운 인식을 얻은 사람들의 연대의식을 확인할 수 있는 기회가 될 것이다.

비록 이 작품에서 근대의 합리적, 경험적 시선이 비판받고 있을지라도, 작가는 근대 이전의 종교적 세계에서 구원을 찾지는 않는다. 그 대신 작가는 근대의 억압적인 주관적 시선과 표면적인 시선을 상호주관적인 연대의 시선과 내면을 들여다보는 시선으로 대체함으로써 근대의 자기성찰을 요구하고 있다. 이를 통해 작가는 근대의 일면성을 비판하면서도, 인간과 세계에 대한 또다른 진리를 추구하는 현대의 총체적 시선을 포기하지 않는다.

---

172. 가령 지하철역 바닥에 있는, 볼록 튀어나온 점들로 이루어진 시각장애인을 위한 표시는 이들에게 안전한 보행을 위한 많은 정보를 제공함으로써 이들의 상황대처능력을 향상시킨다. 이는 사회적인 조직과 연대의식이 시각장애인의 '봄'에 기여할 수 있음을 보여주는 좋은 예다.

2) 프리쉬의 『내 이름을 간텐바인이라고 하자』
─간텐바인의 장님 연기: 근대적 시선 비판과 그 한계

막스 프리쉬의 『내 이름을 간텐바인이라고 하자』(이하 『간텐바인』)는 장님 모티프를 현대소설에 다시 끌어들임으로써 근대적 시선의 문제점을 되돌아보게 한다. 이 소설은 일련의 사건들이 순차적으로 전개되는 전통적인 소설 구조와 달리, 실험적인 소설 형식을 취하고 있다. 이 소설은 명시적으로 드러나지는 않지만 일종의 액자식 소설 구조를 보여준다. 액자 이야기에는 아마도 가정 파탄을 경험한 듯한 서술자 '나'가 병원에서 치료를 받으며, 상상을 통해 자신의 체험을 새롭게 만들어나가는 상황이 나타난다. 이러한 서술자 '나'의 구체적인 인적 사항이나 이름은 밝혀지지 않는다. 서술자 '나'는 액자 속 이야기에서 자신을 엔더린이나 간텐바인과 같은 허구적인 인물로 상상하며, 자신의 체험을 바탕으로 또는 그것을 넘어서 허구적인 이야기를 전개해나간다. 이러한 이야기는 상황에 따라 언제든지 중단되고 새로 시작될 수 있다.

이처럼 서술자 '나'가 허구적으로 만들어낸 인물 가운데 가장 공감을 표하며 역할극을 지속해나가는 인물이 바로 간텐바인이다. 이 소설의 제목을 '내 이름을 간텐바인이라고 하자'라고 한 것도 이러한 맥락과 맞닿아 있다. 간텐바인은 어느 날 교통사고로 눈을 다쳤지만 시력을 잃지는 않는다. 그러나 그는 장님 행세를 하며 이 사실을 비밀로 함으로써 삶을 연극처럼 사는 자유를 누리려고 한다. 여기서 중요한 사실은 고대의 예언자나 인물들과 달리, 간텐바인이 장님이 아니라 장님 행세를 한다는 사실이다. 이것은 그가 고대나 중세의 진리를 인식하는 사람들과 다른 방식으로 진리에 접근하고 있음을 의미한다.

간텐바인의 주변 인물들은 장님인 간텐바인을 동정하고 그에게 자신들이 본 것을 가르쳐주려고 한다. 설령 그들이 간텐바인에게 의견을 물을 때도, 이는 자신의 의견을 확인하기 위한 것에 지나지 않는데, 왜냐하면 그들은 장님이 알 턱이 없다고 생각하기 때문이다. 하지만 정작 이들의 시선이 얼마나 많은 것을 놓치고 있고 편견을 재생산하고 있는지는 간텐바인과 함께 있을 때 벌어지는 에피소드들에서 분명히 드러난다. 간텐바인은 처음에 자신의 역할에 완전히 동화되지 못해 장님이 할 수 없는 행동들을 하는 실수를 범하곤 한다. 가령 그는 장님증명서를 발급받으러 갔다가 지팡이를 두고 나와 다시 그것을 스스로 찾아 나오지만, 의사는 이를 보고도 아무런 의심도 하지 않는다. 간텐바인이 장님이라고 일단 확신한 사람들은 항상 그러한 선입견에 입각해 사태를 보기 때문에 현상을 제대로 파악하지 못한다. 간텐바인의 장님 연기는 현실을 인식할 수 있다고 과신하는 우리들의 '객관적인' 시선이 사실은 주관적인 편견으로 왜곡되어 있음을 보여준다.

장님 역할의 장점은 상대방이 장님 앞에서는 더 자유롭게 행동한다는 데 있다. 그들은 장님 앞에서 자신을 위장할 필요가 없고, 상대방이 자신의 위선을 본다는 두려움에서 자유로워지기 때문에, 그와 보다 더 진정한 관계를 맺을 수 있다. 따라서 장님은 다른 사람의 진실한 모습을 드러내주는 기능을 지니고 있는 셈이다. 더 나아가 장님은 다른 사람이 현실 및 자기 자신을 더 잘 이해하도록 돕는다. 서술자는 간텐바인의 직업을 다양하게 상상해보는데, 그중 하나가 가이드다. 가이드로서의 간텐바인은 여행자들에게 그들이 본 것을 자신에게 설명하게 만든다. 또한 그는 여러 가지 질문을 해서 여행자들 스스로 답을 찾게 한다. 이를 통해 그는 그들에게 사물을 다시 바라보게 하며 사물에 대한 새로운 시선을 열어준다. "장님과 같이 여행하세요! 최고의 체험이 될 것입니다. 내가 당신들의 눈을 뜨게 해주겠소!"[173]라는 여행광고 전단지의 내용은 장님이 정상인에게 보는 법을 가르쳐준다는 역설을 담고 있다. 즉 눈을 뜨고도 아무것도 보지 못하는 정상인이 바로 장님과 다름없다는 역설적인 것이다.

눈을 뜨고 대상을 바라보는 근대인의 주체적 시선이 지닌 객관성은 이 작품에서 편견과 위선으로 가득한 것으로 폭로된다. 장님 연기를 하는 간텐바인의 위장은, 이러한 근대인의 편견과 위선을 폭로하고, 더 나아가 현실과 자신에 대한 새로운 시선을 열어주기 위한 문학적 장치라고 할 수 있다.

그러나 간텐바인의 장님 역할이 모든 점에서 긍정적인 측면만 지니는 것은 아니다. 간텐바인이 릴라와 결혼할 때 주변 사람들은 모두 그들이 행복하게 지내지 못하고 그들의 관계가 곧 깨질 것으로 예측한다. 그러나 이러한 예측과 달리 이들 커플은 어느 정도 행복하게 지낸다. 물론 이들의 결혼생활에도 제삼자가 끼어들고 문제가 생기기도 한다. 하지만 간텐바인은 자신의 역할에서 빠져나오지 않기 위해 외도를 암시하는 흔적들을 못 본 척 넘어간다. 그는 본다는 것이 무슨 소용이 있는지 반문하며, 릴라가 자신이 본다는 것을 안다면 자신의 사랑을 의심할 것이라고 생각한다. 그는 외도에 대한 의심에도 불구하고 그녀와 같이 있어 행복해하며, 무엇을 보느냐 보지 않느냐는 배려의 문제라며 릴라의 의심스러운 행동들을 못 본 체한다. 그는 어쩌면 결혼도 배려의 문제일지 모른다고 말한다. 이러한 간텐바인의 태도는 상대방을 소유하고 지배하려 하기보다는 배려하고 이해하려는 태도를 보여준다. 간텐바인 역시 장님 연기를 하는 정상인으로서 질투심을 가지고 있다. 하지만 그는 자신이 하고 있는 역할 때문에 이러

---

173. Max Frisch, *Mein Name sei Gantenbein* (Frankfurt a. M., 1975), 182쪽.(이하 본문에 쪽수로 표시)

한 질투심을 드러내지 않으며 보고도 못 본 척한다. 심지어 그는 릴라가 외도의 증거물을 공공연히 드러내도 보지 않으며 장님의 역할에 빠져든다. 이들의 결혼은 오직 이러한 역할극을 통한 배려의 상황에서만 지속될 수 있다.

그러나 릴라가 간텐바인의 사랑을 의심하며 자신을 떠나달라고 말할 때, 이는 간텐바인이 수행하는 역할극의 문제점을 드러낸다. 때때로 간텐바인이 속임수에 기반을 둔 자신의 역할을 버거워하고 그것에 싫증을 느끼거나 남이 없는 곳에서 자유롭게 행동하며 일종의 고해를 할 때, 이것은 역할극에서 벗어나 현실에서 진정한 행복을 누리고자 하는 그의 동경을 드러낸다. 그는 처음부터 장님 연기를 통해서만 릴라와 행복한 삶을 영위할 수 있으리라 생각했고, 그 때문에 그녀를 신뢰하지 못한 채 편견을 가지고 바라보았던 것이다. "그가 릴라를 정말 사랑했더라면, 그녀와의 관계는 편견으로부터 자유로웠을 것이며 위장을 필요로 하지 않았을 것이다. 그러나 그는 처음부터 릴라와 사귀기 위해 장님 역할을 해야 한다고 믿었기 때문에, 뒤집어서 생각해보면 이는 그에게 사랑이 결여되었다는 증거가 된다."(236쪽) 속임수에 바탕을 둔 간텐바인과 릴라의 연극적인 부부생활은 그 진실이 드러났을 때 한계에 부딪치고 만다. 이러한 위선적 행동에는 상대방에 대한 사랑과 믿음의 결핍, 편견이 깔려 있다. 서술자는 아마도 자신의 결혼생활 파탄의 원인이 되었을 문제들을 이러한 상황을 통해 다시 한번 성찰하며, 신뢰에 바탕을 둔 진정한 사랑과 파트너에 대한 편견 없는 이해를 유토피아적 상황으로 꿈꾸고 있는 것이다.

이렇게 볼 때 현실 속 인물인 서술자와 상상 속 인물인 간텐바인은 상호보완적인 관계에 있다고 할 수 있다. 서술자는 상상 속의 인물 간텐바인을 통해 자신의 체험 지평을 확장하고 제한된 현실의 역사성을 넘어서 가능성의 공간으로 들어설 수 있다. 이를 통해 서술자의 자아정체성은 끊임없이 열려 있게 된다. 그러나 간텐바인이라는 인물 및 그의 역할은 서술자의 시각을 통해 끊임없이 제한되고 상대화됨으로써 절대적인 이상적 인물로 제시되는 위험을 피할 수 있다. 또한 유희적 공간에 존재하는 인물인 간텐바인의 행위능력 결핍은, 현실 속 인물인 서술자가 간텐바인이 제공하는 현실비판적 인식을 단순히 수용하는 것에 만족하지 않고 간텐바인이 지닌 문제점을 통해 현실에서의 실천에 대해 성찰하게끔 만든다.

—'깜박거리는 눈'의 유토피아: 상상과 현실의 변증법

서술자가 상상해낸 또다른 인물인 엔더린은 불륜 자체 때문에 괴로워하는 것이 아니라, 불륜이 세상의 다른 여타의 사실들과 다를 바 없다는 것 때문에 괴로워한다. 그가 택시를 타고 지나가며 본 세상은 어제와 전혀 변한 게 없다. 단지 어제와 오늘이라는 차이만 있을 뿐이다. 심지어 처음 본 것마저 이미 본 것 같은 '기시현상Deja vu'[174]이 일어날 때, 일상의 반복은 현실을 살아가는 사람에게 치명적인 것이 된다. 외도 역시 사랑의 도취가 사라진 상태에서 점차 결혼의 일상이 반복됨으로써 필연적으로 일어나는 것으로 기술된다.

이러한 숨 막히는 현실을 벗어나 새로운 삶의 가능성을 시험해보는 공간이 바로 상상의 공간이다. "우리는 피고, 역할이 아닌 생명이며, 죽어가는 육신이고, 영원히 눈먼 정신이다."(65쪽) 피와 살로 이루어진 육신의 존재는 현실을 외부에서 바라보기 때문에 제대로 인식할 수 없는 눈먼 존재로 간주된다. 그는 한결같은 시선으로 현실을 바라보기 때문에 지옥과도 같은 반복의 굴레에서 빠져나오지 못한다.

---

174. 프리쉬 작품에서 기시현상이 지닌 의미에 대해서는 다음을 참조하시오: Gerhard P. Knapp, "Noch einmal: Das Spiel mit der Identität. Zu Max Frischs Montauk," *Max Frisch. Aspekte des Prosawerks*, G. P. Knapp 엮음(Bern, 1978), 302쪽.

이러한 하나의 '이야기Geschichte' 현실에서 벗어나 자신의 정체성을 다양한 역할들로 시험해보고 다양한 이야기를 만들어보는 실험이 서술자의 상상에서 이루어진다.

그런데 이러한 상상의 영역은 죽음의 영역과도 맞닿아 있다. 서술자는 앞으로 무슨 일이 일어날지 다 알며 변화에 대한 기대가 없는 삶은 지옥에 비유될 수 있다고 말한다. 또한 엔더린은 자신의 삶에 변화가 없을 때 왜 스스로 목을 매달아 죽지 않는 것인지 생각해본다. 거꾸로 일 년 후면 죽게 될 것으로 잘못 알고 있는 엔더린은 삶에서 실현되지 못한 가능성들을 새롭게 실현할 수 있을지 생각해본다. 아무런 변화가 없는 삶이 죽음과도 같다면, 역으로 죽음은 새로운 삶의 가능성을 실현해볼 수 있는 탄생의 장이 될 수 있는 것이다. 이것은 '보는 것'의 문제와 연관해서도 설명될 수 있다. 장님은 외부로부터 바라보는 시선을 상실하기 때문에 내면의 눈으로 바라보아야 한다. 그런데 '시력Augenlicht'의 상실, 즉 빛의 상실은 암흑의 세계인 죽음과도 연결된다.

이 가정은 장님 연기를 하는 간텐바인이 끊임없이 죽음을 상기시키는 장면들과 연관하여 설득력을 얻는다. 간텐바인이 쓰고 있는 장님 안경은 세상을 연보랏빛으로 보게 만든다. 십자가에 못 박힌 예수가 연보라색 천을 두르고 있는 데서 알 수 있듯이, 연보라색은 종교적 의례에서 애도를 표현하는 색이다. 또한 간텐바인을 차로 쳐서 죽일 뻔한 카밀라는 물의 요정 '운디네Undine'에 비유되며, 간텐바인으로 하여금 유령과 죽음의 세계에 대해 눈뜨게 해준다.[175]

---

175. Frederick A. Lubich, *Max Frisch: "Stiller," "Homo Faber" und "Mein Name sei Gantenbein"*(München, 1996), 105쪽과 109쪽 참조.

그는(간텐바인―필자) 그들, 유령들을 본다. 몇몇은 호기심 때문인지 아니면 질책하려고 해서인지 얼굴이 파래져서 이쪽으로 다가온다. 반면 보라색 스포츠카(카르만)에는 끔찍하게 염색한 금발 여인이 앉아서 머리를 흔들고 있다. 녹색 머리에 자두 빛깔 입술을 한 운디네가.(27쪽)

간텐바인은 예술사가 엔더린이 전공한 헤르메스의 특성을 띠고 있는데, 그중 하나가 저승 안내인이다.

헤르메스는 다의적인 인물이다…… 헤르메스는 간계의 대가이다. 그는 조력자이고 행운의 신이지만, 또한 미혹에 빠지게 하는 신이기도 하다. 사랑에서도 이러한 역할을 한다…… 그가 인간의 눈에 보이지 않고서 인간에게 접근하기를 좋아한다는 말도 있다…… 우리를 죽음의 세계로 이끄는 죽음의 전령.(131쪽 이하)

우리를 죽음의 세계로 이끄는 죽음의 전령 헤르메스와 마찬가지로, 간텐바인 역시 연보라색 안경으로 세계를 바라보게 하고 현실의 이면에 숨어 있는 신화적 세계, 죽음의 세계로 이끄는 가이드 역할을 한다. 여기에서 간텐바인은 또다른 의미에서 우리의 눈을 뜨게 해주는 역할을 하는 것이다.

어느 날 심문을 받는 서술자 '나'는 "당신은 순전히 허구적인 이야기만 하고 있습니다"라는 말에 "나는 순전히 허구만을 체험합니다"(283쪽)라고 대답한다. 이것은 실제로 경험한 현실의 체험뿐만 아니라 실현되지 않은 채 가능성으로 존재하는 허구적 영역 역시 보다 광범위한 의미에서 삶을 구성하고 있음을 보여준다.

나는 장님이다. 그러나 나는 이 사실을 늘 알지는 못하며, 가끔 인식할 뿐이다. 그럴 때면 내가 상상할 수 있는 이야기들이 내 삶은 아닌지 의심해본다. 나는 믿을 수 없다. 나는 내가 본 것이 세상의 흐름이라고 생각할 수 없다.(283쪽)

위의 인용문에서 장님이란 신체적인 의미에서 장님을 의미하는 것이 아니다. 장님은 눈을 감고 내면의 상상력으로 현실을 보는 사람을 의미한다. 서술자는 그러한 상상을 통해 펼쳐진 가능성의 세계가 실제 '내' 삶을 이루고 있는 것은 아닌지 생각해본다. 그리고 '내'가 눈으로 본 것이 세상의 흐름이라는 사실을 의심하며, 외부적인 시선의 진실성에 회의를 표명한다. 이 말이 끝난 후, '나'는 강물에 떠내려간 시체 이야기를 한다. 이 이야기를 듣는 카밀라는 끔찍하다고 하지만, '나'는 그 시체가 거의 "이야기 없이 떠내려가는 데"(288쪽) 성공을 거둘 뻔했다고 말한다. 내면의 상상력이 실현된 하나의 현실 이야기를 파괴하고 다양한 이야기들을 펼쳐나간다면, 그것이 궁극적으로 지향하는 것은 아무런 이야기도 없는 구원의 세계, 즉 죽음의 세계다. 그러나 신화적인 원천을 지닌 이러한 죽음의 세계는 또다른 생명을 잉태한다.

서술자 '나는' 항상 상상의 세계에만 머무르려고 하지는 않는다. 그는 "나는 내 상상에서 빠져나오고 싶다. 세상 속에 있고 싶다"(244쪽)라고 말하기도 한다. 또한 앞에서 간텐바인은 장님이 되면 내면화할 위험이 있다며, 자신이 볼 수 있어서 다행이라고 여기기도 한다. 이와 같이 내면적인 상상으로서의 눈감기가 한계를 드러낼 때, 다시 시선을 안에서 바깥으로 돌릴 필요성이 제기된다.

릴라에 관한 한 가지 확실한 사실은 내가 상상하는 그런 그녀는 존재하지 않는다는 것이다. 나중에 한 번 나 역시 그녀를 보게 될 것이다. 바깥에서 릴라를 볼 수 있을지도 모른다.(252쪽)

배를 타고 가는 어느 여인의 거울에 비친 모습을 바라보는 시선은 스보보다의 시선으로 밝혀진다. 서술자는 '내가 스보보다인가?'라고 자문하며, 외부로부터의 시선에 거리를 둔다. 즉 외부에서 바라보는 시선은 현실을 거울에 비춰보는 것과 마찬가지로 현실 그 자체를 지각하지 못한다. 그러한 시각은 편견에 찬 왜곡된 시선이다. 따라서 또다시 바깥으로 향하는 시선은 단순히 바깥에서 바라보는 현실 재현의 시선이 아니다. 오히려 그것은 죽음의 세계에서 다시 삶의 세계로 향하는 신화적인 체험의 시선이다. 죽음과 탄생을 반복하는 신화적인 세계는 초시간적이고 절대적인 시간에 위치한다. 이곳에서 시간은 순차적으로 흘러가지 않고 멈춰 있으며, 순간 속에 영원을 내포하고 있다. 이러한 신화적 시간은 니체의 『차라투스트라는 이렇게 말했다』에서 나오는 가상의 그림자가 가장 짧고 진리의 태양이 가장 높이 떠 있는 정오의 시간이기도 하다. 『간텐바인』에서도 신화적인 체험을 하는 이러한 절대적 현재의 순간에 '나'는 개인을 넘어서 '우리'로 확장되며, 진리의 태양에 눈부셔 눈을 깜박이게 된다.

모든 것이 일어나지 않은 듯하다. 구월의 어느 날이다. 그리고 사람들이 칠흑같이 어둡지만 전혀 서늘하지 않은 무덤에서 다시 밝은 세상으로 나오게 되면, 우리는 눈을 깜박거린다. 이날은 그렇게 눈부신 날이다. 나는 무덤 위에 있는 밭의 붉은 흙더미를 본다. 멀리 검은색 가을 바다가 보인다. 정오다. 모든 것이 현재이다. 먼지로 뒤덮인 엉겅퀴 속의 바람. 나는 피리 소리를 듣는다. 하지만 그것은 무덤 속의 에트루리아의 피리 소리가 아니라, 전선에서 울리는 바람 소리다. 올리브나무가 살포시 드리우는 그림자 밑에 내 자동차가 서 있다. 먼지로 회색빛을 띤 채 뜨겁게 달아오른 채 말이다. 바람이 부는데도 엄청나게 뜨겁다. 하지만 벌써 다시 구월이다. 물론 현재이다. 우리는 그늘이 드리워진 식탁에 앉아서 생선이 구워질 때까지 빵을 먹는다. 나는 포도주(베르디키오)가 차가운지 시험해보려고 손으로 병을 잡는다. 갈증, 그 후에 배고픔이 몰려온다. 산다는 것이 마음에 든다."(288쪽)

죽음의 세계에서 다시 삶의 세계로 전환이 일어나고 있다는 것은 '우리'가 무덤에서 밝은 세상으로 나온다는 구절에서 뚜렷이 나타난다. 죽음과 삶의 순환적 반복을 거듭하는 신화적 세계에 대한 인상은 모든 것이 현재가 되는 절대적인 현재의 시간 체험에서 생겨난다. 또한 '정오Mittag,' '뱀Schlange'('엄청난 더위Schlangenhitze'에 감춰져 있는 단어), '피리 소리Flötentöne,' '포도주Wein'는 위의 구절과 니체의 『차라투스트라는 이렇게 말했다』의 「정오에Mittags」 장과의 연관성을 분명히 드러내준다. 『차라투스트라는 이렇게 말했다』의 「정오에」 장에서 '정오'는 가상의 그림자가 가장 짧고 진실을 상징하는 뜨거운 태양이 가장 높이 떠 있는 시간이다. 이 시간에는 목동들도 더이상 피리를 불지 않는 정적이 지배한다. 이와 마찬가지로 위의 인용문에서도 정오에는 그림자가 '살포시rieselnd' 드리워져 있을 뿐이며 뜨거운 태양이 작열하고 있다. 그리고 이 시간에도 피리 소리가 들려오지만, 사실 그것은 진짜 피리 소리가 아니라 전선에 울리는 바람 소리일 뿐이다. 또한 『차라투스트라는 이렇게 말했다』의 「정오에」 장에서 도마뱀이 휙 하고 지나가는 '순간'은 여기서는 '엄청난 더위'라는 말에 담긴 '뱀'으로 변형되고, "포도덩굴의 사랑die Liebe des Weinstocks"[176]도 남

---

176. F. Nietzsche, *Also sprach Zarathustra*(Stuttgart, 1995), 288쪽.

녀가 차가운 포도주를 즐기며 서로 사랑하는 순간으로 변형되어 나타난다. 여기서 묘사된 절대적 현재의 순간은 삶이 반복의 고통에서 벗어나 있는 행복한 순간으로, 남녀가 서로 사랑에 빠진 순간이기도 하다. 위의 인용문에서 인칭대명사가 서술자 '나'에서 '우리'로 변할 때 이것은 그가 사랑하는 여인을 함께 가리키는 것으로 추정할 수 있다.[177] 실제 결혼생활에서 파탄을 경험한 서술자는 허구적인 이야기의 체험을 통해 자신의 경험을 확장한 후, 편견에서 자유로운 사랑의 유토피아적 상황을 묘사하고 있는 것이다. 이것은 위의 인용문에서 묘사된 장소가 일상적인 공간이 아니라, 『몬토크Montauk』(1975)에서 프리쉬와 린이 유토피아적 사랑을 체험하는 유토피아적인 공간과 닮아 있다는 점에서도 드러난다. 이러한 사랑의 순간은 앞에서 언급한 바 있는 강물에 흘러가는 시체, 즉 죽음의 세계에서처럼 아무런 이야기도 없는 순간이 아니라, '모든 것이 일어나지 않은 듯'하지만 사실은 '눈 깜박'할 짧은 순간에 무언가가 일어나는 사건의 순간이다. 이러한 순간은 죽음에서 삶으로 다시 돌아오는 순간이기도 하다. 그래서 서술자 '나'는 빵을 먹고 포도주를 마시며 삶을 즐긴다. 역으로 서술자 '나'가 자신을 분열시켜 여러 인물로 상상하는 계기가 된 결혼 파탄 후 떠난 방에는 먹다 남은 빵과 포도주 등 온갖 음식 찌꺼기가 남아 있으며, 그는 아무런 식욕을 느끼지 못한다. 이렇게 쓰레기로 남은 음식 찌꺼기들은 아무런 변화 없이 지속되는 결혼생활에 담긴 죽음과도 같은 반복을 상기시킨다.[178] 그러나 위의 인용문에서는 미라의 무

177. Iris Block, *"Dass der Mensch allein nicht das Ganze ist!" Versuche menschlicher Zweisamkeit im Werk Max Frischs*(Frankfurt a. M., 1998), 239쪽: "서술자가 소설을 끝맺는 삶의 찬가인 '우리' 안에 포함시키고 있는 이 인물(십중팔구는 여성인물)은 다시 여성성의 암호인 '릴라'의 특징을 띠게 될 것이다."
178. M. Frisch, 같은 책 17쪽 이하: "나는 어느 집에 앉아 있다. 내 집에…… 이곳에 살았던 것이 오래전 일은 아닌 듯하다. 나는 병에 든 부르군트 산 포도주 찌꺼기, 우

덤에서 빠져나와 다시 밝은 태양이 비추는 삶의 세계로 향해 눈을 뜨는 순간이 묘사되고 있다. 이러한 순간에 인간은 계몽적인 이성의 빛으로 세상을 밝히고 눈을 뜨고 모든 것을 바라보는 것이 아니라, 신화적인 태양의 빛에 눈이 부셔 눈을 깜박이며 그 순간 절대적 진리와 행복을 체험하게 된다. 이러한 신화적 체험의 '순간Augenblick'은 '눈Augen'을 한 번 '깜박거리는blinzeln' 순간인 것이다.

프리쉬는 『간텐바인』에서 장님 모티프를 사용하여 근대적인 시선을 비판하였다. 대상을 거리를 두고 바라보는 근대인의 객관적인 시선은 편견으로 가득한 시선으로 폭로된다. 이와 더불어 전근대적인 시선을 대변하는 것으로 간주되었던 장님의 상징도 다양한 의미를 부여받는다. '눈이 멀다'라는 말은 근대적 시선의 편협함과 맹목성을 드러내는 부정적 함의뿐만 아니라, '내면적 상상,' '죽음과 신화의 세계'를 나타내는 긍정적인 상징적 의미까지 얻게 된다.

물론 간텐바인은 장님이 아니라 장님 연기를 하는 역할 수행자다. 그는 장님이 아니라 장님 연기를 하고 있기 때문에, 근대적 시선의 문제점을 드러내고 폭로할 수 있다. 또한 그의 역할극과 더불어 서술자의 '상상 이야기'는 하나의 이야기가 아니라 다수의 이야기로 된 열린 서술구조를 지향함으로써 총체성을 상실한 현대의 파편적 상황을 보여준다. 그러나 프리쉬는 이러한 파편적 서술의 열린 구조를 지양하고 또다시 새로운 총체성을 추구하는 모습을 보여준다. 그가 추구하는 새로운 유토피아적 세계는 바로 신화적인 세계이다. 신화적 세

단같이 빨간 포도주 위에 핀 작은 섬 같은 곰팡이들을 본다. 그 밖에 벽돌처럼 단단한 빵 찌꺼기도 보인다. 냉장고에는 (배고프지 않았지만 살펴보았다) 햄이 냉기에 말라 비틀어져서 거의 검게 변색되어 있다. 또한 나무껍질처럼 갈라진 푸른색을 띤 약간의 치즈와 굳어 있는 크림이 든 컵 한 잔도 아직 거기에 있다. 사발에는 탁해 보이는 설탕에 절인 과일 찌꺼기, 진흙같이 뭉개진 살구가 여전히 떠다니고 있다. 그 밖에 거위간이 든 캔도 있다. 미라에게 넣어줄 식량인가?"

계의 절대적인 현재를 체험하기 위해서는 죽음의 세계와 내면적 상상의 세계에서 빠져나와 다시 현실의 세계로 들어가야 한다. 이와 함께 서술자는 내면적 상상을 위해 감은 눈을 다시 뜨고 환하게 빛나는 신화적 세계의 태양을 바라보아야 한다. 그러나 이 태양의 빛을 지속적으로 바라볼 수는 없기에 내면에서 외부로 향한 시선은 거리를 둔 지속적 관찰이 아닌 순간적인 눈의 깜박거림에 머무를 수밖에 없다. 많은 비평가는 프리쉬가 『간텐바인』에서 역사적 현실을 넘어서 현실에서 실현되지 못한 가능성을 추구하며 현실을 확장하려는 '가능성의 미학'을 추구하는 것으로 해석한다. 그러나 이러한 가능성의 미학이 궁극적으로 지향하는 것은 바로 '얇은 현재'로 묘사되는 유토피아적 순간이다. 깜박거리는 눈의 절대적 현재 체험은 『간텐바인』에서 유토피아로 묘사되고, 『몬토크』에 이르러서는 구체적으로 미학적으로 형상화된다. 『몬토크』에서 실현된 유토피아의 순간은 바로 『간텐바인』의 서술자 '나'가 상상을 펼쳐나가게 된 계기이자 동경의 대상이기도 한 사랑의 순간이다.

3) 은희경의 『그것은 꿈이었을까』
―실레의 거울과 이중자아

은희경의 소설 『그것은 꿈이었을까』는 1998년 '꿈속의 나오미'라는 제목으로 PC통신에 연재되었고, 이후 1999년에 '그것은 꿈이었을까'라는 제목으로 출판되었다.[179] 1990년대 후반 들어 현실과 다른 차원의 가상세계에서 가상의 이미지들이 현실보다 더 현실적으로 나타나고, 컴퓨터 앞에 있는 인간이 사이버공간에서 자신의 존재적 무게

---

179. 김미정, 「가면 너머 얼굴 혹은 새로운 세계의 한 기원」, 은희경, 『그것은 꿈이었을까』(문학동네, 2008), 226~227쪽 참조.(이하 본문에 쪽수로 표시)

를 벗어던지고 자유롭게 다양한 정체성을 실험할 수 있게 되었다는 사실은, 인간의 정체성과 현실에 대한 근본적인 질문을 던지게끔 만들었다. 은희경 역시 이러한 새로운 매체적, 사회적 환경의 영향을 받은 것으로 보이는데, 『그것은 꿈이었을까』는 이러한 변화된 환경에 대한 일종의 대응이라고 할 수 있다.

이 소설의 초반부에서 인턴의사인 준은 자신의 둘도 없는 친구인 진과 함께 시험 준비를 위해 레인 캐슬이라는 곳으로 떠난다. 진이 노웨어맨이라는 아이디를 가진 사람의 추천으로 알게 된 레인 캐슬은 버려진 성채처럼 음습하고 커다란 건물이다. 언제나 환히 불이 켜진 이 건물에서는 거의 사람을 발견하기 힘들며, 항상 내리는 비 때문에 건물 밖으로 나가기도 쉽지 않다. 이 건물 주변의, "가느다란 빗줄기에 감싸인 아득한 풍경들이 실재하지 않는 어떤 허상 같기도 했다." (29쪽) 이와 같이 비현실적인 공간처럼 보이는 레인 캐슬에서 준은 매일같이 악몽에 시달리다가 결국 그곳을 떠나기로 결심한다. 그때 그는 미리암을 만난다. 언젠가 꿈에서 본 한 여자를 닮은 미리암은 마리아, 한미라 등 다양한 이름을 지닌 미지의 젊은 여자로 등장하며, 현실세계와 꿈의 경계를 넘나드는 인물로 묘사된다. 준의 삶은 꿈속의 그녀, 보다 구체적으로는 미리암과의 만남을 계기로 이전과 급격히 달라진다. 이들은 다 같이 레인 캐슬을 떠나 스노우랜드라는 콘도로 간다. 아직 개장을 한두 달 앞두고 방치되어 있는 스키장은 황폐한 인상을 주며, 스노우랜드 역시 일상적인 시간과 공간이 사라진 어떤 절대적 시공간의 장소로 등장한다. 준이 미리암과 함께 밤에 산길을 가다가 마주치는 스노우랜드라는 간판 글씨 가운데 '스'와 '우'라는 글자의 불이 나가 '노랜드'라는 글자의 불만 켜져 있는데, 이것 역시 이 장소가 지상에 존재하지 않는 공간임을 암시한다. 이들은 산길에서 꿈과 사랑에 대해 이야기를 나누지만, 갑자기 미리암이 사라져버린다. 그후 시간이 흘러 준은 인턴생활을 마치고 수련의가 되어 안과 병원에서 근무하며 평범한 삶을 살아간다. 그런데 그는 어느 날 자신이 근무하는 병원에서 미리암을 환자로 다시 만난다. 그리고 그는 어느 휴일에 그녀와 함께 차를 타고 가서 어떤 빈 기와집을 방문하는데, 여기서도 그녀는 갑자기 사라진다. 그녀가 사라진 후 그는 홀로 프라하로 떠난다. 그곳에서 그는 자신과 진의 관계와 비슷하게 쌍둥이처럼 지내는 미나와 미아라는 젊은 여성들을 만난다. 특히 한쪽 눈이 보이지 않는 미나는 레인 캐슬을 언급하며 미리암을 연상시킨다. 프라하 여행을 마치고 돌아온 준은 친구 진의 사고 소식을 접한다. 진이 죽고 나서 준은 그의 여자친구와 만나 결혼하며 아이를 낳고 일상적인 삶을 살아간다. 그러던 중 그가 어느 안개 낀 날 길을 잃고 차를 몰고 가다가 자동차 사고로 죽는 장면으로 이 소설은 끝이 난다.

문화적 교양과 거리가 먼 준이 특별히 좋아하는 화가와 작가는 에곤 실레와 프란츠 카프카다. 이들을 좋아하는 이유는 그가 다른 작품들을 많이 접하지 못한 탓도 있지만, 무엇보다도 이들이 그에게 이상한 존재이기 때문이다. 여기서 이상한 존재라는 뜻은, 준이 일상적인 현실에 낯설음을 느끼고 그로부터 빠져나오도록 만드는 계기가 된다는 의미로 해석할 수 있다. 준이 가지고 있는 화집의 해설에 따르면, 실레는 평생 거울이라는 물건에 집착하였다. 실레의 화집에서 특히 준의 관심을 끄는 것은 실레의 이중자화상이다. 그중 하나인 〈예언자〉라는 그림에서는 한 눈을 감고 다른 눈은 반만 뜨고 있는 알몸의 남자와 두 눈에 눈동자가 없는 검은 외투를 입은 남자가 등장한다. 이들의 눈은 거울 속의 자신만 보는 것이 아니라, 그것을 바라보는 자신까지 바라보는 겹의 눈을 보여준다. 즉 그들은 단순히 자신을 반영하는 거울상을 현실로 믿는 것이 아니라 자신들이 거울을 보고 있음을 인식하고 있는 것이다. 이로써 실레는 일반적인 자화상들과 달리 자신이 새롭게 만든 독특한 거울에서 일상적인 자신의 모습과 다른 낯선 자신의 모습을 비추고 있다. 이 그림에 등장하는 실레의 이중자아들은 눈이 멀었지만 고대의 장님 예언자처럼 '예언자'로 지칭되고 있다. 이것은 그들이 눈을 뜨고 세상을 바라보는 정상인들보다 더 잘 볼 수 있고, 보이는 현실을 넘어서까지 바라볼 수 있음을 암시한다. 준이 가지고 있는 또다른 이중자화상은 〈나의 영혼〉이다. 이 그림에는 뼈만 남은 손을 쳐들고 있는 검은 옷의 남자 등 뒤에 유령처럼 희뿌연 모습이 하나 더 그려져 있다. 화집에는 나의 또다른 짝인 도플갱어가 내가 죽음을 맞이하는 순간 홀연히 나타난다고 해설되어 있다. "이 '이중자화상'에서 등 뒤에 있는 또다른 실레는, 실레의 정신 내부에 있는 실레로서 후광과 같은 역할을 하고 있는 것이다. 실레 자신이 또다른 실레로 변해 끊임없이 다양한 다른 역할자의 모습으로 분장해 있는 것이다. 그것은 죽음일 수도 있고, 자신의 앞날을 미리 예측하는 예언자일 수도 있을 것이다. 또한 자신만만한 실레에 반해 자신 없는 실레이기도 하다. 현실과 비현실이기도 하며, 뭉크의 그림 〈사춘기〉에서 소녀 옆에 붙어 있는 악령일 수도 있다. 정장을 한 사진 속의 실레와 온갖 뒤틀림으로 비틀려 있는 실레의 자화상이다. 자신을 표현한 자화상 속에 또다른 자신의 자화상을 그려넣은 이중장치인 것이다."[180] 이와 같이 실레는 시민적인 평범한 삶을 사는 자신의 자아 뒤에 감추어진 또다른 자아를 이중자화상을 통해 표현했고, 준 역시 그 그림을 통해 자신에게 낯선 또다른 자아가 존재하고 있음을 예감한다. 실제로 실레의 〈나의 영혼〉에서처럼 작품 마지막에 준은 죽음을 맞이하는 순간 자신의 도플갱어인 미지의 그녀의 모습을 본다. 이로

---

180. 박덕흠, 『에곤 실레―에로티시즘과 선 그리고 비틀림의 미학』(재원, 2003), 36~37쪽.

써 독자는 준이 하나의 통일된 정체성으로 나타나지 않고 자신 속에 다양한 정체성들을 내포하고 있음을 알게 된다.

거울은 실레의 그림에서뿐만 아니라 이 소설 전체에서 정체성의 문제와 관련해 중요한 모티프로 등장하고 있다. 준과 진이 레인 캐슬의 엘리베이터 안에 들어갔을 때, 그들의 얼굴은 그 안에 있는 내벽의 쪽거울들에 수많은 얼굴이 되어 비친다. 이것은 준과 진의 자아가 단 하나의 모습으로 이루어진 것이 아님을 암시한다. 실제로 준과 진은 '하품하는 쌍둥이'로 불릴 만큼 단짝이다. 준이 미리암을 알게 되면서 이들은 샴쌍둥이가 분리수술을 하듯이 거리가 멀어지기도 하지만, 그럼에도 불구하고 진은 준에게 하나뿐인 친구다. 진이 죽고 나서 준이 진의 애인과 결혼하는 것 역시 준과 진의 역할이 바뀔 수 있음을 보여준다. 물론 이들 사이에 성격이나 생각의 차이가 없는 것은 아니지만, 이들을 연결시켜주는 공통점이 존재하여, 자아들 사이의 연결이 가능하다.

진은 준이 사랑하는 미리암을 준의 몸속에 들어온 이물질 병원체에 비유한다. 물론 진의 이 말은 준에게 그녀와 그(준)를 더이상 동일시하지 말고 그녀에게 거리를 두라는 뜻으로 한 것이지만, 달리 보면 미리암이 준의 정체성의 일부임을 의미하는 것으로도 해석할 수 있다. 실제로 진은 누군가가 서로 소통하는 과정도 없이 자신을 들여다보고 내면에 간섭하기 시작했다면, 그것은 사실은 다른 누군가가 아니라 바로 자기 자신이라고 생각한다. 꿈속에서 불현듯 등장해 준의 삶에 침투한 미지의 그녀는 준이 두려워하면서도 동경하는 대상이다. 또한 그녀는 실레의 〈나의 영혼〉에서처럼 이 작품에서도 준이 죽는 순간 대면하게 되는 자신의 또다른 자아이기도 하다.

준이 장님 처녀 미리암의 죽은 애인이 노웨어맨이라고 불렸다고 말하자, 진은 우리 모두가 노웨어맨이라고 말한다. 이 말은 인간의 정체성이 확고하게 규정될 수 없는 유동적이고 다원적인 것임을 가리킨다. 그 때문에 미리암의 이름이 여러 개인 것은 놀라운 일이 아니다. 수도원에서 그녀의 이름은 마리아였지만, 같은 이름이 여러 명 있어 미리암으로 불리기도 한다. 또한 그녀가 시력을 상실하여 병원을 찾아올 때 차트에 적힌 이름은 한미라다. 현실 어디에서도 찾을 수 없는 환상 속의 인물인 듯한 미리암은 이처럼 다양한 이름으로 등장하며 하나의 정체성을 보여주지 않는다.

미리암은 준이 프라하에서 만나는 미나 및 미아라는 여성과도 유사성을 보여준다. 미나와 미아는 준과 진처럼 이름이 유사할 뿐만 아니라 어릴 때 항상 같이 다녀 쌍둥이로 간주되곤 한다. 미아가 프라하의 어느 화랑에서 실레의 〈왼쪽 다리를 세우고 앉은 초록 옷의 여자〉 그림을 볼 계획이라고 말할 때, 이는 항상 초록색 원피스를 입고 다니는 미리암을 연상시킨다. 또한 미나의 흰 운동화에 묻은 커피 얼룩은 미리암의 흰 운동화에 묻은 콜라 얼룩을 떠오르게 한다. 미나와 미아는 서로 간의 많은 유사점에도 불구하고 준과 진처럼 상이한 면모를 보이기도 한다. 가령 미나가 잠자는 숲 속의 공주를 구해낸 왕자처럼 진실한 사랑을 품은 사람이 동화속의 마법에 걸린 바닷가 도시를 구해낼 것으로 믿는 반면, 미아는 그 바닷가 도시가 영원히 마법에서 풀려나지 못한 채 그 운명을 반복할 것이라고 생각한다. 미아가 공허하고 부패한 육체의 고통을 그린 실레를 좋아하는 반면, 미나는 날개 달린 에로스의 키스를 받는 프시케 상을 좋아한다. 이는 허무주의적인 진과 미리암을 만난 후 사랑을 믿는 준의 관계에 상응한다. 이 소설에서 미나와 미아의 얼굴은 실레의 〈나의 영혼〉에 나오는 두 인물처럼 서로 다르면서도 비슷한 것으로 묘사되는데, 여기서도 이들이 이중자화상의 인물들임을 보여준다. 그러나 꿈꿀 때 가장 행복해하는 미리암은 보다 현실적인 미아보다는 꿈꾸는 듯한 눈을 가진 미나와 더 닮아 있다. 특히 미나 역시 한쪽 눈이 멀어 있고 레인 캐슬을 알고 있다는 점은, 그녀와 미리암 사이의 연관성을 잘 보여준다. 면역체계 이상의 병을 가지고 있는 미나는 준의 몸속에 이물질로 들어가 있는 미리암과 매우 흡사하다. 마치 준이 미리암이라는 이물질에 의해 일상적 현실에서 벗어나고 두통에 시달리며 병적인 감수성을 지니게 되듯이, 면역체계에 이상이 있는 미나(또는 미리암) 역시 그러한 질병을 통해 현실을 뛰어넘는 꿈의 세계에 속한 듯한 모습을 보여준다. '미셸'이라는 장에서 준이 꿈속에서 사랑하는 그녀를 만난다면, 프라하의 한 소극장의 판타지 쇼 장면에서도 미셸이라는 여인이 가면을 쓰고 등장한다. 이 쇼에서 가면을 쓴 여성들이 많이 등장하는데, 그중 한 명이 쇼가 끝난 후 준을 똑바로 쳐다보고 준도 그녀를 바라본다. 흥미로운 것은 쇼가 끝나자 관객 속에 있던 미나가 어디론지 사라져버렸다는 사실이다. 이러한 상황은 마치 가면을 쓴 여성이 미나가 아닌가 추측하게끔 만든다. 그리고 가면에 가려져 그 정체성을 확인할 수 없는 여인은, 어쩌면 미나나 미리암 같은 여성들이 하나의 정체성을 지닌 단일한 자아가 아니라 다양한 가면을 쓰고 등장하는 변장한 자아들이 아닌가 생각하게끔 만든다. 이러한 추측은 특히 준이 극장 밖으로 나와 놀이시설에 있는 회전목마를 구경하는 장면에서 더욱 강화된다. 이 놀이기구의 기둥 벽에는 쪽거울이 끝없이 늘어서 있는데, 회전목마가 돌아갈 때마다 준이 동경하는 여자의 얼굴이 거울 속에 비쳤다 사라졌다 하지만, 거울은 결국 그녀의 얼굴이 맺는 상을 포착해내지 못한다. 이것은 거울에 비친 상이 진정한 통일된 정체성을 재현할 수 없으며 단지 가상에 지나지 않는다는 것을 의미한다.

미리암은 자신이 사랑하는 애인을 쫓아 수녀원을 나왔다고 말한다. 눈을 다친 절름발이인 그 애인은 죽었지만 그녀의 꿈속에서는 계속 등장하곤 한다. 그런데 나중에 병원으로 준을 만나러 온 미리암의 오빠 역시 절름발이다. 또한 그는 그녀가 자신을 그녀의 죽은 애인과 혼동하곤 한다는 의미심장한 말을 한다. 이것은 특히 준의 꿈에서 그와 미리암이 대기권을 찢고 나가는 듯한 속도의 고통을 느끼며 그 마찰의 저항을 견디지 못해 폭발하려는 순간, 돌연 바다로 추락한 후 해안으로 떠내려와 '오누이'처럼 나란히 누워 있었다는 구절과 연결된다. 즉 준은 꿈에서 미리암의 오빠가 되며 이로써 간접적으로 그녀의 죽은 애인이 되는 것이다. 한밤중에 세상에서 도망치듯이 스노우랜드에서 나와 산길로 들어간 준과 미리암은 "어린 장님 연인들"(53쪽)로 묘사되는데, 이는 이들이 서로 사랑하는 연인임을 명시적으로 보여준다. 더 나아가 미리암이 꿈에서 통나무 다리에서 미끄러져 물에 빠진 후 다리를 절룩일 때, 그녀는 절름발이 애인과 유사성을 보여준다. 이것은 미리암이 준의 연인인 동시에 그의 또다른 영혼, 즉 이중자아임을 의미하는 것으로 볼 수 있다.

준은 안과병원에서 다시 만난 미리암과 주말여행을 하지만, 미리암은 그곳에서도 갑자기 사라진다. 그때 준은 어쩌면 그녀 자신이 어디에도 존재하지 않는 노웨어맨인지도 모르겠다고 생각한다. 다시 말해 이는 그녀가 현실적인 시공간을 뛰어넘어 모든 곳에서 가면을 쓴 채 나타날 수 있는 다원적인 정체성을 지녔음을 의미한다. 이처럼 무한히 확장될 수 있는 노웨어맨인 미리암이 준의 몸속에 들어 있는 이물질, 그의 또다른 영혼이라고 한다면, 준의 정체성 역시 단 하나의 자아로 규정될 수 없는 '노웨어맨'의 정체성이 될 것이다. 이 소설의 해설을 쓴 김미정은 다음과 같이 적고 있다. "견고하고도 일관된 '나'란 이 소설에 존재하지 않는다. 각 인물들이 환유적으로 연결되고 존재하고 있다는 것도 중요한 증거다…… 겹치면서 미끄러지는 '나'들의 파편들은 소설 속에 무수하게 존재한다. 자명하고 견고한 세계가 처음부터 존재하지 않았듯이, 이들은 서로의 분신처럼, 그러면서 각각의 고유성을 갖고 등장하고 있다. 표면적인 '나'의 모습은 언제나 이면에 다른 모습을 숨기고 있다. 억압된 것들이 언제나 현실 속에서 다시 출몰하고 귀환하는 것도, 꿈속과 바깥의 두 세계를 엄격하게 구분하기 어려운 것도, 모두 통합되고 완벽한 '나'의 포기와 관련된다."(237쪽)

그러나 이러한 이중자아 내지 다원적인 정체성이 실레의 그림에 등장하는 현실 속에 숨겨진 고통받는 또다른 자아만을 의미하는 것은 아니다. 오히려 은희경의 작품에서 자아의 또다른 영혼은 동경과 사랑의 대상이다. 이러한 사랑의 순간에 타자는 자신 속에 내재한 또다른 자아가 된다. 더욱이 '나'의 또다른 영혼은 단순히 사랑하는 여인을 넘어서 신으로까지 확대된다. '내' 안의 타자는 더이상 절룩거리는 악마가 아니라 '나'를 무한히 사랑하고 '내' 사랑의 원천이 되는 신인 것이다.

—카프카의 『성』과의 비교, 그리고 꿈의 세계

실레의 자화상과 함께 카프카의 『성Das Schloss』은 준에게 불편하고도 살갗이 잡아당겨지는 듯한 낯선 느낌을 주곤 한다. 여기서 살갗이 잡아당겨지는 듯한 느낌은, 앞에서 언급한 것처럼 대기권을 빠져나와 현실에서 시공간을 초월한 꿈의 세계로 들어갈 때 생기는 느낌으로 해석할 수 있다. 이러한 의미에서 준의 꿈에서도 자주 등장하는 성벽은 현실과 꿈의 세계의 경계지점을 나타낸다. 진을 제외하고는 친구도 없이 무덤덤하게 삶을 살아가는 준은, 꿈속에서 미지의 그녀를 만나고 나서 마치 바늘이 옷에 달라붙어 있는 듯 살갗의 아픔을 느낀다. 그러한 아픔은 현실 너머에 있는 그녀를 그리워하는 마음이며, 이는 꿈속에서 그녀를 만나고 싶은 동경을 낳는다.

안과의사인 준은 미리암을 만나기 전까지는 무덤덤하게 환부를 치료했지만, 이제는 환부에서 비롯되는 고통을 같이 느끼며 감정을 드러내기 시작한다. 그 때문에 그는 심지어 병원을 그만두기조차 한다. 익숙한 현실에서 멀어져 그것을 낯설게 느끼는 순간 준은 타인의 고통을 감지할 뿐만 아니라 스스로 고통스러워하기도 한다. 왜냐하면 이러한 타인은 준의 또다른 자아이기도 하기 때문이다. 즉 그것은 마치 실레의 자화상에 숨어 있는 고통스러워하는 또다른 자아를 인식하는 것과도 같다. 자신의 또다른 자아의 환부에서 느끼는 고통은 지금까지 현실의 삶에 파묻혀 무덤덤하게 살아가던 준을 현실에서 이탈하게 만든다. 준은 이러한 이탈에 대한 두려움 때문에 반사적으로 시계를 바라보며 현실로 돌아가려고 하지만, 동시에 꿈의 세계에 등장하는 여인에 대한 그리움과 사랑으로 영원히 그 세계에 남아 있으려고 하기도 한다. 왜냐하면 꿈의 세계는 죽은 후에도 계속되는 무의미한 고통의 영원한 반복과 흘러가는 시간의 흐름을 멈추게 하는 절대적인 시간으로서의 사랑의 반복, 즉 저주와 구원을 모두 내포하고 있기 때문이다. 그 때문에 준의 꿈은 악몽뿐만 아니라 행복한 꿈으로도 나타날 수 있는 것이다.

준은 낯선 소리를 듣거나 일상에서 이탈하는 것에 대한 두려움을 느끼면 시계를 쳐다보곤 한다. 이것은 일상의 현실에서 벗어나는 것에 대한 두려움을 표현한다. 하지만 그는 물처럼 흘러가는 시간의 흐름에 상실감을 느끼며, 그러한 상실로부터 그리워하는 것을 보존할 수 있는, 시공간적인 제약이 없는 절대적 현실을 꿈꾸기도 한다. 이러한 꿈의 세계를 상징하는 공간으로는 레인 캐슬, (스)노(우)랜드, 프라하를 들 수 있다. 미리암을 처음 만나는 곳이기도 한 레인 '캐슬'은 카프카의 소설에 나오는 '성'을 연상시킨다. 카프카의 소설에 등장하는 성이 현실에서 도달할 수 없는 신비롭고 비밀스러운 공간으로 나타나듯이, 이 소설에 등장하는 레인 캐슬도 그러한 면을 지니고 있다.[181]

성벽은 위험한 장소로 언급되기도 하지만, 현실에서 다른 세계로 넘어가기 위해 뚫고 지나가야 하는 경계이기도 하다. 실레의 자화상에 아직까지 고통받는 '육체'들이 등장한다면, 레인 캐슬의 수련자들은 자기라는 존재에서 벗어나서 꿈속에서처럼 시공간을 초월해 살아가는 방법을 배운다. 이처럼 자아가 자신의 제한된 현실적 모습을 버리고 자신을 확장하며 절대적인 시공간 체험을 하는 곳이, 바로 실재하지 않는 허상처럼 보이는 레인 캐슬이다. 레인 캐슬에서 준과 진이 미리암을 처음 만나 엘리베이터를 같이 탈 때, 거울에 초록색이 감돌며 그 표면이 갑자기 물살이 일듯 주름이 잡히면서 옷감처럼 가볍게 흔들린다. 여기서 이미 거울은 대상을 있는 그대로 반영하는 거울의 기능을 상실하며, 환상의 세계로 들어가는 통로로 작용하고 있음을 보여준다.

레인 캐슬 및 스노우랜드에서 미리암을 처음 만난 후, 준은 한동안 그녀를 보지 못한다. 그러다가 우연히 병원을 찾아온 그녀와 다시 재회한다. 그녀는 눈동자가 많이 긁혀 자기 손바닥도 잘 보지 못하는 상태다. 미나 역시 한쪽 눈이 보이지 않으며 면역기능 이상으로 약물치료를 받는 말기 환자다. 이러한 병은 이들이 일상적인 현실세계에 속해 있지 못함을 보여준다. 미리암은 속계와 초월세계의 경계점인 듯 보이는 폭포에서 나는 소리에 공포를 느낀다. 그녀는 상상할 수 없는 광활하고 오래된 세계에 먼지처럼 존재하며, 자신이 죽고 나서도 아무것도 끝나지 않고 모든 것이 계속해서 반복되는 세상이 있는 것 같아 두렵다고 말한다. 이들의 실명은 현실에서 버림받고 저주에서 풀

---

181. 그밖에도 이 작품에는 카프카의 소설을 떠올리는 부분들이 많이 등장한다. 가령 준이 미나와 미아를 만나는 장소는 카프카의 고향인 프라하다. 또한 안과의사인 준이 미리암이라는 이물질 병원체를 자신 속에 또다른 자아로 내포한다든지 아니면 그녀와 함께 장님 남매로 묘사될 때, 이는 병약했던 카프카를 상기시킬 뿐만 아니라, 의사가 곧 환자로 묘사되는 카프카의 단편 「시골 의사」를 연상시키기도 한다.

려나지 못한 상태를 보여준다. 하지만 이들은 또한 꿈속에서 사랑을 통해 무의미한 반복의 저주를 풀고 절대적인 사랑의 반복을 실현할 가능성도 지니고 있다. 꿈꾸는 듯한 시선을 지닌 미나와 마찬가지로 꿈꾸는 것을 가장 좋아하는 미리암 역시 이러한 반복의 저주를 풀고 시공간을 초월한 절대적 현재의 충만함을 느낄 수 있는 순간을 소망한다.

이와 같이 미리암은 공포와 소망, 저주와 실현 사이를 부유한다. 준은 그녀를 처음 보았을 때 "저주에서 풀려나긴 영 틀려버린 단단한 소금인형"(41쪽)처럼 느낀다. 또한 준이 머릿속에 떠올리는 종말에 관한 영화에 등장한 그녀는, 성경에 나오는 이야기에서처럼 타락한 도시에서 도망치던 중 돌아보지 말라는 천사의 경고를 무시하고 돌아보다 하얀 소금기둥으로 변하기도 한다. 이러한 구절들은 이 작품에 깔려 있는 신화적, 종교적 맥락을 암시한다. 미리암의 다리에 있는 흉터나 절룩거리는 모습은 어린 시절 아버지를 교통사고로 잃은 후 그에 대한 죄의식을 억누르고 살아온 준의 환부, 즉 준의 고통받는 또 다른 자아를 의미하기도 하지만, 동시에 절룩거리는 악마를 떠오르게 하기도 한다. 실례 화집에 있는 '초록 옷의 여자'는 준에게 '적의'를 품고 있는 것 같기도 하고 '간절히 원하는' 것 같기도 하다. 그녀는 준에게 악마처럼 공포와 환멸의 대상이기도 하지만, 동시에 구원을 주는 신처럼 동경과 사랑의 대상이기도 한 것이다.

미리암이 성당 근처를 지나갈 때 마음의 안정을 찾거나 마리아로 불리기를 가장 좋아한다는 사실은, 준의 꿈속에 등장하는 미지의 여인이 신적인 존재임을 암시한다. 꿈속에서 준이 그녀를 사랑하다가도 갑자기 멸시하며 떠나버리는 것이나 그녀가 생명 없는 인형에 여러 차례 비유되곤 하는 것은 신의 세계가 현실에서 더이상 생명력을 상실한 단순한 대상으로 전락했음을 의미한다. 준은 프라하 여행에서 사람들이 세속적인 시간을 상징하는 시계탑 주위에 모여드는 것을 본다. 이때 시계 위에 난 작은 창문에서 '인형'이 된 '예수의 열두 제자'가 나와 인사하는 것은 단순히 관광지로 전락한 교회의 모습을 보여준다. 관광객들이 굽어보는 성인의 동상에 묻은 먼지와 새똥은 꿈속에서 '여신'의 옷처럼 긴 잠옷을 입고 등장하는 미지의 여자, 즉 미리암의 흰 운동화에 묻은 콜라 얼룩을 상기시킨다.

하지만 꿈속의 그녀는 준에게 위안과 구원을 줄 수 있는 힘을 완전히 상실하지는 않은 것처럼 보인다. 준이 미리암의 손안에 고인 물을 마실 때 이마에 닿는 그녀의 손목은 "선득하도록 차가웠으며 성스러운 세례처럼"(91쪽) 그를 전율시킨다. 준이 미나에게 그녀를 만날 수 있다면, '악마'든 누구든 자신의 영혼이라도 가져가라고 말한다든지 프라하에서 '신'의 형상을 조합하는 스테인드글라스를 통과한 빛을 받아들이는 성당을 방문하는 것 역시 꿈의 세계가 함축하고 있는 종교적 구원의 차원을 암시한다. 이에 따라 준의 또다른 자아이기도 한 꿈속의 그녀와의 만남은 개인적인 차원에서의 사랑을 넘어서는 의미를 갖게 된다. 이제 자아 속의 타자는 실레의 그림에 등장하는 고통받는 또다른 자아를 넘어서 인간을 구원하는 성스러운 신을 의미한다. 미아의 아버지로부터 성폭행을 당한 미나는 외적으로나 내적으로나 상처와 고통을 지니고 있지만, 그럼에도 불구하고 반복되는 악몽의 저주를 풀어줄 구원을 꿈꾼다. 현실적인 미아가 고통받는 이중자아의 모습을 형상화한 실레를 좋아하고 냉소적인 모습을 보이는 반면, 꿈을 꾸는 미나는 〈버림받은 프시케〉 상을 좋아하며 언젠가 제우스가 주는 신의 잔을 받아 마시고 영원히 죽지 않는 사랑을 얻을 수 있다고 믿는다.

이처럼 영원히 반복되는 사랑은 현실에서 이탈한 인간이 빠져들 수 있는 무의미한 고통의 반복에서 그를 구원할 수 있다. 결혼 후 현실에 안주하는 준은 더이상 꿈을 꾸지 않는다. 그 대신 그의 아들이 꿈을 꾸자 준의 부인은 아들에게 어른이 되면 더이상 꿈을 꾸지 않고 공포에 시달리지 않을 거라고 위로한다. 그러나 준은 이렇게 생각한다. "아내도 알 것이다. 꿈을 꾸지 않게 되면 떨어질 곳도 날아오를 곳도 없어진다. 누군가는 위에서 걷고 또 누군가는 아래에서 걷겠지만 어쨌든 그때부터 반복되는 시간의 평지를 걷는다는 점은 다 마찬가지이다."(213쪽) 추락하는 고통의 반복도 있지만 천상으로 날아오르는 구원의 반복도 있는 것이다. 그 때문에 준의 꿈속에 자주 등장하며 반복을 상징하는 회전목마는 이중적인 의미를 지닌다. 그것은 무의미한 고통과 공포의 반복을 의미하기도 하지만, 회전목마의 여러 말 가운데 한 말에 사랑하는 여인이 타고 있을 때 그녀와의 만남은 사랑과 구원의 순간이기도 한 것이다. 준이 미리암과 주말에 같이 여행하던 때 그녀의 아픈 눈을 보려고 다가가 그녀의 뺨에 손을 대던 순간 따뜻하고 부드러운 그녀의 숨소리를 듣는다. 한순간 준은 멍해지는데, 마치 그것이 언젠가 있었던 순간 같았기 때문이다. 준이 어느 기와집에서 그녀와 함께 차가운 물소리를 들을 때도 전생을 기억하게 되며, 그녀와 이곳에 온 적이 있음을 분명히 느낀다. 이러한 기시현상은 현실적인 차원을 넘어선 곳에서 이루어지는 신성한 반복이 존재함을 보여준다.

미리암의 실명은 현실세계에서 추방되면서 받은 일종의 처벌 내지 저주처럼 보인다. 그러나 준은 그녀의 눈 속에 따뜻한 빛이 잠깐 깃드는 것을 보며, 그녀의 얇은 눈꺼풀이 깜박일 때마다 나비의 날갯짓을 연상한다. 차가운 시선으로 환부를 바라보고 질병을 치료하는 안과의사의 시선과 달리, 그녀의 시선에는 따스함이 깃들어 있다. 안과의사인 준은 장님이 세상을 볼 수 있도록 눈을 치료하는 임무를 맡고 있지만, 역설적으로 그 자신이 눈먼 장님의 도움으로 세상에 대한 새로운 시선을 갖게 된다. 또한 미리암은 '눈을 깜박거리는 찰나의 순간 Augen-Blick'에 번데기라는 존재의 허물을 벗어던지고 자유롭게 열린 정체성을 펼쳐나가는 하나의 나비가 된다. 그러나 이처럼 허물을 벗은 아름다운 나비는 단순히 자유롭게 날아다니는 것만은 아니며, 갈증을 느끼며 눈물을 마시는 모습을 보인다. 이것은 사랑을 갈구하지만 사랑받지 못하는 슬픔의 눈물을 마시는 것으로, 현실에서 벗어난 자유의 궁극적인 목적이 사랑의 실현에 있음을 보여준다.

"꿈은 사람의 잠재의식 속에 만들어진, 이곳 인생을 변형시킨 부수적인 세계가 아니었다. 전혀 다른 세계였다. 꿈에서는 거리라는 것도 성립이 되지 않았고 사건이 시간 순으로 일어나지도 않았다. 꿈속에 또 꿈이 있고 다시 그 속에 꿈이 있었다. 죽음도 끝이 될 수는 없었다. 나는 현실에서 살아가듯 꿈속에서도 살아가고 있었다."(112쪽) 이러한 꿈은 준에게 대개는 악몽으로 다가온다. 하지만 소설 마지막에서 그가 꾸는 꿈은 반복에 대한 공포의 악몽이 아니라 사랑이 실현되는 순간으로서의 꿈으로 나타난다. 언젠가 미리암은 준에게 죽음도 끝은 아니라며, 모든 것은 반복되고 시간이라는 궤도에서 벗어날 수 있는 사람은 사랑을 이룬 사람일 뿐이라고 말한다. 미리암과 준이 꿈꿔온 이러한 사랑은 소설 마지막에서 실현된다.

준은 새벽 한시에 살고 있는 신도시 집으로 가다가 길을 잃는다. 안개가 자욱해 길이 잘 보이지 않고 익숙한 장소마저 완전히 다른 장소로 보인다. 붉은 신호등 앞에서 차를 세워놓고 기다리던 준은 잠이 밀려와 꿈을 꾼다. 그 꿈에서 준은 햇볕이 내리쬐는 한낮에 '그녀'와 함께 걷는다. 그때 갑자기 등 뒤에서 거대한 물체가 자신을 향해 달려오고, 날카로운 빛이 그 물체에서 나와 준의 눈에 내리꽂힌다. 그러고는 그것은 사라지고 회전목마에 매달린 말의 그림자만 보인다. 그 사이에 그녀는 사라지고, 그는 단지 누군가가 자신의 이름을 부르는 소리만 듣는다. 그러면서 준은 꿈이 깨는 것과 동시에 눈을 뜬다. 그리고 반대편 차선에서 짧은 머리에 긴 원피스를 입고 흰 운동화로 자전거 페달을 밟고 옆을 지나가는 여인을 본다. 그 순간 준은 영혼이 육체의 통제를 벗어나려는 해방된 순간처럼 황홀한 격정에 붙잡혀 급하게 운전대를 꺾어 안개 속으로 자신의 이름을 부르는 그녀를 쫓아 들어간다.

아무것도 보이지 않았고 볼 필요도 없었다. 오직 그녀뿐이다. 그녀를 절대로 놓칠 수 없다. 그녀는 나를 꿈으로 불렀다. 그녀는 반복되는 시간의 굴레에서 나를 구하기 위해 꿈속에서 도망쳐왔다. 나는 그녀를 사랑한다. 나를 구하기 위해 꿈속에서 도망쳐 나왔다. 나는 그녀를 사랑한다. 나는 그녀를 사랑한다. 나는 그녀를 사랑한다. 내 눈에서는 눈물이 흐른다. 그때였다. 눈물을 머금은 내 눈 속으로 망막을 찢을 듯 날카로운 불빛이 화살처럼 내리꽂힌다. 그것은 나를 향해 달려오는 자동차의 헤드라이트였을까. 아니면 구원이라는 찰나의 섬광이었을까. 몸이 찢어지는 고통 속에서 나는 그녀의 자전거 바퀴가 안개 속으로 떠오르는 것을 본다. 그리고 아홉번째 꿈의 노래를 듣는다.

아주 오래전 나는 거리를 걸어내려오고 있었지. 더운 열기 사이로 나무들은 속삭이고, 그때였어. 비가 쏟아져 내리듯 누군가가 내 이름을 부르는 소리가 들리는 것 같았어. 오, 거기 펼쳐져 있는 두 영혼의 낯선 춤! 꿈속의 일이었을까.(218쪽)

위의 구절에서 미지의 그녀는 준을 꿈으로 부른 동시에 반복되는 시간의 굴레에서 그를 구하기 위해 스스로는 꿈속에서 빠져나온다. 이로써 현실과 꿈의 경계는 모호해진다. 이것은 준이 그녀의 도움으로 반복의 악몽에서 벗어나 사랑이 실현되는 꿈의 세계로 들어간다는 것을 의미한다. 앞에서 준이 꾼 꿈에서도 날카로운 빛이 준의 눈을 공격하지만 그렇게 해서 먼 눈으로는 진정한 꿈의 세계를 볼 수 없다. 그것은 전쟁터에서 남을 공격하는 화살과 비슷하며, 화살에 눈을 맞은 사람은 고통을 받을 뿐이다. 또한 그 자리에 남은 회전목마는 무섭고 무의미한 반복의 세계를 가리킨다. 눈을 감고 꾼 꿈속에서 준은 우선은 반복이라는 꿈의 세계에 갇혀 있었던 것이다. 그러다가 이제 반대 방향으로 자전거를 타고 가며 반복이라는 악몽의 세계에서 빠져나오는 그녀를 쫓아감으로써 또다른 꿈의 세계에 들어설 수 있게 된다. 그때 준은 그녀를 사랑한다고 말하며 눈물을 흘린다. 이것은 스노우랜드에서 나와 밤에 산길에서 별을 바라보며 미리암이 눈물을 흘리던 것을 연상시킨다. 미리암은 사랑을 갈구하지만 사랑받지 못하는 사람들이 슬퍼서 눈물을 흘린다고 말한다. 이러한 슬픔은 태어나면서부터 생기는 것이며 꿈속에서도 있다고 한다. 슬퍼서 우는 눈물은 사랑에 대한 동경과 사랑이 실현되지 못한 상황 사이의 괴리에서 생겨난다. 이제 준이 그녀에 대한 사랑을 고백하며 눈물을 흘릴 때, 그의 눈은 반쯤 가려져 보지 못하면서도 역설적으로 사랑에 대한 갈망으로 연인을 볼 수 있게 된다. 눈물을 머금은 그의 눈에 망막을 찢을 듯한 빛이 화살처럼 그의 눈에 내리꽂힌 것은 결코 우연이 아니다. 왜냐하면 그 빛의 화살은 바로 미나가 사랑받기를 원했던 큐피드가 쏜 사랑의 화살이기 때문이다. 즉 준은 바로 이 순간 사랑에 눈이 먼 것이다. 현실적인 시각에서 보면 이것은 헤드라이트 빛으로 인한 교통사고의 순간일 뿐이다. 그러나 꿈속의 논리를 따르면, 몸이 찢어지는 고통을 느끼며 꿈으로 들어가는 순간은 사랑을 통해 구원받는 순간이다. 가시적인 세계를 바라보는 망막이 찢기고 그 대신 사랑의 화살로 눈먼 순간, 준은 그녀의 자전거 바퀴가 안개 속으로 떠오르는 것을

'본다'. 이처럼 사랑에 눈먼 순간은 무한한 반복의 사슬을 끊고 제한된 현실을 넘어서 또다른 절대적 현실로 존재하는 꿈의 세계를 보는 순간이다. 그 순간 장님은 더이상 저주받은 사람이 아니라 구원받은 사람이 되는 것이다.

『성』의 주인공 K는 현실과 꿈의 세계 사이에서 부유하며 구원받지 못한다. 그러나 이와 달리 『그것은 꿈이었을까』의 주인공 준은 사랑을 통해 구원받는다. 측량사 K가 근대적인 시선으로 세상을 바라보고 합리적으로 측량하려는 시도를 포기하지 못하며 저주의 꿈속을 방황한다면, 안과의사 준은 소설 마지막 부분에 이르러 뜨거운 눈물을 흘리며 따뜻한 사랑의 시선을 갖게 되어 황홀한 꿈속을 거닐게 된다.

이처럼 사랑에 눈먼 순간 자아의 해체로 인한 혼란과 고통은 끝이 나고 자아와 타자 간의 경계는 허물어지며 구원이 찾아온다. 현실을 지각하는 일상의 눈이 멀어 꿈의 세계로 들어서는 순간, 현대인은 카프카의 소설 『성』의 주인공 K처럼, 자아의 해체와 총체적인 세계의 붕괴로 고통받는다. 하지만 은희경의 소설 『그것은 꿈이었을까』에서 꿈은, 카프카의 소설에서와 달리 구원의 은총으로 나타나기도 한다. 또한 이 작품에서는 실명도 부정적인 것만은 아니며, 성서에서와 마찬가지로 이중적인 의미를 지닌다. 실명은 현대인을 일상에서 이탈시켜 혼란과 고통에 빠뜨리는 처벌의 의미뿐만, 아니라 타자에 대한 사랑에 눈멀게 하는 에로스의 의미도 획득한다. 여기서 타자에 대한 사랑은 타인, 즉 인간에 대한 사랑을 넘어서 궁극적으로는 신에 대한 사랑으로까지 확장된다. 이러한 맥락에서 에로스의 화살로 인한 실명은 신을 접하게 되고 사랑하며 진정한 세계에 눈뜨게 되는 것을 의미한다. 바로 그 때문에 이 소설의 주인공 준이 사랑에 눈멀어 꿈의 세계로 들어서는 순간 파편화된 세계의 총체성은 회복되고, 그도 정체성의 혼란과 해체를 극복하고 구원받을 수 있는 것이다.

제5장

|

포스트모더니즘의 시선 담론

데리다의 『눈먼 자의 회상』에 나타난 선험적 실명

 1990년 10월부터 석 달 동안 열린 루브르 박물관의 동명 전시 기획을 계기로, 데리다J. Derrida는 『눈먼 자의 회상─자화상과 폐허 *Memoires d'aveugle. L'autoportrait et autres ruines*』[182]라는 소책자를 펴낸다. 이전에 데리다는 바이러스성 안면장애로 얼굴이 일그러지고 왼쪽 눈을 깜빡일 수 없어 고통스러워하다가 늙은 맹인이 나오는 꿈을 꾼 적이 있었다. 이 자전적 경험을 토대로 글을 쓴 적이 있었던 데리다는, 이 전시를 통해 책을 편집하면서 장님과 '보는 것'의 문제뿐만 아니라 그림, 특히 '소묘Zeichnung'의 문제에 대해 생각하게 된다. 데리다가 '본다'는 행위에 대해 성찰하면서 내세운 두 개의 가설은 그가

---

182. 이 책의 제목에 등장하는 '회상'은 소묘를 그릴 때 화가가 대상을 보면서 동시에 그릴 수 없기 때문에 그것을 회상하며 그릴 수밖에 없는 상황과 연결된다. 물론 이러한 회상은 대상을 온전히 기억해내지 못하는 불완전한 것으로, 망각을 내포하고 있기 때문에 부정적 함의를 지닌다. 그러나 동시에 우리의 눈에 보이지 않는 비가시적인, 재현 불가능한 것은 항상 이 책의 부제처럼 폐허, 즉 흔적으로 가시적인 것 내에 보존되어 있어 우리를 끊임없이 다시 보도록 유도한다. 이와 같이 불완전한 시선이 끊임없이 보려고 시도하지만 한계에 부딪히는 상황의 반복은 데리다의 '차연différance' 개념과 연결될 수 있다.

사변적인 탐색을 해나가기 위한 전초기지 역할을 한다. 이 가운데 첫 번째 가설은, 소묘가 '눈이 머는 것'을 전제로 한다는 것이다. 즉 소묘 가 '일어나는' 순간은 실명과 관련이 있다. 그러나 이러한 실명은 단 순히 눈이 머는 것을 의미하지는 않는다. 오히려 그것은 장님이 예언 자가 될 수 있고 때때로 예지자의 운명을 갖기도 하는 것처럼, 본다는 행위의 전제조건이 보지 못하는 것에 있음을 지시한다. 두번째 가설 은, 장님을 테마로 그리는 소묘는 사실은 그림 그리는 행위 자체를 테 마로 다루고 있다는 것이다. 다시 말해 장님을 테마로 다룬 그림은 소 묘의 기원이며, 소묘의 기이한 자화상이 된다.[183] 따라서 소묘는 장님 이라는 테마와 아주 긴밀한 연관을 가지고 있다.

데리다는 소묘에 대한 두 가지 생각을 실명에 대한 두 가지 생각과 병렬적으로 전개한다. 그는 실명을 '선험적 실명'과 '성스러운 희생적 실명'으로 구분한다. 선험적 실명은 "소묘를 가능하게 만드는, 눈에 보이지 않는 조건이며, 소묘하기 자체"(46쪽)다. 왜냐하면 소묘를 그 리기 위해서는 먼저 눈멂, 즉 대상을 그리면서 동시에 그것을 볼 수는 없다는 사실이 전제되어야 하기 때문이다. 이러한 선험적 실명은 소 묘의 대상, 즉 그림의 주제가 될 수 없다. 반면 성스러운 희생적 실명 은 선험적 실명을 대신 표현해줄 수 있는 주제가 된다. 그것은 선험적 실명이 재현될 수 없다는 것을 성찰하고 그렇게 재현될 수 없는 것을 재현한다. 이것을 조금 더 쉽게 이해하기 위해서는 데리다가 성경을 예로 든 '선택된 장님들'을 떠올리면 될 것이다. 성서에 등장하는 삼 손이나 바울은 하느님의 뜻에 따라 시력을 잃는 성스러운 희생적 실 명을 경험하는데, 이러한 극적인 이야기가 그림으로 묘사되곤 한다.

---

183. Jacqeus Derrida, *Aufzeichnungen eines Blinden. Das Selbstporträt und andere Ruinen*(München, 2008), 10쪽 참조.(이하 본문에 쪽수로 표시)

그런데 이러한 그림의 주제는 바로 눈이 정상인 사람이 보는 것에는 한계가 있으며, 근본적으로 외부로 향한 우리의 시선이 불충분하다는 것이다. 이처럼 성경에서 외부세계를 볼 수 있는 눈을 잃어버린 장님들이 신과 대면할 수 있는 내면적 눈을 뜨게 되듯이, 볼 수 없다는 것이 소묘를 그리는 데 있어서도 부정적인 의미를 갖는 것은 아니다. 오히려 이러한 '볼 수 없음'은 소묘를 그릴 때 거의 선험적인 조건으로 작용하고 있다.(49쪽 참조) 그러나 성경에 나오는 장님들의 실명과 달리, 데리다에게 있어서 선험적 실명은 내면의 눈으로 절대적 진리를 보여주기보다는 인간이 선험적으로 진리를 볼 수 없는 상황에 처해 있음을 보여준다.

데리다는 이러한 '볼 수 없음'의 세 가지 측면을 언급한다.

첫번째로, 그는 그래픽적인 행위로서 선을 그리는 행위에 대해 언급한다. "선을 그리는 것은 현재 눈에 보이는 것을 따르지 않는다. 다시 말해 그것은 소위 나의 모티프로 내 앞에 놓여 있는 이 가시적인 것을 따르지 않는다. 설령 소묘가 미메시스적이라고 하더라도, 즉 재생산적이고 형상적이며 재현적이라고 하더라도, 설령 모델이 예술가의 면전에 생생히 마주 앉아 있다 하더라도, 밤의 영역에 있는 선線은 그것에 선행해야 한다. 선은 보는 것의 영역에서 벗어난다. 그 선이 아직까지 가시적이지 않기 때문만이 아니라, 스펙터클의 질서, 스펙터클한 객관성의 영역에 속하지 않기 때문이다. 즉 사건으로 일어날 수 있는 것이 그 자체 내에서 재현적일 수는 없기 때문이다."(49쪽) 사람들은 그림을 그리기 위해서는 보아서는 안 되고 또 보지 못한다는 조건하에서만 그림을 그릴 수 있다. 왜냐하면 대상을 보면서 동시에 그것을 그릴 수는 없기 때문이다. 그래서 그림은 보이지 않는 것에 대한 사랑의 표현처럼 묘사된다. 소묘를 그리는 사람은 현재의 시점에서는 보지 못하며, 이미 그것을 보았거나 아니면 앞으로 보게 될 것이다. 그는 보이지 않지만 일어난 것과 마주치며, 그것을 회상하려 한다. 그러나 사물을 지각하는 현재에서 떨어져나와 회상할 때 거기에는 건망증이 숨어 있다. 즉 눈에 보이지 않는 것은 완전히 기억될 수 없으며, 그래서 소묘화가는 보이지 않는 것에 내맡겨진다. "마치 사냥꾼이 쫓기던 동물로부터 관찰당하며 매력적인 먹잇감이 되는 것처럼," "소묘화가는" 자신이 그리려고 쫓던 "비가시적인 것으로부터 오히려 지배를 받는"게 되며, "이러한 비가시성은 가시적인 것에……절대적으로 낯선 것이라고 하더라도, 그것에 거주하며 그것을 덮쳐 마침내 그것과 뒤섞이며 하나가 된다."(54쪽) 자크 데리다는 메를로퐁티M. Merleau-Ponty에 기대어 비가시성과 가시성의 관계를 언급한다. 비가시성은 순수한 선험성으로 가시적인 것에 항상 내포되어 있다.(56쪽 참조) 그래서 모든 가시적인 것은 사실은 비가시적이고, 우리가 지각하는 것은 진정한 지각이 아니다.

'볼 수 없음'의 두번째 측면은, 선을 긋는 행위가 아니라 그어진 선과 관련된다. 이 윤곽선은 색의 밀도가 점점 약해져 하나의 상의 외부와 내부를 구분하는 확고한 테두리가 되지 못한다. 그래서 윤곽선은 보이지 않는다. 그것은 구분하는 동시에 스스로를 분할한다. 선은 스스로를 분할하기 때문에 현재의 시간 속에서 자신의 정체성을 형성하지 못한다. 소묘에서 윤곽선은 경계를 통한 확고한 공간 점유와 이상적 정체성 형성에 실패하는 것이다. 즉 "소묘에서 이러한 경계선은 결코 현재의 시간에 도달할 수 없는 것이 되지만, 소묘는 그 선을 둘러싸고 있는 것만이 나타나는 이러한 도달할 수 없는 문턱, 즉…… 그 선에 속하지 않는 어떤 것을 지속적으로 지시한다."(57쪽) 이처럼 소묘나 소묘의 선에 속하지 않는 도달할 수 없는 어떤 것은, 우리의 눈에 보이지 않고 우리에게서 박탈된 신과 닮아 있다. 우리가 성화의 형상으로 우상화해서는 안 될 신의 모습이 우리의 눈에서 박탈되어 보이지 않는 것처럼, 소묘의 선에서도 우리의 눈에 보이지 않는 어떤 것이 순수한 선험성으로 내포되어 있는 것이다. 소묘의 선은 구분하면서 연결하고, 경계를 세우면서 경계를 넘어서게 한다. 이러한 선은 자기 자신에서 출발해 스스로를 떠나며 어떤 이상적인 정체성을 형성하지 못한다. 이러한 선이 사라져가면서 스스로를 분할하는 순간에 동일성 대신 차이가 생겨난다. 이렇게 볼 때 선의 본질은 비가시성이라고 말할 수 있을 것이다.(57~58쪽 참조)

'볼 수 없음'의 세번째 측면은, 선의 수사학과 관련된다. 선이 그어지는 순간 다시 철회되면서 말이 들어설 공간이 생긴다. "소묘가 유한한 음파와 동시에 일어나고 그것과 연결되는 곳 어디서나, 소묘의 리듬은 눈에 보이지 않는 것의 지배를 함께 받는다."(59쪽) 앞에서 비유적으로 사용된 수사학이란 말은 인간에 관한 소묘를 가리키기 위한 것인데, "이러한 인간에 관한 소묘는 항상 발화, 즉 (신이) 말로 내린 명령과 동시에 일어난다."(62쪽) 이러한 (신의) 말이 가시적인 소묘를 덮친다면, 그림을 보는 사람은 자신의 내면에서 보지 못하는 장님과 격투를 벌이며, 결국에는 가시적인 세계를 넘어서 존재하는 것의 음성에 귀를 기울이게 된다. 소묘의 선에서는, 우리의 눈에 보이지 않는 어떤 것이 선험적으로 우리에게 박탈된 것으로 나타난다. 이러한 선험적 박탈은 그것을 메우고자 하는 욕망에서 자신의 정체성을 보여주는 자화상을 요구하지만, 그것은 서명한 사람으로서의 화가의 자화상이 아니다. 이러한 의미에서 그것은 동시에 자화상을 금지한다. 다른 한편 "그것은 소묘의 원천 지점인 눈과 손가락의 자화상이기도 한데, 이 지점은 그것을 묘사하는 순간 사라진다."(62쪽) 19세기 프랑스 화가 팡탱라투르I. H. J. T. Heri Fantin-Latour의 자화상을 보면, 그가 그림을 그리는 자신을 그리고 있다는 것을 알 수 있다. 그러나 그가 자기 자신을 그리는 자신을 그린 것인지, 아니면 다른 것을 그리는 자신을 그린 것인지, 또는 자신을 다른 사람으로 그린 것인지는 그의 자화상에서는 알 수 없다. 데리다가 예로 드는 또다른 소묘화가들의 경우에서도 그들의 그림에서 "소묘화가가 그린 대상의 정체성이 문제가 되는지, 아니면 그 소묘화가 자신의 정체성이 문제가 되는지, 그리고 그 화가가 화가 자신인지 아닌지"(이하 67쪽) (즉 그림 속의 또다른 화가인지) 분명하지 않다. 이러한 자화상에서는 "그림 자체에 존재하지 않는 외부적인 증거로서의 지시체만이 그것의 정체성을 확인할 수 있도록 해준다." 이것은 "항상 그림 제목의 법적 효력, 즉 작품 내부의 세계에 속하지 않는 언어적 사건에 달려 있다." 그래서 "그림에 대한 지각보다는 제삼자의 증언, 그의 말과 기억이" 그림의 내용을 확인하는 데 더 중요한 것이 된다. 이로써 "자화상은 회고록처럼 항상 여러 목소리의 반향으로 나타나게 되는 것이다."

데리다가 쓴 이 책의 부제는 '자화상과 다른 폐허들'인데, 이는 자화상과 폐허의 긴밀한 관계를 보여준다. 데리다는 자화상을 폐허라고 부르는데, "이러한 자화상 속 얼굴은 그것이 갉아먹혀 알아볼 수 없음을 보게 된다. 이러한 얼굴은 해체되지는 않지만 통합성을 잃어버린다."(72쪽) 왜냐하면 자화상의 선은 그어진 동시에 사라져버리며 그래서 가시적인 대상을 불완전한 것으로 만들기 때문이다. 하지만 이러한 사라진 얼굴은 다시 유령처럼 끊임없이 출몰하며 그것을 기억하게 만든다. 이러한 의미에서 "폐허는 오히려 기억이다. 그것은 눈이나 뼈가 튀어나온 눈두덩이의 움푹 팬 구멍처럼 벌어져 있으며, 당신에게 전체에 대해서는 아무것도 보여주지 않으면서 무언가를 보게 만든다. 폐허는 당신에게 전체에 대해서는 아무것도 보여주지 않기 때문에 그리고 아무것도 보여주지 않기 위해 무언가를 보게 한다."(72쪽) 자화상이란 불가능하며, 그것에 사인을 한 화가가 그 속에서 자신의 모습을 찾으려고 하면 할수록 자신의 모습이 사라져감을 확인한다. 이처럼 전체로서의 통일적인 자아의 모습을 보여주는 자화상은 불가능하기 때문에, 화가는 자화상에서 단지 파괴된 전체의 흔적인 폐허만을 보게 된다.

성서 속의 바울 이야기는 교화된 자의 자화상 내지 수기로 간주된다. 데리다는 "기독교 문화에서 참회가 없는 자화상이란 없다"며, "자화상은 자신에 대한 정보를 알려주는 것이 아니라 자신의 실수를 고백하고 용서를 구하는 것"(117쪽)이라고 말한다. 『고백록』의 저자 아우구스티누스와 마찬가지로 자화상을 그리는 화가 역시 유혹적인 외부세계로부터 시선을 돌려 내면을 바라보아야 한다. 이러한 내면의 시선이 그에게 진리를 행할 수 있도록 도와주는 것이다.

데리다는 또한 아우구스티누스의 『고백록』을 눈물에 관한 위대한 책으로 읽기도 한다.(120쪽 참조) 앞에서 데리다는 선험적 실명과 성스러운 희생적 실명이 서로 분리될 수 없는 긴밀한 연관을 맺고 있음을 강조하였다. 이에 따르면 시력을 잃는 처벌은 우리 눈의 불완전성을 인정하고 내면으로 향하는 시선을 얻기 위해 치러야 할 대가다. 이로써 데리다에게 중요한 것은 대상을 지각하고 인식하는 생리적인 눈이 아님을 알 수 있다. 이러한 맥락에서 그는 또한 눈물의 의미를 강조한다. 눈물은 인간만이 가지고 있는 특징으로 간주되곤 한다. 동물은 물론 신도 눈물을 흘리지 않는다.[184] 눈물을 흘리지 않는 동물은

---

184. 오비디우스의 『변신 이야기』에서 아폴론은 자신이 사랑하던 여자인 코로니스가 부정을 범하자 활을 쏘아 죽인다. 그러나 곧 자신의 행동을 후회하고 슬퍼하지만 눈물을 흘리지는 않는다. 신들에게 눈물은 금기였던 것이다.(오비디우스, 『변신 이야기 1』, 95쪽) 디오니소스가 눈물을 흘린 적이 있지만 그것은 적을 속이기 위한 것이었다. 그러나 신들이 눈물을 흘리는 경우도 있다. 오르페우스가 아내를 구하기 위해 저승으로 내려가 노래를 불렀을 때 복수의 여신 에리니에스조차 감동해 눈물을 흘린다. 따라서 그리스 신화의 경우에는 신들에게 눈물이 원칙적으로 금기였지만 그러한 금기가 깨어지는 예외적인 경우가 등장하기도 한다. 이것은 그리스 신들의 인격성을 보여주는 예이기도 하다.

주어진 상태에 안주하며 주어진 대로 보는 것에 만족한다. 눈물을 흘리지 않는 신 역시 세상을 내려다보는 절대적 시선에 만족한다. 이에 반해 눈물을 흘리는 인간은 이 둘 사이에서 부유하며, 자신의 불완전한 시선에 만족하지 않고 끊임없이 볼 수 없는 어떤 것을 보기를 갈망한다. 눈물은 이러한 불완전한 인간의 간청과 연관이 있다.

눈물이 흐르면 시선이 가려지며 보면서도 눈이 멀게 된다. 눈물이 눈에 흘러들어가 시선을 흐릴지라도, 그것은 눈의 본질을 드러낸다. 왜냐하면 눈물을 흘리며 간청하고 기도하는 인간은, 외부의 대상을 인지하지 못할지라도 신의 계시를 보게 되기 때문이다.[185] 그러나 이로써 데리다가 기독교적인 의미에서 실명과 눈물의 의미를 제시한 것으로 해석하는 것은 지나친 해석이 될 것이다. 간과해서 안 될 것은, 그가 아우구스티누스의 『고백록』뿐만 아니라 니체의 반고백록 『이 사람을 보라*Ecce Homo*』를 언급하고 있다는 사실이다. 그는 이 책을 니체라는 장님의 자화상으로 기술하고 있다. 니체가 데리다 자신의 해체주의의 길을 열어준 철학자로 간주되는 만큼, 『눈먼 자의 회상』의 마지막 부분에서 니체가 언급되는 것은, 실명이 데리다의 해체주의 철학의 틀 속에서 이해될 수 있음을 보여준다.

"데리다의 『눈먼 자의 회상』은 가시성의 보이지 않는 점에 대한 기억과 관련이 있다. 이러한 기억은 추후에야 소묘나 기록 또는 스케치에서 그것이 상기시키는 것으로 채워진다. 이 책은 상기와 기억상실증 사이의 의미론적 미끄러짐의 징후 안에 있다. 데리다는 이러한 의미론적 미끄러짐으로 회화의 고전적인 근원 신화를 읽어낸다."[186] 플라톤이 상기를 통해 근원적인 이데아의 세계와 가상적인 현상세계의

---

185. J. Derrida, 같은 책, 122쪽 참조.
186. Michael Wetzel, "»Ein Auge zuviel«. Derridas Urszenen des Ästhetischen," J. Derrida, *Aufzeichnungen eines Blinden*(München, 2008), 133쪽.

간극을 넘어서려고 하며 근원적인 '현전Präsenz'[187]을 복원하려고 하는 반면, 데리다는 상기와 기억상실 사이에서 부유하며 그러한 복원이 불가능함을 보여준다. 그는 그림 속에 재현될 수 없는 비가시성의 흔적이 남아 있으며, 그림을 통해 그것을 메우려는 시도는 근원과 보충물 사이의 차이를 드러내며 끊임없이 지연됨을 강조한다. 그리하여 우리의 눈은 결코 원상에 도달하지 못하며, 항상 그러한 상으로 가는 도중에 있게 된다. 이와 같은 차이와 지연을 가리키는 개념이 바로 그 유명한 '차연différance'[188]이라는 개념이다.

이로써 데리다가 보는 것을 반대한다기보다는, 오히려 또다른 보는 법을 제시하고 있다고 해석하는 편이 옳을 것이다. 차연이라는 개념에 포함되는 것, 즉 "흔적, 보충물, 지연 또는 선물과 박탈 및 계시와 은폐의 이중표식과 같은 모든 현상은 명백한 가시화가 불가능하다는 것을 입증한다."[189] 『눈먼 자의 회상』의 맨 마지막에 등장하는 눈물의 의미도 이러한 맥락에서 해석할 수 있을 것이다. 눈물의 베일로 가려진 채 울고 있는 눈은 대상을 바라보는 눈이 아니라, 애원하는 눈이다. 이렇게 눈물을 흘리는 눈은 소망과 실현 사이에서 부유하며[190] 차연의 상태에 놓여 있다. 그것은 눈에 보이는 가시적인 대상을 넘어

---

187. 김웅권은 데리다의 '현전présence' 개념에 대해 이렇게 썼다. 현전은 "말하는 주체나 대상과 어떤 장소에 함께 있는 존재나 사물을 나타낼 때 사용되는 낱말로서, 눈앞에 직접적으로 대면하거나 실제로 존재하는 현존성을 의미한다. 이런 사전적 의미가 확대되어, 존재나 사물의 진리가 직관에 의해 의식에 직접적으로 나타나는 현상이 현전으로 규정된다…… 따라서 데리다가 서구 형이상학을 '현전의 철학'으로 간주하면서, 현전으로서의 존재 의미를 말할 때, 이것은 진리의 로고스, 혹은 원리나 본질 등이 주체 자신에 현전하는 그 현전을 추구한다는 것을 말한다."(김웅권, 「역자 후기」, 자크 데리다, 『그라마톨로지에 대하여』, 김웅권 옮김, 동문선, 2004, 548쪽)
188. 이 개념에 대한 자세한 설명은 다음을 참조하시오: J. Derrida, "Die différance", *Randgänge der Philosophie*(Wien, 1999), 31~56쪽.
189. M. Wetzel, 같은 글, 148쪽.
190. 같은 글, 155쪽 참조.

어떤 비가시적인 것을 소망하며 눈물의 베일 속을 탐색하지만, 종국의 것을 보지는 못한다.

앙투안 쿠아펠Antoine Coypel(1661~1722)의 〈착오에 관한 우의화 Allégorie de l'Erreur〉라는 그림에는 자연적으로 눈이 먼 것이 아니라 눈에 붕대를 감은 채 무언가를 찾아나서는 인물이 등장한다. 데리다는 이 그림에서 소묘를 그리는 화가의 모습을 발견한다. 진정한 화가는 자신의 눈을 가리고 어둠 속을 탐색하는 사람이다. 그러한 탐색은 최종 목적에 도달하지 못하겠지만, 비가시성이라는 그림의 선험적인 조건을 보여주며 또다른 진실을 말해준다. 이러한 차연의 세계에서 어느 장님의 포스트모더니즘적인 시선을 발견할 수 있을 것이다.

제2부

철학 담론에 나타난 근대적 시선 비판과
그 문학적 형상화

제6장

시선 투쟁과 예술을 통한 구원: 사르트르

1. 『존재와 무』

종교적인 세계관이 지배하던 전근대에, 신은 하늘에서 지상을 내려다보며 지상의 모든 존재를 조망할 수 있는 것으로 생각되었다. 이슬람 전통회화에서 나타나듯이, 원근법을 사용하기 이전의 그림에는 그림자가 존재하지 않는다. 왜냐하면 신의 눈은 세상 어디라도 환히 비출 수 있기 때문이다. 그런데 근대에 들어서면서, 신의 눈을 상징하는 태양은 초월적인 의미를 상실하고 단순한 물질적 의미로 이해되기 시작한다. 이에 따라 세상에 있는 존재를 어둠에서 끌어내어 빛을 비추고 그것에 의미를 부여하는 주체 역시 신에서 인간으로 옮겨진다. 인간은 이제 신의 눈을 상징하는 초월적인 빛 대신 인간의 이성과 계몽의 빛으로 세상을 밝히기 시작한다. 그런데 신의 시선을 대신하게 된 인간의 시선은 계몽주의의 주장과는 달리 세계 전체를 환하게 비추지 못하며 세계의 한 단면만을 비추고 있음이 드러난다. 즉 인간의 시야에 들어오지 않는 비가시적인 어둠의 영역이 존재하게 된 것이다. 이러한 인간 시선의 위상 변화에서 사르트르J. P. Sartre(1905~1980)의 시선 이론은 어떤 위치를 차지하고 있는가? 아래에서는 사르트르의 시선 이론을 소개하고 이것을 다른 사상가들과 비교하며 이에 대한 답변을 모색해보고자 한다.

사르트르는 세계에 있는 존재를 의식의 존재 여부에 따라 크게 사물존재와 인간존재로 나눈다. '사물존재'는 그 자체로 존재하는 독립적인 존재이며, 다른 사물존재와 직접적으로 관계를 맺지 못한다. 다시 말해 사물존재는 즉자적으로 존재하며 의식이 결여되어 있는 존재다. 그 때문에 만일 세상에 사물존재만이 있다면, 자신을 비추어줄 의식이라는 빛이 없기 때문에 그것은 암흑 속에서만 존재하게 될 것이다. 이처럼 고립되어 어둠 속에 있는 사물존재를 비추고 의미를 부여하는 존재가 의식을 지닌 '인간존재'다. 의식은 그 자체로는 텅 비어 있는 '무'라고 할 수 있으며, 이렇게 결여된 존재를 채우기 위해 자신 바깥에 있는 대상을 향해 있다. 이와 같이 의식은 자기 자신에서 빠져나와 대상으로 향하게 되는데, 이를 '초월성'이라고 부른다. "대상을 향해 초월적 운동을 하는 우리의 의식은 외부의 대상만을 상대하는 것이 아니라 자기 스스로를 의식의 앞에 두고 성찰할 수도 있다. '자기와 대면한다'는 의미에서 이것을 대자존재라고 부른다. 나무와 돌멩이와 같이 초월성도 없고 자기와 대면하는 능력도 없으며 그저 자기 자신으로 자족해 있는 상태의 사물들은 '자기 자신에 머물러 있다'라는 의미에서 즉자존재라고 부른다."[1] 이러한 지향성을 지닌 존재인 인간존재는 스스로에게 늘 어느 정도 거리를 두고 있다. 왜냐하면 의식은 자기 자신에 대해 거리를 둘 수밖에 없으며, 그 자신을 완전히 있는 그대로 포착할 수 없기 때문이다. 이 때문에 인간존재의 존

---

1. 박정자, 『시선은 권력이다』(기파랑, 2008), 33쪽.

재방식은 대자적이다. "사르트르에 의하면, 대자존재는 '현재 있는 것으로 아니 있는 존재' 그리고 '현재 아니 있는 것으로 있는 존재'로 규정된다."[2] 즉 인간존재는 현재의 상태에 머무르지 않고 부단히 그 상태에서 벗어나며 자신의 본질을 만들어나가는 '탈존'적인 존재이다.

대자적인 존재로서의 인간은, 자신의 시선을 통해 사물에게 의미를 부여하고 세계의 질서를 조직한다는 의미에서 근대적인 주체라고 할 수 있다. 즉 그는 자신의 시선을 통해 세계를 생겨나게 하는 근대의 창조적인 주체이다. 그런데 인간은 자신의 텅 빈 의식이라는 내부에서 벗어나 외부세계의 사물존재를 향하며, 자신을 초월할 뿐만 아니라 자신이 정립한 자기 외부의 세계도 끊임없이 초월하려고 한다. 그는 현재의 상태에 머무르지 않고 그것을 끊임없이 무화無化시키며 앞으로 나아간다. 그런데 만일 "의식이 자기 외부에 있는 사물존재와 맺는 관계 속에서 한순간이라도 정지해 있는 것은 이미 이 의식이 이 사물존재로부터 자기 자신에게로 빠져나올 수 있는 힘, 곧 무화작용을 가능케 하는 원동력을 상실하는 것과 같다. 하지만 이것은 의식이 의식으로서의 기능을 완전히 상실하고 사물존재와 같은 상태에 있게 된다는 것을 의미한다."[3] 따라서 나의 시선에 의해 조직된 세계는 근본적으로 언제든지 변화 가능하고 열려 있는 세계다. 이러한 의미에서 사르트르의 대자존재 개념은, 근대의 단안적 일점원근법을 통해 포착된 세계상을 상대화하며 근대의 시선에 대한 비판적인 기능을 수행할 수 있다. 그러나 다른 한편 시선의 중심이 되는 나를 주체로 설정하고 나의 외부에 존재하는 세계를 대상세계로 설정하는 데서, 사르트르가 아직까지 주체중심적인 사고방식에 머물러 있음을 알 수

---

2. 변광배, 『존재와 무―자유를 향한 실존적 탐색』(살림, 2007), 154쪽.
3. 같은 책, 147쪽.

있다. 이 문제에 대해서는 이 장의 마지막 부분에서 자세히 다루고자한다.

위에서 언급한 인간존재는 다시 '나와 타자'로 구분될 수 있다. 이세상에는 결코 나 혼자만 살고 있는 것이 아니라 나와 마찬가지로 의식을 지닌 주체인 타자도 살고 있다. 사르트르의 『존재와 무*L'Etre et le néant*』(1943)에서는 특히 나와 타자와의 관계를 둘러싸고 시선 문제가 전개된다.

"'타자에 의해 바라보여지는 것'이 '타자를 보는 것'의 진실이다. 이에 따라 타자 개념은 어떤 경우에도 내가 생각조차 할 수 없는, 세계 바깥에 홀로 존재하는 의식을 의미할 수는 없다."[4] "타자는" 나와 독립적으로 존재하는 어떤 고립된 의식이 아니라 "근본적으로 나를 바라보는 사람"(199쪽)으로 규정된다. "사르트르는 타자를 시선을 통해 나를 바라보는 자로 정의하고 있다. 요컨대 시선은 나에게 타자의 직접적이고 구체적인 현전을 가능하게 해주는 개념인 것이다."[5] 그렇다면 여기서 말하는 '시선'은 무엇인가? 시선은 내가 나의 눈을 통해 어떤 대상을 물리적으로 지각하는 것을 의미하지 않는다. "시선은 이 시선의 주체, 곧 인간존재가 갖는 의식의 흐름과 동의어이다."[6] 따라서 타인의 시선을 파악한다는 것은, 그의 눈을 쳐다보고 지각한다는 의미가 아니라, 그가 나를 바라보고 있다는 것에 대한 의식을 획득하는 것을 의미한다. 그래서 가령 내 뒤의 나뭇가지가 부러지는 소리를 들을 때 내가 거기 있는 사람을 직접적으로 보지 못하더라도 내가 누군가의 공격을 받고 다칠 수 있다는 의식을 가진다면 이것은 타인의

---

4. Jean-Paul Sartre, *Das Sein und das Nichts. Versuch einer phänomenologischen Ontologie*(Hamburg, 1952), 198쪽 이하.(이하 본문에 쪽수로 표시)
5. 변광배, 같은 책, 192쪽.
6. 같은 책, 210쪽.

시선을 느끼는 것으로 해석할 수 있다.

그렇다면 시선을 중심으로 나와 타자가 맺는 관계는 어떻게 설명될 수 있는가? 내가 나의 시선을 중심으로 사물존재만을 볼 때 나는 세계의 중심에 위치할 수 있다. 모든 사물은 나의 시선으로 수렴되고 나의 시선에 의해 그 의미를 부여받는다. 만일 다른 사람이 내 옆을 지나간다면, 그도 우선은 나의 시선에 보이는 대상이다. 그런데 그는 다른 사물존재와 달리 단순히 나의 시선영역에 들어온 대상일 뿐만 아니라 또한 나와 마찬가지로 나를 대상으로 바라보고 자신만의 세계를 만들어낼 수 있는 주체이기도 하다. 바로 이 때문에 나와 타자의 시선을 둘러싼 투쟁관계가 생겨난다.

사물존재와 달리, 나는 원칙적으로 현재의 상태로 규정되지 않는 자유로운 존재이며 그 때문에 나 자신을 끊임없이 만들어나갈 수 있다. 그러한 자유로운 주체로서의 나의 위치는, 타자라는 존재에 의해 제한된다. 타자는, 자신의 자유를 통해 주체로서의 나의 지위를 제약하며 나를 대상화하고 자신이 만든 세계에 편입시킬 수 있다. 타인의 시선은 나의 가능성을 제약하고 자신의 자유에 의거해 나의 초월성을 초월한다. "타자가 존재한다면…… 나는 외면을 갖게 되며 한 조각 자연이 된다. 나의 근본적인 원죄는 바로 타자의 실존이다."(206쪽) 그 때문에 나와 타자는 각각 시선을 통해 상대방을 사물존재로 격하시키며, 생명을 빼앗는 메두사와 같은 존재가 된다.

사르트르는 열쇠 구멍을 통해 엿보다가 발걸음 소리를 듣고 누군가가 자신을 바라보았다는 수치심에 사로잡힌 사람의 예를 통해 타자와 시선의 관계를 보다 구체적으로 설명한다. 가령 관음증을 가지고 다른 사람을 엿보다가 발걸음 소리를 들었지만 복도에서 아무도 발견하지 못했다면, 이로써 내가 대상적 존재가 되는 것이 착각일까라는 물음을 제기한 후, 사르트르는 그렇지 않다는 결론을 내린다. 왜냐하면 설령 아무도 없어도 나는 여전히 가슴이 두근거리며 도처에서 내가 바라보여지고 있다고 느낄 것이기 때문이다. 그러므로 실제로 아무도 없다고 해도 주체로서의 타자는 결코 파괴되지 않으며, 단지 그의 구체적인 현존, 즉 '복도에 누가 있다'는 식의 구체적인 존재가 결여되어 있을 뿐인 것이다.(225~226쪽 참조) 따라서 타자는 내게 도처에 현존하며, 나는 이 타자를 통해 대상이 된다. "의심할 나위 없이 인간으로서 우리의 현실은 대자적인 동시에 대타적이기를 요구하는 것이다."(232쪽)

순수한 의미에서 수치심은 어떤 잘못을 저질렀기 때문에 그로 인해 질책받으리라는 생각에서 생겨나는 감정이 아니라, 내가 사물들의 한가운데 빠져들어 무방비 상태로 노출되고 어떤 시선에 의해 비쳐지고 있다는 데서 생겨나는 감정이다. 즉 타자라는 주체가 나를 객체로 삼아 대상화함으로써 생기는 감정이 수치심이다. 만일 타자가 한 여성의 다양한 가능성을 무시하고 그녀를 성적인 매력의 관점에서만 바라보거나 한 사람의 무한한 발전 가능성을 무시하고 현재의 보잘 것없는 지위와 관련해서만 볼 경우, 그 사람들은 더이상 자신을 무화시키며 끊임없이 발전해나갈 수 있는 대자존재가 아니라 사물과 같은 즉자존재로 간주된다고 할 수 있다. 이처럼 인간을 사물로 환원하는 타자의 시선이 곧 수치심을 유발하는 근본적인 이유다. 자부심 역시 외관상으로는 수치심과 대립되지만 근본적인 구조에서는 그것과 공통점을 지니고 있다. 내가 타자의 시선에 훌륭하거나 멋진 존재로 비칠 때 나는 자부심을 가질 수 있다. 이 경우 타자의 시선에 보이는 것이 언뜻 보기에 부정적인 면이 없는 것처럼 느껴질 수도 있다. 그러나 이러한 자부심 역시 사실은 타자에 의해 객체화된 나의 모습을 내가 향유하는 데서 생겨나며, 따라서 내가 '사물존재'처럼 대상으로 전락한다는 점에서는 수치심과 큰 차이가 없다.

사르트르는 타자가 나를 바라볼 때 내가 타자의 자유에 무방비로 노출되기 때문에, 타자의 시선이 나를 노예로 만든다고 말한다. 그러나 동시에 그것은 나의 존재조건이기도 하다.(212~213쪽 참조) 대자존재로서의 나의 의식은 자신(의식)을 거리를 두고 바라보지 않을 수 없기 때문에 궁극적으로 그것을 즉자로 포착할 수 없다. 그 때문에 텅 빈 의식으로서의 나는 나를 대상화하고 즉자적인 존재로 보여주는 타자의 시선에 의존한다. 그런 한에서 타자는 내가 존재하기 위해 반드시 필요한 존재라고 할 수 있다. 그럼에도 불구하고 나와 타자는 서로에게 비추어진 모습을 인정하고 화해적인 관계를 맺기보다는 서로를 대상화하며 자신의 실존을 펼쳐나가려는 투쟁적인 관계를 맺는다. 왜냐하면 내가 타자를 대상화하고 나의 세계 속에 위치시키지 않으면, 내 자신이 그에 의해 객체화되고 자유로운 전개의 가능성을 박탈당하기 때문이다.

그래서 비록 타자가 나의 행위를 바라보고 수치심을 유발하더라도, 나 역시 그것에 대한 반응을 보이며 타자를 대상화하고 수치심을 극복할 수 있다. 나는 수치심에 대한 반응을 통해 내 자신의 자아를 더욱 강화할 수 있는 것이다. 그렇다고 내가 대상화와 해체의 위험에서 완전히 벗어난 것은 아니다. 타자는 언제라도 터질 수 있는 폭탄처럼 내 주위에 도사리며 나를 시선으로 위협한다. 그 때문에 나는 온갖 수단을 다 동원해 타자를 대상으로 만듦으로써 주체로서의 자유로운 실존을 펼치려고 하는 것이다.

보토 슈트라우스는 『마지막 합창』(1991)에서 인간을 '보이는 존재 Gesehenwerden'로 규정했다.[7] 인간은 타자의 시선을 벗어날 수 없는 '대타존재'인 것이다. 카프카의 소설 『소송 Der Prozess』이나 『성』에서

---

7. Botho Strauß, Schlußchor(München, 1996), 28쪽 참조.

주인공은 항상 자신을 체포하거나 초대한 사람(또는 법정)을 찾으려고 하지만 끝내 이들을 발견하지 못한다. 그 대신 그들은 그들이 발견할 수 없는 누군가에 의해 항상 도처에서 관찰된다. 사르트르는 이것을 "세계 한가운데 있는 대타존재로서의 우리에 대한 묘사"(210쪽)로 해석한다. 이처럼 대타존재인 인간에 비해 신은 바라볼 뿐 보이지 않는, 즉 대상화될 수 없는 존재이다. 만일 신이 존재한다면, 인간은 신의 시선을 피할 수 없으며 영원히 대상존재의 지위를 벗어날 수 없게 된다. 왜냐하면 제아무리 인간이 주체의 위치를 차지한다 해도 보이지 않는 신을 자신의 시선의 장에 위치시켜 배열하고 의미를 부여할 수는 없기 때문이다. 따라서 신의 존재는 곧 주체로서의 인간의 시선을 부정하게 될 것이다. 그러나 사르트르는 이러한 신의 존재를 인정하지 않기 때문에 이와 같은 문제는 발생하지 않는다. 사르트르의 실존주의는 신의 존재를 부정하는 무신론적 실존주의이다.[8] 그 때문에 인간은 타인의 시선의 지배를 받으며 대상화되는 숙명에서 벗어날 수 없지만, 그와 맞서 싸우며 자신을 끊임없이 펼쳐나가는 자유를 지니고 있기도 하다. 그러한 주체는 내적인 한계를 지닌 불완전한 존재이지만, 그러한 불완전성에 맞서 끊임없이 투쟁해나가는 존재이기도 하다.

2. 사르트르의 시선 이론에 대한 비판적 성찰

1) 시각 담론사에서 사르트르의 시선 이론이 갖는 현재성과 한계

사르트르의 시선 이론은 시선을 통해 타자를 대상화하여 자신의 실존적인 가능성을 펼쳐나가려는 인간존재들의 투쟁관계를 제시한

---

8. 변광배, 같은 책, 120쪽 참조.

다. 이 이론에서 주체들이 서로를 인정하고 화해에 도달하지 못하는 것은 어느 정도는 시각이라는 감각이 지닌 특성에서 비롯된다고 할 수 있다. 볼프강 벨쉬는 「청각문화로 가는 도정?Auf dem Weg zu einer Kultur des Hörens?」(1993)이라는 글에서 시각과 청각의 유형학적 구분을 시도한다. 그는 네 가지 측면에서 두 감각 사이의 차이점을 열거한다. 첫번째로, 시각은 공간적인 현상과 연관되는 반면, 청각은 시간적인 현상과 관련을 맺고 있다.[9] 가시적인 대상이 특정한 공간에 지속적으로 존재하기 때문에 관찰과 통제가 가능하다면, 음향은 순간적으로 흘러가기 때문에 일회적인 성격을 띠며 그것을 포착하기 위해서는 보다 세심한 주의를 요구한다. 두번째로, 시각은 대상에 대한 거리를 만들어내는 감각인 반면, 청각은 우리의 귓속으로 침투하는 대상을 수용하는 감각이다. 우리는 바로 우리 눈앞에 있는 대상을 볼 수 없다. 보기 위해서는 대상과의 거리가 요구되는 것이다. 이러한 거리는 보는 사람이 보이는 대상을 지배할 수 있는 주체가 되는 것을 가능하게 한다. 반면 언어나 음악 또는 단순한 소리를 듣는 사람은 대상을 지배하기보다는 그것을 수동적으로 수용하는 입장에 서게 된다. 세번째로, 시각의 주체가 자신이 바라보는 대상과의 거리로 인해 정서적 영향을 상대적으로 덜 받는 데 비해, 음향은 그것을 듣는 사람의 내면까지 깊숙이 침투해 강한 정서적 자극을 낳는다. 따라서 청각은 가장 감수성을 자극하는 감각이고, 시각은 가장 무감각한 감각이라고 할 수 있다. 네번째로, 시각이 고립된 자기충족적 주체의 관조적인 우월성을 낳는 개성의 감각이라면, 청각은 언어적인 소통의 전제가 되는

---

9. 그러나 이러한 구분이 지닌 문제점은 현대 매체예술의 실험을 통해 드러나고 있다. 이러한 실험적 예술에서는 청각예술이 공간과 관련을 맺고 시각예술이 시간과 관련을 맺는 현상이 나타난다. 이에 대한 자세한 설명은 이 책 제3부 가운데 니체의 『차라투스트라는 이렇게 말했다』를 다루는 부분을 참조하기 바란다.

사회성의 감각이다. 시각적 주체는 다른 주체와 소통하지 않고도 대상을 바라볼 수 있으며 대상을 지배하는 시선을 통해 자신의 개성과 주체성을 확립할 수 있는 반면, 청각의 주체라고 할 수 있는 청자는 자신과 대등한 화자와의 소통을 전제로 하며 그 때문에 사회적인 관계에 의존하게 된다.[10]

벨쉬가 말한 것처럼, 시각은 오감 가운데 대상에 대한 거리가 가장 먼 감각이다. 이러한 대상과의 거리를 통해 주체는 대상에 대해 객관적인 태도를 취하며 그것을 지배하고 통제할 수 있다. 또한 그는 대상에 대한 우위를 통해 자신을 주체로 승격시킬 수 있다. 이와 같이 시각이 주체의 개성을 강조하는 감각이라면, 청각은 사회성을 강조하는 감각이다. 특히 언어적인 소통의 경우에 있어 우리는 화자뿐만 아니라 항상 청자를 전제로 해야만 한다. 왜냐하면 말의 기본적인 목적은 언어를 통한 소통에 있기 때문이다. 하버마스J. Habermas가 근대의 주관성을 비판하면서 상호주체성을 통한 이성적 합의를 지향할 때, 주관적 의식에서 언어로 패러다임 전환을 요구하는 것도 바로 이러한 이유에서다.[11] 하버마스는 1960년대 오스틴J. L. Austin과 설J. Searle의 화행이론을 바탕으로 인간이 말을 하면서 동시에 일종의 행위를 하는 것으로 간주한다. 가령 '지구는 둥글다'라는 말로는 주장이라는 행위를, '문 닫아'라는 말로는 '요구'를, '사랑해'라는 말로는 '고백'이라는 행위를 하고 있다는 것이다. 그런데 화자는 이러한 말을 하면서 단순히 말의 내용만을 전달하는 것이 아니라 자신의 주장이 진리이고,

---

10. W. Welsch, 같은 책, 247~251쪽 참조.
11. 벨쉬도 같은 맥락에서 이렇게 말한다. "의식철학에서 의사소통 패러다임으로 이행이 이루어질 때마다…… 그것은 매번 전통적으로 시각을 선호하는 입장에서 청각의 의미를 새롭게 강조하는 입장으로 이행하는 것을 의미하기도 한다."(같은 책, 243쪽)

자신의 요구가 정당하며, 자신의 고백이 진실이라는 타당성에 대한 요구를 제기한다. 청자는 그러한 요구를 받아들일 수도 있고 반박할 수도 있다. 만일 화자의 타당성 요구에 이의를 제기할 경우 더 나은 근거를 제시해야 하는데, 이를 통해 의사소통은 보다 높은 차원인 담론으로 넘어간다. 하버마스의 보편 화용론은 궁극적으로 화자와 청자 간의 의사소통을 통한 합의를 목표로 하는데, 이는 상대방을 나와 동등한 이성적인 주체로 인정하고 그의 말에 귀 기울이는 데 바탕을 두고 있다.

청각이 보다 사회적인 감각이고 상호인정의 기반이 된다는 것은, 사르트르가 나와 타자 사이의 관계가 언어를 매개로 할 때 이론적으로는 성공적으로 끝날 수 있음을 시사했다는 점에서도 뚜렷이 드러난다. 나는 타자가 내 말을 듣고 어떻게 이해했으며 그것에 어떤 의미를 부여했는지 알 수 없다. 왜냐하면 타자가 쥐고 있는 비밀을 내가 알 수는 없기 때문이다. 그러나 나와 타자가 서로에게 자신의 말과 그것이 지닌 의미를 완벽히 전달할 수 있다면, 그러한 언어관계는 근본적으로 성공적으로 끝날 수 있고 나와 타자의 갈등에 찬 투쟁관계 역시 종식될 수 있을 것이다.[12] 사르트르의 이론 가운데 언어관계에서 나와 타자 사이의 상호 인정과 화해가 가능한 것으로 제시된 반면, 시선을 둘러싼 양자의 관계는 적대적인 것으로 제시되었다는 사실은 청각과 시각이 지닌 차이점에 대해 많은 것을 말해준다.

그러나 이러한 주체 연관적인 감각인 시각과 사회적인 감각인 청각의 대립관계를 지나치게 강조하여 그것을 시대를 초월한 구조적인 특징으로 간주하는 것은 곤란하다. 왜냐하면 모든 감각은 시대에 따라 그 사회적, 문화적 의미가 변하기 때문이다. 시각의 주체 연관적

---

12. 변광배, 같은 책, 225~227쪽 및 309쪽 참조.

특성은 근대를 전제로 할 때 더욱 부각될 수 있으며, 청각 역시 전근
대의 종교적인 사회에서는 평등한 주체들 간의 의사소통이라는 수평
적인 상호주관성의 관계보다는 신의 말씀을 듣고 따르는 인간과 신
사이의 수직적인 예속관계를 보여주고 있다. 이러한 맥락에서 근대적
시선이 중세적인 예속관계에서 벗어나게 하는 해방적 의미를 가지고
있음을 간과해서는 안 된다.[13] 따라서 시각의 사회적 의미를 인간들 사
이의 투쟁관계로 환원하는 해석은 너무 일면적이라고 할 수 있다. 만
일 시선이 주체와 대상 사이의 대립적 관계를 전제로 하지 않고 주체
중심적인 시각에서 탈피하여 탈중심화할 수 있다면, 그것이 지닌 공
격적이고 적대적인 성격은 사라질 것이다. 아래에서 다루게 될 니시
타니 게이지西谷啓治(1900~1990)의 포스트모더니즘적인 시선 이론이
나 이 책의 가장 마지막 장에서 다루어질 페트 한트케Peter Handke의
소설은 이를 잘 보여준다.

　이러한 맥락에서 시각 담론의 역사에서 사르트르의 시선 이론이
갖는 의미와 그 한계에 대해 살펴보기로 하자. 노먼 브라이슨Norman
Bryson은 「확장된 장에서의 응시」(1988)라는 제목의 글에서 사르트르,
라캉 그리고 니시타니의 시각 이론을 비교하고 있는데, 그 내용은 특
히 사르트르의 시선 이론이 갖는 '현대성'을 밝혀주기에 매우 적합하
다. 따라서 아래에서는 주로 브라이슨이 쓴 글을 중심으로 사르트르
의 시선 이론에 대한 역사적 평가를 내리고자 한다.

　원근법의 중심점이나 데카르트 철학의 코기토는 세계의 중심으로
서의 주체 내지 주체의 눈을 설정하고 있다. 이때 주체는 자신을 둘러

---

13. 벨쉬는 계몽주의가 중세의 예속적 관계의 종식을 목적으로 하였으며 거기서 생
겨난 긍정적 의미를 경솔히 포기해서는 안 된다며, 근대적 시각에 대한 비판에도 불
구하고 시각문화를 일방적으로 청각문화로 대체하는 방식의 해결에 대해서는 단호
히 반대하는 입장을 피력한다.(W. Welsch, 같은 책, 233쪽 참조)

싼 대상들과는 독립적으로 존재하며 모든 대상세계가 자신에게로 수렴되는 중심점을 형성한다.[14] 그러나 사르트르는 주체로서의 나의 시선이 나의 시각장에 침범한 타자의 시선에 의해 제한되고 심지어 해체될 수 있다며 보편적이고 안정된 중심점으로서의 주체의 시선을 의문시한다. 이로써 사르트르는 일원적인 합리성(그리고 시각 이론적인 측면에서는 단안적인 시선)을 특징으로 하는 근대적 사고에 거리를 둘 수 있게 된다.[15] 사르트르는 나와 마찬가지로 자신의 시선을 중심으로 세계를 조직하고 자신을 펼쳐나갈 수 있는 타자들을 동등한 주체로 인정한다. 또한 나 역시 하나의 고정된 실체가 아니라 끊임없이 자기를 변화시켜나갈 수 있는 가변적인 주체로 설정함으로써 하나의 통일된 정체성과 합리성을 해체한다. 그러나 이러한 해체에도 불구하고 주체는 자신을 끊임없이 발전시키고 이상적인 자아를 향해 나아가므로 리오타르J. F. Lyotard적인 의미에서의 메타서사를 완전히 포기하지는 않고 있다. 또한 사르트르는 타자의 등장에 따른 주체로서의 나의 위기를 강조하면서도 시선의 투쟁 속에서 주체가 강화될 수 있음을 강조한다든지, 주체로서의 인간존재와 객체 내지 대상으로서의 사물존재의 대립적 구도를 고수한다는 면에서 주체중심적인 사고에 머무르며 포스트모더니즘으로까지 나아가지 못한다. 다시 말해 사르트르의 시선 이론은, 근대의 시선 이론이 지닌 일면성을 비판하는 현대의 시선 이론으로 평가할 수 있을 것이다.

사르트르는 시선을 단순한 지각과 구분하며 인간 의식과 연결시킴

---

14. 노먼 브라이슨, 「확장된 장에서의 응시」, 핼 포스터 엮음, 『시각과 시각성』, 최연희 옮김(경성대학교출판부, 2004), 172~173쪽 참조.
15. 파카르트도 사르트르의 시선 이론의 핵심을 주체와 대상이라는 이원적 범주에서 자아로서의 주체와 타자로서의 주체 그리고 대상이라는 삼원적 범주로 확장시킨 데서 찾고 있다.(Stephan Packard, *Anatomie des Comics*, Göttingen, 2006, 42쪽 참조)

으로써 시각을 생리학적인 관점에서 해방시켜 살펴보는 것을 가능하게 하였다. 그러나 시각을 보다 확장된 사회적, 문화적 관점과 연관시킨 사람은 라캉J. Lacan이라고 할 수 있다. 라캉에 따르면, "주체와 세계 사이에는, 문화적 구성물인 시각성을 형성하고 그러한 시각성을 시각, 즉 매개되지 않은 시각적 경험에 대한 인식으로서의 시각과는 다른 것으로 만드는 담론들의 총합이 삽입된다. 말하자면 망막과 세계 사이에는 기호들의 스크린, 즉 사회적인 활동의 장을 이루는 시각에 대한 모든 다양한 담론으로 구성된 스크린이 삽입되어 있는 것이다. 이러한 스크린은 그림자를 던지는데, 라캉은 그 그림자를 때로는 암점, 때로는 얼룩이라 부른다. 왜냐하면 우리가 스크린을 통해 볼 때, 우리가 보는 것은 어떤 그물망, 즉 외부로부터 우리에게 주어진 의미망에 붙들려 있기 때문이다…… 이 그물망은 그것을 다루는 개인적인 수행주체보다 더 거대하다. 내가 말하는 것을 배울 때, 나는 내가 존재하기 이전부터 있었고 내가 사라진 다음에도 남아 있을 담론 체계들 속에 편입된다. 그와 비슷하게 내가 사회적으로 보는 것을 배울 때, 말하자면 내가 나의 사회적 환경(들)으로부터 내게 주어진 인식 코드들을 가지고 나의 망막의 경험을 규명하기 시작할 때, 나는 내가 보기 이전에 세계를 보았고 내가 더이상 보지 않는 이후에도 여전히 보고 있을 시각적 담론의 체계들 속에 편입된다…… 내가 보는 모든 것은 봄이라는 문화적 산물에 맞게 조정되는데, 이 문화적 산물로서의 봄은 나의 삶과는 관계없이 존재하며 나의 삶 밖에 존재한다."[16] 사르트르의 시선 이론에서 나의 시선을 제한하는 것이 나와 똑같은 인간인 타자의 시선이었다면, 라캉의 시선 이론에서 나의 시선을 제한하는 것은 타자로서의 기표의 질서이다. 내가 보는 것의 내용

---

16. 브라이슨, 같은 글, 164~165쪽.

은 이미 주어져 있는 기표들의 의미망 속에서 결정되며, 그 때문에 나는 더이상 이러한 시각장의 중심에 위치하지 않는다.

니시타니도 『종교와 무』(1961년 일본어판 원제는 '종교란 무엇인가'였고, 1982년 영역됨)에서 사르트르의 존재론이 주체중심적인 사고에서 벗어나지 못하고 있음을 비판한다. 사르트르의 시선 이론은 주체와 대상을 양쪽 끝에 세우는 프레임 장치를 만듦으로써 이에 포함되지 않는 주변의 장을 비가시적인 것으로 배제한다. 비록 나의 시선 대신 타자의 시선이 들어설지라도, 주체와 대상을 양끝으로 하는 시선의 구조는 변함이 없다. 이에 반해 니시타니는 이러한 시각 프레임을 해체하고 '공' 내지 '무'로 번역될 수 있는 순야타의 장으로 옮겨간다. 이로써 주체는 지금까지 프레임을 통해 본 대상이 대상의 한 측면에 불과함을 인식하며, 프레임에서 배제된 비가시적인 나머지 부분에로 향할 수 있게 된다. 물론 이러한 부분은 재현 불가능한 것이다. 순야타의 장에서는 중심화된 주체가 해체되고 대상의 경계도 사라진다. 그 대신 니시타니의 시선 이론에서는 주체와 대상의 프레임 밖에 있는 모든 것의 힘을 내포한 절대적인 타자성으로서의 시선이 시각의 장에 들어와 주체의 시각을 탈중심화한다.[17]

지금까지 사르트르의 시선 이론을 데카르트의 근대적 시선 이론과 라캉 및 니시타니의 포스트모더니즘적 시선 이론[18] 사이에 위치한 현대적 시선 이론으로 자리매김하며 그 의미를 살펴보았다. 사르트르의 시선 이론은 한편으로 보편적이고 안정된 중심점으로서의 주체의 시선과 거리를 둠으로써 주체의 시선이 갖는 한계를 지적할 수 있었지만, 주체-대상의 시각 프레임 구조를 고수함으로써 주체중심적인 시

---

17. 니시타니의 시선 이론은 다음의 부분을 참조하시오: 같은 글, 177~184쪽.
18. 이 두 이론 사이의 차이점에 대해서는 다음을 참조하시오: 같은 글, 184쪽.

선의 틀을 완전히 벗어나지는 못하였다. 그러나 라캉이나 니시타니 같은 사상가들이 사르트르의 시선 이론과 대결하며 독특한 포스트구조주의 내지 포스트모더니즘의 시선 이론을 발전시켜온 데서 알 수 있듯이, 그의 시선 이론은 여전히 현재적인 의미를 지니고 있다고 말할 수 있을 것이다.

2) 보는 주체의 시선 이론에서 보이는 대상의 시선 이론으로

사르트르는 주체가 대상을 거리를 두고 바라봄으로써 대상을 지배할 수 있게 된다고 말한다. 비단 사물뿐만 아니라 인간 역시 보이는 대상이 될 때 사물의 지위로 전락한다. 이러한 주체중심적인 시선 이론은 시선을 둘러싼 주체와 대상의 권력관계에서 나타나는 대상의 힘과 영향력을 지나치게 과소평가하는 문제점을 지니고 있다. 아래에서는 보이는 대상이 가지고 있는 의미잠재력을 재평가함으로써 주체중심적 시선 이론의 한계를 지적하고 시선 이론에서 보이는 대상이 갖는 다양한 의미를 밝혀내고자 한다.

눈은 다른 감각기관에 비해 대상과의 거리가 가장 멀며, 이를 통해 그 대상을 지배할 수 있는 힘을 갖게 되는 것으로 간주되곤 한다. 그런데 실제로 현실에서 대상을 바라보는 주체가 대상에 대해 늘 일정한 거리를 유지하는 것은 아니며 일방적으로 그것에 대한 지배력을 행사하는 것도 아님을 알 수 있다. 예를 들어 20세기 초반 대도시가 급격히 발전하면서 사람들은 갑자기 주변에서 과도한 시각적 자극을 받게 되고 빠른 교통수단에 의해 시각의 혼란을 경험하게 된다. 오늘날에도 우리가 고속기차를 타고 바깥 풍경을 내다볼 경우, 주변 풍경을 제대로 인식하지 못하는 경험을 할 수 있다. 이러한 시선의 경험을 '촉각적 시선'이라고 부를 수 있을 것이다. 왜냐하면 이때 바라보는 주체는 대상에 대한 물리적 거리를 상실하며 마치 대상이 자신의 눈을 향해 다가오는 듯한 경험을 하게 되기 때문이다. 이러한 촉각적 시선은 대상에 대한 주체의 거리를 소멸시키는 동시에 그것에 대한 지배력도 상실하게 만든다. 이것은 보이는 대상이 단순히 주체의 시선의 지배를 받지만은 않는다는 것을 보여준다.[19]

알렉스 고퍼Alex Gopher의 〈아이Child〉라는 뮤직비디오에서도 촉각적 시선의 문제가 다루어진다. 여기서는 임신한 여성이 남편과 함께 차를 타고 병원으로 가는 이야기가 다루어지는데, 흥미로운 것은 이 비디오에 등장하는 건물, 차, 심지어 사람까지 모든 것이 문자로 표시된다는 사실이다. 이것은 인간이 책뿐만 아니라 바퀴자국, 손금, 심지어 유전자까지, 즉 세상의 거의 모든 것을 기호로 간주하며 읽어낼 수 있다고 한 블루멘베르크의 주장을 예술적으로 표현한 것으로 볼 수 있다.[20] 그런데 읽기 위해서는 우선 보아야 하며, 메타포로 표현된 '읽기'는 여기서 대상의 단순한 감각적 지각이 아니라 이를 넘어선 이해 내지 해석을 의미한다. 그런데 〈아이〉라는 일종의 문자영화를 본 사람은 이 뮤직비디오의 전체적인 스토리를 재구성하며 많은 것을 읽어낼 수 있지만, 동시에 많은 것을 놓치기도 한다. 왜냐하면 가령 작품 초반에 빠른 속도로 관람자의 시선에 몰려오는 많은 문자로 이루어진 건물은 그 복잡성과 속도 때문에 해독이 불가능하기 때문이다.[21] 그 이후 등장하는 임신한 여성을 태운 택시 역시 빠른 속도로 달리기 때문에, 그것이 지나갈 때 뮤직비디오 시청자가 보게 되는 대상들 중

___

19. 벤야민은 이러한 촉각적taktisch 시각이 수동적인 충격 체험을 넘어 낯설게 하기를 통해 새로운 인식을 낳을 수 있는 잠재력이 있음에 주목한다. 그는 에이젠시테인의 영화 〈전함 포템킨〉(1925)의 한 장면을 예로 들면서 몽타주적인 영화장면이 촉각적 시선을 어떻게 새로운 인식의 생산에 사용하는지 설명한다.
20. Hans Blumenberg, *Die Lesbarkeit der Welt*(Frankfurt a. M., 1986) 참조.
21. 들뢰즈와 가타리는 폴 비릴리오를 언급하면서 빠른 속도로 생겨난 지각의 혼란이 기호작용에 따른 의미 형성을 방해하며 리좀으로 나아가게 할 것이라고 말한다.(질 들뢰즈/펠릭스 가타리, 『천 개의 고원』, 김재인 옮김, 새물결, 2001, 54쪽 참조)

많은 것을 제대로 인지할 수, 즉 읽어낼 수 없게 된다. 이는 우리가 문자텍스트를 넘어서 세계 전체를 항상 일종의 텍스트로 간주하며 읽어내려고 시도하지만, 이러한 가독성의 한가운데에 항상 가독 불가능성이 내포되어 있음을 보여준다.[22] 이러한 가독 불가능성은 보는 주체가 물리적인 지각의 차원에서 대상을 제대로 인식할 수 없을 뿐만아니라, 그것에 동반되는 기호적 해석의 차원에서도 대상의 의미를 제대로 이해(또는 해석)할 수 없음을 의미한다.

사르트르는 시선이 단순한 물리적 지각을 의미하는 것이 아니라, 거기에 동반되는 인간의 의식을 의미하는 것으로 해석한다. 가령 아이가 부모님 몰래 음란물을 볼 때 바람에 방문이 덜컹이면, 설령 집에 아무도 없어도 아이는 자신을 바라보는 누군가의 시선을 느끼게 된다는 것이다. 이러한 의식철학의 관점을 넘어 라캉은 인간이 사회문화적 의미망이라는 스크린을 통해 대상을 보게 된다는 점을 강조한다. 가령 내가 여성처럼 옷을 차려입은 남자를 볼 때 그를 게이로 인지하는 것은 단순한 감각적 지각을 넘어서 문화적 해석이 내포되어있는 것이다. 즉 우리는 어떤 대상을 객관적으로 바라보는 것이 아니라 항상 어떤 선행 텍스트에 기대어 바라보게 되며, 따라서 우리의 시선은 일종의 텍스트성을 지닌다고 말할 수 있다.

그런데 주체의 시선에 담긴 텍스트성을 넘어, 시선의 대상이 지니는 텍스트성과 시선에도 주목할 필요가 있다.[23] 왜냐하면 우리가 보

---

22. Bernd Scheffer, "Am Rande der buchstäblichen Zeichen. Zur Lesbarkeit/Unlesbarkeit der (Medien-)Welt," *KulturPoetik 2*(Göttingen, 2002), 268쪽 참조.
23. 라캉도 보이는 대상의 기표적 성격과 응시의 시선에 대해 언급한다. 라캉은 눈과 응시를 구분하며, 인간의 눈으로 볼 수 없지만 시각의 장을 구조화하는 중심으로서 보이는 대상에 숨겨진 응시를 언급한다. 주체는 기표들의 의미망으로 포착될 수 없는 자기 존재의 결핍을 자신으로부터 분리되어 나온 대상 a를 통해 메우려 하지만, 그러한 시도가 언제나 실패하면서도 또다시 결핍을 채우려는 욕망을 발동시키 듯이, 시각의 장에서 대상 a에 해당하는 응시 역시 주체가 지닌 시각의 한계를 드러

는 대상 역시 주체와 마찬가지로 어떤 사회문화적 의미망으로 구성되어 있을 수 있으며, 이를 통해 그것을 바라보는 주체에게 영향을 미칠 수 있기 때문이다. 그 대표적인 경우는 즉자대자적인 존재인 예술작품이다. 가령 사실적인 그림만을 진정한 그림으로 평가하는 사람이 피카소P. Picasso의 〈아비뇽의 처녀들〉(1907)이라는 그림을 볼 경우, 그것을 말도 안 되는 그림으로 무시할 수도 있지만 역으로 굉장한 충격을 받을 수도 있다. 칸딘스키는 모네C. Monet의 그림 〈건초더미〉(1891)를 보고 실제로 그러한 시각적 충격을 받은 사실을 토로한 바 있다.[24] 이 경우 예술작품은 단순히 시선의 대상이 아니라 문화적 의미망으로서 관람객에게 시선을 되돌려줌으로써 관람객이 지닌 시선의 정당성에 대해 성찰하게 만들며, 경우에 따라서는 그가 지닌 시선의 스크린, 즉 선행 텍스트성을 뒤흔들어놓을 수도 있다.

내면서도 역으로 주체를 바라보며 그에게 사회문화적인 의미망의 스크린으로 자신을 바라보도록 충동질한다. 그러나 이러한 기호들로 구성된 담론의 스크린은 주체로 하여금 의미로 포착될 수 없는 결핍으로서의 응시를 보게 하는 동시에 실제적으로는 그 봄이 상징계를 통해 형성된 허구에 불과함을 보여주면서 응시를 가리기도 한다.(주은우, 같은 책, 77~84쪽 참조)
라캉의 응시 이론은 대상, 정확히는 그 대상에 숨겨진 응시의 시선을 강조하며 '보이는 대상'의 시선 이론을 펼쳐나간다. 이 경우 라캉은 궁극적으로 응시에 초점을 맞추지만, 보이는 대상의 기표적 성격도 강조한다. 이에 대한 자세한 설명을 하기 위해서는 라캉의 시선 이론 전체를 소개해야 하므로 여기서는 이를 생략하고자 한다. 라캉의 시선 이론 전반에 대한 설명은 다음의 책과 논문을 참조하기 바란다.(같은 책, 59~96쪽; 피종호, 「라캉의 응시 이론과 재현의 전복」,『카프카 연구』제29집, 2013, 187~209쪽)
24. Wassilij Kandinsky, "Rückblicke," *Sturmbuch*(Berlin, 1913), S. XV(하르트무트 뵈메 외 편저,『문학과 문화학』, 오성균 외 옮김, 한울, 2008, 189~190쪽): "갑자기 난생 처음으로 나는 그림을 보고 있었다. 카탈로그를 보고 나서야 비로소 그것이 건초더미였다는 것을 알게 되었다. 이것을 인식하지 못했다는 사실 때문에 매우 부끄러웠다. 또한 화가가 그림을 그렇게 불분명하게 그릴 권한은 없다는 생각도 들었다. 나는 이 그림에 대상이 빠져 있다는 것을 막연히 느꼈다. 그리고 이 그림이 나를 사로잡았을 뿐만 아니라 내 기억 속에 깊이 새겨졌고, 항상 전혀 예기치 않게 하나도 남김없이 내 눈앞에서 아른거리는 것을 깨달았다. 그것은 놀랍고도 당혹스러운 체험이었다."

비단 예술작품뿐만 아니라 시선의 대상이 된 인간 역시 자신의 패션을 통해 일종의 문화적 의미망을 산출할 수 있다. 옷은 단순히 인간을 추위에서 막아주는 보호 기능이나 아름답게 만드는 미학적 기능만을 갖는 것이 아니다. 더 나아가 그것은 일종의 기호로서 문화적 의미를 산출할 수 있다. 옷은 그것을 입는 사람의 자기표현 내지자기연출의 수단이 되는 것이다. 예를 들어 이슬람교도가 히잡이나차도르 또는 부르카를 착용하는 것은 자신의 종교적, 문화적, 성적정체성의 표현으로 생각할 수 있다. 이를 바라보는 서양 사람들은거기에 담긴 문화적 의미를 읽어내며 이를 비판할 수도 있을 것이다. 독일의 팝문학 작가인 토마스 마이네케Thomas Meinecke의 작품에서는 소설의 인물들이 자신들의 옷으로 다양한 성정체성이나 민족적 정체성을 표현하며 자기연출을 하곤 한다. 이 경우 이러한 패션은 그것을 바라보는 사람의 의식을 비판 내지 공격하는 수단이 될수 있다. 가령 트랜스젠더의 복장도착적 패션은 이성애 중심적인 사고를 지닌 사람의 시선에 일종의 도발이 될 수 있을 것이다. 실제로마이네케는 자신의 소설에서 버틀러의 이론에 따라 이성애를 자연적인 것이 아니라 문화적으로 형성된 것으로 묘사하면서, 복장도착을 통해 이러한 이성애 중심주의를 의문시하고 전복시키려고 한다. 비단 이러한 문학적인 예가 아니더라도 일상에서 패션 연출을 통해, 또는 특정한 패션에 대한 비판을 통해 바라보는 주체의 시선을 공격내지 전복하려는 시도를 접하기도 한다. "PETA(People for the Ethical Treatment of Animals) 회원으로 모피 사용 반대운동을 벌이고 있는크리스티나 조와 리사 프랜제타는 서울 명동 우리은행 앞에서 '모피는 동물들만 입게 하라'고 쓴 플래카드를 들고 알몸시위를 벌였다. 이들은 머리에 고양이 귀를 달고 표범처럼 몸에 검은 점으로 보디페인팅을 한 채 시위를 벌이며 '패션을 위해 인간들은 동물의 가죽을 벗기지만, 우리는 그 동물들을 구하기 위해 우리 몸의 껍질(옷)을 벗는 다'고 말한다."[25] 이처럼 보디페인팅을 이용한 모피 반대운동은 이 시위자들을 바라보는 사람들에게 수치심을 불러일으키며 자신의 시선에 대한 성찰을 요구할 수 있다.

위의 모피 반대운동에서 주목해야 할 또다른 점은 옷뿐만 아니라 인간의 신체 역시 일종의 기호가 될 수 있다는 점이다. 흔히 신체와 옷은 안과 밖, 자연과 문화의 이분법에 따라 명확히 구분되곤 하지만, 이는 지나친 단순화다. 인간의 신체 역시 보이는 대상으로서 옷과 마찬가지로 자기 표현과 연출로서 기호적 의미를 지닐 수 있기 때문이다. 최근에 일본이나 한국에서 인기 있는 꽃미남을 생각해보면 이를 쉽게 이해할 수 있다. 이들은 한편으로 얼굴에 화장을 하며 여성처럼 아름답게 보이지만, 이들의 몸은 초콜릿 복근을 뽐내는 '짐승남'의 모습을 보여준다. 이것은 한편으로 여성들이 가부장적이고 권위주의적인 마초 타입의 남성에 대해 거부감을 보이면서 여성적인 부드러움을 지닌 남성을 선호한다는 사실을 보여주면서도, 다른 한편으로 그러한 부드러움 안에 '남성'적인 성적 매력이 감춰져 있기를 소망함을 보여준다. 즉 위와 같이 자신의 신체를 연출하는 남성들은 이를 통해 자신의 성적인 관념을 표현하며, 자신을 바라보는 사람들의 의식에 영향을 미치거나 그러한 신체적 기호를 읽어낼 줄 아는 사람(특히 여성)들의 기대에 부응하려 하는 것이다. 이러한 의미에서 신체는 결코 자연적 신체가 아니라 성적인 것과 관련해 자신의 입장을 표현하고 자기를 연출하는 문화적 기호라고 할 수 있다. 따라서 신체 역시 일종의 옷인 셈이며, 이를 통해 신체와 옷의 이

---

25. http://news.hankooki.com/lpage/opinion/200810/h2008101311151101510.htm, 2013. 3. 2.

분법적 구분도 사라지게 된다.

신체 중에서도 가장 흥미로운 부분은 바로 얼굴이다. 얼굴은 보통 유일하게 옷으로 덮여 있지 않은 부분으로서 옷과 달리 진정성을 표현하는 장소로 인식되곤 한다.[26] 사회학자 짐멜은 인간이 다른 사람을 바라볼 때 가장 중요하게 생각하는 부분이 얼굴이며, 그의 얼굴을 처음 보는 순간 그 사람에 대해 이미 놀라울 정도로 많을 것을 알게 된다고 말한다. "얼굴은 손이나 발 또는 전신全身과는 달리 행위하지 않는다. 얼굴은 결코 인간의 내적인 또는 외적인 행위를 실천에 옮기지 않고, 단지 다른 사람들에게 그것에 대해 이야기해줄 따름이다."[27] 짐멜은 개인의 얼굴에 그의 과거의 삶이 침전되어 흔적을 남긴다고 말한다.[28] 우리가 흔히 일정한 나이가 되면 자신의 얼굴에 책임을 져야 한다고 말하는 것도 이러한 맥락에서 이해될 수 있을 것이다. 여기서 바로 이야기하는 얼굴의 텍스트적인 특성이 드러난다. 또한 우리는 상대방의 얼굴을 보고 그것을 읽어내며 이로부터 그 사람에 대한 감각적 인상을 획득하기도 한다. 쉽게 말해 얼굴을 보고 그 사람의 성격을 판단하고 그에 대해 호감 내지 반감의 감정을 갖게 된다. 이처럼 얼굴은 단순한 인식의 대상이 아니라 보는 주체에게 정서적인 반응을 촉발하며 사회적 관계를 형성하는 데 중요한 역할을 한다.[29] 이로

---

26. 보토 슈트라우스, 『커플들, 행인들』, 정항균 옮김(을유문화사, 2008), 73쪽: "진화 해감에 따라 땅에서 점점 멀어져 위를 향하게 된 얼굴은 인간의 가장 능동적인 사회 기관일 뿐만 아니라, 가면과 베일을 쓰는 경우를 제외하면 항상 아무것도 걸치지 않은 채 그대로 있는 유일한 신체 부분이기도 하다. 그것은 최고 심급의 적나라한 노출인 동시에, 직립 보행하는 인간의 '보호되지 않은 전면前面'이 가지고 있는 본질적인 모습이기도 하다. 그 때문에 우리는 얼굴에서 한 인간의 전부를 있는 그대로 발견한다고 믿게 되고, 그의 가장 감각적인 모습 속에서 전체를 체험한다."
27. 게오르그 짐멜, 『짐멜의 모더니티 읽기』, 김덕영, 윤미애 옮김(새물결, 2006), 161쪽.
28. 같은 책, 160쪽 참조.
29. 얼굴 중에서도 가장 발가벗은 부분인 눈은 그 사람이 화가 나 있는지, 당황했는

써 본다는 것은 단순한 인식의 문제를 떠나 쾌나 불쾌와 같은 주관적인 정서적 반응과 연결되며, 이러한 미시적 반응이 인간 사이의 사회적 관계라는 거시구조에 영향을 줄 수 있음을 알 수 있다.[30]

슈트라우스는 "아리스토텔레스에서 라바터를 거쳐 제3제국의 인체측정실험에 이르는 관상학자들이" "올바른 예감에서 출발해 잘못된 학설에 도달했다"며, "얼굴은 모든 만남에서 나타나는 꿈의 언어"이므로 "얼굴은 꿈처럼 해독되어야 한다"[31]고 말한다. 그러나 무의식적인 꿈과 같은 얼굴의 언어를 의식적이고 개념적인 언어로 해독하는 것은 매체 전환을 의미하며, 이로써 의미 변화가 생겨난다. 따라서 얼굴 표정을 완벽히 읽어냄으로써 그 본질적 의미를 파악할 수 있다는 주장에는 문제가 있다. 또한 얼굴은 꿈의 언어일 뿐만 아니라, 배우들의 연기에서 알 수 있듯이 의도된 자기연출로 제시될 수도 있다. 비단 배우가 아니더라도 우리는 공식적인 행사에서 긴장을 감추기 위해 태연함을 가장하기도 하고 회사 면접에서 좋은 인상을 주기 위해 억지로 부드러운 미소를 짓는 등 일상에서도 자주 얼굴 표정을 연출하곤 한다. 이 경우 얼굴도 옷처럼 일종의 의도된 기호로 해석될 수 있지만, 여기서 의도된 것과 본래의 상태 사이에는 거리가 존재한다. 그러나 소위 말하는 자연스러운 얼굴 표정과 연기된 얼굴 표정을 항상 명확히 구분할 수 있는 것은 아니다. 심지어 표정을 짓는 사람조차 그것이 자연스러운 것인지 의도된 것인지 분간하기 힘든 경우도 있다. 따라서 중요한 것은 이 표정이 의도된 것이냐 자연적이냐가 아니

지, 아니면 겁에 질렸는지 등을 잘 보여준다. 동시에 보고 있는 사람의 시선 자체가 그 자신의 내면적 감정을 드러내기도 한다. 그리고 이러한 시선들이 서로 맺는 관계는 개인적, 사회적 관계를 내포한다.

30. 시각적 지각이 갖는 주관적인 정서적 가치와 그것의 사회학적 기능에 대한 자세한 설명은 다음을 참조하시오: 짐멜, 같은 책, 156~159쪽.

31. 슈트라우스, 같은 책, 74쪽.

라, 그것이 일종의 기호로서 자신을 표현하며 보는 사람의 해석을 요구한다는 점이다. 그리고 이러한 기호로서의 얼굴은 결코 명확히 읽어내거나 개념적으로 규정하기 어렵기 때문에 가독 불가능성에 부딪히며, 이 때문에 오히려 다양한 해석 가능성을 열어놓는 열린 텍스트로 간주되어야 한다.

들뢰즈G. Deleuze와 가타리F. Guattari는 기관 없는 몸체를 조직하고 분절하여 이로부터 유기체가 생겨나는 것으로 간주한다. 이러한 조직된 몸체인 유기체를 다시 대상의 의미생성과 주체화를 통해 더 조직해나가는 것이 바로 얼굴화이다. 따라서 역으로 생각하면 얼굴은 신체의 다른 부위와 달리 한 개인에게 주체성과 의미를 부여하는 독특한 장소가 된다. 그런데 우리가 지각하고 인식하는 구체화된 개별적 얼굴이란 사실은 남성 또는 여성, 성인 또는 아이와 같은 이분법적인 구분에 의해 파악된 것이다. 그리고 그렇게 얼굴의 구별에 사용된 언어는 실재를 지시하며 그것과 일대일 대응관계에 있는 것처럼 간주된다. 이를 테면 미국인들은 R&B 가수인 머라이어 캐리 같은 혼혈인들을 보아도 이들을 백인과 흑인 중 하나에 귀속시키며 명확한 인종적 정체성을 부여하려고 한다. 따라서 이렇게 형성된 얼굴은 사회적 생산물이며 거기에는 특별한 권력조직이 작용하고 있다. 쉽게 말해 우리는 이미 존재하는 얼굴을 수동적 내지 반영적으로 지각하고 인식하는 것이 아니라, 기호체계의 작용에 의해 비로소 그러한 얼굴을 만들어내고 있는 것이다. 그래서 들뢰즈와 가타리는 얼굴성이라는 추상적인 기계가 의미생성과 주체화의 기호체계를 이용해 구체적이고 개별적인 얼굴을 생산해내는 것으로 간주한다. 그러나 다른 한편 그는 그렇게 생산 내지 형성된 얼굴에 담겨 있는 권력조직을 인식하며 이에 맞서 그러한 얼굴을 해체시킬 것을 요구한다. 비단 실제 얼굴뿐만 아니라 다른 사물들 역시 이러한 의미생성과 주체화의 기호체계를 거칠 때 일종의 얼굴이 되는 것으로 간주되며, 그처럼 포괄적인 의미에서의 얼굴들이 우리를 바라보고 있다고 한다. 이러한 응시는 그러한 얼굴에 대한 일종의 해석을 요구하지만, 들뢰즈와 가타리는 이러한 해석 대신 특정한 하나의 해석을 불가능하게 하는 얼굴의 해체를 요구한다. 즉 기호체계를 통한 의미 형성으로서의 나무화와 영토화에 맞서, "진정한 리좀[32]들을 위해 나무들을 쓰러뜨리고, 긍정적인 탈영토화의 선들과 창조적인 도주선들 위로 흐름을 인도"[33]하는 것이 중요하다는 것이다.

정신분열증 환자들은 자신의 얼굴을 더이상 제대로 의미 있게 배열하지 못하며 광기의 위험에 시달린다. 미셸 푸코는 광인들에게서 나타나는 이러한 얼굴의 해체를 긍정적으로 해석한다.[34] 그러나 들뢰즈와 가타리는 이러한 얼굴의 해체가 단순히 원시시대의 다성적이고 신체적이며 전기표적이고 전주체적인 기호체계로 회귀하는 것을 의미해서는 안 되며, 오히려 현대인이 이원적 구조에 의해 의미적 경계를 만들어내며 영토화 내지 재영토화하는 체계에서 벗어나 유목민처럼 긍정적인 탈영토화를 꾀하며 낯설고 새로운 생성을 끊임없이 추구할 것을 요구한다. 이런 의미에서 들뢰즈와 가타리는 보이는 대상, 즉 광범위한 의미에서의 얼굴에 관심을 가졌지만, 그러한 관심은 조

---

32. 간략히 말하면 덩굴줄기에 비유될 수 있는 "리좀은 시작도 끝도 갖지 않고 언제나 중간을 가지며," "자신의 차원들을 바꿀 때마다 본성이 변하고 변신"하는 다양체다. "나무나 나무뿌리와 달리 리좀은 자신의 어떤 지점에서든 다른 지점과 연결접속한다." "리좀은 중앙집중화되어 있지 않고, 위계도 없으며, 기표작용을 하지도 않고, 〈장군〉도 없고, 조직화하는 기억이나 중앙 자동장치도 없으며, 오로지 상태들이 순환하고 있을 뿐인 하나의 체계이다." 그러한 체계는 현실을 모사하지도 않고 의미나 주체를 생성하지도 않으며 오히려 그로부터 끊임없이 벗어나는 도주선이나 탈영토화의 선을 만들어낸다.(들뢰즈/가타리, 같은 책, 46~48쪽)

33. 같은 책, 361쪽.

34. 푸코는 고야의 그림에 나타나는 얼굴의 해체를 언급하며 이를 광기에서 비롯된 것으로 해석한다.(푸코, 『광기의 역사』, 이규현 옮김, 나남출판, 2003, 807쪽 참조)

직화되고 정형화된 얼굴에 대한 수동적 '해석'보다는 그렇게 조직화된 지층을 해체하며 다양성을 만들어내는 능동적 '실험'을 위한 것이라고 볼 수 있다.

지금까지 다룬 내용을 다시 한번 간략히 정리해보자. 사르트르의 시선 이론은 주체중심적인 시선 이론을 전개함으로써 보이는 대상을 단순한 수동적 객체로 간주한다. 그러나 보이는 대상은 결코 관찰하는 대상이 지배하거나 통제할 수 있는 수동적 위치에만 있는 것은 아니다. 오히려 위의 예에서 살펴보았듯이, 보이는 대상은 자기표현 또는 자기연출의 일환으로 제시됨으로써 보는 주체에게 영향을 미칠 수 있다. 이 경우 보는 주체가 사회문화적 의미망이라는 스크린을 통해 대상을 바라보는 것처럼, 보이는 대상 역시 그러한 사회문화적 기호로서 자신을 표현하며 읽히게 된다. 이로부터 사르트르가 말한 주체들 간의 시선 투쟁 대신 '보는 주체의 텍스트'와 '보이는 대상의 텍스트' 간의 시선 투쟁, 즉 기호적 투쟁이 일어나게 된다. 이 경우 보는 주체가 대상을 바라보며 자신의 텍스트 내에서 그것의 문화적 의미를 해석하고 평가하기도 하지만, 역으로 보이는 대상이 지닌 텍스트의 영향을 받아 스스로의 텍스트를 변화 내지 전복시키는 경우가 발생할 수도 있다. 이러한 이유에서 시선 이론은 지금까지의 주체중심적인 시선 이론에서 벗어나 텍스트성을 띠고 있는 '보이는 대상'에 대해 좀더 많은 관심을 가질 필요가 있다. 또한 더 나아가 들뢰즈와 가타리의 관점을 받아들여, 보는 대상과 보이는 대상의 텍스트를 고정된 것이 아니라 끊임없이 유동적으로 변화하는 텍스트로 간주함으로써 열린 해석의 시선 이론을 추구할 수 있을 것이다. 들뢰즈와 가타리는 책이라는 텍스트가 필연적으로 문화적인 구성물이며 사본일 수밖에 없지만, 그것이 현실을 재현하고 고정된 의미를 만들어내는 것에 반하여 반문화적으로 사용될 수 있는 가능성을 언급한다.[35] 우리가 이 책에서 주체와 대상, 더 정확히는 보는 주체의 텍스트성과 보이는 대상의 텍스트성이라는 이분법을 사용한다면, 이는 역설적으로 그것을 파괴하기 위함이다. 들뢰즈와 가타리의 말을 빌리자면, "우리가 모델들의 이원론을 사용한다면, 그것은 모든 모델을 거부하는 과정에 도달하기 위해서일 뿐이다."[36] 이를 시선 이론과 연결시킨다면, 결국 위에서 언급한 보는 주체의 텍스트가 보이는 대상의 텍스트를 보고(읽고) 해석하거나 역으로 대상의 텍스트가 주체를 응시하며 해석을 촉발하는 것은 어떤 확정된 의미를 만들어내고 이를 통해 주체의 형성을 이루어내는 것으로 귀결되어서는 안 되며, 오히려 그러한 해석이 통일적인 주체를 부정하고 (절대적인 진실을 찾는) 해석의 파괴 내지 해석의 다원성을 만들어내는 방향으로 이루어져야 할 것이다.[37]

3. 『구토』

1) 데카르트적 시선의 위기와 구토

"'구토'는 나에게서 떠나지 않았고, 그렇게 쉽게 내게서 떠나리라고는 생각하지 않는다. 그러나 더이상 그것에 당하지 않을 것이다. 그것은 이미 어떤 병도 아니고 지나가는 발작도 아니다. 나 자신인 것이

---

35 같은 책, 52~53쪽 참조.
36. 같은 책, 46쪽.
37. 그러나 이러한 다원성이 무차별성, 즉 '모든 것이 다 허용된다Anything goes'는 식의 입장과는 구별되어야 할 것이다. 중요한 것은 경계 초월이지 경계 자체를 없애는 것이 아니며, 그러기 위해서는 연결되는 경계들을 찾는 작업이 선행되어야 한다. 그러나 이에 대해서는 상세한 논의가 필요하므로, 여기서는 다만 이러한 사실을 언급하는 선에서 그치고자 한다.

다."[38] 사르트르의 작품 제목이기도 한 '구토'는 이 작품의 서술자이자 주인공인 앙투안 로캉탱이 일상적인 지각과 삶에서 벗어나면서 겪기 시작하는 병적인 증세다. 이러한 구토 증세를 통해 그는 일반적인 사람들과 구분되며, 자유롭지만 고독한 존재가 된다.

로캉탱은 테이블 위에 놓인 맥주잔을 바라보기를 삼십 분째 피하고 있다. 그는 그 맥주잔의 모습을 어려움 없이 묘사하며 그것을 일상적인 의미에서의 맥주잔으로 인식하는 사람들 무리에서 자신이 제외되어 있음을 느낀다. 그와 다른 부류에 속한 이 사람들은 세상이 요지부동의 법칙에 따라 흘러가고 있다고 생각하며 아무런 두려움 없이 편안하게 살아간다. 로캉탱 역시 스무 살 때 "술에 취한 다음 나 자신을 데카르트 같은 부류의 인간이라고 설명하곤 했다. 내가 영웅 심리로 가득 차 있다는 것은 잘 알고 있었으나, 나는 그대로 가만히 있었다. 그것이 재미있었다. 그리고 그 이튿날, 나는 토해낸 것들이 가득 찬 침대에서 잠이 깬 것처럼 불쾌했다."(109쪽) 로캉탱이 이전에 자신을 데카르트 같은 부류의 인간으로 설명했다는 것은 그의 현실 인식이 대다수의 평범한 사람들과 크게 다르지 않았음을 의미한다. 데카르트적인 시선이란 주체인 자신을 기준으로 해서 자신과 떨어져 있는 사물이나 사람을 대상화하며 특정한 질서 안에 집어넣어 이해하는 것을 의미한다. 그런데 현재의 로캉탱은 데카르트적인 부류의 인간에서 벗어나 자신의 삶의 토대가 흔들리는 위기를 겪고 있다. 바로 그러한 위기 체험의 표출 양상이 구토인 것이다.

로캉탱이 구토 증세를 느끼면서부터 데카르트적인 의미에서 주체와 대상 간의 관계는 사라진다. 주체로서의 '나'와 대상으로서의 사물

---

38. 장 폴 사르트르, 『구토』, 방곤 옮김(문예출판사, 2004), 236~237쪽.(이하 본문에 쪽수로 표시)

모두 이전의 확고한 정체성을 상실하기 시작한다. 로캉탱은 거울 속에서 자신의 얼굴을 알아보기 힘들어한다. 심지어 자신의 얼굴이 인간의 모습이 아니라 물고기의 모습처럼 여겨지기도 한다.

> 나의 시선이 천천히 권태롭게 그 이마나 뺨 위로 떨어진다. 그러나 확고한 것이라곤 없다. 나의 시선은 발붙일 곳이 없다. 확실히 거기에는 코가 있고 눈이 있고 입이 있다. 그러나 그들 중 어느 것도 아무런 의미를 가지고 있지 않으며, 인간적인 표정조차 가지고 있지 않다…… 나는 훨씬 더 오래 들여다보았나보다. 내 눈에 보이는 것은 원숭이 이하의 단계, 곧 식물계의 끝에 있으며 문어 수준에 있다…… 나는 가벼운 경련을 본다. 핏기 잃은 고깃덩어리가 하얘져서 아무렇게나 발딱거린다. 특히 눈은 가까이서 보면 징그럽다. 그것은 유리처럼 맑은 듯하지만, 눈가가 붉고 생선 비늘 같다.(38쪽)

로캉탱이 자신의 모습을 알아보기 힘들어하는 것은 인간존재의 특성과 관련이 있다. 대자적 존재인 인간은 항상 자기 자신과 거리를 두고 있으며 자신을 즉자적으로 파악할 수가 없기 때문에 자신의 모습을 완전히 파악할 수 없다. 그 때문에 그는 자신의 모습을 다른 사람들의 시선에 의해 대상화된 모습으로만 바라볼 수 있다. 이 소설에서도 로캉탱은 자신의 얼굴을 알아볼 수 없는 이유가 자신이 친구가 없고 고독한 사람이기 때문이 아닐까 생각한다. 반면 자신과 달리 다른 사람과 교류를 맺고 있는 사람들은 거울 속에서 다른 사람들의 눈에 비친 자신의 모습을 쉽게 찾아낼 수 있다. 이로써 로캉탱의 정체성의 위기는 그가 타인과의 관계에서 벗어나 고독한 삶을 살아가는 데서 비롯되는 것으로 볼 수 있다. 그러나 다른 한편 타인들이 간직하고 있는 이러한 정체성이 실재와 거리가 먼 허위적인 것으로 폭로될 때, 로캉탱은 그러한 방식으로 자신의 정체성을 실현할 수 없을 것을 알고 있다.

로캉탱이 처한 상태의 심각성은 그가 처음에는 사람들이 많이 있는 카페와 같은 장소에서는 구토 증세가 없었지만, 이제는 그런 장소에서마저 구토 증세를 느낀다는 점에서 확인할 수 있다. 나의 정체성의 위기는 사물존재인 대상에 대한 인식의 위기로 이어진다. 이러한 인식의 위기를 극복하기 위한 대안은 사물을 노려보는 것이다. 로캉탱은 자신의 시야에 들어와 있는 대상을 그 변화의 한복판에서 휘어잡아 자기 시선의 힘으로 고정하고 이전의 모습으로 되돌려놓으려고 애쓴다. 그러나 이러한 시도는 점점 난관에 부딪히며 실패로 돌아가고 만다.

사물은 명명된 이름에서 해방되며 그로테스크한 모습으로 나타난다. 서술자 '나'는 그것에 이름을 부여하며 주체의 위치를 점하려고 하지만, 결국 이름 붙일 수 없는 사물에 무방비 상태로 둘러싸이고 만다. 다시 말해 인간 주체에 의해 대상화되지 않은 사물이 개념적으로 파악될 수 없는 방식으로 '존재'하고 있는 것이다. 대상에 대한 지배력을 상실한 주체는 공포를 느끼고, 주체와 대상 사이의 확고한 경계도 허물어진다.

무릇 물체들, 그것들이 사람을 '만져'서는 안 될 것이다. 왜냐하면 그것은 살아 있지 않기 때문이다. 우리는 그것을 사용하고, 그것을 정리하고, 그 틈에서 살고 있다. 그것들은 유용하다 뿐 그 이상 아무것도 아니다. 그런데 그것들은 나를 만지는 것이다. 나는 그것을 참을 수가 없다. 마치 그것들이 살아 있는 짐승들인 것처럼 그 물체들과 접촉을 갖는 게 나는 두렵다. 이제 생각이 난다. 지난날 내가 바닷가에서 그 조약돌을 손에 들고 있었을 때 내가 느꼈던 감정이 이제 잘 생각이 난다.

그것은 시큼한, 일종의 구토증이었다.(27~28쪽)

주체와 객체의 이분법적인 관계 내에 위치한 사물은 이제 언어를 통한 개념적 이해의 틀에서 벗어나자 무정형의 기괴한 덩어리로 존재한다. 이러한 존재가 무섭게 느껴지는 이유는 그것이 주체의 인식과 지배에서 벗어나 있기 때문이다. 인간이 자신의 시선과 언어로 대상화해 파악했던 사물들은 이제 갑자기 낯설게 느껴지며 인간 주체의 지배에서 벗어나게 된다. '내'가 좁은 의미의 이성을 통해 파악하려고 했던 사물존재는 항상 그러한 이해의 틀을 벗어나는 '여분의 존재'가 된다.

'여분,' 이것이야말로 저 나무, 저 철책, 저 조약돌들 사이에서 내가 설정할 수 있는 유일한 관계였다. 마로니에를 '헤아리고' 그것들을 라 벨레다와의 관계에 '배치'하여 플라타너스의 높이와 비교하려고 애썼으나 허사였다. 그것들은 제각기 내가 그 속에 가두어버리려던 관계 속에서 빠져나가버리는 것이었고, 고립하여 넘쳐나오곤 했다. 그 관계를 (인간세계의 붕괴를 지연시키기 위하여, 유지하려고 내가 고집을 부리던 그 척도와 양과 방향의 그 관계를) 나는 필연성이 없는 것이라고 느꼈다. 그 관계들은 사물에게는 이미 들어맞지 않는 것이었다. 약간 왼편 쪽으로 나의 정면에 서 있는 마로니에, 그것은 '여분의 것'이었다…… '나 역시 여분의 존재였다.'(240쪽)

로캉탱은 감추어져 있던 사물의 '존재'를 본다. 이것은 존재란 그저 주어져 있는 것일 뿐 어떤 필연성을 가지고 있지 않음을 인식하는 것을 의미하기도 한다. 신 중심의 세계관이 붕괴된 후 인간은 이성을 통해 세계를 설명하려고 하였다. 즉 신에 의해 주어진 세계의 내적 필연성을 근대에는 인간의 이성을 통해 다시 만들어내려고 한 것이다. 그러나 이러한 설명을 넘어서 있는 '여분의 존재'가 있다는 것을 알게 되면서 존재의 필연성은 무너지기 시작한다. 이성을 통해 설명될 수 있는 질서를 벗어나 있는 존재의 등장은 사물뿐만 아니라 인간 역시 그저 주어져 있는 우연적인 존재임을 보여준다. 내가 이 세상에 존재해야 할 내적 필연성은 존재하지 않으며, 나는 그저 우연히 세상에 존재할 뿐이다. 일반 사람들은 존재의 우연성으로 인해 생길 허무와 구토를 극복하기 위해 존재 이유와 필연성을 고안해내고 세계를 혼란에서 구해내며 질서를 부여한다. 그러나 그들이 자신의 권력을 휘둘러 이러한 '구토증'을 숨기려 하는 것은 거짓에 불과하다. 사실은 그들 역시 서술자 '나'와 마찬가지로 아무런 이유 없이 우연히 세상에 존재할 뿐이기 때문이다.

데카르트적인 세계 인식에서 벗어나 숨겨진 '존재'를 발견하게 되면 구토가 시작된다. 이러한 구토는 피할 수 없는 것인가? 인간에게 구토를 극복하고 행복을 영위할 수 있는 길은 없는 것일까? 『구토 La nausée』(1938)의 주인공 로캉탱은 타자와의 관계를 통해 이러한 구토를 극복하려고 시도한다.

2) 시선 투쟁과 대타존재의 특성

구토 증세를 가지고 있는 로캉탱의 현재 상태를 가장 잘 보여줄 수 있는 말은 '자유'와 '고독'이다. 자유가 어떤 억압적인 상태로부터의 해방이라는 의미에서 긍정적인 상태를 의미한다면, 고독은 자유가 지닌 이면을 드러내며 자신이 거부한 타인을 다시 필요로 한다는 의미에서 부정적 상태로 해석될 수 있다. 근대의 데카르트적인 시선에서 이탈한 로캉탱의 현 상황은 바로 이러한 이중적인 관점에서 평가될 수 있을 것이다.

'존재'의 발견과 이로 인한 혼란은 부르주아적인 시민사회의 질서로부터 이탈한 결과로 해석할 수도 있다. 자신을 사회의 지배계급으로 인식하고 타자로서 평범한 사람들을 대상화하는 상류층의 시선은 사회질서를 구축하는 중심점으로 기능한다. 그러나 이러한 지배계급의 시선에 복종하지 않고 자신의 자유를 내세우는 로캉탱은 그들의 시선이 아닌 자신의 시선으로 세계를 바라보려고 한다. 이로부터 그들과 로캉탱 사이의 시선 투쟁이 벌어진다.

이러한 시선 투쟁은, 로캉탱이 광장 앞에 있는 앵페트라즈 동상을 지나갈 때 처음 시작된다. 동상의 인물인 앵페트라즈는 아카데미의 장학관이다. 그가 손에 들고 있는 큰 책은 그의 지식과 권위를 상징하며, 그 동상을 지나가는 평범한 사람들에게 사회에 대한 책임은 그와 같은 부류의 사람들에게 맡기고 그들은 그저 묵묵히 복종하고 평범하게 살면 된다는 무언의 암시를 한다. 그러나 로캉탱은 그 동상에서 풍겨나오는 무언의 힘에 맞서 그것을 똑바로 쳐다본다. 앵페트라즈는 마치 로캉탱을 광장에서 쫓아내고 싶어하는 것처럼 보이지만, 로캉탱은 담배를 다 피우기 전까지는 그곳을 떠나지 않으려고 한다. 여기서 로캉탱이 앵페트라즈 동상과 벌이는 시선 투쟁은 적극적인 투쟁의 성격보다는 소극적인 저항의 성격을 띠고 있다. 그것은 광장에서 내쫓기지 않고 버티려는 저항이지만, 앵페트라즈의 시선을 제압하고 그를 자신의 지배대상으로 만들기에는 충분하지 못하다.

두번째 시선 투쟁은, 로캉탱과 카페에서 만난 로제라는 의사 사이에 벌어진다. 로제는 자신의 사회적 지위와 훌륭한 풍채로 카페 직원인 아실을 제압한다. 그의 시선은 아실을 사물처럼 바라본다. 로제가 아실에게 모욕적인 농담을 해도 아실은 그저 웃기만 할 뿐 전혀 화를 내지 않는다. 오히려 키가 작고 신분이 미천한 그는 로제로부터 보호를 받고 있다고 느끼기조차 한다. 의사 로제는 깨끗한 옷을 입고 있고 몸집이 큰 로캉탱에게 공모자로서의 동조의 눈짓을 보내며 그가 자신의 농담에 함께해줄 것을 바라는 눈치다. 그러나 로캉탱은 전혀 웃지 않고 그의 시선이 보내는 제안에 응하지 않는다. 로제와 로캉탱은 몇 초간 서로를 노려보는데, 결국 로제가 시선을 돌린다. 로캉탱은 로제가 자신의 권리를 뽐내며 아실 위에 군림하고 있음을 간파한다. 더 나아가 그는 로제의 '눈' 없는 얼굴을 바라보며, 가면 같은 그의 얼굴에 감추어져 있는 죽음을 발견한다. 로캉탱은 로제가 일상적인 경험과 그것에서 비롯된 지식을 바탕으로 참을 수 없는 현실을 바라볼 눈을 가리고 망상을 꾸며내 해체되는 현실에 거짓 질서를 만들어내고 있음을 인식한다.

로제는 카페 급사인 아실에게 지배권을 행사하지만, 로캉탱은 자신과 같은 부류로 인정하며 동료관계를 맺으려 한다. 하지만 로캉탱은 이러한 제안을 거부하고 로제의 시선과 대결하며 그 시선을 무력화한다. 이를 통해 로캉탱은 현실적 경험을 토대로 만들어낸 현실질서가 얼마나 불완전한 것이며 존재의 진실을 은폐하고 있는지를 잘 보여준다.

세번째 시선 투쟁은, 부빌 미술관에서 벌어진다. 로캉탱은 이 미술관의 대전시실에 걸린 부빌 명사들의 초상화를 관람한다. 이들은 부빌을 제1의 상업항으로 만들어놓았고, 부두 노동자의 파업을 봉쇄하고 전통에 대한 존경을 가르친 보수적인 시민 명사들이다. 이들 초상화 가운데 시선 투쟁과 관련해 특히 중요한 것은 상인 파콤의 초상화이다.

그는 관람자들에게 주름이 없는 얼굴의 청순함을 상냥하게 보여주고 있었다. 미소가 입술 위에 떠돌고 있기까지 했다. 그러나 회색빛 눈은 웃지 않고 있었다. 50세는 되었겠지만 30대처럼 젊고 싱싱했다. 그는 아름다웠다. 나는 그에게서 결점을 찾는 것을 단념했다. 그러나 그가 나를 놓아주지 않았다. 나는 그의 눈 속에서 냉정하고 무자비한 판단을 알아챘다. 그때 나는 우리를 격리시키고 있는 모든 것을 깨달았다…… 그러나 그의 비판은 칼날처럼 나를 뚫고, 나의 존재의 권리에 대해서도 의문을 던졌다. 그것은 정말이었다. 나는 우연히 나타나서 돌처럼, 식물처럼, 세균처럼 존재하고 있었다.(159~160쪽)

앞의 두 예에서와 달리 초상화 속 파콤의 시선은 자신의 신체적 건장함과 자신감, 부와 성공을 과시할 뿐만 아니라 또한 관람자인 로캉탱에게 무자비한 판단을 내리며 그를 비판하기까지 한다. 부빌에서 가장 부유한 가문을 이룬 파콤은, 의사인 로제와 달리 로캉탱을 동료의 시선으로 바라보는 것이 아니라, 지배자의 시선으로 내려다본다. 그의 시선은 로캉탱에게서 존재의 권리를 박탈하며 한갓 사물의 지위를 부여한다. 사회적으로 출세하여 존재의 이유를 만들어낸 파콤에 비한다면, 로캉탱은 한갓 돌멩이나 식물에 지나지 않으며 존재할 필연적 이유도 없는 것처럼 보인다.

그러나 또다른 초상화들을 바라보면서 로캉탱은 점차 자신감을 회복해가는데, 특히 부빌 변호사협회 회장인 장 파로탱의 초상화를 바라보는 장면은 시선 투쟁의 정점을 보여준다. 로캉탱이 뚫어지게 바라보던 파로탱의 눈은 그에게 그곳을 떠날 것을 암시하지만, 로캉탱은 불손하게 그에 맞서며 꼼짝도 하지 않는다. 로캉탱은 권세로 빛나는 얼굴도 뚫어지게 쳐다보면 광채를 잃어버리고 재가 되어버린다는 것을 알고 있다. 실제로 파로탱의 시선은 로캉탱의 시선에 맞서 저항하지만 결국 빛을 잃고 눈이 먼다. 드디어 시선 투쟁에서 로캉탱이 부빌 명사의 시선을 제압한 것이다. 이로써 그는 이 사회에서 자신과 같은 사람들의 존재 이유였던 명사들을 '더러운 자식'들이라고 부르며,

그들의 지배에서 벗어날 수 있게 된다.

이와 같이 로캉탱은 사회의 지배적인 질서에서 벗어남으로써 사회 지배층으로서의 타자의 시선에 저항할 수 있다. 기존의 안정된 질서로부터의 이탈이 타자의 지배로부터의 해방과 자유를 안겨준 것이다. 그러나 이러한 자유의 이면에는 고독이 도사리고 있다. 설령 로캉탱이 지배층을 더러운 자식들로 부르며 자신의 존재 이유로 삼기를 거부하였을지라도, 그의 공허한 존재를 채우기 위해서는 타자가 필요하다. 그가 6년 전에 결별한 안니와의 재회에 기대를 건 이유도 바로 여기에 있다.

그러나 안니와의 재회가 로캉탱에게 구원을 가져다줄 수 없다는 것이 곧 드러난다. 안니 역시 로캉탱처럼 물건을 오래 쳐다보지 못하고 시선을 돌린다. 그녀에게도 로캉탱과 비슷한 변화가 닥쳐왔던 것이다. 그래서 그녀는 변함없이 예전 상태로 머물러 자신을 잴 수 있는 기준이 되어줄 사람이 필요했으며 로캉탱에게 그 역할을 기대했던 것이다. 그러나 그 역시 그녀와 마찬가지로 변했기 때문에 그러한 기대는 충족될 수 없다. 안니는 존재의 우연성으로 인한 위험에서 벗어난 '완전한 순간'에 대한 환상을 갖기는 하지만 궁극적으로 그것을 실현하지는 못한다. 결국 그녀는 그저 삶을 연명하는 데 만족하며 살아간다.

만일 이들이 삶에 대한 실존적 위기의식을 갖지 않고 서로 사랑하며 살아간다면 행복할 수 있었을까? 로캉탱이 레스토랑에서 만난 한 젊은 남녀에 관한 서술은 사랑을 통한 행복 실현이 지속될 수 없다는 것을 보여준다. 이들 남녀는 우선은 꿈을 쫓으며 서로를 신뢰에 찬 시선으로 바라보고, 그들의 시선에 비친 세상이 실재라고 믿는다. 그리고 타자의 삶에서 자신의 삶의 의미를 찾는다. 그러나 로캉탱은 그들이 결국은 아무 의미 없는 무미건조한 삶을 살게 될 것이며, 잠시의 행복도 곧 사라지고 말 것임을 인식한다.

　로캉탱은 자유롭지만 살아야 할 이유를 찾지 못한다. 안니가 그를 고독에서 구해주고 그에게 존재 이유가 되어줄 것이라는 기대는 깨지고 만다. 로캉탱은 반휴머니즘적이지는 않지만, 그렇다고 휴머니스트도 아니다. 인간의 상호관계를 통한 행복과 구원에 대한 희망은 로캉탱에게는 존재하지 않는다. 그것은 특히 독서광의 예를 통해 잘 드러난다. 전쟁포로의 체험을 계기로 그는 인간을 사랑하고 신뢰하게 된다. 로캉탱과 달리 독서광은 존재의 목적과 이유가 바로 인간이라며, 타인에 대한 연대의식과 사랑을 강조한다. 그는 타인을 사물을 바라보는 시선 대신 영혼을 교감하는 시선으로 쳐다본다. 그러나 이러한 독서광의 휴머니즘은 그의 인간애가 추상적이며 그 자신은 다른 사람들로부터 철저히 고립되어 있다는 데서 허구로 폭로된다. 로캉탱은 독서광의 사회주의 이념에 거리를 두며, 세상에는 다양한 종류의 휴머니스트들이 존재하며 이들이 서로 개인적으로 증오하고 대결하고 있음을 강조한다. 그러나 독서광은 이러한 사실을 전혀 모른 채 서로 모순되는 휴머니즘의 이념들을 하나의 자루에 집어넣어 뒤섞고 있는 것이다.

　사르트르에 따르면, 시선 투쟁에서 나타나듯이 인간의 관계는 휴머니즘 이념으로 표현되는 인간애와 연대감으로 환원되지 않는다. 오히려 인간은 제각기 상대방을 대상화하여 자신의 질서 속에 편입해 넣기 위해 서로 투쟁을 벌이고 있다. 그러나 그러한 과정에서 그들이 만들어낸 질서와 존재 이유는 사실은 거짓에 불과하다. 그렇다면 인간존재는 우연성에 내맡겨진 채 완전히 해체될 운명에 있는 것일까? 사르트르는 이러한 위기의 해법을 예술작품에서 찾고 있다. 그것은 안니가 꿈꾼 완전한 순간이 실현되는 순간이자 로캉탱이 구토를 극복하고 행복을 발견하는 순간이 될 것이다.

3) 예술작품을 통한 즉자대자존재의 실현

작품 초반에 카페 여종업원 마들렌이 들려준 흑인 여가수의 재즈 노래는 구토 증세가 있는 로캉탱에게 작은 행복을 느끼게 해준다. 그 음악을 들으면서 구토 증세가 사라지고 그가 바라본 사람의 얼굴에 필연성이 생겨나며 그도 행복을 느낀다. 그러나 일상적인 삶에서는 이러한 음악의 멜로디는 사라지고 단조로운 생활만이 반복될 뿐이다. 안니가 꿈꾸는 '완전한 순간'이란 이러한 일상에서 벗어나 예외적인 무언가에 빠져 그 안에 질서를 부여하는 순간이다. 로캉탱은 완전한 순간이 무엇인지에 대한 안니의 설명을 듣고 결국 "그것은 일종의 예술작품이었군"(276쪽)이라고 말한다.

작품 마지막에서 로캉탱이 부빌을 떠나 파리로 가기 직전, 다시 한 번 마들렌이 틀어주는 흑인 여가수의 노래를 듣는다. 이것은 그가 존재의 고통과 실존의 의미에 대해 생각하는 계기를 마련해준다. 그가 듣는 목소리 또는 곡조의 저편, 즉 존재의 저편에 그 무언가가 '있다.' 과거도 미래도 없이 그저 매번 현재의 순간에 빠져버리는 소리의 저편에 멜로디가 있다. 이와 마찬가지로 로캉탱 역시 자신의 외부에서 존재를 내쫓고 자신을 정화하고 견고하게 만들며 그러한 멜로디를 만들어낼 수 있기를 희망한다. 그러한 실존은 단순한 즉자존재로서의 실존이 아니라, '현재 있는 것으로 아니 있는 존재,' 그리고 '현재 아니 있는 것으로 있는 존재,' 즉 대자존재로서의 탈존을 의미한다. 구토와 죽음에 맞서 "나처럼 살아야지. 적당히 괴로워해야지"(325쪽)라고 말하는 여가수의 목소리는 로캉탱에게 향하는 충고로 해석할 수 있을 것이다.

그런데 이러한 멜로디, 색소폰 소리를 통해 로캉탱은 그것을 만들어낸 사람을 생각한다. 그는 그 사람이 어떤 사람인지 알고 싶어진다. 그러나 그것은 그 사람과의 직접적인 소통에 대한 욕구 및 그와 관련된 휴머니즘에서 비롯되는 것이 아니라 그 사람이 만든 그 멜로디에 대한 관심에서 비롯된 것이다. 그 노래는 바로 대자존재로서의 그 사람이 남긴 정신적 산물로서 즉자대자의 성격을 띠고 있다. 이러한 즉자대자의 산물인 나, 보다 정확히는 나의 정신적 창조물은 타자의 관심을 받으며, 단순한 즉자존재의 지위는 물론 공허한 대자존재의 지위에서도 벗어날 수 있게 된다. 로캉탱이 그 멜로디를 만든 사람을 부러워하며 누군가가 자신을 그렇게 생각해준다면 기쁠 것이라고 말할 때, 이것은 대타존재로서의 인간의 지위를 설명해준다. 그는 자신의 정신적 산물인 예술작품을 통해, 타자에 의한 대상화를 경험하지 않고 자유를 계속 보존해나가면서도 타자의 인정을 받으며 그와 소통해나갈 수 있다.

예술작품은 대자존재로서 내가 가지고 있는 탈존 가능성의 실현일 뿐만 아니라 나의 모습을 객체화하여 즉자적으로 보여줄 수 있는 계기가 되기도 한다. 내가 예술작품에 부여한 질서는 무질서한 혼돈 상태에 있는 존재의 죄악에서 나를 구원해주고 내 존재를 정당화할 수 있게 한다. 물론 그러한 구원이 "완전한 것은 아니다. 그러나 사람이 할 수 있는 한도 내에서는 그렇게 했다."(328쪽)

예술작품은 주체에게 유용한 도구로서 의미를 지니는 것이 아니라 나를 표현할 수 있는 창조물로서 의미를 지닌다. 그 때문에 예술작품은 단순한 대상의 지위를 벗어날 수 있다. 로캉탱이 선택한 예술작품은 음악이 아니라 책이다. 이것은 그의 취향과 관련이 있다. 그런데 그가 집필하려는 책은 역사책이 아니라 소설이다. 역사책은 존재했던 것에 관해 말하며 집필자 자신의 삶을 빼앗아간다. 오직 역사적 인물만이 그의 존재 이유가 되는 것이다. 그래서 로캉탱은 자신의 잠재적인 가능성을 억압하고 자신을 역사적 인물을 재생하기 위한 단순한 수단으로 전락시키는 역사 서술을 포기한다. 그 대신 그는 소설을 쓰기로 마음먹는다. 그러한 소설은 나의 존재를 부끄럽게 만들어야 하며, 존재 너머에 있을 무엇을 이야기해야 한다. 그것은 허구적인 영역에서 펼쳐지는 나의 탈존 이야기이다. 바로 이러한 소설을 통해서 타자는 나를 적대적이지 않은 시선으로 바라보고 떠올릴 수 있고, 나 역시 내 자신의 삶에 질서와 내적 필연성을 부여하고 그것을 우연성의 죄악에서 구해내며 혐오감 없이 행복하게 회상할 수 있을 것이다.

제7장

|

욕망의 시선과 시선에 대한 공격 욕망: 바타유

1.『에로티즘』

바타유의 대표작인 『에로티즘 L'Érotisme』(1957)은 직접적으로 시선의 문제를 다룬 책은 아니다. 그러나 시선의 문제를 주제로 다루고 있는 그의 초기 소설 『눈 이야기 Histoire de l'oeil』(1928)를 이해하기 위해서는 에로티즘에 관한 그의 이론이 배경지식으로 전제되어야 한다. 이러한 이유에서 여기서는 바타유의 『에로티즘』에 나오는 핵심적인 개념과 내용을 더불어 먼저 살펴보면서, 보충 설명이 필요한 경우 그의 또다른 저서 『에로스의 눈물 Les larmes d'Éros』(1961)도 참조해보고자 한다.

1) 성 금기의 위반으로서 에로티즘

바타유는 에로티즘을 단순한 성행위와 구분하며 인간 고유의 내적 체험으로 규정한다. 본능에 따르는 동물의 성행위는 에로티즘과 무관하다. 출산이나 생식과 같은 자연적인 행위도 에로티즘이 아니다. 생식을 위한 성행위와 달리, 에로티즘은 쾌락을 목적으로 하는 성행위다. 동물과 달리 자신이 원하면 언제든지 성적 결합을 추구하는 인간만이 "성행위를 에로티즘으로 승화"[39]시킨다. 인간의 에로티즘은 내적인 삶, 즉 심리적인 것을 추구한다는 점에서 동물의 단순한 성행위와 구분된다. 물론 인간의 성행위 역시 아무런 금기도 신경 쓰지 않고 아무런 수치심도 느끼지 못하며 성행위를 하는 매춘부의 경우에서처럼 동물적인 성행위로 나타날 수도 있다. 따라서 인간의 성행위가 반드시 에로틱한 것은 아니며, 그것이 금기의 위반이라는 형태로 나타날 때만 에로티즘과 연관된다는 것을 알 수 있다.

역으로 말하자면 인간만이 성행위에서 느끼는 에로티즘은 금기를 전제로 한다. 금기는 법처럼 외부적으로 강제되는 것이 아니라 인간의 내면에 호소하는 것이다. 이러한 금기는 인간이 노동을 하기 시작하면서 생겨난다. 노동은 인간의 본질적인 특징 가운데 하나이다. 물론 동물도 노동을 하지 않는 것은 아니지만, 이는 특정한 목적을 달성하기 위해 도구를 만들어 사용하는 인간의 노동과는 구분된다. 구석기시대부터 인간은 도구를 사용해왔고 그래서 중기 구석기시대 인간인 네안데르탈인은 '노동하는 인간Homo faber'이라고 불린다. 비록 현인류의 조상격인 '지적인 인간Homo sapiens'은 아니더라도, 이들은 도구를 사용하는 인간으로서 노동을 하는 동안은 이성의 지배하에 있었다고 할 수 있다.(46~47쪽 참조) 노동과 금기는 긴밀한 연관을 맺고 있는데, 왜냐하면 이 두 가지 다 인간의 삶의 질서를 유지하기 위해 필요하기 때문이다.

네안데르탈인이 살고 있던 시대인 10만 년 전에 이미 무덤이 있었는데, 이것은 이들이 동물과 달리 죽음을 인식하고 있었음을 의미한

---

39. 죠르주 바따이유, 『에로티즘』, 조한경 옮김(민음사, 1996), 9쪽.(이하 본문에 쪽수로 표시)

다.(46~47쪽 참조) 동물은 자신이 살아가는 동안 죽음을 의식하지 못하는 반면, 이들은 살아 있는 동안 죽음을 의식했고 죽음에 대한 공포와 경외감에서 살해 금지와 죽은 시체와의 접촉 금지 등 금기를 만들어냈다. 성에 대한 금기 및 에로티즘은 이보다 뒤에 오늘날 우리들의 조상인 호모 사피엔스의 단계, 즉 2~3만 년 전에 생겨났을 것으로 추정된다.[40] 인간은 일하는 동안에는 노동을 방해할 수 있는 행동을 자제해야 했기 때문에 성행위에도 제한이 가해졌다. 한 공동체의 구성원 모두가 에로티즘에 빠져 일하지 않고 성적 쾌락에 탐닉한다면, 공동체의 생존이 위협받게 될 것이다.(54쪽 참조) 따라서 일상적 질서를 위협할 수 있는 에로티즘에 제한을 가하는 것은 인간 사회 전반에 나타나는 보편적 현상이다. 그리하여 노동을 하게 되면서 인간은 부끄러움 없이 하던 성행위에 대한 금기를 만들고 수치심을 지니며 이전의 본능에 충실한 동물적인 모습에서 벗어난다.

이와 같이 인간은 노동을 하고 행동의 자유를 금기를 통해 제한한다는 점에서 동물과 다르다. 그러나 비록 노동이 인간의 삶의 토대가 되더라도, 인간이 노동만 하며 살 수는 없다. 이성적인 인간이 노동을 통해 건설한 세계에는 항상 본능적 충동과 폭력이 도사리고 있다. 노동을 통한 생산은 죽음이나 에로티즘과 같은 에너지 낭비를 통해 비생산적으로 다시 소비된다.

죽음의 세계는 노동의 세계와 대립되는 것으로 간주된다. 죽음의 폭력은 전염병처럼 죽음을 퍼뜨리며 살아 있는 사람들을 위협하기 때문에 산 사람은 죽은 사람을 두려워한다. 무덤은 죽은 사람의 시체가 동물의 먹이가 되는 것을 막는 의미도 있지만, 산 사람을 죽은 사람으로부터 보호하고 죽음에 대한 공포에서 벗어나게 하는 의미도

---

40. 바따이유, 『에로스의 눈물』, 유기환 옮김(문학과의식, 2002), 26쪽 참조.

가지고 있다.(49~50쪽 참조) 그러나 죽음은 공포의 이면에 인간을 유혹하는 특성도 지닌다. 인간은 태어날 때부터 자신을 낳아준 모체와 구분되며, 다른 사람들과도 넘어설 수 없는 심연을 간직한 채 단절된 개체로 살아간다. 이처럼 불연속적 존재인 인간은 자신의 유한성과 한계를 극복하고 연속적인 존재가 되고 싶어하는데, 그러한 존재의 연속성을 가능하게 해주는 지점이 바로 죽음이다. 그래서 죽음은 인간에게 두려움의 대상인 동시에 인간을 현혹하는 대상이기도 하다.(12쪽 참조) 인간의 소멸을 의미하는 죽음은 인간에게 엄청난 공포심을 가져다준다. 죽음에 대한 경외심과 제사나 장례식과 같은 장대한 의식은 죽음에 대한 인간의 두려움을 보여준다. 그러나 다른 한편 인간은 내면 깊숙한 곳에서 이러한 죽음에 대한 욕망을 지니고 있다.

이러한 모순성은 성과 관련해서도 나타난다. 노동에 기초한 세계가 생산지향적인 세계라면, 노동과 이성의 세계 질서를 위협하는 폭력의 세계인 성은 비생산적인 소비의 세계이다. 인간이 에너지의 낭비를 막고 자연적인 충동을 억제하기 위해 금기를 만들었다면, 성은 인간으로 하여금 동물적인 본능을 표출하게 하고 과잉에너지를 무한히 소비하게 한다. 물론 출산을 목적으로 하는 성행위는 생산적인 특성을 지니지만, 에로티즘은 생식을 목적으로 하지 않는 성행위이기 때문에 비생산적인 소비의 특성을 띤다. "에로티즘은 전체적으로 금기의 위반이며, 인간적인 행위이다. 에로티즘은 동물성이 끝나는 데서 시작하면서, 동시에 그것은 동물성에 기초를 두고 있다. 인간은 동물성을 혐오하면서도, 여전히 그것을 간직한다."(102쪽) 노동과 이성의 세계에서 인간을 빠져나오게 만들고 극도의 희열을 맛보게 하는 에로티즘은 그 안에 죽음의 고통도 내포하고 있다. 에로티즘의 막바지에 경험하는 숨이 멎는 경련은 일종의 "작은 죽음"[41]이라고 할 수 있는 것이다. 또한 남녀는 성적인 결합을 통해 불연속적인 개체에서 벗어나 하나로 결합됨으로써 연속성의 흐름을 체험한다. 그러나 이러한 결합은 결코 완전한 것일 수 없으며 단지 발작처럼 순간적으로 이루어질 뿐이다. 에로티즘의 체험을 통해 인간이 자신을 잊고 자신의 의지와 무관하게 성기가 팽창하면, 인간이 지배하던 노동과 이성의 세계에서 벗어나 무질서의 세계로 들어서게 된다. 이제 인간은 인간적 특성을 상실하고 동물적인 본능의 지배를 받는 것이다. 우리의 숨을 멎게 만드는 이러한 에로티즘의 고통은 동시에 극도의 쾌락을 낳으며 전복적인 폭력이 된다.

인간은 금기를 깨면 죄책감을 갖게 되고 고통을 경험하지만, 동시에 그것으로부터 쾌감을 얻기도 한다. 쾌락을 야기하는 동시에 금하는 것이 바로 금기인 것이다. "에로티즘의 본질은 성적 쾌락과 금기의 풀 수 없는 엉킴에서 얻어진다. 인간을 놓고 볼 때, 쾌락의 현현 없이는 금기가 있을 수 없고, 금기의 느낌 없이는 결코 쾌락도 있을 수 없다."(117쪽) 바타유는 이러한 의미에서 유아기의 쾌락은 자연적 충동에 지나지 않을 뿐, 진정한 인간의 쾌락은 아니라고 말한다.(117쪽 참조) 인간의 쾌락은 오직 금기의 위반에서 생겨난다. 다시 말해 인간은 죽음과 성에 대한 금기를 가지고 있기 때문에 그것의 경계를 뛰어넘으면서 쾌락을 맛볼 수 있는 것이다.

2) 에로티즘의 신성함

지금으로부터 2~3만 년 전에 그려진 것으로 추정되는 프랑스의 라스코 동굴 벽화는 성과 죽음, 종교의 연관성을 우리에게 보여준다. 바타유는 『에로스의 눈물』에서 '우물' 그림[42]이 '성과 죽음과 종교의 일

---

41. 같은 책, 13쪽.
42. 같은 책, 47쪽: "이 동굴의 가장 깊은 굴곡, 가장 접근할 수 없는 굴곡, 너무도 접근하기 힘들어 오늘날 '우물'이라는 이름으로 지칭되는 굴곡."

치'를 표현하는 것으로 해석했다. 라스코 동굴에서 발견된 수백 점의 그림은 대부분 매우 사실적으로 그려져 있는 데 반해, 동굴 맨 안쪽에 있어 선사학자들이 '우물'이라고 이름 붙인 이 그림은 아주 관념적으로 그려져 있다.

성기를 곧추세운 채 무너져가는 새의 얼굴을 한 남자의 이미지. 이 남자는 상처 입은 들소 앞에 누워 있다. 들소는 곧 죽을 듯한데, 그 남자 앞에서 끔찍하게도 내장을 쏟아내고 있다. 이 기상천외의 모호한 이미지는 그 시대의 아무것도 그에 필적할 수 없는 감동적인 장면을 연출하고 있다. 넘어진 남자 아래쪽으로는 똑같은 터치로 그린, 가늘고 긴 막대기 위에 새 한 마리가 우리의 얼을 완전히 빼놓는다.[43]

노동하는 인간이 금기를 의식하기까지는 오랜 시간이 걸렸다. 그래서 처음에 인간은 금기를 아직 인식하지 못한 채 사냥을 하다가, 어느 시점에 이르면 사냥이 금기의 위반이 된다. '우물' 그림은 이러한 동물 살해라는 금기 위반과 이에 대한 속죄를 묘사하고 있다. 그림 속의 남자는 자신의 죽음으로 들소의 살해를 속죄한다.[44] 그런데 흥미로운 것은 이 남자의 성기가 발기되어 있다는 사실이다. 이것은 죽음과 에로티즘의 관계를 잘 설명해준다.[45] 인간이 느끼는 오르가슴은 죽음에 비유되곤 하는데, 이는 에로티즘이 인간이 죽지 않으면서도 죽음 저편으로 넘어가는 죽음의 맛보기라는 것을 암시한다. 더 나아가 이러한 죽음과 에로티즘은 모두 일상의 세속적 삶의 저편에 있는, 우리가 상상할 수 없는 신성한 세계를 체험하게 해준다는 점에서 종

---

43. 같은 책, 31쪽.
44. 같은 책, 33쪽 참조.
45. 같은 책, 46쪽 참조.

교적인 성격을 지닌다. 이러한 점에서 바타유는 이 그림에서 에로티즘과 죽음과 종교의 일치를 보았다.

문명 이전의 인간들은 동물을 금기와 무관한 존재, 곧 신과 비슷한 존재로 간주하였다. 그래서 그들은 동물을 살해하면서 신성모독을 느꼈던 것이다. 그 때문에 이러한 자신의 행위를 속죄하며 신성의 세계로 들어가기 위해서는 인간성과 동물성을 결합해야만 한다. 새의 가면으로 인간성을 숨긴 인간의 모습은 인간에게 부과된 금기를 위반하며 신적인 동물성의 세계로 넘어가려는 것을 보여준다.

인간과 자연을 구분해주는 것은 노동과 금기이다. 인간은 노동과 금기를 통해 문화를 구축하며 자연으로부터 멀어졌다. 바타유가 말하는 금기에 의한 노동의 세계 저편에는 그것과 전혀 다른 신성의 세계가 있다. 그러나 이러한 신성의 세계는 단순한 자연의 세계와는 차이가 있다. 자연의 세계가 노동과 무관한 세계인 데 반해, 신성의 세계는 노동과 금기의 세계를 전제로 하며 그 경계를 넘어섬으로써만 도달할 수 있는 세계이다. 역으로 말해 신성의 세계는 노동과 금기가 작용하면 인간의 세계로 내려올 수도 있는 자연이라는 점에서 단순한 자연의 세계와는 구분된다.(125쪽 참조) "결국 신성의 세계는 세속적 세계의 부정인 동시에, 역설적이게도 세속적 세계의 부정에 의해 결정되는 세계이다. 신성의 세계는 그것의 기원과 존재근거를 자연의 실존에서 찾지 않고, 노동의 세계와 자연의 세계의 대립이 드러내는 사물의 새로운 질서에서 찾는다. 따라서 신성의 세계도 여전히 노동에 기인하는 세계라고 할 수 있다. 신성의 세계와 자연을 구분하게 해주는 것은 인간의 노동이다."(125쪽)

인간은 일상적인 질서인 금기를 위반함으로써 신성의 세계에 뛰어든다. 그러나 이러한 위반이 세속적인 세계를 파괴하지는 않는다. 인간 사회는 노동과 금기로만 이루어질 수는 없지만, 그렇다고 이것을 완전히 포기할 수도 없다. 그것은 노동과 금기로 이루어진 세속적 세계와 금기를 위반하는 신성의 세계로 이루어져 있다. 인간은 금기를 위반함으로써 신성의 세계를 한순간 맛볼 수는 있지만 그곳에 지속적으로 머물 수는 없다. 일상의 질서를 깨는 축제가 영구히 계속될 수 없는 것처럼 말이다.

금기의 대상은 신성하다. 금기는 인간에게 신성한 것을 부정적인 형태로 지시한다. 종교의 숭배대상처럼 금기의 대상 역시 인간에게 두려움을 주는 동시에 그것을 동경하게끔 만든다. 이러한 신성의 시간은 일상적인 금기를 깨고 위반을 장려하는 축제의 시간이다. 그것은 일상적인 생산과 축적을 소비와 낭비로 전환한다. 이러한 축제의 비생산적 소비가 바로 금기 위반의 신성함을 지시한다. 인간이 금기로 인한 공포감을 극복하고 그것을 넘어설 때 금기의 위반은 일종의 종교적 충일감으로 다가온다.(73~75쪽 참조)

바타유에 따르면 에로티즘은 본래 종교적인 것이다. 그러나 여기서 종교란 특정한 종교를 가리키기보다는 종교적인 특별한 내적 체험을 의미한다. 바타유는 이러한 종교에서 기독교는 제외하는데, 왜냐하면 그가 보기에 기독교는 가장 비종교적인 종교이기 때문이다.

바타유는 디오니소스교와 기독교의 대립을 통해 에로티즘의 역사를 기술한다. 금기가 인간적인 것이라면, 금기의 위반은 동물성으로의 회귀를 의미한다. 그러나 "이 동물성은 원래의 본능적 동물성이 아니라 금기를 통해 신성화된 동물성이다. 그러므로 바타유에게 위반은 곧 신성에의 돌입을 의미한다."[46] 디오니소스 제의에서 축제에 참여한 사람들은 몰아지경에 빠져 동물적 광기를 마음껏 방출한다. 심지어 바쿠스의 무녀들은 자신의 어린 자식들을 물어뜯어 삼키거나

---

46. 유기환, 『조르주 바타이유―저주의 몫, 에로티즘』(살림, 2006), 151쪽.

자식이 없을 경우 비명 소리가 아이의 울음소리와 구분이 안 가는 새끼염소들을 짓찢어 삼키곤 했다.[47] 이들이 이러한 광기 어린 행위에 도취된 것은 폭력과 에로티즘, 동물성과 신성, 금기와 위반이 맺는 관계를 알고 있었기 때문이다. 그러나 이러한 디오니소스 제의는 로마 제국 말기에 탄압받으며 점차 사라지면서 기독교에 자리를 내준다.

원시종교가 위반정신에서 비롯되었다면, 기독교는 정반대로 위반정신을 부정한다.(129쪽 참조) 기독교는 폭력을 부정하고 이기적이고 불연속적인 세계를 사랑에 의해 연속적인 세계로 바꾸려 한다. 기독교는 에너지의 낭비보다는 생산적 노동에 가치를 부여했고, 현세에서의 쾌락이 아닌 내세에서의 행복을 권장하였다. 그리하여 현세에서 쾌락을 추구하며 신성에 도달하려는 디오니소스적 요소는 철저히 억압당했고, 에로티즘은 죄악으로 간주되었다. 이전에 에로티즘과 신성이 맺고 있던 관계는 사라지고, 이제 타락한 악마적인 에로티즘만이 남게 된 것이다. 고대사회에서 아직까지 선과 악이 모두 신성을 구성하고 있었다면, 기독교는 선악의 이분법에 기초해 에로티즘을 신성의 영역에서 몰아내고 선만을 신성과 일치시켰다.(133쪽 참조)

기독교가 인간의 불연속성에 대응하는 방식은, 연속성을 불연속성의 범주로 끌어들이거나 연속성에 불연속성을 끌어들이는 방식이다. 쉽게 말해 기독교는 인간의 모습을 닮은 신을 창조함으로써, 신성을 하나의 불연속적 인간으로 변형하거나 이승을 저승으로 연장하여 천당과 지옥도 불연속적 개체들로 흘러넘치도록 만든다.(130~131쪽 참조) "존재의 연속성 대신 기독교가 선택한 것은 존재의 불멸성이다. 영혼 불멸이란 죽어서도 자신의 개체, 즉 자아가 계속되리라는 믿음에 근거한다. 말하자면 기독교는 놀랍게도 존재의 영원한 불연속성을

---

47. 바따이유, 『에로스의 눈물』, 75쪽 참조.

구원의 길로 택한 것이다. 기독교의 천국은 다름 아닌 불연속적 개체로서의 영혼들의 세계이다."[48] 이로써 기독교의 세계는 진정한 위반과 초월을 이루지 못하고 조직성을 탈피하지 못한 위반으로 머물고 만다.(130쪽 참조) 금기의 위반 없이는 신성에 이를 수 없지만, 기독교는 불결한 것을 신성에서 배제한다. 기독교는 위반을 신성이 아닌 타락으로 취급함으로써 선만을 신성으로 간주한다. 이처럼 금기의 위반이 갖는 신성을 부정함으로써 에로티즘 역시 기독교에서는 악마의 영역으로 배척당한다.

금기를 모르고 천박한 매음을 일삼는 사람은 동물의 지위로 격하된다.(149쪽 참조) 이처럼 동물적 충동에 따르는 사람은 금기를 위반하며 느끼는 에로티즘의 감정을 지닐 수 없다. 이와 반대로 끔찍하고 불결한 모든 것을 배제하며 모든 동물적 충동을 부인하고 오직 완성된 도덕의 세계만 추구하는 기독교에서도 에로티즘은 배척당한다. 따라서 에로티즘은 과도한 금기가 지배하거나 금기 자체가 없는 상태에서는 제대로 꽃피우지 못한다. 에로티즘이 성에 대한 금기의 위반에서 나타난다고 한다면, 이는 "금기를 제거하는 것이 아니라 그것을 한 번 들쑤시는"(38쪽) 위반이다. 이러한 위반은 궁극적인 완성이나 도달의 상태가 아니라 매번 일상적인 질서를 전복시키는 폭력의 순간을 의미한다.

인간은 온갖 수단을 다 동원해 금기를 만들고 모든 존재에 경계를 정한다. 존재는 자신에게 주어진 경계, 즉 한계를 자신의 존재 자체로 인식한다. 그러나 이러한 존재는 자신의 한계가 정해지면 그것에서 벗어나고자 하는 열망을 갖는다. 물론 그러한 경계는 인간에게 두려움을 주지만, 다른 한편으로 그 경계선을 뛰어넘도록 유혹하기도 한

---

48. 유기환, 같은 책, 205~206쪽.

다.(160쪽 참조)

에로티즘은 이러한 경계, 즉 인간이 정한 금기와 한계를 뛰어넘는 위반이다. 에로티즘은 아름다운 인간성을 모독하고 더럽힐수록 더욱 커진다. 예를 들어 어떤 남자가 동물적 충동과 거리가 먼 듯 느껴지는 고결한 여성의 숨겨진 부분을 드러내어 그곳에 음경을 삽입할 경우 한계 초월의 느낌과 격정의 환희는 더욱 커진다.(162쪽 참조) 이처럼 에로티즘은 금기를 아는 인간 고유의 내적 체험이지만, 동시에 이러한 금기라는 인간성을 넘어서서 그것을 모독할 때 생겨나는 동물적 감정이기도 하다.

바타유는 불연속적인 존재인 인간이 존재의 고립감을 극복하고 연속성을 체험하도록 해주는 에로티즘의 세 가지 형태를 언급한다. 그것은 육체의 에로티즘, 심정의 에로티즘, 그리고 신성의 에로티즘이다.(15~24쪽 참조.) 육체의 에로티즘은 성적인 결합을 통해 정상적인 상태에 있는 상대방을 혼란에 빠뜨리고 와해시킨다. 그것은 지속적으로 자제된 육체를 뒤흔들어 동요시킴으로써 그를 죽음에 가까운 상태로 이끌고 간다. 그리하여 상대방의 몸 안에서 자아를 상실하고 자아의 경계를 넘어 다른 자아와 합치되는 연속성을 체험하게 한다. 육체의 에로티즘은 폐쇄적인 몸을 뒤흔들고 파괴하는 일종의 폭력이다. 그것은 대상을 범하는 살해행위에 가깝다. 그래서 육체적 결합은 희생제의와도 그리 차이가 나 보이지 않는다. 육체적 결합이 이루어지면서 남녀가 하나로 결합되어 극도의 혼미한 상태에 빠질 때, 여성은 희생제물, 남성은 제의집행자처럼 나타나기 때문이다. 제의집행자인 남자는 희생제물인 여자의 옷을 벗기고 그녀의 알몸을 파열시킨다. 처음에 여자는 수치심과 고통을 느끼지만 점점 그러한 감정을 극복하고 남자의 동물적인 폭력에 몸을 맡기며 남자와 함께 연속성의 감정을 공유한다. 그러나 에로티즘에 빠진 불연속적 개체들은 연속성을 추구할 뿐, 죽음에서처럼 완전한 연속성에 도달하지는 않는다. "왜냐하면 불연속성의 땅 위에 세워진 세계는 수용 가능한 연속성을 추구할 수밖에 없기 때문이다."(18쪽)

육체의 에로티즘은 개체의 불연속성을 유보해두기 때문에 항상 어느 정도는 에고이즘에 묶여 있다. 반면 깊은 정신적 애정에 기초한 심정의 에로티즘은, 육체의 에로티즘의 물질성에서 벗어나 더 자유로워 보인다. 심정의 에로티즘은 열정적인 사랑을 의미하는데, 그러한 사랑 속에서 자아는 자신의 경계를 넘어서 타인과 하나가 된다고 믿는다. 그러나 결국 이러한 심정의 에로티즘조차 육체의 에로티즘의 변형에 지나지 않으며, 단지 예외적으로만 육체적 에로티즘과 완전히 분리된 형태의 심정적 에로티즘이 존재할 수 있을 뿐이다. 근본적으로는 연인들 사이의 애정은 육체적 결합을 유도하거나 연장하기 마련이다. 육체적, 심정적 사랑에 빠진 사람들은 이러한 사랑을 통해 자신의 한계를 극복하고 상대방과의 결합을 통해 연속성을 얻을 수 있으리라고 생각한다. 연인은 그가 개체로서 지닌 불연속성에도 불구하고 사랑에 빠진 사람에게는 충만하고 무한한 존재가 되며 존재의 연속성을 보장해준다. 사랑하는 연인을 잃은 사람이 실연보다 죽음을 택하는 것도 바로 그 때문이다.

앞에서 언급한 육체의 에로티즘과 심정의 에로티즘은 사랑하는 사람과의 육체적, 심정적 결합을 통해 개체의 고립과 단절을 극복하는 에로티즘의 특성을 강조한다. 이에 반해 신성의 에로티즘은, 에로티즘이 지닌 종교적 특성을 부각한다. 희생제의에서는 제물의 파괴를 통해 그 희생제물이 존재의 연속성에 도달하고 그것을 지켜보는 사람들도 함께 존재의 연속성을 체험한다. 이처럼 "신성이란 바로 엄숙한 종교적 의식이 집전되는 동안 불연속적 존재의 죽음을 지켜본 사람들에게 계시되는 존재의 연속성이다."(22쪽) 신성의 에로티즘 역시 폭력과 금기 위반을 통해 속세를 넘어서 순간적으로 신성을 체험하게 해준다. 그런데 희생제의에서 나타나듯, "에로티즘의 대상이 직접적인 현실 너머에 위치하는 것은 사실이지만, 그렇다고 해서 모든 에로티즘을 신에 대한 사랑으로 귀결시킬 수는 없겠기 때문"(22~23쪽)에, 바타유는 종교적인 신의 에로티즘이라는 말 대신에 신성의 에로티즘이라는 말을 사용한다. 신성의 에로티즘은 서양의 관점에서 보면 신에 대한 사랑이라고도 할 수 있다. 여기서 신에 대한 사랑이 에로티즘과 연결되는 이유는, 신을 영접하는 순간에 느끼는 감정이 연인과 성적으로 결합할 때 느끼는 감정과 같기 때문이다. 그러나 신성의 에로티즘은 동양의 불교에서처럼 신의 개념을 모르면서도 현세 너머의 연속성에 대한 종교적 추구를 통해 가능하기 때문에 신에 대한 사랑을 넘어 보다 포괄적인 의미에서 이해할 필요가 있다. 이러한 신성의 에로티즘은 신비적 체험으로, 보편적 체험이라고 할 수 있는 희생제의에서 비롯되었다. 신비체험은 육체의 에로티즘이나 심정의 에로티즘과는 연속성을 끌어들이는 방식에 의해 구분된다. 육체의 에로티즘과 심정의 에로티즘이 원칙적으로 적당한 상황과 어떤 존재의 기다림이라는 요행에 좌우되어 일어난다면, 신성의 에로티즘은 주체의 흔들림 없는 의지에 따라 일어난다.

이러한 차이에도 불구하고, 이 상이한 에로티즘의 형식들은 인간의 한계를 넘어서서 존재의 연속성을 체험하게 해준다는 점에서 공통점을 지닌다. 그래서 포괄적인 의미에서 모든 에로티즘은 신성한 것이다. 에로티즘의 연속성에 대한 도취는 죽음을 압도하며 그래서 죽음을 불사하게 만든다. 그리하여 불연속적인 존재인 인간은 에로티즘을 통해 죽음에 도전하며 진정한 삶의 실재에 도달하고자 하는 것이다. 따라서 에로티즘과 죽음, 그리고 종교의 신성함은 하나라고 말할 수 있을 것이다.

2. 『눈 이야기』

1) 신성모독과 에로티즘의 신성함

바타유는 『에로티즘』의 작가로 잘 알려져 있지만, 사실 그는 이 이론서를 통해 에로티즘의 의미를 밝히기 훨씬 이전에 이미 소설 『눈 이야기』로 자신의 사상의 단초를 드러낸 바 있다. 음란한 내용으로 가득한 포르노 소설에 가까운 이 소설의 줄거리는 다음과 같다.

주인공이자 서술자인 '나'는 열여섯 살에 시몬이라는 소녀를 알게 되어 그녀와 음란한 성의 유희를 벌인다. 그러던 어느 날 이들은 해변에서 마르셀이라는 매력적인 금발 소녀를 만나 어느 파티에 데려간다. 이 파티에 참석한 모든 젊은이가 술에 취해 음탕한 행위를 벌이는 가운데, 순수한 소녀인 마르셀 역시 쾌락에 대한 욕망을 견디지 못하고 장롱 속에 들어가 수음을 하며 소리를 지른다. 결국 이 소란으로 경찰이 출동하고, 마르셀은 정신병원에 감금된다. '나'와 시몬은 마르셀을 정신병원에서 구출해내지만, 그녀는 '나'를 자신을 장롱에 가둔 '단두대의 신부'로 간주하며 두려운 나머지 다시 장롱에 들어가 목매달아 자살한다. 이 사건 때문에 불필요한 조사를 받을 것을 우려한 '나'와 시몬은 영국의 갑부 에드먼드 경의 도움으로 스페인 각지를 돌아다닌다. 스페인의 한 투우경기장에서 시몬은 그라네로라는 투우사가 황소뿔에 받혀 눈이 튀어나오며 죽는 순간 황소의 불알을 자신의 성기에 넣으며 극도의 쾌락을 맛본다. 그 이후 이들은 더 큰 쾌락을 맛보기 위해 세비야로 가서 돈 후안 교회를 방문한다. 그곳에서 이들은 젊은 신부 돈 아미나도를 유혹하여 목을 조르며 극도의 쾌락을 맛보게 한다. 돈 아미나도가 죽은 후 시몬은 그의 눈알을 뽑게 한 후 자신의 성기에 집어넣고 '나'와 열렬한 키스를 나눈다. '나'는 쾌락을 참지 못해 사정하며, 시몬의 성기 안에서 마르셀의 창백하고 푸른 눈이 나를 바라보며 오줌 같은 눈물을 흘리는 것을 바라본다. 그후에도 '나'와 시몬, 에드먼드 경은 곳곳을 돌아다니며 이러한 음탕한 성적 유희의 모험을 계속한다.

바타유는 『에로티즘』이라는 책에서 본래 에로티즘은 종교적인 것이지만, 모든 종교를 단죄한 기독교는 에로티즘과 상반된 것이며 따라서 가장 비종교적인 종교라고 할 수 있다고 말한다.(34~35쪽 참조) 그는 『눈 이야기』에서도 가톨릭 신부 돈 아미나도를 성적 쾌락에 탐닉하게 하고 신성모독을 행하며 기독교를 신랄히 비판한다. 세비야의 돈 후안 교회에 들어간 시몬은 고해실로 들어가 수음을 하고, 심지어 고해실 문을 열고 들어가 젊은 신부의 음경을 빨기까지 한다. 에드먼드 경은 성체 빵을 그리스도의 정액이라고 부르고, 포도주도 그리스도의 피가 아니라 그의 오줌이라고 말하며, 그것이 적포도주가 아닌 백포도주라는 사실을 그 근거로 든다. 이들은 신부의 소변으로 성배를 채우게 한 후 성체 빵 위에 정액을 쏟도록 한다. 신부는 이와 같이 신성모독을 한 자들을 저주하지만, 이들은 오히려 그의 목을 졸라 음경을 발기하게 만들어 시몬과 성행위를 한 후 사정하고 죽게 만든다. 여기서는 가장 금욕적이어야 할 신부가 역설적으로 금기를 위반하고 성적인 쾌락을 누린다. 이것은 사회적, 종교적 금기와 억압이 절대적인 진리나 도덕이 될 수 없으며 오히려 인간의 자유를 억압하고 있기 때문에 궁극적으로 해체되고 위반될 수밖에 없다는 것을 보여주는 것이다.

바타유는 기독교의 신성함을 비판함으로써 역설적으로 에로티즘이 지닌 신성함, 즉 종교적 성격을 부각시킨다. 인간은 동물과 달리 본능만으로 행동할 수는 없다. 인간은 생존을 위해 노동을 해야 하며 이를 위해 금기를 만든다. 바로 이러한 노동과 금기가 인간과 동물을 구분하는 인간 고유의 특징이 된다. 다른 한편 인간은 이러한 노동과 금기를 뛰어넘으려는 인간 특유의 욕망을 가지고 있기도 하다. 바로 그러한 금기 위반은 동시에 인간의 한계를 뛰어넘어 초월적인 신성의 영역으로 들어서는 순간이기도 하다. 에로티즘 역시 성적인 영역과 관련된 금기 위반을 의미하며, 그 때문에 거기에는 신성한 측면이 들어 있는 것이다.

바타유는 고대 이집트의 창조신화에 대한 지식을 어느 정도 가지고 있었던 것으로 보인다. 이집트의 창조신화에 따르면 최고신인 태양신 레-아툼은 자위행위를 함으로써 신들을 낳는다. 즉 그는 생식을 위한 성행위를 한 것이 아니라 성적 욕망을 충족하기 위해 수음을 한 것이고, 그 결과 창조가 이루어진 것이다. 우주가 태양신 레-아툼의 과도한 에너지의 비생산적 소비를 통해 이루어졌다는 사실은 우주의 근원이 성적이라는 바타유의 주장을 뒷받침해줄 수 있는 훌륭한 근거가 된다.[49]

바타유에 따르면 지구는 태양이 엄청난 에너지를 공짜로 주기 때문에 항상 에너지가 과도하게 흘러넘친다. 태양은 "아무런 대가 없이 자신의 에너지를 끊임없이 소모하는 자기희생의 상징으로 등장한다."[50] 이러한 과도한 에너지를 소모하지 않으면 인간은 몰락할 수밖에 없다. "바타유는 인간의 소비를 두 가지로 구분한다. 하나는 '생산적 소비'로서 개인이 생명을 보존하고 생산활동을 유지하는 데 필요한 소비를 가리킨다. 쉽게 말해, 먹어야 숨도 쉬고 일도 할 수 있을 것 아닌가. 다른 하나는 '비생산적 소비'로서 생명 보존과 재생산이 아니라 소비 그 자체를 목적으로 삼는 소비이다."[51] 성행위와 죽음은 어떤

---

49. 임철규, 같은 책, 410쪽 참조.
50. 같은 책, 413쪽; 임철규는 바타유에게서 태양이 지닌 소모적인 속성을 지적하며, 플라톤의 선의 이데아, 아우구스티누스의 신성의 빛, 서구 계몽주의에서 이성의 빛을 상징하는 태양 이미지와의 차이를 강조한다.
51. 유기환, 같은 책, 58~59쪽.

특정한 목적을 위한 노동이나 인간의 자기보존을 위한 생산적 소비가 아니라 단순한 소모로서의 비생산적인 소비에 포함된다. 그러나 이러한 비생산적 소비는 단순한 낭비를 의미하지 않으며, 우주적인 관점에서 보자면 지구와 인간이 생존할 수 있는 조건이 된다. 왜냐하면 에너지 과잉이 한 개체의 비만을 가져와 생명을 위협할 수 있듯이, 지구 역시 이러한 과잉에너지를 소모해야만 존속될 수 있기 때문이다. 이러한 무조건적인 비생산적 소비는 노동과 금기를 초월해 있는 신성의 특징이기도 하다. 따라서 에로티즘과 죽음은 인간이 노동과 금기의 인간으로서의 한계를 뛰어넘어 초월의 영역으로 들어갈 수 있는 위반의 신성함을 의미한다.

이러한 맥락에서 보면, 앞에서 살펴본 돈 후안 교회의 신성모독 장면은 새로운 의미를 갖게 된다. 그것은 한편으로 금기의 질서로 대변되는 기독교에 대한 비판을 의미하지만, 다른 한편으로 바타유가 말하는 진정한 신성이 어떤 것인지를 간접적으로 말해주기도 한다. 이제 그리스도의 성체는 빵과 포도주가 아니라 정액과 소변으로 대체되는데, 여기에서 정액과 소변은 모두 과도한 에너지의 분출을 의미한다.

에로티즘의 행위를 통해 끊임없이 금기를 위반하는 "시몬의 들어올린 엉덩이는 강력한 기도와도 같았다"[52]는 구절 역시 에로티즘에 담긴 신성의 의미를 보여준다. 이러한 맥락에서 마르셀이 두려워하는 '단두대의 신부' 또는 '추기경'의 의미를 새롭게 조명할 수 있을 것이다. 마르셀은 파티 때 자신을 장롱에 가두었던 사람을 추기경 또는 단두대의 신부라고 부르며, 주인공인 '내'게 자신을 그로부터 지켜달라

---

52. Georges Batailles, "Die Geschichte des Auges," G. Batailles, *Das obszöne Werk*(Reinbek bei Hamburg, 1977), 9쪽.(이하 본문에 쪽수로 표시)

고 부탁한다. 그러나 사실은 그녀가 그날 자코뱅 모자를 쓰고 피를 묻히고 있었던 '나'를 단두대의 신부로 착각한 것이다. 이날 '나'는 마르셀이 시몬을 비롯한 젊은 남녀의 성적인 방탕에 자극받아 장롱에 들어가서 수음할 때 옷을 벗겨주며 도움을 준다. 여기서 언뜻 보면 '단두대의 신부'라는 말은 부정적인 의미를 지닌 것처럼 보일 수도 있다. 그러나 단두대가 상징하는 죽음이 금기 위반을 의미하고 신부가 신성으로 인도하는 사람으로 간주된다면, 단두대의 신부는 에로티즘을 통해 금기를 위반함으로써 신성으로 향하는 문을 열어주는 중개자로 해석할 수 있을 것이다. 마르셀이 '나'와 결혼하려고 생각한다든지 '내'가 이 비현실적인 존재인 마르셀에게 남은 생애를 다 바치리라고 생각할 때, 여기서 '단두대의 신부'인 '나'는 타나토스 외에 에로티즘의 영역과도 관계된다. 또한 돈 후안 교회에서 죽은 신부의 눈을 뽑아 자신의 성기에 넣은 시몬이 '나'와 키스할 때 '나'는 성적인 쾌락의 절정에 이르러 사정하며 그녀의 성기에서 오줌 같은 눈물을 흘리는 마르셀의 눈을 본다. 절대적인 신성의 영역에서 이루어지는 비생산적 소비를 보여주는 비현실적 존재 마르셀의 신성한 소변은 '내'가 오래 전부터 기다려왔던 것이다. 그리고 '나'의 그러한 기대는 "마치 단두대가 잘라낼 목을 기다리는 것과 마찬가지이다."(47쪽) 즉 단두대가 마르셀의 목을 잘라내는 것 역시 '단두대의 신부'인 내가 기대해왔던 것이라는 말인데, 이는 이러한 죽음 역시 쾌락의 절정에서 분출되는 오줌과 마찬가지로 과잉에너지의 비생산적 소비 내지 금기의 위반으로서 신성의 영역으로 우리를 이끄는 것임을 암시한다.

바타유가 생각하는 우주는 순수하고 깨끗한 곳이 아니다. 오히려 우주는 성적인 것으로 가득찬 지저분한 곳으로 묘사된다. 정신병원에서 구해온 마르셀의 벌거벗은 모습을 보고 '나'와 시몬은 황홀경에 빠져, 그녀는 옷에 소변을 보고 나는 바지에 사정한다. 그러고 나서

나는 시선을 '은하수Milchstraße'[53]로 향하는데, 그곳은 별의 정액과 천상의 오줌으로 이루어진 강물로 묘사된다. 다시 말해 우주는 아무런 목적 없이 과잉에너지를 방출하는 공간으로 등장하는 것이다. 이러한 천상은 암모니아 증기에서 생겨난 것으로 묘사되며 혐오감을 불러일으키기도 한다. 그런데 '나'는 사람들이 지저분하다고 여기는 그곳을 좋아한다. '내'가 좋아하는 성적인 방탕함은 '내' 육신과 생각뿐만 아니라 우주 전체를 더럽힌다.

'나'는 장롱에서 닭 울음소리처럼 들리는 마르셀의 외침을 불러일으킨 장본인인 추기경 내지 단두대의 신부이다. 그러나 마르셀이 목매달아 죽은 사건은 결코 부정적인 의미를 지니지 않는다. 부조리한 삶이 모든 권리를 소유하고 있는 것에 비례해서, 죽은 마르셀은 산 마르셀 못지않게 '내'게 멀리 떨어진 존재가 아니다. 마르셀은 죽은 후에도 '나'와 시몬의 일부를 이루기 때문에 여느 죽은 사람과는 다르게 나타난다. 그녀가 죽은 날 '나'와 시몬을 지배했던 여러 모순된 자극이 중화되어 '우리'를 '눈멀게' 한다. 그리고 그것은 '우리를' 행동이 아무런 파장도 일으키지 못하고 목소리도 공명을 얻지 못하는 세계로 멀리 옮겨놓는다. 삶의 저편에 있는 신성한 우주에서 '우리는' 현실을 더이상 있는 그대로 보지 못하는 장님이 된다. 그리고 이러한 파열된 눈은 깨진 달걀과 마찬가지로 성기와 방광의 파열로 이어져 엄청난 오줌의 분출을 낳는다. 여기서 '우리는' 에로스와 타나토스가 신성의 영역에서 만나는 것을 현실을 지각하는 눈이 아닌 환영의 눈으로 볼 수 있는 것이다.

---

53. 작품 초반에 시몬이 고양이에게 줄 우유가 담긴 접시에 엉덩이를 담갔을 때 '나'는 성적인 충동을 느낀다. 여기서 '우유'는 '은하수Milchstraße'라는 말에 내포된 'Milch', 즉 '우유'라는 말과 연결될 수 있다. 그리고 여기서 은하수가 정액과 오줌으로 이루어진 강으로 묘사될 때, 결국 우유는 과잉에너지가 방출된 오줌이나 정액과 연결될 수 있을 것이다.

2) 거세된 눈, 눈의 파열 그리고 장님의 환영적 시선

『눈 이야기』의 서술자인 나는 평범한 사람들에게 우주가 '점잖게' 보이는 이유가 그들의 눈이 거세되어 음란함을 두려워하기 때문이라고 말한다. 엄격한 부모 밑에서 자란 마르셀이나 그와 비슷한 환경에서 자란 서술자 '나' 모두 규율과 금기가 지배하는 옷 입은 사람들의 세계, 즉 현실세계에서 욕망을 거세하고 살아간다. 그러나 이러한 욕망의 거세가 완전히 성공을 거두지는 못하는데, 특히 마르셀이 장롱에서 수음하거나 돈 후안 교회 신부가 금기 위반과 성적인 쾌락의 유혹을 완전히 벗어나지 못하는 것은 이를 잘 보여준다.

이러한 엄격한 가정환경은 작가 바타유 자신의 상황을 반영하기도 한다. 그가 이 작품의 뒷부분에 첨부한 회상 장면에서 『눈 이야기』의 여러 모티프나 소재의 원천이 언급되는데, 특히 아버지에 관한 언급은 이와 관련해 많은 것을 해명해준다. 아버지는 성병 환자로, 그 때문에 장님이 되었다. 그는 소변볼 때 마치 눈이 뒤집힌 듯 흰자위만을 드러내곤 했는데, 이러한 하얀 눈은 달걀을 연상시킨다. 달걀의 흰자는 눈의 흰자위를, 노란 부분은 동공을 연상시키며 그 때문에 달걀은 눈에 비유된다. 이 작품에서는 눈이나 달걀 이야기가 나올 때마다 항상 오줌이 등장하는데, 이는 아버지를 둘러싼 이야기와 무관하지 않다. 아버지는 아들인 '나'와 여러 면에서 의견 대립을 보이며 억압적인 인물로 등장한다. 그런데 그가 자신의 정신착란 증세를 치료하러 온 의사에게 "의사 양반, 내 아내와의 성교가 끝나면 곧바로 알려주시게"(51쪽)라고 말할 때, 이 말은 지금까지 그가 행한 엄격한 교육을 무효화시키고 그의 아들인 바타유로 하여금 해방의 유쾌한 웃음을 짓게 만든다. 사람들은 엄격한 교육환경에서 자신의 욕망을 억누르며 거세를 경험한다. 눈이 대상을 보고 욕망을 느끼는 대표적인 감각기관이라고 한다면, 거세된 눈은 그러한 욕망을 상실한 눈이라고 할 수 있다. 그러나 아무리 욕망이 거세되었다고 하더라도 그러한 욕망의 억압이 완벽하게 이루어질 수는 없다. 눈의 파열 내지 눈의 또다른 상징인 달걀의 파괴는 이러한 억압된 욕망의 분출을 의미한다.

고대부터 눈은 성기와 연결되었다. 신의 눈을 상징하는 태양이 동시에 만물을 성장하게 만드는 원동력이라고 한다면, 태양은 세상을 바라보는 신의 눈인 동시에 세상을 창조하는 신의 성기인 것이다. 이러한 맥락에서 눈은 성기를 상징한다고 볼 수 있다. 달걀 역시 그 모양과 색깔 때문에 눈을 연상시키며, 이를 통해 간접적으로 성기와 연결된다. 이러한 맥락에서 눈과 달걀이 성적인 유희의 도구로 등장하는 것을 이해할 수 있을 것이다.

시몬은 어느 날 먹다 반쯤 비워진 달걀에 물이 들어차 요란한 소리를 내며 가라앉는 것을 보고 갑자기 욕정에 사로잡혀 '나'의 눈을 입술로 빤다. 그녀는 유두처럼 팽팽해진 눈을 놓지 않고 물며 성적인 쾌락을 못 이겨 오줌을 싼다. 그 순간부터 자전거에서 떨어져 다친 시몬은 완전히 치유된다. 앞에서 시몬은 달걀 속에 물이 들어오는 장면을 보고 남자의 성기가 가하는 자극에 못 이겨 오줌을 싸는 것을 연상할 뿐만 아니라, 더 나아가 실제로 음경을 상징하는 '내' 눈을 애무하며 오줌을 싸는 행위로 자신이 본 것을 실현해 보인다. 여기서 팽팽히 부풀어오른 눈은 성적 욕망으로 발기된 성기를 나타내고, 오줌은 성적 쾌락에서 비롯된 비생산적인 순수한 소비를 보여주는 금기 위반을 상징하는 것으로 간주할 수 있다.

'내'가 시몬에게 '오줌 싸다'라는 말을 들으면 뭐가 생각나는지 묻자, 그녀는 "빛줄기, 찌르다, 눈, 면도칼로, 뭔가 붉은 것, 태양"(26쪽)이 생각난다고 대답한다. '면도칼'이나 '찌르다'와 같은 말은 공격 내지 파괴의 의미를 갖는다. 나중에 시몬이 '눈을 파괴해', '달걀을 도려내'라고 말장난을 할 때, 이는 구체적으로 눈에 대한 파괴라는 의미를 획득한다. 다시 말해 이것은 이미 거세된 눈, 현실을 있는 그대로 재현하는 눈을 파괴한다는 뜻으로 해석할 수 있다. 또한 시몬이 '내'게 햇빛을 받으며 총으로 달걀을 쏘아 부수기 위해 언제 나갈지 물을 때, 이러한 공격은 성적인 것과 마찬가지로 역시 비생산적인 소비의 일종인 전쟁을 연상시킨다. 실제로 이러한 해석은 나중에 시몬이 엉덩이 냄새나 방귀 냄새를 화약 냄새와 비교하고 오줌줄기를 총탄에 비교할 때 더욱 설득력을 얻는다. 다시 말해 에로티즘은 기존의 질서나 금기를 '파괴'하는 폭력적이고 비생산적인 소모인 것이다. 또한 태양역시 이집트의 태양신 레-아툼처럼 과잉에너지를 분출하는 우주를 상징한다. 햇볕이 강렬하게 내리쬐는 스페인의 하늘을 보며 '내'가 감각의 해방을 느끼며 비현실적인 세계에 있는 느낌을 갖는 것 역시 태양이 지닌 초월적인 신성한 세계의 의미를 드러낸다. 물론 이러한 태양의 세계는 오줌을 통한 과도한 에너지 방출로 표상되는 에로티즘의 세계와 연결된다.

눈이 갖는 성적인 함의는 특히 5월 7일의 투우경기 장면과 돈 후안 교회의 성교하는 신부의 '순교' 장면에서 잘 드러난다.

먼저 투우경기 장면을 살펴보자. 시몬은 투우장에서 황소뿔에 부딪힌 암말의 방광이 터져 오줌이 모래 위에 쏟아지는 광경을 보고 흥분한다. 황소가 "태양의 괴물"(37쪽)이라고 불릴 때, 황소와 태양신 사이의 연관성이 강조된다. 투우장에서 황소가 '맹목적인blind' 분노로 '빨간' 천을 향해 돌진하며 투우사를 거의 뿔로 박을 뻔한 순간, 여자들은 성적인 쾌락이 최고에 도달하는 오르가슴, 즉 죽음과 거의 맞닿아 있음을 느낀다. 이러한 오르가슴의 순간이 '맹목적인 돌진'과 연결될 때, 'blind'가 '눈이 먼'이라는 뜻을 지니고 있음을 생각한다면, 현실을 지각하는 일상적인 눈에서 벗어나 성적인 욕망에 눈이 멀 때 금기 위반을 통한 최고의 실현이 가능함을 알 수 있다. 이것은 자전적 설명에서 바타유의 아버지가 성병에 걸린 장님으로 소변 볼 때 눈이 뒤집혀 흰자위가 드러나는 장면과도 연결된다. 이와 같이 일상적인 규칙과 금기의 현실에서 벗어나 금기를 위반하며 성적인 욕망을 실현하는 순간은 '눈이 머는' 순간으로 나타난다.

에드먼드 경은 시몬에게 첫번째 황소가 투우사의 손에 죽으면 사람들이 그 불알을 구워 먹는 관습이 있다고 알려준다. 이 말을 듣고 시몬은 그에게 그 불알을 날것으로 가져와달라고 부탁한다. 5월 7일 투우 경기에서 가장 뛰어난 투우사로 간주되는 그라네로는 첫번째 황소의 공격을 가까스로 피해 그를 창으로 찔러 죽인다. 이 순간 시몬은 흥분하여 마찬가지로 흥분한 나를 데리고 오줌 냄새가 진동하는 변소로 데려간다. 작은 파리떼가 햇볕을 '더럽히고' 있는 냄새나는 화장실에서 그녀와 나는 오르가슴을 느끼며 성행위를 한다. 여기서 죽은 황소는 태양의 죽음을 의미하기도 한다. 또한 여기서의 황소와 태양은 『구약』에 등장하는 여호와를 상징한다. "『구약』의 「창세기」 제49장 제24절을 보면 야곱에게 힘을 준 여호와를 "힘 있는 자, 황소"라고 지칭한 구절이 등장한다…… 여기서 중요한 것은 태양신으로 숭배되었던 『구약』의 여호와가 황소라 불리며, 바타유에 의해 황소의 죽음이 곧 태양의 죽음이 된다는 점이다. 그는 황소의 죽음을 '그 태양적인 괴물의 죽음'이라고 했다. 궁극적으로 여호와가 괴물로 귀착되고 있는 것이다."[54]

그러나 여기서 황소나 태양의 의미를 일면적으로만 해석해서는 안 될 것이다. 냄새나는 화장실 안에 비친, 파리떼로 더럽혀진 햇볕은 절대선으로서의 기독교적인 태양과 구분되는 절대악으로서의 또다른 태양을 암시하고 있기 때문이다. "인간의 자유와 욕망을 억압하는 금기들에 대한 도전이기에, 위반은 바타유의 용어를 빌린다면 주관성과

54. 임철규, 같은 책, 415쪽.

거의 동일한 주권의 표현이다…… 금기의 위반은 신, 도덕 또는 기존의 고착화된 질서에 종속되지 않으려는 선언이다. 금기에 대한 복종은 인간이 신의 의지, 기존의 가치체계, 기존의 질서 등등의 단순한 도구에 지나지 않는다는 고백의 표현이기 때문이다…… 에로티즘은 이러한 주권의 확인이나 다름없으며, 그러한 위반을 통해 인간은 도구화되는 것에서부터 해방될 수 있다. 바타유는 이러한 위반을 '악'이라고 규정한다…… 위반의 전형적인 에로티시즘을 '오직 악 자체를 위한 악'이라고 규정한다. 그것은 어떠한 규범에도 복종하지 않으며, 어떠한 생산적인 목적에도 이용되지 않기 때문이다. 그것은 주권적이며, '순수한 악'이다."[55] 「부패한 태양Rotten Sun」에서 태양은 미트라 신과 결부된다. 황소는 태양신 미트라에게 바쳐지는 제물인 동시에 미트라 신의 현현으로 숭배되기도 한다.[56] 임철규는 "「부패한 태양」에 등장하는 태양이 미트라 신과 결부된다면, 『눈 이야기』에 등장하는 태양은 궁극적으로 『구약』에 나오는 여호와와 결부된다"[57]고 말한다. 그러나 『눈 이야기』에도 부패한 태양이 등장하고 있음을 간과해서는 안 될 것이다.

이러한 맥락에서 '죽은' 첫번째 황소의 불알은 이제 순수한 태양이 아닌 부패한 태양의 상징, 즉 더러운 욕망을 상징한다고 할 수 있다. 그것은 동시에 성기를 상징하기도 한다. 그래서 '나'는 시몬에게 이전에 그녀가 엉덩이를 우유에 담갔던 것을 상기시킨다. 점점 강렬해지는 부패한 태양의 영향하에 '나'와 시몬은 비현실성 속으로 빠져들며, 마침내 시몬은 불알 한 개는 입에 넣고, 다른 한 개는 성기에 집어넣는다. 그 순간 황소뿔이 투우사 그라네로의 오른쪽 눈을 박아 눈이 튀

---

55. 같은 책, 407~408쪽.
56. 같은 책, 414쪽 참조.
57. 같은 책, 414~415쪽.

어나와 대롱대롱 걸린다. 이 순간 시몬은 비틀거리며 태양에 눈이 부셔 코피를 흘리며 쾅하고 쓰러진다. 현실적으로 세상을 바라보는 투우사를 공격해 눈을 뽑아내는 황소는 이란의 태양신 미트라를 상징한다. 태양신 미트라를 상징하는 황소가 투우사를 공격하는 순간 시몬은 태양에 눈이 멀어 더이상 현실을 있는 그대로 인지하지 못하며 극도의 오르가슴에 도달해 쓰러진다. 그녀가 자신의 성기에 집어넣은 황소의 불알은 크기나 모양이 달걀이나 눈과 비슷한 것으로 묘사되는데, 이는 부패한 태양을 상징하는 동시에 성기를 상징하는 것으로 볼 수 있을 것이다.

비슷한 상황이 돈 후안 교회의 젊은 신부가 순교하는 장면에서도 나온다. '나'와 시몬 그리고 에드먼드 경은 젊은 신부를 꼼짝 못하게 한 후 목졸라 죽인다. 이러한 '순교자'는, 사람들이 목을 조르는 순간 성기가 발기한다든지 그들이 발기한 성기를 시몬의 성기에 넣어 사정시킨다든지 하는 데서 드러나듯이, "성교하는 순교자"(45쪽)로 타락한다. 이 죽은 신부의 눈알 위를 앞에서도 나온 파리가 기어다닌다. 이 광경을 본 시몬은 에드먼드 경에게 신부의 눈알을 뽑아달라고 부탁한다. 이 눈알은 더러운 파리로 더럽혀진 눈알인 동시에 부패한 태양을 상징한다. 그것은 더러운 욕망을 품은 성기이기에 시몬은 그것을 자신의 성기에 집어넣는다. 그녀는 너무 열정적으로 키스하여 '나'를 사정하게 만드는데, 그 순간 '나'는 단두대의 신부가 죽음을 기대한 것처럼 시몬의 성기 안에서 마르셀의 눈이 뜨거운 오줌 같은 눈물을 흘리는 것을 본다. 부패한 태양이자 신성의 상징인 마르셀의 눈이 시몬의 성기 안에서 '나'를 바라볼 뿐만 아니라, '나' 역시 일상적인 지각에서 벗어나 공포에 부풀어오른 눈으로 마르셀의 창백한 푸른 눈을 바라본다. 부패한 태양의 강렬한 빛은 나를 일상적인 지각에서 벗어나 "환영"(48쪽)으로 이끈다. 이것은 현실의 피안에 있는 신성으로의 진입이 현실에서는 단지 이성적인 지각에서 벗어난 환영의 형태로만 가능하다는 것을 보여준다.

그렇다고 돈 후안 교회에서 이루어진 금기 위반과 신성한 에로티즘이 주인공 '나'와 시몬이 펼치는 모험의 최종 종착지는 아니다. "바타유에게는 위반 그 자체가 목적이며, 스스로를 목적으로 하는 이 위반의 세계에서는 목적 달성이나 충족 같은, 말하자면 일종의 완성 단계 같은 것이 존재하지 않는다."[58] 그래서 이들은 그 이후에도 에로티즘의 모험을 지속해나간다.

> 그렇게 우리는 안달루시아를 가로지르며 끊임없이 도망쳤다. 그곳은 황토와 황색 하늘의 지역이자 거대한 요강으로, 빛이 넘쳐나고 있었다. 나는 그곳에서 매일 새로운 역할을 맡아 새로운 시몬을 강간했다. 특히 한낮에 땅바닥에서 햇볕을 받으면서 말이다. 에드먼드 경은 충혈된 눈으로 그 광경을 바라보고 있었다.(48쪽)

황색 하늘에 부패한 태양이 강렬하게 빛나는 곳에서 '나'는 에드먼드 경이 붉게 충혈된 눈으로 바라보는 가운데 또다른 시몬을 강간한다. 이러한 강간은 순수한 악이자 폭력을 의미한다. 에너지의 비생산적 소비를 억제하는 모든 금기에 맞서 그것을 위반하는 것이 폭력이라고 한다면, 시몬에 대한 강간은 도덕적 의미를 넘어서 금기 위반을 통해 신성에 도달하려는 '비인간적' 폭력을 의미한다. 그것을 바라보는 에드먼드 경의 시선은 성적인 욕망으로 인해 붉게 충혈되어 있다. 반면 그러한 성적인 욕망을 실현하는 '나'와 시몬의 눈은 흰자위로 뒤덮여 있다. 그것은 장님의 눈먼 시선인 동시에 금기 위반을 통해 신

---

58. 임철규, 같은 책, 406쪽.

성의 영역에 들어서는 환영의 시선이다.

이처럼 바타유는 관습적이고 현실적인 재현의 시선을 비판하며, 욕망에 '눈이 먼' 환영의 시선을 통해 신성을 체험하게 한다. 이러한 시도는 근대의 시선의 질서를 파괴하는 동시에 새로운 총체성의 질서를 만들어내는 현대의 시선이다.

3. 바타유의 욕망의 시선을 넘어서

바타유는 육체의 에로티즘을 폐쇄적인 몸을 파괴하는 일종의 폭력으로 정의한다. 그는 남녀의 성행위를 희생제의에 비유하며, 제의집행자인 남자가 희생제물인 여자의 옷을 벗기고 그녀를 범하는 것을 그녀를 폐쇄된 육체로부터 해방시키는 행위로 간주한다. 이러한 육체의 에로티즘은 노동과 사회적 관습에 의해 억압된 자연적인 욕구를 방출하며 인간을 그러한 속박에서 해방시킨다는 것이다.

그런데 관심과 욕망으로부터 자유로운 객관성을 가장하는 관습적인 시선의 위선이나 억압에 대한 바타유의 비판이 분명 타당성을 지니는 측면이 없지 않더라도, 그가 내세우는 욕망의 시선에 또다른 억압이 내포된 것은 아닌지 생각해볼 필요가 있다. 바타유는 육체의 에로티즘을 희생제의에 비유하면서 남성 우월적 시선을 반영하는 성관계를 자연적인 것으로 내세운다. 이러한 관점에 따르면, 남성이 욕망의 시선을 지니고 여성에게 폭력을 행사하며 그녀의 육체적 해방을 도모할 때 여성이 이에 저항하며 수치심을 느낀다면, 이는 그녀의 의식이 아직 사회적 관습에 사로잡혀 있기 때문이다. 그러나 바타유가 자연적인 것으로 간주하는 육체적 에로티즘 역시 사실은 문화적 의미망에서 완전히 벗어날 수는 없다. 또한 육체적 에로티즘을 통해 불연속적인 인간의 한계상황을 넘어서려는 인간의 욕망을 담은 시선 역시 결코 문화적인 의미망에 들어서기 이전의 자연적이고 원초적인 시선이 아니다. 오히려 그것은 텍스트로서 구성된 문화적 의미망의 스크린을 통해 보는 시선이다. 바타유가 간과하고 있는 것은, 그가 자연적인 것으로 내세우는 성적인 욕망의 시선이, 설령 금기 위반이라는 공통된 상황에서 나타나더라도, 결코 보편적인 하나의 시선이 아니라 사회문화적으로 코드화된 다양한 시선들로 구성되어 있다는 사실이다. 이성애자의 욕망의 시선과 동성애자의 욕망의 시선은 결코 동일한 것이 아니며, 그 때문에 때로는 서로를 배제하려 들며 충돌하거나 또는 공존할 수도 있다. 또한 기독교적인 봉건주의 시대의 욕망의 시선과 자본주의 시대의 욕망의 시선 역시 차이가 있다. 이러한 관점에서 바타유가 하나의 욕망의 시선을 내세울 때, 이는 그가 리오타르가 말한 거대서사에서 벗어나지 못하고 있음을 보여준다.

바타유 이전에 이미 사드가 사회적인 도덕규범을 신랄하게 비판하며, 다양한 금기 위반을 통해 본래적인 자연으로의 회귀를 소망한다. 사드는 간통, 동성애, 강간, 근친상간, 심지어 살인까지 요구하면서 정치적인 전제주의에 맞서 에로티즘의 전제주의를 내세운다. 그는 이것을 인간의 자연적 본성을 억압하는 사회질서에 대한 저항과 육체 및 내적 본성의 해방으로 간주하지만, 이러한 사고방식은 여전히 그의 주장과 달리 사회문화적인 틀 속에 존재한다. 그는 남성 우월적인 사고에 갇혀 여성을 단순히 성적인 대상으로 간주하며[59] 여성에 대한

---

59. 사드의 『규방철학』에 등장하는 여성 인물인 생탕주 부인은 이러한 남성중심적 사고를 그대로 받아들이며 다음과 같이 말한다. "여자가 어떤 신분이든 간에, 처녀든 결혼한 여자든, 혹은 과부이든 간에 여자는 아침부터 밤까지 사랑을 하는 것 말고는 인생에 다른 목적도, 다른 관심사도 다른 욕망도 없다. 자연이 여자를 창조했던 것은 바로 이런 하나뿐인 목적에서였다."(도나티앙 알퐁소 프랑소아 드 사드, 『규방철학』, 이충훈 옮김, 도서출판 b, 2008, 86쪽)

폭력을 정당화한다. "자연이 여자들에게 명령한 허약성은 두말할 것 없이 자연의 의도를 보여주는 것으로서 자신의 능력을 그 어느 때 이상으로 누리게 되는 남자는 그가 원한다면 고통을 주면서라도, 그에게 좋다고 생각되면 모든 폭력을 사용할 수 있다는 것이다."[60] 사드의 『규방철학 La Philosophie dans le boudoir』(1795)에서 작가 사드의 대변인 역할을 하는 돌망세라는 인물은 남성적인 시선으로 여성의 나체를 관찰하고 대상으로 격하된 여성의 육체를 바라보며 쾌락을 느낀다.[61] 더 나아가 그는 집단적인 성행위의 세세한 부분까지 명령하고 지시하는 전제군주의 모습을 드러낸다. 즉 그는 작품 내의 이론적 성찰뿐만 아니라 실천적인 행위에 있어서까지 오류의 여지가 없는 절대적인 타당성을 지니는 인물로 등장하고 있다. 그러나 여기서 돌망세를 통해 제시되는 '자연적인' 욕망의 시선은 사실은 사회문화적으로 형성된 담론을 반영하고 있으며, 남성 우월적인 시선의 폭력을 보여줄 뿐이다.

금기 위반적인 욕망의 시선은 결코 단순한 자연적, 원초적 시선이 아니다. 그것은 인간을 문화적 억압에서 해방시켜 자연으로 데려가주는 해방적 시선이 아닐 수도 있다. 오히려 그러한 욕망의 시선은 앞에서도 언급했듯이 하나의 텍스트이자 문화적 구성물이다. 예를 들어 결혼한 한 여성이 가부장 사회의 윤리규범을 어기면서 여러 남성과 성관계를 맺는다면, 이는 한편으로 사회규범을 위반하는 행위로 볼 수 있겠지만 다른 한편으로 그러한 남성들에게 그녀가 성적인 감정

---

60. 같은 책, 268쪽.
61. 물론 규방에는 엄청나게 많은 거울이 있어 오토만 의자에 누워 성행위를 하는 남녀 모두 자신들의 성행위를 바라보며 시각적 쾌감을 배가할 수 있다. 그러나 그러한 규방의 주인인 생탕주 부인이 스스로를 '희생자'로 부르거나 남자주인공인 돌망세만이 여성들의 엉덩이를 '바라보는' 인물로 반복해서 묘사될 때, 남녀 간의 시각적 권력관계가 분명히 드러난다.(같은 책, 55~57쪽 참조)

을 갖도록 만드는 요인들이나 그들과의 성행위에서 그녀가 기대하는 성적 환상은 전적으로 사회문화적인 영향을 받게 될 것이다. 이로부터 완전히 벗어난 순수하고 절대적인 성행위란 단지 이상으로만 존재할 수 있을 것이다.

이러한 맥락에서 1960년대 독일의 대표적인 팝문학 작가인 롤프 디터 브링크만Rolf Dieter Brinkmann의 시집 『고질라Godzilla』(1968)는 대단히 흥미롭다. 이 시집은 중세 엠블럼처럼 제목과 이미지(정확히는 사진), 그리고 시 텍스트로 이루어져 있다.[62] 여기에는 속옷만 입은 여성들의 사진이 등장한다. 그러한 사진은 한편으로 1960년대의 보수적인 독일 독자들에게 관음증적인 욕망을 불러일으키며 성적인 해방의 기능을 수행할 수 있다. 그러나 다른 한편 브링크만은 이렇게 제시된 여성들의 섹슈얼리티가 결코 자연적인 것이 아니라 광고와 같은 매체를 통해 만들어진 일종의 상품인 것으로 폭로하기도 한다. 특히 비키니나 브래지어만 걸친 여성들의 얼굴이 사진에 등장하지 않을 때, 이들이 개성을 상실한 채 성적인 특징으로 환원되고 있음이 여실히 드러난다.[63] 따라서 이 시를 읽는 독자는 『고질라』에 실린 시 텍스트뿐만 아니라 거기에서 보게 되는 사진 역시 텍스트로 읽어내며, 그 사진에 등장하는 여성을 욕망의 시선으로 바라보는 동시에 그러한 욕망이 매체나 광고를 통해 상품화된 여성에 대한 자본주의사회에서의 성적 욕망임을 비판적으로 인식할 수 있게 된다. 비록 직접적인 사진이미지를 통해서는 아닐지라도, 오스트리아의 여류작가 엘프리데 옐리네크Elfriede Jelinek 역시 자신의 소설에서 포르노그래피적인 욕망의 시선에 담긴 가부장주의적이고 자본주의적인 성격을 신랄하게 비

---

62. Andreas Moll, *Text und Bild bei Rolf Dieter Brinkmann*(Frankfurt a. M., 2006), 189쪽 참조.
63. 같은 책, 191쪽 참조.

판하고 있다.

지금까지 살펴본 것처럼, 바타유의 욕망의 시선은 그것이 스스로를 관습적이고 문화적인 시선과 대립되는 자연적인 것으로 내세울지라도, 역설적으로 그 자체가 문화적 구성물로서 이데올로기적인 측면을 지니고 있다. 따라서 바타유의 욕망의 시선에 담긴 이데올로기적 성격을 폭로하는 동시에 이를 넘어 문화적으로 상이하게 코드화된 다양한 욕망의 시선들이 존재할 수 있음을 인식해야 할 것이다.

이와 더불어 또 한 가지 강조하고 싶은 것은, 보이는 대상의 욕망이다. 지금까지의 많은 시선 이론은 보는 주체의 욕망에 대해서만 이야기하고 있지만, 사실은 보이는 대상 역시 욕망을 지닐 수 있다. 창호지 문에 구멍을 내어 신혼부부의 잠자리를 엿보던 예전과 마찬가지로, 디지털 시대를 맞이한 지금도 여전히 우리는 다양한 매체를 사용하면서 타인의 홈페이지나 블로그, 페이스북을 엿보며 관음증적인 욕망을 드러내곤 한다. 그러나 동시에 우리는 일종의 온라인 일기라고 할 수 있는 페이스북에 자신의 내밀한 사생활을 올리면서 자신을 드러내려는 욕망을 갖기도 한다. 이전에 일기란 개인적인 비밀로서 부모에게마저 보여줄 수 없는 내밀한 공간이었다면, 오늘날의 일기라고 할 수 있는 페이스북은 오히려 타인에게 자신의 사생활을 드러내며 소통하려는 공적인 공간으로 나타난다. 여기에는 남들에게 자신을 드러내 보이려는 대상의 욕망이 숨어 있다. 유튜브를 통해 자신의 동영상을 올려 자신을 드러내며 타인의 관심을 유발하거나 인정을 받으려는 시도들도 있다. 이것은 보이는 대상이 단순히 욕망의 대상이 아니라 욕망의 주체일 수도 있음을 보여준다. 남에게 자신을 보여주고 드러내고자 하는 노출증의 욕망 역시 앞에서의 관음증의 시선과 마찬가지로 결코 하나의 원인으로 환원될 수 없는 다양한 문화적 의미를 지닐 수 있다. 그것은 소통이나 인정에 대한 욕

망, 유혹, 나르시시즘 등의 다양한 의미를 지니는 텍스트로서 관찰자
의 해석을 기다린다.

제8장
|
감시의 시선과 시선의 폭력

1. 푸코의 『감시와 처벌』

1) 신체형의 축제와 군주 권력의 스펙터클

미셸 푸코Michal Foucault(1926~1984)는 1757년 3월 2일에 공포된 다미앵에 대한 다음과 같은 유죄판결문으로 『감시와 처벌*Surveiller et punir*』(1975)을 시작한다.

손에 2파운드 무게의 뜨거운 밀랍으로 만든 횃불을 들고, 속옷 차림으로 파리의 노트르담 대성당의 정문 앞에 "사형수 호송차로 실려와, 공개적으로 사죄를 할 것." 다음으로 "상기한 호송차로 실려와, 공개적으로 사죄를 할 것." 다음으로 "상기한 호송차로 그레브 광장에 옮겨 간 다음, 그곳에 설치될 처형대 위에서 가슴, 팔, 넓적다리, 장딴지를 뜨겁게 달군 쇠집게로 고문을 가하고, 그 오른손은 국왕을 살해하려 했을 때의 단도를 잡게 한 채, 유황불로 태워야 한다. 계속해서 쇠집게로 지진 곳에 불로 녹인 납, 펄펄 끓는 기름, 지글지글 끓는 송진, 밀랍

271

과 유황의 용해물을 붓고, 몸은 네 마리의 말이 잡아끌어 사지를 절단하게 한 뒤, 손발과 몸은 불태워 없애고 그 재는 바람에 날려버린다.[64]

다미앵의 예에서 알 수 있듯이, 전통적인 사회에서 형벌은 스펙터클한 모습을 보인다. 그것은 모든 백성이 참여하는 일종의 축제이자 볼거리였다. 이에 반해 영국을 제외한 대부분의 유럽국가들에서는 판결에 이르기까지의 모든 형사소송 절차가 일반인은 물론 심지어 피고에게조차 알려지지 않은 채 비밀로 진행되었다.(70쪽 참조) 형사소송 절차의 이러한 은밀한 진행은 범죄의 진실을 결정하는 판결이 군주와 판사의 절대적 권한이자 독점적 권력이었음을 보여준다. 이것은 재판과정은 공개하는 대신 형벌은 비밀로 집행하는 근대사회의 형사소송 절차 및 형벌 집행과정과 대조를 이룬다. 그렇다면 전근대사회에 나타나는 이러한 은밀한 형사소송 절차 및 공개적인 형벌 집행과정이 시선 문제와 관련해 갖는 의미는 무엇인가? 푸코는 『감시와 처벌』의 1장에서 이 문제를 집중적으로 다루고 있다.

푸코에 따르면, 형사소송 절차의 은밀성은 수사 및 판결이 군주와 군주의 권력을 대변하는 판사의 독점적 권력에 의해 이루어질 뿐 결코 합리적으로 진행되지 않음을 보여준다. 모든 형사소송은 문서로 비밀리에 진행되며 피고가 없는 가운데 이루어진다. 그럼에도 불구하고 법원은 피고의 자백을 얻어내려 하는데, 이러한 과정에서 증거를 제시하기도 하지만 고문이라는 강압적인 수단이 사용되기도 한다. 따라서 조사과정에서 나타나는 은밀성과 강압성은 수사와 판결이 합리적인 이성이 아니라 군주의 절대적 권력에 기초해 있음을 보여준다.

---

64. 미셸 푸코, 『감시와 처벌―감옥의 역사』, 오생근 옮김(나남출판, 2003), 23쪽.(이하 본문에 쪽수로 표시)

처벌과정에서 사용되는 고문은 두 가지 기능을 지니고 있다. 고문은 수형자에게 내리는 처벌인 동시에 조사수단의 의미를 갖는다. 고문이 수사를 위한 수단이라고 한다면, 아직 수사가 완결되지도 않은 상태에서 어떻게 고문이 동시에 처벌로 기능할 수 있을지 하는 의문이 생길 수 있다. 그러나 근대 이전에는 완전한 증거가 나타나기 전에 간단한 혐의나 절반의 증거만으로도 이미 혐의자를 무죄 상태로 두지 않고 약간의 범죄자 내지 절반의 범죄자로 만드는 것이 가능했다.(80쪽 참조)[65] 그 때문에 고문이 자백을 얻어내기 위한 수사수단인 동시에 처벌의 기제로 작용하는 것이 가능했던 것이다.

그런데 신체형은 그것이 아무리 잔인한 모습을 보이더라도 무법적인 잔혹함은 아니며 특정한 사법적 코드를 반영하는 기술의 성격을 지니고 있다. 가령 채찍질 수나 인두를 갖다 대는 부위 등이 정확히 규정되어 있는 것이다.(68쪽 참조) 신체는 공개적인 징벌에서 중요한 위치를 차지한다. 왜냐하면 사람들은 죄인의 신체를 통해 그가 저지른 범죄의 진실을 공개적으로 확인할 수 있기 때문이다. 그래서 그는 가슴이나 머리에 판결문을 붙이고 다녀야 하며, 사거리에 멈춰 판결문을 읽고 교회문 앞에서 공개사죄를 하고 자신의 죄를 엄숙히 고백한다. 또한 교수대 앞에서도 다시 판결문을 읽고 자신의 신체를 통해 진실을 다시 한번 공포하게 된다.(81~82쪽 참조)

그렇다면 이러한 신체형은 구체적으로 어떤 기능을 수행하는가? 푸코는 신체형의 두 가지 기능을 언급한다.

---

65. 오늘날도 이러한 현상이 인터넷의 발전과 함께 다시 나타나기 시작한다. 인터넷의 신문기사들이 어떤 인물에게 특정 사건에 대한 혐의가 있는 것으로 보도하면, 네티즌들은 댓글을 통해 관련인물이 이미 유죄인 것처럼 단죄하기 시작한다. 설령 나중에 이 인물이 아무런 죄가 없는 것으로 밝혀지더라도 사람들이 그가 무죄로 판결받기까지의 전 과정에 주목하는 경우는 드물며, 해당 인물은 이미 부분적으로 죄인으로 취급받고 심지어 정신적인 상처라는 처벌을 받았다고 볼 수 있다.

첫번째로, 신체형은 범죄를 연극적으로 다시 한번 재현하는 기능을 수행한다. 처형은 범죄가 일어난 장소에서 거행되고 수형자는 그가 저지른 범죄의 장소나 이웃해 있는 사거리에 전시된다. 또한 고문은 일종의 상징적 의미를 지니고 있어, 신을 모독한 자는 혀를 뚫고 살인한 사람은 손을 자르며 음란한 행위를 한 사람은 화형에 처한다. 죄인의 처형은 범죄를 연극처럼 재현하며 죄인이 범행에 사용했던 도구나 제스처를 다시 반복하게 한다. 이로써 신체형은 범죄의 진실이 드러나는 장소가 된다.(82~84쪽 참조)

두번째로, 신체형을 정치적 의식으로 볼 수도 있다. 범죄는 군주의 법을 침해한 것으로 간주되며 그의 위엄을 손상했기 때문에 그것의 원상복귀를 요구한다. 그런데 법은 군주의 의지로도 간주될 수 있기에 범죄는 직접적인 희생자를 넘어서 군주를 공격한 것으로 볼 수 있다. 따라서 모든 처벌에는 군주가 사실상 함께 참여하는 셈이 된다. 신체형은 그렇게 손상된 군주의 권력을 복원하는 의식으로서의 의미를 지니고 있다. 그래서 공개처벌은 모든 사람이 보는 가운데 군주의 절대적인 권력을 보여주며 법 위반자와 법을 만든 사람, 즉 범죄자와 군주 사이의 힘의 비대칭성을 확인시켜야 한다. 공개적인 처벌은 결코 법의 우월성을 보여주는 것이 아니라 적의 신체에 달려들어 그를 제압하는 군주의 물리적 힘의 우월성을 보여준다. 그래서 신체형을 통해 군주의 권력이 가시화되는 것이다.(87~90쪽 참조)

종합해보면, 신체형에서 드러나는 잔혹성의 스펙터클은 한편으로 범죄를 반영하며 범죄의 진실을 밝히고, 다른 한편으로 범인을 제압하면서 군주의 권력을 과시한다. 범인의 신체는 범죄수사가 완결되는 지점인 동시에 군주의 승리를 축제의 형식으로 보여주는 것이다.

푸코는 공개처벌을 일종의 축제로 간주한다. 그래서 처벌은 비교적 장시간 동안 모든 백성이 참여할 수 있도록 공개적으로 진행된다.

고문의식의 주인공은 일반 백성이다. 백성이 참여하지 않고 몰래 진행되는 처벌은 아무런 의미가 없다. 백성은 형벌이 집행되는 현장에 직접 참여하여 군주의 절대 권력이 펼쳐지는 스펙터클한 광경을 목격해야만 한다. 이것은 백성이 공개처벌을 통해 군주의 권력을 확인하고 군주의 절대 권력을 침해한 범죄자를 같이 징벌하는 의미를 갖는다.(102~104쪽 참조) 그러나 푸코가 지적하듯이 공개처벌이 반드시 이러한 이상적인 의도대로 효력을 발휘하는 것은 아니다. 때로는 백성이 죄인의 처벌을 반대하고 그에게 동정을 표하거나 심지어 반항할 수도 있다. 즉 권력을 조롱하고 범죄자를 영웅시하며 공개처벌을 일종의 카니발의 장소로 변화시킬 수도 있다.(105~107쪽 참조) 신체형의 폐지는 단순히 고문의식의 야만성에 대한 이성의 비판을 통해서만 이루어진 것은 아니며, 그것이 야기할 정치적 혼란과 폭력에 대한 권력자의 두려움에 기인한 것이기도 했다. 군주는 공개처벌과 신체형이 자신의 권력을 강화하기보다 수형자에 대한 백성의 연대감을 강화하고 폭동을 낳을 수 있다는 것을 인식했던 것이다.

전근대사회는 개인보다는 공동체가 전면에 내세워지는 사회이다. 일반 백성은 작은 공동체 단위로 살고 있었기 때문에 좁은 마을에서 개인에 대한 익명성은 보장되지 않았다. 그런 한에서 수평적인 차원에서 공동체의 구성원들은 서로에게 생활이 많이 노출되었고 개인적인 비밀을 간직하기 어려웠다. 또한 공동체 구성원들의 눈은 의도하지 않았어도 때로는 감시의 눈으로 작용할 수도 있었다. 이것은 사회의 최고 계층에도 적용된다. 예를 들면 왕과 왕비는 장막 밖에서 신하들이 지켜보는 가운데 성관계를 가졌다.[66] 이에 반해 수직적인 차원에서 정치적, 사회적 권력기구가 일반 백성의 삶을 감시하는 일은 근

---

66. 박정자, 같은 책, 205쪽.

대사회와 비교해 미약했다고 할 수 있다. 이것은 그 당시 법 집행의 불규칙성 내지 자의성에 기인한 것이기도 하다. 설령 법을 위반하더라도 용인될 수 있는 사회적 범위가 있었고, 유죄판결이 나도 수형자는 군주의 자의적 권력에 의해 석방될 수 있었다.[67] 이러한 상황에서 개인의 행동을 지속적으로 관찰하고 감시하는 사회체제나 정치적 기구는 존재하지 않았다. 이와 같이 개인이 자신을 가시적으로 드러내거나 가시성의 초점이 되는 경우는 특권층에게로 한정되었을 뿐이며, 일반인의 경우에는 그러한 예가 거의 없었다.

2) 파놉티콘의 규율기제와 감시의 시선

푸코는 오늘날의 형벌체계를 다루기 전에, 우선 18세기 개혁주의자들의 형벌 모델을 시선의 문제와 관련해 소개한다. 근대에 들어서면서 형벌체계는 근본적인 변화를 경험한다. 이전과 달리 근대에는 범죄가 성립되려면 부분적인 증거나 혐의 대신 완전한 증거가 제시되어야 했고, 그렇지 않으면 무죄 선고가 내려졌다. 또한 야만적인 고문과 같은 강압적인 수사방식 대신 보편적 이성과 과학에 근거를 둔 경험적 수사가 진행되었다. 한편에서는 눈감아주고 다른 한편에서는 과도하게 처벌하는 법의 불규칙적인 적용은 이제 수정되어야 했으며, 위법행위는 예외 없이 처벌되어야 했다. 처벌 역시 과도하게 권력을 낭비하며 사용하는 것이 아니라 미래의 범죄를 예방하는 계도 기능을 수행할 수 있을 정도로 잘 계산해서 사용하도록 요구되었다.

푸코는 특히 18세기의 개혁주의자들이 제안하는 징벌이 다양한 형식을 띠고 있었음을 강조한다. 그것은 지금처럼 보편적인 형식으로서

---

67. 19세기 초 에테아 호프만의 소설 『스퀴데리 부인*Das Fräulein von Scuderi*』에서도 화형재판소에 의해 살인자로 지목된 올리비에가 별다른 재판과정 없이 스퀴데리 부인의 청원을 받아들인 루이 14세에 의해 풀려나는 과정이 묘사되고 있다.

의 감옥 대신 특수하고 가시적이며 무언가를 말하는 처벌을 수행하였다.(184쪽 참조) 이를 테면 범죄의 도구나 범죄의 방식을 옷에 새겨넣게 하고 이러한 범죄를 저지른 사람이 어떤 벌을 받는지 보여주는 것이다. 이러한 처벌은 범죄가 가져올 이익, 불이익을 표상하게 하며 기호적 차원을 통해 범죄 예방을 의도하였다. 그것은 신체 위에 표상되는 처벌의 가시성을 통해 모든 사람의 영혼에 영향을 미치려는 기호적 전략이다.(170~172쪽 참조) 하지만 이러한 개혁자들의 형벌체계 모델은 궁극적으로 관철되지 못하고 만다. 이성적이고 자유로운 개인들을 전제로 한 형벌체계라는 개혁의 이상은 계몽주의의 억압적인 이면을 보여주는 형벌체계에 밀려나고 만다.

이전에 감옥은 징벌의 준비과정 내지 징벌의 여러 수단 중 하나에 불과했지만, 점차 보편적인 징벌수단으로 관철되기 시작한다. 감옥의 발달과 함께 처벌은 더이상 일반인에게 공개되지 않는다. 감옥에서 하는 노동 역시 더이상 공공의 시선에 노출되지 않는다. 군주적 스펙터클의 사회에서와 달리 이제 형사소송 절차가 공개적으로 진행되는 반면, 처벌은 철저하게 비밀리에 이루어진다.

푸코의 책에서 흥미로운 점은, 그의 관찰이 단순히 감옥이라는 처벌기제에 한정되지 않고 감옥의 이상적인 형태가 사회 전반에 퍼져 있는 보편적인 규율기제로 작용하고 있음을 지적한다는 것이다. 여기서 우선 규율이라는 개념에 대한 정의를 살펴볼 필요가 있다. 푸코에 따르면, 규율은 단순히 명령과 감시를 통해 신체를 억압한다는 것을 의미하지 않는다. 그러한 것은 이미 중세 수도원에서도 존재했다. 규율은 신체 활동을 통제하고 힘을 지속적으로 예속 상태에 집어넣는 것에 그치지 않고 그러한 순종에서 유용성을 끌어내는 것을 의미한다. 이를 위해 더이상 신체를 하나의 덩어리로 다루는 대신 세분화하며 몸짓과 동작, 행동방식 하나하나까지 모두 통제하는 기제를 만든다. 이와 같이 규율은 이익을 끌어내기 위해 신체를 예속시키는 것이다. 규율은 경제적 유용성을 높이기 위해 신체의 힘을 증대시키지만, 동시에 신체를 정치적으로 예속시키기 위해 그 힘을 약화시키기도 한다. 이러한 유용성의 증대와 예속의 강화가 결합되는 지점이 바로 신체이다.(216~217쪽 참조)

신체를 중심에 놓는다는 점에서는 전근대사회의 형벌체계와 근대의 규율체계 사이에 일견 공통점이 있는 것처럼 보이기도 하지만, 그러한 신체를 다루는 경제학은 본질적으로 다르다. 근대에는 신체에 대한 규율의 통제가 더이상 과시적이고 스펙터클한 권력의 현시로 나타나는 것이 아니라, 오히려 신체를 통제하는 권력의 모습을 드러내지 않고 삶과 신체의 가장 작은 부분에까지 침투하는 방식으로 이루어진다.

규율권력은 혼란스럽고 무용하며 불확실한 신체의 덩어리들을 서로 비교하고 평가하며 그 특징들을 기술함으로써 분류하고 서열화한다. 시험은 이러한 목적을 달성하기 위해 가장 많이 사용되는 수단이다. 이를 통해 규율권력의 지배를 받는 대상으로서의 인간들은 개성을 지닌 개인으로 만들어진다.(267~268쪽 참조) 왜냐하면 개인의 성격, 능력, 태도 등이 모두 양적으로 평가되고 점수로 서열화되기 때문이다. 푸코는 이러한 규율권력 개념에 의거해 개인을 자유롭고 이성적인 주체로 보는 근대 계몽주의적 시각에 반대하며 근대적 주체개념의 허구성을 폭로한다. 이제 개인은 훈육하고 통제하는 규율의 지배에 의해 형성된 실제적 산물이 된다. 이와 같이 규율의 대상이 되는 인간은 개인화되지만, 그럼에도 불구하고 그러한 개인화 과정은 자유로운 형성 및 발전의 이념과는 거리가 멀다. 오히려 규율권력의 분류와 서열화를 통해 생성된 개인들은 다시 규율 모델에서 제시되는 규범을 중심으로 평가되고 정상/비정상으로 분류된다. 점수 평가와 함께 만들어진 모범 케이스를 따르도록 강요되고 그렇지 못한 경우 비정상으로 분류된다. 이와 같이 개인은 규범에 도달하고 정상화되기 위해 다시 대상화되고 규율의 예속과 통제를 받는다.

규율의 대상이 개인화된다면, 규율권력 자체는 점차 비개성적이 되고 익명화된다.(300쪽 참조) 자신의 과도한 권력을 과시하는 군주의 권력과 달리, 규율권력은 절제된 계산과 지속성의 경제학을 따른다. 또한 규모 면에서도 스펙터클하게 전개되는 군주의 권력과 비교하면 규율권력은 사소하고 초라해 보이기조차 한다. 그러나 다른 한편 이러한 규율권력은 개인의 작은 행동방식 하나하나까지 침투해 현미경처럼 기능하며 통제의 기제를 만들어낸다. "이러한 감시체계에서 권력은 설령 최고책임자가 있다고 하더라도 그의 소유물로 존재하지 않고 하나의 기능 메커니즘으로 존재한다. 즉 권력을 만들어내고 개인을 감시의 영역에 배치하는 기구 전체로서 권력이 존재하는 것이다. 이러한 권력은 군주의 권력과 달리 더이상 자신을 드러내지 않는 익명적 권력으로 존재한다."[68]

"근대의 시선은 양면적인 성격을 지니고 있다. 한편으로 중세의 종교적 세계관이 무너진 이후 인간의 시선이 신의 시선을 대신하며 세계를 조직하고 파악하려고 시도한다. 르네상스 이후 생겨난 소실점의 시선은 데카르트적인 단안적이고 이성적인 시선을 보여주며 세계를 이성적으로 새롭게 조직하고 진실을 밝혀내려고 시도한다. 그러나 푸코는 이러한 근대의 시선이 가지고 있는 이면적 성격을 부각시킨다. 그는 특히 규율을 관철하기 위해 작동하는 억압적인 감시의 시선을 강조한다. 이러한 측면에서 지속적인 관찰의 의미 역시 변화한다. 지속적

---

68. 정항균, 「탐정의 시선에 대한 패러디—카프카의 『실종자』에 나타난 근대적 시선 비판」, 『카프카 연구』 제24집(2010), 65쪽; 푸코, 같은 책, 279~280쪽 참조.

이고 체계적인 관찰은 더이상 사물에 대한 분석적인 시선을 통해 진리를 포착하는 긍정적인 시선으로 등장하지 않으며, 오히려 인간을 대상화하고 억압하는 감시의 시선으로 의미가 변화한다."[69] 17세기까지만해도 의사의 검사는 불규칙적이고 일시적이었지만, 근대에 들어오면서 의사의 시선은 점차 규칙적이고 지속적인 관찰의 시선으로 변한다. 그러나 이러한 의사의 시선은 분류와 비교를 통해 정상성의 규범을 만들어내고 이러한 규범적인 시선을 통해 비정상으로 분류된 환자에게 다시 정상으로 돌아올 것을 강요한다.

"예전에는 민중은 '보는 사람', 권력은 '보이는 사람'이었다. 그러나이제 가시성은 전도되어 권력은 '보는 사람', 민중은 '보이는 사람'이되었다."[70] 전통적인 권력은 자신을 드러내고 표현하는 가운데 자신의힘의 근원을 발견한다. 반면 권력이 펼쳐지는 대상은 어둠 속에 머무르며 권력이 그를 비추는 한에서만 빛을 부여받을 뿐이다. 예전에 죄수들이 어두운 지하 감옥에 갇혀 있었던 것도 이러한 맥락에서 이해할수 있다. 또한 벨라스케스D. R. S. Velázquez의 그림 〈시녀들〉(1656년경)에서 화가 자신이 어둠 속에 있는 반면, 공주는 전면에 환한 빛을 받고 있는 것도 같은 맥락에서 설명할 수 있다. 이와 달리 규율권력은자신을 드러내지 않음으로써 자신을 관철시킨다. 반면 그것은 이러한권력에 예속된 사람들을 가시성의 영역에 넣고 지속적으로 관찰하고감시한다. 그리하여 세상을 밝히는 계몽의 빛을 강조하는 근대는 감옥을 밝게 비추어 죄수에 대한 감시를 용이하게 하는 통제의 빛이라는 이면을 드러낸다.[71] 이러한 관찰과 감시는 사람들에 대한 정보와

---

69. 같은 글, 66~67쪽.
70. 박정자, 같은 책, 167쪽.
71. 박정자는 과거 지하 감옥의 어둠이 죄수를 보호하는 구실도 했는데, 몽테크리스토 백작이 탈옥할 수 있었던 것도 어둡고 폐쇄적인 감옥 구조 때문이었다고 지적한

지식을 낳으면서 개성을 지닌 개인의 존재를 만들어낸다. 따라서 인간에 대한 지식은 규율권력이라는 특정한 권력하에서 생겨난 것이며, 지식과 권력의 상관관계를 보여준다. 이전에는 특권층만이 특정한 의례나 회상을 통해 불멸화되고 영웅으로 기억되며 자신을 표현할 수 있었다. 이와 달리 근대에는 사회의 가장 변두리에 위치한 사람들—범죄자나 정신병자—조차 관찰을 통한 기록과 감시를 통한 보고에 의해, 또는 규범과 연관된 비교 측정을 통해 개성을 지닌 존재로 등장할 수 있게 된다.

완벽한 규율기구는 하나의 유일한 시선이 모든 것을 지속적으로 보는 것을 가능하게 하는 기구다. 푸코는 이러한 규율기구를 가장 잘 나타내주는 것으로 1791년 벤담J. Bentham의 파놉티콘panopticon 모델을 든다.

주위는 원형의 건물이 에워싸고 있고, 그 중심에는 탑이 하나 있다. 탑에는 원형 건물의 안쪽으로 향해 있는 여러 개의 큰 창문이 뚫려 있다. 주위의 건물은 독방들로 나누어져 있고, 독방 하나하나는 건물의 앞면에서부터 뒷면까지 내부의 공간을 모두 차지한다. 독방에는 두 개의 창문이 있는데, 하나는 안쪽을 향하여 탑의 창문에 대응하는 위치에 나 있고, 다른 하나는 바깥쪽에 면해 있어서 이를 통하여 빛이 독방에 구석구석 스며들어갈 수 있다. 따라서 중앙의 탑 속에는 감시인을 한 명 배치하고, 각 독방 안에는 광인이나 병자, 죄수, 노동자, 학생 등 누구든지 한 사람씩 감금할 수 있게 되어 있다. 역광선의 효과를 이용하여 주위 건물의 독방 안에 있는 수감자의 윤곽이 정확하게 빛 속에

___

다. 반면 근대의 감옥에서 밝은 빛을 받게 된 죄수들은 인간적인 대우를 받는 것처럼 보이기도 하지만, 역으로 그들이 감시자의 시선에 그만큼 더 노출된다는 의미에서 더욱 교묘하게 통제되고 있다고 볼 수도 있다.(같은 책, 178쪽)

떠오르는 모습을 탑에서 파악할 수 있는 것이다. 그것은 바로 완전히 개체화되고, 항상 밖의 시선에 노출되어 있는 한 사람의 배우가 연기하고 있는 수많은 작은 무대이자 수많은 감방이다. 일망 감시의 이 장치는 끊임없이 대상을 바라볼 수 있고, 즉각적으로 판별할 수 있는, 그러한 공간적 단위들을 구획 정리한다.(309~310쪽)

죄수들은 각기 독방에 갇혀 감시자의 시선에 노출되어 있지만, 옆방의 죄수와는 그들 사이에 있는 벽 때문에 접촉할 수 없다. 이로써 죄수는 스스로는 보지 못하고 단지 보이기만 하는 존재가 된다. 죄수들의 독방이 서로 차단되어 있어 어떠한 의사소통도 이루어지지 못함으로써 집단적인 탈출 시도나 공모도 하기 힘들어진다.(310쪽 참조) 이러한 감옥 구조를 확대시켜 해석하면, 근대사회의 공동체적 성격이 점차 사라지고 개인들이 고립되어가는 것으로 이해할 수 있다. 각각의 개인은 이웃의 삶에 대해 전혀 알지 못한 채 익명적으로 살아가며 비가시적이 된다. 이와 달리 수직적인 관계에서 감시자는 자신의 모습을 드러내지 않은 채 모든 죄수를 지속적으로 관찰하고 감시할 수 있다. 벤담은 권력이 가시적이지만, 들여다볼 수는 없어야 한다고 말한다. 이 말은 죄수가 자신을 감시하는 탑의 그림자를 눈앞에서 본다는 점에서는 권력이 가시적이지만, 그가 지금 이 순간 감시당하고 있는지 아닌지는 알 수 없다는 점에서 권력을 들여다볼 수 없다는 뜻이다. 벤담은 감시자의 존재 여부를 알리지 않기 위해, 중앙 감시 건물의 창문에 블라인드를 설치할 것을 제안하였다. 이로써 설령 감시가 산발적으로 이루어진다 해도 죄수가 탑에 있는 감시자를 볼 수 없기 때문에 감시작용은 항구적이 된다. 즉 죄수는 감시 자체를 내면화하여 스스로 감시자의 역할을 떠맡는 것이다.(312~314쪽 참조)

파놉티콘은 이전과 달리 직접적인 폭력을 과도하게 행사하는 것을 피하고 시간, 인원, 물자를 합리적으로 사용하며 범죄를 예방하는 효과를 낳을 수 있다. 이러한 기구를 통해 더 적은 사람으로 더 많은 사람에게 권력을 행사하고, 범죄가 저질러지기 전에 지속적으로 압력을 행사하고 개입하는 것이 가능해진다. 그런데 이 파놉티콘 모델은 감옥 모델로 그치지 않고 사회조직 전체로 퍼져나간다. 파놉티콘의 규율조직은 단순히 격리하고 배제하며 악을 추방하는 조직이 아니라 오히려 그것에 대한 지속적인 감시와 관찰을 통해 사회적 힘을 증대시키는 생산적인 모습을 보인다.(321쪽 참조) 원래 규율이 위험을 막고 소란을 일으키는 백성을 억압하고 통제하는 부정적 기능을 지니고 있었다면, 파놉티콘적인 규율은 긍정적 역할을 수행하며 개인의 유용성을 확대시키려 한다.[72] 가령 군대의 규율은 단순히 명령 거부나 탈영 등을 막는 기능을 넘어서 군대조직의 힘을 극대화시킬 수 있는 긍정적 기능을 갖도록 해야 하는 것이다.(324~325쪽 참조) 이것은 학교나 공장을 비롯한 사회조직 전체에 적용될 수 있다.

근대사회는 의회와 법체계에 의해 시민들의 평등한 권리를 보장하는 것처럼 보인다. 그러나 이러한 법체계는 근본적으로 평등하지 않고 비대칭적인 미시적인 권력체계인 규율들에 기초해 있다. 형식적인 법에 의해 자유가 보장되더라도, 실질적으로는 그 하부구조에서 규율이 개인의 신체와 힘을 통제하고 예속한다. 이로써 자유로운 계몽주의의 이면에 강압적인 규율체계가 숨어 있다는 것을 알 수 있다. 법체계가 개인에게 법적 주체의 자격을 부여한다면, 규율은 개인을 등급에 따라 분류하고 배치하고 규범을 바탕으로 서열화하며 종국에는 그를 규범에 도달하도록 강요한다. 이로써 개인은 주체로서의 자격을

---

72. 여기서 나오는 '부정적', '긍정적'이라는 개념은 가치평가와는 무관하며, 규율이 배제의 특성을 지니는지 아니면 생산성과 유용성의 특징을 지니는지를 나타내는 개념으로 사용되고 있다.

박탈당하고 지속적으로 감시받고 통제되는 대상의 지위로 전락하고 만다.(339~342쪽 참조)

율리우스는 위계적인 권력관계에 나타나는 시선의 문제를 역사적으로 설명한다. 이에 따르면 고대는 연극의 문명이다. 고대에는 백성이 소수의 특별한 사람들을 바라볼 수 있도록 신전이나 극장을 만든다. 사회는 이러한 제의의 순간 힘을 얻고 '하나의 거대한 신체'를 이룬다. 이와 달리 근대는 소수 내지 한 개인으로 하여금 다수를 조망할 수 있게 한다. 이제 사회의 주요 요소는 공동체나 공동생활이 아니라 사적인 개인과 국가이다. 이러한 근대사회에서 벤담의 파놉티콘 모델은 근대사회가 더이상 연극의 사회가 아니라 감시의 사회임을 보여준다. 이제 근대인은 더이상 무대 위에 존재하지 않으며, 각각의 개인을 톱니바퀴처럼 작동시키는 파놉티콘이라는 기계 안에 갇혀 있는 것이다.(332~334쪽 참조)

3) 푸코 이후의 감시의 시선: 전자 파놉티콘의 시대

"푸코는 인터넷이 전 세계적으로 확산되기 이전인 1984년에 죽었다."[73] 그렇다면 인터넷의 확산과 더불어 현대의 시선체계는 이전과 어떻게 달라졌는가? 이 문제를 살펴보려면, 사적인 영역과 공적인 영역의 관계가 시대적으로 어떻게 변화되었는지를 알아야 한다.

중세 수공업 사회까지만 해도 개인적 영역과 공적인 영역 사이의 엄밀한 구분은 가능하지 않았다. 왕에게 공적인 영역과 분리된 사생활이 존재하지 않았던 것처럼 일반 백성에게도 엄밀한 의미에서의 사생활은 존재하지 않았다. 가족 개념은 오늘날과 달리 좁은 의미에서의 가족을 넘어서 하녀와 도제까지 모두 포함하는 포괄적 개념으

---

73. 같은 책, 188쪽.

로 사용되었고, 직장과 가정의 구분도 명확하지 않았다. 그러다가 근대에 들어오면서 공동체적인 삶의 형태에서 개인적인 삶의 형태로 무게중심이 옮겨지면서 개인의 프라이버시가 강조되고 사적인 영역과 공적인 영역이 분명히 구분된다. 직장과 가정의 엄격한 분리도 이러한 변화에 따른 것이다. 파놉티콘 모델에서의 설명처럼 근대사회의 개인들은 사적인 공간에 갇혀 이웃도 잘 모른 채 고립된 삶을 산다. 이들은 소외를 대가로 자유로운 삶을 살 수 있다. 반면 이들은 정치적, 사회적 차원에서 개인의 삶을 감시당하며 산다. 그것은 국가기관이나 경찰과 같은 정치, 치안 담당기관에 의한 감시에서부터 학교나 군대에서와 같은 사회기관에서 이루어지는 감시에 이르기까지 다양한 차원에서 이루어진다.

그렇다면 벤담이 파놉티콘 모델로 설명한 근대의 감시체제와 21세기 초반의 감시체제 사이에는 어떤 근본적인 차이가 존재하는가? 외관상으로는 기술매체의 발전에 의한 강도의 차이만 존재하는 것처럼 보인다. 즉 전자매체의 발전에 의해 삶의 보다 작은 영역에까지 감시의 시선이 침투할 수 있게 된 정도의 차이만 존재한다는 것이다. 그러나 보다 자세히 살펴보면, 근대의 감시체제와 소위 말하는 포스트모더니즘 사회의 감시체제 사이에는 질적인 차이가 존재한다. 박정자는 이 점을 전자 파놉티콘의 특징을 열거하며 잘 설명하고 있다.[74] "벤담의 판옵티콘에서 중요한 기제가 시선이라면 현대는 정보가 그것을 대신한다. 작업장에서 노동자들을 통제하고 이들에게 규율을 강제하는 메커니즘은 시선에서 정보로 진화했다. 직장과 작업장에서 번뜩이

---

74. '전자 파놉티콘'이라는 개념은 박정자의 책 『시선은 권력이다』에서 사용된 것으로, 푸코 이후의 현대사회에서 벌어지고 있는 감시의 시선을 나타나기에 적합하다고 여겨 그대로 차용하기로 한다.

는 감시의 시선은 사람의 눈이 아니라 전자 장치의 눈이다."[75] "전자 감시는 판옵티콘의 감시 능력을 전 사회로 확장시켰다. 시선에는 한계가 있지만 컴퓨터를 통한 정보 수집은 국가적이고 전 지구적이다. 시선은 국소적이지만 정보는 광범위하다. 작은 지역 단위에서만 효과적으로 작동했을 판옵티콘이 현대국가에서는 일상적인 대규모 검열로 바뀌었다."[76] 벤담의 파놉티콘 모델에서 아직까지 주변을 감시하는 중앙 탑이 존재한다면, 현대의 전자 파놉티콘 모델에서는 그러한 감시의 중심이 존재하지 않는다. "모든 중심과 위계질서가 사라지는 포스트모던의 탈중심화 현상이 감시체제에도 적용"[77]되고 있는 것이다. 이러한 시대에는 더이상 어느 누구도 감시의 시선에서 자유로울 수 없다. 왜냐하면 감시의 주체는 동시에 항상 감시의 대상이 될 수 있기 때문이다. 우리는 익명의 그 누군가가 우리 자신을 언제든지 감시할 수 있음을 의식하며 살아가야 한다. 이제는 권력자뿐만 아니라 익명의 보통 사람들이 감시의 주체가 되고 있다.[78] 핸드폰, 디지털 카메라와 같은 매체는 타인의 일상을 사진이나 동영상의 형태로 인터넷상에 올림으로써 이러한 일상적인 감시를 공고히 하는 역할을 한다.

폐쇄회로 텔레비전(CCTV)이 이러한 전자 파놉티콘 시대의 상징적인 기술매체를 나타낸다면, 이와 반대로 UCC 동영상이나 페이스북

75. 같은 책, 192쪽.
76. 같은 책, 194쪽.
77. 같은 곳.
78. 같은 책, 200쪽 참조. 그러나 과거의 전체주의 사회나 관료주의 사회에서도 감시하는 시선의 편재성과 감시자와 감시대상의 역할교체가 충분히 나타날 수 있다. 특히 카프카는 『소송』에서 어떻게 사적인 공간과 공적인 공간이 상호 침투하는지 그리고 익명적이고 비가시적인 현대 관료체제의 권력이 지속적으로 개인을 감시하고 있는지 잘 보여주고 있다. 이 경우 감시대상은 감시권력의 실체를 볼 수 없기에 그러한 감시의 시선을 내면화할 뿐만 아니라 그 스스로 때로는 감시자가 되어 상대방을 관찰하고 감시하기도 한다.(박은주, 「『소송』에 나타난 권력과 법정세계」, 『카프카연구』 제6집, 1998, 313~341쪽 참조)

은 현대인의 자기과시 및 노출증을 상징하는 기술매체라고 할 수 있다. 현대에 들어오면서 사적 영역과 공적 영역의 경계가 다시 사라지고 있다. 과거에는 사적 만남이 이루어지는 카페가 지하에 있는 경우가 많았으며, 손님들은 어두운 조명과 칸막이를 통해 다른 사람의 시선으로부터 사생활을 보호받을 수 있었다. 그런데 현재의 카페들은 지상에 있고 밝은 조명을 설치하고 있을 뿐만 아니라 바깥의 거리에서 카페 내부를 들여다볼 수 있게 외벽을 투명유리로 대체하고 있다. 이러한 변화는 현대인이 타인의 시선에 노출되는 것에 커다란 거부감이 없으며 자신의 사적인 공간을 보호받고 싶은 욕구가 줄어들고 있다는 것을 보여준다. 사적 영역과 공적 영역의 경계가 모호해진 것은 기술매체의 가속적인 발전 때문이기도 하다. 앞으로 기술매체의 발전과 함께 재택근무는 점차 늘어날 것이며, 가정과 직장의 구분은 점점 불분명해질 것이다. 인터넷 매체를 통해서 고립된 개인들은 전자적인 공간에서 다시 소통할 수 있게 되는데, 심지어 미니 홈페이지나 페이스북 등을 통해 자신의 가장 내밀한 감정까지 공개하는 경우도 드물지 않다.[79] 또한 텔레비전에서 스타나 평범한 시민의 일상을 보여주는 리얼리티 프로그램도 점점 늘어나고 있는 추세다. 여기에는 타인의 사생활을 들여다보고 싶은 관음증적인 욕망도 한몫한다. 인터넷을 통해 포르노그래피를 보는 것뿐만 아니라 방송에서 타인의 사생활을 들여다보고 싶은 욕망 역시 근본적으로는 관음증에서 비롯된 것이다. 전근대 한국 사회에서 사람들이 신혼방 창호지 문에 구멍을 뚫고 신혼부부의 동침을 엿본 것처럼, 이제 현대인은 텔레비전이나

79. 같은 책, 204쪽: "현대는 소위 퍼블리즌public citizen의 사회가 되었다. '공개된'과 '시민'을 합성한 '퍼블리즌'은 인터넷을 통해 자신의 일거수일투족을 공개하고 자신의 생각을 알리고 싶어하는 사람들을 가리킨다. 현대인에게는 프라이버시라는 개념 자체가 흐릿해지고 있다. 젊은 세대들은 프라이버시를 꼭 지켜야 할 권리로 생각하지 않는 경향까지 보인다."

인터넷과 같은 기술매체를 통해 타인의 내밀한 삶을 엿본다.

박정자는 "'바라봄'과 '바라보여짐'이 서로 거부감 없이 상호작용하는 현대는 스펙터클과 감시가 융합된 세상이다. 가시성의 영역에서 이루어지고 있는 융합과 쌍방향 소통은 푸코의 권력이론을 무색하게 만든다"[80]라고 진단한다. 전자매체를 중심으로 이루어지는 이러한 '바라봄'과 '바라보임'은 모두 양면성을 지니고 있다.

'바라보임', 즉 인터넷에 자신의 정보를 공개하고 자신을 알리는 것은 능력은 있으나 능력을 펼칠 활로를 얻지 못한 사람이 사회적 인정을 받거나 고독한 현대인이 타인과 소통하는 긍정적 기능을 가질 수 있다. 전근대사회에서는 군주나 귀족과 같은 특권계층만이 자신의 권력을 일반 백성에게 과시할 수 있었다. 현대사회에서도 스펙터클의 의미는 다시 살아나는데, 자신을 과시하는 스펙터클을 보여주는 계층은 이전보다 훨씬 확장되었다. 현대사회에서는 정치인, 스포츠 스타, 신귀족층이라 불리는 연예인과 같은 계층이 텔레비전에 자신의 모습을 드러낼 뿐만 아니라, 평범한 네티즌도 블로그나 특정 사이트에 자신의 동영상이나 사진을 올려 자신의 능력과 장기를 마음껏 과시할 수 있다. 또한 이러한 외적인 자기과시뿐만 아니라 내면의 진솔한 표현 및 소통 공간으로 전자매체가 사용되기도 한다. 이전의 일기가 개인의 내면과 사생활의 기록으로서 타인의 시선에 노출되어서는 안 되었다면, 현대의 새로운 일기 형식인 블로그나 페이스북은 타인에게 공개되는 것을 전제로 한다. 디지털 기술을 이용해 일상생활을 기록할 수 있는 '라이프 로그 시스템Life Log System' 역시 일종의 일기라고 할 수 있다. 이것은 카메라가 장착된 안경, 목걸이에 부착된 마이크, GPS, 허리와 무릎에 부착된 생체인식 센서를 통해 각각 영상과 소리, 위치정보와

---

80. 같은 곳.

행동정보를 서버에 전송해 저장한 후 필요할 경우 사용할 수 있게 된다. "웹캠과 싸이월드, 블로그 등을 통해 자신의 일상을 기록하고 생중계하려는 나르시시즘적 욕망이 하루 24시간, 1년 365일, 80년 평생을 기록하려는 대용량 프로젝트로 탈바꿈"[81]하고 있는 것이다. 또한 이러한 라이프 로그는 스마트폰을 통해서도 이루어지고 있다. 야후가 내놓은 앱 '내가 온 길'은 스마트폰 사용자가 시작 버튼을 누르면 그가 언제, 어디서, 얼마나 시간을 보냈는지 등의 행동기록을 전부 기록한다. 이 앱을 사용하면 사용자의 위치정보를 노출해야 하지만, 이 앱의 사용자는 점점 증가하고 있는 추세이다.[82] 아이폰에서 나온 다이어리/스크랩북앱인 Flava에서도 매일 자신이 경험한 것을 사진, 동영상, 텍스트, 음악, 장소 등의 영역으로 구분하여 저장할 수 있다. 물론이 앱은 자신만을 위해 비공개 기능으로 사용할 수 있지만, 페이스북이나 트위터 등 SNS를 통해 타인과의 정보 공유도 가능하다. 이러한 앱의 이용자들은 서로의 라이프 로그를 대조함으로써 공통된 관심사나 화제를 확인할 수 있으며 상호교류의 폭을 넓힐 수 있다. 그러나 이러한 개인적인 정보의 완벽한 실시간적 기록이 원치 않는 타인에게 노출되었을 때, 감시와 통제의 수단이 되거나 타인의 관음증적인 욕망의 충족 수단으로 악용될 위험도 존재한다.

'바라보임'과 마찬가지로 '바라봄' 역시 이중적으로 평가될 수 있다. 그것은 한편으로 인터넷에 실린 글이나 동영상을 통해 정치적, 도덕적 잘못의 은폐를 폭로하거나 위치추적장치나 폐쇄회로 텔레비전을 통해 범인을 추적하거나 체포하는 긍정적 측면을 지니고 있다. 그러나 다른 한편 몰래카메라나 폐쇄회로 텔레비전처럼 개인의 내밀한

---

81. 정재승, 진중권, 『크로스』(웅진지식하우스, 2012), 214쪽.

82. http://news.mk.co.kr/newsRead.php?year=2013&no=122717, 2013. 3. 2. 참조.

영역에 침범하여 개인의 프라이버시를 침해하는 관음증적인 감시의 시선이나 회사에서 출근 카드나 터치패드로 직원의 동선을 체크하며 감시하는 억압적인 감시의 시선과 같은 부정적 측면도 있다. 현대사회에서의 감시의 시선은 전근대사회에서 이루어지는 수평적인 차원의 감시처럼 탈중심적인 특성을 띠고 있다. 쉽게 말해 근대사회에서처럼 중앙 집중적인 감시의 시선이 더이상 존재하지 않는 것이다. 그러나 전근대사회에서의 감시가 사회적 관계나 공간적인 인접성 등의 요소에 의해 제한되는 반면, 현대사회에서의 감시의 시선은 전자매체의 속성상 이론적으로 무한히 확장될 수 있고 모두에게 미칠 수 있다는 차이가 있다.

2. 오웰의 『1984』

조지 오웰George Owell(1903~1950)의 『1984』(1949)는 미래에 나타날 수도 있는 전체주의 사회의 위험을 경고하는 작품으로 잘 알려져 있다. 작품 제목에 등장하는 '1984'는 이 소설이 쓰인 1948년의 끝자리 숫자 둘을 뒤집어놓은 것으로,[83] 예언이 구체적으로 실현될 특정한 연도를 의미하기보다는 미래에 있을 수 있는 가상적인 상황 일반을 지시하는 것으로 보는 것이 더 타당할 것이다.

이 작품의 시대적 배경은 1984년 런던이다. 물론 이러한 시대배경은 앞에서 이야기한 것처럼 구체적인 런던의 현실을 보여주기보다는 미래에 있을지도 모를 전체주의 사회의 비인간적인 야만성을 폭로하

---

83. 박홍규, 『조지 오웰―자유, 자연, 반권력의 정신』(이학사, 2003), 284쪽 참조.

기 위한 설정에 불과하다.[84] 당의 하부조직원인 외부 당원 윈스턴 스미스는 철저한 통제와 감시가 이루어지는 억압적인 사회에 대한 불만을 느끼고 내면적으로 저항하는 유일한 인물로 등장한다. 골드스타인이라는 반역자와 지하조직인 형제단에 관한 소문이 있지만, 그러한 저항단체가 실제로 존재하는지 아니면 그것이 저항세력을 말살하기 위한 당의 조작에 불과한지는 확실히 밝혀지지 않는다. 현 사회를 정당화하기 위해 과거의 역사적 사실을 날조하는 당은 인간의 본원적인 성에 대한 욕망마저 억압한다. 본능을 방출할 수 있는 통로를 마련하면 당의 통제가 어려워질 수 있으므로, 당은 당원들의 결혼이나 성생활을 쾌락과 무관하게 미래의 당원을 생산하기 위한 수단으로만 허용할 뿐이다. 이에 대한 불만을 느낀 줄리아라는 여성은 자신과 마찬가지로 사회에 불만을 가지고 있는 윈스턴에게 애정을 느껴 사랑을 고백한다. 그녀에게 섹스는 권위적인 정부에 대한 일종의 저항인 동시에 개인의 행복을 추구하는 수단이지만, 그녀는 조직화된 저항의 가능성이나 필요성은 느끼지 못한다. 이에 반해 조직화된 저항과 새로운 사회에 대한 희망의 끈을 놓지 않는 윈스턴은 자신과 같은 생각을 지닌 것처럼 보이는 당 고위층인 내부 당원 오브라이언을 만난다. 오브라이언은 자신을 저항세력의 일원으로 내세우며 윈스턴을 포섭하는데, 나중에 이것이 속임수에 불과했음이 드러난다. 반복되는 고문과 협박에 못 이겨 윈스턴은 사랑하는 줄리아를 배신하고 당의 영도자로 간주되는 빅 브라더를 사랑하게 된다. 바로 그 순간 그는 당에 의해 총살당한다.

조지 오웰이 살던 시대는 히틀러와 스탈린 시대를 경험한 직후로

---

84. 우연의 일치이긴 하지만, 오늘날 감시의 시선을 대변하는 폐쇄회로 텔레비전이 가장 많이 설치되어 있는 곳은 영국의 런던이다.

전체주의에 대한 위험이 늘 도사리고 있었다. 그가 이 소설에서 묘사한 전체주의 사회는 당시 미국 언론에서 주장한 것처럼 공산주의 사회만을 가리키는 것은 아니었다. 오히려 그는 인간의 자유를 탄압하는 사회는 극좌와 극우 모두에게서 가능하다는 입장을 피력하였다. "나의 최근 소설은 사회주의 내지 영국 노동당(나는 그 지지자이다)에 대한 공격을 의도한 것이 '아니다.' 중앙집권화된 경제에서 생길 수 있는 타락을 보여주고자 의도한 것으로, 그러한 타락은 이미 공산주의와 파시즘 체제 속에서 일부 실현되었다. 내가 그린 사회가 필연적으로 도래 '하리라' 믿지 않으나(물론 책이 풍자라고 하는 점도 염두에 두고), 그 유사한 것에 이를 수 '있다'고는 믿는다. 또 나는 전체주의 사상이 어느 나라에서나 지식인 사이에 뿌리를 내리고 있다고 믿고 있다."[85] 위의 인용문에서 보듯이, 오웰은 20세기 전체주의 사회의 핵심 구성원을 관리, 과학자, 기술자, 교사, 전문정치인 등 관리자 집단으로 설정하고 있다. 그는 버넘 J. Burnham의 『관리자 혁명 *The Managerial Revolution*』(1941)에 예견된 새로운 핵심세력인 관리자 계급 개념을 받아들이며,[86] 이들이 이전 지배세력과 달리 권력 자체에 대한 순수한 갈망으로 피지배계층을 억압할 위험성을 경고한다. 이들의 권력에 대한 무한한 열망은 반대세력에 대한 탄압으로 이어진다.

반대세력을 효율적으로 탄압할 수 있는 물질적 기반은 기술 발전을 통해 주어진다. 그리고 바로 이 지점에서 이 작품이 지니는 현재성이 나타난다.[87] 오브라이언이 윈스턴에게 건네준 책은 골드스타인이

85. George Orwell, *The Collected Essays, Letters and Journalism of George Orwell* (Bd. 4), Penguin Books, 1970, 564쪽.(박홍규, 같은 책, 305쪽 재인용·)
86. 윌리엄 L. 랭어, 『뉴턴에서 조지 오웰까지』, 박상익 옮김(푸른역사, 2004), 761~762쪽 참조.
87. 『1984』를 번역한 정회성은 「옮긴이의 말」에서 다음과 같이 쓰고 있다. "『1984』가 처음 출간된 때는 1949년이다. 당시 비평가들은 이 작품을 전체주의를 비판하면

라는 반역자가 쓴 '불온서적'이다. 물론 나중에 이 책이 오브라이언 자신에 의해 쓰인 것으로 밝혀지지만, 이 책에 기술된 내용들은 그들이 살고 있는 전체주의 사회의 모습을 잘 드러내준다. 이 책의 1장에 기술된 내용은 감시의 역사를 짧게 요약하며 1984년 전체주의 사회에서 이루어지는 감시의 특수성이 무엇인지 알려준다. 여기서는 이전 사회의 정권과 현 정권을 비교하며, 기존의 지배계급은 겉으로 드러난 행동만 중요시하면서 백성이 무엇을 생각하는지에 대해서는 무관심했다고 기술한다. 그러면서 그 이유를 과거의 어떤 정권도 시민들을 지속적으로 감시할 수 있는 힘이 없었다는 데서 찾는다. 실제로 푸코는 중세까지는 예측 가능하고 모든 사람에게 똑같이 적용되는 법집행이 어려운 상황에서 백성에 대한 지속적인 감시의 필요성이 존재하지 않았음을 지적한 바 있다. 그러나 이러한 현실적 필요성의 문제를 떠나 총체적인 감시를 실현할 수 있는 물질적, 기술적 기반이 결여되어 있었던 것도 지적할 필요가 있다. 반면 오웰이 묘사하는 1984년의 사회에는 지속적인 감시와 통제를 가능하게 할 수 있는 기술적 기반이 존재한다.

하지만 인쇄술의 발달로 보다 쉽게 여론을 조작할 수 있게 되었고, 이것은 영화와 라디오로 인해 한층 더 용이해졌다. 특히 텔레비전의 발명으로 동일한 기계가 동시에 송수신할 수 있는 기술적 진보가 이루어짐으로써 사생활은 마침내 종말을 고했다. 모든 시민, 적어도 요주의 인

서 미래를 예언한 소설이라고 평했다. 물론 그때를 기준으로 보면 『1984』는 분명히 미래소설이다. 하지만 지금은 2000년대이므로 더이상 미래소설이 아니다. 더욱이 우리는 이제 전체주의 체제를 두려워하지도 않는다. 그것은 이미 지난 시대의 유물일 뿐이다. 그렇다면 『1984』는 오늘을 사는 우리와 무관한 소설일까? 절대로 그렇지 않다." (정회성, 「옮긴이의 말」, 조지 오웰, 『1984』, 정회성 옮김, 민음사, 2008, 439~440쪽/ 이하 본문에 쪽수로 표시)

물들을 하루 24시간 내내 경찰의 감시 아래 둘 수 있고, 다른 모든 통신망은 폐쇄시킨 채 정부 선전만 듣도록 할 수 있게 되었다. 그리하여 모든 국민으로 하여금 정부의 뜻에 완전히 복종하게 하고 의견 통일까지 하도록 강요할 수 있는 가능성이 처음으로 열린 것이다.(287쪽)

텔레비전의 발명으로 가능해진, 송수신을 동시에 할 수 있는 기계는 다름 아닌 텔레스크린이다. 모든 당원의 집에 설치되어 있는 이 기계는 자신의 시야에 들어온 사람의 일거수일투족을 다 감시하고 아주 작은 소리까지 포착한다. 더 나아가 텔레스크린의 기능은 단순한 감시에 국한되지 않고 명령을 전달하고 지시를 내림으로써 개인의 사생활에 대한 전면적인 통제를 가능하게 한다. 전체주의 사회에 대한 저항의 성공여부는 바로 텔레스크린으로 대변되는 감시체제의 눈을 어떻게 피하느냐에 달려 있다.

윈스턴과 줄리아가 사귀며 잠자리를 같이 하기 위해서는 모든 감시기계의 눈을 피하고 사상경찰을 따돌려야 한다. 윈스턴의 집 거실에 움푹 들어간 공간이 있어 몸을 잘 숨기기만 하면 텔레스크린의 감시망에서 피할 수 있다. 이러한 사회적 감시망에서 벗어날 수 있다는 희망이 바로 그의 저항 사상에 불을 지피는 원동력이 된다. 줄리아 역시 도심을 빠져나가 숲 속 깊숙이 있으면 사람의 목소리로 신분을 확인하는 마이크로폰의 감시에서 벗어날 수 있다고 믿는다. 더 나아가 이들은 사회의 85퍼센트를 형성하는 노동자 계층에 대한 국가의 감시가 소홀한 점을 이용하려고 한다. 당은 노동자를 열등한 족속으로 간주하며 짐승과 비슷하게 생각하므로 짐승처럼 자유롭게 내버려둔다. 그들에게는 불만이 있어도 사상을 통해 그것을 해소할 능력이 결여되어 있으므로 지식인처럼 통제하기가 어렵지 않다. 그래서 특별히 당의 이데올로기를 가르칠 필요도 없고 텔레스크린을 의무적으로 설치할 필요도 없다. 단지 그들 사이에 사상경찰을 몇 명 집어넣으면 위험인물을 쉽게 찾아낼 수 있다. 노동자들에 대한 비교적 관대한 감시체제는 윈스턴과 줄리아를 오판하게 만든다. 이들은 고물상 주인 채링턴의 방에서 몰래 성관계를 갖고 심지어 금서까지 읽는다. 그러나 나중에 이 고물상 주인이 바로 위장한 사상경찰이고 그 방에 텔레스크린이 숨겨져 있다는 것이 밝혀진다.

이 전체주의 사회의 감시가 공포를 자아내는 이유는 그 시선이 예측 불가능하다는 점에 있다. 윈스턴은 감시자의 시선을 피해 자유를 보존하고 심지어 체계적인 저항을 할 수 있다고 믿지만, 그는 전혀 예상치 못한 곳에서 텔레스크린이나 사상경찰과 맞부딪친다. 제러미 벤담의 파놉티콘처럼 『1984』에 등장하는 전체주의 사회의 감시체제는 도처에서 모든 시민의 일거수일투족을 감시할 수 있지만, 감시당하는 시민이 감시자를 바라보는 것은 불가능하다. 심지어 감시자가 감시를 하지 않는 동안에도 감시당하는 사람은 자신이 감시당하는지 아닌지 전혀 알 수 없다. 또한 이러한 감시체제에서는 감시자가 구체적으로 누군지는 중요하지 않으며, 단지 감시 기능 자체만이 중요한 의미를 띤다. 이러한 의미에서 당의 영도자로 선전되는 빅 브라더의 존재 여부는 중요하지 않다. 사방에 붙어 있는 빅 브라더 포스터와 함께 '빅 브라더가 당신을 주시하고 있다'라는 글이 적혀 있는데, 이러한 빅 브라더의 시선은 총체적인 감시를 상징한다고 할 수 있다. 금서에 기록되어 있듯이 전지전능하고 완전무결한 빅 브라더는 포스터에 등장하고 텔레스크린에 목소리로만 나오는 존재일 뿐이며, 당이 스스로를 과시하기 위해 설정한 가공인물일 가능성이 높다. 그를 실제로 본 사람은 아무도 존재하지 않는다. 그럼에도 불구하고 빅 브라더가 존재하느냐는 윈스턴의 질문에 오브라이언이 '존재한다'라고 답하거나, 물리적으로 존재하느냐고 재차 이어지는 그의 질문에 '그런 것은 중요하지 않다'고 답할 때, 빅 브라더의 존재는 물리적인 실존 여부보다는 신과 같은 위치에서 절대적인 감시의 시선으로 바라본다는 사실에 그 의미가 있다는 것을 알 수 있다.

총체적으로 행해지는 사회적 감시에도 불구하고 감시자 자신은 일반 시민의 눈에 보이지 않듯, 감시에 이어지는 처벌과정 역시 사람들의 눈에 보이지 않는 폐쇄적인 공간에서 이루어진다. 1930년대의 전체주의에서 재판 없는 투옥, 공개처형, 자백을 강요하기 위한 고문이 공공연히 이루어졌다면, 이러한 똑같은 과정이 여기서는 은밀히 수행된다. 이러한 측면에서 볼 때 스탈린이나 히틀러의 전제정치가 푸코가 말한 의미에서 전근대적인 특성을 띠고 있다면, 『1984』에 형상화된 전체주의 사회는 전근대적으로 행사된 권력을 눈에 보이지 않게 은밀하게, 즉 근대적인 방식으로 수행한다. 이러한 이중성은 처벌 자체에서도 명확히 드러난다. 근대적 감옥제도를 표방하는 이 전체주의 사회에서는 전근대사회와 마찬가지로 처벌이 엄격히 법에 따라 이루어지지 않는다. 전근대사회에서는 위법의 경계가 애매모호한 경우가 많았고 죄를 지었어도 왕에 의해 사면될 수도 있었다. 『1984』에 묘사된 전체주의 사회에서는 한 걸음 더 나아가 법 자체가 존재하지 않는다. 그렇기 때문에 법을 위반해서 처벌하는 것이 아니라 언젠가 죄를 저지를 가능성이 있는 사람을 제거하기 위해 처벌이 행해진다. 하지만 죄가 명확히 규정되지 않은 상황에서 처벌은 자의적이 되며 본질적으로 모든 사람에게 내려질 수 있는 예측 불가능한 것이 된다. 심지어 당의 열렬한 지지자인 사임이나 파슨스 같은 사람마저 당에 의해 처벌된다. 신어 사전 전문가인 사임은 언어개혁을 통해 생각을 지배하려는 당의 노선에 충실한 인물이다. 그는 체제에 대한 전복이나 저항을 낳을 수 있는 생각을 원천적으로 차단하기 위해 기존의 단어를 없애고 새로운 언어체계로 전환해야 할 필요성을 역설하지만, 그러한 지적인 면모 때문에 당에 의해 제거된다. 이와 달리 윈스턴의 이웃인 파슨스는 단순한 인물로 당에 무조건적인 신뢰를 보이기 때문에 그의 처벌은 뜻밖인 것처럼 보일 수도 있다. 그러나 그가 잠결에 '빅 브라더를 증오한다'고 말한 것을 자신의 어린 딸이 고발함으로써 그가 처벌받을 때, 어느 누구도 처벌을 벗어날 수 없음이 드러난다. 감시의 시선이 가장 내밀한 영역인 가정에까지 침투해 있을 뿐만 아니라 이러한 (딸의) 고발의 진실성 여부 역시 입증될 수 없기 때문에 파슨스의 처벌은 이 사회에서 처벌의 예측 불가능성을 극명하게 보여주는 사례가 된다. 극단적으로 말하자면, 실존하지 않는 빅 브라더를 제외한 모두가 (오브라이언까지 포함해서) 감시와 처벌의 대상이 될 수 있는 것이다.

이러한 총체적인 감시사회에서는 더이상 행동만 조심하는 것으로는 충분하지 못하다. 왜냐하면 무의식적으로 드러나는 불안한 표정만으로도 어떤 위험한 행위를 감추고 있는 것으로 간주되어 처벌될 수 있기 때문이다. 신어로 '표정죄'라고 불리는 것이 존재할 때, 시민들은 의식적인 행동뿐만 아니라 무의식적인 표정마저 조심해야 한다. 물론 그들이 그렇게 조심한다고 해서 처벌을 피할 수 있는 것은 아니다. 왜냐하면 처벌은 감시당하는 사람의 태도보다는 감시자의 해석에 따라 내려지기 때문이다.

"사상경찰이 개개인에 대한 감시를 얼마나 자주, 그리고 어떤 방법으로 행하는지는 단지 추측만 할 수 있을 뿐이다. 어쩌면 사상경찰이 항상 모든 사람을 감시한다고 볼 수도 있을 것이다. 아무튼 그들은 필요하다면 언제든지 감시의 선을 꽂을 수 있다. 그래서 사람들은 자신이 내는 소리가 모두 도청을 당하고, 캄캄한 때 외에는 동작 하나하나까지 감시당하고 있다는 생각을 하며 살아야 했는데, 오랜 세월 그렇게 하다보니 어느새 그런 삶이 본능처럼 습관화되어버렸다."(11~12쪽) 이렇게 항상 감시당하며 사는 사람은 누가 자신을 감시하는지, 누가 자신과 같은 생각을 하는지 추측하며 살아야 한다. 그러나 이러한 추측이 정확할 수 없음은 윈스턴이 자신을 사랑한 줄리아를 사상경찰 내지 첩보원으로 간주한 반면, 자신을 처벌한 오브라이언은 자기편으로 착각했다는 데서도 잘 드러난다. 자신을 사랑하고 자기와 같이 사회에 저항하는 사람을 적으로 오인하고, 거꾸로 자신을 체포하려는 감시자의 속임수에 넘어가 그를 동지로 착각하게 되는 사회에서 전체주의 사회를 전복할 수 있는 저항조직을 만들어나가는 것은 불가능한 것처럼 보인다. 줄리아에 대한 윈스턴의 사랑이 작품 마지막에서 빅 브라더에 대한 사랑으로 바뀌는 것은 전체주의 사회의 절대적 지배체제가 완벽하다는 것을 입증한다. 머릿속에서만은 저항정신을 간직함으로써 자유를 보존할 수 있으리라는 믿음은 허구로 밝혀진다. 윈스턴의 머릿속에 든 생각까지 오브라이언이 완벽히 알아내어 그를 고문하고 위협하는 순간 그에게 생각할 수 있는 능력은 더이상 남아 있지 않으며 그리하여 결국 그는 자신을 온전히 빅 브라더에게 내맡기게 된다. 이처럼 『1984』는 텔레스크린과 사상경찰에 의해 이루어지는 완벽한 감시체제를 드러내며, 감시의 시선이 절대화될 때 나타날 수 있는 디스토피아를 경고한다.

3. 무라카미 하루키의 『어둠의 저편』

감시의 특징은 감시자가 감시대상 모르게 그의 행동을 관찰하고 통제하는 데 있다. 이러한 감시는 일방적인 성격을 띠기 때문에 감시를 당하는 사람은 감시를 하는 사람에게 종속될 수밖에 없다. 감시는 감시카메라의 보급과 함께 개인적인 감시의 성격을 넘어선다. 카메라는 처음 등장했을 때부터 감시적인 속성을 지니고 있었다. 존 택은 푸코의 계보학적인 방법을 이용하여 카메라의 기원과 그 사용의 역사를 추적하며, 카메라가 경찰기관을 넘어 사회 대부분의 기관에서 감시와 통제의 목적으로 사용되었음을 밝힌다. 우리는 아직까지 사진이 지닌 다큐먼트로서의 증거력과 진실성을 믿고 있지만, 존 택은 사진의 이러한 기능이 사실은 감시권력의 기능에서 비롯된 것이라고 주장한다.[88] 이러한 사진의 감시적 특성은 이제 한 개인이 다른 개인을 직접적으로 감시하는 것이 아니라, 감시 주체와 상관없이 감시카메라라는 기계가 인간의 감시하는 눈을 대신함으로써 그 성격이 변화한다. 즉 감시의 시선은 개인의 시선에서 익명의 시선으로 변화한 것이다. 오늘날 감시카메라가 널리 보급되면서, 우리는 누군지 알 수 없는 익명의 시선이 우리를 어디에선가 감시하고 있다는 두려움을 갖고 살아가지 않을 수 없게 된다.

그러나 사람들이 자신도 모르게 누군가가 자신을 관찰하는 것을 두려워하는 것만은 아니다. 특히 텔레비전이나 인터넷과 같은 매체가 발전하면서 사람들은 자신의 모습을 익명의 다수에게 보여주는 데서 즐거움을 느끼기도 한다. 텔레비전 시청자나 인터넷 유저가 갖게 되는 시선은 구조적으로 앞에서 언급한 감시의 시선과 많은 유사점을 지니고 있다. 이러한 매체에 등장하는 인물 역시 익명의 관람자를 볼 수 없으며 단지 그들에 의해 일방적으로 응시될 뿐이다. 그렇다고 이렇게 대중매체에 등장하는 사람들이 감시를 당하는 사람들과 똑같은 상황에 있는 것은 아니다. 왜냐하면 이들은 자신이 익명의 다른 사람들에게 응시되고 있다는 사실을 알고 있을 뿐만 아니라 자신의 의지로 그것을 선택했기 때문이다. 그렇다면 이처럼 대중매체나 UCC 동

---

88. John Tag, *The burden of representation. Essays on Photographies and Histories* (Minneapolis, 1995), 특히 66~102쪽 참조.

영상 등을 통해 익명의 시선에 개인을 노출한 것은 자신의 의지로 선택한 것이기 때문에 감시와는 달리 아무런 문제가 없는 것일까? 이 질문에 대한 한 가지 답변 가능성을 무라카미 하루키의 소설 『어둠의 저편』(2004)에서 찾아볼 수 있을 것이다.

이 소설은 저녁 11시 56분에서 새벽 6시 52분까지 하루 저녁에 일어난 일들을 서술하고 있다. 소설은 다카하시라는 스물한 살의 청년이 자신보다 두 살 어린 아사이 마리라는 여자를 한 패밀리 레스토랑에서 우연히 만나는 장면으로 시작한다. 다카하시는 자신의 친구와 함께 2년 전에 한 호텔 수영장에서 마리 및 그녀의 언니와 함께 시간을 보낸 적이 있다. 다카하시와 마리는 처음에는 서로 서먹하고 쉽게 가까워지지 못하지만, 작품 마지막에는 마음의 문을 열고 연인관계로 발전한다. 그러한 변화에 이르기 전까지 하룻밤 사이에 많은 사건이 일어난다. 그중 하나는 바로 다카하시가 이전에 아르바이트 일을 한 적이 있는 알파빌이라는 호텔에서 어떤 중국인 매춘부 여자가 한 일본인 남자에 의해 구타당한 사건이다. 여자 호텔 지배인인 카오루는 호텔에 설치된 감시카메라를 통해 그 남자의 얼굴을 확인한다. 그녀가 다른 호텔 직원들과 나누는 대화에서 일상에 파고든 감시카메라에 대한 두려움을 알 수 있다.

고무기: 편리하긴 해도, 생각해보면 이상한 세상이에요. 이러면 맘 편하게 러브호텔에도 드나들지 못할 거 아니에요.

카오루: 그러니까 말이야, 너희도 밖에서 나쁜 짓은 하지 않는 게 좋아. 요즘은 어디에서 카메라가 노려보고 있는지 알 수 없는 세상이니까.

고무기: 하늘이 알고 땅이 알고 디지털 카메라가 안다.

고오로기: 정말 조심해야겠어요.[89]

근대 이전에는 신이 세상을 내려다보며 도덕적인 감시의 역할을
했다면, 이제는 감시카메라가 그러한 역할을 떠맡게 된 것이다. 감시
카메라는 밤에도 세상을 대낮같이 밝히며 모든 것을 숨김없이 바라
본다. 이 작품은 감시카메라의 억압적인 기능에 대해서 직접적으로
언급하지는 않는다. 그러나 이러한 감시카메라에 찍힌 사진을 넘겨받
은 집단이 중국 폭력조직이며 이들이 그 남자를 추적한다고 할 때, 감
시카메라의 도덕적 기능은 의문시된다. 이들은 젊은 중국 매춘부에게
폭력을 행사했던 남자를 스쳐 지나가지만 그를 알아보지는 못한다.
그 대신 이들은 그 남자가 빼앗아갔다가 어느 편의점에 버리고 간 그
녀의 핸드폰 번호로 전화를 건다. 이 폭력조직대원들은 전화를 받은
사람을 추적해 반드시 잡아내겠다고 위협하지만, 정작 그 수신자는
중국 여자를 폭행한 남자가 아니라 우연히 편의점에 들렀다가 전화
를 받은 다카하시이다. 처음에 다카하시는 이러한 위협이 자신과 무
관하다고 생각하지만, 나중에는 그것이 자신에게 향할 수 있음을 인
식한다. 이러한 은색 핸드폰의 위협은 주체적인 의지 없이 쉽게 자신
을 내맡기는 불특정 다수에게 향해 있다. 이 작품에서 여러 차례 눈에
띄지 않는 평범한 인물로 묘사된 다카하시는 우리와 같은 보통사람
이 어느 한순간 갑자기 일상의 안전한 울타리를 벗어나 범죄적인 환
경에 노출되고 고통받을 수 있음을 보여준다. 다카하시는 마리와의
대화에서 자신과 범죄자들 간의 세계가 결코 견고한 벽에 의해 구분
되어져 있지 않다는 것을 인식했다고 말한다. 마리가 알파빌 러브호
텔에서 알게 된 고오로기 역시 평범한 직장인으로 생활하다가 어떤
갑작스러운 상황에 의해 위협을 받아 이곳에 이르게 된다. 그것은 아

---

89. 무라카미 하루키, 『어둠의 저편』, 임홍빈 옮김(문학사상사, 2008), 102~103쪽.(이
하 본문에 쪽수로 표시)

마도 남자관계에서 비롯된 것으로 보이는데, 그의 몸에 드러난 상처는 그녀가 폭력의 공포에 시달려왔음을 잘 보여준다. 귀뚜라미라는 뜻의 가명을 사용하는 고오로기는 이러한 일상의 지반이 무너지는 순간 인간이 자신의 이름과 얼굴을 모두 상실할 수밖에 없음을 보여준다. 그녀는 잠을 자면 눈을 뜨지 않게 해달라고 소망하지만, 꿈에서마저 추격당하고 붙잡히는 상황은 반복된다. 이와 같이 무라카미 하루키는 평범한 사람들이 어떻게 일상에서 감시당하고, 심지어 아주 사소한 상황으로 인해 범죄적인 환경으로 빠져들어 고통받으며 추적의 시선에 시달릴 수 있는지를 보여준다.

현대인들이 한편으로 익명의 감시와 추적의 시선에 의해 위협받는다면, 다른 한편으로는 매체를 통해 스스로 익명의 시선이 되어 폭력을 행사하기도 한다. 중국 매춘부를 폭행한 남자는 흉악한 범죄자가 아니라 시라가와라는 이름의 아주 평범한 회사원이다. 그는 겉으로는 멀쩡하며 결코 러브호텔에서 여자를 때릴 사람처럼 보이지 않는다. 그러나 이러한 평범함 속에는 사디즘적인 폭력에 대한 욕구가 숨어 있다. 그는 주로 밤에 근무하며 가족과 함께 시간을 보내는 경우는 드물다. 그는 대부분 컴퓨터 작업으로 시간을 보내는데, 쉴 때는 텔레비전을 멍하니 볼 뿐이다. 이렇게 인간적인 소통이 단절된 상황에서 그에게는 상대방에 대한 인간적 배려나 사랑의 감정 역시 메말라 있다. 그것을 보상받기 위해 시라가와는 여성을 단순히 성적인 대상으로 여기고 소유하려 하며, 텔레비전과 같은 매체의 영향을 받아 "쾌락을 탐하는 대중의 관음적 시선"[90]을 갖는다.

이 소설에서 마리의 언니 에리는 두 달 동안 잠들어 있는 기이한

---

90. 권택영, 「현대 문명의 이면에 가려진 몸의 실존적 의미」, 무라카미 하루키, 『어둠의 저편』, 289쪽.

상황에 처해 있다. 그런데 텔레비전 전원 플러그가 뽑힌 상황에서 텔레비전 화면에 마스크를 써 얼굴을 알 수 없는 한 남자가 등장한다. 그는 어떤 방에서 의자에 앉은 채 침대에 누워 있는 에리를 응시한다. 에리는 자신의 방에서 이 화면 속의 방으로 옮겨져 계속 잠을 자다가 깨어난다. 얼굴을 알 수 없는 남자가 그녀에게 무슨 짓을 했는지는 알 수 없지만, 그가 사라진 후 홀로 남은 그녀는 자신의 존재와 실체의 의미가 완전히 사라지는 상황에 위협을 느끼며 그곳에서 탈출하려고 시도한다. 여기서 흥미로운 것은 이 텔레비전 화면 안에 등장하는 방이 시라가와가 심야에 근무하던 사무실과 비슷하며, 그가 쓰던 것과 같은 은색 연필이 그 방에서도 보인다는 사실이다. 이것은 에리를 응시하며 욕망했던 남자가 직접적으로는 시라가와이고, 간접적으로는 그와 같은 익명의 평범한 남자들이었음을 추정하게 한다.

에리는 어려서부터 예쁜 외모 탓에 주위의 부러움을 샀고 잡지나 텔레비전 광고모델을 하기도 했다. 그녀는 마리와 달리 적극적이고 주체적으로 문제를 해결하려 하기보다는 수동적으로 행동하며 남의 시선에 보이는 자신의 모습에만 신경을 쓴다. 독서와 같은 지적인 활동보다는 쇼핑이나 외모관리에만 몰두하는 그녀는 광고모델로 나서서 타인의 시선을 받게 되지만, 그녀의 생각과 달리 이러한 타인의 시선은 그녀를 사디즘적인 욕망의 대상으로 격하시킬 뿐이다. "에리는 대중의 욕망에 가득 찬 응시에 노출되어 살아왔다. 그런 응시에 저항하기보다, 기꺼이 자신의 몸을 바치는 마조히즘적 쾌락에 빠져버렸다. 그녀는 얼굴 없는 대중의 응시에 갇혀 살고, 그 응시는 소유와 사디즘에 가득 찬 차가운 폭력이었다. 그녀는 마리와 달리 자아를 상실했기에 저항의 힘이 없다. 아니, 오히려 그런 폭력에서 마조히즘적 쾌락을 느끼고, 자신을 좀더 욕망의 대상으로 만들기 위해 애써왔다…… 은색 휴대전화는, 스스로 판단하고 잘못된 것에 저항하지 못하는 사람들에게 달라붙는 사디즘적 폭력이다."[91] 자신의 모습을 상품화하며 대중매체를 통해 과시하는 여성은 실제로는 그것을 응시하는 익명의 시선의 지배를 받게 되며 상상 속에서 성적인 대상으로 전락한다. 더 나아가 이러한 익명적 대중의 관음증적인 시선은 상상을 넘어 현실세계에서 폭력으로 실행되기도 한다.

이러한 점에서 에리와 중국 매춘부 사이의 유사점에 주목할 필요가 있다. 마리는 중국 매춘부를 처음 보았을 때부터 친구가 되고 싶어하며 그녀가 왠지 자신의 일부인 것처럼 느껴져 그녀의 아픔에 공감한다. 이것은 마리가 과거에 자신과 하나인 것처럼 느꼈지만 점점 멀어져 지금은 완전히 다른 사람이 된 언니 에리에게 은밀히 느끼는 감정이기도 한다. 그 때문에 다카하시가 마리에게 이렇게 말하는 것은 타당성이 있다.

> "잠깐 생각해봤는데, 이렇게 생각하면 어떨까? 결국 에리는, 어딘지는 모르지만, 다른 '알파빌' 같은 곳에 있고, 누군가로부터 까닭 없는 폭력을 당하고 있다. 그리고 소리 없는 비명을 지르며, 보이지 않는 피를 흘리고 있다."(182쪽)

에리 역시 텔레비전이나 잡지를 통해 익명의 대중에게 성적인 욕구 분출의 대상이 되며 폭행당하고 있다. 장 뤽 고다르의 영화 제목이기도 한 '알파빌'은 가까운 미래에 나타날지 모르는 가공의 도시 이름이기도 한데, 이곳에서는 눈물을 흘리며 우는 사람은 체포되어 공개적으로 처형된다. 왜냐하면 여기서는 감정을 가지면 안 되기 때문이다. 그래서 이곳에는 섹스는 있지만 사랑은 존재하지 않는다. 이와

---

91. 같은 글, 290쪽.

마찬가지로 욕망의 시선으로 응시하는 익명의 얼굴 없는 남자들 역시 대중매체에 등장하는 상품화된 여성들을 환상 속에서 중국 매춘부처럼 다루며 성적인 폭력을 가할 수 있다.

텔레비전이나 인터넷에 등장하는 사람들이 모두 자기 자신을 상품화하며 성적인 욕망의 대상이 된다고 말할 수는 없을 것이다. 그러나 표면적인 것만을 추구하며 자신의 주체적 의지 없이 대중의 욕구에 자신을 부합시키는 사람들은 그들을 대상화하고 지배하려는 익명의 시선이 가하는 폭력에 노출될 수 있다. 일상적인 삶에서도 도처에서 감시를 받는 평범한 사람들은 일순간 그러한 삶에서 쫓겨나면 지하 세력에 의해 벗어나기 힘든 추적의 시선에 시달리게 된다. 그러나 역으로 이러한 평범한 사람들이 익명의 시선이 되어 환상 속에서 무기력한 타인을 지배하거나 폭행할 수도 있고, 심지어 그러한 환상에 익숙해지고 무감각해져 현실에서 그러한 폭행을 행사할 수도 있다.

무라카미 하루키는 인간을 대상화하는 관음증적 시선과 그에 기반을 둔 폭력에서 벗어나기 위해 진정한 인간적 소통을 회복할 것을 요구한다. 타인과의 소통을 단절시키고 성찰을 멈추게 하는 텔레비전 화면을 바라보는 시선으로는 이러한 인간적 감정과 관계가 회복될 수 없다. 하루종일 컴퓨터나 텔레비전 앞에 앉아 무의미한 시간을 보내는 시라가와가 고립과 소외를 폭력으로 분출하는 반면, 마리와 고오로기는 텔레비전을 끄고 나서 진정한 속마음을 서로에게 털어놓는다. 마리는 언니와 일체감을 느꼈던 과거에 대한 회상과 주체의식으로 힘든 현실을 극복해나간다. 그녀는 그러한 과정에서 다카하시를 사랑하게 되고 언니에 대한 애정을 되찾는다. 무라카미 하루키는 이 작품에서 기술문명의 발전과 더불어 감시와 쾌락 추구로 변질된 인간의 차가운 시선을 사랑을 나누며 눈물을 흘리는 따뜻한 시선으로 바꾸어놓는 것이다.

제9장

시뮬라크르의 시대와 시선의 혼란

1. 보드리야르의 『상징적 교환과 죽음』

라이날트 괴츠는 자신의 소설 『정신병자들Irre』(1983)에서 괴츠라는 환자의 예를 들어 촉각적인 시선을 제시한다. 이 환자는 다른 사람들이 늘 자신을 관찰한다는 강박증에 시달려 목에 부종이 있는 것처럼 느끼지만[92] 사실 이는 환각에 불과할 뿐이다. 이러한 환각은 트라우마에 시달리는 그의 뇌에서 만들어진 것에 지나지 않는다. 이 환자는 일차적인 감각작용과 이를 통한 인식이 불일치하는 극단적인 예를 보여준다.[93] "그것에 따르면, 감각적으로 지각된 자료들은 더이상 세계의 모상으로서 직접적으로 의식 안으로 들어올 수 없으며, 우선

---

92. Rainald Goetz, Irre(Frankfurt a. M., 1986), 69쪽: "난 하루에도 몇 번이고 내 목을 만져봐. 학교에 갈 때 목이 있는 스웨터를 입지만, 급우들과 몇몇 선생님들의 시선은 무자비하게 그 속을 뚫고 들어오지. 사람들은 마치 내가 옷을 입고 있지 않은 것처럼 나를 관찰해."
93. 정항균, 「치료와 인식행위로서의 공감각적 글쓰기. 라이날트 괴츠의 『정신병자들』 분석」, 『뷔히너와 현대문학』 제35집(2010), 218쪽 참조.

피부 속에 들어와 있는 신경기제에 의해 감각적으로 수용되고 디지털화된 후 비로소 인식적으로 가공된다."[94] "따라서 감각을 통해 들어온 신호가 뇌에서 '구성'되는 지각과정은 보편적인 것이며, 괴츠라는 환자의 예는 감각적 자극 자체가 없는 상태에서 구성작용이 이루어진다는 점에서 극단적인 경우라고 할 수 있다. 괴츠와 정반대되는 경우는, 라스페의 자해현상에서 찾을 수 있다. 정신병자들은 내면과 외면의 불일치를 해소하기 위해 자해를 하곤 한다. 이러한 자해를 통해 내면적인 모순과 균열이 외부에 가시적으로 드러날 수 있기 때문이다. 다시 말해 자해는 가시적이지 않은 것을 가시화하는 수단인 셈이다. 라스페는 어느 축제에서 면도칼로 자신의 팔뚝을 깊이 긋는데, 그때 그는 심한 상처로 인한 통증을 느끼기보다 거기에서 새어나오는 피의 장식적인 모습에 주목한다. 이 경우에는 촉각적인 신호가 전혀 뇌에 전달되지 않은 채 시각적인 감각만을 수용한 것으로 볼 수 있다. 즉 이 경우는 앞의 괴츠의 경우와 정반대로 '시각화한 촉각'의 예를 나타낸다."[95]

물론 괴츠의 소설에서는 환자들의 극단적인 예를 들고 있기는 하지만, 여기서 언급된 인간의 지각에 나타나는 허구적, 구성적 특성은 보다 일반적인 차원에서도 논의될 수 있을 것이다. 구성주의 이론에서는 우리의 감각기관이 세상을 있는 그대로 지각하고 인식하는 것이 아니라, 우리의 뇌가 구성작용을 통해 세상을 허구적으로 가공한다고 말한다. 미래학자 커즈와일R. Kurzweil 역시 이 점을 지적하고 있

94. Natalie Binczek, "Der ärztliche Blick zwischen Wahrnehmung und Lektüre. Taktilität bei Gottfried Benn und Rainald Goetz," *Taktilität*(Zeitschrift für Literaturwissenschaft und Linguistik), Ralf Schnell 엮음(Stuttgart/Weimar, 2000), 90쪽.
95. 정항균, 같은 글, 219쪽.

다. "우리는 눈을 통해 고해상도의 영상을 받아들인다고 착각한다. 그러나 사실 시신경이 뇌에 전달하는 정보는 대상의 윤곽, 그리고 흥미롭게 살펴볼 몇몇 지점에 대한 단서뿐이다. 우리는 병렬식 채널들을 통해 연속적으로 들어오는 매우 낮은 해상도의 영화를 보는 셈인데, 피질의 기억에 의존하여 그 자료를 해석함으로써 세상에 대한 환각을 구축하는 것이다."[96]

또한 매체이론에서는 세계가 항상 매체를 통해 매개된 형태로 표현되고 전달된다고 주장한다. 물론 그렇다고 매체이론이 현실의 인식 불가능성을 강조하며 현실 자체에 대한 관심을 버리는 것은 아니다. 오히려 매체이론은 이제 매체를 통한 현실의 매개라는 변화된 인식을 바탕으로 현실에 대한 표상을 표현하고 전달하는 매체가 현실과 맺는 관계의 변화에 주목한다. 즉 현실에 대해 매체가 맺고 있는 관계는 결코 초시대적으로 항상 같은 상태에 있지 않으며, 기술의 발달과 매체적 조건의 변화에 따라 달라진다. 따라서 단순히 실재로서의 현실의 죽음을 진단하는 데 만족하기보다는 우리가 현실에 대해 맺고 있는 다양한 관계들과 그것의 역사적 변화를 추적하는 것이 필요하다.

보드리야르J. Baudrillard는 자신의 대표작 『상징적 교환과 죽음 L'échange symbolique et la mort』(1976)의 제2장에서 시뮬라크르simulacre의 세 가지 질서를 구분하며, 현실에 대한 모델을 형성하는 추상적인 기호체계의 역사적 변천과정을 살펴보고 있다. 이 과정을 살펴보기 위해서는 우선 여기서 사용된 시뮬라크르 개념에 대한 이해가 선행되어야 한다. 우리가 모사하는 것과 모사되는 것 사이의 유사관계를

---

96. 레이 커즈와일, 『특이점이 온다』, 김명남/장시형 옮김(김영사, 2007), 252쪽. 신경과학적인 관점에서 시각적 인지과정이 어떻게 이루어지는지에 대한 보다 자세한 설명은 다음을 참조하시오: 조나 레러, 『프루스트는 신경과학자였다』, 최애리/안시열 옮김(지호, 2007), 192~193쪽 참조.

언급할 때, 먼저 이를 가능하게 하는 질서가 전제되어야 한다. "우리가 무언가를 묘사하고 표상하기 위해서는 기호를 필요로 한다. 그 때문에 모든 시뮬라크르는 사회의 상징적인 교환과정을 규정하는 기호들을 사용할 때 전제되는 특정한 질서로 이해될 수 있다. ……시뮬라크르는 세계와 특수한 관계를 맺고 있는…… 추상적인 기호체계이다. 이 기호체계는 하나의 질서에 상응하는 현실모델, 즉 지시하는 것과 지시되는 것 사이의 연관성을 만들도록 해준다."[97] 따라서 시뮬라크르는 우리가 표상하는 현실을 상징적인 질서와 문화로 구성해내는 기호체계를 의미한다.

보드리야르는 시뮬라크르의 질서가 가치 질서의 변천에 상응하여 변화하는 것으로 간주한다. 첫번째 시뮬라크르의 질서인 모방은 가치의 자연법칙을 다루고, 두번째 시뮬라크르의 질서인 생산은 가치의 시장법칙을 다루며, 마지막 단계인 세번째 시뮬라크르의 질서인 시뮬라시옹simulation은 가치의 구조법칙을 다룬다. 아래에서는 이러한 세 단계의 구체적인 특징을 기술하며, 시뮬라크르의 역사적 변천이 가져온 사회적 변화와 그것의 문화적 의미를 살펴보고자 한다.

첫째 모방의 시뮬라크르는, 르네상스에서 시민혁명까지의 시기를 포괄하는 상징적인 추상적 기호체계를 가리킨다. 이 새로운 기호체계는 배타적이고 위계적인 봉건적 신분사회의 기호질서를 뒤흔들어놓았다. 봉건제 사회에서는 기호의 수가 제한되어 있었고 그것을 사용하거나 전파하는 계층도 한정되어 있었다. 이러한 제한적인 기호 사용의 대표적인 예로 의례를 들 수 있다. 모든 것의 위치는 정해져 있었고 계급들 간의 이동도 불가능했기 때문에 금지를 통해 기호의 사용을 통제하고 특정 신분에게만 기호 사용의 의무를 부과했던 것이

---

97. C. Karpenstein-Eßbach, 같은 책, 158쪽.

다. 그러나 르네상스 시대에 이르면 기호 사용에 대한 억압과 금지는 사라지고 모든 계급이 자유롭게 기호를 사용할 수 있는, 소위 '기호의 해방'이 이루어진다. 이제 기호는 제한된 질서에서 벗어나 수요에 맞게 자유롭게 생산되며 증가할 수 있게 된 것이다.

그러나 신분제 사회의 억압에서 벗어난 기호는 여전히 그것이 지시하는 세계에 대한 의무를 지니며 세계와의 연관성을 가지려고 시도한다. 모방의 시뮬라크르는 모방의 대상인 자연을 전제한다. 여기서 가공되지 않은 순수한 실재 세계로서의 자연은 성공적인 모방을 결정하는 가치의 척도가 된다. 즉 기호를 통한 모방이 자연에 가까울수록 그것은 성공적인 모방이 되며 진리에 근접하게 되는 것이다. 이로부터 현실과 가상의 이분법이 생겨나고 거울처럼 반영하는 재현의 의미가 강조된다.

이러한 모방의 시뮬라크르의 질서를 상징적으로 보여주는 두 가지 예로, 보드리야르는 석고와 자동인형을 든다. 바로크 시대에는 석고 실내장식이 유행했는데, 여기에는 모든 형태로의 변형이 가능한 석고를 이용해 모든 물질을 모방하려는 인간의 야망이 드러난다. 즉 여기서 인간은 세속화된 형태로 신을 모방하고 있는 셈이며, 신분적 차이의 저편에서 새로운 시민적 가치를 바탕으로 단일한 사회를 만들어내고 이에 상응하게 자연 전체를 하나의 물질로 옮겨놓으려고 한다. 마치 데카르트가 신을 부정하지 않으면서도 인간 이성을 통해 주어진 자연의 질서와 규칙을 재현해낼 수 있다고 믿은 것처럼, 모방의 시뮬라크르는 이미 주어져 있는 자연이라는 실재를 인간의 힘으로 재현해내려고 하는 것이다. 모방의 시뮬라크르는 한편으로 기호의 해방을 가져옴으로써 전근대에서 벗어나 근대로 향할 수 있는 발판을 만들어주었지만, 동시에 자연의 질서와 규칙을 재현하려는 의무를 스스로에게 부과함으로써 전근대적인 특성에서 완전히 벗어나지는 못한다. 왜냐하면 자연의 신비로운 법칙은 많은 경우 신에 의해 주어진 것으로 간주되며, 인간의 이성은 그것을 밝히는 데 제한되어 있을 뿐 결코 인간 스스로 그러한 세계를 만들어낼 수는 없다는 인식이 모방의 시뮬라크르라는 기호체계에 전제되어 있기 때문이다. 바로크적인 석고 장식이 근대적인 학문과 기술에 대한 찬미뿐만 아니라 예수교로 대변되는 반종교개혁과도 연결된다는 것은, 모방의 시뮬라크르가 지닌 양면성을 잘 드러내준다.

자동인형의 의미 역시 석고와 크게 다르지 않다. 자동인형은 그것이 모방해야 하는 인간과의 차이를 전제로 하지만 동시에 그러한 인간을 가능한 한 정확히 모방해야 할 의무도 지닌다. 그래서 자동인형은 인간의 도플갱어가 되어 항상 그것과 비교되지 않을 수 없다. 에테아 호프만의 『모래 사나이*Der Sandmann*』(1816)에 등장하는 자동인형 올림피아는 인간보다 더 인간적인 존재를 만들려는 근대인의 야심을 보여준다. 그러나 산업혁명의 시대로 접어들어 인간이 기계를 본격적으로 만들고 그것을 이용해 다양한 생산물을 만들어내게 되었을 때, 이러한 기계는 자동인형과 본질적으로 다른 의미를 지닌다. 이러한 기계는 결코 더이상 인간과 유사한 존재가 아니며, 단지 작업 원칙의 내재적인 논리에 따르고 효율성만을 추구한다. 이제 존재와 가상의 이분법은 기계에는 더이상 존재하지 않는다. 오히려 기계는 아무런 것도 모방하지 않고 새로운 것을 생산해냄으로써 실재와 시뮬라크르 사이의 모순을 없애버린다. 이것은 인간이 자연의 완전한 모방을 최고의 가치로 내세우는 가치의 자연법칙에서 등가성을 토대로 대량 생산하고 교환하는 가치의 시장법칙으로 넘어갔음을 의미한다.

둘째 시뮬라크르의 질서인 생산의 시뮬라크르는, 산업혁명과 함께 시작되었다. 전 단계인 모방의 시뮬라크르가 대상을 기호를 통해 모방하려고 한 반면, 생산의 시뮬라크르에서는 이러한 모방이 더이상

의미를 지니지 않는다. 왜냐하면 더이상 상징적 기호의 근원이 되는 대상이 존재하는 것이 아니라, 기술이 모든 대상의 근원이 되어 둘 또는 그 이상의 동일한 대상을 무한히 생산할 수 있기 때문이다. 기술을 통해 대량생산된 대상들 사이에는 더이상 원상과 모상의 관계가 성립하지 않는다. 이렇게 대량생산된 대상들은 서로 구분되지 않고 등가적인 관계에 있다.

기술의 도움으로 동일한 존재(대상/기호)를 무한히 대량생산할 수 있게 되면서 인간은 자연적인 질서에 도전한다. 왜냐하면 인간이 더이상 자연의 법칙에 종속되어 그것을 모방하는 대신 스스로 자신의 고유한 질서, 즉 생산의 질서를 만들어내면서 진정한 의미에서 창조주의 위치에 올라서기 때문이다. 또한 이러한 생산의 시뮬라크르에서는, 모방의 시뮬라크르에서와 달리, 대상과 기호 간의 유사성의 관계가 사라지면서 이 둘 사이의 구분 내지 차이도 사라진다.

"2차적인 질서의 시뮬라크르가 산업적인 대량생산, 자연이라는 지시체계 없는 현실들을 만들어내고 그것을 등가성의 법칙에 종속시키면서, 존재와 가상, 본질과 현상, 실재와 기호 사이의 전통적인 구분은 불확실해진다. 모방의 내부에 있는, 존재와 기호 사이의 대립 대신, 대상들의 교환 가능성에서 생겨나는 의미론적 무차별성이 들어선다. 이로써 우리가 세계를 상징적으로 모사하고 표상하는 기호의 질서조차 다른 것이 되어버렸다. 이제 기호는 물질적으로 구분하는 어떤 것을 의미하지 않는다. 대량생산에서 차별적인 것이 권력을 빼앗기면서, 생산의 핵심은 재생산, 서로 구분될 수 없는 대상들의 복제임이 입증된다."[98]

소쉬르F. Saussure가 일반언어학의 영역에서 기표와 기의의 관계를

---

98. 같은 책, 163쪽.

자의적인 관계로 해석했다면, 마르크스는 정치경제학의 영역에서 시장경제체제에서 노동과 임금(또는 상품과 가격)이 맺고 있는 자의적인 관계를 강조했다. 이로써 이들은 메시지, 즉 기의나 사용가치에 종속되지 않는 매체, 즉 기표와 교환가치의 자율성을 어느 정도 인식했다. 그러나 이들은 이러한 매체적 차원의 특성과 법칙, 즉 무차별적인 등가성의 논리와 재생산의 법칙에 몰두하는 대신, 실제 언어행위인 파롤 속에서 언어규칙인 랑그를 발견하려고 하고 자의적인 교환가치 속에서 사용가치의 의미를 복원시키려고 하면서 또다시 메시지와 의미의 차원으로 후퇴한다.

마르크스가 기술을 단순히 생산력으로만 이해했다면, "벤야민은 (그리고 그 이후에 매클루언은) 그것을 매체, 즉 모든 새로운 의미생산의 형식이자 원리"[99]로 이해했다. 이러한 기술은 단순히 생산한다는 사실보다는 동일한 생산물을 무한히 재생산할 수 있다는 데 그 진정한 의미가 있다. 그 때문에 중요한 것은, 등가적인 상품들의 메시지 즉 사용가치가 아니라, 그것의 매체적 특성, 즉 재생산이다.

대상들의 재생산으로서의 대량생산체제는, 세번째 시뮬라크르의 질서인 시뮬라시옹의 시뮬라크르로 가는 문턱에 있다. 기계적인 대량생산체제가 생산이라는 목적을 지향한다면, 모델 생산체제에서는 원인과 결과가 뒤바뀐다. 물론 모델 생산도 기본적으로 재생산과 연관되지만, 이제 중요한 것은 최종 결과로서의 기계적인 생산이 아니라 재생산을 가능하게 하는 원인이자 구상으로서 생산의 핵심인 모델이다. 이러한 모델은 차이들을 조금씩 변주시켜 다양한 형태들을 끊임없이 재생산할 수 있다. 바꿔 말하면, 모든 것은 그것과 연관된 모델

이라는 기표를 통해 생겨나며 그것의 지배를 받는다. 이것을 현대적인 용어로 부르자면 시뮬라시옹이라고 할 수 있다.

"궁극적으로는 중요한 것은 대량재생산 가능성이 아니라 변주이고, 양적인 등가성이 아니라 변별적인 대립이며, 등가성의 법칙이 아니라 항들의 소통이고, 가치의 시장법칙이 아니라 가치의 구조적 법칙이다."(89쪽) 생산의 시뮬라크르에서 기술적으로 재생산된 동일한 생산물이 등가적인 가치를 지니고 서로 교환될 수 있는 것이었다면, 시뮬라시옹의 시뮬라크르에서는 이러한 등가성이 더이상 결정된 것이 아니라 무차별적이고 자의적인 성격을 띤다. 시뮬라시옹의 차원에서 모델이라는 기표는 더이상 무언가를 지시해야 하는 의무에서 벗어나며 그것을 구성하는 대립적인 항들 간의 자유로운 소통과 변주를 통해 무차별적인 등가적 가치를 만들어낸다. 이러한 예로, 워홀A. Warhol의 실크스크린 작품 시리즈인 마릴린 먼로의 복제된 이미지를 들 수 있다. 이 작품은 기표를 이루는 항들의 약간의 변주를 통해 비슷하면서도 조금씩 차이가 나는 다양한 먼로의 복제된 이미지를 보여준다. 그러나 이러한 이미지들은 복제로만 존재할 뿐, 근원으로서의 먼로라는 존재를 지시하지 않는다. 워홀은 이 작품을 통해 우리가 매체를 통해 보고 있는 먼로의 모습이 실제의 먼로가 아닌 연출된 모습에 불과할 뿐만 아니라, 근본적으로 우리가 마주하는 현실의 대상 자체가 사실은 재생산되고 복제된 이미지에 지나지 않음을 보여준다. 그러한 이미지들은 무차별적으로 교환 가능한 복제된 이미지들이다. 워홀의 작품에서 알 수 있듯이, 이제 근원(원상)에 대한 지시 의무에서 해방된 기표들은[100]

---

100. 먼로의 복제된 이미지들은 우리가 그것을 먼로의 진정한 모습으로 착각하는 한 기의가 되지만, 그것이 허상임을 인식하는 순간부터 또다른 기표에 지나지 않게 된다. 따라서 우리는 먼로의 복제된 이미지에서 궁극적인 기의가 결여된 무수한 기표들의 연쇄만을 보게 된다.

서로 차이가 나면서도 등가적인 관계를 갖는다. 이러한 등가성은 무차별적으로 교환될 수 있는 가치들의 등가성이며, 그러한 교환을 허용하는 원칙은 가치의 구조적 법칙이다. 모델이라는 기표는 항들의 구조적인 차이와 그것들의 변주를 통해 가치로서의 의미를 만들어내지만, 그러한 의미는 사실은 환영에 지나지 않으며 또다른 기표를 의미할 뿐이다. 이와 같이 가치로서 재생산된 허상으로서의 기표들은 서로 구분되며 구조적 차이[101]를 보이지만, 그럼에도 궁극적으로는 무차별적인 등가성을 지닌다. 이제 가치는 근원적 대상과 비교하여 그것과의 유사성에 의해 결정되지 않으며, 오히려 구조적인 차이의 유희를 통해 재생산되는 가운데 모든 가치평가에서 벗어나게 된다. 이것이 바로 무차별적인 등가성이 지닌 진정한 의미이다.

　이러한 기호 질서는 모방의 시뮬라크르에서와 달리 더이상 실재를 지시하지 않으며, 그것과 분리되어 독자적인 작동체계를 형성한다. 이것은 특히 정보공학기술의 발달과 더불어 생겨난 컴퓨터 모델에서 잘 드러난다. 0과 1이라는 코드를 통해 모든 조작이 가능한 컴퓨터는 어떤 것의 규정도 받지 않고 자유롭게 임의의 모델을 만들어낼 수 있다. 이때 "이러한 모델은 기표로 이해될 수 있다. 왜냐하면 한 대상의 모델은 미래에 그것에 따라 생산될 수 있는 모든 다른 대상을 지시하기 때문이다."[102] 그러나 그러한 기표와 그 기의 간의 관계는 더이상

---

101. 소쉬르의 기호학에서 기표는 언어 밖의 물리적 현실을 지시하지 않는다. 소쉬르는 기호를 구성하는 기표와 기의의 관계를 자의적인 관계로 설명하며, 하나의 기표는 현실의 외부대상과 상관없이 또다른 기표와의 차이를 통해서 그 의미를 드러낸다고 말한다. 가령 '눈'은 '귀'도 아니고 '코'도 아니며 '입'도 아니라는 식의 다른 기표들과의 차이를 통해서 그 의미가 결정된다. 이와 같이 선택된 기호의 의미는 선택되지 않은 다른 기호들과의 관계에 의해 결정된다. 그러나 보드리야르의 시뮬라시옹의 기호체계는 이러한 기표의 의미가 궁극적으로 결정되지 않고 또다른 기표를 낳을 뿐이기 때문에 소쉬르의 구조주의 이론과 구분된다.
102. C. Karpenstein-Eßbach, 같은 책, 165쪽.

근원이나 실재에 대한 기호의 지시관계에 있지 않다는 데 그 특징이 있다. 즉 이제 대상의 지시에 대한 아무런 의무 없이 자유롭게 자신의 내적 논리에 따라 작업이 가능해진 모델이라는 기표는 실재보다 더 실재 같은 이미지들을 만들어내며 시뮬라시옹의 새로운 질서를 만들어낸다.

시뮬라시옹의 시뮬라크르에서는 코드라는 개념이 중요한 역할을 한다. 카르펜슈타인에스바흐는 기호와 코드를 다음과 같이 분리한다. 일반적으로 기호는 기표와 기의, 존재와 가상의 긴장관계에 있으며, 자신과 동일하지 않은 것을 지시한다. 그것은 그 때문에 해석이 가능하고 또 해석을 필요로 한다. 반면 코드는, 현실을 해석 가능한 상징적인 질서로 만드는 기호와 달리, 상징적이 아니라 조작적이다. 코드는 조작을 통해 모델을 만들어내는데, 컴퓨터의 계산프로그램의 경우가 바로 그것이 구현된 형태다. 코드는 실재에 대해 지시적인 관계에 놓여 있지 않기 때문에 해석될 수 없다. 그것은 0과 1의 구조적인 차이를 바탕으로 그러한 차이를 계속 변주해나가면서 모델을 만들고, 이를 바탕으로 모든 형태를 무한히 재생산해낼 수 있다. 코드의 조건하에서 현실은 시뮬라시옹이라는 양태로만 나타난다. 현실은 모델의 생산을 통해 끊임없이 재생산될 수 있을 뿐만 아니라 또한 늘 이미 '재생산된 것'으로 나타난다. 현실은 더이상 기호가 가리키는 근원적 실재가 아니라, 모델의 시뮬라시옹을 통해 재생산된 복제다.[103]

보드리야르는 현대사회에서 나타나는 코드의 시뮬라시옹의 다양한 예들을 언급하고 있는데, 그 가운데 여론조사를 대표적인 예로 들 수 있다. 만일 우리가 여론조사라는 매체를 국민들의 견해를 반영하는 거울로 해석한다면, 이것은 전통적인 모방의 기호체계를 따르고

---

103. 같은 책, 166~168쪽 참조.

있다고 할 수 있을 것이다. 여기서 한 단계 더 나아가 매체로서의 여론조사가 견해를 생산해내고 여론 자체의 형성에 영향을 미친다고 생각한다면, 그것은 생산의 시뮬라크르를 따르고 있다. 그러나 보드리야르에 따르면, 여론조사는 여기서 한 단계 더 나아가는 시뮬라시옹의 단계에 있다. 오늘날 "모든 의사소통체계는 복합적인 통사적 언어구조에서 이원적이고 신호적인 질문/답변의 시스템, 즉 항구적인 테스트로 이행하였다. 주지하다시피 테스트와 국민투표는 완벽한 시뮬라시옹의 형태들이다. 답변은 질문으로부터 유도되며, 미리 지시되어 있다."(97쪽) 여론조사에서도 마찬가지로 질문이 이미 답변이 되는 순환과정이 드러난다. 즉 여론조사의 결과란 국민의 견해라는 현실을 반영하는 것이 아니라, 그러한 질문의 모델을 끊임없이 재생산해내는 시뮬라시옹의 작업에 지나지 않는다.

보드리야르는 현대인들이 모든 영역에서 이러한 항구적인 테스트를 받으며 자신에게 쏟아지는 질문에 반사적으로 답변하도록 요구받는다고 말한다. 영화 관객이 몽타주 방식으로 제시되는 영화를 보고 빠르게 반응하도록 요구받는 것처럼 말이다. 그것이 영화든 여론조사든 이제 성찰은 더이상 불가능하며 사람들은 쏟아지는 질문과 자극에 답변해야 할 뿐 그 스스로 질문을 제기하는 것은 허용되지 않는다. "매클루언이 위대한 전자공학적인 매체의 시대를 어째서 촉각적인 의사소통의 시대로 이해하는지 그 이유를 알 수 있다. 사람들은 실제로 이러한 발전을 통해, 점점 더 거리를 두면서 성찰이 언제든지 가능한 시각적인 세계보다 촉각적인 세계에 더 가까이 있게 된다."(101쪽)

보드리야르는 촉각적인 커뮤니케이션 문화가 코앞에 닥쳐 있다고 예측한다. "무대, 거리, '시선'은 더이상 없다. 이는 스펙터클, 아니 스펙터클한 것의 종말이며, 이제 단지 총체적이고 융합적이며 촉각적이고 미학적인 (그러면서 더이상 미학적이지 않은) 환경만이 존재한다."

(113쪽) 주체와 객체의 이분법적 구분과 객체에 대한 거리를 통해 대상에 대해 성찰하고 그것을 지배하던 근대의 시각문화는 종말을 고한다. 우리가 바라보는 것은 더이상 실재로서의 현실이 아니며, 이로써 시각적인 스펙터클은 종말을 맞이한다. 현실은 이제 항상 이미 재생산된 복제, 즉 인위적으로 시뮬레이션된 것이며 그렇기 때문에 미학적이다. 그러나 다른 한편 그것은 '더이상 미학적이지 않은데,' 왜냐하면 삶과 대립되는 허구란 더이상 존재하지 않기 때문이다. 즉 현실 전체가 현실의 유희로 넘어간 상황에서 우리는 도처에서 미학적인 환각에 빠져 살고 있는 것이다.

산업적인 생산의 시스템에서 실재는 등가적으로 재생산될 수 있다. 그러나 디지털적인 이원적 코드에 기초한 시스템에서 모델의 재생산은 순수한 동일한 것의 반복이 아니라, 코드의 두 항 사이에서 일어날 수 있는 최소한의 변주와 이탈을 포함한 반복이다. 이러한 반복을 통해 재생산될 수 있는 현실은 또한 항상 이미 재생산되어 있는 것이기도 하다. 이것은 '하이퍼리얼hyperreal'한 단계로, 여기에서 현실과 상상의 대립은 더이상 존재하지 않는다. 초현실주의가 현실을 재현하려는 리얼리즘을 비판하면서도 무의식이라는 보다 깊은 차원의 진정한 현실을 재현하려고 하였다면, 하이퍼리얼리즘에서는 기호로 지시할 수 있는 근원적 대상으로서의 현실은 더이상 존재하지 않는다. 그 대신 현실은 이제 환상과 하나로 용해되어 허구적인 현실로만 존재한다. 따라서 그러한 하이퍼리얼리즘의 이면을 파헤치는 것은 아무런 소용이 없다. 왜냐하면 실재로서의 현실은 더이상 존재하지 않고 모든 것은 표면으로만 존재하기 때문이다.

2. 보르헤스의 「틀뢴, 우크바르, 오르비스 테르티우스」

보르헤스J. L. Borges(1899~1986)의 「틀뢴, 우크바르, 오르비스 테르티우스Tlön, Uqbar, Orbis Tertius」(1940)는 현실과 환상의 경계를 허물고 환상을 현실로 만드는 독특한 구조로 되어 있다. 이러한 의도를 실현하기 위해 작가는 우선 현실이라고 불리는 세계에 대한 우리의 인식을 뒤흔들어놓는 전략을 취한다. 이 소설은 크게 세 부분으로 구성되어 있는데, 뒷부분으로 갈수록 현실과 환상의 관계는 점점 뒤바뀐다. 즉 현실이 환상으로 폭로된다면, 이와 반대로 환상은 현실로 침투해 들어오며 현실을 대체하는 것이다.

소설의 첫번째 부분에서, 서술자인 나는 친구인 비오이 카사레스로부터 브리태니커 백과사전의 해적판인 영미백과사전에서 우크바르라는 지역에 관한 항목을 보았다는 이야기를 듣는다. 그들이 대화를 나누던 별장에 비치된 영미백과사전에서는 이 항목을 발견할 수 없었기에 서술자인 나는 카사레스의 말에 의구심을 품고 우크바르라는 지역의 실체를 의심한다. 물론 다음날 카사레스가 가져온 책에는 우크바르에 관한 설명이 나와 있지만, Tor부터 Ups의 항목까지 나온 사전에 Uqbar에 대한 설명이 나온 것은 알파벳 순서와 맞지 않는다는 점에서 이상하게 생각된다. 그날 밤에 카사레스와 서술자는 같이 국립도서관에 비치된 책들을 찾아보았지만 우크바르에 대한 정보는 물론 그런 지역에 가본 사람도 만날 수 없었다. 이튿날 찾아간 헌책방에서도 "물론 그는 그 사전에서 우크바르에 관한 언급을 손톱만큼도 발견할 수가 없었다."[104]

---

104. 호르헤 루이스 보르헤스, 「틀뢴, 우크바르, 오르비스 떼르띠우스」, 『픽션들』, 황병하 옮김(민음사, 1997), 24쪽.(이하 본문에 쪽수로 표시)

백과사전의 우크바르 관련 항목에서 우크바르의 문학 항목에는 믈레흐나스와 틀뢴이라고 하는 환상적인 두 지역이 언급된다. 이 환상의 혹성 틀뢴에 대한 이야기가 소설 두번째 부분에서 본격적으로 펼쳐진다. 1937년 한 주점에서 서술자 나는 지인 허버트 애쉬가 죽기 며칠 전에 주점에 놓고 간 대형 8절판 크기의 책을 우연히 발견한다. 「틀뢴의 제1백과사전. 제11권 Hlaer에서 Jangr까지」라고 되어 있는 이 책에서는 틀뢴이라는 혹성의 언어, 철학, 역사 등이 비교적 상세하게 기술되어 있다. 첫번째 장에서와 달리 여기서 "책을 한 장 한 장 넘기던 나는 경이로움과 하늘을 둥둥 나는 듯한 현기증을 맛보았다." (26쪽) 이제 우크바르에서 언급된 틀뢴은 단순히 황당한 이야기로 여겨지기보다는 여전히 환상적인 세계로 간주되면서도[105] 이전과 달리 마치 현실세계인 것처럼 진지하게 다루어진다.

그후 7년 뒤에 서술자 나는 그 사이에 몸소 겪었던 체험을 바탕으로 위의 글에 대한 후기를 싣는다. 그는 그 사이에 애쉬가 소장했던 책에서 군녀 어프조드가 서명한 한 통의 편지를 발견함으로써 틀뢴의 신비를 완벽히 벗길 수 있게 된다. 그는 틀뢴이 17세기 초 어느 비밀결사단체에 의해 창건되었으며, 이 비밀결사대원들이 1814년 미국의 백만장자인 에즈라 버클리와의 면담을 통해 이상적인 하나의 혹성을 만들기로 합의를 보았음을 알게 된다. 이 비밀결사대는 1914년에 약 300명에 달하는 공동저자들의 집필로 「틀뢴의 백과사전」의 제1판 발행을 마친다. 이 사전을 바탕으로 영어가 아닌 틀뢴어로 쓰일 40권짜리 교정판 작업이 이루어질 예정이었는데, 그것은 잠정적으로 '오르비우스 테르티우스,' 즉 '제3의 세계'라고 불린다. 그후 서술자는 틀뢴

---

105. 왜냐하면 이 2장의 내용은 서술자가 1940년 「환상문학 선집」에 발표한 것으로 언급되기 때문이다.

의 물체가 자신이 사는 현실세계로 침투해 들어오는 사건들을 목격하게 되며 현실이 틀뢴에 의해 대체되어가고 있음을 인식한다. 이 시기에 이르면 서술자 나는 인간에 의해 만들어진 틀뢴의 존재를 확고히 믿고 있을 뿐만 아니라 그러한 환상적 꿈의 혹성인 틀뢴이 심지어 현실을 대체하기 시작하였다는 의식마저 갖게 된다. 따라서 그가 이전에 우크바르나 틀뢴의 존재에 대해 갖고 있던 의구심은 완전히 사라진다.

서술자 나가 살고 있던 현실이 환상적인 틀뢴의 세계로 대체되면서 허구로 변하는 반면, 틀뢴은 현실로 침투하고 현실을 대체하면서 현실의 지위를 갖게 된다. 더이상 현실과 환상(허구)의 경계는 확고하지 않으며 서로 교환 가능한 것으로 변한 것이다. 보르헤스는 현실과 환상의 상호침투 및 대체 가능성을 설파하면서 이를 위해 몇 가지 서술전략을 사용한다. 우선 보르헤스는 서술자 나가 누구인지 분명히 밝히고 있지는 않지만 동료 작가들을 비롯해 여러 실존인물을 거론함으로써 그것이 마치 작가 자신을 가리키는 것 같은 태도를 취한다. 또한 그는 "독자들은 벌써 눈치챘겠지만"(21쪽)과 같은 문구로 이 책의 수신인인 독자를 직접 거론하며 간접적으로 서술자 나가 작가 자신이라는 것을 암시한다. 그 밖에도 그는 센세이션을 불러일으키는 사건의 서술보다는 백과사전의 내용을 기술하거나 현실과 연관된 사실을 언급함으로써 이 책이 논픽션인 듯한 느낌을 갖게 한다. 더욱이 텍스트에 주석이 달림으로써 그러한 성격은 더욱 강화된다. 그러나 보르헤스는 실존인물이나 실제의 사물에 관한 정보와 맞지 않는 내용을 첨가하거나 그것을 허구적인 내용으로 바꿈으로써 이 텍스트가 단순히 현실을 기술하기보다는 오히려 현실과 유희하고 있음을 보여준다. 가령 「브리태니커 백과사전」의 해적판이 많이 존재하기는 했지만, 「영미백과사전」이라는 이름의 해적판은 없었다. 또한 그는 이 책에 나온 후기를 1947년에 쓴 것으로 밝히고 있지만, 실제로 「틀뢴, 우크바르, 오르비우스 테르티우스」가 쓰인 것이 1940년이므로 그것은 사실이 아니다. 이처럼 보르헤스가 언급하는 실존인물이나 서적 또는 구체적인 연도명과 각주는, 많은 경우 사실과 일치하지 않는 허구적인 내용을 담고 있음으로써 이 텍스트가 사실과 허구, 현실과 환상이 혼재된 형태로 구성되어 있음을 보여준다. 이로써 작품 초반에 생겨나는 사실적인 텍스트의 특성은 점차적으로 붕괴되고 현실이 허구와 혼재되어감으로써 나중에는 허구적인 소설에 의해 현실이 잠식되는 결과를 맞이한다.[106] 마치 작품 마지막에서 틀뢴의 세계가 현실을 지배한 것처럼 말이다. 또한 틀뢴의 문학 텍스트에서 텍스트의 독창성이 부정되고 개별 텍스트의 저자가 존재하지 않는 것으로 간주되는 것처럼, 이 작품에서도 완전히 허구적인 소설세계의 독창적인 창조나 이를 만들어낸 주체로서의 저자는 더이상 존재하지 않는다. 오히려 현실세계가 허구적인 세계 속으로 편입되고 현실의 보르헤스와 소설 속 서술자 나 사이의 경계가 애매해짐으로써 현실의 작가 보르헤스의 자아정체성 역시 해체된다.

그렇다면 현실과 환상의 경계가 불분명해지고 심지어 환상이 현실을 대체하는 현상은 텍스트 내에서 어떻게 묘사되고 있는가? 아래에서는 언어, 기억, 매체의 세 가지 키워드를 중심으로 이러한 현상을 살펴보고자 한다.

첫번째로 언어의 문제를 살펴보면, 틀뢴의 '가장 근원적인 언어 Ursprache'에는 명사가 존재하지 않는다. 그 대신 틀뢴 남반구의 언어

---

106. 소설인 이 작품이 사실적인 에세이의 형태를 띤 것은 장르 간의 경계를 모호하게 함으로써 궁극적으로는 현실과 허구 사이의 경계를 불분명하게 하는 효과를 지닌다.(낸시 케이슨 폴슨, 『보르헤스와 거울의 유희』, 정경원 외 옮김, 태학사, 2002, 63쪽 참조)

에서는 비인칭동사가 사용되어 명사의 결여를 대체하고, 북반구에서는 형용사의 집합이 명사를 대체한다. 이러한 현상을 원래 인간의 근원언어와 비교해보면 흥미로운 점을 발견할 수 있다. 인간이 분절음을 사용해 소통을 하기 시작했던 최초의 시기에는 명사와 동사만이 있었다.[107] 물론 이 경우에 명사는 사물이나 동물의 종을 표현하는 추상적인 개념으로서가 아니라, 인간이 그것들과 맺는 관계에 따라 개별적인 개체를 나타내는 일종의 고유명사로 사용되었다. 가령 개별적인 나무들은 그것들이 인간에게 의미하는 바에 따라 각기 다른 이름으로 불렸으며, 결코 나무라는 총괄적인 개념으로 지칭되지 않았다. 또한 동사 역시 지금처럼 과거, 현재, 미래의 시제로 나누어지지 않고 원형동사의 형태로 사용되었는데, 이것은 시간의 선형성을 의식하지 못하며 역사의식을 지니지 않았던 시기의 인간들에게는 현재라는 순간의 시간만이 중요했음을 의미한다. 이러한 인간의 언어는 알파벳문자의 발명과 함께 점차 합리적이고 추상적으로 변하며, 이를 통해 개념적이며 시제를 지닌 언어로 발전했다. 또한 어떤 대상을 보다 정확히 지시하고 추상적으로 묘사하기 위해 뒤늦게 형용사가 발전되어 나온다.

그런데 틀뢴의 언어는 이러한 인간 언어와 전혀 다른 양상을 띠고 있다. 절대적인 관념론의 지배를 받고 주체와 객체의 이분법을 반대하며 객관적인 실체를 부정하는 틀뢴에서는 처음부터 명사 자체가

---

107. J. Derrida, *Grammatologie*(Frankfurt a. M., 1983), 478~479쪽: "최초의 명사들은 보통명사가 아니라, 고유명사였다. 절대적으로 고유한 것이 시초에 있는 것이다. 사물 하나당 기호 하나, 하나의 열정마다 하나의 지시체가 있는 것이다. 이는 어휘가 인식의 제한성에 비례해 늘어나는 순간이기도 하다…… 고유명사로서의 명사가 언어의 최초의 상태는 아니다. 명사가 홀로 언어에 존재하는 것은 아니다. 오히려 그것은 이미 분절과 '말의 분화'를 지시한다…… 명사는 동사 없이는 생겨날 수 없다. 말이 아직 분화되지 않았고 모든 단어가 '완전한 문장의 의미'를 가지고 있던 최초의 단계가 지난 후에 명사는 동사와 함께 등장한다."

사용되지 않는다. 또한 남반구의 언어에서는 명사 대신 비인칭동사가 사용되는데, 이것은 비인칭동사 외에도 나, 너, 그, 그녀 등의 인칭대명사를 사용하는 인간의 언어와 뚜렷한 대조를 이룬다. 물론 알파벳 언어에서 비인칭동사가 사용되는 것은 사실이지만, 그것은 인간의 행위가 아니라 비의도적인 자연적 사건을 보여주기 위해 사용될 뿐이다. 이에 반해 의지를 지닌 인간의 행위를 나타내는 동사 앞에는 반드시 그 행위의 주체를 나타내는 명사나 인칭대명사가 사용되어야 한다. 이에 반해 틀뢴의 남반구 언어에는 이러한 행위 주체를 나타내는 명사나 대명사가 존재하지 않는다. 마치 니체가 '나는 생각한다Ich denke'라는 문장에서 '나'가 문법적으로 만들어진 허구에 불과하며 사실은 나의 생각이 나의 의지와 상관없이 펼쳐지는 것으로 생각하며, '그것이 생각한다Es denkt'라고 표현했을 때 (또는 니체를 넘어서 그것을 보다 정확히 표현하자면 '사고의 과정이 펼쳐지다Der Denkprozess spielt sich ab'라고 말할 수 있을 것이다) 여기에서 비인칭 대명사 'es'는 '생각하다'라는 사건을 일으킨 복잡한 메커니즘에 대한 포괄적 표현이 될 것이다. 마치 날씨 등에 사용되는 기존의 비인칭 대명사 '그것es'이 번개를 치게 하거나 폭풍우를 치게 한 제우스나 포세이돈을 대체한 것처럼, 어쩌면 틀뢴의 비인칭동사는 근대 이후 우리가 믿고 있는 '나', 즉 자아의 허구성을 폭로하고 그것을 대체한 것으로 볼 수 있을지도 모른다. 이러한 추측은 명사를 형용사들의 집합으로 대체하는 북반구의 언어에 의해 더욱 강화된다. 틀뢴에 사는 사람들은 달이라고 말하는 대신 "어둡고 둥그런 위에 있는 허공의 밝은"이라고 말하거나 "하늘의―오렌지 빛의―부드러운"(31쪽)이라고 말한다. 물론 이러한 형용사들의 결합은 언제나 변할 수 있다. 이것은 달이라고 하는 것의 실체가 결코 고정된 것으로 파악되지 않으며 정의될 수 없음을 의미한다. 이제 형용사는 인간의 발전된 언어에서처럼 고정된 실체인 명사의 특성을 보다 부각시키기 위해 첨가되어 사용되는 것이 아니라, 오히려 대상의 실체성을 부정하고 우리가 인지한 대상이 사실은 환상으로서의 시뮬라크르에 불과하다는 것을 폭로하기 위해 사용된다. 이처럼 "아무도 명사들의 현실성을 믿지 않는다는 것은 역설적으로 명사들의 숫자가 셀 수 없을 정도로 많다는 것을 뜻한다."(32~33쪽) 이제 실체로서의 대상이 더이상 인식될 수 없고 이로 인해 무수히 많은 시뮬라크르의 유희적 등장이 가능해진 상황에서, 환상이 우리가 사는 세계를 포위하며 우리가 말하는 현실 자체임이 드러난다. 반면 우리가 현실이라고 믿어왔던 것은 환상에 불과한 것으로 드러난다.

두번째 키워드인 기억 역시, 이러한 맥락에서 살펴볼 수 있다. 기억 문제와 관련해 틀뢴의 학파들이 제시하는 주장은 현대의 기억 이론과 크게 차이 나지 않는다. "틀뢴의 한 학파는 시간을 부정하기에 이른다. 그들은 현재란 규정될 수 없는 것이고, 미래란 현실적 실체가 없는 마치 현재적 기다림과 같고, 과거란 현실적 실체가 없는 현재적 기억과 같은 것이라고 주장한다. 다른 학파는 이미 모든 시간은 지나갔고, 우리의 삶은 단지 이미 흘러가버려 돌이킬 수 없는 어떤 과정에 대한 어슴푸레하고, 의심할 여지없이 조작되고 훼손된 기억, 또는 반영이라고 선언한다."(34~35쪽) 위의 인용문에서 살펴본 것처럼, 틀뢴에서 과거란 그 자체로는 현실적 실체가 없는 것이며 항상 현재의 시점에서 이루어지는 회상을 통해 구성된 허구적인 기억으로서만 존재할 수 있다. 현대의 구성주의 기억 이론을 표명하는 슈미트도 이와 유사한 관점에서 기억행위가 과거라는 대상을 직접 지시하는 것이 아니라 그와 독립적인 관계를 맺으며 그것을 만들어낸다는 점을 강조한다. "기억이 과거에 의존하는 것이 아니라, 과거가 기억행위의 양태를 통해 처음으로 정체성을 획득하게 된다. 기억행위가 과거를 구성하는 것이다. 달리 말하자면, 우리는 과거를 가지고 작업을 하는 것이 아니라, 우리가 과거의 상태에 대해 만들어낸 표상들이 구성해내는 이야기들로 작업하는 것이다. 따라서 우리의 기억행위들의 지시차원은 과거가 아니라 이러한 표상들이다."[108]

틀뢴에서 확정된 과거 대신 유연한 과거를 제공하는 것은 또한 흐뢰니르라는 복제물의 생산과 관련이 있다. 틀뢴에서는 주체에 의한 문학작품의 독창적 창조를 인정하지 않기 때문에 표절이라는 개념도 존재하지 않는다. 이러한 원본과 복제물의 모호한 관계는 틀뢴에서 이루어지는 흐뢰니르라는 복제물의 조직적 생산을 통해 더욱 강화된다. 가령 틀뢴에서 잃어버린 물건을 찾을 때 첫번째로 발견한 것에 대해서 입을 다물고, 그것과 비슷하면서도 더 사실적이며 자신의 기대치에 부응하는 또다른 것을 발견할 때 이러한 이차적 물체를 흐뢰니르라고 부른다. 그런데 틀뢴의 고고학자들은 이러한 복제물로서의 흐뢰니르를 조직적으로 생산하기 시작하면서 과거가 정해진 형태로 존재하는 것이 아니라 미래와 마찬가지로 유연하게 변화될 수 있는 것으로 인식한다. 즉 원본이 부재하는 자리에 다양한 가능성으로서의 복제물, 즉 흐뢰니르가 들어서면서 과거란 단지 허구적으로 고안된 시뮬라크르로만 나타날 수 있음이 드러나는 것이다.

작품 마지막에서 서술자 나는 자신의 어린 시절을 지배했던 인류의 역사가 점차 틀뢴의 조화로운 역사에 의해 휩쓸려 사라지고 있음을 확인한다. 이것은 우리가 객관적 실재로 간주하고 선형적으로 발전하는 것으로 믿는 역사의 종말을 의미한다. 역사적 사실이란 더이상 존재하지 않으며 단지 가상적인 시뮬라크르만이 무한히 반복되어 나타날 뿐이다. 서술자 나는 인간이 과거를 인지할 수 없으며 그들이

---

108. Siegfried J. Schmidt, "Gedächtnis—Erzählen—Identität," *Mnemosyne. Formen und Funktionen der kulturellen Erinnerung*, Aleida Assmann/Dietrich Harth 엮음 (Frankfurt a. M., 1991), 388쪽.

과거라고 믿는 것이 사실은 허구에 지나지 않는다고 말한다. 그런데 이처럼 우리도 모르게 무의식적으로 구성된 허구적 과거가 이제 조직적으로 형성된 틀뢴의 환상적 과거, 즉 흐뢰니르에 의해 본격적으로 대체되고 있다는 것이다. 선험적 과거로서의 원상이 사라진 상황에서 무한히 많은 흐뢰니르가 과거의 환상을 불러일으키지만 그것은 결코 실체로서의 과거가 아닌 과거와 유희하고 그것을 시뮬레이션하는 시뮬라크르로서만 자신을 내세울 수 있을 뿐이다.

마지막으로 현대의 매체 발전과 관련하여 이 작품이 지닌 의미를 살펴보자. 서술자가 쓴 1947년의 후기에서는 두 가지 특별한 사건이 언급된다. 첫번째 사건은 1942년에 포시니 뤼생주의 왕자비가 받은 선물인 나침반의 테두리에 틀뢴의 알파벳이 새겨진 것을 발견한 것이다. 이것은 틀뢴이라는 환상적 세계가 실제의 세계에 처음으로 침투한 사례라는 점에서 중요하다. 두번째 사건은 서술자 나가 브라질의 선술집에서 죽은 채로 발견된 한 청년의 몸에서 작지만 엄청나게 무거운 원추형 금속물체를 발견한 것이다. 이것은 틀뢴의 몇몇 지방에서는 신의 형상에 해당되는 것이다. 이처럼 틀뢴에서 만들어진 물품들이 점차적으로 일상에 침투하고 40권으로 된 틀뢴의 백과사전이 멤피스의 한 도서관에서 발견되는 등 현실은 환상적인 세계의 압력하에 자리를 내주고 서서히 퇴각하기 시작한다. 이렇게 현실이 틀뢴의 세계 앞에서 물러나는 이유는 미로와 같은 현실의 복잡한 질서를 인간이 파악할 수 없기 때문이다. 그러한 총체성의 파괴와 카오스의 위험에 직면하여 인간은 스스로 고도로 조직화된 새로운 미로를 만들어내는데 그것이 바로 틀뢴이다. "거울의 복제이미지는 실재를 은폐하고 허상을 날조한다. 우주의 중심을 부인한다. 그러나 미로는 중심을 찾아가는 상상력의 모험을 부추긴다. 은폐된 실재를 향한 여정을, 거울 속에 가려진 인과법칙의 질서를 찾아내려는 지적 편력을 꿈꾸게 한다."[109] 이러한 점에서 틀뢴은 인간에 의해 만들어지고 해독 가능한 미로로서 유토피아적인 성격을 띤다. 그러나 그러한 미로와 같은 틀뢴에서도 인과법칙은 통용되지 않고 행위의 주체나 객체도 존재하지 않으며 사물들이 불연속적이고 독립적으로 존재한다. 이처럼 인과법칙이 적용되지 않고 우연의 지배를 받는 틀뢴은 현대의 카오스 이론에서 주장하는 복잡성의 질서로서의 카오스모스로서의 자연과 닮아 있다. 이로써 틀뢴이라는 허구적인 가상세계를 통해 파악할 수 없는 자연적인 존재의 질서를 시뮬레이션하며 총체적인 해체의 위기에서 벗어나는 것이 가능해진다. 하지만 틀뢴의 이러한 인공적 특성은 그것이 결코 실재가 아니라 허구적 가상임을 보여준다. 그 때문에 그것은 언제든지 인간의 존재기반을 흔들어놓을 수 있는 위협으로 변할 수도 있다.

유사현실이 현실 위에 군림하고 그것을 파괴하며 대체하는 현상은 거울 모티프를 통해 나타난다. 서술자의 친구 비오이 카사레스는 "우크바르의 한 이교도 창시자가 거울과 성교는 사람의 수를 증식시키기 때문에 가증스러운 것"(18쪽)이라고 했던 말을 기억한다. "거울 이미지는 두 가지 서사적 구조를 발전시킨다. 하나는 이중 복제에서 시작한 무한 복제의 가능성이고, 다른 하나는 유사 현실 창조의 원리이다. 이중 복제된 이미지를 현실처럼 다시 복제하는 과정이 무한히 반복되면 유사 현실은 현실에 접근한다…… 유사 현실의 유사성 증폭은 현실의 현실성을 상쇄시킨다. 공간적 현실이 허구의 상으로 오염되기 시작한다. 비밀 결사에 의해 백과사전으로 만들어진 제3의 세계 틀뢴은 세계의 거울 이미지이다. 그 틀뢴이 마침내 현실을 해체시키

109. 김춘진, 「보르헤스의 픽션. 지적 표류와 상상력의 모험」, 『보르헤스』, 김춘진 엮음(문학과지성사, 1996), 26쪽.

고 대체한다…… 틀뢴이라는 유사 현실은 유사성을 넘어서 현실 자체가 된다. 거울 이미지가 가져온 심미적 충격은 절정에 달한다. 바꾸어 말하면 거울 이미지에 불과한 틀뢴이 현실인 것이다. 현실은 거울 이미지인 것이다."[110]

오늘날 기술매체의 발전으로 인해 현실세계는 점점 가상적인 사이버공간에 의해 잠식당하고 있다. 우리가 컴퓨터 시뮬레이션을 현실과 구분하지 못하는 경우도 종종 있으며, 이러한 경향은 앞으로 점점 늘어날 것이다. 다른 한편으로 인식론적으로 우리가 현실로 간주한 세계가 사실은 우리의 뇌에 의해 관념론적으로 구성된 허구에 불과하다는 주장이 점점 설득력을 얻고 있다. 보르헤스의 진단처럼, 인간이 사는 세계는 인식 불가능한 복잡한 미로가 되어가고 있고 그것을 코스모스의 질서로 환원하려는 모든 시도는 궁극적으로 실패로 돌아갈 수밖에 없다. 다른 한편 인간은 의식적으로 고도의 복잡한 질서, 즉 카오스모스라는 새로운 미로의 세계를 창조해낸다. 이것은 처음부터 허구적으로 만들어진 환상의 세계이지만 그것이 점점 더 현실 속으로 침투해 들어옴으로써 현실의 지위를 요구한다. 더욱이 그것을 만들어낸 인간이 그것이 자신의 창조물이었다는 사실을 망각하면서 결국 현실과 환상의 경계는 불분명해지고 서로 대체 가능한 것이 된다. 보르헤스의 「틀뢴, 우크바르, 오르비우스 테르티우스」는 탁월한 상상력을 통해 현재의 매체 발전을 선취하는 환상의 세계를 창조해내고 있다. 보르헤스가 만들어낸 틀뢴은 오늘날 결코 황당무계한 공상으로 간주될 수 없는, 현실을 둘러싸고 그 속으로 침투해 들어오는 가상현실인 것이다.

---

110. 같은 글, 21쪽.

3. 김영하의 「흡혈귀」

김영하는 단편소설집『호출』(1997)에서 현실과 환상을 오가는 글쓰기 방식을 선보인 바 있다. 단편 「흡혈귀」가 들어 있는『엘리베이터에 낀 그 남자는 어떻게 되었나』(1999)에서도 역시 이러한 구성방식은 변함이 없다. 이 단편집에 대한 해석에서 백지연은 이렇게 썼다. "명민한 작가는 '리얼한' 소재를 통해서 역설적으로 더욱 '허구적인' 영토를 넓혀가는 전략을 택한다. 소설의 내용은 초라하고 남루한 일상인들의 삶으로 이동했지만, 그것은 결코 '리얼리즘'과의 살 섞기가 아니다. 세태소설이라는 외양은 '리얼리즘'조차도 감쪽같이 모사할 수 있는 작가의 재능을 과시하는 수단일 뿐이다. 가장 비현실적인 것에서부터 가장 현실적인 것에 이르는 모든 '이야기'가 모사될 수 있고, 재창조될 수 있다는 무서운 자신감! 이 같은 자신감을 읽어내지 못한다면, 김영하의 소설이 설정한 게임의 법칙을 발견하지 못한 채 건너뛰게 된다."[111] 다시 말해 이 단편소설집에서 작가는 현실세계를 모사하는 듯 가장하지만, 사실은 서술된 모든 것이 한갓 허구에 지나지 않는다. 이로써 현실에서 깊이 있는 총체적 진실을 찾거나 삶의 의미를 찾는 것은 더이상 무의미한 일이라는 것이 밝혀지며, 단지 허구적인 공간에서 이야기를 통한 유희만이 끊임없이 펼쳐지게 된다. 이러한 글쓰기의 바탕에는 우리가 삶이라고 부르는 것이 사실은 허구에 지나지 않는다는 인식이 깔려 있다.

「흡혈귀」는 액자소설 구조로 되어 있다. 즉 작가 김영하가 어느 날 김희연이라는 여자에게 전화를 받고 그녀가 보낸 글을 읽는 내용이

---

111. 백지연, 「소설의 '비상구'는 어디인가」, 김영하,『엘리베이터에 낀 그 남자는 어떻게 되었나』(문학과지성사, 1999), 270쪽.

다. 액자 속 이야기에서는 김희연이라는 여자의 생애에 대한 간략한 서술과 그녀의 현재 남편이 흡혈귀라는 주장이 담겨 있다. 그리고 마지막으로 다시 액자 이야기로 돌아가 김희연이라는 인물에 대한 작가의 생각이 표명된다.

액자 속 이야기는 현실의 이야기를 그대로 재현하는 듯 서술되고 있지만, 그 안에 등장하는 흡혈귀 이야기로 인해 비현실성을 드러낸다. 그러나 이러한 허구적 이야기는 다시 작가 스스로가 액자 이야기에 등장함으로써 현실과 허구의 교차를 보여준다. 액자 이야기에 등장하는 화자는 『나는 나를 파괴할 권리가 있다』(1996)를 출판한 바 있는 작가 김영하 자신이다. 액자 속 이야기에서 흡혈귀에 관한 시나리오를 쓴 남편에게 김희연이 그 시나리오가 남편 자신의 이야기가 아니냐고 묻자 남편은 "많은 독자가 작가와 화자를 혼동한다"[112]라고 대답한다. 이것을 액자 이야기의 상황에 적용하면, 결국 「흡혈귀」에서 서술되는 이야기는 작가 김영하 자신의 삶을 재현한 이야기가 아니라 김영하 자신이 허구적으로 꾸며낸 이야기에 지나지 않는다는 것을 말해준다. 이러한 액자 이야기의 형식은 독자에게 액자 속 이야기 역시 현실을 묘사한 이야기가 아니라 허구적인 소설의 유희로 읽어줄 것을 요구한다.

액자 속 이야기의 비현실성은 화자가 김희연이라는 여자의 전화를 받던 날 밤 천둥 번개가 치는 공포영화 같은 분위기에서 이미 암시되고 있다. 실제로 김희연이 화자에게 보낸 글 자체가 한 편의 공포영화 같은 느낌을 주고 있다. 흥미로운 것은 일반적인 독자 계층에 속하는 인물인 김희연이 액자 속 이야기에서는 글을 쓰며 작가 역할을 하고

---

112. 김영하, 「흡혈귀」, 김영하, 『엘리베이터에 낀 그 남자는 어떻게 되었나』(문학과 지성사, 1999), 69쪽.(이하 본문에 쪽수로 표시)

있고, 역으로 작가인 화자는 독자 역할을 하고 있다는 것이다. 이러한 역할 뒤바꾸기에서 전통적인 작가–독자의 도식은 무너지며, 누구나 작가가 될 수 있고 거꾸로 작가도 독자가 될 수 있다는 것을 보여준다. 더욱이 다른 사람이 쓴 글의 내용을 전달하는 방식의 글쓰기는, 결국 하나의 글이 독립적으로 생성되는 것이 아니라 다른 글과의 연관관계를 통해 생겨나는 것임을 암시한다. 김희연이라는 인물은 자신의 남편이 쓴 영화 시나리오의 줄거리를 요약해 자기 글의 일부로 삼고 있고, 김희연의 원고를 받은 화자는 맞춤법을 수정하거나 의미 연결이 잘 안되는 부분을 손보고 비약이 심하거나 지나치게 감상적인 부분은 줄이거나 생략하면서 그녀의 원고를 자신의 글로 재창조하고 있다. 이로써 이 작품에서는 독창적인 작품세계를 만들어내는 천재적인 작가상 대신 하나의 텍스트는 선행하는 다른 텍스트들의 이어쓰기임을 강조하는 상호텍스트성 개념이 내세워지고 있음을 알 수 있다.

이제 액자 속 김희연이라는 인물에 관한 이야기로 들어가보자. 스물일곱 살의 유부녀 김희연은 『베르사유의 장미』 같은 순정만화나 하이틴 로맨스를 읽고 멋진 남자를 기다리며 사춘기를 보낸다. 그러나 그녀가 1990년 대학에 입학해서 만난 남자는 그러한 멋진 남자와는 거리가 먼, 차 마시면 돈은 자기가 내고 여자가 담배를 피우는 것은 싫어하는 '그저 그런' 남자이다. 그래서 그와 헤어지고 만난 남자는 학생운동을 하는 영화감독 지망생이다. 세상 물정을 모르고 미친 듯이 사는 남자가 멋져 보여 사귀었지만, 그는 다가오는 여자를 마다하지 않는, 도덕의식이 전혀 없는 사내이다. 심지어 그녀의 집에 다른 여자를 끌어들이기까지 한다. 그래도 연애관계는 지속되지만, 운동권 영화를 만들던 그가 코믹 멜로물을 만들면서 이들 사이에 결정적으로 거리가 생긴다. 그러던 어느 날 한 술자리에서 지금의 남편을 통해 그때 남자친구가 자신 몰래 유학을 계획하고 있었다는 사실을 전해

들는다. 그날 최면에라도 걸린 듯 지금의 남편을 쫓아가 그와 술을 마시고 가까워져 사귄지 세 달 만에 결혼한다. 고아 출신이라는 환경과 특이한 태도 때문에 부모가 반대했지만 오히려 그러한 점이 마음에 들어 그녀는 그와 결혼한다. 그러나 결혼생활을 통해 남편의 장점은 점점 단점으로 다가오고 마침내 그녀는 그의 허무적인 태도 뒤에 어떤 비밀이 숨어 있다고 생각하고 그것을 추적한 결과 그가 흡혈귀라는 사실을 알아내게 되었다고 믿는다.

흥미로운 사실은 김희연이라는 인물이 항상 평범한 삶에서 벗어난 것처럼 보이는 남자들에게 매력을 느끼지만, 그러한 남자를 통해 행복해지려는 그녀의 꿈은 결국 환멸로 끝나고 만다는 것이다. 그녀의 꿈은 매번 비루한 현실로 인해 깨지고 말지만, 그녀는 늘 다시 새로운 꿈을 꾸며 그러한 꿈이 실현될 수 있다고 믿는다. 사춘기 소녀 시절 꿈꾼 테리우스 같은 멋진 남자 대신 현실에서는 가부장적 가치관을 지닌 그저 그런 대학생이 등장한다. 또 학생운동을 하며 이상적인 세계를 꿈꾸는 현실성이 결여된 영화지망생이 그녀의 마음을 사로잡지만, 그는 운동권 영화를 포기하고 코믹 멜로물을 만들며 자신의 '이념'을 배신하고 현실과 타협한다. 그녀는 이러한 모습에 실망하지만, 이번에는 섹스에도 무관심하고 세상 일에 통달한 듯한 현재의 남편에게서 새로운 이상적 남편을 발견했다고 믿는다. 그러나 이러한 남편은 흡혈귀, 그것도 생활인으로 전락한 흡혈귀이다. 그녀는 세상 모든 일에 흥미를 잃어버린 흡혈귀 남편과 살 수 없다며 이혼을 결심했다고 말한다.

뭔가 현실적이고 일상적인 것과 거리가 먼 동화 속 남편을 찾는 그녀가 소위 흡혈귀 남편과 헤어지며 꿈꾸는 새로운 삶은 놀랍게도 진부한 일상의 삶이다.

저는 행복하게 살고 싶어요. 아이를 낳고 남편과 함께 팝콘을 먹으며 할리우드 영화를 보고 주말이면 놀이동산에 가는 삶, 그런 삶을 살고 싶어요. 하지만 세상 모든 것에 흥미를 잃어버린 남편과 살고 있는 제게는 그 모든 것이 꿈입니다. 이루어질 수 없는 망상입니다.(70쪽)

이것은 현실에 안주해버린 흡혈귀의 삶과 크게 다르지 않다. 김희연은 자신의 남편이 흡혈귀이면서도 타인의 피를 빨지 않는 것에 의문을 품던 중 우연히 남편이 쓴 짧은 메모를 발견한다. 거기에는 다음과 같은 내용이 적혀 있다.

"세상의 모든 흡혈귀는 거세당했다. 세상은 빛으로 가득하다. 어디에도 숨을 곳은 없다. 우리는 흡혈의 자유와 반역의 재능을 헌납당했고 대신 생존의 굴욕만을 넘겨받았다."(71쪽)

흡혈귀의 본성인 자유와 반역의 기질은 점차 사라지고, 그들은 빛속에서 살기 위해 학교를 다니고 취직하고 결혼한다. 즉 그들은 일종의 생활인이 된 것이다. 김희연의 인생 행로 역시 이와 비슷하다. 그녀는 가부장 사회의 윤리적 가치가 지배하는 시기에 혼전에 남자와 동거하고 부모가 반대하는 결혼까지 한다. 그러면서 그녀는 흡혈귀처럼 평범한 일상에 저항하며 이를 넘어설 수 있기를 꿈꾼다. 그러나 그녀가 최종적으로 도달한 종착점은 자신의 자유와 반역의 기질을 포기하고 가장 일상적이고 현실적인 삶에 안주하는 것이다. 작품 마지막에서 화자가 어쩌면 그녀가 흡혈귀인 것 같다고 짐작할 때, 이러한 짐작은 타당하다. 그녀는 거세당한 흡혈귀인 것이다.

김희연의 남편은 삶이 아무런 의미가 없다는 허무주의에 빠져 있다. 김희연 역시 끊임없이 이러한 생각에서 벗어나려 하지만, 결과적으로는 무의미하고 아무런 희망도 꿈도 없는 현실에서 탈출하지 못한다. 그들은 둘 다 거세당한 흡혈귀인 것이다. 이렇게 거세당한 흡혈귀들이 추구할 수 있는 마지막 자유와 반항은 바로 허구적인 세계에서의 유희이다. 즉 더이상 학생운동가나 사회변혁가처럼 절대적인 진실과 삶의 총체적 의미를 찾고 사회를 그에 맞게 변혁하려는 것이 아니라, 세계의 무의미성을 인정하고 소설이나 게임과 같은 환상의 세계에서 의미를 초월한 유희를 펼치는 것이 그가 비루한 현실을 벗어나는 유일한 길이다. 그것은 역으로 사실은 그처럼 비루한 '현실'이 허구적인 가상세계와 마찬가지로 무의미한 유희적 세계와 다름없다는 인식을 보여준다. 이로써 현실과 허구의 경계는 모호해지고 허구는 눈에 띄지 않게 현실 속으로 파고들어온다.

작가인 김희연의 남편은 흡혈귀 이야기에 관한 단편 시나리오를 쓴다. 그 시나리오에 나오는 이야기는 현실의 모사가 아니라 완전한 허구이다. 그에게 글은 하나의 유희인 것이다. 그가 컴퓨터 게임, 그중에서도 테트리스를 즐겨 하는 이유 역시 그것이 아무런 의미를 담고 있지 않은 게임이기 때문이다.

"테트리스는 무한한 반복이다. 쌓음으로써 부수고 부숴야 쌓는다. 테트리스엔 아무것도 없다. 그래서 좋다. 삼국지나 심시티처럼 인생을 모사하는 게임들은 싫다."(66쪽)

아무런 의미도 없이 쌓은 것을 부수고 또다시 쌓는 테트리스 게임처럼 인생 역시 근본적으로 무의미한 것이며, 인간은 그 근본적인 무의미성의 토대 위에 끊임없이 의미를 만들어내고 부수고 또다시 만들어내는 놀이를 하고 있는 것이다. 마치 김희연이 꿈을 꾸며 현실에 의미를 부여하고 그러한 환상이 깨지면 또다시 꿈을 꾸는 과정을 반복하듯이 말이다. 이러한 의미에서 현실은 환상이며, 현실의 환상적 본질을 인식할 때 죽음에 대한 동경과 삶에 대한 허무주의가 뒤따르게 된다.

언뜻 보기에 이 작품은 흡혈귀에 관한 환상적인 이야기를 사실적인 연관 속에서 서술한 것처럼 보인다. 그러나 이러한 흡혈귀 이야기가 갖는 진정한 의미는 거세당한 흡혈귀에 관한 환상적 이야기가 다름 아닌 현실 자체라는 것을 보여주는 데 있다. 이 작품에서 현실과 환상의 세계가 서로 얽혀 들어가며, 이 두 세계의 구분이 어려워질 때 우리는 과연 현실이 무엇인지 그리고 허구적 세계로서의 문학이 무엇인지 되묻지 않을 수 없게 된다.

문학 자체를 소재로 다루며, 문학의 본질에 대해 성찰하고 있는 작가 김영하는 문학이 하나의 게임에 지나지 않는다는 것을 인식한다. 문학은 결코 현실을 모방하는 것이 아니며, 현실을 개선하기 위한 것은 더더욱 아니다. 그렇다고 문학이 비루한 현실과 대비되는 숭고하거나 아름다운 세계도 아니다. 문학은 오히려 아무런 의미 없는 한갓 게임에 불과한 현실세계와 본질적으로 닮아 있다. 문학은 자신의 허구적인 세계를 통해 삶의 무의미성과 유희적이고 환상적인 성격을 보여준다. 그러한 의미에서 문학은 현실의 반영이 아니라 게임으로서의 현실의 허구적 성격을 보여주는 또다른 게임인 것이다. 그 때문에 문학의 본질에 대한 성찰은 필연적으로 현실의 본질에 대한 성찰로 이어질 수밖에 없다. 그리고 그렇게 문학을 매개로 해서 도달한 결론은 현실은 시뮬라크르의 게임이라는 것이다.

제3부

문학작품에 형상화된 시선 담론

제10장

|

근대의 시선

1. 의사의 시선

푸코는 『임상의학의 탄생*Naissance de la clinique*』(1975)에서 고전의학에서 실증의학으로 넘어가는 변화의 기원을 탐구하며 근대의학의 탄생과정을 밝힌다. 실증의학은 임상해부학이라는 방법론을 사용하며, 단순히 환자의 증상을 확인하는 데 만족하기보다는 그러한 증상의 원인이 되는 신체의 국소적 공간을 해부를 통해 밝혀내고 그것을 가시화시켜 언어적으로 표현하려고 한다. 이러한 "프랑스의 의학혁명은 카바니로 대표되는 이데올로그 철학에 의해 큰 영향을 받았다."[1] 로크J. Locke와 콩디야크É. B. Condillac의 전통에 충실한 감각주의자였던 18세기 생리학자이자 철학자 카바니P. J. G. Cabanis는, 단순히 책에 의존해서는 안 되며 실제로 환자의 병상에서 정확히 관찰하

<hr>

1. 이종찬, 「근대 임상의학의 형성에 관한 두 가지 다른 역사적 해석」, 『의사학』 3권 2호(1994), 198쪽.

고 이를 통해 수집된 사실을 분석하여 병을 진단할 것을 요구하였다. 이러한 방식으로 근대의학은 형이상학적이고 사색적인 이론에서 벗어나 부검을 통해 질병의 원인을 염증, 종양, 궤양 등의 형태로 구체적으로 보여줄 수 있었다. 푸코는 이미 18세기에 행해졌던 이탈리아 해부학자 모르가니G. B. Morgagni의 시체 해부가 프랑스 해부학자 비샤M. F. X. Bichat에 의해 빛을 보며, 이를 통해 임상해부학이 본격화되었다고 말한다.[2] 이러한 해부학적 시선은 질병을 가시화하고 실증적인 언어로 그것을 기술할 수 있게 만든다. 또한 "18세기까지의 고전의학이 정상the normal보다는 건강의 문제에 더욱 중점을 둔 데 비해, 19세기의 근대 임상의학은 건강보다는 정상의 문제에 더욱 많은 관심을 두게 된다. 이제 의학은 정상적인 것과 병리적인 것의 이분법적 구분bipolarity of the normal and the pathological을 생명을 바라보는 잣대로 삼게 되었다."[3]

임상해부학은 두 가지 측면에서 시선과 연결되어 있다. 환자의 병상에서 관찰하는 임상의학이 환자를 외부에서 관찰하는 외부적 시선과 연결된다면, 시체를 해부하고 인체의 내부를 들여다보는 해부학은 내부적 시선과 연결된다. "의사의 경험적인 시선은 촉각과 청각을 보완하면서, 환자의 신체를 관찰하고 청진한다. 그것은 우선 '신체의 어둠' 속에서 병의 위치와 경과를 확인하고, 사망 후에 병의 형태와 그것이 가져온 파국적 결과를 시체의 해부를 통해 진실의 빛으로 드러낸다."[4] 마치 근대의 계몽주의가 전제주의의 어둠을 계몽의 빛으로

---

2. Philipp Sarasin, *Michel Foucault. Zur Einführung*(Hamburg, 2005), 58~59쪽 참조. 그러나 모르가니나 비샤 이전에도 시체 해부가 이루어지고 있었다는 것은 17세기 렘브란트의 그림 〈툴프 박사의 해부학 수업〉(1632)에서 잘 드러난다.(박정자, 같은 책, 100쪽)
3. 이종찬, 같은 글, 203쪽.
4. P. Sarasin, 같은 책, 52쪽.

340 | 메두사의 저주

밝혀 개선하려고 하듯이, 임상의학의 외부적 관찰과 해부학의 내부적 시선은 어둠 속에 가려져 있던 질병의 원인을 가시화하여 치료하려고 한다. 이러한 병리학적이고 해부학적인 시선은, 결코 이전부터 존재했던 것이 아니라 역사의 특정한 국면에서 발생한 것이다. 푸코는 1770년에서 1820년에 이르기까지 프랑스 의학의 발전과정을 조사하면서, 이러한 의사의 시선이 근대의 산물임을 밝혀낸다. 이전까지의 질병분류의학은 병의 본질을 규정하고 그러한 병을 분류하기 때문에 병의 전개를 미리 예측할 수 있는 것으로 간주하였다. 그래서 병의 전개를 지속적으로 관찰하거나 병을 신체의 특정 부위에서 확인하고 병의 원인을 밝혀내려는 노력은 하지 않았다.[5] 이에 반해 근대 임상해부학은 병의 경과나 특정한 증상의 여부, 그리고 그 빈도 등을 자세히 관찰하고 나중에 환자의 시체를 해부함으로써 병을 가시화하고 그것을 언어적으로 표현하려고 노력한다. "그러니까 근대의학과 전근대의학의 차이는 시선이 있느냐 없느냐의 차이이다. 비샤 이후 근대적 의미의 임상의학은 시체 해부와 시선이 결합된 실증주의적 학문이기 때문이다."[6] 이것은 관찰하고 해부하는 인간의 시선이 병의 진실을 드러낼 수 있을 뿐만 아니라, 궁극적으로 진리를 보고 그것을 시각적으로 드러낼 수 있으리라는 근대의 믿음을 보여준다. 또한 "임상의학 덕분에 서구 역사에서 처음으로 구체적 개인의 모습이 합리적인 언어에 의해 드러나기 시작했다. '주체'가 담론의 '대상'이 될 수도 있다는 가능성이 인식론의 역사에서 처음으로 등장한 것이다."[7]

의사의 해부학적 시선은 근대의 시선을 대변하는 것으로 문학작품

---

5. 같은 책, 53~54쪽 참조.
6. 박정자, 같은 책, 90쪽.
7. 같은 책, 103쪽.

에서 형상화되곤 한다. 이것은 특히 작가가 자신의 감정과 내면세계를 직접적으로 드러내지 않고 자신이 서술하는 대상에 거리를 두고 물러나서 비개성적인 해부학적 시선으로 바라보는 플로베르의 소설 『보바리 부인*Madame Bovary*』(1857)에서 잘 나타난다. 플로베르는 외과 의사의 날카로운 해부학적 시선으로 영혼을 상실한 계산적인 부르주아 사회의 본질을 꿰뚫어보며 그것에 메스를 갖다 대지만, 이러한 그의 외과의사적 시선이 인간의 정신과 내면세계에 무관심한 것은 아니다. 이러한 점에서 그의 해부학적 시선은 근대의학의 해부학적 시선과 차이가 있다. 플로베르는 엠마를 파멸시킨 사회의 외부적 환경뿐만 아니라 그녀의 내면세계까지 함께 조명함으로써 엠마의 몰락에 대한 깊은 이해를 전달하면서, 또한 그녀의 낭만적 공상에 내포된 위험도 경고한다. 이처럼 플로베르는 근대의학의 해부학적 시선을 자신의 고유한 방식으로 수용해 낭만적 상상에 거리를 두는 동시에 영혼을 상실한 냉혹한 근대 자본주의의 현실을 비판한다.

경험적 관찰을 토대로 추론하는 해부학적 시선이 근대 임상의학의 특징이라고 한다면, 19세기 중반 생리학자 클로드 베르나르Claude Bernard는 자신의 실험의학을 통해 해부학적 시선에 기반을 둔 추론에 과학적 객관성을 부여하려고 한다. 그는 지금까지 생명체가 아닌 대상에만 적용되었던 실험을 생명체를 다루는 의학과 생리학의 영역에까지 도입한다. 베르나르는 정상과 비정상(질병)의 이분법으로 생명체를 바라보는 근대 임상의학의 관점에서 벗어나, 질병을 정상적 상태가 단순히 양적으로 변화한 것으로 보는 브루세F. J. V. Broussais의 원칙을 따른다.[8] 독일의 매체학자 키틀러가 19세기 후반에 나타난 이

8. 이종찬, 같은 글, 206쪽.

러한 실증주의를 "의사와 기술자의 문화"[9]로 정의한 것도 이러한 맥락에서 이해할 수 있다. "키틀러의 생각은 사실과 객관성에 관심을 지닌 실증주의가 의미와 이념의 헤게모니 아래에서 배제되었던 무의미와 소음을 방출한다는 것에 기반을 두고 있다. 이에 대한 논거는 사실의 수집은 본질적인 것과 비본질적인 것, 선과 악, 건강과 질병을 그 자체로는 구분하지 않는다는 것이다."[10] 실증주의가 19세기 초반 이상주의 철학의 중심을 이루는 자아를 배제하고 관찰과 이를 바탕으로 한 추론에 기반을 둔 실험을 통해 과학적 객관성을 추구할 때, 여기에는 더이상 가치 평가가 개입하지 않으며 근본적으로 모든 자료가 등가적으로 다루어질 수 있다. 키틀러는 실증주의에 따른 기술과 과학이 현실을 고립된 과정으로 분해함으로써 총체성을 지향하는 형이상학의 세계상을 흔든다며 그것에 포스트모더니즘적인 특성을 부여한다. 그러나 이러한 해석은 지나친 감이 없지 않은데, 왜냐하면 실증주의는 현실의 객관적 법칙을 발견할 수 있다고 확신하며 세계의 진보에 대한 믿음을 여전히 간직하고 있기 때문이다.[11] 자연주의문학의 대부인 에밀 졸라는 자신의 「실험소설」에서 베르나르의 실험의학의 방법론을 수용하여 작가가 현실을 정확히 관찰하고 올바른 가설적 상황을 설정하여 현실을 객관적으로 바라보고 미래를 예측할 수 있어야 한다고 주장한다. 졸라는 인간이 유전적 요인과 사회적 환경에 의해 결정되는 것으로 본다. 이러한 관점에 따르면, 인간은 더이상 자유로운 주체가 아니라 내외적인 환경에 의해 결정되는 존재이며, 이 때문에 선악의 이분법적 평가에서 벗어날 수 있다. 이러한 시각을 통해 졸라가 주체중심적인 근대적 세계관에서 벗어나는 것처럼

9. F. Kittler, *Aufschreibesysteme 1800·1900*, 396쪽.
10. Daniela Kloock/Angela Spahr, *Medientheorien*(München, 2007), 183쪽 이하.
11. 같은 책, 183~184쪽 참조.

보일지라도, 다른 한편 그는 과학이 현실을 올바로 재현할 수 있고 사회적 상황에 대한 객관적 진단을 통해 현실을 개선할 수 있다는 믿음을 여전히 간직하며 근대 합리성의 전통에 서 있다.

플로베르나 졸라의 작품에서 살펴보았듯이, 의사의 시선은 일반적으로 문학작품에서 근대의 합리적, 분석적인 사고를 대변하는 모티프로 사용되었다. 그러나 인간의 심리나 사회적 상황을 외과의사의 해부학적 시선으로 날카롭게 통찰함으로써 그러한 상황을 개선할 수 있다는 믿음은 점점 허구로 드러난다. 정상과 질병의 이분법을 고수한 근대 임상의학의 관념은 병을 고쳐야 할 의사가 환자가 되고 정상인과 환자의 경계가 모호해진 카프카의 「시골 의사」와 같은 현대소설에서 근본적으로 흔들린다. 이것은 해부학을 통해 뇌의 구조를 알아내려고 하지만 뇌의 기능과 작동원리를 알아낼 수 없어 정신적 혼란에 빠진 한 의사의 삶을 묘사하고 있는 벤의 단편소설 「뇌」에서 더욱 첨예하게 드러난다. 이 작품에서도 역시 정상과 질병의 경계는 애매모호해지며, 인간을 외과의사의 해부학적 시선으로 치료하고 구원할 수 있다는 생각은 환상으로 밝혀진다.

이로써 외과의사의 시대는 지나가고 정신과의사의 시대가 온다. 인간의 신체를 해부하고 조각내어 살펴보는 국소적 병리학 대신, 이제 인간을 전체로 살펴보고 내면세계를 치료함으로써 정신을 치료하려는 신경의학이 점점 현대문학의 중심에 놓인다. 이미 카프카의 작품에서 치료가 정신적 구원의 문제와 연관이 있다는 것이 드러나지만 작품 속 외과의사가 이러한 구원으로서의 치료를 할 능력이 결여되어 있다면, 이와 달리 벤의 작품에서는 정신분열에 시달리는 의사가 자신의 상황을 현실에 대한 새로운 지각과 인식을 위한 것으로 전환시키며 새로운 미학에 의한 실존적 구원을 추구한다. 졸라가 의사를 작가의 모델로 삼았듯이, 그 이후의 현대 작가들도 끊임없이 육체적 질병의 치료 대신 정신적 치료의 임무를 떠맡은 작가를 의학적 담론의 맥락에 위치시켜 살펴본다. 문학작품에 의사가 빈번히 등장하는 이유는, 작가가 의사와 마찬가지로 치료의 과제를 떠맡고 있다고 생각하거나 또는 그러한 생각을 비판하기 위해서이다. 물론 그것은 더이상 신체의 치료가 아닌 사회적 모순의 개선과 개인의 실존적 구원으로서의 치료를 의미한다. 그러나 현대문학에서는 이렇게 인간과 사회를 치유할 임무를 떠맡은 인간을 상징하는 의사 자신이 스스로 치료를 필요로 하는 역설적 상황에 빠지곤 한다. 치료 주체로서의 의사와 치료 대상으로서 환자의 이분법적 구분은 더이상 고수될 수 없으며, 건강과 질병, 정상과 비정상의 경계는 인위적인 규범에 의해 생겨나는 것으로 폭로된다. 이와 함께 인간을 전체로 살펴보고 그의 내면세계를 완전히 치유하려는 정신과의사의 구상 역시 정신착란적인 것으로 드러난다. 정신과의사의 이러한 과대망상은 사회와 인간의 본질을 해부학적 시선으로 꿰뚫어보고 타인을 치료하여 정상화시키겠다는 근대의 계몽주의적 이상의 변종에 다름 아니다.

그렇다면 정신과의사와 환자가 각각 치료 주체와 대상으로 맺고 있는 권력관계는 역사적으로 어떻게 형성된 것일까? 푸코는 『고전주의 시대의 광기의 역사Histoire de la folie à l'âge classique』(1976)에서 르네상스 시대에서 19세기 초까지의 광기에 대한 사회적 인식과 담론의 변화를 살펴보면서 이에 대한 답변을 제시한다.[12] 17세기 중반부터 18세기 중반까지의 고전주의 시대에 광인은 범죄자, 부랑자, 걸인 등과 구분되지 않은 채 함께 수용소에 감금되어 있었다. 사회의 질서를 위협하는 쓸모없는 비이성적 인간들은 이러한 수용소에 갇혀 일반 사회로부터 철저히 격리되었던 것이다. 다른 수감자들이 철저히 사회적

---

12. 푸코, 『광기의 역사』 참조.

시선으로부터 숨겨진 데 반해, 사납게 광기를 드러내어 일종의 야수처럼 간주되었던 광인은 마치 우리에 갇힌 동물처럼 관람객의 시선에 노출되었다. 이를 통해 위험한 야수성을 지닌 광인을 쇠사슬로 묶고 채찍질하는 잔혹한 처벌이나 감금 자체가 정당화될 수 있었다. 또한 야수와 같이 날뛰는 광인은 환자로 간주되지 않았으며, 따라서 광기도 질병으로 분류되지 않았다.

18세기 후반과 19세기 초에 들어서면서 광인은 다른 수감자들과 분리되어 치료시설로서의 수용시설, 즉 근대적인 정신병원에서 지내게 되었다. 이는 광인이 더이상 단순한 미치광이가 아니라 질병을 지닌 환자로 간주되었음을 의미한다. 이제 광인은 맑은 공기를 마시며 쇠사슬에서 풀려나 지낼 수 있게 되었지만, 이렇게 달라진 처우가 반드시 인도주의적인 차원에서 이해될 수 있는 것만은 아니다. 이 시기에 비로소 새로운 수용시설에서 의사의 역할이 두드러지게 나타나기 시작했지만, 의사가 광기의 본질을 이해하지 못했을 뿐만 아니라 그것에 대해 무관심했다는 점에서는 이전 시대와 달라진 점이 없었다. 달라진 것은 정신병원에서의 사회적인 권력관계였는데, 의사는 가부장적인 시민사회의 가족처럼 운영되는 병원에서 정신병자를 미성숙한 아이로 간주하며 우월한 이성의 관점에서 그를 대하였다. 그는 환자의 도덕적 과오를 지적하고 그것에 대해 재판관처럼 판결을 내리며 경우에 따라서는 처벌을 행함으로써 환자를 광기에서 끌어내어 사회적, 도덕적 인간으로 개조하려고 하였다. 시선의 측면에서 보자면, 의사는 광인의 내면세계보다는 그의 외적인 행동만을 관찰하며 이에 대해 평가하거나 처벌하였다. 반면 환자는 의사에 의해 주어진 객체화된 모습으로 자신의 행동을 관찰하고 자신의 행동에 수치심을 느끼며 죄의식을 갖게 되었다. 이성의 관점에서 보면, 환자의 광기는 일종의 자기소외, 즉 이성적 존재인 주체로부터의 소외였던 것이다.

의사는 이러한 근대적 이성과 이에 따른 권력의 힘으로 환자를 도덕적으로 개선하고 광기를 제압할 수 있었다.

환자에 대한 정신과의사의 이러한 절대적 우월성은 19세기 후반 프로이트s. Freud에 이르러 절정에 달한다. 물론 프로이트는 처음으로 집단적인 수용시설에서 광인을 해방시키고 광인의 내면에 주목하며 광기의 기호를 해독해내려고 시도했다는 점에서, 광기에 대해 이전과 달라진 태도를 보여준다. 그러나 프로이트 역시 이성의 언어를 사용하고 의사를 절대적이고 신적인 존재로 승격시켜 환자를 바라보고 치료하려 했다는 점에서, 이성 중심적인 사고에서 벗어나지는 못하였다. 하지만 정신과의사가 분석대상으로서의 환자에 대해 갖는 이러한 절대적 우위는 결코 확고한 것은 아니었는데, 특히 괴츠의 소설『정신병자들』은 이를 잘 보여준다. 이 작품에서는 정신과의사가 오히려 환자가 되고 억압적인 이성이 광기를 낳는 역설이 문학적으로 형상화된다.

신경외과의이자 작가인 괴츠는『정신병자들』에서 정신병원을 무대로 근대의학의 해부학적 시선과 정상/비정상의 이분법적 구분이 지닌 문제점을 적나라하게 묘사한다. 그는 인간을 하나의 전체가 아니라 기능으로 간주하는 병원에서, 인간이 객관적 데이터라는 환상하에 정확한 계산에 따른 수치와 이미 규정되어 있는 의학 전문용어라는 질서의 틀에 짜 맞추어져 치료되는 현실을 비판한다. 이 작품의 주인공인 의사 라스페는 이러한 강압적 질서에 의해 정신착란에 시달리는데, 이는 과도한 억압적 질서가 바로 정신병의 원인임을 보여준다. 그렇다고 괴츠가 완전한 카오스 상태를 의미하는 정신분열의 상태를 이상적인 상태로 묘사하는 것은 아니다. 그는 질서와 혼란의 이분법적인 구분 대신 혼란 속에 질서를 내포하고 있는 카오스모스의 상태를 지향한다. 이에 따라 정상(질서, 건강)과 비정상(혼란, 질병)의 경계가 허물어지고, 소위 비정상적인 것으로 간주되는 정신착란이 고도의 복합적 질서를 지닌 카오스의 상태로 간주되어 창조적인 기능을 발휘할 수 있는 것으로 여겨진다.

근대의학의 해부학적 시선이 질병의 원인을 밝혀내어 환자를 치료하듯이, 작가가 인간과 사회의 본질을 밝혀내어 사회를 개선하고 타인을 계몽할 수 있다는 근대적 사고는 이 작품에서 환상으로 밝혀진다. 의사 라스페는 다른 환자를 치료하지 못하고 무기력한 모습을 보이며 나중에는 스스로 환자의 위치로 전락하고 만다. 그러나 라스페는 근대의학의 해부학적 시선을 포기하고 의사와 환자, 건강과 질병, 정상과 비정상의 이분법적 구분을 인위적이고 허구적인 것으로 인식하는 새로운 시각을 획득함으로써 회복의 길에 들어선다.[13]

카프카는 총체성의 붕괴와 인식의 위기에 직면하여 세계의 인식 불가능성에 절망한다. 이에 반해 벤은, 미학의 도움으로 새롭게 총체성을 추구하며 구원을 확신하는 모습을 보인다. 이러한 상반된 반응은 데카르트로 대변되는 '근대'의 단일한 합리성이 무너진 상태를 위기로 간주하거나 그것을 넘어서기 위해 또다른 새로운 총체성을 만들어낸다는 점에서, 모두 '현대적'이라고 할 수 있다. 반면 괴츠는 총체성의 질서가 붕괴되어 생긴 혼돈 자체에서 고도의 복합적인 질서를 발견하며 이를 이용하여 역설적으로 치유의 가능성을 찾고 있다는 점에서 위의 작가들과 구분된다. 하지만 그 역시 혼돈 자체를 위기로 간주하고 새롭게 질서와 총체성을 추구하고 있기 때문에 궁극적으로는 현대적인 정신의 선상에 서 있는 것으로 볼 수 있을 것이다.

---

13. 이 작품에 대한 보다 자세한 해석은 다음을 참조하시오. 정항균, 「치료와 인식행위로서의 공감각적 글쓰기. 라이날트 괴츠의 『정신병자들』 분석」, 201~240쪽.

1) 졸라의 「실험소설」

자연주의의 대표적인 작가인 에밀 졸라가 자신의 문학관 및 창작 방법론을 소개한 이론서가 바로 「실험소설Le Roman expérmental」(1880)이다. "졸라는 예술창작에 외과 의학의 방법을 적용한 최초의 소설가"[14]다. 그는 의사인 클로드 베르나르의 『실험의학 연구 입문 Introduction à l'étude de la médicine experimentale』(1865)을 이론적 토대로 삼아 베르나르의 방법론을 문학에 적용한다. 그는 심지어 베르나르의 책에 나오는 의사라는 말을 소설가로 대체하면 자신의 문학관이 된다고 말하기도 한다. 이와 같이 졸라의 소설 이론에서 의학적 방법론이 차지하는 비중은 매우 크다.

베르나르는 아직 단순한 기술 차원에 있던 생리학과 의학을 화학이나 물리학과 마찬가지로 과학의 차원으로 끌어올리기 위해 실험의학의 필요성을 강조한다. 졸라는 베르나르가 과학을 무생물에서 생물의 차원으로까지 확대시켜 적용한 것을 바탕으로, 이제 인간의 정서적, 사회적 영역인 문학에도 똑같은 방법론을 적용하려고 한다.

졸라가 내세우는 실험소설은 의학에서의 실험과 마찬가지로 크게 두 가지 차원으로 구성된다. 첫번째 차원은, 자연을 있는 그대로 관찰하는 차원이다. 이러한 정확한 관찰을 통해 가설을 수립할 수 있다. 두번째 차원에서는, 이러한 가설을 입증하기 위해 자연을 변화시켜 그것과 다른 상황하에서 실험을 수행하게 된다.

위의 두 차원은 '보는 것'의 문제와도 깊은 관련을 지니고 있다. 졸라는 베르나르의 책에서 다음 구절을 인용한다. "관찰자는 눈앞의 현상을 순수하고 단순하게 확인할 뿐이다…… 그는 현상의 사진사가

---

14. 유기환, 「문학과 과학의 행복한 융합을 위한 혁명적 방법론」, 에밀 졸라, 『실험소설 외』, 유기환 옮김(책세상, 2007), 181쪽.(이하 본문에 쪽수로 표시)

되지 않으면 안 된다. 그의 관찰은 자연을 정확하게 재현해야 한다."
(22쪽) 자연주의에 대한 일반적인 정의에서 잘 알려져 있듯이, 소설가
는 관찰자로서 자연을 정확하게 관찰하고 재현해야만 한다. 이러한
소설가의 시선에서, 현실을 정확히 복제하는 사진의 시선과 자연을
정확히 관찰하고 분석하는 의사의 해부학적 시선이 만나게 된다.

그러나 졸라는 자연주의 작가가 현실을 있는 그대로 재현하는 단
순한 사진사에 지나지 않으며 아무런 창조성도 없다는 비판을 반박
하면서, 실험자로서 작가가 지닌 창조성을 강조한다. 실험자로서의
작가는 자연(인간의 내적인 세계와 사회)의 관찰을 통해 얻은 인식을 바
탕으로 가설을 세워 그것을 입증하려고 한다. 퀴비에G. Cuvier가 생리
학은 순전히 관찰과 해부학적 연역의 과학이 되어야 한다고 주장한
데 맞서, 베르나르는 실험이 어디에나 적용 가능하다고 주장한다. 해
부학적 시선이 경험적인 관찰의 영역에서 연역적 추론을 해낸다면,
졸라는 베르나르와 더불어 실험을 통해 이러한 추론의 과학적 객관
성을 보장하려고 한다. 즉 작가는 자신의 관찰을 토대로 인위적인 소
설 상황을 설정하며 그것의 과학성을 검증할 수 있는 창조성을 갖게
된다는 것이다. 물론 이러한 창조성은 과학적인 타당성이 있는 것으
로 입증될 때 더 의미를 지닌다.

그런데 흥미로운 것은, 관찰의 차원뿐만 아니라 실험의 차원 역시
'보는 것'의 문제와 관련이 있다는 것이다. 베르나르는 "실험결과가
드러나는 순간부터 실험자는 그가 유발한 진정한 관찰, 다른 모든 관
찰처럼 선입견 없이 확인해야 하는 진정한 관찰과 직면하게 된다. 이
때 실험자는 사라지거나 아니면 잠시 관찰자로 변신해야 한다"(22쪽)
고 말한다. 즉 실험자는 자신의 가설이 실험을 통해 입증되는지 아닌
지를 확인하기 위해 다시 관찰하는 시선을 취해야만 한다. 그러나 이
러한 확인의 절차는 문학의 영역에서는 이루어지지 않는다. 작가는

자신의 관찰을 바탕으로 실험적인 상황을 만들어 현상을 초래한 조건으로서의 원인을 밝혀내려고 시도하지만, 그러한 시도의 과학적 타당성을 확인하는 절차는 의학에서와는 달리 소설 밖에서 이루어져야 한다. 즉 그러한 확인과정으로서의 관찰은 작품을 읽고 수용하는 과정에서 이루어지며, 이때 독자는 소설 외적인 지식에 의존하게 된다. 따라서 실험자로서의 작가의 시선은 의사의 시선과는 차이가 있다.

졸라는 의학이나 생리학과 문학의 연관성을 강조하면서도 그 차이점을 간과하지는 않는다. 가령 그는 소설가가 인간 내부의 메커니즘을 이해하기 위해서는 생리학이 필요하지만, 인간이 사회에 편입되어 활동하는 것을 과학적으로 해명하기 위해서는 생리학자의 손을 벗어나야 한다고 주장한다. 문학의 대상 영역이 의학의 대상 영역과는 다르기 때문에, 의학적 지식을 참조할 수는 있지만 그것을 넘어서야 한다는 것이다. 또 "우리(실험소설—필자)는 결정된 사실을 엄격하게 받아들여야 하고, 우스꽝스러울지도 모를 개인적 감정을 그 사실에 투영하지 않아야 하고, 머리에서 발끝까지 과학에 의해 정복된 지평에 의지해야 한다. 그런 다음 우리는 미지의 영역에서 직관력을 발휘하고, 과학을 선도해야 한다. 때로는 틀릴 각오를 하고서 말이다."(67쪽) 이러한 의미에서 실험소설가가 "예언한다는 것은 대단히 어려운 사명인데, 왜냐하면 사람들이 더이상 계시의 진리를 믿지 않기 때문이며, 미지의 사실을 예견하기 위해서는 먼저 기지의 사실을 알아야 하기 때문이다."(68쪽) 즉 "실험소설가는 비합리적인 방식의 예언을 하는 사람이 아니라 정확한 관찰에 의거한 가설을 세워 미래를 예견, 다시 말해 미리 '볼 수 있는' 사람이다."[15] 물론 이러한 예견은 틀릴 수도

15. 정항균, 「탐정의 시선에 대한 패러디—카프카의 『실종자』에 나타난 근대적 시선 비판」, 58쪽.

있기에, 실험소설가는 최대한 정확한 관찰과 이에 따른 가설적 상황의 창조로 과학적 지식을 선도해야 할 의무를 갖게 된다.

졸라는 「소설에 대하여Du roman」에서도 '보는 것'의 중요성을 강조한다. 그에 따르면, 눈에 상처가 난 사람이 현실을 제대로 볼 수 없듯이, 상상력에 의해 소설을 쓰는 사람 역시 현실을 올바로 표현할 수 없다. 현대 소설가가 갖추어야 할 중요한 자질은 더이상 상상력이 아니라 현실감각인데, 현실감각은 "자연을 있는 그대로 느끼고 묘사하는 데 본질이 있다."(76쪽) 그는 삶을 묘사하고 싶다면 삶을 있는 그대로 보고 그에 대한 정확한 인상을 제시하라고 요구하는데, 이것은 소설가의 재현 의무를 나타낸다. 여기에서 자연의 재현은 넓은 의미에서 사용되어 관찰과 실험의 상호작용으로 이루어진 소설의 객관적 현실묘사를 가리키는 것으로 이해될 수 있을 것이다. 즉 그것은 사실주의 그림처럼 '구성된 재현'인 것이다.[16]

졸라에 따르면, 작가와 의사는 둘 다 과학자라는 점에서 공통점을 지닌다. 더욱이 작가는 의사와 마찬가지로 치유의 의무를 지니는데, 졸라는 이러한 작가의 의무를 '실험적 모럴리스트'라는 개념으로 강조한다. 졸라는 발자크H. Balzac의 『사촌누이 베트La cousine Bette』(1846)를 예로 들며, 이 작품의 등장인물 윌로가 지닌 정념의 메커니즘을 파악해서 그것을 다스릴 수 있다면 윌로 같은 사람을 치유할 수 있을 것이라고 말한다. 실험소설은 사회를 썩게 만드는 심각한 상처의 원인을 소설의 실험을 통해 밝혀냄으로써 그것을 치유할 수 있는데, 이것이 바로 작가의 도덕적 과업이다. 졸라 자신은 『나나Nana』

---

16. 근대소설로서 사실주의 소설이나 자연주의 소설은 현실을 구성하면서도 마치 그것이 있는 그대로의 현실인 것처럼 제시한다. 이것이 현실 환상을 낳는 근대소설의 특성이다. 이에 반해 현대소설은 소설 내에서 구성된 현실을 구성된 것으로 드러낸다. 이로써 현실 환상은 깨지게 된다.

(1879)에서 환경적 요인과 유전의 영향으로 화류계의 여자가 된 나나의 삶을 묘사하면서 실험적 모럴리스트의 임무를 수행하려 하였다.

졸라는 「실험소설」에서 인간의 진보, 인간에 의한 자연의 지배, 사물과 현상의 주인으로서의 인간을 반복해서 언급한다. 그는 인간이 선과 악의 주인이 되고, 사회의 발전을 마음대로 조절할 수 있으며, 인간의 심리와 사회까지 기계처럼 마음대로 분해하고 그 작동원리를 이해할 수 있다고 믿는다. 그러나 인간 사회의 발전은 자연을 지배하고 통제하며 사물과 현상의 주인이 되는 것과 점점 거리가 멀어지고 있다. 졸라는 이상주의의 비현실적이고 신비적인 측면을 신랄하게 비판했지만, 정작 그 자신은 과학의 발전에 따른 인간의 진보에 대한 맹목적인 믿음, 즉 또다른 이상주의에 사로잡혀 있는 것처럼 보인다. 베르나르가 실험의학에 관한 자신의 책에서 아직까지 문학을 과학의 영역으로부터 분리하고 있는 것과 달리, 졸라는 문학을 과학에 포함시키고 실험소설가를 특별한 과학자로 지칭하고 있다. 물론 졸라도 과학자로서의 소설가 역시 선험적 관념을 지닐 수밖에 없음을 인정하지만, 그럼에도 불구하고 인간과 사회에 대한 정확한 관찰 및 분석과 과학적인 지식의 적극적인 수용을 통해 비개성적인 시각에 최대한 가까이 다가가야 한다고 주장한다. 그러나 이러한 객관적 시선은 인간을 대상화하고 지배 내지 통제함으로써 오히려 억압의 시선이 된다. 그것은 개성적 시선들의 다양성을 인정하지 않고 비개성적인 하나의 시선으로 환원시키려고 한다. 이러한 시선은 졸라의 생각과 달리 인간을 치유하기보다는 오히려 병들게 할 뿐이다.

2) 플로베르의 『보바리 부인』

졸라는 「소설에 대하여」에서 "환경이 등장인물을 결정하거나 설명할 때 이루어지는 묘사, 그 묘사를 공부하기 위해서는 반드시 플로베르의 소설을 읽으라고 권하고 싶다"[17]라고 말한다.

그러나 귀스타브 플로베르의 묘사 기법이 과학적이라고 할 때, 그것이 외부세계를 객관적으로 충실하게 재현하는 것을 의미하지는 않는다. 플로베르가 사실주의의 대표적인 작가로 간주되곤 하지만, 그의 사실주의는 엄밀히 말해 객관적인 외부세계와 주관적인 내면세계를 함께 총체적으로 묘사하려는 복합적인 성격을 띠고 있다. 플로베르의 묘사 기법은 가령 경치를 객관적으로 묘사할 때조차 그 속에 인물의 내면을 함께 보여주거나 숨겨진 행위의 차원을 암시한다. 플로베르는 주관적인 상상력과 감정을 과도하게 강조하는 낭만주의와 거리를 두지만, 단순히 객관적인 세계를 재현하는 사실주의와도 거리를 둔다. 그는 1853년 자신의 애인인 루이즈 콜레에게 쓴 편지에서 이렇게 썼다. "문학은 날이 갈수록 더욱 더 과학을 닮은 모습을 갖추게 될 것이다. 문학은 무엇보다 '설명적'이 될 것이다. 이 말은 학술적이 된다는 뜻은 아니다. 무엇보다도 그림들을 그려보아야 한다. 있는 그대로의 본성을 보여주되 감추어져 있는 속과 드러나 있는 겉을 다 그려내 보임으로써 완전한 그림을 만들어야 한다."[18] 이와 같이 플로베르가 추구하는 과학적 정신에 기반을 둔 문학은 외부적 현실과 인간의 내면세계를 모두 다 포괄하는 완전한 묘사를 추구한다.

플로베르의 아버지 아실르 클레오파스 플로베르는 프랑스 루앙 시립병원 외과의사였다. 또한 플로베르가 성장했던 시대는 실증주의의 영향이 점점 커지던 시대였다. 이러한 환경에서 플로베르는 자연과학적인 방법론을 자신의 소설에 사용하게 되는데, 이것은 크게 두 가지로 나타난다. 첫번째로, 그는 단순한 공상에 의해 소설을 쓰지 않기

---

17. 졸라, 같은 책, 87쪽.
18. 미셸 레몽, 『프랑스 현대소설사』, 김화영 옮김(열음사, 1991), 150쪽 재인용.

위해 철저한 사전 자료조사 작업 및 연구를 수행하였다. 자연과학적인 관찰과 자료조사 작업의 엄격성을 글쓰기 작업에 도입시킨 그는 "자료조사를 중요시하는 유파의 최초의 스승이었다."[19] 두번째로, 소설가는 현실에 대한 객관적인 시각을 유지하기 위해 스스로 개입하며 판단을 내리기보다는 자연과학자처럼 관찰하며 뒤로 물러나 있어야 한다. 이렇게 작가가 작품 뒤로 물러나며 자신의 내면세계를 직접 드러내지 않는 것이 바로 플로베르가 말하는 '비개성적 시선'이다. 그러나 "예술적인 관찰은 과학적인 관찰과는 전혀 다른 것이다. 그 관찰은 무엇보다 직관적이어야 하며 먼저 상상력에 의해 시행되어야 한다."[20] "객관적인 사실들을 안으로 흡수하고 그것이 우리 내면을 휘돌게 한 뒤 그 경이로운 화학작용을 이해하지는 못하지만 밖으로 다시 창조하여 재현되도록 하자."[21] 이와 같이 플로베르는 외부세계의 사실들을 창조하기 위해 우선 타인의 내면세계를 먼저 체험하게 한다. 따라서 플로베르의 비개성적 시선을 통한 객관성의 추구는 결코 어떤 열정이나 감정이 배제된 사태의 즉물적 재현이 아니라는 것을 강조할 필요가 있다. 그것은 작가가 자신의 내면을 직접적으로 토로하거나 주관적인 평가를 내리지 않으면서도 인물의 내면을 거쳐 현실을 보여주는 '주관적 사실주의'의 양상을 띠고 있다.

이러한 맥락에서 『보바리 부인』에서 플로베르가 의사의 시선에 대해 취하는 입장을 살펴보는 것은 흥미로울 것이다. 이 작품은 시골 의사 샤를 보바리와 결혼한 엠마라는 여성이 결혼생활에서 나타나는 권태와 혐오의 감정을 이기지 못하고 외도를 통한 탈출을 모색하지

---

19. 같은 책, 151쪽.
20. Gustav Flaubert, *Correspondance. III. Paris 1926~1933*, 230쪽.(김동규, 『플로베르』, 건국대학교출판부, 1995, 80~81쪽 재인용)
21. G. Flaubert, 같은 책, 388쪽.(김동규, 같은 책, 81쪽 재인용)

만, 결국 사랑의 배신과 빚으로 인한 경제적 파산을 겪고 자살하는 이야기를 다루고 있다. 외과의사의 해부학적 시선을 취하는 플로베르가 이 작품에서 시골 의사 샤를 보바리를 어떻게 묘사하고 있는지를 살펴봄으로써 작가의 해부학적 시선이 갖는 의미를 파악할 수 있을 것이다.

성실하고 착하지만 몰취미한 생활방식 때문에 아내의 욕망을 충족시켜주지 못하는 샤를은, 엠마와 달리 작품에서 대부분 외부적인 관찰을 통해 묘사된다. 물론 엠마를 처음 알게 될 때 그의 내면이 체험화법의 형식으로 드러나기도 하지만, 전반적으로 그의 주관적인 내면세계에 대해 독자들이 알 수 있는 기회는 매우 드물다. 한밤중에 횃불을 켜고 결혼식을 하기를 꿈꾸는 낭만적인 엠마와 달리, 샤를은 사랑을 나눌 때조차 항상 규칙적이고 예측 가능한 모습을 보인다. 그의 일상적 시선은 "가장 내밀한 거리, 즉 같은 잠자리에서 자기 아내의 눈을 유심히 관찰하지만 정작 그녀의 마음을 읽어내지 못하고 만다."[22]

> 침대에 나란히 누워 자면서 그는 나이트캡의 끈에 반쯤 가려진 그녀의 금빛 솜털에 햇빛이 비치는 것을 그윽이 바라보았다. 이렇게 가까이 보니까 아내의 눈은 몹시 커 보였고, 더구나 잠이 깨어 눈을 깜빡깜빡할 때는 유난히 커 보였다. 그늘이 지면 까맣게, 밝은 데서는 진한 파란색으로 시시각각 변했고, 가운데는 짙고 에나멜 같은 바깥쪽으로 나올수록 차츰 색이 옅어졌다. 샤를의 눈은 이 짙은 눈동자에 깊이 빨려들었는데 머리에 쓴 나이트캡이며 앞가슴을 풀어헤친 잠옷이 모두 그 안에 조그맣게 들어 있었다.[23]

---

22. 김화영, 『발자크와 플로베르』(고려대학교출판부, 2002), 162쪽
23. 귀스타브 플로베르, 『보바리 부인』, 박동혁 옮김(하서, 1992), 43~44쪽.(이하 본문에 쪽수로 표시)

샤를은 아내를 단지 외부에서 관찰할 뿐 그녀의 변화무쌍한 내면 세계를 전혀 들여다볼 수 없는데, 이러한 무능력은 작품 마지막까지 지속된다. 그의 이러한 무능력은 그녀의 분노를 자아낸다.

도무지 참을 수 없는 것은, 샤를이 그녀의 이러한 고통을 전혀 눈치 채지 못하는 것 같은 점이었다. 그녀를 행복하게 해주고 있다고 믿고 있는 자신의 남편이 그녀에게는 어리석은 모욕처럼 생각되었고, 그런 마음으로 안심하고 있다는 것은 은혜를 모르는 소치라고 생각되었다. 그렇다면 그녀는 누구를 위하여 몸을 단정하게 하는 것인가? 그 상대인 샤를이야말로 사실 모든 행복의 장애가 되고 모든 불행의 원인이 되는 것이 아닌가?(110쪽)

샤를이 의사인 반면, 엠마는 지속적으로 환자로 등장한다. 레옹이 자신을 사랑하지 않는다고 믿을 때 그녀는 우울증을 보이고, 레옹이 파리로 떠난 후에는 히스테리에 시달리고 각혈까지 한다. 또한 로돌 프가 작별 편지를 쓰고 그녀를 배신했을 때는 발작을 일으키고 실신 한다. 그러나 샤를은 이러한 병의 원인을 전혀 파악하지 못하고 그녀의 내면에 무슨 일이 벌어지고 있는지도 알지 못한다. 그는 엠마의 시선에 빨려들어가 그녀의 외도는 물론 그녀의 채무관계 역시 제대로 파악하지 못한다. 그는 중요한 일이 벌어질 때마다 늘 엠마의 주변에 없거나 또는 졸거나 자고 있다.[24] 심지어 엠마가 레옹과 함께 루앙의 길거리에서 대담하게 활보하고 밤에 돌아오지 않던 날, 그리로 가 엠마를 거리에서 발견할 때조차 사태를 제대로 파악하지 못한다. 그의 무능력은 그가 약사 오메의 선동으로 다리를 절룩거리는 마부 이폴

---

24. 김화영, 같은 책, 165쪽 참조.

리트의 다리 수술을 하였지만 그 수술이 실패하여 다리를 절단하게 된 사태에서 더욱 여실히 드러난다.

모든 것을 단지 외부에서만 관찰하고 인간의 내면세계를 제대로 들여다보지 못하는 자연과학적인 외과의사의 시선은 플로베르가 모범으로 삼는 비개성적인 해부학자의 시선이 아니다. 오히려 플로베르는 자연과학적 이성과 그로 인한 진보주의의 이상에 대해 회의적인 태도를 보인다. 이것은 특히 약사 오메에 대한 풍자적 묘사에서 잘 드러난다.

반종교적이고 과학적 진보주의를 외치는 오메는 계산적이고 출세 지향적인 인간유형을 대변한다. 그가 내세우는 과학적 진보의 부정적 이면은 이폴리트의 다리 수술 예에서 잘 드러난다. 그는 진보주의자를 자처하며 샤를을 부추겨서 절름발이 이폴리트의 수술을 하게 하지만, 그 수술은 실패로 돌아가고 만다. 이폴리트의 수술한 발이 점차 썩어들어가자 할 수 없이 유명한 카니베 선생을 불러오는데, 그는 건강한 사람을 고쳐 병신을 만들었다고 이들을 나무란다. 이러한 말에 기분이 상했지만, 오메는 카니베 선생의 처방전이 자신의 동네까지 오기 때문에 장삿속에서 평소의 진보주의에 대한 소신을 팽개치고 샤를을 변호하지 않는다. 로돌프가 루앙을 떠나기로 했다는 소문에 엠마가 쓰러졌을 때도, 그는 살구를 먹다가 갑자기 발작이 일어났다는 샤를의 설명을 듣고 그것을 좋은 연구소재라고 말하며 엠마의 병에 대한 진심 어린 걱정보다는 자신의 개인적 관심을 표명하기에 여념이 없다. 심지어 엠마에 대해 실질적인 사망선고가 내려진 순간에도 저명한 라리비에르 박사와 같이 붙어다니며 명사와 자리를 함께한 것에 기뻐한다. 여기서 과학적 진보에 대한 맹신적 추구가 지니는 비인간적 측면과 이에 대한 플로베르의 비판적 거리를 확인할 수 있다. 이폴리트의 다리 절단 수술을 맡은 카니베라는 의사 역시 사람 다리 하나 자르는 것을 닭 한 마리 잡는 것과 다르지 않은 습관의 문제라고 말하면서 냉정하고 비인간적인 모습을 드러낸다.

그렇다고 이 작품에 등장하는 모든 의사가 부정적인 모습으로만 비춰지는 것은 아니다. 무능력한 샤를과 냉정하고 비인간적인 카니베와 달리 라리비에르 박사는 가난한 사람들에게 관대하고 인자하며 훈장과 지위 같은 것을 경멸할 뿐만 아니라, "수술용 메스보다도 날카로운 그의 눈빛은 사람들의 마음에 똑바로 파고들어가서, 여러 가지 애매한 변명이나 수치심을 뚫고 들어가서는 모든 허위를 드러"(314쪽)내는 것으로 묘사된다. 플로베르 역시 단순히 자연과학자로서의 외과의사적인 객관적 시선을 넘어서 타인의 내면을 꿰뚫어보고 모든 허위를 반어적으로 폭로하는 정신의 해부학자로 등장한다. 플로베르는 작가가 서술하되 해당 인물의 시점으로 상황을 보여주는 '체험화법Erlebte Rede'의 기법을 사용한다. 이를 통해 그는 등장인물의 내면을 보여주면서도 동시에 그 인물에 대한 비판적 거리를 유지할 수 있다. 그는 특히 엠마의 내면을 체험화법을 통해 드러내면서 '숙명적'으로 보이는 그녀의 죽음을 다각적인 시각에서 해석한다.

엠마가 파멸한 원인 가운데 하나는 그 유명한 '보바리즘'에 있다. 스스로를 있는 그대로의 자신과 다르게 상상하는 것을 의미하는 보바리즘은 엠마로 하여금 천박한 낭만적 상상에 의해 현실에 불만을 지니고 현실에서 이탈하게 만든다. 수도원 생활 등 어린 시절에 형성된 이러한 낭만적 기질 외에 그녀의 주변 환경 역시 그녀의 몰락 원인이 된다. 의사인 남편 샤를이 그녀의 마음속 갈등과 고통을 전혀 인식하지 못하고 그녀를 치료하지 못하는 것과 마찬가지로, 정신적 구원을 담당해야 할 부르니지엥 신부 역시 엠마가 마음의 고충을 토로하러 갔을 때 물질적 결핍이 없는 고통을 이해하지 못하며 아무런 도움도 주지 못한다. 인간의 영혼을 구원해야 할 신부가 고통의 원인을 물질적 결핍에서만 찾음으로써 영혼의 치료사로서의 자신의 역할을 방기하고 마는 것이다. 엠마가 파멸하는 또다른 이유는 물질적이고 계산적인 부르주아사회에서 찾을 수 있다. 친절을 가장하며 철저하게 계산적으로 행동하는 고리대금업자 뢰르와 엠마의 파멸과 대조를 이루며 출세가도를 달리는 약사 오메는 감상적 낭만주의를 제압하고 발전하고 있는 냉혹한 현실주의를 상징하는 인물들이다. 뢰르와 오메의 내면이 묘사되지 않고 단지 외부에서만 관찰될 때, 영혼을 상실한 이들의 현실적 냉혹성이 더욱 부각된다. 이로써 이들은 작가의 반어적 서술 대상이 된다.

플로베르는 의사의 해부학적 시선을 취하며 엠마가 파멸한 이유를 심리적, 사회적 관점에서 철저하게 탐구한다. 그러나 이것이 플로베르가 실증주의를 비롯한 자연과학의 발전과 이를 통한 진보의 믿음을 무조건적으로 공유하고 있음을 뜻하는 것은 아니다. 오히려 그는 자연과학적 진보의 비인간적인 측면을 폭로하고 이와 관련해 영혼을 상실한 부르주아지의 냉혹한 현실주의와 계산적 태도를 비판한다. 물론 이것이 감상적인 낭만주의의 공상으로 되돌아가는 것을 의미하지는 않는다. 현실을 올바로 인식하기 위해서 외부세계와 내면세계를 모두 통찰하고 객관적 분석과 주관적 상상력을 절묘하게 결합시키는 것이야말로 플로베르가 추구하는 비개성적 시선의 진정한 면모라고 할 수 있다. 이러한 점을 고려할 때 플로베르는 자연과학을 맹신한 졸라에 비해 한 걸음 앞서 있다고 평가할 수 있을 것이다.

3) 카프카의 「시골 의사」

플로베르의 『보바리 부인』에는 환자를 치료하지 못하는 무기력한 시골 의사 샤를 보바리가 등장한다. 그는 환자를 치료하기는커녕 나중에 자신의 비극적인 상황을 감당하지 못해 죽고 만다. 그러나 무기력한 의사인 샤를과 달리, 작가 플로베르는 해부학적인 시선으로 인물의 심리와 사회적인 환경을 날카롭게 파헤친다. 카프카는 1917년에 쓴 자신의 단편소설 「시골 의사Ein Landarzt」에서 이보다 한 걸음 더 나아가 환자를 치료하지 못할 뿐만 아니라 스스로 환자가 되고 마는 시골 의사를 주인공으로 내세운다. 시골 의사인 '나'는 눈보라 치는 겨울에 중환자가 기다린다는 연락을 받고 그곳으로 떠나려 하지만, 마차를 끌 말이 없어 고민한다. 하녀가 말을 구하러 다니지만 거의 가망성이 없는 상황에서, 갑자기 돼지우리에서 마부가 기어나와 말을 제공한다. 마부는 하녀 로자를 성추행하며 '나'의 발걸음을 무겁게 하지만, '나'의 의사와 상관없이 마차가 순식간에 그 환자의 집에 도착한다. '내'가 환자를 처음 보았을 때 그는 건강한 것 같았지만, 곧 그 확신은 흔들리고 나중에는 그의 병이 돌이킬 수 없는 것으로 여겨진다. 그의 엉덩이 윗부분에 벌레가 들어 있는 '장밋빛' 상처가 나 있었던 것이다. 그후 가족들과 마을사람들이 '내' 옷을 벗기고 '나'를 환자의 침대에 같이 눕힌다. '나'는 환자에게 상처가 별것 아니라고 거짓말을 하고 '내' 구원만을 생각하며 서둘러 마차를 타고 떠나지만, 영원히 다시 집으로 돌아가지 못한다.

일반적으로 의사는 환자를 치료 '대상'으로 삼으며 병인을 밝히고 병을 고치는 '주체'의 모습을 띤다. 그런데 상황을 주도하고 지배하는 주체의 모습을 카프카의 시골 의사에게서는 찾아보기 힘들다. 물론 어느 날 밤 잘못 울린 종소리에 환자를 진료하러 떠나기 전까지는 그도 일반적인 의사의 모습을 지니고 있었을 것으로 추측할 수 있다. 예를 들면 그의 집에 있었으나 그가 거의 신경쓰지 않았던 '하녀Das Dienstmädchen'는 중성대명사로 나타나며, 사람을 사물처럼 대하던 그의 태도를 짐작하게 한다. 그러나 시골 의사의 무의식적인 성적 충동을 상징하는 또다른 자아 '마부'가 하녀에게 성적으로 접근하면서, 그

하녀는 '로자Rosa'로 불리며 여성의 모습을 보인다. 이것은 객관적이고 냉철하게 대상을 대하던 의사가 무의식적인 욕망의 지배를 받게 되었으며, 이로 인해 주체로서의 그의 위치가 흔들리기 시작했다는 것을 의미한다. 능동적으로 행동하고 대상을 지배하는 그의 지위가 흔들리고 있다는 것은 특히 수동태 문장에서 잘 나타난다. 그는 마부가 로자를 강간할 것이 염려되어 집에 남으려 하지만, 그의 의사와 상관없이 "마차는 끌려가버린다."[25] 또한 환자를 치료하러 간 그는 환자 가족과 마을 사람들에 대해 우월감을 갖고 침착하게 대응하려 하지만, 그들에 의해 옷이 벗겨진 채 환자의 침대에 눕혀진다.

이 작품에 등장하는 말이나 마부 모두 시골 의사인 '나'의 무의식적 충동을 상징한다. '내'가 로자를 강간하려는 마부를 "짐승 같은 놈"(254쪽)이라고 부를 때, 양자의 연관성이 분명히 드러난다. 그의 무의식적인 성적 충동을 나타내는 말은 "제어할 수 없으며"(256쪽), 마부 역시 의사의 말을 전혀 따르지 않는다. 카프카는 마부를 가리키는 말로 'Pferdeknecht'를 사용하고 있는데, 이 말에는 '노예Knecht'라는 말이 들어 있다. 그러나 실제로는 이 마부가 시골 의사의 '노예'가 아니라 "이방인"(254쪽)일 뿐이며, 그 때문에 의사는 그의 주인으로 행사하며 그에게 명령을 내릴 수 없다. 오히려 그는 마부의 지시에 따르는 말들에 이끌려, 로자를 남겨두고 환자에게 향하게 된다. 프로이트는 자아와 이드의 관계를 기수와 말의 관계로 비유하면서 자아와 이드 간의 조화로운 관계를 이상적인 것으로 간주했지만, 카프카는 프로이트와 달리 기수에 해당하는 의사가 말(또는 마부)에 대한 지배권을 상실함으로써 오히려 말로 상징되는 이드의 지배를 받는 것으

---

25. Franz Kafka, "Ein Landarzt," *Drucke zu Lebzeiten*, Wolf Kittler 외 엮음 (Frankfurt a. M., 2002), 255쪽.(이하 본문에 쪽수만 표시)

로 묘사하고 있다. 이를 통해 카프카가 심리 분석을 통해 환자를 치료할 수 있다는 프로이트의 생각에 회의를 품고 있다는 것을 알 수 있다.[26]

환자의 병을 고치기 위해 필연적으로 환자에 대해 우위를 점하게 되는 의사의 일반적인 상황은 이 작품에서 나타나지 않는다. 시골 의사는 로자를 강간하려는 마부에게 "채찍을 맞고 싶으냐"(254쪽)라고 위협해보지만, 곧 그 마부가 자신의 '노예'가 아니라 '이방인'임을 깨닫게 되고, 환자 가족에 대한 우월감 역시 그들에 의해 침대에 눕혀짐으로써 무너지고 만다. 또한 환자마저 의사가 그의 침대에 눕혀져 자리가 줄어들자 "네 눈을 뽑아버렸으면 좋겠어"(260쪽)라고 위협한다.

우월한 주체로서의 위치를 위협당하는 시골 의사는 사물을 지각하고 인식하는 데 있어서도 마찬가지로 위기를 맞는다. 휩쓸려가는 마차에 몸을 실은 시골 의사의 눈과 귀는 마차의 질주하는 모습과 소리로 가득 채워지는데, 이는 그의 감각이 일상적인 지각능력을 상실하였음을 암시한다. 또한 자아의 또다른 에고인 환자가 의사의 눈을 뽑아버렸으면 좋겠다는 위협적인 소망을 피력할 때, 이것 역시 지각의 위기를 심화시킨다. 더욱이 이러한 지각의 위기와 더불어 무의식적인 성적 욕망으로 인해 일상세계에서 이탈한 시골 의사는 다시 자신의 일상적 삶으로 돌아갈 수 없게 된다.

카프카의 시골 의사는 외과의사이지만, 그가 여기서 맡게 되는 임무는 단순히 외과적인 시술이 아니다. 오히려 그것은 정신적이고 더 나아가 실존적인 차원의 치료라고 할 수 있다. 그러나 이러한 치료를 해야 할 의사 자신이 여기에서는 환자와 다를 바 없는 것으로 나타난

---

26. Hans H. Hiebel, *Franz Kafka: Form und Bedeutung* (Würzburg, 1999), 171쪽 참조.

다. 그는 환자를 치료하러 왔지만, 오히려 자신이 환자의 침대에 눕혀진다. 또한 작품 마지막에 환자가 소생 가능성이 없다는 것을 알았을 때, 그는 이제 자신의 구원만을 생각한다. 젊은 환자가 처음 보는 나이 든 의사를 '너'라고 부르는 것은 환자가 의사의 또다른 자아임을 암시한다. 실제로 일상에 마모되어 살아가면서 세상을 의사의 주체적인 시선으로 대상화하는 '나'의 감추어진 무의식의 세계 안에 환자로 대변되는 또다른 자아가 숨어 있는 것이다.

이 환자의 엉덩이 부분에 난 상처 역시 단순히 질병과 죽음의 의미만을 지니고 있지 않다. 오히려 이 상처는 쾌락과 고통, 욕망과 금기, 삶과 죽음을 모두 가리킨다.[27] '장밋빛rosa' 상처 때문에 젊은 환자는 죽게 될 것이지만, 그 안에는 생명도 들어 있다.[28] 왜냐하면 그 상처는 쾌락에 대한 무의식적 욕망을 담고 있기 때문이다. 그러나 그러한 욕망은 동시에 죽음과도 맞닿아 있다. 왜냐하면 성적 욕망을 억압하는 금기는 죽음을 암시하고 있기 때문이다. 심지어 죽음에 대한 욕망마저 존재한다. 그래서 환자가 살기만을 희망하는 것은 아니며, 처음에 의사가 그를 진단한 후 건강하다고 했을 때 죽기를 희망하기도 하고 의사 역시 그의 말이 옳다며 자신도 죽기를 희망하기도 한다.

흥미로운 것은 의사가 처음에 환자의 상처를 발견하지 못하고 그를 건강한 것으로 진단할 때 환자는 죽음을 원하지만, 역으로 의사가 나중에 환자의 장밋빛 상처를 발견하였을 때는 환자가 자신을 살려달라고 애원한다는 것이다. 이처럼 의사의 진단과 환자의 욕망 사이의 엇갈림이나 의사와 환자의 모순적인 태도는 환자를 의사의 또다른 자아로 본다면 설명될 수 있을 것이다. 의사가 처음에 자신의 또다

---

27. H. H. Hiebel, 같은 책, 173쪽 참조.
28. F. Kafka, 같은 책, 258쪽: "'저를 구해주시겠어요?'라고 그 청년은 흐느끼며 속삭이듯 말한다. 그의 상처 안에 들어 있는 생명에 완전히 현혹되어 말이다."

른 자아인 환자를 진찰할 때는 아직까지 일상적 관점을 유지하고 있으며, 그 때문에 환자의 상처를 발견하지 못하고 그를 건강하다고 진단한다. 반면 환자는 의사의 무의식적인 자아로서 일상에서 벗어나 죽음을 동경하고 있다. 그런데 의사가 나중에 일상에서 빠져나와 자신 속에 있는 죽음에 대한 욕망을 인식하는 순간 환자의 상처도 발견된다. 반면 환자는 이제 치료될 수 없는 상처에 들어 있는 또다른 요소인 성적 욕망에 현혹되어 살기를 희망한다. 이로부터 시골 의사에게는 삶과 죽음에 대한 욕망이 공존하는 것으로 볼 수 있는데, 이것이 그의 비극적 운명의 원인이다. 카프카에게 있어서 스스로의 결단에 의한 죽음이 자유로 향하는 길임을 인식한다면, 일상에서 벗어나 죽음의 길에 접어들었으면서도 여전히 삶에 대해 집착하고 일상을 고수하려는 주인공의 모순적인 태도는 그의 구원받을 수 없는 죄를 규정하게 된다.

그런데 환자는 태어날 때부터 이 상처를 지니고 있다. 이것은 그의 상처가 일종의 실존적 상처임을 의미한다. 이러한 상처에는 삶과 죽음이 공존하며, 따라서 그러한 질병으로부터 완전히 치유되는 것은 불가능하다. 이처럼 외과의사가 고쳐야 할 것은 단순한 외상이 아니라 실존적인 병이다. 그러한 의미에서 '치료heilen'는 '구원retten'에 가깝다. 따라서 외과의사인 시골 의사는 자신의 능력을 넘어서는 과제를 맡았다고 할 수 있다. 실제로 시골 의사는 사람들이 옛날부터 의사에게 불가능한 것을 요구해왔다고 생각한다. 사람들이 옛날의 신앙을 잃어버렸기 때문에 목사는 집에서 놀고 있다. 이제 의사가 목사를 대신하여 환자의 육체와 정신을 치유해야 하지만, 그것은 불가능하다.[29]

---

29. 『보바리 부인』에서 신부와 의사가 모두 엠마의 육체적, 정신적 병을 고치지 못하는 것과 비슷하다.

환자 가족과 마을 어른이 의사의 옷을 벗기는 동안 학교합창단원들이 부르는 노래는 이런 맥락에서 의미심장하다.

> 그의 옷을 벗기면, 그가 치료하리라.
> 그리고 그가 치료하지 못하면, 그를 죽여라!
> 그건 그냥 의사일 뿐, 의사일 뿐.(259쪽)

치료를 하지 못하면 의사에 불과하다는 것은, 치료행위가 단순히 질병을 고치는 것 이상의 의미를 지니고 있음을 의미한다. 여기에서 '치료'가 '구원'의 의미에 가깝다는 것은 환자가 의사에게 "저를 구(원)해주시겠어요?"라고 묻거나 작품 마지막에서 의사가 자신의 구원만을 생각하는 것에서도 드러난다.

더 나아가 집에 남기고 온 로자의 '구조'마저 '구원'과 연결시킬 수 있다. 왜냐하면 '로자'는 '장밋빛 상처rosa Wund'와 직접적으로 연결될 수 있기 때문이다.[30] 이러한 연관성은 상처의 색깔을 표시하는 'rosa'가 문단 맨 처음에 나와 대문자 "Rosa"로 쓰인 것에서도 알 수 있다. 또한 마부가 로자의 뺨에 남긴 이빨 자국 역시 붉은색으로 일종의 '장밋빛 상처'라고 할 수 있다. 이로써 흥미로운 결과가 생겨나는데, 그것은 의사가 자신의 집에서 환자의 집으로 왔지만 사실은 실존적인 상처인 '장밋빛 상처'의 세계(로자의 세계)에서 '장밋빛 상처'의 세계(환자의 세계)로 되돌아왔을 뿐이라는 것이다. 즉 그는 사실은 이동한 것이 아니라 동일한 지점을 순환하고 있을 뿐이다.[31]

---

30. 이 작품에서 rosa라는 단어는 소문자로 시작될 때는 형용사로 '장밋빛'을, 대문자로 시작될 때는 명사로 '로자'라는 여성 이름을 지시한다.
31. H. H. Hiebel, 같은 책, 172쪽: "이야기는 말하자면 제자리에서 맴돈다. 이야기의 통합체는 그것의 계열체적인 축의 틀 내에서 처음으로 돌아갈 것을 지시한다. 이야

근대인인 시골 의사는 아무런 구원도 받지 못하고 근원적인 세계로서의 고향에도 돌아가지 못한 채 끊임없이 방황하고 있다. 이 작품이 단순히 인간의 성적 욕망과 같은 무의식의 세계만을 다루지 않는다는 것은 작품 곳곳에 숨겨진 비현세적인 세계의 암시에서 잘 드러난다. 비록 이 작품에서 목사가 더이상 근대 세계에서 구원의 중재자 역할을 할 수 없는 것으로 묘사될지라도, 비현세적인 절대적 영역의 차원이 작품에서 사라진 것은 아니다.

이 작품에서는 일상에서 벗어나는 방법이 두 가지로 제시된다. 하나는 성적 욕망과 같은 저급한 무의식적 충동에 의한 것이다. 일상에서 의식의 검열에 의해 억압되거나 사물화된 삶에 의해 감추어져온 이러한 충동은 저급한 것으로 묘사된다. 무의식적 충동을 상징하는 말이 더러운 '돼지우리'에서 나온 것이나 마부가 '혐오스러운' 사람으로 묘사되는 것, 환자의 상처에 들어 있는 벌레는 모두 충동의 더러움을 상징한다. 그러나 일상적인 삶에서 이탈하는 또다른 차원도 있다. 그것은 바로 초월적인 차원이다. 가령 환자 가족과 마을 사람들이 시골 의사에게 치료를 강요할 때, 그는 그것이 "성스러운 목적"(259쪽)이면 따르겠다고 말한다. 물론 여기서 반드시 의사 스스로 초월적인 차원을 언급한 것으로 볼 수는 없지만, 작가의 차원에서는 이러한 치료가 초월적인 구원의 차원과 연결되어 있음을 알 수 있다. 돼지우리에서 나온 말이나 비열한 마부 역시 이러한 초월적 영역과 연관이 있다. 진료를 하러 온 의사는 "그런 경우에는 신들이 도와주셔서, 부족한 말을 보내주시고, 급한 일이니 한 마리 더 보내주시기까지 하고, 덤으로 마부까지 보내주시니"(255쪽 이하)라고 혼잣말한다. 또 "보다

기로부터 '가역적인' 구성물이 생겨나고, 어떤 의미에서 신화가 된다. 즉 그것은 무시간적이고 동시적인 구조, 지속적인 갈등, 정적인 딜레마, 멈춰 있는 실존적인 상황의 서술이 되는 것이다."

높은 곳으로부터 지시를 받은"(258쪽) 말들의 울음소리 덕택에 의사
는 환자가 아프다는 올바른 진단을 내릴 수 있다. 작품 마지막 부분에
서 이러한 초월성은 다시 한번 강조된다.

> 벌거벗은 채, 이 불행한 시대의 추위에 내맡겨진 채로, 늙은 나는 현
> 세의 마차와 비현세적인 말을 타고 세상을 표류하고 있다.(261쪽)

근대인을 상징하는 의사는 더이상 초월적인 구원을 기대할 수 없
는 불행한 시대에서 지상의 세계와 초월적인 세계에 하나씩 발을 걸
친 채 실존적인 고통을 겪고 있다. 이러한 고통은 더이상 의사의 날카
로운 관찰과 진단, 그에 따른 치료에 의해 고칠 수 없는 것이다. 이러
한 불행한 시대에 일상의 문제점을 인식하고 이로부터 빠져나온 사
람들은 모두가 불치의 환자가 되어 삶과 죽음, 욕망과 금기, 지상의
세계와 초월적 세계 사이에서 표류하게 된다.

4) 벤의 「뇌」

고트프리트 벤Gottfried Benn의 초기 단편소설 「뇌Gehirne」(1916)에
서도 의사가 주인공으로 등장한다. 그러나 이제 의사는 졸라의 미학적
강령에서처럼 작가가 모범으로 삼는 날카로운 분석능력을 지닌 의사
로서가 아니라 카프카의 시골 의사처럼 현실에 대한 인식능력을 상실
하고 정체성의 혼란을 겪으며 스스로가 환자의 지위로 전락하는 의사
의 모습을 보여준다. 물론 이러한 의식의 혼란 상태가 카프카에게서처
럼 단순히 부정적 의미를 지니는 것인지 아니면 또다른 실존적, 미학
적 전환점이 되는지는 아래에서의 논의를 통해 밝혀질 것이다.

이 작품은 산골에 있는 병원에 몇 달간 과장을 대신하여 근무하게
된 젊은 의사 뢰네가 시간이 지남에 따라 점차 의식과 정체성의 혼란

을 겪게 된다는 내용을 다루고 있다. 이러한 의식과 정체성의 위기가 과연 어떤 의미를 지니고 있는지, 또한 그 당시의 사회적, 문화적 콘텍스트에서 의사라는 인물의 등장이 어떤 의미를 지니고 있는지 살펴볼 필요가 있다. 이를 위해 여기서는 칸트가 세계를 나누었던 세 가지 범주, 즉 인식(순수이성/객관적 세계), 도덕(실천이성/규범적 세계) 그리고 예술(판단력 비판/주관적 세계)의 영역에서 나타나는 패러다임 변화를 각각 살펴보고자 한다.

니체의 등장 이후 20세기 초반 유럽에서는 인간의 객관적인 인식 능력에 대한 회의가 두드러지게 나타난다. 독일 표현주의 문학 역시 이러한 영향을 받고 있었으며, 표면적인 현실과 객관적인 인식에 대해 비판적 거리를 두었다. 벤의 「뇌」에서도 이러한 시대의 영향을 받아 인식론적 패러다임이 전환한 흔적을 확인할 수 있다. 이 작품의 주인공 뢰네는 산골에 있는 병원에 오기 전에 2년간 병리학연구소에서 이천 구가 넘는 시체를 해부한다. 그는 이 일을 하고 나서 무력감에 시달리는데, 그 이유는 자신도 설명할 수 없다. 뢰네라는 의사의 무력함과 인식적 위기의 토대가 되는 해부학적 작업은 인식론적인 맥락에서 중요한 의미를 갖는다. 왜냐하면 근대 임상의학에서 병리해부학은 해독 가능한 시체에 근거해 질병을 가시적으로 만들고 그것을 언어로 표현할 수 있게 함으로써 실증의학의 길을 열어주었기 때문이다. 푸코가 『임상의학의 탄생』에서 말한 것처럼 "여기서 실증의학이라는 것은 그 의미가 자못 심각하니, 질병을 형이상학적으로 바라보았던 수천 년 동안의 전통이 실증의학의 등장으로 깨지게 된 것을 의미한다. 질병이 시체의 가시성 안에서 등장하고, 그 모습이 바로 실증적인 언어로 기술되게 된 것이다."[32] 그런데 뢰네는 이러한 해부학적

---

32. 미셸 푸코, 『임상의학의 탄생』, 홍성민 옮김(인간사랑, 1993), 318쪽.

작업으로 인해 '설명할 수 없는' 무기력증에 시달리며 실증주의 정신과의 갈등을 암시적으로 보여준다. 더 나아가 작품이 진행되는 가운데 그의 정확한 관찰이 점차 환각적인 시각으로 대체되거나 해체되면서, 근대의 해부학적 시선의 진실성에 대한 의문이 제기된다. 가장 과학적이고 객관적인 정신을 보여주는 것으로 간주되는 의사가 겪는 의식의 위기는 20세기 초반에 등장하는 전통적 인식체계의 붕괴와 인식론적 패러다임의 전환을 보여주기에 가장 적합하다고 할 수 있다.

뢰네가 겪는 인식론적 위기는 특히 자연 및 뇌에 대한 관찰에서 뚜렷이 드러난다. 뢰네는 의사 특유의 정확한 관찰에 근거하여 자연을 바라보지만, 자연은 하나의 객관적 상으로 지각되지 않으며 충격적인 인상으로 다가온다. 그것은 일종의 '촉각적인 시선'[33]이 되어 뢰네의

33. Binczek, 같은 글, 89쪽: "왜냐하면 촉각적 시선, 즉 눈과 촉각, 원거리감각과 근접감각의 이러한 혼종적 연결은 직접적으로 의식 내지 뇌에 확고하게 자리잡기 때문이다. 그런 한에서 촉각적 시선은 더이상 감각적 작업으로 묘사될 수 없다. 그것은 오히려 쇼크에 가깝다." 그러나 벤야민은 이러한 촉각적 시선이 시선의 패러다임 변화를 의미하는 것으로 간주하면서, 수동적인 쇼크로서의 촉각적 시선을 넘어서 그것을 사진이나 영화와 같은 매체를 통해 긍정적으로 활용하려고 시도한다. 벤야민은 기술복제 이전 시대의 예술작품이 지금, 바로 여기서 체험되는 일회적이고 원본적인 특성을 지니고 있으며 이로 인해 제의적 숭배가치를 지니는 것으로 간주한다. 이러한 숭배가치를 지닌 예술작품은 그것을 바라보는 사람에게 관조적 침잠의 태도를 요구하며 작품에 빠져들어 그것과 하나가 되도록 만든다. 그러나 기술복제의 시대에 들어와 예술작품이 대량으로 복제 가능해지면서 이전의 권위와 아우라를 상실하고 숭배가치 대신 전시가치를 지니게 되면서 감상자는 그 예술작품을 평가적인 거리를 두고 바라볼 수 있게 된다. 그러나 그러한 감상은 그림에서와 달리 기술복제시대의 예술작품에서는 주목하며 바라보는 관조적 침잠의 시선이 아니라 산만한 시선으로 바뀐다. 사진의 경우 초창기의 초상사진을 벗어나면서 아우라가 사라지고 거리를 둔 평가의 시선이 들어선다. 사진은 대상을 클로즈업시켜 우리의 눈앞에 갖다놓거나 순간촬영으로 포착하는 방식으로 촉각적 특성을 지닐 수 있지만, 벤야민은 사진의 촉각성을 사진 자체보다는 운동하는 사진으로서의 영화를 통해 강조하고 있다. 연속적인 숏으로 이루어진 영화는 장면 전환의 빠른 속도와 그로 인해 촉각적으로 다가오는 충격 체험으로 인해 관객에게 더이상 관조적 침잠을 허용하지 않고 습관적인 산만한 시선을 갖도록 요구한다. 이러한 산만한 시선은 브레히트의 '생소화효과Verfremdungseffekt'처럼 현실에 대한 새로운 인식의 획득에 기여할 수 있다.(Walter Benjamin, "Das Kunstwerk im Zeitalter seiner technischen Reproduzierbarkeit/zweite Fassung," Rolf Tiedemann/

의식에 충격을 주고 육체의 피로를 야기한다.

　　뢰네는 정원을 지나갔다. 때는 여름이었다. 뱀이 하늘색 혀를 날름
거렸고, 장미는 달콤하게 머리가 잘린 채 피어 있었다. 그는 바로 그의
발바닥 앞까지 땅의 열망을 느꼈다. 그리고 폭력이 부풀어오르는 것을
느꼈다. 그러나 그것이 더이상 그의 피를 뚫고 들어오지는 않았다. 그
는 거침없는 빛 때문에 휴식을 취해야 했고, 숨 가쁜 하늘에 자신이 내
맡겨진 것을 느꼈다.[34]

　　위의 인용문에서 묘사된 자연은 더이상 인간의 객관적 시선의 지
배를 받고 지각되는 대상으로서의 자연이 아니라, 뢰네의 주관적 시
선의 굴절을 통해 위협적으로 느껴지는 자연이다. 인간은 더이상 자
연을 지배하는, 지상에서 가장 위대한 존재가 아니며, "그는 몇몇 새
를 제외하고 가장 위대한 동물이었다."(18쪽)
　　주체의 시선을 통해 대상을 지배하고 그것을 특정한 의미 연관에
집어넣음으로써 세계의 질서를 만들어내는 인간의 위치는 인식론적
위기와 함께 근본적으로 흔들리기 시작한다. 뢰네 역시 개인적인 차
원에서 이것을 정체성의 위기로 체험한다.

　　내게도 이전에는 눈이 두 개 있었지. 그 눈은 시선과 함께 과거로 달
렸었어. 그랬지, 나는 존재했었지. 의심할 나위 없이 함께 모인 채로.
그런데 나는 이제 어디로 온 거지? 어디에 있는 거지?(15쪽 이하)

Hermann Schweppenhäuser 엮음, *Gesammelte Schriften. Bd I. 2. Abhandlungen*,
Frankfurt a. M., 1980, 473~508쪽 참조)
34. Gottfried Benn, "Gehirne," Benn, *Prosa und Szenen. 2. Bd.*, Dieter
Wellershoff 엮음(Stuttgart, 1978), 16쪽 이하.(이하 본문에 쪽수로만 표시)

현실을 있는 그대로 지각하고 자신의 정체성을 시간적인 연속선상에서 형성하는 뢰네의 자아는 병원생활을 하면서 점차 붕괴되고 혼란에 빠진다. 이러한 의식의 위기는 특히 뇌에 대한 탐구에서 절정에 달한다. 뢰네는 뇌를 손에 쥐고 그것을 뜯어내려고 몇 차례나 시도한다. 간호사들은 그러한 모습을 목격하지만, 그것이 무슨 의미를 갖고 있는지 알아내지 못한다. 이러한 행위는 손을 이용하여 복잡한 뇌의 구성과 의미를 알아내려는 시도를 의미한다. 그러나 그는 끝내 뇌의 기능 및 작동원칙을 알아낼 수 없으며, 그것이 자신에게 낯선 법칙을 따르고 있음을 확인할 뿐이다.

그는 이 낯선 형성물(뇌─필자)을 알고 있으며, 그의 손이 그것을 붙잡고 있었다는 것이다. 하지만 그는 다시 무너졌다. 그것이 따르는 법칙은 우리에게서 나오지 않은 것이며, 그것의 운명은 우리가 그 위를 지나가는 강물의 운명만큼이나 우리에게 낯선 것이다…… 그것은 열두 개의 화학물질들로 구성되어 있는데, 그 물질들은 그의 명령에 따라 모이지 않으며 그에게 물어보지도 않고 서로 분리된다.(17쪽 이하)

이와 같이 뇌는 더이상 이성의 지배를 따르는 추상적인 정신을 나타내지 않으며, 물질적인 관점에서 관찰되고 그것을 이루는 구성 성분들로 분해되는 물체로서 묘사된다. 즉, 뇌는 인간의 지시와 명령을 받는 것이 아니라 인간이 알지 못하는 낯선 독자적 법칙을 따른다.[35] 작품 마지막에서 뢰네가 뇌에 대해 연구할 것을 선언할 때, 이것은 자

---

35. 프라이스는 뇌를 인식하는 의식의 상징으로 해석하면서 합리적 이성과 등치시키고 있으나, 이러한 해석은 뢰네가 파악할 수 없는 것으로 묘사하는 뇌의 속성을 고려할 때 설득력이 없다. Martin Preiß, "……*Dass es diese Wirklichkeit nicht gäbe," Gottfried Benns Rönne-Novellen als Autonomieprogramm*(St. Ingbert, 1999), 128쪽 참조.

연을 있는 그대로 수용하지 않고 주관적인 의식의 굴절을 통해 구성해내는 뇌의 작용과 기능에 대한 작가의 관심을 반영하는 것으로도 해석할 수 있을 것이다. 인식론적 위기와 함께 이제 인식론의 초점은 인식대상에서 인식주체, 특히 뇌에 맞춰진다.

윤리적인 관점에서도 전통적인 휴머니즘의 상실이 뚜렷하게 나타난다. 뢰네가 병원에 들어서자마자 그는 병원 직원들과 차갑게 거리를 두고 업무적인 이야기를 시작한다. 또한 의사로서의 뢰네에게 환자는 증상을 지닌 질병의 소유자일 뿐 인격을 갖춘 개인으로 취급되지 않는다. 물론 그는 좋은 의사로서 환자를 돕고 치료해야 하는 윤리적 책임감을 지니고 있고 사고를 당한 환자의 부상이 삶의 운명과 어떤 관계에 있는지 엿들으려고도 하지만, 이러한 의미 추구는 병원의 운영과 상충되며 충돌한다. 왜냐하면 병원에서는 불필요한 서류 및 지저분한 일을 피하기 위해, 가망이 없는 환자를 사실을 은폐한 채 회복된 것처럼 집으로 돌려보내는 비윤리적인 일들이 저질러지고 있기 때문이다. 뢰네는 이러한 모순을 인식하며 사회적인 가치 규범과 병원운영자로서의 책임 사이에서 갈등을 겪는다. 환자를 고통에서 구하고 치료하려는 휴머니즘의 이상 및 윤리적 책임감이 사라진 병원은 이제 사물화된 인간관계와 위선이 지배하는 장소로 변질된다. 병원은 인간적인 소통이 부재하고 휴머니즘적인 도덕과 가치 규범이 몰락한 상징적 공간으로 드러나는 것이다.

스스로 의사이기도 했던 벤은 의사로서의 체험과 지식을 자신의 글쓰기에 반영한다. 「뇌」의 주인공 뢰네는 작가로 등장하지는 않지만, 그의 지각양식의 변화 및 이에 대한 서술자의 묘사는 전통적인 미학에서 벗어나 새로운 미학으로 이행한 벤의 글쓰기 방식을 잘 보여주고 있다.

서술자는 「뇌」를 아주 전통적인 서술방식에 따라 시작한다. 뢰네가 새 직장에 오기 전에 무슨 일을 했으며 어떤 상태에 있는지를 짧게 서술한 후, 새로운 직장으로 기차를 타고 이동하는 과정이 묘사된다. 기차를 탄 뢰네는 자신이 살아온 세월에 비해 남은 것이 없음을 아쉬워하며, 이제 모든 것이 그렇게 흘러가지 않도록 가능한 한 많은 것을 기록하고자 한다. 그러나 체험화법이나 내적 독백으로 드러난 그의 시선은 현실에 대한 그의 지각과정이 인과적인 연관성을 상실한 채 파편적인 양상으로 전개됨을 드러낸다. 이미 작품 초반에 기차에서 내다본 자연 풍경의 묘사는 인상주의 회화와의 연관성을 드러내며 병렬적이고 연상적인 언어 구조를 보여준다. "관찰은 주관적인 시각적 인상으로 환원되고, 윤곽은 해체되며, 색채에 대한 인상들이 지배한다…… 그것은 병렬적인 순서로 된 짧은 문장들로, 리듬에 맞게 구성되어 있다. 개별 인상들 간의 논리적 연관은 생겨나지 않으며, 단지 연상적 관계만이 존재할 뿐이다."[36] 시간이 지나면서 그의 지각은 점점 불안정해지고 연관성을 상실한 파편적인 모습을 드러내다가 작품 마지막에 가서 그러한 해체과정의 절정에 도달한다.

뇌에 무슨 일이 일어난 거지? 나는 좁은 골짜기를 빠져나오는 새처럼 늘 날아오르고 싶어했어. 그런데 지금은 수정이라는 바깥세상에 갇혀 살고 있지. 하지만 이제 내게 길을 열어주시오. 나는 다시 날아오른다—나는 너무 피곤했어—이 걸음걸이에 날개가 달린 듯해—나의 푸른 아네모네 칼을 들고—한낮의 불빛 속으로 추락하는—남쪽의 폐허 속에—흩어지는 구름—머리의 산만함—관자놀이의 이탈.(19쪽)

병원으로 돌아온 과장의 말과 전혀 상관없는 내용을 말하고 있는

---

36. 같은 책, 86쪽.

뢰네는 정신분열 증세를 지닌 것처럼 보인다. "어느 정도의 정신분열 증세는 보통 사람에게도 존재한다. 왜냐하면 인간의 삶은 경험과 환상의 요소를 다 지니고 있기 때문이다. 그러나 질적으로나 양적으로 환상에 유리한 방향으로 그 경계를 넘어서게 되면, 우리는 병적인 케이스와 마주치게 된다. 즉 인간이 현실에서 좌절한 후 환상으로 도망치는 것이다."[37] 정신분열증에 대한 이러한 정의에 따르면, 마치 뢰네가 작품 마지막에서 현실에 더이상 적응하지 못하고 환각 증세에 빠져 상상의 세계로 도피하고 있는 듯한 인상을 준다. 그러나 이러한 해석은 전통적인 가치규범과 인식체계를 고수하는 사람의 관점에서 비롯된 해석이다. 이에 반해 관점을 달리 해서 보면, 마지막 장면은 일종의 해방으로 해석될 수도 있다.[38] 뢰네는 감옥 같은 수정의 세계를 벗어나 새처럼 자유롭게 날아가고자 한다. 자유롭게 날아가는 새의 일반적인 이미지뿐만 아니라, 또한 인간이 "몇몇 새를 제외하고 가장 위대한 동물"이라는 작품의 구절과 관련해서도 여기서 새가 긍정적인 의미를 내포하고 있음을 알 수 있다. 또한 "길을 열어주시오"라는 말 역시 날아가는 새가 자유로운 세계로의 해방과 연결된다는 해석을 뒷받침한다. 그뒤에 나오는 "푸른 아네모네 칼"은 시에 대한 상징으로 해석될 수 있다. 아프로디테가 사랑한 미소년 아도니스가 죽고 나서 꽃으로 환생한 아네모네는 미의 세계를 상징하고, 이 꽃의 색깔인 푸른색은 노발리스의 '푸른 꽃'을 연상시킨다. 그런데 문학을 상징하는 이러한 꽃의 비유가 전투를 상징하는 칼과 연결될 때, 이러한 결

---

37. Renata Purekevich, *Dr. med. Gottfried Benn. Aus anderer Sicht*(Frankfurt a. M., 1976), 51쪽.
38. 프라이스도 이러한 입장에서 다음과 같이 쓰고 있다: "뢰네도 변화를 경험한다. 이러한 변화는 그의 주변 세계와 거리를 둔 관찰자에게는 몰락을 나타낸다. 그러나 그 자신은 이것을 해방으로 느낀다."(M. Preiß, 같은 책, 135쪽)

합은 시학이 전통적인 시민세계의 질서와 합리성의 인식구조를 무너뜨릴 무기로 기능할 것임을 암시한다.[39] 실제로 이러한 전통적인 질서의 해체는 "추락," "폐허," "흩어지는," "이탈"과 같은 단어를 통해 강조된다. 그러나 이러한 해체는 완전한 카오스를 의미하는 부정적 의미가 아니라 새로운 미학과 인식체계로 나아가는 해방의 전제조건을 의미한다. 이것은 아네모네 칼의 비유를 통해 뚜렷이 드러난다. 더 나아가 "관자놀이의 이탈"은 인간이 파악할 수 없는 '뇌'의 새로운 작동방식을 의미하며, 합리적인 사고에서 이탈하는 정신의 새로운 활동을 암시한다.

작품 초반에 주인공 뢰네는 2년간의 해부학 일로 무력감에 빠진 상태로 등장한다. 그는 산 위에 위치한 병원에서 환자를 진료해야 할 뿐만 아니라 스스로도 치유가 필요한 상황이다. 그는 병원생활과 함께 점점 정체성과 의식의 혼란을 경험하며 정신분열 증세를 보이지만, 이것은 다른 한편 합리적 세계와 인식구조에서 벗어나는 해방의 가능성을 보여주기도 한다. 뇌에 대한 새로운 인식이 이루어지는 세계에서는 더이상 정상과 비정상의 구분이 기존의 질서체계에서처럼 이루어지지 않을 것이며, 정상인이 비정상인으로 간주되고 역으로 비정상인이 정상인으로 간주될 수도 있을 것이다. 벤은 「뇌」에서 근대의학의 실증주의적 시선을 현대문학의 이탈적인 시선으로 대체하며, 종교적 구원이 무너진 사회에서 예술의 새로운 구원 가능성을 모색한다.[40]

---

39. 아네모네 칼의 비유적 의미에 대한 해석은 프라이스의 해석을 따른 것이다. 같은 책, 134~135쪽 참조.
40. 독토르와 슈피에스도 벤의 작품에 나타난 예술의 구원적 성격을 언급한다. Thomas Doktor/Carla Spies, *Gottfried Benn—Rainald Goetz. Medium Literatur zwischen Pathologie und Poetologie*(Opladen, 1997), 163쪽 참조.

2. 사냥꾼의 시선

앞에서 살펴본 것처럼, 근대의 인간은 외과의사의 해부학적 시선으로 사회의 병폐를 인식하고 이를 개선할 수 있다고 믿었다. 근대인은 인간과 사회에 대한 정확한 관찰을 토대로 무한한 진보에 대한 확신을 지녔던 것이다. 그러나 이러한 관찰은 곧 그것이 지닌 억압적 성격을 드러낸다. 사물을 관찰하는 주체의 시선은 인간에게로 옮겨져 타인을 사물처럼 관찰하는 억압적인 시선으로 변한다. 인간은 관찰을 통해 대상을 지배하는 주체의 지위에 올라설 수 있었지만, 그 스스로 관찰하는 타인의 시선에서 벗어나지 못하는 역설적인 운명에 처한다. 이러한 맥락에서 사냥꾼의 시선은 근대의 시선이 지닌 양면성을 보여주는 모티프로 문학작품에 자주 사용된다. 사냥감을 관찰한 후 총을 쏘아 죽이는 사냥꾼의 시선이 지닌 잔혹성은, 인간을 사냥감처럼 대상화해 관찰하고 사물로 격하시키는 비인간적인 근대인의 시선이 지닌 문제점을 여실히 보여준다. 그 때문에 사냥꾼의 시선은 인간과 사회를 치유하고자 하는 의사의 시선 속에 감추어진 이면을 폭로하는 기능을 지니며, 아도르노가 말하는 의미에서 계몽의 변증법을 보여준다.

비록 현대문학에서 사냥꾼 모티프가 근대적인 시선이 지닌 억압성을 보여주기 위해 자주 사용될지라도, 원시사회에서 사냥꾼이 갖는 의미는 이와는 전혀 다른 것이었다. 원시사회에서 사냥꾼과 사냥감의 관계는 단순히 우월한 인간과 열등한 동물의 종속적인 관계가 아니라 삶과 죽음을 상징적으로 교환하며 공존하는 협력적인 관계이다. 물론 원시사회에서 동물은 인간에게 없어서는 안 될 중요한 식량을 의미하였지만 동시에 이러한 현세적 의미를 넘어 초월성을 지니는 존재이기도 하였다. 인간과 달리 금기에 속박되지 않으며 자유롭게 본능에 따라 살 수 있는 동물은 원시인들에게 신성한 존재이기도 했다. 원시인들이 그린 동굴벽화나 그들이 행한 종교의식에서 동물이 지닌 신성을 확인할 수 있다. "이에 따라 원시인들에게 사냥은 단순히 동물을 포획하는 과정을 넘어서 그러한 사냥 전후에 이루어지는 의식까지 포함하게 된다. 마찬가지로 넓은 의미에서 사냥꾼의 개념에는 직접 사냥하는 사람뿐만 아니라 풍성한 먹이를 제공해줄 것을 '동물의 주animal master'에게 기원하는 샤먼까지 속해 있다. 원시인들은 자연을 대상화하고 지배하기보다는 자연과 조화를 이루며 살아간다. 이들은 제의를 통해 동물로 변신하며 동물과 인간의 간극을 넘어선다. 그리하여 동물을 한갓 사냥감으로 바라보는 대상화하는 시선 대신 자아와 타자의 대립을 넘어서는 동료애적인 시선이 들어서게 된다."[41]

이러한 시선은 문명화 과정이 이루어지면서 급격히 변한다. 인간의 노동과 합리적 이성이 지니는 의미가 증가할수록 동물이 지니는 신성한 의미는 점점 사라지게 된다. 그리하여 동물은 단순히 인간에게 먹이에 지나지 않는 것으로 간주된다. 이처럼 자연과 총체적인 조화 속에서 살던 인간이 이제 주체의 위치를 차지하며 모든 자연을 대상화하고 지배하기 시작하면서 인간은 억압적인 면모를 드러낸다. 동물과 자신을 구분하며 스스로를 문화적인 존재로 내세우는 인간은 역설적이게도 동물은 물론 인간마저 대상으로 바라보는 사물화된 시선을 통해 '야수적인' 공격성을 드러낸다. 카프카가 1917년에 쓴 단편 「사냥꾼 그라쿠스Der Jäger Gracchus」는 타인을 사물처럼 바라보며 살아가는 문명사회의 인간이 지닌 소외를 잘 표현하고 있다.

사냥꾼 모티프는 현대문학에서 주로 근대인의 시선을 비판하기 위

---

41. 정항균, 「탐정의 시선에 대한 패러디—카프카의 『실종자』에 나타난 근대적 시선 비판」, 59쪽.

해 사용된다. 그러나 이러한 모티프가 사용되는 맥락은 다양하다. 베른하르트T. Bernhard는 『소멸Auslöschung』(1986)에서 식물을 가꾸는 정원사와 대비시켜 동물을 사냥하는 사냥꾼 모티프를 다룬다. 여기서 사냥꾼 모티프는 개인적인 의미는 물론 역사적인 의미도 지닌다. 이 소설의 주인공 무라우는 사냥꾼을 나치의 추종자로 비난한다. "양자 간의 직접적인 연관성을 역사적으로 증명하는 문제는 차치하고 적어도 여기서 동물 대신 인간을 '사냥한jagen' 나치의 비인간적인 면모를 비유적인 차원에서 읽어낼 수 있다. 또한 부당한 명령이라도 무조건 복종하며 그것을 수행하는 사냥꾼의 특성이 파시즘의 지탱 요인이라고 해석할 수도 있을 것이다."[42] 그러나 사냥꾼이 지닌 잔혹성을 비판하는 무라우에게는 역설적으로 이러한 사냥꾼의 냉혹함이 잠재해 있다. 예를 들면 그는 다른 사람들이 눈치 채지 못하게 숨어서 그들을 관찰한다. 이러한 관찰을 통해 그는 타인의 약점을 포착하며 이들을 몰아내려고 한다. "다른 사람에게 발각되지 않고 그 사람을 관찰하는 무라우의 태도는 몰래 사냥감을 노리는 사냥꾼의 태도와 매우 흡사하다. 사냥은 뚜렷한 목적의식에 기반을 둔 의도적인 행위이며, 사냥감의 살해라는 파괴적인 행위로 끝이 난다. 이것은 정신적인 차원에서 자신의 비판대상을 파괴하고 소멸시키려는 무라우의 행위와 차원만 달리 할 뿐 구조적으로는 동일한 양상을 띠고 있다."[43]

베른하르트가 『소멸』에서 근대적 시선으로서의 사냥꾼의 시선이 지닌 파시즘적이고 파괴적인 측면에 주목한 반면, 옐리네크는 『피아니스트Die Klavierspielerin』에서 이 모티프를 페미니즘적인 맥락에서 사용한다. 옐리네크는 가부장적 사회에서 남성에게만 허용된 사냥꾼의

42. 정항균, 「포스트모더니즘 소설로서의 베른하르트의 『소멸』」, 『브레히트와 현대연극』 제12집(2004), 9~10쪽.
43. 같은 글, 10쪽.

시선을 점유하려다 파멸하는 여성의 운명을 서술한다. 주인공 에리카는 남자들처럼 핍쇼나 포르노 영화를 보면서 여성을 대상화하고 지배하는 남성의 주체적 시선을 획득하려 하지만, 이러한 시선은 자신이 지닌 여성적 신체와 충돌하고 만다. 더욱이 선생으로서의 우월한 지위를 이용해 클레머라는 남성을 지배하려는 그녀의 의도는 작품 마지막에서 그에게 강간당하는 비극적인 결말로 끝맺으며 실패하고 만다. 그러나 이 작품은 단순히 주체적 시선을 둘러싼 남녀 간의 투쟁만을 묘사하는 데 그치지 않는다. 여성인 에리카가 단순히 남성적인 시선의 희생자로 묘사되는 데 그치지 않고 그 스스로 자신의 권력을 이용해 타인을 지배하고 억압할 때, 자본주의사회 체제 자체가 의문시된다. 상대방을 경쟁상대로 간주하고 타인을 지배하여 우월한 지위에 올라서려는 생각에 바탕을 둔 자본주의의 경쟁체제는 모든 사람이 잠재적으로 타인을 사냥감으로 간주하고 파멸시키는 사냥꾼이 될 수 있음을 암시하고 있다. 이러한 의미에서 사냥꾼의 시선은 특히 자본주의의 경쟁체제와 연관해 의미를 지닌다.

이러한 맥락에서 리처드 코넬은 자신의 단편소설 「가장 위험한 게임」에서 한 걸음 더 나아가 사냥꾼과 사냥감의 경계가 확고한 것이 아니라 언제든지 허물어질 수 있음을 강조한다. 현대인은 자신을 사냥꾼으로 간주하며 타인을 지배하려 하지만, 자신이 예측할 수 없는 우연한 상황에 의해 스스로 사냥감으로 전락할 수 있다. 타인을 관찰하여 지배할 수 있으리라는 근대적 시선이 지닌 믿음은 허구로 밝혀지며, 근본적으로 어느 누구도 타인의 지배적인 시선에서 자유로울 수 없다는 사실이 폭로된다. 이로써 코넬은 자본주의사회에 만연한 시선 투쟁을 비판하며 근대가 내세우는 휴머니즘과 자유의 이상을 조롱한다. 코넬은 이 작품에서 우연의 의미, 탈경계, 의미의 다원성 등을 내세우며 협소한 근대의 시각을 넘어서 포스트모더니즘적인 열린 시선을 획득할 필요성을 간접적으로 역설한다.

우연, 탈경계, 다원성에 이르기 위해서는 근대적 시선으로서의 사냥꾼의 시선을 포기해야 하지만 동시에 유목민으로서의 사냥꾼의 시선을 다시 취해야 한다. 일반적인 시대구분법과 달리, 매체이론가인 플루서는 인류의 역사를 유목민/정주민이라는 척도에 따라 크게 세 시기로 구분한다.[44] 첫번째 시기는, 인류가 도구를 사용함으로써 인간의 지위를 갖게 된 구석기시대다. 이 시기의 인간은 사냥과 채집으로 살아가는 유목민 생활을 했다. 인간이 자연과 조화롭게 살아가던 이 시기는 서기 1만 년 전 인간이 생태학적인 급격한 변화에 직면해 사냥과 채집 대신 농사와 동물 사육을 시작하면서 다음 시기로 이행한다. 즉 두번째 시기로, 이제 인류는 농민과 목축민으로서 정주민의 삶을 살게 된다. 약 서기 8천 년 전 신석기시대부터 시작된 정주민의 삶은 플루서가 살던 1990년 현재까지 지속된다. 이러한 정주민의 삶은 문화를 탄생시켰지만 동시에 인간이 원죄를 지어 천국에서 쫓겨나는 계기가 되기도 한다. 그러나 모든 것을 예측 가능한 질서 속에서 파악하는 정주민의 삶은 우연에 의한 예측 불가능성이 지배하는 복잡성의 시대로 접어들면서 점점 흔들리기 시작한다. 플루서는 의사소통의 혁명을 가져온 정보화시대에 사적인 영역과 공적인 영역의 경계가 점차 허물어지면서 새로운 유목민의 시대가 열리고 있음을 예견한다. 인류의 미래가 될 세번째 시기는, "유목민적이고 배회하는 사고, 즉 이탈과 차이 그리고 탈경계의 사고가 선호되는"[45] 시대이다. 정주민의 울타리를 부수고 열린 시선을 견지하며 끊임없이 경계를 넘어 이동하는 유목민적 사고와 시선이 탈역사적인 포스트모더니즘 시대에

---

44. Vilém Flusser, Medienkultur(Frankfurt a. M., 2005), 150~159쪽 참조.
45. D. Kloock/A. Spahr, 같은 책, 82쪽.

새롭게 요구되고 있다. 더이상 어떤 확고한 진실도 존재하지 않고 카오스모스의 복잡한 질서가 지배하는 시대에는 소유와 습관 대신 경험과 모험심의 덕목이 요구된다. 유목민으로서의 사냥꾼을 새롭게 주목해야 하는 이유가 여기에 있다.

1) 원시인의 사냥과 신성의 관계: 캠벨과 바타유
—캠벨의 해석

신화 연구의 권위자인 조지프 캠벨Joseph Campbell은 『신의 가면The Masks of God』 4부작 가운데 첫번째 책으로 『신의 가면 1—원시 신화 The Masks of God: Primitive Mythology』(1959)를 출간한다. 이 책에서 그는 농경민의 신화와 사냥꾼의 신화를 대립시키며, 사냥꾼의 신화가 지닌 특징을 여러 장에 걸쳐 설명하고 있다.

농경부족은 한 해 농사가 비나 태양과 같은 자연 여건에 많이 의존하기 때문에 상당히 질서 있고 조직된 삶을 산다. 그들의 의례는 매우 정형화된 절차와 달력에 따라 진행되며, 의례를 주관하는 사제 역시 고도로 훈련되어 있어야 한다. 또한 이러한 의례에는 공동체 전체가 참여한다. 농경부족은 정주생활의 엄격한 패턴을 따랐고 집단 지향적인 성격을 띠고 있었다. 이에 반해 구석기시대 사냥부족은 상대적으로 자유로웠고 변화에 익숙해 있었으며 그들이 이루는 집단의 규모도 40~50명을 넘지 않을 정도로 아주 작았다. 이에 따라 사냥부족의 경우에는 사회적 강제력이 약했고 개인의 충동을 억누르기보다는 그것을 북돋아주는 것이 오히려 집단 전체에도 유리했다.[46] 그래서 캠벨은 "농경의례의 초점은 집단에 놓여 있는 반면, 사냥꾼의 의례는

---

46. 조지프 캠벨, 『신의 가면 1—원시신화』, 이진구 옮김(까치, 2003), 274쪽 참조. (이하 본문에 쪽수로 표시)

그 초점이 개인에 놓여 있다"(274쪽)는 점에서 두 세계의 차이점을 찾는다. 이것은 사냥부족의 의례에서 집단이 사라지는 것을 의미하는 것이 아니라 집단으로부터 독립적으로 힘을 발휘할 수 있는 샤먼의 힘이 강해지는 것을 의미한다. 잘 조직화되어 있고 공동체 지향적인 농경민의 의례에 편입되어 있는 사제와 달리, 사냥꾼의 세계에서는 개인주의적 성향이 더 강한 샤먼에 의해 주관되는 샤머니즘이 지배적이 된다.

원시사회에서 사냥꾼이 갖는 지위와 사냥꾼과 사냥감인 동물 사이의 관계를 이해하기 위해서는 구석기시대 사냥부족이 믿었던 샤머니즘을 이해해야만 한다. 왜냐하면 그 당시의 사냥은 단순한 식량 확보나 레포츠의 의미를 갖는 것이 아니라 신성과 연관되어 있기 때문이다. 보다 정확히 말하자면 사냥부족 내에서 일반 사냥꾼들은 자연의 외적인 측면에 대해서는 잘 알고 있었지만, 자연현상의 내면에 숨어 있는 의미들은 파악할 수 없었다. 그러한 의미를 파악하고 신성한 세계와 접촉하거나 스스로 신성을 구현하는 이들이 바로 샤먼이다. 샤먼은 일종의 성스러운 깨달음을 받은 사람들로서, 망아 상태에서 일상적인 삶의 한계를 벗어나 변신하고 주술을 행하며 질병을 치료하고 구원을 행한다. 라스코 동굴벽화에서 발견된 샤먼이 새의 가면을 쓰고 있거나 샤먼의 지팡이에 새 형상을 한 동물이 앉아 있는 것은 망아 상태에서 하늘을 날고 다시 돌아오는 새가 샤먼과 동일시되었음을 보여준다.(292~293쪽 참조) "수렵사회에서 이루어지는 집단 의례는 이러한 샤먼의 환상에서 처음으로 경험된 이미지들이 공적 영역에서 구체화된 것"(289쪽)이다.

샤먼은 우주를 창조한 신에 대한 경외심을 갖기보다는 오히려 자신이 신보다 더 위대하고 강한 힘을 지니고 있다고 믿는다. 그래서 캠벨은 주술사가 그리스의 세련된 신보다는 거칠고 반항적인 티탄족을 닮았다고 말한다.

샤먼은 과거와 미래를 꿰뚫어볼 수 있는 예언자의 능력을 지니며, 동물-어머니나 기원-동물을 갖는다. 또한 샤먼에게는 자신의 일을 돕는 동물 친구들이 있다. 이와 같이 샤먼 자신은 동물과 밀접한 연관을 맺고 있다.(302쪽 참조)

사냥을 통해서 언제든지 죽음에 노출되어 있고 불안한 생활을 영위하던 구석기인들에게 동물은 신성한 대상인 동시에 위협적인 대상이기도 했다. 하지만 한 가지 확실한 것은 이들의 사냥감인 동물이 단순한 먹잇감에 불과하지는 않았다는 사실이다. 토테미즘을 넘어서는 의미에서 동물을 신성시한 것으로 보이는 구석기시대에 "최초의 '동물의 주'는 동굴 곰이었고, 그것이 아프리카에서는 사자와 표범 혹은 흑표범으로 나타났지만, 후기로 가면 매머드가 그것을 대체하고, 그 다음에는 들소가 주역으로 등장한 것으로 보인다."(397쪽)

캠벨은 아이누족의 곰 의례를 통해 구석기시대의 곰 의례를 재구성하려고 시도한다. 아이누족에게 곰은 인간세계를 방문하는 신으로 간주된다. 아이누족은 검은 새끼 곰을 잡으면 정성스럽게 키우고 보살피다가 일정한 시점이 되면 곰을 죽인다. 이는 곰의 몸에 갇혀 있는 신을 해방시켜 원래의 고향으로 돌려보내기 위함이다. 이 곰 희생 축제는 다음과 같이 전개된다. 우선 이들은 작은 방문객 신인 곰에게 다음과 같이 말한다.

"오, 신이시여! 당신은 우리의 사냥을 위하여 이 세상으로 보내졌습니다. 신들의 세계로 돌아가면 우리에 대하여 잘 말해주고 우리가 얼마나 친절한 사람들이었던가를 말해주십시오. 그리고 다시 우리에게 돌아오시오. 그러면 우리는 당신이 다시 희생제의의 명예를 얻을 수 있도록 할 것입니다."(384쪽)

그러고 나서 이들은 곰을 어떤 장식을 한 나무에 묶은 후 곰의 심장에 화살을 쏘아 죽인다. 그리고 곰의 머리를 잘라 집으로 가져가 동쪽 창문가에 기도-막대기와 귀중한 선물과 함께 놓고 술과 음식을 같이 준비하여 마지막 송별식을 갖는다. 그러고는 고향으로 돌아간 작은 곰에게 경의를 표한 후, 곰 고기를 서로 나누어 먹는다. 이로써 육신을 지닌 곰은 죽지만, 곰의 본질인 신성은 훼손되지 않으며 언제든지 새로운 곰의 육신으로 다시 돌아올 수 있게 된다. 사냥부족의 이러한 의례에서 알 수 있듯이 동물은 결코 사냥을 하는 인간의 단순한 먹이나 열등한 존재가 아니라 인간과 조화롭게 공존하고 끊임없이 삶에서 죽음으로 그리고 다시 죽음에서 삶으로 돌아올 수 있는 신성한 존재로 간주되고 있다.

　그러나 사냥부족은 동물 신에 대한 이러한 존중 외에 두려움도 가지고 있었는데, 이것은 특히 죽은 동물의 눈을 가리거나 찌르는 행위에서 잘 드러난다. 북아프리카 사냥꾼들은 눈을 감은 채 살해된 동물의 등에 올라타 재빨리 짐승의 눈을 덮개로 가린다. 이것은 살해된 동물이 복수심으로 주술을 할 수 있다는 생각에서 사악한 동물의 눈이 지닌 힘을 가로막기 위함이다. 죽은 곰의 눈에 긴뼈를 쑤셔넣는 구석기인의 행위도 같은 맥락에서 이해할 수 있을 것이다.(395쪽 참조) 근대의 사냥꾼이 동물을 관찰하고 지배하는 사악한 시선을 지녔다면, 원시사회에서는 오히려 정반대로 죽은 동물의 사악한 복수의 시선을 사냥꾼이 두려워한 것으로 보인다. 이러한 동물의 사악한 시선은 주술이 지배하는 원시신앙의 사회문화적 배경하에서 이해할 수 있을 것이다.

　"사냥의 세계에서는 남성적 심리가 지배하고 농경의 세계에서는 여성적 심리가 지배한다. 전자의 세계에서는 여성적 원리가 비교적 침묵을 지키며, 남성적 덕목과 함께 어떤 유치한 순수성이 우세하게 드러난다."(399~400쪽) 잦은 이동과 힘과 용맹을 필요로 하는 사냥부족의 사회에서 남성이 지배력을 행사했을 것이라는 것은 쉽게 짐작할 수 있다. 사냥부족의 샤먼 역시 거의 대부분이 남자였다. 그럼에도 불구하고 구석기시대에 여성을 신성시하고 숭배하는 시기가 있었다. 이 것은 특히 유명한 빌렌도르프 비너스 상을 비롯하여 풍만한 가슴과 엉덩이를 지닌 수많은 나체의 여성 입상을 통해 잘 드러난다. 제4빙기가 아직 끝나지 않은 추운 시기에 매머드 사냥을 위한 거점은 분산되기는 했지만 비교적 고정된 장소에 있었다. 그래서 농경사회에서와 비슷하게 공동체의 거주지 내에서 여성이 특정한 역할을 수행하며 힘을 발휘할 수 있었다. 그러나 빙하기가 지나고 날씨가 건조해지며 초원지대가 많아지면서, 이제 들소, 야생소, 말, 영양 등의 동물이 등장하고 사냥부족의 생활양식 역시 정주의 형태에서 유목생활로 변화하기 시작한다. 이로써 여성의 역할이 이동할 때 단지 짐을 싸고 나르고 푸는 보조적인 역할로 축소된 데 반해, 남성은 조직적인 사냥의 업무를 수행하며 절대적인 우위를 차지할 수 있게 된다.(370쪽 참조) 식물 지향적인 농경문화가 여성과 연결된 반면, 동물 지향적인 사냥이 남성과 연결되는 것은 오늘날까지도 이어지며, 그래서 근대의 사냥꾼 모티프 역시 근대의 남성 중심적 시각을 보여주기 위해 자주 사용되곤 하는 것이다.

이러한 남성들의 수렵활동은 구석기시대 동굴벽화에 그대로 반영된다. 그리고 이 동굴벽화에 자주 등장하는 동물이 바로 들소이다. 구석기시대 동굴벽화에 담긴 주술적 의미를 이해하는 데 그리넬의 블랙풋족 이야기가 많은 도움이 된다. 이 이야기에 따르면 블랙풋족의 주술사는 들소의 머리로 만든 두건을 쓰고 들소가죽으로 만든 옷을 입은 후 들소가 모여 있는 곳으로 간다. 그리고 들소를 이미 바위 숲 뒤에 숨어 기다리는 자신의 부족 사람들이 있는 곳으로 유인한 후, 함께 소리를 지르고 무릎덮개를 흔들어 들소를 절벽에서 떨어뜨린다.

그런데 어느 날 들소가 더이상 낭떠러지에서 뛰어내리지 않아 부족 사람들이 굶주리게 된다. 이때 한 젊은 여자가 들소 떼를 발견하고 들소들이 낭떠러지에서 뛰어내리면 그들 가운데 하나와 결혼하겠다고 맹세한다. 그런데 정말 들소들이 절벽에서 뛰어내렸고 그래서 그녀는 들소의 우두머리와 결혼하게 된다. 그녀의 아버지는 딸을 구하러 오지만 오히려 들소에게 발각되어 죽는다. 그녀가 슬퍼하자 남편 들소는 그녀의 아버지를 되살리면 아버지와 함께 자신들을 떠나도 좋다고 말한다. 그녀가 죽은 아버지의 뼈를 모아 그를 되살리자 들소 우두머리는 그 주술의 성스러운 힘에 놀라며, 그들이 떠나는 것을 허락한다. 그런데 그들이 떠나기 전에 그 들소는 자신들의 춤과 노래를 가르쳐주는데, 이는 식용으로 살해된 들소를 되살리는 주술적 수단이었다.(323~328쪽 참조)

캠벨은 이 이야기에 등장하는 위대한 들소를 동물의 원형 내지 '동물의 주'로 해석한다. 말하자면 이 들소는 시공간을 초월해 존재하는 종의 이데아를 표상한다. 절벽에서 떨어져 죽어 인간의 먹잇감이 된 들소가 시공간에 종속된 육신을 가진 존재라면, 이 원형으로서의 들소는 개별적인 존재의 죽음을 넘어서 있는 종으로서 영원히 불변하는 들소를 상징한다. '들소의 주'가 다른 들소들을 절벽에 뛰어내리게 했다면, 이들의 죽음은 주술적 질서에 따라 그들의 주인이 바친 선물로 해석할 수 있을 것이다. 따라서 들소가 스스로의 목숨을 인간의 식량으로 내주는 것은 이들의 자발적 희생으로 볼 수 있다.(334~335쪽 참조) 그러나 이 들소들은 주술적 춤과 제의적 노래에 의해 다시 살아난다. "주술이 있는 곳에는 죽음이 없다. 사람들이 동물 의례를 적절하게 수행할 경우에는 동물과 사냥꾼 사이에 놀라운 주술적 조화가 일어난다. 사람들이 사냥을 하기 전에 들소춤을 적절하게 추면, 살해당하는 들소들은 그들의 본질이나 생명이 아니라 단지 육체만을 내어주게 되는 것이다. 따라서 그들은 다시 살아나게 된다. 그리고 다음 계절에 다시 돌아오는 것이다."(336쪽) 사냥은 결코 단순한 수렵행위가 아니라 "성스러운 희생제의"이며, "들소 자신들로부터 배운 춤과 노래는 들소몰이나 살해행위만큼 사냥기술의 한 부분이다."(336쪽) 이러한 사냥세계에서 동물의 주는 주술을 행하는 신을 표상한다. 그것은 위대한 샤먼이자 수호자의 변형인 것이다.(338쪽 참조) 따라서 사냥을 통해 살해당하는 동물은 결코 인간인 사냥꾼의 사냥 대상이 아니라 그의 동료인 것이다.

사냥이 갖는 주술적 의미는 구석기시대 동굴벽화에서 가장 잘 드러난다. 미술사가 곰브리치E. H. Gombrich는 원시인들에게 건조물과 형상의 창조 사이에 차이점이 없음을 강조한다. 즉 원시인들은 그들이 사냥할 짐승을 동굴벽화로 그리고, 그림 속 동물을 창이나 도끼로 때려잡으면 실제의 동물도 그들의 힘 앞에 굴복할 것이라고 믿었다는 것이다. 이들에게 그림은 현실의 재현이 아니라 현실과 마찬가지인 것이다. 이에 따라 곰브리치는 동굴벽화가 형상의 마술적 효과를 믿는 원시인들의 관념에서 생겨난 것으로 해석한다.[47] 캠벨도 동굴벽화에 등장하는 그림 속 많은 동물이 화살이나 투창에 찔려 벽에 구멍이 뚫려 있음을 지적한다. 이것은 형상과 현실을 구분할 줄 모르던 원시인들이 동굴벽화를 사냥 주술에 이용하였음을 보여준다. 깊고 미로 같은 동굴은 결코 원시인들의 주거지가 아니라 사냥을 위한 주술을 행하던 성소였다. 장엄하면서도 섬뜩한 느낌을 들게 하여 경외심의 장소가 되는 바로 이 동굴이라는 성소에서 원시인들은 성스러운 사냥 의례로 동굴벽화를 그렸던 것이다.(350~351쪽 및 357쪽 참조)

원시인들에게 사냥은 결코 동물을 살해하는 행위 자체만을 의미하

---

47. E. H. 곰브리치, 『서양미술사 上』, 최민 옮김(열화당, 1995), 34~37쪽.

는 것이 아니라 제의적 춤과 노래, 동굴벽화를 통한 주술의식까지 포함하는 신성한 행위다. 따라서 원시인으로서의 사냥꾼을 생각할 때에는 사냥부족의 평범한 일원으로서의 사냥꾼 외에 이러한 신성한 의례를 책임지는 주술사로서의 샤먼을 항상 같이 생각해야만 한다. 원시시대의 사냥은 세속화된 근대의 사냥 개념을 훨씬 넘어서는 포괄적이고도 초월적인 의미를 가지고 있는 것이다. 독일 작가 엘리아스 카네티Elias Canetti는 『군중과 권력Masse und Macht』(1960)에서 만단족의 들소춤에 대해 이야기한다. 들소는 떠돌아다니는 동물이기 때문에 만단족은 기아를 피하기 위해 들소 머릿가죽으로 만든 가면을 쓰고 들소춤을 춰 들소를 유인한다. 이때 이들은 자신들이 들소가 된 것처럼 행동하지만 손에는 활과 화살, 창을 들고 있어 사냥꾼임을 드러내기도 한다. 이들이 춤을 추다 지치면 들소로 변한 자신들을 죽이는 흉내를 낸다. 그러고 나서 그들이 나가고 다른 구경꾼들이 새로운 들소역을 하며 춤의 대열로 들어온다.[48] 이러한 들소춤 의례에서 만단족 사람들은 들소와 사냥꾼 사이를 오가며 변신하면서, 나와 자연, 사냥꾼과 사냥감의 대립을 극복하고 조화로운 총체성의 세계를 형성한다. 자연을 대상화하면서 지배하는 근대의 사냥꾼의 모습과 달리 원시 사냥부족은 아직까지 자연과 하나를 이루며 평화로운 관계를 이룰 수 있었던 것이다. 들소춤 의례에서 변신은 이러한 조화와 일치에 대한 의식을 심어주는 기능을 하였다.[49]

---

48. 엘리아스 카네티, 『군중과 권력』, 강두식/박병덕 옮김(바다출판사, 2002), 148~151쪽 참조.
49. 호주 원주민들의 조상은 인간과 어떤 특정 동식물의 결합체다. 가령 인간의 조상인 캥거루 선조는 인간인 동시에 캥거루이고, 타조와 비슷한 새인 에뮤 선조는 에뮤인 동시에 인간이다. 이처럼 이들에게 동물과 인간의 경계는 분명하지 않은데, 이는 변신 의식을 통해 가능해진 것으로 보인다. 카네티는 이러한 변신 의식과 토템은 증식에 대한 인간의 소망을 반영하는 것으로 해석한다. 즉 원래 소수였지만 다수가 되기를 바라는 인간은 캥거루나 기타 다른 토템 동물들의 증식을 통해 자신들 무리

신성한 주술적 질서가 지배하는 원시사회에서 사냥꾼과 사냥감인 동물 사이에는 적대적인 대립관계가 존재하지 않는다. 원시 사냥부족이 동물을 바라보는 시선은 결코 그것을 대상화하여 지배하려는 사악한 시선이 아니다. 오히려 이들은 변신의 의례를 통해 자신과 동물 사이의 간극을 없애고 자아와 타자의 구분을 극복하며 동물을 동료애적인 시선으로 바라본다. 사냥꾼과 사냥감, 샤먼과 동물의 주는 그러한 시선을 교환하며 변신을 통해 하나가 된다. 그 때문에 그러한 시선은 망아적인 신성한 시선이라고 할 수 있을 것이다.

—바타유의 해석

바타유는 『에로티즘』에서 원시인의 사냥과 이에 뒤따르는 속죄의식과 연관하여 동굴벽화의 종교적 의미를 강조한다. 그에 따르면 초기 원시인의 사냥은 습관적인 것이었으며 금기를 알지 못했다. 그러나 점차 동물을 살해하는 것에 대한 두려움과 어쩔 수 없는 사냥의 필요성 사이에서, 즉 금기와 금기 위반 사이에서 원시시대의 사냥부족은 갈등을 느낀다. "바타유가 보기에 동물을 죽이는 '사냥'은 전쟁 이전에 최초로 허용된 살해 금기의 위반이었다."[50] 그 때문에 이들은 사냥을 한 후 관례적으로 속죄의식을 행함으로써 동물을 살해한 것을 속죄한다. 바타유에 따르면 동굴벽화 역시 이러한 종교적 속죄의 의미를 담고 있다. 서기 1만 5천 년 이전에 그려진 라스코 동굴벽화에는 죽기 직전의 들소가 자신을 죽인 사람을 노려보는 장면이 나오

의 숫자가 증식될 수 있다고 믿었던 것이다. 작은 무리를 형성하며 긴 세월을 살아온 인간은 자신이 아는 모든 동물로 변신함으로써 그 동물들을 자기화하였다. 이처럼 변신은 인간의 증식 목적에 기여할 수 있는 가장 효과적인 수단이었다.(같은 책, 143~147쪽)

50. 유기환, 『조르주 바타이유—저주의 몫, 에로티즘』(살림, 2006), 182~183쪽.

는데, 이를 바탕으로 바타유는 이 벽화의 주제를 살해와 속죄로 해석한다.[51] 여기에서 사냥꾼은 더이상 동물을 한갓 대상으로 간주하며 살해하는, 세계의 중심으로서의 주체로 등장하지 않는다. 오히려 그는 죽으면서 자신을 노려보는 들소의 따가운 시선을 받고 죄의식을 갖는 존재이며, 그 때문에 속죄하며 종교적 구원을 희망한다. 그러나 이러한 금기 위반으로서의 사냥은 종교적 구원을 통해 속죄가 가능하기 때문에 원시인은 아직까지 조화로운 세계에서 금기와 금기 위반 사이를 오가며 살아갈 수 있었다. 더 나아가 희생제의에서 동물을 제물로 바치는 금기 위반의 재현은 제물뿐만 아니라 제물을 바치는 사람마저 유한한 노동과 금기의 세계에서 무한한 신성의 세계로 이끌어준다.

바타유는 원시인의 동물 살해가 그 자체로 신성과 연결되는 것으로 간주한다. 동물을 사육하기 전에 인간은 자신과 동물을 구분하지 못했다. 심지어 동물은 인간과 달리 금기에 구속되지 않았기 때문에 인간보다 더 신성한 존재였다.[52] 왜냐하면 원시인도 도구를 사용하고 노동을 하면서부터 점차 금기를 갖게 되었고 그래서 완전히 자연적인 존재가 될 수는 없었기 때문이다. 이와 같이 금기와 무관한 동물은 곧 신과 유사한 존재였는데, 이러한 존재를 희생제의에서 제물로 바칠 때 그것은 신성에 도달하는 순간을 의미한다.[53] 물론 희생제물로서의 동물은 아직까지 불연속적 존재이며 죽기 전까지는 개체성에 갇혀 있으므로 자연적인 존재이기는 하지만 신적인 존재는 아니다.

---

51. 바따이유, 『에로티즘』, 80~81쪽 참조.
52. 같은 책, 88~89쪽 참조.
53. 나중에 인간이 자신과 동물을 구분하면서 동물의 신성은 부분적으로 그 의미를 잃었기 때문에 동물 대신 인간을 제물로 바치게 된다. 그러나 보다 확고한 문명이 들어서면서부터는 인간을 제물로 바치는 것이 너무 야만적으로 보여 다시 동물을 제물로 바친다. 그러나 이때 동물을 제물로 바치는 것은 이전과 다른 의미, 즉 대체 희생의 의미를 갖는다.(같은 책, 96쪽 참조)

그렇지만 그것은 죽음을 통해 이러한 불연속성에서 벗어나 존재의 연속성에 도달하며 무한한 신성의 세계에 들어선다. "희생제의에서 희생제물은 제의집행자와 마찬가지로 신성을 부여받았다. 말하자면 동물을 제물로 바치는 행위는 동물을 경멸하는 행위가 아니라 동물을 축성하는 행위였다."[54] 그리고 제사의 참관자들은 불연속적 존재인 동물이 죽을 때 행해지는 성체 배령식 의식을 통해 생명의 유기적 연속성을 부여받는다.[55]

인간은 금기를 설정함으로써 자신의 동물성을 부인하고 인간성을 정립한다. 그런데 희생제의에서 살해 금기를 위반함으로써 인간성을 다시 부정하고 그러한 폭력에 의해 동물성으로 회귀하는 양상을 보인다. 그러나 이것은 단순히 본능적인 동물성으로 돌아가는 것을 의미하는 것이 아니라 금기에 의해 성스러운 것으로 설정된 동물성, 즉 신성의 세계로 들어서는 것을 의미한다. 이러한 희생제의는 단순한 동물적 폭력과 구분되는 신성한 폭력이다. 희생제의에서 희생제물은 죽음을 통해 고통을 느끼지만 동시에 자신의 한계를 넘어서며 무한한 연속성의 길에 접어든다. 이때 희생제물은 동시에 제의집행자와 혼연일체가 되어 아무런 경계도 없는 신성의 세계로 들어간다.

바타유에 따르면 인간의 노동세계와 대립되는 저편에 자연의 세계가 있다. 인간이 노동을 하면서 만든 금기를 넘어서 도달하는 신성의 세계 역시 일종의 자연의 세계라고 할 수 있다. 그러나 신성의 세계는 노동과 금기라는 세속적인 인간세계를 초월하면서 도달하게 되는 세계이면서 역설적으로 그것을 전제로 하는 세계라는 점에서 노동세계와 독립적으로 존재하는 자연의 세계와 구분된다.[56] 이러한 측면에서

---

54. 유기환, 같은 책, 187쪽.
55. 바따이유, 같은 책, 98~99쪽 참조.
56. 같은 책, 125쪽 참조.

볼 때 원시인은 전적으로 자연의 세계에 속하는 동물과 달리 노동과 금기의 세계를 초월하고 넘어서는 순간에 신성한 세계를 접하는 체험을 할 수 있다. 즉 원시인은 노동을 하는 존재이기에 역설적으로 그러한 일상의 세속적 세계를 넘어서 신성을 체험할 수 있었던 것이다.

초기의 사냥부족은 동굴벽화에서 인간을 거의 그리지 않았고 설령 그린다고 하더라도 동물로 변장한 모습으로 그렸는데, 이는 그들이 자신의 인간적 모습에 수치심을 느꼈음을 보여준다. 근대인이 인간이 지닌 동물적 특성에 수치심을 느낀 것과 정반대로, 원시인은 금기에서 벗어나지 못하는 자신의 인간적 면모에 수치심을 가졌던 것이다. 따라서 그들이 그린 동굴벽화의 동물 그림은 이러한 신성한 동물세계를 재현한 것으로 볼 수 있다. 설령 동굴벽화를 그린 사냥부족이 동물을 더 잘 잡게 해달라는 주술적인 목적을 가지고 있었다고 할지라도, 동물의 신성에 대한 인정도 동물 그림을 그린 중요한 요소임을 부인할 수는 없을 것이다.[57]

인간은 노동을 하기 위해 노동에 방해가 되는 요소들을 저지할 금기를 만든다. 이러한 과정에서 인간은 점점 이성적인 존재로 발전한다. 인간이 노동하고 금기를 만드는 존재가 되면서, 인간과 동물 간의 간극은 점점 벌어진다. 물론 원시인에게도 금기가 완전히 없었던 것은 아니지만, 시간이 지나면서 그러한 금기는 점점 더 강화되고 늘어나게 된다. 이를 통해 이전에 동물이 지녔던 신성도 사라진다. 동물은 이제 더이상 신적인 존재 내지 신성을 체험하게 해주는 존재가 아니라, 인간이 사육하며 지배할 수 있는 대상적인 존재가 된다. 사냥 역시 이전과 달리 더이상 죄가 아니며 따라서 속죄를 필요로 하지도 않는다. 특히 근대에 들어서면 사냥꾼은 하나의 직업이 되고 사냥 역시

---

57. 같은 책, 90~91쪽 참조.

동물 살해 금기의 위반이 아니라 단순한 노동에 불과하게 된다. 동물과 인간이 맺는 관계의 이러한 근본적 변화는 특히 문명사회의 사냥꾼이 지닌 시선을 살펴보면 잘 드러난다.

바타유는 아직까지 인간과 동물이 절대적으로 구분되지 않고 인간이 노동과 금기의 세계를 위반하고 신성한 세계로 진입할 수 있었던 원시시대를 살펴보면서, 근대의 이성중심주의와 인간중심주의를 비판한다. 비록 그가 원시 사냥부족과 사냥감의 관계나 희생제의를 설명하는 방식은 캠벨의 그것과 차이가 있을지라도, 원시 사냥부족의 사냥이 주술적이고 신성한 의미를 지니고 있음을 강조하고 있다는 점에서는 캠벨과 의견의 일치를 보인다.

위에서 언급한, 동물과 인간의 관계에 나타난 근본적 변화는 특히 근대의 사냥꾼의 시선이 지닌 의미를 살펴보면 더욱 잘 드러난다. 아래에서는 카프카의 「사냥꾼 그라쿠스」를 통해 근대의 사냥꾼과 그의 시선이 지닌 의미를 다루며 이러한 시대적 변화를 포착할 것이다.

2) 카프카의 「사냥꾼 그라쿠스」

어느 날 사냥하다가 추락하여 죽게 된 사냥꾼 그라쿠스는 저승으로 인도하는 배가 길을 잘못 들어서는 바람에 죽어서도 저승에 이르지 못한 채 이승의 온갖 나라들을 배회한다. 리바에 도착해 만나게 된 리바의 시장이 누가 이러한 상황에 책임이 있냐고 묻자, 사냥꾼 그라쿠스는 자신은 아무런 책임이 없으며 부주의로 키를 잘못 돌린 사공에게 책임이 있다고 말한다. 사냥꾼은 자신은 그저 사냥을 했을 뿐인데, 그것이 죄가 되냐고 되묻는다.

그러나 자신의 책임을 부인하는 사냥꾼의 말을 액면 그대로 받아들일 수 있을지는 의문이다. 왜냐하면 그의 말과 행동에는 모순점이 많고 허위적인 요소가 나타나기 때문이다.[58] 사냥꾼이 즐거운 마음으로 살았고 즐거운 마음으로 죽었다고 말할 때, 그가 살아온 세계는 삶과 죽음이 서로 단절되지 않고 조화롭게 연결되어 있는 문명화 이전의 세계를 가리키는 것처럼 보인다. 그 때문에 창조와 소멸, 탄생과 죽음을 자연의 법칙으로 삼는 세상에서 사냥꾼 역시 죽음에 대해 아무런 두려움을 지니지 않았던 것이다. 녹음이 우거진 슈바르츠발트는 그러한 조화로운 자연세계를 나타내는 배경 역할을 한다. 그러나 문명화되기 이전의 원시사회에서 이루어지는 원시인의 사냥은 이 작품에서 나타나는 직업인으로서의 사냥꾼의 사냥과 구별된다. 특히 이 작품의 주인공 사냥꾼 그라쿠스가 특정한 질서 속에 '배치되는' 인물일 때 그가 속한 사회가 문명사회임을 알 수 있다. 따라서 이 작품에 등장하는 사냥꾼은 문명인, 특히 총체성을 상실한 문명사회의 인간을 상징하는 것으로 볼 수 있다.

대상(사냥감)을 주의 깊게 관찰하며 지배하는 사냥꾼의 시선은 근대인의 시선을 상징적으로 보여주는데, 그것이 가지고 있는 특징은 무관심과 공격성이다. 타인을 사물처럼 대상화하여 바라보는 사냥꾼의 시선은 서로에게 무관심하며 목적 지향적으로 살아가는 근대인의 소외를 낳는 시선이다. 카프카의 이 작품에서 이러한 목적 지향적이고 소외된 인간은 근대인이라기보다는 문명인으로 보는 것이 더 합당할 것이다. 그리고 그러한 문명의 시작은 그가 보기에는 이미 4세기부터 시작된 것으로 보인다. 왜냐하면 사냥꾼 그라쿠스는 4세기 이후로 1500년간 지상의 물 위를 떠돌고 있기 때문이다.[59] 그런데 사냥

---

58. 이주동, 「'사냥꾼 그라쿠스'에 나타난 문명사의 비판과 작가의 사명」, 『카프카 연구』 제10집(2002), 151~152쪽 참조.
59. Rainer Nägele, "Auf der Suche nach dem verlorenen Paradies. Versuch einer Interpretation zu Kafkas Der Jäger Gracchus," *The German Quarterly* 47(1974), 178쪽 참조.

꾼 그라쿠스가 들것에 실려 들어올 때도 부두에 있는 사람들은 아무도 그에게 신경을 쓰지 않는다. 모두들 제각기 할 일을 할 뿐, 그에 관해 묻거나 거들떠보는 사람은 한 명도 없다. 이와 반대로 저승세계에서 구원의 임무를 맡은 리가의 시장 살바토레[60]는 항구로 이어지는 좁은 골목길을 내려올 때 주위를 세심하게 살핀다. 지저분하게 쌓인 쓰레기에 얼굴을 찡그리며 타락하고 소외된 인간세계에 슬퍼하는 그의 시선은 무관심한 현대인의 시선과 대조를 이룬다.

문명인으로서의 사냥꾼의 지위와 그것에 대한 풍자는 선실에 걸려 있는 그림에서 잘 드러난다. 이 그림에서 무늬가 요란하게 그려진 방패에 몸을 숨긴 아프리카 원주민이 창으로 사냥꾼 그라쿠스를 겨누고 있다. 그라쿠스는 이 그림을 지금까지 본 것 중 가장 멍청한 그림이라고 생각한다. 아직 동물적 특성을 완전히 벗어던지지 못하고 자연과 조화를 이루며 살아가는 아프리카 원주민에게 사냥꾼 그라쿠스가 지닌 목적 지향적이고 이성적인 면모는 공격의 대상이 된다. 왜냐하면 원시인은 자연을 대상화하고 이성의 지배하에 두는 문명사회의 관점을 넘어서 자연과 인간의 조화를 보장하는 주술세계의 신성한 세계로 들어가야 삶과 죽음, 이승과 저승의 대립을 초월하고 구원을 보장받기 때문이다. 반면에 문명인 사냥꾼 그라쿠스에게 그림 속 아프리카 원주민은 그가 아무리 화려한 방패로 치장하더라도 그가 지닌 동물적이고 원시적인 특성으로 인해 멍청해 보일 뿐이다. 그러나 이러한 본능적이고 동물적인 원시인의 특성은 문명인인 사냥꾼 그라쿠스의 내면에도 남아 있으며 언제든지 그를 무의식적으로 사로잡아 공격할 수 있다. 이처럼 실존적으로 불안정한 위치에 있는 그라쿠스

---

60. '살바토레'는 '구원자'라는 의미가 있다.(Gerhard Kurz, *Traum-Schrecken. Kafkas literarische Existenzanalyse*, Stuttgart, 1980, 109쪽 참조)

는 아프리카 원주민 그림을 희화하는 가운데, 정작 자신이 이러한 원주민의 본능적 세계에서 벗어나지 못하면서도 자연과의 조화 및 종교적인 구원의 가능성을 상실한 문명인으로 희화되는 역설적 상황에 처하고 만다.[61]

이러한 사냥꾼이 다른 사람들과 달리 근대를 상징하는 목적 지향적 세계에서 벗어나 죽음의 세계로 들어서게 되는 것은 '부주의' 때문이다. 그는 독일 슈바르츠발트에서 알프스 영양 한 마리를 쫓다가 실수로 바위에서 떨어져 죽는다. 주의 깊게 관찰하고 상대방을 대상화하며 지배하는 근대적 시선에서 실수로 우연히 벗어난 바로 그 순간 사냥꾼은 근대적 일상에서 탈출할 수 있게 된 것이다. 이처럼 한순간 일상적 삶에서 이탈함으로써 그는 다시 그러한 일상으로 되돌아갈 수 없게 되지만, 그렇다고 일상에서 벗어나게 된 원인을 제대로 인식하지는 못하며 자신의 죄를 부인함으로써 저승에서 구원받지도 못한다. 즉 그는 이승과 저승 사이를 배회하는 처벌을 받는 것이다.[62]

사냥꾼은 자신이 죽어서 저승에 도달하지 못한 것을 사공의 부주의 탓으로 돌리며 자신의 책임을 회피한다. 그러나 이러한 사공은 여러 면에서 사냥꾼과 닮아 있고 그의 또다른 자아처럼 나타난다. 그 때문에 그가 자신이 구원받지 못하는 것에 대한 책임을 사공에게 돌릴 때, 사실은 그 스스로 자신의 책임을 간접적으로 인정하고 있는 것이

---

61. 또다른 한편 그림 속 부시먼은 위선적으로 자신의 죄를 숨기고 있는 그라쿠스 자신의 모습을 가리키는 것으로 해석되기도 한다. 여성용 스카프처럼 화려하게 채색된 방패에 몸을 숨긴 부시먼처럼 그라쿠스도 자신이 아무런 죄가 없이 자연과 조화롭게 원시인처럼 살아온 것처럼 가장하지만, 사실 그 이면에는 방패 뒤의 부시먼처럼 공격적이고 폭력적인 면이 숨어 있다는 것이다.(이주동, 같은 글, 153쪽 참조)
62. 엠리히는 이와 같이 사냥꾼 그라쿠스가 형이상학적이고 종교적인 영역과 실제적이고 경험적인 영역 그 어느 곳에도 정주하지 못하고 배회하는 것을 이 이야기의 핵심적인 내용이자 카프카 작품 전체에 걸쳐 나타나는 일반적인 주제로 간주한다.(Wilhelm Emrich, *Franz Kafka*, Königstein/Ts., 1981, 16쪽 참조)

나 마찬가지 결과가 된다. 그는 자신도 모르게 자신의 죄와 책임을 인정하고 있는 것이다.

사냥꾼 그라쿠스는 자신이 저승에서 구원받지 못하고 이승의 강물 위를 배회하는 이유를 사공이 키를 '부주의'로 잘못 돌린 데서 찾는다. 여기서도 '키Steuer'라는 말이 '조종하다steuern'에서 온 말임을 고려한다면, 이것은 사공이 다른 사람을 조종하고 통제하며 자신의 지배하에 놓는 근대적 주체를 나타내고 있음을 알 수 있다. 마치 사냥하는 원시인이 직업적 사냥꾼이 되면서 조화로운 원시세계에서 문명의 세계로 들어서게 된 것처럼, 키를 조종하는 사공 역시 저승의 강인 스틱스 강을 건너게 해주는 사공 카론과 구분되는 문명사회의 인간인 것이다. 또한 이 사공은 사냥꾼과 마찬가지로 한순간의 부주의로 키를 잘못 틂으로써 원래의 '목적지'와 다른 길로 접어들게 된다. 그러나 목적 지향적인 문명적 삶으로부터의 이탈은 결코 구원을 가져다주지 않는다. 오히려 그는 아무런 성찰 없이 살며 마모되어가는 일상과 구원을 주는 초월적인 세계 가운데 어느 한 곳에도 자리잡지 못한 채 끊임없이 방황하며 분열된 존재로서 삶을 살아간다.

이와 같이 일상의 세계와 초월적인 세계 사이에서 방황하는 인간은 한편으로 분열된 존재이지만 다른 한편으로 자유롭기도 하다. 따라서 사냥꾼이 '나비'가 되었다는 말은 이중적인 의미를 내포하고 있다고 하겠다. 이러한 측면에서 사냥꾼이 처음에는 자신의 방랑자적 지위를 받아들이지 못하고 한탄하지만, 맨 마지막에 가서는 그러한 자신의 위치를 적극적으로 받아들이는 태도를 이해할 수 있을 것이다. 리바의 시장 살바토레를 처음 만났을 때 사냥꾼 그라쿠스는 그에게 자신이 리바에 머물러야 한다고 생각하는지 물어보며 저승에서의 구원을 기대하지만 정작 시장으로부터는 거기에 대해서 답변할 수 없다는 유보적인 말만 듣는다. 그러나 작품 마지막 부분에서는 오히려 시장이 그라쿠스에게 리바에 머무를 생각이 없냐고 묻는데, 이에 대해 그라쿠스는 단호하게 그럴 생각이 없다고 말한다. 이런 그의 태도는 이제 그라쿠스가 처음과 달리 단순히 수동적인 차원에서의 구원을 기대하지 않고 스스로 적극적으로 자신의 실존과 구원의 문제를 성찰하기 시작했음을 의미한다. 이러한 해석의 단초는 사냥꾼이 마치 작가 자신처럼 등장하는 데서 잘 알 수 있다. 사냥꾼의 이름인 그라쿠스가 라틴어로 까마귀를 의미할 때, 그것은 작가 카프카의 이름이 체코어로 까마귀를 의미하는 것과 상통하며, 사냥꾼이 작가 자신을 의미하지 않을까 추측하게 만든다.[63] 더욱이 사냥꾼이 리가의 시장에게 명시적으로 "내가 여기에 쓰고 있는 것을 아무도 읽지 못할 것입니다"[64]라고 말할 때, 그의 작가적 지위가 명백하게 드러난다. 주변의 인간들이 문을 걸어 잠그고 아무도 자신을 도우러 오지 않는 상황에서 이제 환자인 그라쿠스는 스스로 자신을 치료하는 의사역할을 떠맡는다. 그리하여 그는 자신의 분열된 상태에 대한 치유의 글쓰기를 시작해보려는 것이다. 더 나아가 그라쿠스를 작가 카프카와 연결시킬 수 있다면, "작가 자신으로서의 그라쿠스의 과제는 지상의 다른 인간들처럼 인류의 불행한 운명을 '침묵'과 '망각'으로서 피하려는 데 있는 것이 아니라 이것을 망각하고 있거나 침묵하고 있는 타인들에게 자신이 겪고 있는 불행한 운명을 도전적이고도 경고하듯 전달해 주는 것이다……. 만약 작가가 자신의 작가적 실존을 위해서 모든 지상적인 행복을 포기할 수 있다면, 그는 이 세상에서 살아 있는 자로서 죽어 있는 것이나 다를 바 없을 것이며, 그런 상태에서만이 그는 어쩌면 세상을 달리 볼 수 있고 세상의 진실을 자신의 문학 속에서 리얼

---

63. 같은 책, 21쪽 참조.
64. F. Kafka, "Der Jäger Gracchus," *Beschreibung eines Kampfs. Novellen, Skizzen, Aphorismen aus dem Nachlaß*(Frankfurt a. M., 1995), 79쪽.

하게 드러낼 수 있을지 모른다."[65]

리가를 떠날 때의 그라쿠스는 키가 없는 거룻배에 몸을 싣고 출발한다. 그 배는 죽음의 가장 깊은 지역에서 불어오는 바람에 실려가지만, 저승을 떠나 있기 때문에 이승과 저승 사이를 떠다니게 된다. 마치 「시골 의사」의 주인공인 시골 의사를 태운 마차가 영원히 집에 도착하지 못한 채 이승과 저승 사이를 방황하는 것처럼 말이다. 그러나 이러한 사냥꾼 그라쿠스의 방황은 자신의 그러한 실존적 지위를 적극적으로 받아들이며 그것과 대결하는 작가 카프카의 방황이며, 이로써 사냥꾼에서 나비로의 변신은 긍정성을 획득하게 된다. 비록 그러한 나비가 천상에 이르지 못하고 천상에 이르는 무한히 넓은 노천 계단 위에서 떠돌고 있을지라도 말이다.

문명화된 사회에서 특정 지역에 배치된 직업 사냥꾼 그라쿠스는 정주문화를 대변하며 삶과 죽음의 경계가 분명히 그어진 틀 내에서 생활하고 사고한다. 그러나 실수로 바위에서 추락한 후 삶과 죽음 사이에서 부유하게 된 그는 이러한 부정적인 의미에서의 사냥꾼의 모습에서 벗어날 수 있는 기회를 맞이한다. 비록 그는 죽음의 세계에서 구원을 얻지는 못할지라도, 사냥꾼에서 나비로 변한 후 더이상 한정된 틀에 갇히지 않은 채 자유롭게 삶과 죽음의 경계를 뛰어넘을 수 있게 된다. 이 작품에 등장하는 나비로 변한 사냥꾼은 동시에 글을 쓰는 작가와도 연결되며 간접적으로 작가 카프카를 대변하기도 한다. 비록 카프카의 작품에서 완벽하게 구현되어 나타나지는 않을지라도, 이처럼 자유롭게 경계를 뛰어넘는 '나비-사냥꾼'은 포스트모더니즘적인 유목민으로서의 사냥꾼 상으로 가는 첫 단계에 있다고 할 수 있을 것이다.

---

65. 이주동, 같은 글, 156~157쪽.

3) 옐리네크의 『피아니스트』

옐리네크의 소설 『피아니스트』(1983)에서는 삶이 전쟁터로 묘사된다. 여기서 싸움은 스포츠처럼 일종의 유희적 경쟁을 의미할 수도 있고, 사냥처럼 생명을 건 싸움을 의미할 수도 있다. 전자에서 중요한 것이 승리라면, 후자에서 중요한 것은 생존이다. 이 작품에서는 이러한 두 가지 투쟁 형식이 모두 다루어진다. 자본주의사회에서 이루어지는 경쟁이 스포츠 모티프로 나타난다면, 사냥 모티프는 일차적으로 주체성이라는 주제와 연결된다. 사냥꾼은 사냥감을 자신의 사냥 대상으로 관찰하며, 관찰된 동물에 대한 지배력을 행사하고 그것을 총으로 쏘아 죽인다. 이처럼 사냥꾼이 사냥감을 관찰하듯이, 근대인은 타인을 거리를 두고 관찰하며 자신의 지배 대상으로 삼는다. 근대적 시선은 대상에 대한 거리를 필요로 하기 때문에 대상이 된 인간과의 직접적인 감정 교류는 힘들어진다. 관찰자는 이러한 냉정하고 비인간적인 시선을 통해 주체가 되는 반면, 관찰 대상인 상대방은 생명력을 상실한 사물의 지위로 전락한다.

사냥 모티프는 이러한 근대의 주체중심주의에 대한 비판의 맥락에서 현대문학에서 자주 사용되어왔다. 옐리네크의 『피아니스트』에 등장하는 사냥 모티프는 특히 페미니즘 담론의 틀 안에서 사용된다는 점에서 특별한 의미를 지닌다.

가부장사회에서 남자가 사냥꾼이라면 여자는 사냥감에 해당된다. 자신의 딸 에리카를 성공시키기 위해 젊은 남자와의 접촉을 가로막고 그녀를 철저히 통제하는 에리카의 어머니 역시 이러한 기존의 관념을 공유한다.[66] 에리카의 어머니는 딸의 출세를 위해 그녀가 사냥

---

66. Elfriede Jelinek, *Die Klavierspielerin* (Reinbek bei Hamburg, 2002), 37쪽: "어머니와 할머니, 이 여성 여단은 그녀(에리카—필자)를 밖에 도사리고 있는 남자 사냥꾼에게서 차단하고, 긴급한 경우에는 그 사냥꾼에게 직접적으로 경고하기 위해 주

꾼인 남성과 접촉하는 것을 방해한다. 그러나 어머니의 철저한 감독에도 불구하고 에리카는 자신의 성적인 욕망을 완전히 억누르지는 못한다. 실현되지 못한 그녀의 욕망은 상황 여하에 따라 언제든지 분노와 공격 욕구로 표출될 수 있는 잠재성을 지니고 있다. 에리카의 어머니는 에리카의 내부에 도사리고 있는 야수성을 예술, 특히 음악의 도움을 받아 없애려고 한다. 이때 그녀는 일종의 조련사 역할을 떠맡고 자신의 딸에게는 서커스 원형경기장 안에서 공연하는 동물의 역할을 부여한다. 옐리네크는 딸의 욕망을 방해하고 음악을 통한 성공을 강요하는 어머니의 행동을 이렇게 비꼰다. "하지만 약아빠진 조련사도 숫표범이나 암사자를 바이올린 케이스를 주어 떠나보낼 생각은 아직까지 하지 못했다."(113쪽) 자연(충동)을 억압하는 문화(예술)는 심각한 위험을 내포하는데, 왜냐하면 제대로 실현되지 못한 충동은 언제든지 야수적인 공격성의 형태로 표출될 수 있기 때문이다. 길들여진 자연은 나중에 억눌린 야수성을 드러낼 수 있다.

이 작품이 지닌 페미니즘적 요소에도 불구하고, 옐리네크는 남자와 여자의 관계를 사냥꾼과 사냥감의 관계로 환원하지는 않는다. 오히려 사냥꾼 모티프는 다양한 양상의 권력관계와 연관되어 묘사된다.

한편 에리카는 작가의 관점에서 "벌레"(17쪽)나 "대팻밥"(30쪽)에 비유된다. 동물, 심지어 생명 없는 사물로 강등된 그녀는 인간적 면모를 잃는다. 그녀 자신이 인간애를 자신의 목표로 내세울 때, 이러한 인간성 상실은 이와 대조를 이루며 더욱 부각된다. 에리카는 어머니와 어린아이처럼 공생관계를 유지하며 함께 살고 있다. 그 때문에 그녀는 자신의 고유한 성적 정체성을 형성하지 못한다. 비록 그녀가 다

의 깊게 상황을 지켜보고 있다."(이하 본문에 쪽수로 표시, 한국어판 제목은 '피아노 치는 여자'다)

른 사람들과 구분된다고 느끼고 자신에게 특별한 개성을 부여하더라도, 실제로는 그녀가 제대로 자신의 정체성을 형성하지 못하고 있음을 알 수 있다.

다른 한편 에리카는 대중을 저급한 동물로 격하한다. 평범한 사람들은 그녀의 경멸적인 시선에 "정어리 통조림에 든 생선"(20쪽)이나 "음매 하고 우는 양"(30쪽)처럼 비쳐진다. 그녀는 전차를 타면 악기케이스를 마치 기관총처럼 사용하며 평범한 승객들을 마구 찔러댄다. 또한 그녀는 고상한 예술세계의 도움으로 자신이 평범한 사람들과 구별된다고 여기며, 이들을 깔보고 심지어 공격하기조차 한다. 이러한 폭력적 태도나 권력의 행사는 그녀가 대중보다 우월하다는 잘못된 인식을 심어준다. 가난에 찌들어 평범한 시민들과 별반 다르지 않은 삶을 사는 그녀는, 자신의 우월한 사회적 위치를 권력으로 행사할 수 있을 때면 자신 속에 숨겨진 야수성을 가차없이 드러낸다. 그녀는 음악수업이 끝나고 나면, 동물 발자국을 쫓는 "노련한 사냥개"(101쪽)처럼 학생들 뒤를 쫓는다. 그녀는 자기 학생들을 관찰하고 감시하며 잘못을 찾아내면 엄하게 벌한다. "대중적인 여성문학에서 흔히 제공되는 여성 주인공과의 동일시는 이 작품에서 이루어지지 않는다. 그 이유는 이 작품의 여주인공이 일상의 억압에 적극적으로 참여하며 스스로 가해자가 되기 때문이다. 그녀는 남성들처럼 자신에게 가해진 폭력을 자신의 고통과 직접적으로 아무 관련이 없는 사람들에게 가한다."[67]

에리카는 사냥개로서 사냥꾼과 사냥감 사이에 위치한다. 그녀는 남성의 시선을 자기 것으로 만들어 사냥꾼의 지위로 올라가기를 꿈

---

67. Veronika Vis, *Darstellung und Manifestation von Weiblichkeit in der Prosa Elfriede Jelineks*(Frankfurt a. M., 1998), 39쪽.

꾼다. 하지만 그녀가 어머니에게 복종하고 아무런 자유도 없는 종속적인 인간으로 머물 때면, 그녀는 사냥감이 된다.

에리카의 손가락은 제대로 훈련된 사냥개의 발톱처럼 실룩거린다. 그녀는 수업시간에 타인의 자유의지를 연속해서 꺾는다. 하지만 자신의 내면에는 복종에 대한 강렬한 소망이 있음을 느낀다. 그것을 위해 집에 어머니가 있는 것이다.(105쪽)

그녀는 남성처럼 핍쇼를 보며 여성의 몸을 구경하거나 빈의 프라터 공원에서 벌어지는 성행위 장면을 관찰하며 일반적으로 남성에게 부여되는 사냥꾼 역할을 수행하려고 한다. 핍쇼를 보러 온 대부분의 사람들은 외국인 노동자들인데, 에리카는 그들의 시선을 두려워하지 않는다. 왜냐하면 외국인은 그녀보다 높은 위치를 점하지 못하기 때문이다. 핍쇼를 보러 온 남자들이 사냥꾼으로 지칭되듯이, 에리카 역시 자신을 사냥꾼으로 생각한다. 그러나 그녀는 여성의 몸을 구경해도 아무런 쾌감을 느끼지 못한다. 왜냐하면 그녀는 자신의 시선이 아니라 타인의 시선, 즉 남성의 시선을 빌려 구경하고 있기 때문이다. 이미 여기서 그녀가 자신에게 부여하는 사냥꾼 역할의 효력이 의문시된다.

에리카는 프라터 공원 풀밭에 누워 애정행각을 벌이는 한 쌍의 남녀를 가까이에서 관찰한다. 이때 그녀가 목표물을 향해 다가가는 길은 사냥에 비유된다. "에리카라는 작은 배는 프라터 공원의 녹지 전체에 뻗어 있는 구역을 사냥하듯이 여유 있게 지나다닌다."(137쪽) 이 문장에서 눈에 띄는 것은 에리카가 남들의 애정행각을 관찰하는 사냥꾼의 지위에 있음에도 불구하고 작은 배, 즉 사물에 비유되고 있다는 것이다. 이 메타포에서 여성으로서의 그녀가 남성의 시선을 지닐 수 없으며 그래서 주체의 지위도 차지할 수도 없다는 것이 분명해진다. 그녀가 성정체성을 형성하는 데 실패하는 이유는 그녀가 남성의 시선을 자기 것으로 만들려고 하면서 여성의 신체를 지니고 있다는 사실을 부정하는 데 있다.

에리카에게 관심을 가지고 있으며 그녀에게 피아노를 배우는 젊은 공학도 클레머에게는 처음부터 사냥꾼의 역할이 주어진다. 그에게는 사냥 자체가 성적인 결합보다 훨씬 더 흥미롭다. 하지만 남성으로서의 그가 지닌 자의식은 학생이라는 그의 신분과 상충된다. 그는 남자로서 에리카를 제압하고 지배하려 하지만, 음악을 배우는 동안에는 그녀에게 복종해야만 한다. 에리카는 음악시간 외에 그와의 개인적인 관계에 있어서도 자신의 지배적인 위치를 계속 유지하려 한다. 화장실에서 처음 그가 그녀와 성적인 접촉을 시도할 때, 그는 자신을 에리카라는 말에 올라타는 기수로 상상하지만, 현실에서의 상황은 전혀 다르게 진행된다. 즉 에리카가 명령을 내리고 그는 그녀의 뜻에 따라 행동해야만 한다.

그러나 클레머 안에 숨겨진 사냥꾼의 본성은 곧 드러난다. 그는 에리카 몰래 그녀의 뒤를 쫓는다. 추적당하는 역할에 익숙하지 않은 에리카는 뒤를 돌아보지 않는다. 그는 반시간 동안 그녀를 뒤에서 관찰하며 그녀를 성적으로 모욕하는 상상을 하며 분노를 삭인다. 그는 그녀를 소유하고 굴욕을 주며 완전히 말살시킴으로써 자신의 성적인 정체성을 형성하려고 한다. 그는 그녀에게 "그녀는 사냥감이고 남자가 사냥꾼임을"(201쪽) 가르치려고 한다.

클레머가 꿈꾸는 성적인 환상의 실현은 지연된다. 그는 자신의 환상이 실현될 때까지 몇 차례 더 굴욕을 겪는다. 특히 그가 초등학교 청소용품 보관실에서 에리카 앞에 서 있을 때 발기불능이 되자 그의 분노는 폭발한다. 하지만 우선 그의 분노는 시립공원에 있는 플라밍고 같은 저항하지 못하는 동물에게 표출된다. 그는 에리카와 달리 자신에게 반항할 수 없는 동물을 찾는다. 이때 그는 모든 사람에게 위험 대상이 되는 상처 입은 사냥감에 비유된다. 이러한 상처는 에리카가 선생의 위치를 이용해 사냥꾼의 지위를 차지하며 그에게 입힌 것이다. 클레머는 공원에서 자신의 분노를 제대로 표출할 수 없자 직접 에리카를 찾아간다.

에리카의 집에 도착하자 클레머는 에리카의 어머니를 방에 감금한 후 에리카를 폭행하고 강간한다. 방에 갇힌 어머니는 밖에서 무슨 일이 벌어지는지 전혀 볼 수 없다. 이러한 '보지 못함'은 그녀가 딸에 대한 통제력을 상실했음을 상징적으로 보여준다. 이제 마침내 공학도 클레머가 기존의 권력관계를 전복시키는 진정한 사냥꾼이 된다. 대상을 객관적으로 관찰하고 작동시키는 기술자의 정신이 인간관계로 옮겨져 비인간적인 관계를 형성하게 만든다. 사랑을 할 때조차 파트너는 그가 지배해야 할 대상에 지나지 않는다. 첫눈에 보기에 대립적인 듯 보이는 기술자와 사냥꾼은 사냥꾼의 야수성과 기술자의 비인간성이 드러나면서 긴밀한 연관성을 보여준다. 인간은 자연을 지배하며 문화인으로 발전했다고 믿는다. 그러나 실제로 그는 야수적이고 비인간적인 자연인으로 퇴화한 것이다. 이렇게 무감각하고 냉정한 인간에게 세계는 그저 투쟁의 장소일 뿐이며 삶이란 경쟁을 의미할 뿐이다.

이 소설은 남성뿐만 아니라 여성도 비판 대상으로 삼는다. "이 작품에서 성차별은 여러 억압구조 가운데 하나일 뿐이다. 여성적인 것이 억압된 것으로 나타나고, 여성이 남성의 지배하에 고통을 받는 것으로 묘사되기는 하지만, 억압과 고통이 반드시 특정한 성에 대한 비판의 의도로 나타난다고 볼 수는 없다."[68] 옐리네크는 여기서 경쟁심

---

68. 같은 책, 38쪽.

이 인간성을 대신하는 현대사회에 대한 전면적인 비판을 가한다. 기술(클레머)과 예술(에리카)을 이용해 자연을 지배하고자 하는 인류는 자연으로 되돌아온다. 그러나 여기서 자연이란 루소적인 의미에서의 자연이 아니라, 야수성과 비인간성의 의미에서의 자연이다.

4) 코넬의 「가장 위험한 게임」

리처드 코넬의 단편소설 「가장 위험한 게임」(1924)은 사냥꾼이 사냥감의 입장을 체험함으로써 자기성찰에 이르는 독특한 구조를 지니고 있다. 이 소설의 주인공 레인스포드는 항해를 하던 중 바다에 빠졌다가 가까스로 살아나 어느 섬에 도착한다. 이 섬에는 레인스포드와 마찬가지로 사냥광인 자로프 장군이 살고 있다. 동물 사냥에 싫증을 느낀 자로프 장군은 인간 사냥에서 재미를 느낀다. 이전에 사냥꾼이었던 레인스포드는 이제 자로프 장군의 사냥감이 되어 자신의 목숨을 구하기 위해 필사적으로 도망친다. 자로프 장군과 그의 사냥개들의 추적으로 궁지에 몰린 그는 절벽에서 바닷속으로 뛰어든다. 그러나 죽은 줄 알았던 레인스포드가 다시 자로프 장군의 성에 나타나 그를 죽이려는 장면에서 작품이 끝난다.

앞에서 살펴본 사냥꾼 그라쿠스가 직업인으로서 사냥을 해왔다면, 사냥꾼 레인스포드와 사냥꾼 자로프 장군에게 사냥은 더이상 하나의 직업이 아니다. 이제 사냥은 더이상 노동이 아니라 하나의 오락, 즉 게임이 된다. 그것은 "옥외에서 하는 체스게임"[69]과 별반 다르지 않다. 레인스포드는 사냥을 "세상에 존재하는 최고의 스포츠"(4쪽)라고 부르고, 자로프 장군도 그것을 '게임' 또는 '스포츠'라고 부른다. 사냥

---

69. Richard Connell, *The most dangerous game*(인간희극, 2009), 42쪽.(이하 본문에 쪽수로 표시)

은 더이상 생명 보존을 위한 식량 획득의 차원에서 이루어지는 것이 아니라 단순한 즐거움을 위해 행해진다. 그런데 사냥은 즐거움만을 추구하는 놀이인 게임과는 성격이 다르다. 왜냐하면 사냥은 사냥을 하는 사람에게는 즐거움을 줄 수 있을지 몰라도 사냥감에게는 고통과 죽음의 공포를 주기 때문이다. 자신의 동료 휘트니가 사냥이 지닌 이러한 비인간적인 측면을 언급하자 레인스포드는 쓸데없는 소리라고 그 말을 일축하며 현실적인 사람이 되라고 말한다. 그는 세상은 사냥꾼과 사냥감의 두 계층으로만 구성되어 있다며, 운이 좋게도 휘트니와 자신은 사냥꾼이 된 것이라고 말한다. 이로써 사냥은 사냥 자체를 넘어서 인간 사회에 대한 비유로 의미가 확장된다.

레인스포드에게는 아무런 이성이 없는 동물은 동정의 대상이 되지 못한다. 오직 이성을 지닌 인간만이 중요한데, 이는 근대의 인간중심주의를 보여준다. 그러나 이러한 인간중심주의는 '휴머니티'를 실현하기보다는 오히려 말살하는 방식으로 나아간다. 사냥에서는 오직 사냥감을 잡는 것, 즉 승리만이 중요하다. 이 점에서 사냥은 스포츠 경기와 유사한데, 왜냐하면 사냥도 일종의 목숨을 걸고 하는 게임이기 때문이다. 그러나 이러한 사냥은 스포츠 경기와 달리 공정한 게임은 아닌데, 왜냐하면 사냥꾼과 사냥감은 힘의 불균형 상태에 있어, 한쪽은 쫓기고 방어하는 반면 다른 한쪽은 추적하고 공격하기 때문이다. 그 때문에 사냥은 약육강식의 세계에서 강자가 약자를 지배하고 살육하는 것의 비유로 해석될 수도 있다.

자로프 장군은 동물이 아닌 인간을 사냥한다는 점에서만 레인스포드와 차이가 난다. 그는 '배-덫-섬Ship-Trap-Island'에 성을 세우고 그 안을 중세풍으로 위엄 있게 꾸며놓는다. 그는 귀족과 같은 풍모에 명령을 내리는 데 익숙해 보인다. 이러한 봉건적인 제후의 모습을 한 자로프 장군은 겉으로는 점잖은 세계시민의 태도를 보여준다. 하지만 그러한 문화인의 태도 이면에는 잔인하고 비인간적인 야만성이 숨어 있다. 이것은 근대 시민사회의 평등 이념 이면에 숨은 봉건적 권력구조와 비인간성을 여실히 보여준다. 전쟁에서 패한 후 그는 러시아를 떠나 자신이 좋아하는 사냥에 몰두한다. 그러나 어디서도 자신과 대적할 수 있는 사냥감을 발견하지 못해 사냥에 싫증이 나기 시작한다. 이성이 없고 본능만 있는 동물은 그의 적수가 되지 못했고 사냥이 항상 자신의 승리로 끝날 것이 확실해지자 지루하게 된 것이다. 그리하여 게임에 긴장감을 가져다줄 새로운 적수를 고안해냈는데, 그것이 바로 용기와 이성을 지닌 인간이다. 레인스포드는 자로프 장군의 이러한 견해를 듣고 놀라움을 금치 못하며 그것은 사냥이 아니라 살인이라고 말한다. 그리고 자신은 "사냥꾼이지, 살인자는 아니"(31쪽)라고 대답한다. 그러나 레인스포드의 반박에도 불구하고 자로프 장군이 사냥이나 삶을 이해하는 방식은 근본적으로 레인스포드의 그것과 별반 차이가 없다. 자로프 장군은 삶은 강자를 위한 것이고, 약자는 강자에게 즐거움을 주기 위해 주어진 존재일 뿐이라고 말한다. 그러면서 자신은 난파선의 선원들을 사냥하는데, 그 이유는 이성적인 능력이 있는 인간이 위험스러운 존재이고 그래서 자신의 게임에 재미를 더할 수 있기 때문이라는 것이다. 운좋게 자신이 강자가 되었기 때문에 약자의 고통과 두려움에 무관심해도 좋다며 약육강식의 세계를 옹호하는 레인스포드의 생각이 바로 자로프 장군의 말에서 다시 반복되고 있음을 확인할 수 있다.

자로프 장군은 미국의 교양시민 계층이자 문명화된 현대인인 레인스포드가 어떻게 휴머니티와 같은 낡은 낭만적 생각에 매달리고 있는지 물으면서 생명을 건 경쟁사회로서의 문명사회의 법칙을 노골적으로 대변한다. 자로프 장군은 자신이 난파선뿐만 아니라 때로는 지나가는 배를 공격하기도 한다며, 기술적 능력을 과시하며 자신이 문명화된 삶을 누리고 있다고 자랑한다. 그러나 이 말에서 도구화된 이성이 대상을 지배하고 사용하는 기술적 능력의 발전을 가져왔지만, 동시에 인간마저 대상화하고 도구로 삼음으로써 휴머니티의 말살이라는 부작용을 초래했음이 폭로된다. 자로프 장군은 자신이 사는 섬의 방문객을 친절하게 대접하고 그들에게 사냥에 참여하는 것에 대한 선택권을 준다. 그러나 이러한 친절의 이면에는 살육의 야만성이 숨겨 있고 선택 역시 죽음의 서로 다른 방식 가운데 하나를 선택하는 것으로 밝혀짐으로써 강요에 지나지 않는다는 것이 드러난다. 이것은 현대 자본주의 시민사회가 내세우는 평등과 자유의 이념 속에 폭력과 강압이 숨어 있음을 간접적으로 보여준다.

비록 뉴욕 출신의 문명인 레인스포드 자신은 부인할지라도, 그 역시 자로프 장군과 마찬가지로 봉건적인 지배욕과 비인간적인 야만성을 간직하고 있다. 그러나 그는 자신이 직접 사냥감이 되어 쫓기기 전까지는 자신은 자로프 장군과 다른 인간적인 사람이라고 굳게 믿고 있다. 이러한 생각은 그가 자로프 장군의 추격을 받으며 점차 자신을 사냥꾼에게 쫓기는 사냥감과 동일시하면서 변한다. 자로프 장군이 자신을 "신사인 동시에 스포츠맨"(43쪽)이라고 말할 때, 이 말은 자신을 야만인이 아닌 문명인으로 간주하는 레인스포드에게도 해당된다. 그러나 약자를 제압하고 굴복시키려는 스포츠맨이 결코 신사가 될 수는 없다. 자로프 장군은 레인스포드에게 자신의 하인인 거인 이반의 놀이감이 되든지 아니면 칼만 들고 총을 든 자신의 사냥감이 되든지 둘 중에 하나를 선택하라며 이러한 선택을 일종의 사업이나 거래처럼 제시한다. 여기에서 자본주의사회의 경제시스템 역시 사실은 스포츠나 사냥과 마찬가지로 약육강식의 투쟁과 불평등한 권력관계의 지배를 받고 있음이 드러난다. 그러나 자로프 장군은 외국어를 사용하고 고상하고 배려하는 듯한 태도를 보여주며, 그러한 거래가 공정하고 평등한 거래인 것처럼 가장한다.

자로프 장군은 레인스포드를 죽일 기회가 있었지만 일부러 놓아주기도 한다. 그는 고양이가 쥐를 가지고 노는 것처럼 일종의 놀이를 하는 것이다. 다시 말해 보다 큰 즐거움을 얻기 위해 일시적으로 그를 살려둔 것이다. 이제 자신을 고양이에 쫓기는 쥐로 느끼기 시작한 레인스포드는 '죽음의 늪지'에서 탈출할 때 자신을 궁지에 빠진 동물과 동일시한다. 그때야 그는 자신이 사냥했던 동물의 입장이 되어 그들의 두려움을 함께 느낄 수 있게 된다.

이 소설의 결말부에서 레인스포드는 가까스로 바다에서 탈출해 자로프 장군의 침실에 잠입한다. 그때 그는 "자신이 아직도 궁지에 몰린 야수"(60~61쪽)라고 말한다. 자로프 장군이 둘 중 한 사람은 사냥개의 밥이 되어야 하고 다른 한 사람은 훌륭한 침대에서 자게 될 것이라고 말한 후, 마지막 문장은 다음과 같은 레인스포드의 내면 묘사로 끝이 난다. "그는 이전에 이보다 더 좋은 침대에서 자본 적이 없었다. 레인스포드는 결심했다."(61쪽) 자로프 장군을 죽이기로 결심한 레인스포드가 말한 위의 문장에서 '그'는 레인스포드를 가리킬 수도 있고 자로프 장군을 가리킬 수도 있다. 그가 레인스포드라면 그것은 자로프 장군을 죽이고 난 후 자신이 그 좋은 침대에서 편히 누워 자고 싶다는 것을 의미하고, 그가 자로프 장군이라면 레인스포드가 그를 임종의 침대에 눕혀주겠다는, 즉 그를 죽이겠다는 것을 의미한다. 이처럼 마지막 문장에서 '그'는 레인스포드와 자로프 장군 모두를 지시할 수 있으며, 이로써 이 두 사람 사이의 경계, 즉 사냥꾼과 사냥감 사이의 경계는 허물어진다. 레인스포드는 작품 초반에 사냥꾼으로서의 정체성을 지니고 있었지만, 작품 중반 이후에는 사냥감으로서의 정체성을 획득한다. 이로써 약육강식의 게임에서 영원한 승자, 영원한 사냥꾼은 없으며, 사냥꾼과 사냥감의 관계는 언제든지 뒤바뀔 수 있음이 드러난다. 작품 마지막에 자로프 장군 역시 레인스포드에 의해 죽게 되면서, 잔인한 사냥꾼의 위치에서 사냥감의 위치로 전락하고 만다. 이러한 방식으로 작가는 사냥꾼으로서 자신의 정체성을 확립하는 근대인의 태도를 의문시하고 그를 사냥꾼에서 사냥감의 위치로 바꿔놓으며 근대인의 확고한 정체성에 대한 신념에 비판을 가한다.

자아의 통일된 정체성에 대한 믿음을 지니고 있었던 근대인은 또한 세상을 수학적인 이성의 힘으로 해명할 수 있다고 믿었다. 이러한 근대의 일원적 정체성과 일원적 합리성에 대한 비판은 작품 제목에서 여실히 드러난다. 이 작품의 제목 'The most dangerous game'은 '가장 위험한 게임'으로 번역될 수도 있지만, 또한 '가장 위험한 사냥감'으로도 번역될 수 있다. 여기서 'game'은 사냥감이 사냥꾼을 죽일 수 있다는 의미에서 위험할 수도 있고, 게임이 더이상 유희적인 놀이가 아니라 게임을 즐기는 사람의 목숨을 앗아갈 수도 있다는 의미에서 위험할 수도 있다. 이 소설의 마지막 문장과 마찬가지로 그 시작인 제목 역시 근대적인 일의성을 넘어 다의성을 띠고 있는 것이다.

마지막으로 이 소설을 사냥꾼으로서의 근대인의 시선 문제와 연결시켜 해석해보기로 하자. 배를 타고 가던 중 휘트니는 레인스포드에게 근처에 있는 '배 덫 섬'에 대해 이야기한다. 그러자 레인스포드는 어둠을 뚫고 자세히 들여다보지만, 그 섬을 발견하지는 못한다.

휘트니는 웃으면서 이렇게 말했다. "너는 눈이 좋잖아. 나는 네가 400야드 떨어진 갈색의 가을 덤불숲에서 뛰어다니는 큰 사슴을 겨냥해 맞춘 것을 본 적이 있어. 그런데 그런 네가 달빛 없는 카리브해 밤을 뚫고서 4마일 정도 떨어진 곳도 볼 수 없다니."(4쪽)

사냥감을 노리는 사냥꾼의 시선은 대상을 포착하여 자기 것으로 만드는 근대인의 시선이기도 하다. 그러한 근대적 시선은 어둠을 밝히는 계몽주의의 빛에 비유될 수 있을 것이다. 그러나 이러한 근대적 시선이 꿰뚫어볼 수 없는 어둠은 여전히 존재하며, 그런 어둠 앞에서 근대인 사냥꾼의 시선 역시 한 치 앞을 내다보지 못한다. 그리하여 이성이 없는 동물의 감정 따위는 고려하지도 않는 냉혹한 사냥꾼 레인스포드는 계산적인 이성을 무기력하게 만드는 예측하지 못한 우연한 사고로 인해 바다에 빠지고 만다. 그는 어둠 속에서 들려온 세 발의 총소리에 이끌려 배의 난간으로 다가가 이번에도 그 소리가 들려온 방향으로 '잔뜩 긴장한 눈으로' 그곳을 바라본다. "그러나 그것은 담요 속을 들여다보려는 것이나 마찬가지였다."(9쪽) 더 잘 보기 위해 난간 위에 올라선 그는 결국 균형을 잃고 바다에 빠지고 만다. 예측할 수 없는 카리브해라는 자연의 힘과 칠흑 같은 어둠 속에서 계산적인 근대인의 이성과 대상을 객관적으로 인식하려는 근대적 시선은 무릎을 꿇고 마는 것이다.

자로프 장군 역시 이러한 근대적 이성과 시선의 패배를 경험한다. 총으로 무장한 자로프 장군은 레인스포드에게 음식과 사냥용 칼을 주고 세 시간 먼저 출발하도록 한 후 그를 뒤쫓는다. 작은 흔적도 남기지 않으려고 조심하면서 레인스포드는 어두운 밀림 속을 도망 다닌다. 그는 제아무리 자로프 장군이 열심히 그를 추적해도 자신의 행방을 알아낼 수는 없을 것이라고 생각한다. 그러면서 단지 악마만이 어둠이 깃든 정글 속의 복잡한 길을 찾아낼 수 있을 것이라고 믿는다. 그러나 자로프 장군은 레인스포드가 우려한 바로 그 악마 같은 존재였고 그 사냥꾼이 지닌 날카로운 눈은 레인스포드가 쉬고 있는 곳을 어김없이 찾아낸다. 경찰견 블러드하운드[70]가 지닌 확신을 가지고 복

---

70. 'bloodhound'의 또다른 뜻은 탐정 내지 형사인데, 이 말에서 탐정과 사냥꾼의

잡한 길을 쫓아온 자로프 장군의 "탐색하는 시선을 어떤 것도 피해 가지 못했다."(50쪽) 그러나 거의 완벽하게 레인스포드를 찾아내는 자로프 장군의 시선조차 예측하지 못한 장애물에 부딪히기도 한다. 그의 발이 '방아쇠'처럼 나와 있는 나뭇가지를 건드리자 위험을 예감한 자로프 장군은 민첩하게 뒤로 물러나지만, '죽은' 나무는 산산이 부서져 내려 그의 어깨를 내리친다. 어깨에 상처를 입은 자로프 장군은 넘어지지도 총을 떨어뜨리지도 않고 무사히 위기를 넘기지만, 이 사건은 그 역시 완벽한 존재가 아니라는 것을 보여준다. 그의 시선은 자신을 공격할 수 있는 위험물을 보지 못했고, 그의 철저한 계산은 우연한 사건의 위험성을 간과했던 것이다. 그것이 그를 죽음으로 이끌 수 있다는 것은 작품 결말부에서 밝혀진다.

레인스포드가 자로프 장군과 사냥개 무리의 추격을 피해 절벽에서 바다로 뛰어들자 자로프 장군은 그가 죽은 것으로 생각한다. 그러나 레인스포드는 자로프 장군의 눈을 피해 바다에서 다시 육지로 나와 아무도 모르게 몰래 그의 침실로 잠입한다. 아주 사소한 흔적마저 놓치지 않고 완벽하게 사냥감을 추적하여 살해하던 사냥꾼 자로프 장군의 시선 역시 작품 결말부에서는 이처럼 불완전한 것으로 드러난다. 사냥감을 대상화하고 자신을 주체로 내세우는 근대인의 상징인 사냥꾼은 자신도 모르게 타인의 시선에 의해 관찰되고 대상화될 수 있다. 인간은 영원히 사냥꾼일 수는 없으며 사르트르가 말하는 시선의 투쟁에서 타인의 시선의 지배를 받으면 사냥감으로 전락할 수밖에 없다. 그러나 리처드 코넬의 작품이 인간 사회에서 '시선 투쟁'이

유사성이 잘 드러난다. 사냥꾼과 마찬가지로 탐정도 이성적으로 범인을 추리하여 알아내는 근대인을 상징하는 인물로 자주 등장한다. 고전적인 추리소설에서 탐정은 도덕적인 문제에는 무관심하며 오직 범인을 찾아내는 인식게임으로서의 추리에만 몰두한다. 이 작품에서 탐정과 사냥꾼의 연관성은 'detect,' 'bloodhound'와 같은 단어들의 사용에서 잘 드러난다.

불가피하다는 것을 보여주고자 하는 것은 아니다. 그것은 이 작품이 사냥꾼 레인스포드의 시점이 아니라 사냥감 레인스포드의 시점으로 서술된다는 점에서 알 수 있다. 독자는 사냥꾼 레인스포드가 어떻게 사냥감 레인스포드로 변해가는지 레인스포드의 내면을 들여다봄으로써 같이 경험하게 되며, 이를 통해 근대적 이성과 근대적 시선의 냉혹성과 잔인함을 통찰하게 된다. 또한 약육강식의 논리와 시선 투쟁이 지배하는 근대 자본주의사회에서 영원한 승자로서의 사냥꾼은 존재할 수 없음을 깨닫게 된다.

데리다는 『눈먼 자의 회상―자화상과 폐허』에서 소묘화가가 그리고자 하는 것을 보면서 동시에 그릴 수 없기 때문에 기억에 의존해야 한다고 말한다. 그러나 소묘화가가 그리고자 하는, 눈에 보이지 않는 것은 완전히 기억될 수 없기 때문에 화가는 이 눈에 보이지 않는 것에 내맡겨진다. 그래서 데리다는 "마치 사냥꾼이 스스로 추격당하며, 쫓기던 동물로부터 관찰당해 매력적인 먹잇감이 되는 것처럼, 소묘화가는 자신이 그리려고 쫓던 이 또다른 비가시적인 것의 지배를 받게 될 것"[71]이라고 말한다. 데리다가 여기서 비유적인 의미에서 사용한 사냥꾼과 사냥감의 관계는, 리처드 코넬의 작품에 그대로 적용된다. 즉 사냥꾼 자로프 장군은 레인스포드를 사냥감으로 대상화하고 그를 추적하고 발견하여 살해하고자 하지만, 레인스포드는 오히려 그에게 보이지 않는 존재가 되어 그를 관찰하며 덮치는 것이다. 이런 식으로 해석하면 주체는 결코 대상을 지배하고 통제할 수 없으며, 오히려 비가시적인 존재의 지배를 받는다. 또한 자로프 장군과 레인스포드의 관계에서처럼 주체와 대상의 경계는 더이상 분명하지 않고 모호해지기 때문에 주체는 정체성의 분열 내지 해체를 경험한다.

---

71. J. Derrida, *Aufzeichnungen eines Blinden*, 54쪽.

이와 같이 사물이나 동물뿐만 아니라 인간마저 생명을 빼앗은 채 대상화하며 바라보는 근대인의 시선은 이 소설에서 총체적으로 비판 받는다. 하지만 작가는 이에 대한 대안으로서의 새로운 시선을 직접 적으로 제시하지는 않는 것처럼 보인다. 그럼에도 불구하고 독자는 그것이 자신의 시선을 상대화하는 열린 시선임을 짐작할 수 있다. 이 작품의 시작인 제목 및 마지막 문장에서 드러나는 다의성과 자아와 타자의 경계를 허물어뜨리는 작가의 시도는, 세상의 단편을 보면서 그것을 전부라고 믿고 객관적인 시선을 내세우며 타인을 억압하는 근대적 시선의 모순과 불완전성에 대한 간접적인 비판이자 대안이라 고 할 수 있다. 그리고 독자가 레인스포드의 사냥감의 시선을 같이 경 험하면서 사냥꾼의 시선에 끊임없이 비판적 거리를 유지할 수 있다 면, 근대의 폐쇄적이고 억압적인 시선으로부터 벗어나는 것이 가능할 수 있을지도 모른다. 그것은 포스트모더니즘의 열린 시선으로 나아가 는 첫걸음이 될 것이다.

제11장

|

포스트모더니즘의 시선

1. 철학적 배경: 니체의 『차라투스트라는 이렇게 말했다』

1) 아이의 시선

바그너에게 헌정한 초기 대표작 『음악의 정신으로부터의 비극의 탄생*Die Geburt der Tragödie aus dem Geiste der Musik*』(1872)이란 책을 통해, 니체는 흔히 음악 및 이와 관련된 감각인 청각의 옹호자로 간주되곤 한다. 그러나 니체의 저작을 두루 살펴보면, 결코 그가 어떤 한 감각만 절대적으로 지지하지는 않는다는 것을 알 수 있다. 특히 그의 대표작이라고 할 수 있는 『차라투스트라는 이렇게 말했다*Also sprach Zarathustra*』(1883~1885, 이하 『차라투스트라』)에는 청각에 대한 언급 못지않게 시각에 대한 언급이 자주 등장한다. 아래에서는 포스트모더니즘 철학의 선구자라고 할 수 있는 니체가 시각을 어떻게 평가하고 있는지, 그리고 근대적 시선에 어떤 입장을 취하며 포스트모더니즘적인 새로운 시선을 제시하고 있는지 살펴보기로 하자. 특히 이 장에서 중심 테마로 등장하는 아이의 시선과 공감각이라는 주제를 중심으로,

초인의 모델인 아이의 창조적 시선이 갖는 의미를 집중적으로 분석하고자 한다.

『차라투스트라』에서 시각이 갖는 의미는 이 작품의 시작 부분과 마지막 부분에서 명확히 드러난다. 「차라투스트라의 서설」에서 고향을 떠나 입산한 차라투스트라는 매일같이 자신이 기거하는 동굴 앞에 떠오르는 태양을 바라본다. 이 책의 마지막 장인 「신호」에서도 하산을 준비하는 차라투스트라가 "어두운 산에 비치는 아침 태양처럼 환하고 강렬하게"[72] 자신의 동굴을 떠나는 장면이 나온다. 어두운 동굴에서 빠져나와 환한 태양을 바라보는 차라투스트라의 모습은 플라톤의 동굴 우화를 상기시킨다. 플라톤의 동굴 우화에서 동굴에 비친 그림자가 가상세계를 의미한다면, 동굴 밖에서 빛나는 태양은 본질적인 세계인 이데아를 상징한다. 플라톤의 동굴 우화에서와 유사하게 『차라투스트라』에서도 태양은 본질적인 세계와 관련된 최고의 심급으로 등장한다. 그것은 고요하고 순수한 눈으로 일컬어지며 신성[73]과 진리를 상징하는 것으로 여겨진다. 플라톤과 마찬가지로 니체도 '진리를 볼 수 있는 것'으로 간주한다. "그(차라투스트라—필자)는 새로운 진리를 보았다"(21쪽) 같은 구절이 텍스트에 자주 등장할 뿐만 아니라, 차라투스트라가 시장의 군중에게나 자신의 제자들에게 이야기할 때도 '보라'라는 말로 이야기를 시작하곤 한다. 여기에서 니체는 한편으로 진리를 보는 것으로 간주하며 시각의 전통적인 우위를 다시 한번 강조하는 듯이 보이지만, 다른 한편 그가 이야기[74]를 듣는 것이 아

---

72. F. Nietzsche, *Also sprach Zarathustra*(Stuttgart, 1995), 344쪽.(이하 본문에 쪽수로 표시)
73. 그러나 여기서 신성은 기독교적인 신과는 무관하며, 초인의 모범이 되는 디오니소스 신에 가깝다고 할 수 있다.
74. '이야기Geschichte'는 상태의 변화를 의미하는 사건의 연쇄로 이루어져 있기 때문에 기본적으로 시간적인 속성을 지닌다. 그러나 여기서 니체는 이야기를 비유를

닌 보는 것으로 표현할 때 니체에게서 '보는 것'이 갖는 특별한 의미
가 암시된다. 니체의『차라투스트라』는 픽션이며 많은 은유적 표현을
내포하고 있다. 또한 차라투스트라는 자신의 이야기를 비유로 전달하
곤 하는데, 이러한 비유를 통해 청자는 이야기를 듣고 있을 뿐만 아니
라 동시에 볼 수도 있게 된다. 이는 인간의 한 감각만이 과도하게 발
달함으로써 감각적인 불구자가 생겨나는 것을 막으려는 의도를 내포
하고 있을 뿐만 아니라 동시에 인간의 시각이 세계의 본질을 인식할
수 없고 단지 비유적으로만 그것에 접근할 수 있을 뿐이라는 사실을
암시하기도 한다.

　니체는 개념적인 언어와 비유적인 언어의 차이가 질적인 차이가
아니라 정도의 차이라고 말한다. 우리는 흔히 은유와 같은 비유적인
언어에서 지시되는 대상이 그것을 지시하는 언어 자체와 다르다고
생각하는 반면, 개념적인 언어는 대상 자체를 지시한다고 믿는다. 그
러나 니체에 따르면 개념이 생성되는 과정에서도 메타포를 만드는
것과 동일한 과정이 나타난다. 즉 "단지 한 가지 점에서만 유사한 것
으로 인식된 어떤 것을 동일한 것으로 설정하는" 환원주의의 원칙이
등장하며, "이러한 의미에서 개념은 닳아빠지고 감각적인 힘을 상실
한 관습적인 메타포"일 뿐이다.[75] 이러한 관점에서 보면, 언어는 세계
의 본질을 지시할 수 없는 불완전한 매체이기 때문에, 결국 자신의 불
완전성과 허구성을 인식하고 그것을 솔직히 고백하는 비유적인 언어
가 개념적인 언어보다 더 솔직한 언어라고 할 수 있다. 이러한 인식에
기대어 니체는『차라투스트라』에서 비유적인 언어를 사용한다. 이러

통해 일종의 그림처럼 보여주기 때문에, 이러한 비유적인 이야기는 시간적인 속성
을 넘어 공간적인 속성까지 띠게 된다.
75. 정항균, "Wenn *Der Stechlin*-Leser Zarathustra läse,"『카프카 연구』제14집
(2005), 230쪽.

한 비유적인 언어는 세계에 대한 인간의 인식이 불완전하다는 것을 보여주며 세계를 시점주의적으로 바라보도록 요구한다.[76] 차라투스트라가 군중이나 자신의 제자들에게 비유적인 언어로 이야기를 들려줄 때, 여기에는 이성적으로 세계의 본질을 인식하려는 플라톤적인 시선과 구분되는, 인간의 시선에 내포된 필연적인 허구성을 인정하는 태도가 깔려 있다. 차라투스트라는 모든 시인은 거짓말을 한다고 말하지만, 동시에 자신도 시인이라는 것을 인식한다. 심지어 그는 자신이 미래의 이상적인 인간상으로 내세운 초인마저 시인이 만들어낸 가상이라고 말하며 절대적인 진리를 부정한다.[77] 그래서 시인으로서 차라투스트라의 눈은 외부가 아닌 내면으로 향하는 것이다. 그것은 외부대상에 대한 객관적 인식을 부정하며 인식 가능성 자체에 대한 자기비판적 성찰을 하는 것을 의미한다.

차라투스트라는 인간을 동물과 초인 사이에 묶어놓은 밧줄에 비유한다. 이러한 밧줄은 심연 위에 놓여 있다. 또한 그는 초인을 정의하면서 "인간은 극복되어야 할 어떤 것이다"(10쪽)라고 말하기도 한다. 인간은 불완전한 존재이며 많은 결함을 내포하고 있는 존재이다. 그래서 인간은 차라투스트라에게 그 자체로 더이상 목적이 될 수 없으며 초인으로 나아가기 위한 다리 역할을 해야 한다. 이러한 다리로서

---

76. 같은 글, 230~231쪽: "다른 한편으로 니체는 메타포가 지닌 긍정적 힘을 완전히 포기하지는 않는다. 이 경우 그는 자신의 주장에 반하여 개념과 메타포를 질적으로 구분한다. 메타포는 이미지적인 특성을 통해 개념 언어의 명증성을 극복하며, 이로써 우리의 현존재가 지닌 시점주의적 특성을 적합하게 묘사할 수 있는 장점을 지니고 있다. '진리는 인식하는 것이 아니라 보는 것'이라는 차라투스트라의 말은 이러한 맥락에서 이해될 수 있다."
77. F. Nietzsche, 같은 책, 133쪽: "왜냐하면 모든 신은 시인이 만들어낸 비유이며, 시인의 사기행각에 지나지 않기 때문이다! 진실로 그것은 항상 우리를 구름의 왕국으로 이끈다. 우리는 이 구름 왕국 위에 우리의 화려한 모피를 얹어놓은 다음, 그것을 신이나 초인이라고 부른다."

의 인간은 결국 그 자신이 '몰락'함으로써 비로소 초인으로 넘어갈 수 있다. 이러한 인간이라는 존재 밑에는 심연이 깔려 있는데, 이는 인간이 지니고 있는 무수한 약점들을 가리킨다.

　이러한 불완전한 존재인 인간의 시선은 『차라투스트라』에서 어떻게 묘사되고 있을까? 차라투스트라는 "멍청한 눈을 지닌 대중"(106쪽)을 비판하지만, 그렇다고 이들보다 지적인 학자들의 시선에 공감을 표시하지도 않는다. 이러한 학자들은 새로운 인식을 창조할 "생식능력이 없으며," "차갑고 메마른 눈을 가지고 있다"(304쪽)고 비판된다. 특히 19세기 후반의 실증주의적인 태도를 대변하는 객관적 시선은 「때 묻지 않은 인식에 대하여」에서 신랄하게 비판된다. 개인의 주관적인 욕망을 개입시키지 않고 사물을 객관적으로 관찰하며 순수한 인식을 추구하는 사람들은 위선자로 간주된다. 니체는 이들이 관조라고 부르는 것을 "거세된 곁눈질"이자 "비겁한 눈"(127쪽)이라고 부른다. 이들은 욕망을 '순수'한 것으로 받아들이지 못하기 때문에 비방하지만, 이들이 주장하는 객관적이고 관조적인 시선에는 은밀한 음욕이 숨어 있다. 차라투스트라는 순수한 인식을 추구하는 자들의 음욕이 담긴 시선을 "술 취한 달의 눈"(127쪽)에 비유하며, 인간에게 무한한 선물을 주는 태양의 눈과 달리 음욕에 찬 달의 눈은 진정한 인식을 가져다주지 못할 뿐만 아니라 창조로서의 진정한 잉태도 하지 못한다고 말한다.

　이러한 맥락에서 니체는 『도덕의 계보학 Zur Genealogie der Moral』(1887)에서 이렇게 말했다. "철학자 여러분, 우리는 이제부터 '순수하고 의지가 없으며, 무시간적인 하나의 인식 주관'을 설정한 위험하고 낡은 개념의 허구를 더욱 경계하도록 하자…… 여기서는 언제나 도저히 생각할 수도 없는 하나의 눈이 있음을 생각하도록 요구받는다. 이는 결코 어떤 방향을 가져서는 안 되는 눈이고, 그 눈의 경우 보는 것을 일단 무언가를 보는 행위로 만드는 능동적이고 해석적인 힘은 저지되어야 하고 있어서는 안 된다. 여기서는 그러므로 눈이란 언제나 불합리나 어처구니없는 것을 요구한다."[78] 니체는 객관적인 순수한 관조의 시선이라는 하나의 눈에 맞서 시점주의적인 더 많은 눈을 지닐 것을 요구한다. "오직 관점주의적 시각과 오직 관점주의적 '인식 행위'만이 존재할 뿐이다. 우리가 어떤 사물에 대해 더 많은 정동이 발언할 기회를 얻게 할수록, 더 많은 눈, 상이한 눈을 같은 사물에 동원할 줄 알수록, 이러한 사물에 대한 우리의 '개념'이나 우리의 '객관성'은 더욱 완벽해질 것이다. 그러나 의지를 통틀어 제거하고, 정동을 모조리 없애버리는 일, 만약 우리가 이런 일을 할 수 있다면 이는 무엇을 의미하는 것일까? 그것은 지성을 거세한다는 의미가 아닐까?"[79]

객관적인 인식의 영역에서 인간의 눈이 순수한 관조의 시선을 내세운다면, 도덕적인 영역에서 인간의 눈은 냉정한 판사의 눈으로 묘사된다. 니체가 보편타당한 정의를 부정하며 선악의 피안에 서려고 한다는 것은 잘 알려져 있는 사실이다. 니체는 절대적인 선과 악의 이분법적 구분에 거리를 두면서, "도덕적인 현상이란 없으며, 이러한 현상에 대한 도덕적인 해석만이 있을 뿐이다"[80]라고 주장한다. 그래서 그는 도덕적인 판결을 내리는 판사만이 유일하게 유죄라는 역설적 결론을 내린다. 니체는 이분법적인 시각에 따라 덕을 만들어내고 자신들이 만들어낸 덕을 위반하는 사람들을 처벌하는 차가운 시선을 여러 차례 언급하며 그 안에서 '형리'의 섬뜩한 시선을 발견한다.

나는 너희의 차가운 정의를 좋아하지 않는다. 너희의 판사의 눈에서

78. 니체, 『도덕의 계보학』, 167쪽.
79. 같은 책, 167~168쪽.
80. F. Nietzsche, *Die nachgelassenen Fragmente*(Stuttgart, 1996), 188쪽.

는 항상 형리와 차가운 쇠가 나를 쳐다본다. 말해보라. 바라보는 눈을 지닌 사랑인 정의는 어디에 있는가? 모든 처벌뿐만 아니라 모든 죄를 짊어지는 사랑을 내게 만들어달라! 심판하는 사람을 제외한 모든 사람을 무죄로 선언하는 정의를 내게 만들어달라!(69쪽)

니체는 평등을 주장하며 자신보다 높은 곳에 있는 사람을 시기하고 다른 사람을 심판하고 보복하려는 사람들의 시선을 '악한 시선'이라고 부른다. 그러나 이와 달리 많은 사람들은 이러한 악한 시선을 오히려 덕이라고 부른다. 이러한 덕을 강조하는 사람들은 자신의 덕으로 다른 사람들의 눈을 뽑아버리기조차 한다. 이러한 잔인함 때문에 이들의 시선은 "형리"와 "수색견"(102쪽)의 시선에 비유된다.

차라투스트라는 인간의 감각이 불완전하다고 해서 그것을 버리거나 포기하지 말고 그 대신 그것의 순수함을 추구할 것을 권한다. 그러나 인간의 시선은 순수하지 않고 더러운 시기심에 가득 차 있으며 잔혹함마저 지니고 있다. 그래서 그들은, 세상을 고통이라는 하나의 관점에서 바라보지도 않고 무조건적인 절대선만을 추구하지도 않는 춤추는 가벼운 정신을 지닌 사람들을 시기한다. 이와 반대로 그들은 고통받는 사람들을 음탕하게 바라보며 자신들이 지닌 음욕을 동정이라는 이름으로 포장한다. 그러나 이러한 시선은 결코 세상을 인식할 수도 없고 인간을 구원할 수도 없다. 이러한 불완전한 인간의 시선을 넘어서기 위해서는 시선의 변신이 필요하다.

니체는 『차라투스트라』에서 정신의 세 가지 변화를 이야기하는데, 그 마지막 단계가 아이이다. 중세의 복종의 정신을 상징하는 낙타의 단계와 근대의 자아와 의지를 상징하는 사자의 단계를 넘어서는 아이의 단계는 이 책의 주인공인 차라투스트라가 지향하는 초인의 또다른 모습이기도 하다. 초인의 단계에 도달하기 위해 정신은 여러 차례 변신해야 하는데, 이를 시선의 변신에 적용해서 생각해볼 수도 있을 것이다.

「세 가지 변화에 대하여」에 등장하는 아이의 특징 가운데 하나는 '순수함'이다. 이러한 순수함을 지닌 아이의 눈은 순수하고 고요한 태양의 눈과도 일치한다. 차라투스트라는 인간은 더러운 강이라며, 스스로를 더럽히지 않고 더러운 강을 포용할 수 있는 바다가 되어야 한다고 말한다. 흥미로운 것은 그가 초인을 정의하는 다양한 비유 가운데 하나가 바다라는 것이다. 이에 따르면 초인이란 더러운 강을 포용하면서도 스스로를 더럽히지 않는 바다라고 정의할 수 있을 것이다. 그런데 차라투스트라는 또한 선과 악을 빈곤함과 더러움에 비유하고 있다. 따라서 바다란 선악의 피안에서 모든 도덕적인 가치평가를 넘어서서 세상을 미학적인 관점에서 바라보는 것을 의미한다. 여기서 '미학적'이란 말은 모든 것을 '취향'의 문제로 바라보는 시점주의와 관련이 있다. 차라투스트라는 도덕적 숭고함을 추구하는 사람의 눈에는 그림자가 져 있다며, 이것을 넘어서서 세상을 절대적인 가치의 저편에서 미학적으로 바라볼 수 있어야 한다고 강조한다. 이러한 시선은 시기심이나 잔혹함과 거리가 먼 순수한 어린아이의 시선이다. 천상에 있는 태양의 눈 역시 이와 마찬가지로 순수한 것으로 언급되곤 한다. 따라서 태양의 '순수한rein' 시선은 선악의 피안에 있는 '순수한unschuldig' 아이의 시선을 상징하고 있다고 해석할 수 있을 것이다.

초인을 상징하는 미래의 아이가 태양과 긴밀한 연관이 있다고 해서 밤과 어둠이 반드시 부정적인 의미만 지니는 것은 아니다. 「밤의 노래」에서 차라투스트라는 선사하기만 하는 빛과 달리 빛을 비추어준 사람들에게 상처를 주고 선물을 준 사람들을 다시 약탈하고 싶어한다. 그는 여기서 악을 갈망하는 것이다. 그런데 여기서 악은 기존의 덕, 선악의 이분법적 구조에 대한 도전과 파괴를 의미한다. 「낡은 표지와 새 표지에 대하여」에서 차라투스트라는 이전의 가치를 적은 낡은 표지가 파괴되었고 새로운 표지가 반쯤 쓰여 있다며, 근대를 상징하는 사자가 이제 웃으며 아이의 단계로 나아가고 있음을 암시한다. 이와 같이 미래의 새로운 가치를 창조하기 위해서는 우선 이전의 가치를 파괴해야 한다. 그래서 차라투스트라는 전쟁과 전사의 의미를 강조하는 것이다. 즉 그것은 결코 전쟁 자체에 대한 찬미가 아니라 기존의 가치체계에 대한 도전과 파괴를 의미하며, 새로운 가치의 창조자가 되기 위해서는 우선 가치의 파괴가 전제되어야 함을 의미한다. 이러한 공격은 작은 덕에 매달리는 인간들의 눈에 대한 공격으로 이어진다.

나는 오늘날의 인간들에게는 빛이 되고자, 빛으로 불리고자 하지 않는다. 오히려 나는, 내 지혜의 번개는 그들의 눈을 멀게 할 것이다. 그들의 눈을 뽑아라!(303쪽)

현재의 인간들에게 새로운 가치를 창조하는 초인으로 향하는 길을 열어주기 위해서는 우선 그들의 눈을 뽑은 후 새로운 눈으로 세상을 볼 수 있도록 해야 한다. 즉 시선의 변신이 필요한 것이다. 차라투스트라는 변신한 시선으로 미래를 내다보는 예언자이다.

보라, 나는 번개의 포고자요, 구름에서 떨어지는 무거운 빗방울이다. 그런데 이러한 번개는 초인이라 불린다.(14쪽)

차라투스트라는 초인의 등장을 예고하는 예언자이며, 초인으로 넘어가는 다리를 놓는 인물이다. 차라투스트라는 스스로를 "예언자, 의욕을 가진 자, 창조하는 자, 미래 자체, 미래로 향한 다리, 그리고 소위

이 다리에 있는 불구자"(144쪽)로 부른다. 차라투스트라는 새로운 가치를 창조하고 진리와 거짓, 선과 악의 이분법적 사고를 넘어 세계를 미학적으로 바라볼 수 있는 사람이지만, 그럼에도 불구하고 아직까지 완전히 초인의 상을 구현하지는 못한다. 그래서 그는 자신이 미래로 향한 다리이자 이 다리에 서 있는 불구자이기도 하다고 말하는 것이다. 그러나 그의 시선은 앞으로 다가올 미래의 아이, 즉 초인에게 향해 있다.

'예언자Seher'란 미래에 다가올 것을 '보는sehen' 사람이다. 예언자로서의 차라투스트라는 가장 먼 바다에 있는 발견되지 않은 미래의 나라, 즉 그의 아이들의 나라를 바라본다. 이러한 아이들의 시선은 순수하고 태양의 눈처럼 창조적이다. 그것은 기존의 선악의 가치에 구애되지 않으며, 만물에 생명력을 부여하는 태양처럼 우리에게 풍부한 새로운 가치들을 창조해낸다. 절대적인 진리와 선이 무너진 자리에 다양한 가치들이 경쟁하고 공존할 수 있게 되는 것이다. 차라투스트라는 자신의 영혼에게 "넘치는 풍요에 대한 동경이 미소 짓는 네 천상의 눈으로부터 바라보고 있다"(234쪽)고 말한다. 일반 대중들은 삶에서 하나의 모습만을 바라보고 그것을 평가하지만, 차라투스트라는 하나의 사다리로 높은 곳에 올라가지는 못한다며 자신은 여러 길과 방법으로 '자신'의 진리에 도달한다고 주장한다. 바꿔 말하면 진리에 대한 그의 태도는 열려 있으며, 하나의 확고한 진리를 부숨으로써 다원적인 진리에 대한 인식이 가능해지는 것이다. 물론 그는 그러한 진리들마저 '자신'의 진리에 그친다고 말함으로써 그것의 절대성에 제한을 가한다. 차라투스트라가 지향하는 아이들의 순수하고 창조적인 시선은 일몰하는 태양이 바다에 황금빛을 선사하듯이 끊임없이 새로운 가치를 만들어낸다.

현대회화는 재현적인 그림을 피하며, 시각적인 표현을 통해 재현될 수 없는 것이 있다는 것을 보여주려고 한다.[81] 마그리트의 〈이것은 담뱃대가 아니다Ceci n'est pas une pipe〉라는 제목의 그림은 담뱃대를 그리고 있지만 제목을 통해 그림 속의 담뱃대가 실제의 담뱃대가 아님을 강조한다. 사물의 재현을 포기하는 이러한 현대회화들은 사물을 기존의 선입견에서 벗어난 새로운 시각에서 바라볼 것을 요구한다. 이러한 재현의 시각에서 벗어나는 순간 우리는 다양한 새로운 시선들을 획득하지만, 그러한 시선 가운데 어느 하나도 그 대상의 본질을 표현할 수는 없다. 결국 그것은 환각으로서의 시뮬라크르를 표현할 뿐이다. 오늘날 우리가 살고 있는 세계는 더이상 본질적인 존재를 포착할 수 없는 시뮬라크르의 시대이다. 그리고 이러한 현실 재현의 시선이 붕괴되고 시뮬라크르의 유희가 펼쳐지는 순간은 바로 잠재적인 영역에 있는 존재가 현실로 들어와 가상의 옷을 입게 되는 사건의 순간이다.

차라투스트라는 제자들과 헤어질 때 손잡이가 금으로 된 지팡이를 선물받는다. 그 손잡이 부분에는 뱀이 태양 주위를 휘감고 있는 모습이 그려 있다. 이것은 영원회귀를 비유적으로 보여주는 것으로 해석할 수 있다. 초인을 상징하는 아이의 모델은 헤라클레이토스의 단편집에 나오는 아이온 신이다.[82] 이 아이온 신은 장기 놀이를 하는 아이이기도 하지만 '영원Äon'의 시간을 상징하기도 한다. 이것은 미래에 도래할 아이, 즉 초인이 영원회귀 사상과 긴밀한 연관이 있음을 의미한다.

81. Jean-François Lyotard, "Beantwortung der Frage: Was ist postmodern?" *Wege aus der Moderne. Schlüsseltexte der Postmoderne-Diskussion*, W. Welsch 엮음 (Weinheim, 1988), 200쪽 참조.
82. Günter Wohlfart, "Wille zur Macht und ewige Wiederkunft: die zwei Gesichter des Aion(Nachwort)," F. Nietzsch, *Die nachgelassenen Fragmente*(Stuttgart, 1996), 306쪽 참조.

놀이에 몰두하는 아이는 '자아'를 잊고 세계를 놀이하듯 미학적으로 바라본다. 그는 절대적인 진리나 선의 가치를 고집하지 않으며 이미 존재하는 가치를 놀이하듯 무너뜨리며 새로운 가치를 만들어낸다. 그 자체로 특정한 목적을 추구하지 않는 예술작품이 일종의 놀이라고 할 수 있다면, 놀이하는 아이는 세계를 진리와 거짓, 선과 악의 피안에서 미학적으로 바라보는 사람으로 간주될 수 있을 것이다. 선악의 이분법적 구분을 고수하는 기존의 윤리에 대해 니체는 놀이하는 아이의 시선으로 세상을 바라볼 것을 요구하며 새로운 윤리를 내세운다.

2) 시각중심주의에서 공감각주의로

놀이하는 아이를 윤리적 관점이 아닌 존재론적 관점에서 보자면 그것은 '권력에 대한 의지Wille zur Macht'를 의미한다. 니체는 정체성을 지니고 있으며 늘 동일성을 유지하는 '자아Ich'의 개인적인 의지와 구분되는, 항상 변화하고 생성중인 '자신Selbst'의 의지를 내세운다. "들뢰즈는 신체 속에서 항상 지배하는 힘(적극적 힘)과 지배받는 힘(반응적 힘) 간의 불균등한 힘의 관계가 형성되며, 권력의지는 하나의 힘이 다른 힘보다 우세하고 지배하도록 만들고 다른 힘이 복종하도록 만드는 힘의 생성요소이자 종합원리라고 정의한다. 그리고 바로 이러한 종합이 영원회귀를 형성한다는 것이다. 따라서 영원회귀는 생성의 존재이다."[83] 권력에 대한 의지는 항상 변화하고 생성되는 것이기 때문에 결코 고정된 정체성을 갖지 않는다. 그래서 권력에 대한 의지가 영원히 반복될 때, 그것은 동일한 것의 반복이 아닌 차이의 반복

---

83. 정항균, 『시시포스와 그의 형제들』, 113~114쪽; 들뢰즈, 『니체와 철학』, 이경신 옮김(민음사, 1998), 105쪽.

으로 나타난다. 즉 그것은 그 자체로 동일성을 갖지 않는 차이 자체이 자 동시에 끊임없이 생성을 추구하면서 새로운 차이들을 만들어낸다.

이렇게 볼 때 니체 철학의 핵심사상인 권력에 대한 의지와 영원회 귀는 동전의 양면을 이룬다고 할 수 있다. 앞에서 말한 것처럼 초인의 모델인 아이온은 장기 놀이를 하는 아이 신인 동시에 '영원'을 상징 하는 신이기도 하다. 세계를 끊임없는 생성의 놀이로 바라보는 것이 '권력에 대한 의지' 사상이라면, 세계를 단일한 정체성을 형성하지 않 는 차이 자체의 반복으로 바라보는 것은 영원회귀 사상과 연결된다.

이러한 맥락에서 니체는 초인을 놀이하는 아이이자 동시에 번개로 정의 내린다. '번개Blitz'는 눈 깜박하는 순간, 즉 'Augen-Blick'[84]에 발생한다. 차라투스트라는 바로 그 순간 영원회귀 사상을 깨닫는다. 권력에 대한 의지가 생성의 놀이를 통해 영원히 새로운 모습으로 반 복될 때, 순간은 반복을 통해 영원을 내포할 수 있게 된다. 차라투스 트라가 그것을 깨닫는 것은 자신의 목구멍으로 들어온 뱀의 머리를 깨무는 순간이다. 즉 그는 눈 깜빡할 아주 짧은 순간에 번개로 표상되 는 초인이 담고 있는 영원회귀의 사상을 깨닫는 것이다. 흥미로운 것 은 이러한 깨달음이 하나의 비유적인 이야기로 전달되고 있다는 사 실이다. 특히 「얼굴과 수수께끼에 대하여」에서 영원회귀 사상은 비유 적인 묘사를 통해 일종의 그림처럼 전달되는데, 이는 시공간의 경계 를 넘어선다는 점에서 특별한 의미를 갖는다.

일반적으로 시각은 공간적인 감각, 청각은 시간적인 감각으로 간 주된다. 회화의 대상이 고정되어 있고 우리가 그러한 대상을 거리를 두고 지속적으로 볼 수 있는 반면, 음악의 대상인 소리는 시간처럼 지

---

84. 원래 'Augenblick'은 독일어로 '순간'이라는 뜻인데, 이는 '눈Auge'을 한 번 깜 빡할 정도의 시간을 의미하며 그 때문에 역시 일순간 내리치는 번개와 연결될 수 있 다. 또한 '번개Blitz'는 어원적으로도 '시선/봄Blick'과 연결된다.

나간다. 그러나 니체는 감각의 이러한 엄격한 구분을 고집하지 않는다. 공간과 연관된 회화에서와 같은 비유적인 묘사는 영원회귀라는 사건의 시간을 설명하는 데 사용된다. 이미 여기에서 감각들 간의 경계를 넘어서려는 니체의 의도를 엿볼 수 있다.

놀이하는 아이는 경계와 유희하며 그것을 넘어서려고 시도한다. 그 때문에 대상들을 구분하는 확고한 (공간적) 경계는 더이상 존재하지 않는다. 또한 영원회귀를 상징하는 아이는 현실에서 일어나는 직선적인 시간의 흐름이 아니라 잠재적인 존재가 현실에 가상의 모습을 띠고 일어나는 사건의 순간을 나타낸다. 이로써 불가역적인 시간 개념 역시 흔들리게 된다. 이러한 전통적 시공간 개념에 대한 비판은 공간 연관적 감각인 시각과 시간 연관적 감각인 청각에 대한 기존의 인식마저 흔들어놓는다.

이러한 니체의 인식이 갖는 현재성은 현대 매체예술의 실험을 살펴보면 확인할 수 있다. 가령 청각을 활용한 매체인 라디오 예술은 시간이 아닌 공간과 연관을 맺을 수 있는데, '음향극Schallspiel'의 예가 이를 잘 보여준다. 음향극이란 자연적인 소리와 인공적인 소리를 모두 포함하는 음향적 자료를 미학적으로 형상화하고자 하는 아방가르드 예술가들에 의해 생겨났다. 이것은 원칙적으로 세상의 모든 소리를 다 녹음하여 방송함으로써 전 지구적인 집단적 체험을 가능하게 하려는 의도로 라디오를 활용한다.[85] "빌 폰타나는 그라츠 시의 여러 장소에 마이크를 설치해 녹음 가능한 모든 소리를 다 녹음한 후, 그러한 음향과 소음을 스튜디오로 전달해 그곳에서 그것들을 혼합해 '음향의 조각Klangskulptur'으로 만들어 라이브로 방송하였다…… 또다른 청각 프로젝트에서는 자동차 운전자들이 있는 장소의 주변 소음들이

---

85. C. Karpenstein-Eßbach, 같은 책, 272쪽 참조.

라이브로 라디오 스튜디오로 전달된 후 음향과 소음의 콜라주로 만들어져 방송되었다."[86] 이러한 시도를 통해 라디오는 더이상 시간예술이 아닌 공간예술로 변화하며, '소리의 풍경'을 만들어낼 수 있다. 그리고 이러한 소리의 풍경을 듣는 사람들은 그 순간만은 같은 음향적 '공간'에 함께 있게 된다.

비디오 예술은 라디오 예술과 정반대로 시각매체임에도 불구하고 공간이 아니라 시간과 연관을 맺는다. 비디오는 녹화한 것을 동시에 재생할 수 있다는 점에서 영화보다는 텔레비전과 더 유사성을 갖는다고 할 수 있다. 텔레비전은 생방송을 할 수 있기 때문에 설령 그것이 녹화방송이라고 하더라도 화면에 보이는 것이 생생한 현재의 현실이라는 직접성의 환상을 불러일으킬 수 있다. 그리하여 오늘날 많은 '리얼리티 프로그램'이 텔레비전에서 방송된다. 그러나 실제로 진행되는 사건을 있는 그대로 방송하면 편성된 방송시간에 맞지 않을 뿐만 아니라 예상치 못한 사건이 일어나거나 지루함을 낳아 원활한 방송을 방해할 수 있다. 그 때문에 텔레비전은 연속적으로 일어난 사건들을 시퀀스로 분해하여 재편성하며, 사건이 실제로 걸린 시간을 텔레비전의 시간 구조에 맞춘다. 이를 통해 텔레비전 프로그램이 현실을 재현하며 원활히 진행되고 있다는 환상이 생겨난다. 그런데 비디오 예술은 텔레비전의 이러한 규범적 시간에 저항한다. 비디오 예술은 텔레비전처럼 시간을 분해하고 압축하여 매끄럽게 전개되는 인상을 만들어내려 하지 않는다. 비디오 예술의 관람자가 지루한 느낌을 갖는 것도 이 때문이다. 비디오 예술은 텔레비전의 시간 규범과 대결하며 텔레비전의 현실 재현을 시간적인 관점에서 허구로 폭로한다. 라디오 예술이 공간과 연관되어 있다면, 비디오 예술은 시간과 관련

---

86. 같은 책, 274쪽.

을 맺고 있는 것이다.[87] 그 때문에 비디오예술가 백남준은 "시각예술가들이 시간이라는 요소를 다룰 필요가 있다. 비디오가 의미하는 것은 바로 그것이다"[88]라고 말하는 것이다. 이처럼 현대예술의 실험들은 음악을 시간예술로, 회화를 공간예술로 정의하는 기존의 구분방식을 깨뜨리고 있는데, 니체는 바로 이러한 인식을 선취하고 있다고 말할 수 있다.

차라투스트라는 "예언자(보는 자)인 동시에 가인歌人Seher und Sänger"(83쪽)이다. 그는 비유적으로 세상을 바라보고 아이의 창조적인 시선으로 끊임없이 시뮬라크르의 세계를 만들어낼 뿐만 아니라 또한 다양한 노래(「밤의 노래」, 「무덤의 노래」, 「일곱 개의 봉인. 또는 긍정과 아멘의 노래」)를 부르기도 한다. 그는 군중들에게나 제자들에게 말을 걸 때 '보라'라고 말을 하기도 하지만, 또한 "귀 있는 자는 들으라!"(215쪽)라고 말하기도 한다. 일반적으로 사람들은 한 가지 감각만이 고도로 발달한 사람을 천재라고 부르지만, 차라투스트라는 이런 사람을 '전도된 불구자'로 부른다. 차라투스트라는 사람들 사이를 돌아다니면서 어떤 사람에게는 눈이, 어떤 사람에게는 귀가 없는 반면, 어떤 사람은 모든 것이 부족하지만 눈이나 귀 하나만 지나치게 크다는 것을 인식한다. 이러한 인식과 이에 따른 비판을 통해 차라투스트라는 한 감각의 과도한 발달 대신 감각의 균형 있는 발달과 공감각의 형성을 제안한다. 차라투스트라는 시장에서 대중들이 자신의 말을 이해하지 못하자 그들에게는 자신의 말을 들을 귀가 결여되어 있다며, 그들이 눈으로 듣는 법을 배우도록 하기 위해 우선 그들의 귀를 부숴야 하지 않을까 자문한다. 여기서도 감각의 경계를 넘어서서 공감각적으

87. 같은 책, 279~282쪽 참조.
88. 같은 책, 279~282쪽 참조.

로 세계를 지각하고 인식하려는 니체의 철학을 엿볼 수 있다.

20세기 초반 현대예술은 감각을 미학적으로 변형하고 그것의 가능성을 시험하려는 실험적 시도를 감행한다. 이것은 예술이 일상적, 도구적 기능에서 벗어나 자율성을 획득해나가는 과정에서 이루어진다. 크뤼거에 따르면 이러한 예술적 실험은 한편으로 특정 감각을 활용하는 예술을 그러한 감각의 비일상적 사용 가능성을 최대한으로 시험해보는 방향으로, 다른 한편으로는 다양한 감각예술의 형태를 모아 그것을 종합예술의 형태로 발전시키려는 방향으로 나아간다.[89] 이러한 두 가지 방향은 서로 무관하지 않은데, 왜냐하면 하나의 감각을 예술을 통해 극단적으로 시험하면, 하나의 감각의 특성이 자신의 경계를 넘어 다른 감각과 연결될 수 있는 가능성이 열리며 이로써 공감각적 예술을 지향하게 되기 때문이다. 그러나 크뤼거는 바그너의 '종합예술작품Gesamtkunstwerk'으로 대변되는 이러한 공감각적 예술의 통합적 모델의 실현이 어려울 뿐만 아니라 더 나아가 여러 가지 문제점을 가져올 수 있음을 지적한다. 예를 들어 독재정치는 종합예술에 나타난 감각들의 미학화를 정치의 미학화로 바꿔 기능적으로 사용할 수 있으며, 광고 전략도 상업적인 목적으로 감각의 경계를 넘어서는 미학적 실험을 할 수 있다는 것이다.[90] 이처럼 공감각적 예술이 개별 감각의 경계를 뛰어넘는 데 그치지 않고 또다시 하나의 목적을 달성하기 위한 기능으로 전락할 경우 문제적이 된다. 왜냐하면 이러한 종합예술은 다양한 감각들의 상호 협력하에 또다시 총체성을 만들며 새로운 경계를 세우기 때문이다. 이러한 상황은 현대가 일원적 합리성을 비판하고 세계를 파편화시켰지만 그로 인한 개방성을 두려워하

89. Hans-Peter Krüger, *Zwischen Lachen und Weinen. Band I: Das Spektrum menschlicher Phänomene*(Berlin, 1999), 59쪽 참조.
90. 같은 책, 60쪽 참조.

여 또다시 새로운 의미의 총체성을 만들어내려고 한 것에 상응한다.[91]
이와 달리 니체는 개별 감각들의 경계를 끝까지 열어두고 이들을 서
로 교차시키며 공감각의 미학을 의미의 다원성과 개방성을 위해 사
용한다. 이러한 공감각의 미학은 결코 총체적인 세계에 대한 환상을
만들어내지 않으며 오히려 그러한 궁극적 진리와 총체성이 불가능하
다는 것을 보여주기 위해 사용된다.

  근대 이후 시각은 인간의 오감 가운데 가장 주도적인 감각으로 간
주되며 인간의 감각문화에 큰 영향을 미쳐왔다. 이로부터 시각중심적
인 사고가 싹터 나오게 된다. 매체학적인 관점에서 볼 때도 현실에 대
한 환상의 문제는 주로 시각적인 차원에 국한되어 연구되어왔다. 그
러나 컴퓨터를 기반으로 일어나는 현실에 대한 환상은 더이상 시각
적인 것에 제한되지 않는다. 매체학자 레프 마노비치에 따르면, "컴퓨
터에 기반을 둔 환상은 시각적인 상응물의 차원에 국한되지 않고, 다
양한 차원들의 상호작용에서 그 현실효과를 끌어낸다. 따라서 시각적
인 상응물은 이러한 다양한 차원 가운데 하나에 지나지 않는다."[92] 이
처럼 오늘날 컴퓨터의 디지털 기술에 기반을 둔 시뮬레이션이 점점
지배적인 의미를 갖게 되는 현실에서 우리는 시각중심적인 사고에서
탈피해야 할 뿐만 아니라, 또한 공감각적으로 일어나는 시뮬레이션의

---

91. 20세기 초반 현대사회의 전문화와 분업화로 인해 파편화된 세계를 다시 통합하
려는 시도는 표현주의 예술에서 다양한 예술 장르의 통합을 시도하는 공감각적 미
학 형태로 나타나기도 한다. 칸딘스키나 슈비터스 같은 예술가들에서 볼 수 있듯이,
"표현주의는 빛, 색, 말, 음악, 신체언어 등의 공감각적 협력을 통해 예술적 표현과
효과의 강화를 희망하였다."(Thomas Anz, *Literatur des Expressionismus*, Stuttgart,
2002, 149쪽)
92. Lev Manovich, "Illusion nach der Fotografie: Wie sich Wirklichkeit in digitalen
Medien darstellt," *Image—images: Positionen zur zeitgenössischen Fotografie*,
Tamara Horáková 외 엮음(Wien, 2001), 291쪽. 특히 그는 컴퓨터 게임의 경우에서
처럼 사용자가 가상세계 안으로 신체적으로 개입하는 것과 관련하여 촉각적 환상을
언급한다.(같은 글, 291~292쪽)

환상적 성격에 빠져들지 않고 그것을 인식해야 한다.

감각들 간의 경계를 넘어 공감각적인 지각과 사고를 발전시키려는 니체의 철학은 들뢰즈나 데리다와 같은 포스트구조주의 철학자들의 사상에 영향을 미친다. 벨쉬는 시각과 청각의 구조적인 특성을 구분하며, 시각이 대상의 인지와 관련된 공간 연관적 감각인 반면 청각은 흘러가는 음향을 듣는 시간 연관적인 감각이라고 정의한다. 그래서 시각은 존재의 인식과 관련이 있는 반면, 청각은 사건과 관련이 있다는 것이다.[93] 그러나 들뢰즈의 존재론에서는 잠재적인 차원에 있는 차이 자체가 현실에서 일어나는 '순간'을 다루면서, 존재론도 사건의 철학으로 넘어가게 된다. 이로써 세계에 대한 인식은 더이상 초시간적인 공간적 차원에서 다루어지지 않고 하나의 사건으로서 시간적 차원에서 접근된다. 데리다도 『눈먼 자의 회상—자화상과 폐허』에서 화가가 그림을 그리면서 동시에 대상을 보는 것은 불가능하다는 점을 지적하며, 그림을 그리는 순간 '보이지 않는 것'이 그림 속에서 가시적인 것, 즉 시뮬라크르로 실현된다고 말한다. 여기서 비가시적인 것이 가시적인 것으로 변하는 순간, 즉 잠재성이 현실화되는 순간은 사건이 일어나는 순간이다. 이처럼 데리다는 회화라는 공간적 차원에 사건이라는 시간적 차원이 개입하고 있음을 보여주는데, 이것을 보다 확대해석하면 시각과 청각의 경계가 확고한 것이 아니며 그 경계가 언제든지 넘어설 수 있는 것임을 알 수 있다.

니체가 초인의 비유로 사용한 번개도 볼 수 있는 것일 뿐만 아니라 들을 수 있는 것이기도 하다. 존재가 더이상 그 자체로 동일성을 지니지 않는 끊임없이 변화하고 생성되는 것이라면, 그러한 잠재적인 존재가 현실에 펼쳐지는 사건의 순간에 우리는 귀 기울여야 한다. 그것

---

93. W. Welsch, *Grenzgänge der Ästhetik*, 248쪽 참조.

은 현실의 차원에서 일어나는 재현 가능한 요란한 사건들이 아니라 잠재적인 것이 현실로 들어오는 고요한 사건이다. 그래서 「정오에」에서 차라투스트라는 세계가 완전해지는 바로 이 고요한 사건이 일어나는 순간을 체험하기 위해 노래를 그치고 조용히 귀 기울이라고 말하는 것이다. 이것은 현실의 시간에서 잠재성의 시간으로 넘어가는 순간, 즉 시간이 '초시간Überzeit'이 되는 순간이다. 동시에 차라투스트라는 가상의 그림자가 가장 짧은 정오에 인간의 지각을 넘어서 '보이지 않는 것,' 즉 '잠재적인 것'으로서의 존재에 접근하게 된다. 물론 그러한 생성하는 존재는 궁극적으로 포착되거나 인지될 수 없는 것이다. 그래서 우리는 잠재성이 현실화되어 펼쳐지는 시뮬라크르의 유희를 보면서 환각의 긍정성을 인정하고 세계를 시점주의적으로 보는 법을 배워야 하는 것이다. 니체는 이처럼 『차라투스트라』에서 다중시점주의적인 시선으로 세상을 바라보고 공감각적으로 존재에 접근할 것을 요구한다. 그것은 세계를 포스트모더니즘적인 시선으로 바라볼 것을 요구하는 것이기도 하다.

2. 아이의 시선

1) 그라스의 『양철북』
—위선적인 어린아이의 어른 세계 비판

귄터 그라스의 대표작 『양철북Die Blechtrommel』(1959)은 주인공 오스카 마체라트가 자신이 태어나기 전인 1899년 단치히 시절부터 뒤셀도르프의 어느 정신병원에 입원해 있는 현재의 시간, 즉 1954년까지 일어난 일을 회상하는 내용으로 이루어져 있다. 이 작품의 1부는 오스카의 외할머니 안나 브론스키가 콜야이체크라는 도주자를 치마 속에 숨겨준 후 결혼하는 1899년부터 나치가 유대인의 회당과 상점, 집을 파괴한 1938년 '수정의 밤'에 이르기까지의 시기를 다룬다. 2부는 1939년 폴란드우체국을 중심으로 벌어진 독일군에 대한 폴란드인의 저항에서 시작해 1945년 전쟁이 끝난 후 오스카 일행이 서쪽으로 피난하는 장면으로 끝이 난다. 끝으로 3부는 전후 독일, 특히 서독으로 이주한 오스카의 30세까지의 삶을 다룬다. 따라서 이 작품의 주된 시대적 배경은 나치의 발생과 이차대전, 전후 독일 사회의 재건 시기라고 할 수 있다.

아버지 마체라트가 사망한 후 오스카는 심한 열병에 시달리며 꿈을 꾼다. 그는 이 꿈에서 아이들 4천 명과 함께 회전목마를 타고 있는데, 내리고 싶어도 하느님이 계속 동전을 넣어 회전목마를 돌아가게 하기 때문에 내릴 수가 없다. 여기서 역사는 "끊임없이 돌아가는 의미 없는 회전목마"[94]의 비유로 나타난다. 이것은 역사의 진보 대신 역사의 의미 없는 반복을 믿는 작가 그라스의 역사관을 반영한다. 물론 그라스는 의미 없이 순환되는 역사에 굴복하지 않고 오히려 이에 맞서 시시포스적인 저항을 시도한다. 이 작품에서도 파인골트라는 유대인이 등장해 끊임없이 돌아가는 회전목마를 중지시키고 오스카를 소독하여 침상에서 일으킨다. 파인골트는 나치 시대에 가족 전부를 잃고 홀로 살아남은 역사의 희생자이다. 그러나 그는 전쟁이 끝난 후 독일인인 오스카에게 복수하며 새로운 가해자가 되어 역사를 반복하기보다는, 오히려 독일인과 화해를 시도하며 역사의 반복이라는 고리를 끊으려고 노력한다. 아래에서는 역사의 끊임없는 순환과 이에 맞선 유토피아의 추구라는 대립적 관계의 관점에서 오스카의 성장과정을 살펴보고자 한다.

94. 양태규, 『양철북—위선을 향한 냉소』(살림, 2005), 179쪽.

이 작품에서 눈에 띄는 특별한 점은 주인공 오스카가 이미 태어나면서부터 정신적으로 성장이 완결되어 있다는 것이다. 그는 태어날 때 아버지 마체라트가 자신에게 가게를 이어받도록 할 것이라는 말을 듣고 삶에 대한 욕망을 잃어버리지만, 세 살이 되면 북을 선물하겠다는 어머니의 말에 위로를 받아 삶을 받아들이기로 한다. 태어난 순간부터 분명하게 사고하고 판단할 수 있는 오스카가 허구적 인물이라는 것은 의심의 여지가 없다. 따라서 그가 세 살 이후 성장을 멈추기로 결심했을 때, 이러한 일이 어떻게 가능한지보다는 이러한 결심이 어떤 의미를 지니고 있는지에 주목할 필요가 있다.

오스카가 자신의 의지로 난쟁이로 남기로 결심했을 때, 이러한 발육부진은 일반적으로는 비정상적인 상태로 간주된다. 그래서 오스카의 부모는 그의 발육부진을 걱정하며 그를 병원으로 데려가 치료하려고 한다. 그러나 오스카는 이러한 외적인 성장을 어리석은 짓으로 간주하며 정상적인 신체를 지닌 비정상적인 소시민들의 세계에 편입되기를 거부한다. 그는 자신의 아버지처럼 172센티미터의 성인이 되어 식료품 가게를 운영하는 대신, 어린아이로 남아 장난감 북을 치며 어른의 세계에 거리를 둔다. 그가 세 살짜리 어린아이의 상태로 머무르는 것은 도덕적으로 타락하고 물질적인 가치만을 추구하며 정신이 황폐화된 어른들의 세계에 대한 비판을 함축하고 있다.

이차대전이 끝나기 전까지 오스카는 전혀 성장하지 않으며 타락한 어른들의 세계와 거리를 유지하는 것처럼 보인다. 이러한 의미에서 그는 이미 출발 지점에서 정신적으로 완성된 인물로서 반성장소설적인 특성을 보여준다.[95] 물론 외관상으로 오스카의 발전과정은 괴테의 교양소설 『빌헬름 마이스터의 수업시대 Wilhelm Meisters Lehrjahre』에 나

---

95. 같은 책, 75쪽 참조.

오는 주인공의 발전과정과 유사성을 보여주기도 한다. 오스카가 아버지 마체라트의 가게를 물려받으며 시민적인 삶을 사는 대신 북 치는 예술가로서의 삶을 살아간다든지 아니면 난쟁이 베브라 및 로스비타와 함께 여행을 떠나는 것은, 빌헬름의 연극 활동과 교양 여행을 떠올리게 한다. 그럼에도 불구하고 오스카는 신체적으로는 물론 정신적으로도 발전하지 않으며, 이미 완성된 상태에서 한 발자국도 더 나아가지 않는다. 나중에 이차대전이 끝나고 나서 마체라트의 장례식 때에야 비로소 오스카는 성장하기로 마음먹지만, 그의 발육은 정상적으로 이루어지지 못하고 꼽추가 되고 만다. 전쟁이 끝난 후 오스카가 성장하기로 결심한 것은 새로운 사회에 대한 기대와 희망을 반영하지만, 과거를 은폐하고 경제적 성장만을 추구하는 전후 서독사회의 발전은 오스카의 등에 생긴 혹처럼 기형적인 발전으로 폭로된다. 오스카 역시 자신이 성장하기로 결심한 지 이 년도 채 되지 않아 세 살짜리 오스카의 몸을 그리워하고 북을 다시 치고 싶어한다. 오스카는 마리아에게 구혼하며 시민으로서의 삶을 영위하고 싶어하지만, 마리아가 청혼을 거절함으로써 다시 광대로서의 삶을 살게 된다. 그러나 전후 서독사회에서 오스카가 살아가는 광대로서의 삶은 소시민적인 세계와 완전히 대립되는 삶은 아니다. 왜냐하면 그의 순회 콘서트는 그에게 물질적인 성공을 보장하며 이를 통해 그는 마리아와 쿠르트를 경제적으로 지원할 수 있기 때문이다. 즉 그의 예술은 일종의 상업 예술로 전락한 것이다. 그 때문에 그는 세 살짜리 북 치는 고수를 여전히 흉내 내고 있지만, 사실은 이미 소시민적 삶에 어느 정도 편입되어 있는 가짜 어린이로서, 즉 꼽추로서 모습을 드러내는 것이다.

그러나 이차대전이 끝나기 전까지 어린아이 오스카의 예술세계와 어른들의 소시민세계가 이분법적인 대립구도를 형성하고 있었다고 주장한다면, 이는 사태를 지나치게 단순화시키는 해석이 될 것이다.

이것은 오스카의 정신적 성장과정을 살펴보면 잘 알 수 있다. 오스카의 최초의 스승은 그가 태어날 때 전구 위를 날아다니며 북소리를 내던 나방이다. 그렇게 나방이 내는 최초의 북소리를 들으며 그는 어른들의 소시민세계에 편입되지 않고 북을 치는 아이로 남기로 결심한다. 그러나 그는 그 이후 글을 배울 필요성을 느끼게 되어 제과점 주인인 그레트헨 셰플러를 찾아간다. 이를 계기로 그는 라스푸틴과 괴테를 접하고 또한 글을 읽고 쓰는 법을 배운다. 또한 그는 이후에 채소 가게 주인 리나 그레프의 치마 속에서 그의 첫 애인인 마리아보다 더 능숙한 성의 서사시를 배우게 된다. 즉 오스카의 정신적, 성적인 성장과정은 소시민적인 세계를 중심으로 이루어진 것이다.

독자 여러분은 이렇게 말할지 모르겠다. 젊은 사람이 그렇게 좁은 세상에서 무얼 배웠겠는가. 장래에 어른으로 살아가기 위한 무기를 식료품점과 빵집과 채소상점에서 주워 모아야 했다니! 라고. 오스카가 매우 중요한 최초의 여러 인상을 고리타분한 소시민적 환경에서 받았다는 것을 내가 인정해야만 할지라도, 궁극적으로는 세번째 스승이 있었다.[96]

여행을 통해 오스카를 보다 넓은 세계로 인도한 세번째 스승은 바로 난쟁이 광대 베브라와 로스비타 라구나이다. 모든 이데올로기를 거부하고 예술을 위한 예술을 주장하는 오스카는 물론 나치의 미학과도 거리를 둔다. 그가 나치의 집회에서 왈츠 리듬을 북으로 쳐서 행사를 망친 것은 나치의 미학에 대한 그의 비판적 거리를 보여준다. 그

---

96. Günter Grass, *Die Blechtrommel*(München, 1994), 363쪽.(이하 본문에 쪽수로 표시)

러나 이러한 저항은 정치적 신념에서 비롯되었다기보다는 순수하게 예술적인 이유에서 비롯된 것이다. 하지만 이러한 정치적 무관심과 순수한 예술에 대한 주장은 결국 그가 1943년에 스승 베브라를 쫓아 나치 전선극장의 일원이 됨으로써 공허한 것이 되고 만다. 더 나아가 이것은 예술을 위한 예술을 주장하는 오스카가 은밀히 소시민적인 교육을 거쳐 나치의 협력자로 발전한 것을 의미하기도 한다.[97] 이로써 소시민적인 삶과 거리를 두기 위한 순수한 예술의 도구로 간주되었던 북과 오스카의 목소리(노래)는 새로운 의미를 획득한다.

오스카는 자신의 북을 뺏으려는 사람들에게 소리를 지르다가 그 소리로 유리를 파괴할 수 있음을 깨닫는다. 처음에는 다른 사람들이 그의 북을 빼앗으려고 할 때만 소리를 질러 유리를 파괴했지만, 나중에는 특별한 외부의 압력이 없이도 "때로는 단순한 유희 충동에서, 때로는 후기의 매너리즘에 빠져, 때로는 '예술을 위한 예술'에 몰두하면서 유리 조직 속에 자신의 생각을 노래로 불러 넣었다."(76쪽) 이렇게 소리를 질러 유리를 깨뜨리는 능력은 어린아이 고유의 능력으로 묘사된다. "나의 목소리는 순결하면서도 그래서 더 가차없는 다이아몬드처럼 장식장의 유리를 잘라냈고, 순수함을 잃지 않은 채 장식장 안에 있는 리큐르 술잔에 폭력을 가했다. 조화를 이루며 고귀한 모습으로 있는, 사랑하는 사람에게서 선물받은, 살포시 먼지가 쌓인 술잔을 말이다."(66쪽) 위의 인용문에서 사용된 '순결'이나 '순수함'이란 말은 도덕적으로 타락하지 않은 어린아이의 이미지와 연결되며, 타락한 어른들의 소시민세계의 위선적인 태도를 폭로하고 파괴하는 기능

---

97. 김누리는 오스카의 유미주의적 예술관을 고트프리트 벤의 미학적 입장과 연결시키며, 현실도피적인 또는 현실에 무관심한 비합리주의 예술이 야만적인 정치체제의 등장을 가능하게 만들었다고 주장한다.(김누리, 『알레고리와 역사―귄터 그라스의 문학과 사상』, 민음사, 2003, 71~75쪽 참조)

을 갖는다. 그러나 다른 한편 오스카의 목소리에 담겨 있는 폭력성은 이러한 도덕적 '순수함'을 의심하게 만들며, 그가 비판적인 거리를 두고 있는 소시민적인 세계의 폭력성과 연결되기도 한다. 전쟁이 끝난 후 오스카가 서독에서 생활할 때, 하숙집 주인이자 이발기 세일즈맨이었던 소시민 차이들러 씨가 화가 나면 유리를 던져 깨뜨렸던 것은 오스카 자신의 이전 행위를 연상시킨다. 따라서 오스카가 소리를 질러 유리를 파괴한 것은 어린 예술가 오스카의 이면에 감춰져 있는 소시민적 특성, 즉 공격성을 보여준다. 더 나아가 1938년 '수정의 밤'에 나치가 유대인의 상점이나 집을 파괴할 때 깨진 유리 역시 이와 연결된다.[98] 즉 평범한 독일 소시민들은 오스카의 아버지처럼 때로는 인정 많고 착한 사람이었지만, 때로는 나치에 적극적으로 협력하며 공격성을 드러내기도 한 것이다. 이것은 나치 독일을 소수의 범법자 집단에 국한시키며 독일 소시민들에게 면죄부를 주려는 사회적인 분위기가 지닌 문제점을 드러낸다. 이로써 오스카의 북과 노래는 선동적이고 공격적인 성격을 띠게 되며, 그의 주장과 달리 소시민세계와 결합된다.

오스카는 종종 사실을 호도하고 은폐하려 한다. 가령 정신병원에서 글을 쓰고 있던 오스카가 손가락이 부어 간호사 브루노에게 대신 글을 쓰게 할 때 등장인물의 이름을 위조하려고 시도한다. 그 때문에 독자는 그의 말이나 기록을 완전히 신뢰할 수 없게 된다. 따라서 소시민세계를 비판하고 순수한 예술을 주장하며 개인적, 역사적 책임을 회피하려는 오스카의 태도는 문제가 있다.

영원히 어린아이로 남으려는 오스카의 결심은 어린아이가 지닌 영

---

98. 특히 악셀 미쉬케와 그 부하들이 오스카를 집단 고문하는 장면에서 아이들의 폭력이 집단적인 폭력으로 나타나는 것을 확인할 수 있다. 이로써 오스카의 폭력은 이러한 아이들의 집단적 폭력을 거쳐 나치의 폭력으로 연결된다.

악함과 이기심 때문에 문제가 있는 것으로 나타난다. 도구화된 이성을 비판하면서도 이성의 가능성을 완전히 폐기하지 않는 그라스에게 아이의 상은 긍정적인 의미만을 지닌 것은 아니다. 오히려 그것은 과거에 대한 성찰을 통해 성숙해진 '진정한' 어른의 상에 의해 비판적으로 조명된다. "오스카가 성인이 되지 못한 것이 갖는 시대사적 함의를 이해하기 위해서는 그라스가 '성인'이라는 말을 어떤 의미로 사용하는지를 살펴보아야 한다. '성인'이란 그라스에게는 무엇보다도 이성에 기초한 정치적 책임 의식을 지닌 존재를 의미한다. 오스카의 유아적 혹은 불구적 모습은 독일인의 민주 의식이 성숙하지 못했거나 왜곡되어 있음을 형상적으로 보여주는 것이다."[99]

아이의 순수함은 어른의 위선과 거짓을 폭로하지만, 동시에 도덕적인 가치를 제대로 정립하지 못하고 미성숙한 상태에서 자신의 이익과 관심만을 생각하는 이기주의적인 태도를 보여주기도 한다. 오스카는 바로 이러한 아이의 양면성에 근거해 어머니의 외도와 같은 소시민적인 세계의 도덕적 타락을 보여주기도 하지만, 다른 한편으로 소시민적인 세계의 유아적인 이기주의를 드러내기도 한다.

서독에서 오스카가 베브라를 다시 만나게 되었을 때, 베브라는 오스카가 그의 어머니, 얀 브론스키, 마체라트 그리고 로스비타의 죽음에 모두 책임이 있다고 말한다. 실제로 오스카는 자신의 북을 수리해 달라고 고집을 부리며 얀을 총성이 오고 가는 폴란드 우체국으로 데려가 죽게 만든다. 또한 마리아를 빼앗긴 것에 대한 복수심에서 소련군이 왔을 때 마체라트에게 핀이 풀린 나치 배지를 넘겨주어 그를 죽게 만들기도 한다. 이와 같이 오스카는 위험한 상황에서 타인에 대한 배려를 전혀 하지 않고 오로지 자신의 이익만을 생각하는 극단적인

---

99. 김누리, 같은 책, 67쪽.

이기심을 보인다. 반면에 자신이 위험에 빠진 상황에서는 자신의 안위만을 생각하며 동지를 배신하기도 한다. 폴란드 우체국 전투 때 저항군이 체포되었을 때나 나중에 먼지털이단이 경찰에 체포되었을 때, 오스카는 자신이 폴란드 저항군의 방패막으로 이용되거나 먼지털이단에 의해 유괴된 것처럼 행동하며 어린아이의 순진무구함을 연출한다. 이를 통해 그는 아무런 처벌도 받지 않고 무죄로 풀려나올 수 있게 된다. 이것은 나치 역사에 대한 책임을 회피하며 자신을 무죄로 선언하는 평범한 독일 소시민의 태도와 연결될 수 있다. 이로써 오스카는 소시민적인 위선을 폭로하는 동시에 스스로 소시민적인 위선을 구현하는 모순적인 인물로 등장한다. 이러한 모순성은 그가 자신 안에서 괴테와 라스푸틴, 예수와 악마를 동시적으로 연결하며 각각을 대변하는 모순적인 태도에서도 잘 반영된다.

오스카가 세 살짜리 어린애처럼 행동하면서 어른의 세계를 비판하지만, 그 스스로 어른의 타락한 모습을 띠고 있는 것처럼, 역으로 어른 역시 어린아이 같은 모습을 간직하고 있기도 하다. 전쟁이 끝난 후 서독으로 온 오스카는 순회공연을 하는데, 이때 북 연주로 어른들을 어린애처럼 변하게 만들어 어린 시절의 추억에 빠지게 한다. 심지어 관객들은 유치원의 오후를 기념하기 위해 오줌을 싸기까지 한다. 이러한 북 연주는 현재의 경제적 재건에 몰두하며 모든 감성적 능력과 과거에 대한 기억을 빼앗긴 서독인들에게 다시 과거를 회상하고 감정을 가질 수 있도록 만들어주었다는 점에서는 긍정적인 측면이 있다. 그러나 이러한 과거 회상은 결코 과거에 대한 비판적 성찰과 이를 통한 진정한 어른으로의 성숙과정으로 연결되지 못한 채, 단지 어른을 아이처럼 행동하게 만들며 유아적인 퇴행에 빠지게 하는 한계를 지니고 있다. 오스카의 콘서트로 대변되는 예술은 수치스러운 과거를 잊기 위해 현재의 경제 재건에 몰두하는 서독인들의 잃어버린 감정과 과거를 무비판적인 유아적 체험의 형태로 재생하여 이들의 결핍을 보상한다. 이때 예술은 상업적인 목적에서 돈벌이 수단으로 전락하였을 뿐만 아니라 전후 독일인들이 겪고 있는 감정과 기억의 결핍을 상쇄하는 이데올로기적인 기능도 갖고 있다. 즉 그들은 오스카의 북 연주라는 예술을 통해 아무런 죄의식 없이 과거를 회상하고 감정적인 카타르시스를 느낄 수 있는 것이다. 이러한 북 연주는 전후 독일 사회의 평범한 시민들이 어떻게 또다시 이성적인 능력을 상실하고 유아적인 무비판적 태도로 쉽게 집단적으로 조종될 수 있는지를 보여준다. 더욱이 오스카가 광부들에게 〈검은 마녀〉를 연주해주었을 때, 그들이 무서운 나머지 비명을 질러 유리창을 깨뜨린 것은 이들에게 아직도 과격한 폭력적 성향이 숨겨져 있음을 보여준다. 오스카 역시 이를 통해 유리를 파괴하는 자신의 능력을 되찾았지만, 사업을 망치고 싶지 않아 함부로 사용하지는 않는다. 이것은 소시민의 폭력적 성향이 경제적인 재건을 위해 일시적으로 숨겨져 있지만, 완전히 사라지지 않고 언제든지 다시 폭발할 수 있음을 암시한다. 작품 마지막 부분에서 어릴 적에 아이들이 부르던 노래에 등장하는 검은 마녀가 지금까지와는 달리 오스카의 앞쪽에서 다가올 때 오스카는 어린아이 같은 공포에 휩싸인다. 사회와 격리된 정신병원이라는 고립된 공간에 은둔해 있던 유미주의적인 예술가 오스카는 도로테아 간호사 사건에서 무죄로 방면되고 정신병원에서 퇴원할 때, 그 앞에 다가오는 검은 마녀의 위협에 어떻게 대응해야 할지 스스로 그 해답을 찾아야만 한다. 즉 사악한 검은 마녀에 대한 두려움에 휩싸여 소리를 지르며 그것에 동조하는 어린아이로 검은 마녀를 대할지 아니면 비판적인 의식을 가지고 그것에 맞서며 어른으로 검은 마녀를 대할지 기로에 서 있는 것이다. 그것은 동시에 검은 마녀로 상징되는 악의 역사를 체험하거나 체험할 수 있는 독자들 스스로 답해야만 하는 문제이기도 하다.

—위선을 폭로하는 위선적인 아이의 시선에서 도덕적 감시를 하는 성인의 시선으로

오스카의 작은 키는 단순히 어른들의 세계에 편입되지 않으려는 의지의 상징적 표현을 넘어 어른들의 세계에 숨겨진 위선을 폭로하는 실질적인 기능을 지니고 있다. 오스카는 자신의 네번째 생일날 어른들이 양철북을 사주지 않아 실망한다. 더욱이 그는 어른들이 눈을 뜨고도 자신의 실망을 보지 못한 데 화가 나, 전구를 깨서 그들을 암흑으로 몰아넣는다. 이처럼 어른들은 오스카가 마음속으로 무슨 생각을 하는지 전혀 알지 못하는 반면, 오스카는 어른들의 생각을 꿰뚫어볼 수 있다. 가령 그는 페스탈로치 학교 입학식 날 슈폴렌하우어라는 여선생이 자신의 북을 빼앗으려다 실패하자 의연한 척하는 모습을 보고 그녀의 내면을 통찰한다. 그는 그녀의 부도덕성을 밝혀낼 충분한 소재를 발견했지만, 그 당시에 중요한 것은 북이었기 때문에 그녀의 내면에서 시선을 거두어들였다고 말한다. 이와 같이 오스카는 어른들의 부도덕한 내면세계를 들여다볼 수 있는 시선을 지니고 있다.

그러나 오스카가 소시민적인 어른 세계의 타락과 위선을 폭로할 수 있는 것은 주로 내면을 꿰뚫어보는 통찰력보다는 아래에서 바라보는 시선을 통해 가능해진다. 특히 오스카의 네번째 생일에 전구가 깨져 집 안이 칠흑같이 깜깜해지자, 처음에는 사람들이 당황해하지만 이내 어둠에 적응한 사람들은 어둠을 이용해 음탕한 행동을 하는데, 양초를 사러 갔다가 돌아와 이 광경을 본 외할머니는 소돔과 고모라가 따로 없다며 분노를 금치 못한다. 이러한 도덕적인 타락의 모습은 이어지는 카드놀이에서 절정에 달한다. 얀 브론스키는 카드놀이를 하던 중에 테이블 밑에서 오스카의 어머니 아그네스의 치마 속에 자신의 발을 넣으며 음란한 행위를 하는데, 오스카는 테이블 밑에서 그 모습을 목격하고 독자에게 그들의 도덕적 타락을 고발한다.

더 나아가 아래로부터의 시선은 일종의 저항적인 의미를 지니고 있기도 하다. 1934년에 이미 나치에 대한 애정을 상실한 오스카는 나치 집회에 대한 회의를 품는다. 그는 연단 앞에 사람들이 모이기 전에 연단 뒤로 가서 그곳의 실체를 보았기 때문에 연단 위에서 벌어지는 마술에 현혹되지 않는다. 그후 그는 연단의 연설용 소탁자 밑의 베니어판 아래 몸을 숨기고, 판자의 옹이구멍을 통해 나치 군인들이 연단으로 다가오는 것을 관찰한 후, 북으로 고적대의 연주를 교란시켜 왈츠를 연주하게 만든다. 이와 같이 오스카는 연단 아래에 숨어 나치의 선동을 교란하고 그들의 이데올로기를 희화한다. 나치 고위 장교들은 연단 위를 돌아다니며 이러한 교란을 야기한 사회주의자나 공산주의자를 찾으려고 하지만, 끝내 진짜 범인인 오스카를 발견하지는 못한다. 왜냐하면 어느 누구도 집회가 실패로 끝난 후 유유히 걸어가는 세 살로 보이는 소년을 사건의 범인으로 주목할 수 없었기 때문이다. 이와 같이 오스카는 아래로부터의 시선을 통해 상대방의 도덕적인 타락이나 허위적인 이데올로기를 폭로하면서도 자신을 안전하게 숨길 수 있다.

　그러나 오스카의 시선이 소시민세계와 나치 이데올로기의 위선을 폭로하는 긍정적 측면만 지니고 있다고 말한다면, 이는 지나친 일면적 해석이 될 것이다. 왜냐하면 오스카는 자신의 유아적 외모를 이용해 진실을 호도하고 상대방을 기만하기도 하기 때문이다. 가령 어른들의 세계에 저항하는 청소년 집단인 먼지털이단의 우두머리로 활동한 오스카는, 정작 이들이 체포되었을 때 자신을 바라보는 이들의 시선을 외면하며 그들을 모르는 사람인 척 바라본다. 또 그는 나중에 재판에 회부되지만 무죄로 석방된다. 이와 같이 오스카는 자신이 불리한 상황이 되면 동지는 물론 가족마저 외면하고, 어려 보이는 외모를 이용해 자신을 체포하려는 사람들을 현혹한다.

오스카의 이러한 위선적 태도는 북을 치며 과거를 회상하는 그의 글쓰기에도 나타난다. 일례를 들면 오스카는 손가락이 부어 간호사 브루노에게 그를 대신하여 과거를 기록해달라고 부탁한다. 이때 오스카는 1945년 6월 12일 단치히를 출발해 서독으로 떠나는 기차 안에 있던 머릿수건을 두른 소녀가 틀림없이 루치 레반트라고 주장하지만, 브루노가 몇 번이나 추궁하자 결국 그녀가 레기나 래크였다고 실토한다. 그러면서도 이름도 없는 세모진 여우 얼굴에 대해 계속 이야기를 하다 다시 루치라는 이름을 들먹인다. 이와 같이 브루노의 진술에 의해 오스카가 한 진술의 신빙성이 떨어지면서 오스카가 서술하는 과거가 과연 실제 현실과 일치하는지에 대한 의심이 생겨난다. 이러한 관점에서 보면, 작품 마지막에 묘사된 도로테아 간호사 살인사건 역시 새롭게 해석될 수 있다. 오스카의 시점에서 보면, 도로테아 간호사의 살해는 자신과 무관하며, 베아테 간호사가 질투심에서 저지른 사건에 불과하다. 오스카는 단지 자신의 친구 비틀라르가 유명해질 수 있도록 자신을 고발하게 하고 도망자의 역할을 해낸 것뿐이라는 것이다. 그러나 오스카가 이전에 자신의 죄나 책임을 은폐하고 법원의 판결을 피해간 것처럼, 여기서도 똑같은 위선적 태도를 취하고 있는 것은 아닌지 의심해볼 필요가 있다. 특히 도로테아 간호사가 오스카의 구애를 거절한 후 그가 병적으로 그녀에게 집착하는 모습에서 이러한 의심이 완전히 근거가 없는 것은 아니라고 추측할 수 있다. 또한 오스카가 묘사하는 무명지의 주인, 즉 살해당한 여자가 도로테아와 모습이 일치할 때 이러한 의심은 더욱 강해진다. 이와 같이 오스카는 북을 치며 과거를 불러내는 동시에 과거를 조작하고 은폐하기도 한다. 그는 아래로부터 보는 아이의 시선을 통해 위선을 폭로하기도 하지만 또한 아이의 무지를 가장하며 사실을 은폐하는 위선적 태도를 보이기도 하는 것이다.

일종의 액자소설 구조를 지닌 이 소설에서 틀이 되는 것은 오스카가 정신병원에 갇혀 있는 상황이다. 이 정신병원에서 오스카의 담당 간호사인 브루노는 문구멍을 통해 오스카를 지켜보며 감시한다. 이것은 오스카가 북을 치며 과거를 기억하는 데 어려움을 가져온다. 하지만 오스카는 브루노가 그의 방으로 들어오면 자신의 생애 이야기를 들려주고 심지어 자신의 글을 대신 기록하게 하면서 그와 협력적인 관계를 맺기도 한다. 이처럼 오스카가 감시받는 환경에 있으면서도 정신병원을 떠나 세상 밖으로 나가기 싫어하는 이유는, 그가 바로 이러한 사회와 격리된 공간에서 도덕적인 추궁을 받지 않고 자신만의 유미주의적 예술을 추구할 수 있기 때문이다. 그러나 설령 그가 브루노와 아무리 친밀한 관계를 맺고 있다고 하더라도, 오스카 자신의 말처럼 그와 오스카가 한편이 될 수는 없다.

하지만 나는 나 오스카와 간호사 브루노를 위하여 우리 두 사람이 주인공이며, 감시 구멍 저쪽에 있는 그와 이쪽에 있는 나는 완전히 다른 주인공임을 말해 두고 싶다. 그가 아무리 문을 열고 들어온다고 해도, 우리 둘이 이름도 주인공도 없는 하나의 덩어리가 되어버리는 것은 아니다. 그 모든 우정과 고독에도 불구하고 말이다.(10쪽)

오스카의 손가락이 부어 브루노가 그를 대신하여 그의 과거에 대한 회상을 기록할 때, 브루노는 오스카의 회상의 진실 여부에 의문을 제기한다. 여기에서 브루노의 감시는 단순히 정신병원에 수감된 환자 오스카의 감시를 넘어서 진실과 자신의 도덕적 과오를 은폐하려는 오스카의 태도에 대한 감시로 의미가 확장된다. 경찰의 감시를 피해 외할머니의 치마 속으로 숨은 외할아버지 콜야이체크나 아버지를 닮아 침대 밑이나 옷장 속에 숨기를 좋아했고 나중에 자신의 외도를 숨기기 위해 늘 숨어 다녀야 했던 어머니 아그네스와 마찬가지로, 오스카 역시 감시의 시선을 피해 숨어 다니는 도주자의 운명을 벗어나지 못한다.[100] 도로테아 간호사 살인사건과 관련된 그의 도주는 이를 입증한다. 자신의 도덕적 과오를 은폐하고 숨어 지내려는 오스카의 태도는 나치 시대의 소시민의 태도와 별반 다르지 않다. 그라스는 이러한 위선을 폭로하고 도주를 감시하는 비판적인 통찰의 시선을 이 작품에서 보여주고 있다. 그것은 아이의 유아적 시선이 아닌, 사회에 대한 도덕적 책임을 지닌 성인의 시선이다.

2) 은희경의 『새의 선물』
─반성장소설과 창조적 반복

은희경의 『새의 선물』(1995)은 1990년대에 살고 있는 삼십대 중반의 이지적인 여성 강진희가 1969년 열두 살이었던 자신의 어린 시절을 회상하며 이야기하는 형식으로 구성되어 있다. 이러한 소설구조는 독자에게 이 작품이 주인공의 정신적 발전과정을 보여주는 성장소설의 형식을 취하지 않을까 기대하게 하지만, 이러한 기대는 곧 잘못된 것으로 드러난다. 왜냐하면 주인공 '나'로 등장하는 강진희는 자신의 말대로 열두 살 이후 (정신적으로) 더이상 성장할 필요가 없었기 때문이다.

열두 살의 소녀인 진희가 더이상 성장할 필요가 없는 이유는 이미

---

100. 물론 오스카가 할머니나 어머니의 치마 속으로 자주 숨는 것은 아버지로 대변되는 가부장적 사회질서에 편입되기를 거부하는 아이가 어머니의 자궁 속으로 되돌아가려는 시도로 해석할 수도 있다. 그것은 오스카가 태어나려고 할 때 자신에게 가계를 물려주겠다는 아버지의 말을 듣고 어머니의 자궁에서 나오지 않으려고 하는 것과도 연관이 있다. 이 경우 오스카의 숨는 행위는 사회비판적 의미를 지닌다. 따라서 오스카가 숨는 행위는 사회비판적 의미와 자신의 도덕적 잘못의 은폐라는 이중적인 의미를 지닌다.

삶에 대한 진실을 통찰했기 때문이다. 이러한 삶의 진실에 대한 인식이 가능했던 것은 부모의 결핍 때문이다. 그녀의 어머니는 정신이상자가 된 후 자살하였고, 아버지는 그녀를 버리고 떠나 다른 살림을 차린다. 자신의 의지나 잘못과 상관없이 극복해야 할 상처를 얻게 된 진희는 감정적인 성격이 아님에도 불구하고 부모를 떠올리는 상황이 되면 민감해지고 심지어 공격적이 되기조차 한다. 학예회에서 자식을 위해 아무것도 못 해주는 무능한 흥부 역을 하다가 갑자기 아버지라는 존재가 떠올라 코끝이 아려온 것이라든지, 광진테라 아줌마가 버려두고 떠난 젖먹이 아들 재성이가 엄마를 그리워하며 울어대는 모습이 미워 그의 뺨을 찰싹 때린 것은, 진희가 살아 있는 한 부모에 대한 생각에서 벗어날 수 없음을 보여준다. 역으로 그녀의 삶은 이러한 삶의 상처를 극복하기 위한 것이며, 이러한 감정적 상처를 피하기 위해 삶에 대해 거리를 두고 관찰하는 습관이 생겨난다.

아이로서 진희가 삶의 비밀에 접근하는 방법은 두 가지이다. 첫번째로 그녀는 자신을 아이처럼 '보이게' 만듦으로써 어른들을 안심시키고 그들의 비밀에 접근할 수 있다. 진희가 어른들의 귀여움을 받는 이유는 바로 그들의 비밀을 알고 있기 때문인데, 이것은 달리 말하면 그녀가 어른들의 약점을 알고 있기 때문에 그들을 지배할 수 있음을 의미한다. 그녀는 어른 흉내를 내며 스스로가 '어린아이'임을 여실히 보여주는 아이들의 유치함이나 스무 살이나 먹고도 어린아이같이 행동하는 이모를 모두 내려다보며, 설익은 아이의 어른 흉내나 성숙하지 못한 어른의 미성숙에 모두 거리를 둔다. 그리고 이모가 그렇게 어린애처럼 구는 이유를 어린 시절을 자신처럼 고뇌하며 보내지 않았기 때문인 것으로 간주한다. 두번째로 그녀는 어른들의 행동을 관찰하고 그것을 분석함으로써 어른들의 비밀을 알아낸다. 이렇게 거리를 둔 관찰 방식은 일찍이 부모 품을 떠나 살면서 자신을 방어하기 위해 늘 모든 것에 거리를 두고 살아가도록 만든 환경에서 비롯된다.

이처럼 어른들의 삶의 비밀을 들여다보면서 진희는 삶을 통찰한 동시에 '완성한다.' 그녀는 1969년에 책상 앞에서 '절대 믿어서는 안 되는 것'들에 관한 목록을 지우고 있었는데, 거기에는 동정심, 선과 악, 불변, 오직 하나 뿐이라는 말 같은 것이 들어 있었다. "'절대 믿어서는 안 되는 것들'이라는 목록을 다 지워버린 그 때, 열두 살 이후 나는 성장할 필요가 없었다. 누구의 가슴 속에서나 유년은 결코 끝나지 않는 법이지만 어쨌든 내 삶은 유년에 이미 결정되었다."[101]

이미 열두 살의 나이에 성숙한 진희는 삶을 더이상 심각하게 생각하지 않는다. 가령 그녀는 사랑이란 운명이 아니며, 단지 어떤 단편적인 이미지에 미혹되어 생겨나는 것으로 인식한다. 그 때문에 그러한 이미지가 깨지면 사랑 역시 깨질 수 있는 것이다. 다시 말해 영원하고 유일한 사랑이란 존재하지 않고 사랑은 뒤따르는 다른 사랑에 의해 배신당할 수 있으며, 그 때문에 사랑에 대한 냉소적인 자세를 취해야 한다는 것이다. 그녀는 이와 같이 사랑을 더이상 심각하게 생각하지 않고 냉소적으로 바라봄으로써 사랑이 깨져도 언제든지 다시 사랑에 열중하고 사랑에 집착하지 않을 수 있게 된다.

이러한 삶의 진실에 관한 진희의 통찰은 비단 개인의 삶에 국한되지 않는다. 더 나아가 그녀는 주변에서 벌어지는 일상적인 사건을 바라보며 동시대의 역사에 대한 비밀을 들여다보기도 한다. 박광진이라는 이웃 아저씨의 삶을 통해서는 친일파 조상을 둔 사람이 어떻게 독립운동가의 자손 행세를 하며 기회주의자로 살아가는지를 바라보며 과거청산의 문제를 다룬다. 또 군용트럭을 몰며 흙탕물을 튀기고 간 군인들을 더이상 고생하는 국군장병이 아닌 야만적인 사람들로 비판

---

101. 은희경, 『새의 선물』(문학동네, 2004), 13쪽.(이하 본문에 쪽수로 표시)

하기도 하고, 아이들이 부르는 '남편이여 그대, 월남 가서 돈 부치고 빈 총 맞아 죽어라'라는 노래를 인용하며 월남파병에 관한 환상을 깨기도 한다. 또한 선거에서 당선되지 못한 신화영이라는 친구가 대동병원 원장인 아버지의 힘으로 선거결과를 무효화하며 부회장으로 당선된 사건을 통해 그 당시의 유명무실한 민주주의 선거체제를 조롱하기도 한다. 그 밖에도 누전으로 일어난 유지공장 화재사건을 빨갱이들이 일으킨 방화사건으로 몰아가는 사회 분위기를 통해 좌파 마녀사냥의 현실을 폭로하기도 한다.

그러나 공식적인 역사 해석이나 정치적인 질서의 이면에 숨어 있는 이러한 비밀을 통찰함으로써 어떤 역사적인 비전이나 유토피아적인 희망이 제시되지는 않는다. 역설적으로 이러한 날카로운 사회비판을 통해 주어지는 결론은 역사의 발전에 대해 진희가 취하는 냉소적 자세이다. 주인공 진희가 아버지를 만나면서 새로운 길로 접어들게 되는 1970년대는 정치적으로 새로운 시대로 광고되면서 1960년대와 달라진 모습을 보여줄 것으로 기대된다. 그러나 그녀는 1960년대와 1970년대라는 구분이 단지 임의적 시간구분에 따른 것일 뿐이라고 생각하며, 1970년대가 되면 마치 새로운 시대가 열릴 것처럼 떠들어대는 것에 회의를 표명한다. 마찬가지로 그녀는 설령 농담처럼 주어진 아버지와 새로운 가정에 대해서도 그것이 새 삶이라고 하더라도 별로 큰 기대를 갖지는 않는다.

그렇다고 진희가 할머니나 광진테라 아줌마처럼 자신의 삶을 이미 결정된 것이라고 믿고 그저 그 삶을 받아들이는 숙명주의에 빠져 있는 것은 아니다. 오히려 그녀는 그들이 다른 삶의 가능성에 대해 한 번도 생각하지 못하는 것에 거리를 둔다. 그러나 다른 한편 그녀는 운명론적인 생각에 거리를 두면서도 우연이 삶을 지배한다고 생각하며 역사의 점진적 발전에 관한 환상을 갖지 않는다. 이제 1990년대의 서술자로 등장하는 진희는 무궁화호(인공위성) 발사를 지켜보며 과거 1960년대에 달 착륙을 보았던 것을 회상하는데, 달나라를 정복하면 세상이 달라질 거라는 사람들의 감격과 달리 그 이후에도 세상이 달라진 것이 없는 것처럼 현재의 삶도 마찬가지로 계속 반복되어갈 것이라고 생각한다. "90년대지만 지금도 세상은 나의 유년과 하나도 다를 바가 없다. 여전히 세계 어느 곳에선가는 베트남전이 일어나고 있고 아이들은 선생님에게서 위선과 악의를 배워가며 이형렬들은 군대에서 애인을 구하고 뉴스타일양장점의 계는 깨졌다가 다시 시작되며 신분상승을 위한 미스 리의 교태가 반복되는 한편에서 광진테라 아줌마는 둘째아이를 가짐으로써 뒤웅박 팔자 속에 구덩이를 판다."(384쪽)

따라서 과거의 주인공 '나'나 현재의 서술자 '나' 모두 삶에 대한 냉소적인 자세를 견지한 채 삶에 대한 특별한 기대나 희망을 품지 않고 삶에 그저 충실할 뿐이다. 마치 사랑이 영원불변한 것이 아니며 뒤따르는 사랑에 의해 깨질 것을 알면서도 환상 없이 사랑에 열정적이 되는 것처럼, 삶 역시 유토피아적인 희망 없이 매 순간 삶을 충실히 살아가는 것이다.

주인공의 이러한 냉소적인 태도는 동일한 것이 무한히 반복되는 세상에서 비롯된 것처럼 보인다. 그러나 정말 이러한 반복이 동일한 것의 무한한 반복만을 의미하는지를 알기 위해 들뢰즈의 이론을 바탕으로 반복에 대한 주인공의 생각을 보다 자세히 살펴볼 필요가 있다.

주인공 강진희가 반복에 대해 지닌 생각은 차이가 반복되고 반복이 차이를 생성한다는 들뢰즈의 생각과 닮아 있다. 들뢰즈의 철학은 사건의 철학이다. 사건은 특이성과 같은 말인데, 특이성이란 평범한 상태에서 벗어나 변화하는 지점, 가령 물이 끓거나 어는 지점과 같은 특별한 지점을 가리킨다. 그런데 이러한 특이성은 실제로 일어나지 않아도 잠재적인 순수한 사건으로 존재할 수 있으며, 그러한 잠재성은 물질적인 운동 속에서 실제로 구현될 때 비로소 현실화된다. 세계는 특이성들, 즉 변별화된 차이들의 체계로 이루어져 있는데, 그러한 특이성들의 체계로부터 특정한 특이성이, 보다 정확히 말하면 특정한 특이성들의 계열이 분화되어 나오면서 현실에서 실제의 사건으로 일어나게 된다.[102]

예를 들어 설명하면, 현실에서 일어나는 사랑의 형태는 다양하지만, 이처럼 현실화되기 이전에 일종의 원형동사처럼 논리적인 형태로만 존재하는 사랑이 있는데 그것이 바로 잠재적 사건으로서의 사랑이다. 그런데 이러한 잠재적인 사건으로서의 특이성은 우발적으로, 즉 우연히 삶 속으로 솟아오르는데, 이때 다른 특이성들과 특정한 전후관계를 형성하면서 계열화된다. 이러한 계열화를 통해 잠재적 사건은 현실화되며 의미를 발생시킨다.

야구의 예를 들어보자. 가령 야구에서 배트로 친 공이 그라운드 안에 떨어지고 그 공보다 이전에 타자가 루상에 도착하면 안타가 되고, 그 공이 그라운드 쪽 펜스를 넘어가면 홈런이 된다. 물질적 차원에서 공이 펜스를 넘어서는 단순한 사건이 정신적 차원에서는 홈런이라는 의미를 낳는 것이다. 이와 같이 사건을 이해하려면 그것의 표면적 층위와 함께 정신적 의미의 차원을 고려해야 한다. 여기서 물질적이고 표면적인 층위가 반드시 물리적 사건만을 가리키는 것은 아니다. 똑같은 홈런이 이번에는 물질의 표면적 차원에 있을 수도 있다. 예를 들어 9회 초 7:0으로 이기고 있는 상황에서 치는 솔로 홈런과 9회 말 0:2로 지고 있는 상황에서 친 스리런 홈런은 같은 홈런이라도 그 의미가 다르다. 물질적 차원에서 그것은 모두 같은 홈런이지만, 정신적

---

102. 이정우, 『시뮬라크르의 시대─들뢰즈와 사건의 철학』(거름, 1999), 192쪽 참조.

의미 차원에서 전자의 별 의미 없는, 약간의 격차를 벌리는 홈런과 달리 후자는 역전승을 가져오는 홈런이라는 의미를 갖는다.

잠재적인 사건으로서의 홈런은 실제 야구경기에서 매번 언제든지 현실화되어 일어날 수 있다. 이 경우 현실화된 사건으로서의 홈런은 110미터짜리 홈런, 120미터짜리 홈런 등 개별적으로 차이가 있지만, 펜스를 넘어갔다는 의미에서 모두 개념적으로 동일한 홈런으로 간주된다. 우리가 보통 직관을 통해 얻은 표상을 개념과 일치시키는 대상 인식은 이와 같은 방식으로 이루어진다. 그러나 이러한 인식은 단지 물질적인 차원의 대상인식에 지나지 않는다. 이런 식으로 이해하면, 홈런은 개별적으로는 각각 반복될 때마다 조금씩 차이가 나지만 개념적으로는 동일한 홈런으로 간주된다. 즉 이 경우에 반복은 (개념적) 동일성의 반복이다.

그런데 홈런을 단순히 물질적이고 표면적인 차원에서만 바라보지 않고 동시에 그것의 문화적, 정신적 의미 차원까지 생각해 이해하면, 잠재적 사건으로서의 홈런이 실제로 일어날 때 엄청나게 많은 의미가 생성된다는 것을 알 수 있다. 역전 홈런, 승리를 굳히는 홈런, 굿바이 홈런, 승부에 영향을 미치지 못하는 홈런 등 홈런이 그 앞뒤의 사건들과 어떻게 계열화되느냐에 따라 홈런의 다양한 의미가 생겨난다. 잠재적 사건으로서의 홈런 자체는 아직까지 아무런 정신적 의미도 갖지 않지만, 그 안에 내포되어 있는 잠재적 의미들이 계열화를 통해 펼쳐지면서 분화되어 나올 때 다양한 의미를 생성해낸다.

이렇게 현실화된 사건으로서의 홈런, 가령 역전 홈런은 잠재적 사건으로서의 홈런과 동일하지도 않고, 유사하지도 않다. 그래서 그것은 시뮬라크르이다. 이와 같이 의미를 지닌 사건으로서의 다양한 시뮬라크르들에 대해 잠재적 사건은 실제 경험적 시간 차원에서의 과거가 아니라 선험적인 과거로 앞서 있다. 이러한 잠재적 사건으로서의 홈런은 재현의 차원에서 개념적 동일성을 지닌 홈런과 달리 더이상 동일성으로 정의될 수 없는 차이 자체(즉자적 차이)라고 할 수 있다. 왜냐하면 그것은 또다른 잠재적 사건으로서의 특이성들, 즉 변별화된 차이들과 하나의 체계를 형성하며, 그 역동적인 특이성의 장 안에서 움직이고 있기 때문이다. 이러한 잠재적 사건으로서의 홈런은 그것이 현실화되어 반복될 때, 그것이 가지고 있는 잠재적 의미가 특이성들의 계열화를 통해 분화되어 나옴으로써 역전 홈런, 굿바이 홈런 등 다양한 의미의 차이를 생성해낸다. 말하자면 차이 자체(잠재적인 사건으로서의 홈런)가 반복되고 반복이 차이(의미를 지닌 현실화된 사건(시뮬라크르)으로서의 홈런)를 낳는 것이다. 이로써 물질적 차원에서만 고찰한 홈런의 반복이 개념적으로 동일한 것의 지루한 반복만 낳는 것과 달리, 정신적 의미의 차원에서의 반복은 창조적인 생성의 반복을 낳게 된다.

그렇다면 반복에 대한 들뢰즈의 이론은 이 소설과 어떻게 연결될 수 있을까? 이는 사랑에 대한 진희의 통찰을 통해 살펴볼 수 있을 것이다. 이성異性을 사랑하게 되는 감정인 사랑은 운명적인 것이 아니라 특정한 시점에 잠재성의 영역에서 물질적인 현실의 영역으로 우연히 솟아오르는 것으로 볼 수 있다. 그런데 이러한 사랑은 매번 반복되더라도 똑같은 것이 아니며, 그것이 생겨나는 전후 관계에 따라, 즉 다른 특이성들과 어떻게 계열화되느냐에 따라 서로 다른 의미를 갖는다. 가령 군인 이형렬이 강진희의 이모인 전영옥을 좋아하는 이유는 그녀의 청순함 때문이다. 즉 청순한 외모를 보고 사랑이라는 감정이 싹튼 것이다. 반면 깡패 홍기웅이 영옥을 사랑하는 이유는 그녀가 부른 노래가 이전에 그 노래를 즐겨 불렀던 그의 돌아가신 어머니를 연상시켰기 때문이다. 즉 어머니를 연상시키는 노래가 그의 사랑을 생겨나게 한 것이다. 따라서 이형렬에게 사랑은 청순한 외모와 같은 것이고, 홍기웅에게 사랑은 그리운 어머니에 대한 마음과 같은 것이다. 부정형으로서의 잠재적 사건인 사랑은 언제 어디서라도 반복될 수 있지만, 그것이 어떻게 계열화되느냐에 따라 현실에서는 그 의미가 달라진다. 그러한 다양한 의미 가운데 어느 하나가 사랑의 진정한 의미가 될 수는 없다. 잠재적인 사건으로서의 사랑은 하나의 의미로 환원될 수 없는 무의미이며, 그 때문에 역설적으로 현실에서 다양한 의미를 창조해낼 수 있다.

이형렬과 홍기웅의 사랑 역시 객관적 선험[103]으로서의 잠재적인 사건인 사랑과는 일치될 수 없는, 계열화를 통해 만들어진 한갓 사랑의 이미지에 지나지 않는다. 따라서 잠재적인 사건으로서의 사랑은 추상적인 개념으로 정의될 수 없는 차이 자체이고, 그러한 잠재적 사건인 사랑이 현실화될 때마다, 즉 반복될 때마다 새로운 의미를 지닌 시뮬라크르로서의 사랑을 낳는다. 강진희는 매번 반복될 때마다 차이를 창조하는 사랑의 시뮬라크르적인 속성을 인식하고 있기에 사랑이 배신하더라도 절망하지 않는다. 그녀는 본질을 보여주지 못하는, 한갓 이미지로서의 사랑의 속성을 인식하고 있기 때문이다. 그렇다고 그녀가 사랑을 포기하는 것은 아니다. 오히려 그녀는 현실화된 사건으로서의 사랑의 시뮬라크르적인 속성을 의식하면서 또다른 사랑의 가능성을 배제하지 않은 채 진지하게 사랑한다. 그러한 그녀의 사랑은 원칙적으로 일회적이고 영원한 것이 아니라 설령 깨지더라도 다시 새로운 형태로 반복할 수 있는 사랑이다.

역사가 진보하지 않고 반복되는 것처럼, 강진희라는 한 인간 역시

---

103. 이정우는 "경험을 가능하게 하는 어떤 논리적 장, 가능성의 장, 특이성들의 체계를…… '객관적 선험'"이라고 부른다. 그것이 '객관적' 선험인 이유는 "특이성들의 구조는 우리의 경험을 가능하게 해주는 것이지만" 칸트에게서와 달리 "우리 의식의 구조가 아니고 세계의 논리적 구조이기" 때문이다.(이정우, 같은 책, 180쪽)

어린아이에서 어른으로 성장하지 않고 어린 시절 깨우친 삶의 통찰을 실행하며 반복해서 살아간다. 따라서 이미 어린 시절에 삶을 완성해버린 주인공의 설정은 개인의 성장과 역사의 진보에 대한 계몽주의적인 믿음에 대한 비판을 내포하고 있다고 할 수 있다. 그러나 이것이 결코 탈역사주의적인 삶에 대한 무기력과 삶의 방치를 의미하지는 않는다. 오히려 그것은 강진희가 유일하고 영원한 사랑의 진실을 믿지 않으면서도 사랑에 충실하되 그것의 시뮬라크르적인 특성을 통찰하듯이, 우연이 지배하는 농담 같은 삶에서 삶을 지배할 수 없음을 깨달으면서도 매 순간 삶에 충실하려고 노력하는 것이다.[104]

들뢰즈식으로 말하자면, 사랑이나 삶의 진실은 궁극적으로 포착할 수 없는 '차이 자체'이다. 그러한 포착 불가능한 차이 자체가 매번 '상이한' 사랑과 삶의 실천으로서 '반복'될 때, 그러한 반복은 차이를 낳는 창조적 반복이다. 이 작품의 주인공이자 서술자이기도 한 강진희는 열두 살 이후 지금까지 그러한 '창조적 반복'의 삶을 살아오고 있는 것이다. 어쩌면 이것이 단조롭게 반복되는 운명에 대한 절망과 늘 새로움을 추구하는 진보와 유토피아에 대한 희망 사이에서 우리가 취할 수 있는 유일한 삶의 태도일지도 모른다.

―주체적 시선에서 냉소적 시선으로

사르트르는 『존재와 무』에서 대상을 관찰하는 주체에 대한 타자의 응시를 이야기한다. 여기서 주체인 나는 공원이라는 풍경을 관찰하는 고정된 중심점으로서 자신 앞에 펼쳐지는 광경의 주인이 된다. 그런데 이처럼 원근법의 소실점에 해당하는 지위를 누리며 세상의 중심

104. 은희경, 같은 책, 384쪽: "나는 내 삶을 방치한 적은 없다. 두 번의 중절수술과 각기 한 번씩의 둔주, 방화까지를 포함해서."

이 된 듯한 주체적 감정은 한 침입자가 공원에 들어서면서부터 깨지고 만다. 왜냐하면 침입자인 타인이 이제 나를 응시하며 새로운 지배자로 군림하려고 하기 때문이다. 그러나 설령 내가 타인의 응시 대상이 된다고 할지라도, 내가 세상을 바라보는 틀, 즉 주체와 대상이라는 틀은 깨지지 않는다. 또한 "주체는 그 같은 응시를 견디어 살아남을 수 있으며, 주체를 위협할지는 모르지만 그러나 어떤 의미에서도 주체를 해체하거나 무화하지는 않는 이러한 '타자'에 노출됨으로써 오히려 좀더 강하게 살아남을 수 있다. 주체가 된다는 것에 대한 주체의 의식은 좀더 고양되지, 해체되는 것이 아니다."[105]

사르트르의 『존재와 무』에 등장하는 주체의 시선은 은희경의 『새의 선물』에 등장하는 주인공 진희의 시선과 많이 닮아 있다. 주인공 진희는 여덟 살 내지 아홉 살 되던 해에 할머니의 조카뻘 되는 친척들이 집에 찾아와 그녀의 어머니가 목매달아 자살한 이야기를 하면서 힐끔힐끔 자신을 바라본 것을 기억한다. 그때부터 그녀는 자신을 관찰하거나 바라보는 타인의 시선을 싫어한다. 자신의 뜻과 상관없이 부모와의 관계에서 주어지는 상처의 내압을 견디기 위해 그녀는 공포나 혐오의 대상 앞에서 그것을 극복하고자 자신의 진정한 모습을 숨기고 자신을 '보여지는 나'와 '바라보는 나'로 분리시키는 방법을 고안해낸다. 사르트르의 '나'가 자신을 관찰하는 타인의 시선에 의해 세상의 중심에서 밀려나지만 다시 그것을 극복하고 보다 강화된 자아가 되어 세상을 바라보는 것처럼, 은희경의 소설 주인공 진희 역시 이러한 자아분열을 통해 자신의 자아를 강화하고 상처를 극복한다. 그녀가 자신을 두 개의 '나'로 분리시키는 방법은 다음과 같다.

---

105. 브라이슨, 같은 글, 171쪽.

누가 나를 쳐다보면 나는 먼저 나를 두 개의 나로 분리시킨다. 하나의 나는 내 안에 그대로 있고 진짜 나에게서 갈라져나간 다른 나로 하여금 내 몸 밖으로 나가 내 역할을 하게 한다. 내 몸 밖을 나간 다른 나는 남들 앞에 노출되어 마치 나인 듯 행동하고 있지만 진짜 나는 몸 속에 남아서 몸 밖으로 나간 나를 바라보고 있다. 하나의 나로 하여금 그들이 보고자 하는 나로 행동하게 하고 나머지 하나의 나는 그것을 바라보고 있는 것이다. 그때 나는 남에게 '보여지는 나'와 나 자신이 '바라보는 나'로 분리된다. 물론 그중에서 진짜 나는 '보여지는 나'가 아니라 '바라보는 나'이다. 남의 시선으로부터 강요를 당하고 수모를 받는 것은 '보여지는 나'이므로 '바라보는' 진짜 나는 상처를 덜 받는다. 이렇게 나를 두 개로 분리시킴으로써 나는 사람들의 눈에 노출되지 않고 나 자신으로 그대로 지켜지는 것이다.(20~21쪽)

이와 같이 자신을 분리하여 타인의 시선 앞에 숨기는 시도는 삶의 상처를 이겨내고 두려움을 극복하는 치유의 기능을 지니고 있다. 더 나아가 이것은 삶을 거리를 두고 관찰할 수 있게 함으로써 삶의 표면에 감추어진 비밀을 알려주는 인식의 기능도 지닌다. 그리하여 열두 살의 어린 진희는 몰래 연애하는 이모의 비밀뿐만 아니라, 장군이 엄마의 속마음을 알기도 하고, 병역을 기피한 채 숨어 사는 광진테라 아저씨의 비밀과 자신의 고통을 마음속에 묻어두며 사는 광진테라 아줌마의 비밀도 알게 된다.

그러나 진희가 이러한 자기분열의 방법을 통해 얻게 되는 가장 큰 효과는 '나'라는 주도적인 자아에 대한 감정이 강화된다는 것이다. 부모님과 관련된 상처나 약점은 '나'의 지배적인 시선을 불안하게 만드는 요인이다. 그녀는 자신의 체험과 할머니의 조언을 통해 감정의 균형을 유지해야만 타인에게 종속되거나 굴복당하지 않는다는 것을 배우면서, 감정에 대해 거리를 유지하며 살아간다. 그녀에게 정서적 반응이 한참 후에야 나타나곤 하는 것도 여기에서 비롯된다. 진희가 자신을 두 개의 자아로 분리함으로써 자신의 주체성을 강화하는 것은 앞에서 언급한 사르트르의 시선 이론과 연결시켜 설명할 수도 있다. 사르트르에 따르면, 주체인 나는 타자의 시선에 의해 대상으로 격하되며 수치심을 느낄 수 있다. 이러한 수치심을 극복하고 자신의 주체성을 보존하기 위해 나는 타자의 시선과 맞서 그를 자기 시선의 지배하에 두어야만 한다. 이 작품의 주인공 진희가 타자의 시선에 맞서 자신을 지키고 타자를 자기 시선의 지배하에 두기 위해 고안해낸 방법이 자신을 '바라보여지는 나'와 '바라보는 나'로 구분하는 것이다. 타인은 '바라보여지는 나'를 마치 사물을 바라보듯 쳐다보며 수군대지만, '바라보는 나'는 그러한 자신을 바라보고 있는 타인들을 거리를 두고 관찰하며 그들을 다시 자신의 시선의 장에 위치시킴으로써 그들보다 우월한 위치를 점할 수 있게 된다. 이로써 진희는 자신을 보호하고 근대적인 자아의 해체 위기를 막을 수 있다고 믿는다. 그러나 그녀가 나중에 허석을 사랑하거나 그와 이별할 때 드러나듯이 이러한 자기분열이 늘 쉽지만은 않다는 것을 알 수 있다. 또한 이 작품에서 주체의 의지로는 어쩔 수 없는 우연적인 사건들이 일어나 세상의 흐름을 결정한다는 것도 드러난다. 따라서 이 작품에 나타나는 자기를 분리시키는 진희의 주체적 시선을 작가의 시선과 동일시할 수는 없을 것이다. 오히려 이러한 그녀의 자기방어적인 시선보다는 그녀의 냉소적 시선이 작가 은희경의 시선에 더 가까울 것이다.

자신의 삶과 감정을 거리를 두고 관찰하는 진희의 생활방식은 이모나 광진테라 아줌마의 생활방식과는 대조를 이룬다. 애교를 통해 문제를 해결하려는 이모의 생활방식은 내 스스로의 힘으로 어떤 대상을 취하지 않고 남의 처분만을 바라는 것이기 때문에 주인공 진희의 마음에 들지 않는다. 즉 이모는 자신의 의지에 따라 삶을 살아가는 주체성을 지니지 못해 비판받는다. 반면 광진테라 아줌마는 생에 대한 의지는 강하지만, 자기 삶을 분석하지 못하는 약점을 지니고 있기 때문에 자기 인생의 주인이 되지 못하는 것으로 간주된다. 다시 말해 자기 삶의 주인이 되는 주체적 삶을 영위하기 위해서는 삶에 대해 거리를 두고 관찰하고 그 결과를 분석할 줄 아는 이성적인 능력이 필요하다는 것이다. 또한 주인공 진희가 이러한 관찰과 분석을 바탕으로 그 결과를 실험할 때, 이러한 태도는 그녀를 근대적인 이성을 구현하는 인물로 간주하게끔 만든다.

그러나 자세히 살펴보면『새의 선물』의 주인공인 진희가 이러한 근대적 이성과 시선만을 대변하는 인물은 아니라는 것을 알 수 있다. 비록 그녀가 다른 사람들의 행동을 정확히 관찰하고 분석하여 실험을 통해 그녀가 의도한 결과를 달성할지라도, 그러한 것들이 모두 인과론적으로 이루어지지는 않는다. 예를 들면 그녀는 장군이 엄마가 나를 '그렇고 그런 계집애'로 폄하한 것과 장군이가 아침마다 큰 소리로 삼국지를 읽어 자신의 잠을 깨운 것에 대한 복수로 그를 위악적인 자신의 실험대상으로 삼는다. 그녀는 장군이가 자신에 대해 호감이 있는 것을 알고는 그의 질투심을 유발해 학급 반장이 쓴 것처럼 위조한 편지를 똥통에 빠뜨린 후 그것을 건져내려는 장군이를 변소에 빠뜨린다. 그러나 비록 결과적으로는 그녀의 의도대로 장군이가 똥통에 빠졌지만, 자신의 치밀한 계획의 성공 여부는 마지막 순간에 '우연'이 결정하는 것임을 그녀도 알고 있다. 이러한 인식은 나중에 서술자의 일반적인 성찰에서도 잘 드러난다. "모든 중요한 일의 결정적인 해결은 꼭 우연이 해준다. 복잡한 계산과 치밀한 논리를 다 동원하고도 아직 결론에 이르지 못하고 있을 때 우연은 그 어렵고도 중요한 일을 어이없을 만큼 가볍게 해결해버린다."(294쪽) 인생이 농담과 같은 것이고 운명 대신 우연이 인생을 지배하는 것으로 간주된다면, 삶을 이성적인 판단에 따라 주도하고 지배하는 것처럼 보이는 '나'의 지위는 제약을 받게 된다. 심지어 '나'라고 하는 하나의 통일된 자아가 과연 존재하는 것인가 하는 의문이 제기되기조차 한다.

이모가 이형렬과 헤어지고 실연의 상심으로 이전과 다른 모습을 보일 때, 진희는 실연의 상심이 아무리 커도 며칠 사이에 다른 사람이 될 수는 없을 것이라고 생각한다. 다만 그녀가 유의한 것은 이모가 변했다는 사실이 아니라 그녀의 내면에 수많은 다른 모습이 들어 있을 수 있다는 사실이다. 그리고 그런 모습 중 하나를 골라 쓰는 제어장치가 지금까지와 다른 방식으로 작동한다면, 이모가 전혀 다른 사람이 될 수 있을 것이라고 생각한다. 그러고는 '대체 우리가 나라고 생각하는 내가 나라는 존재의 진실에 얼마나 가까운지' 질문한다. 이러한 회의는 지금까지 나르시시즘에 빠져 나의 보존과 자아의 강화에 전력하는 것처럼 보이던 주인공 진희의 태도와는 다른 것이다. 그러나 사실 이러한 결론은 인생을 농담으로 보는 그녀의 생각에서 보면 일관된 태도임을 알 수 있다. 마치 하나의 진정한 사랑이나 하나의 진리가 존재하지 않듯, 하나의 진정한 나 역시 존재하지 않는다는 것이다. 이는 절대적 진리를 부정하고 자아의 다원성을 주장하는 포스트모더니즘의 열린 태도와 상응한다고 할 수 있다.

이성을 통해 세계의 의미를 캐어내고 진리를 인식하려는 주체의 시선은 삶을 지배하는 것은 우연이고 삶은 농담과 같은 것이라는 역설에 부딪히고 만다. 따라서 그러한 세계에서 삶의 의미를 캐내려는 시도는 무의미한 것이 된다. 마찬가지로 주인공 진희는 자신의 의지와 이성의 통제를 받지 않는 것들이 있다는 사실을 깨닫는다. 그녀는 심장이 그녀의 이성으로 통제할 수 없는 유일한 신체기관임을 인식하고 그것이 자신의 의지와 관계없이 무의미한 열정을 가속화시킬 때가 있다고 말한다. 이러한 심장의 박동은 생명력을 보여주기도 하지만, 자기 존재에 대한 무력감을 보여주기도 한다는 것이다. 이로써 자신의 의지와 이성의 힘으로 세계를 인식하고 지배하는 근대적인 주체의 상은 파괴되고, 우연이 지배하는 시뮬라크르의 세계에서 살아갈 수밖에 없는 인간의 존재적 조건이 인식된다.

우연이 지배하는 삶에 대한 '냉소적 시선'은 삶을 운명으로 간주하거나 영원하고 유일한 사랑 따위가 존재한다고 믿는 '서정적 시선'과 대조를 이룬다. 주인공의 이모인 영옥처럼 세상을 서정적으로 바라보는 사람이 그러한 세상이 자신을 배신할 때 엄청난 고통을 받는 반면, 배반하는 삶의 본성을 깨닫고 삶에 대해 냉소적인 거리를 유지하는 사람은 그러한 고통을 보다 잘 견딜 수 있는 면역력을 갖는다. 삶에 대한 이러한 냉소적 시선은 삶의 비밀을 완전히 꿰뚫어볼 수 없는 진희의 무기력을 고백하는 것이기도 하다. 그 때문에 이 작품이 지금까지 주체적 시선으로 세상을 꿰뚫어보는 듯하던 그녀가 확신이 결여된 태도로 말한다거나 그녀의 시선이 '우연'이 지배하는 회색빛 일상을 상징하는 쥐를 쳐다보고 있는 것으로 끝을 맺는 것은 어찌 보면 당연하다고 하겠다.

건조한 성격으로 살아왔지만 사실 나는 다혈질인지도 모른다. 집착 없이 살아오긴 했지만 사실은 집착으로써 얻지 못할 것들에 대한 두려움 때문에 짐짓 한걸음 비껴서 걸어온 것인지도 모른다. 고통받지 않으려고 주변적인 고통을 견뎌왔으며 사랑하지 않으려고 내게 오는 사랑을 사소한 것으로 만드는 데에 정열을 다 바쳤는지도 모를 일이다. 하지만 상관없다…… 나는 쥐를 보고 있다. 수챗구멍과 변소구덩이를 오가는 쥐의 태연하고 번들번들한 작은 눈, 긴 꼬리의 유영, 그리고 그 심각하지도 비루하지도 않은 회색의 일과들을.(387쪽, 강조는 필자)

3. 시각중심주의 비판

1) 시각의 자기성찰: 한트케의 『생트빅투아르 산의 교훈』
—지질학자의 시선과 새로운 서술 가능성

음악, 영상, 문자 등 다양한 매체를 사용하는 멀티미디어 문학의 발전과 함께 어느 때보다 상호매체성에 대한 관심이 높아지고 있다. 이제 회화와 문학, 음악의 경계는 더이상 분명하지 않으며, 각 예술분야의 경계를 넘어서는 것이 일반화되고 있는 추세이다.

이러한 상호매체성에 대한 강조는 근대의 이성적인 장르 구분에 대한 반발에서 출발한다. 레싱G. E. Lessing은 『라오콘 혹은 회화와 문학의 경계에 관하여Laokoon: Oder über die Grenzen der Malerei und Poesie』(1766)에서 회화를 공간예술로 보는 반면, 문학은 시간예술로 간주한다. 즉 회화가 공간 속의 형태와 색채를 사용하여 대상을 병렬적으로 제시한다면, 문학은 사건의 흐름을 순차적으로 재현한다는 것이다.[106] 이와 같은 구분에 대한 비판은 이미 낭만주의에서부터 시작되며, 아방가르드 예술을 거쳐 포스트모더니즘 예술에 이르면 그 절정에 달한다. "각 예술 매체에 고유한 특질들을 초월하고 매체 외적인 특수한 효과의 실험을 통해서 예술로 하여금 모든 가능성을 개발하도록 하는 경향"[107]이 있기 때문에 레싱의 장르 구분은 문제가 있다. 즉 각각의 예술장르는 자신의 매체적 한계를 넘어서기 위해 끊임없이 노력해왔으며, 그러한 노력은 매체의 혼합 및 새로운 혼성매체의 탄생을 낳았던 것이다.

---

106. Gotthold Ephraim Lessing, *Werke. 6. Bd. Kunsttheoretische und kunsthistorische Schriften*(Darmstadt, 1996), 102쪽 참조.
107. 양혜지, 「페터 한트케의 『생 빅트와르 산의 교훈』에 나타난 서술시학」(서울대학교 박사학위논문, 2001), 31쪽.

1980년에 발표한 한트케의 『생트빅투아르 산의 교훈』은 시간예술로서의 문학의 특징 대신 공간예술로서의 회화의 특징을 적극적으로 활용하고 있다는 점에서 레싱의 이론에 나타나는 일면성에 대한 비판이 될 수 있다. 한트케는 세잔의 회화에 대한 성찰 및 이를 바탕으로 한 사물 묘사를 작품의 중심에 놓음으로써 전통적인 서사, 즉 순차적인 사건 서술의 구조를 벗어난다. 그런데 흥미로운 것은 한트케가 단순히 사물을 그대로 재현하며 묘사하는 것이 아니라, 현대회화의 다중시점적 성격과 탈재현적 특성을 수용하여 사물 묘사를 사건 서술로 전환시킨다는 것이다. 한트케 문학의 특징은 세잔의 회화적 기법을 생산적으로 수용하여 독특한 글쓰기 방식을 발전시킨 데 있다.

한트케는 『생트빅투아르 산의 교훈』에서 화가 세잔을 모범으로 삼아 사물의 평화로운 현존을 서술하려고 한다. 하지만 9장으로 이루어진 이 작품에 사회적 갈등과 긴장이 나타나지 않는 것은 아니다. 이것은 특히 4장 「늑대의 점프」와 7장 「싸늘한 벌판」에서 확인할 수 있다.

4장에서 서술자 '나'는 생트빅투아르 산 정상으로 가는 길에 막사를 지나친다. 나무 하나 없이 콘크리트로 뒤덮여 있는 그곳 주변에는 철조망이 쳐 있다. 생트빅투아르 산의 자연과 대비를 이루는 삭막한 이곳 풍경에는 전쟁과 죽음의 그림자가 드리워 있다. 왜냐하면 서술자가 그곳을 지나면서 듣게 되는 개 짖는 소리는 모든 소리 가운데 가장 나쁜 소리, 즉 죽음과 전쟁의 외침을 담고 있기 때문이다. 그곳에서 세잔이 중요하게 여긴 자연 속의 색채와 형태는 종말을 맞이한다.

자연의 사물들을 관조하고 서술하려는 서술자 '나'와 "그 본성상 들판을 바라볼 수 있는 눈을 가지고 있지 않았던"[108] 감시견은 서로 적

---

108. Peter Handke, *Die Lehre der Sainte-Victoire*(Frankfurt a. M., 1984), 46쪽.(이하 본문에 쪽수로 표시)

대적인 관계에 있다. 여기서 개는 나치시대의 인종주의적 차별과 공격 욕구라는 의미를 넘어서 '형리'라는 보편적 특성을 지닌 것으로 묘사된다. 또한 그것은 서술자가 던져준 전철표를 먹어치우는 모습에서 드러나듯이, 탐욕과 불쾌의 특징을 지니기도 한다. 이러한 감시견의 시선은 바로 근대 문명인의 시선과 연결될 수 있다. 군 복무와 전쟁을 피해 에스타크로 도피했던 세잔은 이렇게 고백한 바 있다. "상황이 불리하다. 아직도 무언가를 눈으로 보고 싶다면, 서둘러야 한다. 모든 것이 사라지고 있다."(63쪽) 산업혁명과 도시화로 자연이 파괴되어가는 것을 목도한 세잔은 사물에 대한 자연스러운 시선이 점점 어려워지고 있음을 깨닫는다. 이렇게 자연을 제대로 바라볼 수 있는 시선을 빼앗긴 채 대상을 적대적인 시선으로 바라보며 지배하려 드는 감시견들은 "사냥개떼"(48쪽)로 묘사되기도 한다. 사냥감을 숨어서 관찰하고 이를 통해 그것에 대한 지배권을 획득하는 사냥꾼의 시선은, 대상화하는 시선으로 상대방을 바라봄으로써 자신을 주체로 승격시키는 근대인의 시선에 대한 비유로 현대문학에 등장하곤 한다. 한트케는 이 작품에서 사냥꾼 대신 사냥개를 등장시킴으로써 이러한 시선이 지닌 공격성과 파괴 욕구를 더욱 부각한다. 시선을 통해 세상을 지배하고 자신을 주체로 승격시킬 수 있었던 근대인의 시선이 통제와 파괴의 시선으로 변질되었다는 것은, 한트케가 이 작품에서 근대의 부정적 속성을 드러내기 위해 사용한 개의 두 가지 모습, 즉 '감시견'과 '사냥개떼'에 의해 확연히 드러난다. 즉 자신을 숭고한 주체로 승격시킨 근대인은 스스로를 감시하고 사냥개처럼 물어뜯어 죽임으로써 대상의 지위로 전락하고 만다. 이러한 의미에서 (사냥)개 모티프는 근대의 자기파괴적 속성과 이에 대한 비판으로 확장시켜 해석할 수 있을 것이다.

4장에서 근대문명이라는 일반적인 차원에서 이루어진 비판은 7장에서는 독일이라는 구체적인 국가에 대한 비판으로 반복된다. 서술자 '나'는 오스트리아에서 태어났지만, 어린 시절을 독일에서 보낸다. '나'는 독일에서 사는 것을 상상해볼 수 있는데, 그 이유는 그곳에 일상적인 글을 읽고자 하는 독자들이 그 어느 곳보다 많이 있기 때문이다. 하지만 독일에 대한 우호적인 생각은 프랑스에 살면서 거리를 두고 관찰할 수 있는 눈이 생기면서 사라진다. 독일인들, 특히 서독인들은 '상냥함,' '연대감,' '용기'를 말하지만, 실제로는 "사냥개떼"로 나타나며, 그들의 "눈은 색채를 잃어가고 있다."(71쪽) 또한 모든 사물은 잘못된 이름을 가지고 있으며, 자연도 그 힘을 잃어가고 있는 것으로 묘사된다.

그 당시에 나는 폭력을 이해했다. '목적의 형식'으로 기능화되어 있고, 마지막 사물까지 이름이 붙어 있는 동시에 완전히 말과 목소리를 상실한 세계는 옳지 못했다.(72쪽)

인간이 특정한 목적을 달성하기 위한 수단과 기능으로 전락한 현대사회에서 사람들의 시선은 자동화되고 언어 역시 상투적이 된다. 이러한 사회에서 밖으로 표현된 말과 그 속의 진정한 모습 사이에는 명백히 괴리가 있다. 겉으로는 상냥하고 연대감을 외치는 사람들이 속으로는 상대방을 물어뜯어 죽일 적의만을 품고 있는 것이다. 이러한 사회에서 사물의 본질을 바라볼 진정한 시선과 상투적인 언어를 혁신할 새로운 언어의 필요성이 절실해진다. 한트케는 세잔의 그림을 접함으로써 바로 이를 위한 전환점을 마련한다.

『생트빅투아르 산의 교훈』에서 서술자 '나'는 1978년 봄 어느 전시회에서 세잔의 그림을 본 후 그에게 몰두하게 되었다고 한다. 또 이 작품의 6장 「그림 중의 그림」에서도 죄드폼 국립미술관에서 본 세잔의 〈샤토누아르 위쪽에 있는 동굴 옆의 큰 바위Rocher près des grottes au-dessus de Château-Noir〉(1904년경)가 그에게 지상의 왕국을 열어준 그림 중의 그림으로 간주된다.

그렇다면 세잔이 한트케에게 열어준 새로운 시선은 무엇인가? 이 질문에 대답하기 위해서는 우선 세잔이 거리를 두고자 한 기존의 화풍에 대한 이해가 선행되어야 한다. 세잔 이전의 지배적인 화풍은 특히 대상의 재현을 추구하는 리얼리즘회화로 규정할 수 있다. 막스 임달은 재현을 추구하는 리얼리즘회화와 세잔의 회화를 다음과 같이 구분한다.

대상을 바라보는 시선과 대상을 재인식하는 시선을 서로 구분하는 것은 근본적으로 가능하다. 또 대상에 대한 일상적이고 습관적인 시선에서는 보는 시선이 재인식하는 시선에 종속되어 있는데, 그 이유는 현실에서 눈앞에 나타나는 대상을 볼 때 보는 사람이 그것에 대해 이미 가지고 있는 선입견이 시각적으로 실현되기 때문이다. 이러한 사실들에서 출발하거나, 더 나아가 재현하는 회화, 이상주의회화 또는 리얼리즘회화의 그림 형태가 주로 대상을 재인식하는 시선에 바탕을 두고 있다는 사실에서 출발한다면, 이와 달리 세잔에게서는 시각적인 자율적 그림 구성과 대상의 상호관계가 대상을 바라보는 시선과 대상을 재인식하는 시선 사이의 일상적인 관계를 변화시키는 것으로 나타난다.[109]

즉 일상적인 습관화된 시선은 대상에 대해 가지고 있는 선입견을

---

109. Max Imdahl, "Cézanne—Braque—Picasso. Zum Verhältnis zwischen Bildautonomie und Gegenstandsehen," M. Imdahl, *Bildautonomie und Wirklichkeit. Zur theoretischen Begründung moderner Malerei* (Mittenwald, 1981), 10쪽.

그 대상에서 다시 확인할 뿐이며, 그 때문에 대상에서 새로운 것을 발견할 가능성은 원천적으로 차단된다. 재현적인 그림에서는 개념이 항상 직관을 지배하고, 시각적인 표현은 자동화된다. 이에 반해 세잔이 내세우는 '실현'은 시각적 표현의 독자성과 자율성에 기반을 두며 대상에 대한 새로운 시선을 도발한다.[110] "세잔의 의도는 예술수단과 예술형식을 통해서 그가 파악한 실재적 현실을 예술적으로 형상화함으로써 실재적인 것으로서 드러나게 하는 것이었다. 그는 이와 같은 작업방식을 '실현réalisation'이라고 불렀고 그것은 자율적인 색점조직을 통한 화면 구성을 의미했다."[111]

한트케 역시 위에서 언급한 의미에서 세잔을 높게 평가한다. 『생트 빅투아르 산의 교훈』의 서술자 '나'는 세잔의 한 편지에서 "나는 결코 자연을 모방해서 그리지 않는다. 오히려 내 그림은 '자연과 평행하게 그린 구성물이자 조화이다'라고 쓴 것을 읽었다."(61쪽 이하) 즉 그는 예술과 자연이 서로 대등한 관계를 맺으며 조화를 이루어야지, 단순히 예술이 자연을 모방해서는 안된다는 점을 강조한다. 또 한 가지 주목할 것은 예술을 구성물로 정의한 것이다. 세잔이 대상의 실재적 현실을 실현시키려고 한다고 해서 그것이 어떤 최종적 진실을 가리키는 것으로 해석해서는 곤란하다.[112] 세잔은 생트빅투아르 산을 다양한 시각에서 여러 차례 그린다. 그는 같은 대상이라도 다른 시각에서 보면 아주 흥미로운 대상이 되며 아주 다양한 모습으로 나타날 수 있다

---

110. Michael Vollmer, *Das gerechte Spiel. Sprache und Individualität bei Friedrich Nietzsche und Peter Handke*(Würzburg, 1995), 134~135쪽 참조.
111. 양혜지, 같은 글, 64쪽.
112. M. Wetzel, 같은 글, 134쪽: "세잔의 '실현'이라는 프로젝트는 근원적인 '봄'으로 소급되는 것처럼 자주 언급되곤 한다. 하지만 미완결성이라는 특징을 지니는 이 프로젝트는 완전히 점유될 수 없는 잔재에 항복하지 않으면서 정확히 그것을 고려하고 있다."

는 점을 인식한다. 대상 뒤에 숨어 있는, 그림이나 말로 표현될 수 없는 어떤 것이 가지고 있는 다양한 표현의 가능성들이 그의 그림에서는 서로 다른 모습으로 반복해서 등장하고 있다. 이것은 한트케의 서술에 나타나는 반복 개념과 연결될 수 있을 것이다.

한트케는 세잔의 그림을 보고 얻은 교훈을 어떻게 자신의 글쓰기에 반영할 것인지 고민한다. 이 작품은 『소망 없는 불행*Wunschloses Unglück*』(1972)에서처럼 글쓰기 자체에 대한 생산미학적 성찰을 내포하고 있다. 실제로 8장 「팽이의 언덕」에서 패션디자이너 D.와 함께 두 번째로 생트빅투아르 산에 등반하기 전, 서술자 '나'의 문학적 형식에 대한 탐구와 성찰이 나타난다.

한트케는 '시인은 거짓말을 한다'는 플라톤의 주장에 전제되어 있는 생각, 즉 예술이 '나쁜' 현실을 재현하고 있다는 생각에 거리를 둔다. 그러면서 그는 자신은 사람들을 비난하거나 조롱하는 문장을 하나만 써도 문자 그대로 눈앞이 깜깜해진다고 말한다. 그 때문에 그의 글쓰기는 세상에 대한 시선을 막으며 공포를 불러일으키는 비판적인 공격의 글쓰기가 아니라, "순수하고 순진무구한 지상의 것을 실현"하는, 즉 "평화로운 존재"(18쪽)를 표현하는 글쓰기를 지향한다.

이 작품에서 평화 모티프는 중요한 의미를 지닌다. 여기서 평화는 단순히 좁은 의미에서 전쟁과 대비를 이루는 상태의 의미로만 사용되지 않는다. 가령 서술자 '나'는 얼마 전에 운터스베르크 정상의 눈 위에 서 있었던 적이 있다. 그때 거의 '공격'이라도 하듯 '내' 머리 위로 까마귀가 지나간다. 그런데 '나'는 이 까마귀 발톱의 노란색과 햇빛에 비쳐 깜박거리는 날개의 황금갈색 그리고 하늘의 파란색이 공중에 궤도를 만들 때 그것을 삼색기로 인식한다. 이와 같이 환상으로 고양된 깃발은 천으로 된 깃발이 내 시선을 가렸을 때와 달리 볼 만한 것이 된다. 바로 이렇게 환상으로 고양된 시선에 평화의 근거가 있는 것으로 여겨진다.

헤겔의 변증법에서는 주체가 변증법적 운동을 통해 발전할 수 있도록 하기 위해 그것과 구분되는 차이로서의 대립자가 필요한데, 이 경우 실제로 존재하는 무수한 차이들은 A와 A-라는 두 개의 차이들의 대립으로 환원된다. 이러한 변증법에서 차이는 악한 것으로 간주되며 상대방에게 공격성을 유발하고 적대적인 것으로 간주된다.[113] 이에 반해 어떤 대상이 현실적으로 존재하는 실제적인 차이들을 가상적인 동일성 속에서 잃어버리지 않고 통일된 정체성이 해체되고 개방적인 모습을 띠게 된다면, 그로 인해 생겨난 다양한 차이들로서의 시뮬라크르들은 스스로를 본질적인 존재로 내세우지 않고 서로의 차이를 인정하면서 평화롭게 공존할 수 있다.

플라톤에게 있어서 "원상이 동일성이라고 한다면, 모상(좋은 모상)은 원상과 내적 유사성을 지닌 유사성이고, 허상(나쁜 모상)은 그러한 내적 유사성을 결여한 차이이다."[114] 따라서 허상으로서의 시뮬라크르나 차이 개념은 플라톤의 예술 비판에서 볼 수 있듯이 부정적인 의미를 갖는다. 반면 "들뢰즈는 존재를 정태적인 명사의 형태로서가 아니라 끊임없이 생성하고 또 생성중에 있는 동사의 형태로서 생각한다. 즉 생성중이고 변화하는 존재의 개념을 사유하는 것이다. 그는 개념적인 차이가 아니라 내재적인 차이를 지닌 '차이 자체'라는 개념을 제시한다. 운동이 한 사물의 특성이 아니라 그 자체로 실체적인 특성으로 간주될 때, 내적 차이란 자신과 다른 어떤 것이 아니라, 자신 안에서 어떤 차이를 산출해냄으로써 달라지는 자기가 되는 것을 의미한다."[115]

---

113. 헤겔의 변증법에서 차이가 갖는 의미에 대해서는 다음을 참조하시오: 진은영, 『니체, 영원회귀와 차이의 철학』(그린비, 2007), 167~172쪽.
114. 정항균, 같은 책, 236~237쪽.
115. 같은 책, 238쪽.

잠재적인 차원에 있는 '차이 자체'는 현실화되어 나타날 때, 그 자신과 다른 모습, 즉 변장한 모습으로서의 시뮬라크르로 등장할 수밖에 없다. 만일 하나의 대상에 동일성을 부여하지 않고 그것의 정체성을 열어놓을 수 있다면, 이러한 다양한 시뮬라크르들이 차이로서 펼쳐질 수 있다. 이러한 시뮬라크르는 부정적 의미를 벗어던지며 차이의 생산성을 보여준다. "'차이 자체'라는 (내적 질서를 지닌) 카오스의 세계가 분화를 통해 생성해내는 상이한 계열들은 더이상 시간적인 순차성에 놓이지 않으며 동시적으로 공존한다. 여기에서는 어떤 것이 원상이고 어떤 것이 모상이라고 할 수 없으며, 단지 잠재적인 '차이 자체'와의 관계에서 각각의 상이한 계열들이 동시에 공존하는 시뮬라크르로서만 나타난다."[116]

이러한 들뢰즈의 관점에서 보자면, 까마귀를 까마귀로, 천으로 된 깃발만 깃발로 보는 시선은 그러한 대상 내에 존재하는 차이를 없애고 동일성을 강요함으로써 그것과 구분되는 다른 대상과 적대적인 관계에 놓이는 반면, 하늘을 나는 까마귀를 삼색기로 인식할 수 있는 사람은 그러한 환상 속에서 펼쳐지는 시뮬라크르의 유희를 즐기며 좁은 의미의 정체성의 울타리를 허물고 차이를 인정할 수 있는 것이다.

이러한 보는 법의 문제를 다루는 세잔의 그림에서 작가의 글쓰기로 넘어가기 위해서는 연결고리가 필요하다. 이와 관련해 지질학자 모티프를 살펴볼 필요가 있다. 세잔은 가스케와의 대화에서 인간이 처음부터 선입견 없이 대상과 만나는 것은 불가능하기 때문에, 자신은 모든 종류의 연출된 원시적 소박함을 거부한다고 말한다. 근대의 이성적인 인간에게 자연을 바라보는 순수한 시선이 사라졌다면, 이러

---

116. 같은 책, 239쪽. 들뢰즈의 차이와 반복 개념에 대해 보다 자세한 내용은 다음을 참조하시오: 같은 책, 235~244쪽.

한 선입견을 어떻게 극복할 것인가라는 문제가 제기된다. 세잔에게 그 길은 문화적 전통을 망각함으로써가 아니라, 오히려 화가가 자연 의 대상에 대한 풍부한 지식을 획득함으로써 이루어진다. 즉 자연의 풍경을 올바로 그리기 위해서는 사물에 대한 철저한 관찰과 탐구, 즉 지질학적 지층에 대한 지식이 선행해야 한다는 것이다.[117]

한트케는 이러한 지질학적 지식의 중요성에 대한 세잔의 인식을 자신의 독자적인 서술미학을 발전시키기 위해 그대로 수용한다. 지질 학자 모티프는 이미 '귀향Heimkehr' 4부작 가운데 1부인 『느린 귀향 *Langsame Heimkehr*』(1979)에서 주도적인 모티프로 나타나고 있지만, 그 이후에도 『반복*Die Wiederholung*』(1986)과 같은 작품에서 다시 등장 한다. 가령 『반복』의 주인공 필립의 선생님은 역사와 지리를 가르친 다. "그런데 그가 한 민족의 역사에 대해 이야기할 때 그는 역사적 사 건에서 출발하지 않고 그 민족이 사는 땅의 지층에서 출발한다. 한 민 족의 역사는 땅의 상태를 자세히 관찰하면 저절로 알 수 있고 그래서 진정한 역사서술은 항상 지층의 연구와 함께 이루어져야 한다는 것 이다."[118] 여기에서 주목할 것은 사물이나 장소에 대한 구체적인 관찰 과 묘사가 역사적인 서술로 넘어간다는 것이다. 즉 공간 중심적인 묘 사가 시간 중심적인 서술의 차원으로 옮겨가는 것이다. 그리고 이러 한 이행과정에서 매개 역할을 하는 사람이 바로 지질학자이다.

『생트빅투아르 산의 교훈』에서도 이러한 지질학자 모티프가 등장 한다. 7장 「싸늘한 벌판」에서 서술자 '나'는 생트빅투아르 산에 올라 간 후, 몽마르트 언덕과 달리 사람들에게 잘 알려져 있지 않은 몽발레 리앙 언덕에 올라가고 싶은 마음이 생긴다. 그곳은 이차대전 때 독일

---

117. M. Vollmer, *Das gerechte Spiel*, 135쪽 참조.
118. 정항균, 「페터 한트케의 『반복』에 나타난 욕망과 반복의 미학」, 『뷔히너와 현대 문학』 제25호(2005), 94쪽.

군이 처형장으로 사용한 성채가 있는 곳이다. 또한 서술자는 나무 몸통에 총알 자국이 남아 있는 몽데퓌지레에도 올라간다. 그리고 그날 오후 그는 세잔의 그림을 보고 자신이 현재를 구원하기 위해서는 현재를 떨쳐내야 한다고 생각한다. 이와 더불어 이제 독일에 대한 회상이 시작된다.

앞에서 살펴보았듯이, 이 시기에 독일은 여러 가지 부정적인 모습으로 묘사된다. 이 시기의 '나'는 독일의 모든 땅의 형상들, 즉 골짜기, 강, 산을 모두 혐오한다. 그래서 '나'는 구상중인 '팔짱 낀 남자'에 관한 소설에서 이 남자를 지질학자로 등장시켜 그의 논문 「공간에 관하여」에서 소위 '싸늘한 벌판'이라고 불리는 서독의 어느 풍경을 묘사하게 하려고 계획한다. 아주 옛날에 두 강이 서로 만나는 지점을 두고 싸웠는데, 낙차가 큰 강이 다른 강을 약탈하듯이 쳐내며 도려내었다. 그리하여 이 강은 졸졸 흐르는 강이 되었고 대신 골짜기가 너무 넓어져서 '싸늘한 벌판'이라고 불린다는 것이다. 이러한 지질학적 지식은 자연에 대한 단순한 묘사를 하나의 이야기로 바꾸어놓는다.

서술자 '나'는 베를린에 살던 때에 스스로 이러한 지질학자로 변신하기도 한다. 그때까지 '나'에게 평지인 베를린이 원래 강이 흐르던 광활한 골짜기였다는 사실은 떠오르지 않았다. 그러나 전차로 몇 정거장 떨어진 곳에 이전에 빙하가 녹아 비탈길을 형성했다는 것을 알게 된다. 그곳에 지금은 마테우스 공동묘지가 있다. 어느 날 오후 '나'는 그곳으로 향한다. 가는 길에 조그마한 오르막길만 올라가도 나는 흥분이 되고, 공동묘지에 올라 비탈에 섰을 때는 아래를 내려다보며 마치 강이 흐르는 듯한 느낌을 받기도 한다. 내려가는 길에 '나'는 가벼운 경사가 진 랑엔샤이트 길을 지나가며 마치 태고의 강물이 흘러가는 듯한 감정에 젖는다. 그것은 부드러우면서도 분명한 느낌으로 다가온다. 이와 같은 지질학자의 새로운 시선은 현재의 모습과 다른 평화로운 독일의 모습을 보여주며, 독일과 관련하여 부정적인 의미로 가득차 있던 '제국Reich'이라는 말에 새로운 의미를 열어준다.

그후에 '나'는 우연히 아버지를 독일에서 만나는데, 그의 눈에서 죽음에 대한 공포를 보고 때늦은 책임을 느끼기도 한다. 그리고 기차를 타고 떠나면서 갑자기 이전과 다른 독일의 모습을 본다. 그것은 서독도 아니었고, 끔찍한 제3제국은 더더욱 아니었다. 그것은 흙색을 띤 갈색이었고 비로 젖어 있었으며, 언덕 위에 있었고 창문이었다. 그것은 계속 다른 모습으로 회귀하며 '실재적'이 된다. 이처럼 지질학자의 시선은 부정적인 모습으로 가득찬 독일의 과거와 현재에 맞서, 그 안에 담겨 있는 이상적인 모습을 찾아내어 환상적인 서술을 통해 제시할 수 있게 만든다.

지질학자의 시선은 과거에 대한 회상을 가능하게 하지만, 그것은 결코 존재했던 사실의 단순한 반복을 의미하지는 않는다. "존재했던 것이 환상으로 고양되어 다시 한번 나타날 때 비로소 그것은 내게 실재적인 것이 된다. 환상은 해석적 반복이다."[119] 이렇게 이상적인 모습이 환상으로 반복되어 나타날 때, '끔찍한 제국das grausige Reich' 대신 '지상의 왕국Das Erdreich'이 열린다.

─카드놀이와 지상의 왕국

『생트빅투아르 산의 교훈』의 4장 「철학자의 고원」에서, 고원을 걸어가는 서술자 '나'의 발걸음은 느리고 일정하지만 춤을 추는 듯하다. 이 "완전한 시간"에 걸어가면서 춤추는 사람'은 "예로서의 나"이고, "놀이의 규칙"과 "규칙의 놀이"(41쪽) 즉 동일한 것을 두 가지 다른 방식으로 표현한다. 서술자가 자신의 윤리적 모범으로 삼으려고 하는

---

119. P. Handke, *Die Geschichte des Bleistifts*(Frankfurt a. M., 1985), 305쪽.

이 철학자는 과연 누구일까?

앞에서 언급한 구절에 등장하는 '춤추는 사람,' '완전한 시간,' '놀이'와 같은 말들은 니체를 떠오르게 한다.

니체의 『차라투스트라』에 나오는 '독서와 글쓰기에 관하여'에서 차라투스트라는 무거운 중력의 신으로 등장하는 기독교의 신에 맞서 춤추는 신을 내세운다. 차라투스트라는 "나는 춤출 줄 아는 신만 믿을 것이다"라든지 "이제 내 몸은 가벼워졌다. 이제 나는 날아간다. 이제 나는 내 아래에 있는 내 모습을 본다. 이제 한 신이 내 안에서 춤추고 있다"라고 말한다.[120] 차라투스트라가 추종하는 이 춤추는 신은 바로 디오니소스이다. 지상의 무거운 정신이 가져오는 위험에서 자신을 지키기 위해 차라투스트라는 춤추는 신 디오니소스에게 의지한다. 춤의 이러한 기능은 한트케의 작품에서도 나타난다. 6장에서 서술자 '나'는 세잔의 〈샤토누아르 위쪽에 있는 동굴 옆의 큰 바위〉를 본 후, 존 포드의 〈분노의 포도〉에서 헨리 폰다가 어머니와 춤추는 장면을 떠올린다. 이 장면에서 모든 사람이 함께 춤을 추는데, 이는 자신들을 둘러싸는 '적'에 맞서 거처를 지키기 위해서이다. 앞에서 '내'가 적으로 간주한 개로 대변되는, 도구화되고 기능적인 문명사회가 자연을 위협한다고 언급한 바 있다. 그런데 여기에서 서술자 '내'가 세잔이 그린 바위와 소나무의 풍경에서 춤을 떠올리고 이를 통해 적의 위협으로부터 보호받는 장면을 연상할 때, 춤의 구원적 성격이 여실히 드러난다. 이것은 다시 니체에게서 나타나는 디오니소스 신에 의한 구원—기독교적인 의미의 구원과 구분되는—과 연결될 수 있을 것이다.

'완전한 시간'의 모티프 역시 니체와 연결될 수 있다. 「정오에」에서 차라투스트라는 '영원한 순간'을 체험한다. 이 장에서 "완전한 정오

---

120. F. Nietzsche, *Also sprach Zarathustra*, 40~41쪽.

의 시간"이나 "세계가 완전하다"와 같은 말이 나온다.[121] 이 시간에 차라투스트라는 순간에서 영원을 발견하며 영원회귀의 깨달음을 얻는데, 이러한 초시간의 체험이나 영원회귀 개념은 한트케의 "멈추어진 현재"나 "영원의 순간"(9쪽) 그리고 '회귀' 개념과 연결될 수 있다.

아이 모티프 역시 니체의 『차라투스트라』에서 매우 중요한 의미를 지닌다. 『차라투스트라』의 「세 가지 변화에 대하여」에서 정신의 최고 발전단계의 비유로 '놀이하는 아이'가 등장한다. 세상을 하나의 정해진 시선으로 바라보지 않고 미학적인 시선으로 다원적으로 관찰하는 '놀이하는 아이'는 정신의 최고 발전단계에 해당한다. 이러한 아이의 모델은 디오니소스일 수도 있지만, 헤라클레이토스의 단편 B 52에 나오는 아이온이라는 것이 정설이다. 디오니소스의 일화에 따르면 그의 어린 시절에 사람들이 그의 주위에서 전사의 춤을 추고 있었을 때, 헤라가 보낸 거인들이 장난감으로 그를 유혹해 갈기갈기 찢어 죽인다.[122] 이 이야기에서 춤과 아이 그리고 놀이를 서로 연결시키고 있는 디오니소스 상이 생겨날 수 있다. 하지만 보다 분명한 연관성은 헤라클레이토스의 B 52에 나오는 다음 구절에서 찾을 수 있다. "삶(의 놀이) (내지 세계-시간)은 아이이다. 놀이하는 아이, 장기 놀이하는 아이이다. 아이: 왕국."[123] 세계를 미학적으로, 즉 선과 악, 참과 거짓의 이분법을 넘어서 바라보는 초인으로서의 놀이하는 아이와 영원회귀사상과 연결될 수 있는 영겁으로서의 세계-시간을 상징하는 아이는 모두 아이온을 모델로 하고 있다. 니체는 바로 이 아이온 모티프를 차용하여 자신의 철학을 펼쳐나가기 위한 토대로 삼고 있는 것이다.

---

121. 같은 책, 288~289쪽.
122. G. Wohlfart, *Artisten-Metaphysik*(Würzburg, 1991), 19쪽 참조.
123. G. Wohlfart, "Wille zur Macht und ewige Wiederkunft: die zwei Gesichter des Aion," 306쪽 재인용.

흥미로운 것은 『생트빅투아르 산의 교훈』에서도 '아이'가 빈번히 등장하곤 한다는 사실이다. 예를 들어 서술자가 생트빅투아르 산에 두번째로 등반할 때 같이 간 패션디자이너 D.는 "아이 같으면서도 남성적이고 소녀 같은 모습"(82쪽)으로 묘사된다. 외투를 만드는 과정에 대한 D.의 설명이 작가의 글쓰기를 위한 모범처럼 제시되고 있다는 점을 고려한다면, D.의 어린아이 같은 모습 역시 상징적인 의미를 지닐 수 있다. 이러한 추측은 마지막 장인 「큰 숲」 장에서 더욱 강화된다. 잘츠부르크 시 외곽지역에 위치한 모르츠크 숲에 관한 서술은 서술자가 앞에서 획득한 인식을 문학적으로 형상화한 장[124]이라는 점에서 중요한 의미를 갖는다. 이 모르츠크 숲의 꼭대기에는 마을 아이들만이 지나다닌다. 그들이 입고 있는 옷이 바뀌면서 그들은 숲에서 울긋불긋한 것이 된다. 숲은 그들의 커다란 '놀이터'다. '놀이하는 아이'는 더욱이 성스러운 모습을 띠기도 한다. 왜냐하면 "나무 몸통 뒤에서는 놀이하는 마을 아이들의 얼굴이 나타나기 때문이다. 그것은 마치 옛 그림에 나오는 성자의 얼굴과 닮아 있다."(104쪽)

그러나 여기에 등장하는 아이는 기독교적인 성자를 의미하지 않는다. 니체의 '성스러운 아이'[125] 신이 예수가 아니라 '아이온'이나 '디오니소스'로 나타나듯이, 한트케의 아이 역시 지상의 성스러움을 상징한다. "예를 들면 오디자국 에피소드에서 경험한 세속화된 신체현현神體顯現은, 눈에 띄게도 우리가 기대할 수 있는 장소인 생트빅투아르 산의 꼭대기에서가 아니라 내리막길을 가면서 일어난다. 그러한 내리막길

---

124. 양혜지, 같은 글, 126쪽.
125. 『차라투스트라』의 「세 가지 변화에 대하여」에 나오는 아이의 특성 가운데 하나는 "성스러운 긍정"(F. Nietzsche, 같은 책, 26쪽)이다. 한트케의 미학 역시 근본적으로 세상의 모순과 갈등을 적의를 가지고 재현하는 것이 아니라, 평화로운 긍정의 태도로 세상의 사물에 담긴 이상적인 잠재적 가능성을 펼쳐 보이는 데 있다.

은 인식 의도적인 측면에서 볼 때 초월적인 것에서 등을 돌려 내재적인 것에 관심을 향하는 것에, 즉 가까운 지상적인 영역에 상응한다. 이러한 내리막길은 마지막에서도 다시 한번 축소되어 반복된다."[126]

그렇다면 이러한 아이가 하는 놀이는 과연 무엇일까? 그것은 니체가 놀이하는 아이의 모델로 삼은 헤라클레이토스의 아이온의 경우에는 장기 놀이로, 니체 자신에게는 '주사위 놀이'로 나타난다. 『차라투스트라』 중 「해 뜨기 전」에서 하늘은 신들의 우연이 펼쳐지는 춤추는 장소, 주사위 놀이를 위한 신들의 탁자로 묘사된다.[127] 주사위 놀이는 우리가 의도한 바와 다르게 숫자가 나오는 우연의 놀이이다. 그러나 우연의 놀이로서 '숫자'라는 사건이 일어날 때, 그것은 설령 같은 숫자가 나오더라도 매번 다른 의미를 지닌다는 점[128]에서 항상 새로운 사건이다. 이렇게 매번 던질 때마다 새로운 사건으로 펼쳐지는 주사위 놀이는 끊임없이 새로운 차이로 펼쳐지는 영원회귀의 놀이를 의미한다.[129]

그러나 한트케의 작품에서는 장기 놀이도 주사위 놀이도 등장하지 않는다. 그 대신 여기에서 등장하는 것은 '카드놀이'이다.

그렇다면 니체를 모범으로 삼는 듯 보이는 한트케가 하필이면 카드놀이를 전면에 내세우는 이유는 무엇일까? 그것은 한트케의 또 다른 스승 세잔을 통해 어느 정도 해명될 수 있다. "〈카드놀이 하는 사람들〉은 세잔의 가장 인기 있는 작품 중 하나이다. 이 주제는 17세기

---

126. M. Vollmer, 같은 책, 169쪽 이하.
127. F. Nietzsche, 같은 책, 172쪽 참조.
128. 가령 숫자가 많이 나오면 이기는 게임에서 상대방이 던진 숫자 2 다음에 나온 숫자 3과 상대방이 던진 숫자 4 다음에 나온 숫자 3은 각기 승리와 패배라는 다른 의미를 지닌다.
129. 주사위 놀이와 영원회귀의 연관성은 『차라투스트라』의 「일곱 개의 봉인Die sieben Siegel」 장에서 분명하게 나타난다.(같은 책, 241쪽 참조)

이래 여러 화가가 즐겨 다룬 것으로, 르냉 형제가 그린 17세기 초의 그림이 엑스의 뮈제그라네에 소장되어 있었으므로, 세잔은 틀림없이 르냉의 그림을 보았을 것이다. 〈카드놀이 하는 사람들〉 시리즈는 모두 다섯 편이고 각 등장인물을 그린 습작도 남아 있다."[130] 그러니까 세잔이 즐겨 그린 그림 테마 가운데 하나가 카드놀이이고, 한트케가 그것을 자신의 작품에 모티프로 수용한 것으로 볼 수 있다. 그러나 이러한 설명만으로는 과연 이 모티프가 한트케의 작품에서 어떤 의미를 갖는지, 위에서 언급한 아이의 놀이와 어떤 연관을 갖고 있는지가 해명되지 않는다.

이 작품에서 카드 모티프는 세 번 등장한다. 첫번째는 1장에서 세잔이 군복무를 피해 에스타크로 도피한 것과 연관해 나온다. "숨어 있던 시기의 그림들은 거의 검은색과 흰색이었고, 주로 겨울 분위기를 그렸다. 하지만 그후로 푸른 바다 앞의 빨간 지붕이 넘쳐나는 이곳은 그에게 점차 '카드놀이'가 되었다."(13쪽 이하) 에스타크는 세잔을 1870년 전쟁에서 숨겨주고 보호해준 장소로서뿐만 아니라 그 이름만으로도 이미 서술자에게 공간적으로 평화의 이미지를 심어주는 곳이다. 이러한 에스타크는 색의 유희가 펼쳐지는 장소로, 세잔이 하는 '카드놀이'의 일부가 된다.

첫번째 예에서 이미 암시된 바 있는 카드의 의미는 두번째 예에서 보다 분명하게 나타난다. 5장 '오디나무 길'에서 '나'는 쿠르 미라보 카페에서 '카드놀이 하는 사람들'을 만난다. 그들은 게임을 하기 위해 테이블에 책상보를 펼치고 있는데, 세잔의 그림에서와는 다른 모습이다. '나'는 그 옆 테이블에서 발자크의 「미지의 걸작Le chef-d'œuvre

---

130. 미셸 오, 『세잔—사과 하나로 시작된 현대 미술』, 이종인 옮김(시공 디스커버리 총서, 2007), 99쪽.

inconnu」(1831)이라는 소설을 읽는다. 이 소설은 실패한 화가 프렌호퍼의 이야기로, 완전하고 실재적인 그림에 대한 그의 열망에서 세잔은 자신의 모습을 발견하기도 했다. '나'는 이 책을 읽으면서 문화로서의 프랑스적인 것이 내게 항시 결여되어 있는 고향이 되었음을 발견한다. 완전하고 실재적인 그림에 대한 열망을 간접적으로 체험하고 문화적 고향을 발견하게 되는 장소에서 '카드놀이'를 하고 있는 것은 우연이 아니다. 카드놀이는 그러한 실재적인 것을 실현하는 '실현'의 행위이기 때문이다.

마지막 세번째 예는 9장에 나온다. '카드놀이' 모티프가 1장, 5장, 9장, 즉 처음과 중간, 그리고 마지막에 등장한다는 사실은 이 모티프가 지니는 구조적 의미를 여실히 드러내준다. 앞의 예에서 아직까지 분명한 의미를 드러내지 않았던 '카드놀이'는 마지막 장에서는 보다 선명하게 그 의미를 드러낸다.

이 덩굴식물의 연결망 속에 나뭇잎들이 걸려 있었다. 그러고 나면 그 나뭇잎들은 기억 속에서 숲 전체를 대변하게 된다. 그것은 불어온 너도밤나무 잎으로, 밝은 색에 타원형이다…… 그 색은 골고루 밝은 갈색이다. 한순간 그곳 덤불 속에 게임카드가 걸려 있는 것처럼 보인다. 그러더니 영원히 그 카드가 온 숲의 바닥에 놓여 있다. 아주 약한 바람의 숨결에 번쩍이고 스스로를 넘기면서, 도처에서 믿을 만한 놀이로 회귀한다. 그 놀이의 유일한 색은 빛나는 밝은 갈색이다.(103쪽)

대상을 습관적인 지각으로 인식하는 재현의 시선이 붕괴되면, "파편적인 것"(78쪽)이 지배한다. 그러나 서술자 '나'는 세계를 파편적인 것이 지배하는 해체의 상태로 놔두지 않는다. 그는 설령 이러한 파편적인 것의 통일을 고전적인 방식으로 다시 달성하지는 못할지라도,

환상을 통해 그것을 연결하려고 노력한다. 파편적인 것의 이러한 연결을 통해 본질적인 존재는 아니더라도 새로운 인식 가능성으로서의 다양한 환상이 생겨난다. 위의 인용문에서도 과거 기억 속에서 숲이라는 총체성을 대변하는 나뭇잎들이 이제 파편화된 개개의 나뭇잎으로 모습을 드러낸다. 그러나 이러한 파편화된 나뭇잎은 덩굴식물의 연결망을 통해 새로운 환영을 만들어낸다. 그 나뭇잎은 이제 더이상 재현적인 시선에 의해 파악되지 않고 '밝은 색'과 '타원형의 형태'로 인지된다. 그러한 색과 형태의 놀이에서 너도밤나무 잎은 한순간 게임카드로 바뀐다.[131]

이와 같이 일상적인 습관화된 시선에서 벗어나 자연을 환상을 통해 바라보는 카드놀이는 "믿을 만한 놀이로서 계속 반복되는"(103쪽) 영원회귀의 놀이이다. 그리하여 이러한 변신의 놀이는 계속 이어진다.

하지만 나무 사이에서 도깨비불처럼 깜박거리는 하얀 작은 구름들은 노루 엉덩이의 흰 점일 뿐이다. 매번 주변을 쳐다볼 때마다 그것들에 더 많은 것이 더해진다.(그것들은 카드놀이의 일부다.)(104쪽)

하얀 구름이 노루 엉덩이의 흰 점으로 바뀌고 주변의 사물 역시 그것과 함께 변신한다. 사물을 더이상 습관화된 시선으로 보지 않는 순

---

131. 그러나 이러한 변신의 과정이 완전히 자의적으로 이루어지는 것은 아니다. 옷을 만드는 디자이너 D.는 옷을 만들 때 이전에 사용한 형태가 앞으로의 작업을 위해 기억 속에 남아 있어야 한다고 말한다. 그 이전의 형태는 그대로 '인용되지는' 않지만, 일단 대상에 맞는 색이 정해지고 나면 그 색의 양을 결정하는 틀로 작용하며 색들 간의 연결과 이행의 문제를 해결한다. 이것은 어떤 사물의 변신과정이 완전히 자의적으로 이루어지는 것이 아니라, 과거와 관련을 맺고 그것을 그대로 재현하는 것이 아니라 과거에 실현되지 못했던 잠재성을 실현하는 방향으로 나아가는 것으로 해석할 수 있다.

간, 사물은 팽이처럼 뱅글뱅글 돌며 변신하는데[132] 이것은 카드놀이
의 일부를 이룬다. 이러한 변신의 놀이가 카드놀이와 연결되는 것은
카드가 가진 속성에서 연유한다. 카드를 이루는 세 가지 요소는 색과
형태, 숫자이다. 그런데 세잔은 바로 이 색채와 형태를 매개로 대상의
현존을 실현하려고 시도한다. 그래서 사물의 최종 색을 찾아내고 형
태에 따라 그 색의 양을 규정하는 것이 중요하다. 이로써 색은 더이상
데생에 종속된 부차적 요소가 아니라 본질적인 위치를 점하게 된다.
한트케에게서도 색채와 형태는 현재의 대상을 리얼리즘적인 재현의
인식에서 끄집어내어 환상을 통해 혁신하는 매개체 역할을 수행한다.
그래서 서술자 '내'가 본 까마귀의 발톱은 노란색, 태양에 비친 날개
는 황금갈색으로 나타나며, 그것들과 하늘의 파란색이 한데 어우러져
삼색기처럼 보이는 것이다.

　이와 같이 환상을 통해 고양된 사물 묘사는 사물의 단순한 재현을
넘어서며 그로부터 하나의 이야기를 끌어낼 수 있는 서사적 가능성
을 만들어낸다. 지질학자의 시선을 통해 사물의 묘사가 이야기의 서
술로 발전한 것처럼 말이다. 한트케의 시학이 지닌 특징은, 레싱이 언
급한 회화적인 공간적 묘사를 문학적인 시간적 서술로 전환시켜놓는
데 있다. 이것은 사물을 있는 그대로 묘사하는 것이 아니라, 환상적으
로 고양시켜 인식함으로써 환상 속에서 과거, 현재, 미래의 시간을 연
결하는 것을 통해 이루어진다. 따라서 재현의 시선을 파괴하고 새로
운 환상적 연결을 만들어내는 색과 형태를 이용한 카드놀이는 한트
케가 지상의 왕국으로 부르기도 한 이상화된 '이야기의 왕국'을 가리
킨다. 이러한 연관성은 카드놀이의 또다른 구성요소인 숫자에 의해
더욱 뚜렷이 드러난다. "어원적으로 볼 때 숫자와 서술은 서로 연결

---

132. 「팽이의 언덕Der Hügel der Kreisel」이라는 8장의 제목은 여기에서 비롯된다.

된다. 독일어의 '숫자를 세다zählen'라는 단어와 '이야기(서술)하다 erzählen'라는 단어는 이러한 연관성을 보여준다."[133] 『생트빅투아르 산의 교훈』의 마지막 부분에서도 색채와 형태의 상호작용이 궁극적으로 의도하는 것이 숫자, 즉 이야기의 서술이라는 것이 분명히 드러난다.

극도로 침잠해 있으면서도 극도로 주목하는 특별한 시선으로 인해 장작더미 사이의 공간이 어두워지기 시작한다. 그리고 그 안이 뱅뱅 돌기 시작한다. 우선은 그 장작나무는 절단해놓은 공작석과 닮아 있다. 그러더니 색맹검사표의 숫자들이 나타난다. 그리고 나서 그 나무 위는 밤이 되었다가 다시 낮이 된다. 시간이 지나면서 단세포생물의 떨림도 느껴진다…… 그리고 마침내 일회적으로 번쩍 빛나면서 색들이 장작더미 전체를 가로질러 태초의 인간의 발자국을 드러낸다.(108쪽)

근대적 시선이 대상을 원근법적으로 조직하는 합리적 시선이나 경험적으로 관찰하는 시선을 의미한다면, 여기에서는 대상에 대한 재현의 시선을 넘어서는 특별한 시선이 사물을 바라본다. 그것은 자아를 잊은 채 사물에 '몰입'하면서도, 사물에 더 '주목'하는 양면성의 시선이다. 이러한 특별한 시선 속에서 파편화된 사물들 '사이'의 공간은 환상을 통해 연결되어 뱅뱅 도는 변신을 시작한다. 그리하여 장작나

---

133. 정항균, 「페터 한트케의 『반복』에 나타난 욕망과 반복의 미학」, 90쪽; Les Caltvedt, "Handke's Grammatology: Structuralism, Poststructuralism, Reading and Writing in »Die Wiederholung<," *Seminar*, 1992, 51쪽 참조. 원래 도형 모양으로 된 초기의 문자는 집에 있는 가축의 숫자를 지시하는 기능을 가지고 있었다. 가령 원 모양의 문자는 가축 세 마리, 삼각형 모양의 문자는 가축 다섯 마리를 가리키는 식이다. 따라서 문자를 읽는다는 것은 집에 있는 가축 수를 '세는 것zählen'을 의미하였으며, 그러한 가축 수를 열거하는 것이 바로 '이야기erzählen'였던 셈이다.

무는 공작석으로 보이게 되는 것이다. 더 나아가 색과 형태로 숫자를 구분하는 색맹테스트에서 마침내 숫자가 보이게 되는데, 이는 숫자로 대변되는 이야기의 왕국이 열리는 것을 의미하기도 한다. 그리하여 이제 사물에 대한 특별한 시선은 단순한 현재적 관찰이 아니라 시간을 거슬러올라 태고의 시간을 현재에 불러내어 이야기할 수 있게 된다. 이로써 환상 속에 고양된 과거는 현재의 순간을 영원으로 확장할 수 있는 것이다.

이와 같이 카드놀이를 하는 순간 직선적으로 흘러가는 시간은 멈추고 순간은 영원을 담아내는 '영속성'을 갖는다. '내'가 1974년 지중해를 여행하다가 그곳에 있는 소나무의 이름이 "양산을 펼친 소나무"라는 말을 듣고 나서, 갑자기 '내'게 세상이 열리고 세상은 "지상의 왕국"(20쪽)이 된다. 또한 그 순간 시간은 영원히 멈춘다. 이러한 '멈추어진 현재' 또는 '영원의 순간'은 마지막 장을 지배하는 시간이기도 하다.

1장에서 8장까지는 모든 이야기 전개가 과거시제로 이루어지고 있다. 물론 사물에 대한 '환상적 회상'을 통해 현재의 체험과 과거의 회상이 서로 환상적으로 뒤엉키기도 하지만, 그러한 상황에서도 과거와 현재의 시간 구분이 완전히 지양되지는 않는다. 그러나 9장에서는 마침내 이러한 직선적 시간의 흐름이 중단되고 시간이 멈춘다. 이제 대상이 개념적인 파악과 재현적인 모사에서 해방됨으로써 그것에 대한 다양한 열린 서술이 가능해진다. 이렇게 열린 묘사와 서술의 가능성은 끊임없이 다른 형태로 회귀한다. 따라서 이제 하나의 상으로 규정될 수 없는 사물은 매번 그것이 실현될 때마다 끊임없이 새로운 형태의 시뮬라크르로 회귀하며, 이로써 그러한 현현의 순간은 영원을 내포할 수 있게 된다. 그것은 지상의 왕국에서 펼쳐지는 카드놀이이다.

2) 후각 대 시각: 쥐스킨트의 『향수』
─추리소설의 패러디와 시각의 우월성 비판

많은 비평가는 파트리크 쥐스킨트의 『향수 Das Parfum』(1985)를 대표적인 포스트모더니즘 소설로 간주하며, 이 소설의 상호텍스트적인 구조와 혼성모방, 다중코드적인 성격을 강조했다.[134] 이 작품에서는 여러 시대의 다양한 문학작품이 인용되고 있을 뿐만 아니라 또한 다양한 문체와 장르의 혼합 현상도 나타나고 있다. 라이언은 쥐스킨트가 상호텍스트적으로 작업할 때 특히 낭만주의, 상징주의, 유미주의에 집중하고 있다면서, 이 작품이 단순히 모든 작품을 자의적으로 뒤섞어놓는 것이 아니라, 특정한 의도에 따라 구성하고 있음을 강조한다.[135]

이러한 관점은 이 작품을 장르론적으로 고찰할 때도 유효하다. 『향수』는 기존의 여러 문학 장르를 활용하고 있다. 이 작품의 부제인 '어느 살인자의 이야기'는 이 작품이 추리소설에 속할 것으로 추정하게 하지만, 실제로 이러한 인상은 부분적으로만 정당하다. 왜냐하면 이 작품에는 추리소설적인 요소 외에 교양소설 및 예술가소설의 요소들도 함께 나타나고 있기 때문이다.[136] 그러나 이러한 장르들은 원래 사용된 맥락에서 빠져나와 이 작품에서 패러디된다. 그렇다면 여러 문학 장르 가운데 이 세 장르를 패러디의 대상으로 선택한 이유는 무엇일까? 그것은 다름아니라 이 세 장르 모두 근대의 산물이기 때문이

---

134. 대표적인 국내외 연구로는 다음을 참조하시오: Judith Ryan, "Pastiche und Postmoderne. Patrick Süskinds Roman *Das Parfum*," *Spätmoderne und Postmoderne. Beiträge zur deutschsprachigen Gegenwartsliteratur*, Paul Michael Lützeler 엮음(Frankfurt a. M., 1991), 91~103쪽; 서요성, 「포스트모더니즘 소설로서의 파트릭 쥐스킨트의 『향수』 연구」, 『독일문학』 제88집(2003), 65~84쪽.
135. J. Ryan, 같은 글, 91쪽 참조.
136. 프리첸과 슈팡켄은 이 세 장르의 관점에서 이 작품을 분석하며, 고전적인 장르가 포스트모더니즘 소설에서 어떻게 패러디되고 있는지 자세히 기술한다.(Werner Frizen/Marilies Spancken, *Das Parfum*, Oldenbourg, 1998, 참조)

다. 추리소설은 범죄의 합리적인 수사와 재구성을, 교양소설은 시민적 자아의 자기실현과 자아완성의 이념을 그리고 예술가소설은 예술이라는 제도의 자율성으로 인해 가능해진 천재 예술가의 자의식을 다루기 때문에 모두 근대의 소산이라고 할 수 있다. 그런데 이 소설에서 '수업시대'와 '방랑시대'를 거쳐 자기완성을 이루어야 할 주인공 그르누이는 살인자로 전락하고, 예술가의 자의식과 예술을 통한 구원의 이념은 각각 공허한 정체성과 현혹과 기만의 기술로 변질된다. 근대 장르의 포스트모던적 패러디는 또한 이 소설의 추리소설적 구조에도 해당된다.

이 작품의 추리소설적 구조는 소설 3부에서야 본격적으로 나타난다. 이 소설은 외관상으로 고전적인 추리소설의 도식을 잘 이행하고 있는 것처럼 보인다. 주인공 그르누이는 향수의 세계를 혁명적으로 변화시키기 위해 최고의 향수를 만들려고 한다. 그는 이러한 목적에 필요한 향기를 채취하기 위해 3부에서만 스물다섯 명의 처녀를 살해한다. 처음에는 집시나 이탈리아 노동자 또는 유대인이 범인으로 의심받았지만, 결국 우여곡절 끝에 범인인 그르누이가 체포된다. 여기까지는 이 소설이 전통적인 추리소설의 도식을 잘 따르고 있는 것처럼 보인다.

그러나 이 소설은 범인의 체포로 끝나지 않는다. 체포된 그르누이는 사형장에 보내지지만, 그가 몸에 뿌린 향수는 그곳에 모인 모든 사람으로 하여금 그를 사랑하게끔 만들며, 심지어 그들의 욕정을 발산하게 하여 사형장을 쾌락의 향연의 장으로 만들어버린다. 그들은 자신들의 죄에 대한 부끄러움 및 그르누이의 마법적인 향수의 효력으로 인해 그르누이 대신 장인 드뤼오를 범인으로 체포하여 사형에 처한다. 이를 통해 고전적인 범죄소설에서와 달리 여기서는 범인의 체포 후에 재건된 질서가 의심스러운 것이 되고 만다.

또한 그르누이의 체포 진행과정까지를 자세히 살펴보아도 전통적인 범죄소설과의 차이는 확연히 드러난다. 그르누이가 그라스에서 스물네번째 살인을 하고 나서 더이상 살인이 일어나지 않자 모든 사람은 이제 살인이 중단되었다고 믿지만, 그라스 시의 부집정관인 리쉬만은 여전히 범인이 살해계획을 세우고 있으며 그 목표가 자신의 딸임을 인식한다. 사설탐정의 역할을 맡은 리쉬는 범인의 계획을 추측하고 분석하며, 그의 계획을 수포로 돌아가게 하기 위해 딸 로르를 안전한 곳으로 피신시킨다. 추리소설보다는 스릴러의 성격을 띠고 있는 이 추적 장면의 역설은 탐정이 범인을 추적하는 것이 아니라 범인이 탐정, 정확히는 탐정의 딸을 추적하고 있다는 사실이다. 그 밖에도 이 작품에서는 상대적으로 일찍 범인이 독자에게 알려진다든지 탐정보다 범인에게 초점이 맞춰진다는 점에서 전통적인 추리소설의 구조가 전복되고 있다.

결국 쥐스킨트가 이 소설에서 추리소설의 구조를 사용한 것은 이 소설에 긴장과 흥미를 유발하는 오락적 요소를 부여하기 위해서라기보다는[137] 오히려 근대의 장르인 추리소설과 유희하고 그것의 근본 속성을 패러디함으로써 근대적 이성을 비판하기 위해서이다.

셜록 홈스 시리즈로 대표되는 고전적인 유형의 추리소설에서는 시각적인 범주가 정확한 관찰과 추론을 통한 범인 색출을 위해 사용되곤 한다. 홈스가 줄자와 돋보기를 들고 다니는 것은 추리소설에서 시각이 갖는 중요성을 상징적으로 보여준다. 『향수』에서 전형적인 탐정 역할을 하는 리쉬 역시 이러한 시각적 특성에 의해 추리한다. 그런데 이러한 근대적 시각문화를 대표하는 리쉬가 후각문화를 대표하는 그

---

137. 이 작품에서 살인 장면의 묘사가 상세하게 이루어지지 않고 있는 점이나 그것이 성적인 요소나 공포적인 요소와 연결되지 않는 점이 그 예이다.

르누이에게 패배한다는 것에서 근대에 대한 작가의 비판을 확인할 수 있다.

『향수』가 18세기 중반을 소설의 시대적 배경으로 삼고 있는 것은 결코 우연이 아니다. 또한 이 작품에 등장하는 여러 인물이 근대 자본주의사회의 군상들을 보여주는 것[138] 역시 근대의 태동기를 배경으로 근대성의 문제점을 폭로하기 위한 것이다. 교역과 장사를 통해 부를 축적한 리쉬는 시민계급의 인물이다. 그러나 그는 자유의 이상을 구현하는 시민이 아니라 딸에게 은밀한 근친상간의 욕망을 지니고 딸을 사업수단으로 간주하는 계산적인 부르주아로 묘사된다. 또한 탐정 역할을 맡은 그는 추리소설의 도식에 맞게 날카로운 분석력을 지닌 오성의 소유자이기도 하다. 그러나 여기서 리쉬가 보여주는 탐정과 같은 예리한 추리력은 또한 그가 경쟁자의 계획을 파악하여 그를 굴복시키고 자신의 지위와 재산을 공고히 하는 데 사용된다. 이로써 합리적 이성에 바탕을 둔 추리는 근대추리소설에서처럼 긍정적인 것으로 묘사되기보다는 계몽주의의 이면을 보여주는 부르주아의 계산적 이성으로 폭로된다.

리쉬가 그라스 지역에서 일어나는 연쇄살인 소식을 접하면서 범인의 최종 목적을 자신의 딸로 추론하는 데 사용되는 방식은 시각적인 것이다.

  기이하게 들릴지 모르겠지만, 어쨌든 리쉬는 살인자가 정신파탄자

---

138. 작품 초반에 등장하는, 계몽적 이성의 힘을 믿는 테리에 신부에서부터 유사과학적인 자연과학이론을 주장하는 에스피냐스 후작에 이르는 대다수의 등장인물들이 근대적인 특성을 보여주며 작품에서 희화화되고 있다. 이 작품을 계몽주의에 대한 비판으로 해석하고 있는 논문으로는 다음을 참조하시오: 허영재, 「파트릭 쥐스킨트의 『향수』 연구—포스트모더니즘적 관점에서」, 『독일문학』 제71집(1999), 334~356쪽.

가 아니라 신중한 수집가라는 생각이 들었다. 모든 희생자를 개인으로서가 아니라 보다 높은 어떤 원리의 일부분으로서 표상하고, 희생자 개개인이 지닌 특성이 아주 이상적인 방식으로 용해되어 통일된 전체를 이룬 것으로 생각한다면(리쉬는 그렇게 생각했다), 각각의 부분들로 완성된 그 모자이크 그림은 미에 대한 그림이 틀림없었다. 그렇게 완성된 그림에서 발산되는 매력은 인간적인 아름다움을 넘어서는 성스러운 것이 될 것이다. (앞서 보았듯이, 리쉬는 신성모독적인 추론에도 두려워하지 않는 계몽적인 사고를 지닌 사람이었다. 비록 후각적 범주가 아닌 시각적 범주에 따라 생각한 것이기는 했지만, 그는 진실에 상당히 접근해 있었다.)[139]

리쉬는 범인의 범죄 의도와 최종 목적을 재구성하기 위해 모자이크 그림이라는 시각적 방식을 사용하며 이를 통해 진실에 근접하는 추론을 내린다. 그는 모든 희생자가 개인으로서가 아니라 보다 높은 원리의 일부분으로서 이용되었을 것으로 추측하며 살인마의 체계적인 방법과 그 동기의 본질을 인식하기에 이른다. 그럼에도 불구하고 그는 천부적인 후각을 지닌 그르누이를 당해내지 못한다.

시각은 인간이 지닌 오감 중 가장 이성적인 감각으로 평가된다. 벨쉬는 『미학의 경계를 넘어 Grenzgänge der Ästhetik』(1996)에서 시각과 청각을 비교하며 시각의 이성적 성격을 부각시킨다. 르네상스 및 근대 이후의 시각문화에서 '본다'는 것이 내재하고 있는 의미요소는 청각의 특성과 비교해보면 뚜렷이 드러난다. 듣는 것이 흘러가는 소리를 쫓는 시간과 관련된 감각이라면, 보는 것은 그 대상을 지속적으로 바

---

139. Patrick Süskind, *Das Parfum. Die Geschichte eines Mörders*(Zürich, 1985), 258쪽 이하.(이하 본문에 쪽수로 표시)

라볼 수 있는 공간과 관련된 감각이다. 그리하여 청각이 일회적인 것과 사건에 민감하다면, 시각은 지속적으로 존재하는 것을 통제하고 확인함으로써 존재의 학문, 인식의 학문이 된다. 더 나아가 시각은 청각보다 능동적인 감각이며, 대상과의 거리를 유지하기 때문에 가장 덜 감정적인 감각이다.[140] 이로부터 거리를 두고 대상을 관찰하고 일점원근법에 따라 고정된 주체의 시선으로 대상 세계를 조직하는 르네상스와 근대의 회화가 등장할 수 있게 된 것이다. 근대 이후 시각문화가 주체의 지배를 공고히 하는 수단이 되었다면, 여기서는 시각의 여러 의미요소 가운데 특히 거리를 둔 관찰(단순히 수용하는 지각의 의미보다는 자세히 바라본다는 의미에서의 관찰)이 부각됨을 알 수 있다. 이러한 관찰로서의 보는 것은 주체가 대상을 거리를 두고 바라봄으로써 통제하고 주체의 요구에 맞게 이성적으로 배치하는 것을 가능하게 한다.

이에 반해 후각은 특히 기독교에서 인간의 오감 가운데 제일 원초적이고 동물적인 것으로 평가절하되었다. 이것은 코의 흉측성이나 코 모양과 관련된 성적 함의 및 동물의 탁월한 후각 발달 등과 연관이 있다.[141] 그러나 이 작품에서 후각은 단순한 본능적 감각으로 묘사되기보다는 근대의 이성을 대변하는 감각인 시각의 한계를 드러내는 비판적 의미를 지닌 것으로 묘사된다. 따라서 이성적 감각인 시각을 사용하는 리쉬가 본능적 감각인 후각을 사용하는 그르누이에게 패배하는 것은 상징적인 의미를 지닌다고 할 수 있다.

리쉬는 코난 도일의 작품에 등장하는 명탐정 홈스와 닮은 점이 있다. 과학적이고 실증주의적인 정신을 구현하는 홈스 역시 정확한 관

140. W. Welsch, 같은 책, 247~251쪽 참조.
141. W. Frizen/M. Spancken, 같은 책, 46쪽 참조.

찰에 의거해 범인을 추리하며, 이를 위해 확대경과 같은 시각적 도구를 사용한다. 홈스의 수사와 추리에서 시각이 지니는 의미는 소설에 등장하는 시각적인 동사의 빈도를 확인하면 명확해진다. 근대의 정신을 구현하는 홈스와 마찬가지로 리쉬 역시 시각적 범주에 따라 사고하며 살인자의 계획을 모두 주도면밀하게 분석하고 계산해 넣었다고 생각하지만, 그의 천부적인 후각적 재능은 간과한다. 리쉬는 살인자의 '눈'을 속이기 위해 그르노블로 떠난 것처럼 가장하지만, 실제로는 하인들만 보내고 자신은 딸과 함께 단 둘이 카브리스 쪽으로 향한다. 그르누이는 경비병으로부터 부집정관이 그르노블로 떠나는 것을 보았다는 말을 듣고서도 이를 믿는 대신 자신의 후각이 감지하는 향기를 쫓아 그들이 간 곳을 찾아간다. 또한 로르를 쫓아간 그르누이가 그녀를 살해하고 냄새를 추출하기 위해 마구간에서 쉬고 있을 때, 그르누이를 '본' 리쉬는 그를 범인이라고 생각하지 못하지만, 그르누이는 향수를 이용해 리쉬를 안심시키고 자신의 목적을 달성한다.

　같은 시간에 그르누이는 마구간에 있는 잠자리에서 일어났다. 그도 자기 자신과 사태의 추이에 만족했고, 단 한순간도 눈을 붙이지 못했지만 기분은 극도로 상쾌했다. 리쉬가 그를 살펴보기 위해 마구간에 들렀을 때에는 잠을 자는 척했을 뿐이다. 사람들의 눈에 띄지 않게 해주는 향수 냄새로 인해 그가 풍기는 순진한 인상을 더 확실하게 만들기 위해서 그랬던 것이다. 리쉬가 그를 잘못 판단한 반면, 그는 리쉬를 후각을 통해 아주 정확하게 판단했다. 그는 자신을 본 리쉬가 안심했음을 알아차렸다.(272쪽)

한숨도 자지 못한 그르누이는 눈의 피로에도 불구하고 향수의 효과를 이용해, 즉 후각적으로 리쉬의 예리한 눈을 속인다. 이는 시각적인 리쉬에 대한 후각적인 그르누이의 승리를 보여준다.

이 작품에서 아름다운 여성은 모두 좋은 향기를 지닌다는 점에서 작가가 시각적인 코드에서 벗어나지 못하며 전통적인 편견을 고수하고 있다고 비난할 수 있을 지도 모른다. 그러나 이러한 묘사는 여전히 영향력을 행사하는 시각문화의 힘을 보여주려고 하기보다는 오히려 그것을 문제시하기 위해 도입된 것으로 볼 수 있다. 예를 들어 시각적인 리쉬는 그르누이가 사용한 향수에 도취되어 그가 살인마임을 보지 못한다. 반면 그르누이는 아름다운 소녀들의 모습에 전혀 영향을 받지 않고 묵묵히 자신이 의도한 일, 즉 향기 채취에만 몰두한다. 그가 자신이 노린 소녀들의 아름다운 모습 때문에 그들에게 성폭행을 가한다든지 아니면 최소한도의 심적 동요를 보이는 장면은 나타나지 않는다. 즉 그는 희생된 소녀들의 모습에 시각적으로 전혀 영향을 받지 않고 자신의 후각에만 의존하여 목적을 달성하는 것이다. 따라서 아름다운 여성이 좋은 향기를 지닌 것으로 묘사되는 것은 전통적인 편견을 재생산하려는 의도보다는 오히려 시각에 대한 후각의 우위를 보여주기 위한 의도에서 비롯된 것으로 간주할 수 있을 것이다.

이성적 감각인 시각의 힘으로 범인을 추리하고 범죄를 예방하고자 하는 리쉬의 시도는 본능적 감각인 후각의 힘으로 범행을 저지르는 그르누이에 의해 좌절된다. 따라서 탐정에 대한 범인의 승리는 추리소설의 패러디인 동시에 근대의 패배이기도 하다.

—후각의 로고스 비판과 향수의 시뮬라크르적인 세계

후각은 이 작품에서 단순히 시각에 뒤처지는 동물적인 본능을 대변하는 감각으로 묘사되지 않는다. 오히려 후각은 언어의 불충분함을 드러내며 로고스 비판적인 성격을 지닌다. 가령 사람들은 불이 타면서 생겨나는 것을 모두 연기라고 부르지만, 그것은 사실은 수백 가지의 냄새가 뒤섞여 타오르면서 매 분, 매 초마다 새롭게 혼합되어 하나의 냄새를 구성한다. 이러한 상이한 냄새들을 뭉뚱그려 연기라는 하나의 이름으로 부르는 것은 언어의 빈곤함과 냄새로 인지할 수 있는 세상의 풍요로움을 잘 보여준다.

탁월한 후각을 지닌 그르누이의 몸에서는 역설적이게도 아무런 냄새도 나지 않는다.[142] 그는 플롱 뒤 캉탈이라는 화산 꼭대기에 있는 동굴에서 내면적인 상상을 통해 온갖 냄새를 창조해내며 즐거움을 맛보기도 하지만, 어느 날 자신의 냄새에 질식하는 꿈을 꾸며 동굴을 떠나 하산한다. 낭만주의 예술가를 떠오르게 하는 동굴 장면에서 그르누이는 자신이 내적인 상상을 통해 만들어낸 냄새들이 자신을 질식시키고 있음을 깨닫는다. 그리하여 그는 내면세계에서 벗어나 현실이라는 외부세계로 떠난다. 그러나 이것이 작가가 낭만주의라는 환상의 세계에서 리얼리즘이라는 현실세계로 전환했음을 의미하지는 않는다. 왜냐하면 그는 자신이 만들어낸 향수를 이용해 자신에게 결여된 냄새를 만들어내고, 다른 사람들에게 그것이 마치 진짜 자신의 냄새인 것처럼 믿게 만들기 때문이다. 이로써 사람들이 맞부딪치게 되는 세계는 현실 자체가 아니라 향수에 의해 만들어진 가상세계다.

그르누이가 향수로 만들어낸 거짓 향기로 다른 사람들을 조종하고 허상의 세계에 가두는 것은 특히 그르누이의 처형 장면에서 절정에 달한다. 이제 사형장에 모인 사람들은 그가 자신의 몸에 뿌린 향수에 도취되어 살인자인 그를 진심으로 사랑하게 된다. 심지어 살인자인 그르누이에게 딸을 잃은 리쉬마저 그를 자신의 아들로 삼고 싶어하며 사랑에 빠진다.

---

142. 그르누이 자신은 아무런 체취도 나지 않기 때문에 자신의 냄새와 섞이지 않은 타인의 냄새에 더 집중할 수 있다는 해석도 가능하다.

일반적인 소설에서는 한 인간의 개성을 표현하기 위해 시각적인 묘사가 사용된다. 즉 인물의 얼굴이나 키, 그 밖의 생김새를 중심으로 그 사람의 특성이 표현된다. 그러나 『향수』에서는 인물의 개성이 그가 지닌 냄새에 의해 규정된다. 한 인물이 지닌 체취는 그 사람의 정체성 자체를 보여주는 것이다. 따라서 냄새가 결여되어 있다는 것은 개성, 즉 정체성이 결여되어 있음을 의미한다. 그런데 향수는 한 개인에게 존재하지 않는 냄새, 즉 정체성을 거짓으로 부여한다. 또한 개인이 지닌 고유한 냄새 역시 향수를 통해 복제될 수 있다면, 개개인이 지닌 체취로 대변되는 개성이라는 것 역시 사실은 환상에 불과하다는 것을 알 수 있다. 다른 사람들이 냄새가 결여된 그르누이의 본질을 깨닫지 못하고 그가 자신에게 뿌린 향수라는 가상의 세계만을 인지할 때, 이는 인간이 더이상 현실과 가상을 구분하지 못하며 총체적인 가상의 세계에 빠져 있음을 의미한다. 그르누이는 모든 것이 더이상 아무런 본질적인 깊이 없이 표면적인 가상에 머무는 세상에 환멸을 느끼며, 자기 육체를 부랑자들에게 갈기갈기 찢어 먹게 함으로써 자신의 정체성을 해체한다.

천사의 몸뚱이는 삽시간에 서른 조각으로 잘렸다. 이 부랑자 무리는 제각기 그걸 한 조각씩 움켜쥐고서, 황홀한 쾌감을 느끼며, 뒤로 물러나 먹기 시작했다. 반시간쯤 지나자 장 바티스트 그르누이는 흔적도 없이 사라져버렸다…… 그들 모두 약간 당혹스러워하며 서로의 눈길을 마주 보지 못했다. 여기 있는 사람들은 남자나 여자나 한 번쯤은 살인이나 다른 비열한 범죄를 저질러본 경험들이 있었다. 하지만 사람을 먹어치우다니? 자신들이 그런 끔찍한 일을 저지를 수 있으리라고는 단 한 번도 생각지 못했다. 그런데도 이토록 쉽게 그 일이 일어난 것에 대해 모두 놀라고 있었다. 그러나 당혹스러운 것은 사실이었지만, 조금도 죄책감이 들지 않는 것에 그들은 또 한 번 놀라고 있었다. 오히려 그 반대였다! ……이상할 정도로 당당한 기분이었다. 그들이 사랑에서 비롯된 행동을 하기는 이번이 처음이었던 것이다.(320쪽)

이 기괴한 식인 장면은 사실은 그르누이 스스로 의도한 것이었다. 그는 자신의 몸에 향수를 뿌려 부랑자들이 자신의 몸을 갈기갈기 찢어 먹어치우도록 유도한다. 여기에서 자신이 지닌 정체성의 허구성을 폭로하고 스스로를 해체시키고자 하는 그의 의도가 나타난다. 부랑자들이 그르누이를 먹는 식인 장면은 사실은 기독교의 성찬식에서 빵과 포도주를 먹는 장면에 바탕을 두고 있다. 왜냐하면 그들은 사람을 죽이고 먹으면서도 사랑의 행위를 하고 있다고 믿고 있으며, 더 나아가 이를 통해 구원받기를 갈망하기 때문이다. 그러나 그들이 그르누이를 신격화하며 그의 피와 살을 먹음으로써 신과 하나가 된다고 느끼는 종교적 체험은 환상에 지나지 않는다는 것이 밝혀지며 패러디된다. 이들은 그러한 종교적 일체감을 비웃으며 근대적인 자아를 해체하는 그르누이에게 조롱될 뿐이다.

3) '탈경계'와 '창조적 반복'으로 본 감각 담론: 마이네케의 『음악』
—음악 담론 속의 시각 담론: 규범적 시선의 해체와 시선의 탈경계화

토마스 마이네케는 1990년대 후반에 유행한 독일 팝문학의 대표적 작가 중 한 명이다. 그는 자신의 작품에서 젠더 담론, 인종 담론, 민족 담론과 같은 엘리트 담론과 패션이나 대중음악에 관한 담론인 팝 담론을 혼재시키며, 엘리트문화와 대중문화의 이분법적 구분을 지양한다. 또한 그는 패션이나 대중음악을 성정체성이나 인종 문제와 연결시킬 때, 남성 대 여성, 흑인 대 백인과 같은 이원적 대립구조를 고수하기보다는 오히려 이를 해체시키려고 노력한다. 가령 트랜스젠더의

복장도착은 패션을 통해 이성애적인 성정체성을 전복시키려는 시도를 나타낸다. 또한 테크노음악은 독일 밴드 크라프트베르크에 의해 생겨났지만, 대서양을 건너 미국 디트로이트에서 발전하여 다시 유럽에 역수출되어 영향을 미친다. 이로써 테크노음악은 특정 인종에 귀속될 수 없는 혼종적인 성격을 띤 음악장르로 설명된다.[143] 패션과 대중음악이 각각 시각문화 및 청각문화와 관련된다면, 마이네케는 이러한 두 영역에서 근대의 이분법적 사고를 비판하고 혼종성이라는 새로운 범주를 그 대안으로 제시하는 새로운 감각 담론을 창출하려고 시도한다.

마이네케의 소설 『음악Musik』(2004)에는 이렇다 할 줄거리가 없다. 마이네케는 거대서사를 지향하는 록음악적인 글쓰기에 반대하며, 시작과 끝이 없이 완만하게 진행되는 테크노음악적인 글쓰기를 추구한다.[144] 이 작품에서는 칸디스와 카롤이라는 남매가 주인공으로 등장해 화자의 역할을 맡는다. 작가인 누나 칸디스는 자신과 같은 날짜에 태어난 유명인사들, 즉 루트비히 1세와 2세, 로라 몽테, 레너드 번스타인, 클라우디아 쉬퍼, 클라라 보우, 루비 킬러라는 인물을 중심으로 소설을 쓰려고 준비하고 있다. 비행기승무원인 남동생 카롤은 남은 자투리 시간을 이용해 역시 'sweet,' 'hot,' 'cool' 같은 범주를 중심으로 미국 팝음악사를 새롭게 조망하는 책을 쓰려고 한다.[145] 『음악』은

---

143. 마이네케의 작품에서 패션과 테크노 음악에 나타난 혼종성에 대한 연구는 다음을 참조하시오: 정항균, 「혼종성의 미학—토마스 마이네케의 『바다색』 연구」, 『독일어문화권연구』 제21집(2012), 59~71쪽.

144. 같은 글, 69~70쪽 참조.

145. 이중에서 가장 중심적인 범주는 sweet이다. 카롤은 자신이 좋아하는 음악이 너무 sweet하기 때문에 음악 전문가들에 의해 부정적으로 평가받는다며, '달콤함'의 '정치적 명예'를 구하기 위해 책을 쓰려고 한다고 말한다. 또한 달콤함은 여성성과도 관련되기 때문에, 달콤함의 정치적 명예를 구하는 것은 곧 여성성에 대한 인식 전환 및 재평가와 연결될 수 있을 것이다.(Florecne Feiereisen, *Der Text als Soundtrack.*

이러한 과정에서 이들 남매가 주고받는 편지들과 이들이 참조하는 다양한 인용 텍스트들로 이루어져 있다. 이러한 편지와 인용 텍스트에서 다루어지는 주된 테마는 성정체성의 문제이다. 그리고 성정체성의 문제는 시선의 문제와 연결되어 언급되곤 한다.

카롤은 이성애자이지만 어릴 때부터 누나 칸디스와 자매처럼 자란다. 커서도 그에게는 이러한 여성성이 남아 있어 남자들 사이에 있으면 자신이 남자처럼 느껴지지 않는다. 'Karol'은 미국에서는 여자 이름으로 간주되며 '캐롤'로 발음되지만, 교황 요한 바오로 2세의 이름인 '카롤 보이티와Karol Wojtyla'의 경우처럼 남자 이름이 될 수도 있다. 또한 카롤은 남성으로서 여성적인 직업으로 간주되는 비행기 승무원으로 일하기도 한다. 이처럼 이미 인물의 이름이나 직업에서 작가 마이네케가 성정체성의 문제를 이 작품의 중심주제로 다루려고 함을 확인할 수 있다.

카롤의 직장동료인 애슐리의 말에 따르면, 사람들은 스스로를 지속적으로 '다른 사람의 눈'으로 바라본다. 여기서 다른 사람의 눈이란 사회적 합의를 가리키는데, 이는 사회에서 자명한 것으로 인정된 것이 결코 자연적인 것이 아니며 사실은 사람들 간의 합의에 기반을 둔 문화적 구성물임을 가리킨다. 예를 들면 '남성은 여성을 사랑하고, 여성은 남성을 사랑한다'는 생각에 기반을 둔 이성애는 결코 본질적이거나 자연적인 것이 아니라 사회의 관습과 규범을 거쳐 합의되고 구속력을 갖게 된 것에 불과하다는 것이다. 이러한 합의를 거쳐 이성애가 규범의 지위를 획득하게 되면, 이와 대립되는 동성애는 자연히 사

Der Autor als DJ. Postmoderne und postkoloniale Samples bei Thomas Meinecke, Würzburg, 2011, 149쪽 참조) 이 작품의 여주인공 이름인 '칸디스Kandis'는 독일어로 결정結晶 사탕을 의미한다. 따라서 그녀의 이름에서도 sweet라는 범주가 지닌 중요성이 암시된다.

회적 규범을 위협하는 반사회적, 반자연적인 것이 되고 만다.

그러나 원래 '다른hetero'이라는 의미를 내포한 'heterosexual'은 처음부터 '동성애homosexual'와 대립되는 개념은 아니었다. "기독교 초기부터 19세기까지 서양에서 섹슈얼리티는 결코 'heterosexual'과 'homosexual'로 구분된 것이 아니라, 정상적인 섹슈얼리티, 즉 번식을 위한 성관계와 'heterosexual' 즉 타락한 것으로 간주되는 모든 유희적 사랑으로 구분되었다."[146] 동성애라는 개념은 1869년에야 등장하였는데, 이 역시 유희적인 이성애와 마찬가지로 정상적인 성적 기호에서 벗어나는 변종적인 의미를 갖고 있었다. 그러나 교회의 영향력이 사라지면서 위의 개념들은 행위나 충동과 관련된 개념이 아니라 성관계를 맺는 파트너의 성과 관련된 개념으로 그 의미가 바뀌게 된다.(321쪽 참조) 이처럼 오늘날 자연스럽고 본질적인 것으로 간주되는 이성애는 결코 시대 초월적이고 보편타당한 규범이 아니었으며, 특정한 시대의 배경하에서 사회적 합의에 의해 통용된 규범이었다. 이러한 이성애의 규범에 의거한 시선은 거기서 배제된 섹슈얼리티를 비정상적인 것으로 폄하하고 억압하려 한다.

마이네케는 규범적인 '다른 사람의 눈'에 맞서 거기서 배제된 다른 시선들의 가능성을 생각한다. 이중 하나가 마를레네 디트리히가 보여준 '아이러니의 시선'이다. 디트리히는 자신이 출연한 영화에서 짙은 청색 바지정장을 입고 등장하는 등 복장도착적인 패션으로 자신에게 주어진 여성적 성정체성의 경계를 넘어서곤 한다. 디트리히는 사회의 관습과 규범에 예속되지 않은 특이한 여성으로서 남성성을 연출하며 성정체성의 경계를 수행적으로 넘어서는데, 카롤은 그녀가 지닌 아이

---

146. Thomas Meinecke, *Musik*(Frankfurt a. M., 2007), 321쪽.(이하 본문에 쪽수로 표시)

러니의 시선이 여기서 비롯되는 것으로 해석한다. 이때 아이러니의 시선이란 사회적으로 합의된 규범적 시선에 예속되지 않고 그것을 넘어서서 사태를 바라보는 것을 의미한다.

패션은 옷이 단순히 추위를 막아주는 실용적 기능을 넘어서 미학적 의미를 지니고 있음을 보여준다. 또한 패션은 미학적 의미를 넘어 옷을 일종의 시각적 기호로 만듦으로써, 성정체성이나 인종정체성 등의 문제가 논의될 수 있는 담론의 장이 되기도 한다. '옷을 어떻게 입는가'는 세상을 바라보는 '나'의 시점을 표현하는 동시에 그러한 나의 옷차림을 본 다른 사람들의 시선에 영향을 미치며 생각의 전환을 가져오기도 한다. 마이네케는 『톰보이Tomboy』(1998)나 『바다색Hellblau』(2001)에서 이미 복장도착적인 패션을 통한 규범적 성정체성의 해체 문제를 집중적으로 다룬 바 있다. 『톰보이』의 표지그림이 브래지어이고 『바다색』의 표지그림이 푸른색 원단인 것은, 마이네케의 작품에서 패션이 갖는 의미를 상징적으로 잘 보여준다. 흥미로운 것은 시각보다는 청각과 관련된 『음악』에서도 패션이 여전히 중요한 의미를 갖고 있다는 것이다. 물론 마이네케는 『바다색』에서 이미 테크노음악이 인간, 특히 여성을 시각적으로 대상화하여 표현하지 않음으로써 상대방을 대상화하는 주체의 시선에서 벗어날 수 있게 해준다고 말한다.[147] 그러나 『음악』은 테크노 음악 외에도 디스코, R&B 등 다양한 팝음악 장르를 다루면서 음악에 나타난 시각성의 문제에 몰두한다.

음악의 시각성과 관련하여 흥미로운 첫번째 현상은 '고딕 로리타 Gothic Lolita'이다. '고딕 로리타'는 고딕풍과 로리타 패션을 결합한 일본의 패션스타일이다. 『음악』에서는 고딕 로리타의 팬인 애슐리를 통해 이 패션스타일이 자세히 소개된다. 고딕 로리타풍의 패션을 따르

---

147. 정항균, 같은 글, 67쪽 참조.

자면, 빅토리아시대 분위기가 나는 주름이 있는 우아한 검은색 블라우스를 입되 하얀색 칼라와 하얀색 소매가 달리고 더 나아가 그 소매 끝에는 하얀색 레이스가 달려야 한다. 또한 주름치마는 무릎길이거나 그 위로 올라가야 하며, 검은색이나 흰색 머리띠를 착용하고 경우에 따라서는 양산을 쓰기도 한다. 흥미로운 것은 최초로 고딕 로리타 패션을 한 사람은 여성이 아닌 남성이라는 사실이다. 1992년에 결성된 J-Rock 밴드 말리스 미제르의 기타리스트인 마나는 이성애자임에도 불구하고 여성처럼 치장하고 행동한다. 이들의 음악팬은 단순히 듣는 것에만 집중하지 않으며 이들의 공연을 '보는 데' 몰두하게 되는데, 그 때문에 이러한 음악은 '비주얼 록'이라고 불리기도 한다. 원래 비주얼 록은 1970년대 초 영국에서 유행한 '글램 록'에서 유행하였다. 1960년대 후반의 주류 록에 대한 반발로 생겨난 글램 록의 남성뮤지션들은 여성스러운 화장과 반짝거리는 여성 의상을 입고 등장해 글램 록은 '글리터 록glitter rock'이라고도 불린다. 마크 볼런과 데이비드 보위가 이 글램 록 운동의 대표적인 뮤지션이다.[148] 애슐리는 글램 록에서 주로 여성성이 패러디되는 데 반해, 일본의 비주얼 록은 오히려 여성성에 대한 깊은 존경심을 보인다고 말한다. 비록 마나나 이자무 같은 일본 비주얼 록밴드 멤버가 이성애적인 관점을 견지하고 자신을 생물학적으로 남성으로 인식하더라도, 이들의 복장도착은 일본에서의 마초적인 남성관을 흔들어놓으며 규범적인 성정체성의 변화를 가져온다는 것이다. 특히 이러한 패션은 남성과 여성의 이분법적 대립이나 이성애와 동성애의 관계를 넘어서, 남성 또는 여성 내에 얼마나 다양한 모습들이 있는지 생각하게 한다. 이 때문에 카롤은 남성과

---

148. 글램 록에 대한 보다 자세한 설명은 다음을 참조하시오: http://de.wikipedia. org/wiki/Glam_Rock, 2013. 6. 1.

여성 간의 차이보다 남성들 간 내지 여성들 간의 차이가 더 중요할지 모른다고 말한다.

음악의 시각성과 관련하여 흥미로운 두번째 현상은 '캠프Camp'이다. "캠프란 모든 종류의 문화적 산물(영화, 음악, 문학, 조형예술, 패션, 화장 등)에 나타나는 양식적으로 과도하게 강조된 지각방식으로, 인위적이고 과장된 성격을 띤다."[149] 수전 손택에 따르면, 캠프는 양식을 강조하며 세상을 도덕적으로나 정치적으로가 아니라 미학적으로 바라보는 방식을 의미한다. 또한 캠프는 전통적인 진지함이나 그러한 감정과의 동일시를 조롱한다. 그 때문에 "캠프는 내용에 대한 양식의 승리, 도덕적인 것에 대한 미적인 것의 승리, 비극에 대한 반어의 승리를 나타낸다."[150]

버스비 버클리의 뮤지컬 영화 〈된장녀들Gold Diggers〉(1933)에서는 대공황 시기에 부유한 남자들과 결혼하는 여배우들의 이야기가 다루어진다. 멜로드라마적인 이 작품에서 여성의 신체가 자본이나 대상으로 다루어진다는 비판도 있지만, 제럴드 매스트는 "이 뮤지컬이 자신의 무가치성과 이러한 무가치성의 중요성을 선언한다"(212쪽)고 주장한다. 수전 손택 역시 이 작품이 내용보다 양식을, 도덕보다 미적인 것을 강조하고 있으며 감독이 의도하지 않은 캠프라고 말한다.[151]

물질주의적 성향을 지니며 부유한 남성의 경제력에 의존해 자신의

---

149. http://de.wikipedia.org/wiki/Camp_(Kunst), 2013. 1. 19.
150. Susan Sontag, *Kunst und Antikunst*(Frankfurt a. M., 2003), 335쪽. 수전 손택은 캠프를 현대의 댄디즘으로 부르는데, 이때 그 모델이 되는 것은 1960년대 뉴욕댄디즘이다. 이전의 댄디가 귀족주의적이고 저속한 것에 거리를 두었다면, 새로운 현대의 댄디는 이러한 저속한 것을 높이 평가하며 대중적이고 민주적인 정신을 드러낸다. 그래서 캠프는 대중문화시대의 댄디즘이라고 할 수 있다.(같은 책, 337~338쪽; Nadja Geer, *Sophistication. Zwischen Denkstil und Pose*, Göttingen, 2012, 125~127쪽 참조)
151. T. Meinecke, 212~213쪽; S. Sontag, 같은 책, 329쪽 참조.

소비욕구를 충족시키는 된장녀의 전형은 1925년에 발표된 아니타 루스의 소설에서 발견된다. 마이네케의 소설에서 언급되는 마돈나의 뮤직비디오 〈물질적인 여자Material Girl〉는 마릴린 먼로가 주연한 영화 〈신사는 금발을 좋아해Gentlemen Prefer Blondes〉(1953)에 나오는 "다이아몬드는 여성의 가장 좋은 친구야Diamonds Are a Girl's Best Friend"라는 곡을 인용했으며, 먼로의 영화는 다시 1925년에 발표된 아니타 루스의 동명소설로 거슬러올라간다. 영화 〈신사는 금발을 좋아해〉에서 로렐라이라는 인물로 나오는 먼로는 자신의 물질에 대한 욕망을 당당히 내세우며 그것이 아름다운 여성을 원하는 남성의 욕망과 마찬가지라며 이를 정당화한다. 뮤직비디오에서 마돈나 역시 온갖 선물로 자신에게 구애하는 남자들의 코러스에 둘러싸여 자신은 물질적인 세계에 살고 있는 '물질적인 여자'라고 외친다.[152] 그런데 이러한 '물질적인 여자'는 '페미니스트 캠프'로 간주될 수 있다. 〈신사는 금발을 좋아해〉는 미국의 경제 기적 시기에 만들어진 것이고, 〈물질적인 여자〉는 레이건 정부의 신자유주의 체제 때 만들어진 것이다. 이 소설에서 착취적인 자본주의 경제체제에서 일자리를 구걸하기는커녕, 전혀 일하지 않고 부유한 남자들의 돈으로 부자가 되는 '물질적인 여자'는 산업경제의 착취시스템을 다시 착취하고 있는 것으로 간주된다.

캠프는 과거에 주류문화에 있었지만 지금은 유행이 지나간 과거의 문화적 현상을 다시 복고적으로 살려내되, 그것의 영원한 가치를 주장하기보다는 오히려 그것에 반어적 거리를 둔다. 마이네케의 『음악』에 등장하는 카롤과 그의 동료 펠릭스는 "또한 정치적 공약을 전달하

---

152. 그러나 이 뮤직비디오의 마지막 부분에서 그녀를 흠모하던 제작자가 빈털터리를 가장하며 단지 꽃 한 송이로 여배우로 등장하는 마돈나의 마음을 훔쳐 낡은 트럭을 타고 데이트를 떠나는 장면에서, 그녀가 물질적인 가치관을 조롱하고 있음이 여실히 드러난다.

는 이전의 아방가르드적인 형식의 인용이 진보적으로 작용하는 경우는 드물다"(345쪽)며, "바로 그 때문에 캠프가 보수적으로 코드화된 것을 다시 새로운 맥락에서 반복하여 사용함으로써 오히려 진보적인 효과를 거둘 수 있다"(345쪽)고 말한다. 위의 예에서도 〈물질적인 여자〉에 등장하는 마돈나는 전통적인 '된장녀' 콘셉트를 차용하되 그것을 시각적으로 과장되고 인위적인 모습으로 연출함으로써 관람자가 반어적인 거리를 갖도록 만든다.

마이네케의 『음악』의 또다른 구절에서는 시시라는 애칭으로 잘 알려진 오스트리아-헝가리 이중제국의 엘리자베트 황후와 마돈나가 "스스로의 선택으로 아름답고 에로틱한 여성의 정형화된 모습과 과도하게 동일시함으로써, 전통적으로 타자에 의해 규정된 여성의 역할에서 해방되었으며 이러한 역할을 예기치 않은 측면, 즉 캠프에 의해 전복시켰다"(272쪽)는 언급도 나온다. 물론 이 소설은 이러한 주장의 타당성을 놓고 또다른 해석의 가능성도 열어놓고 있지만, 어쨌든 여기서도 캠프가 표현의 주체가 비판의 대상과 스스로를 과도하게 동일시하는 방식을 통해 반어적인 비판의 시선을 가능하게 한다는 사실을 확인할 수 있다.

마이네케는 보수적인 세계관을 비판하며 자신의 관점만을 진리로 내세우는 근대적인 시선에 대해 거리를 둔다. 그는 이 소설에서 캐서린 컨스터블의 니체 논문을 인용하면서, 진리란 환영幻影이며 모든 것이 필연적으로 거짓일 수밖에 없음을 강조한다. "주체가 여전히 가면, 허구적인 구성물인 반면, 그/그녀는 그/그녀의 진실을 구성하게 되는 반복의 패턴을 통해 창조된다. 이러한 시점적 진리는 주체 고유의 특별한 보는 방식이며, 객관성과 혼동되어서는 안 된다. 니체: 많은 종류의 눈이 있다. 스핑크스도 눈이 있다. 따라서 많은 진리들이 있다. 따라서 하나의 진리란 결코 존재하지 않는다."(204쪽) 진리에 대한 모든 주장은 사실은 그것을 내세우는 개인의 주관적 시점에 지나지 않으며 그래서 객관성을 요구할 수 없다. 그 때문에 하나의 사태를 바라보는 시선은 무수히 많을 수 있으며, 따라서 유일하게 타당한 진리란 존재하지 않는다는 것이다. 캠프의 반어적 시선 역시 이러한 맥락에서 이해될 수 있다. 그것은 자신을 자연적인 진리로 내세우는 '주체와 세계'라는 가면을 연극적인 과장된 연출을 통해 가면으로 폭로한다.[153] 이때 캠프는 보수적으로 코드화된 가면에 대립되는 새로운 가치를 본질로서 내세우는 것이 아니라, 그러한 가면을 새로운 맥락에서 사용함으로써 스스로 자신의 허구적 성격을 드러낼 수 있도록 만든다. 이를 통해 사회적으로 합의되고 통용되는 규범적 시선은 해체되며 그것이 그어놓은 좁은 경계를 뛰어넘어 생각할 수 있는 가능성이 열리게 된다.

—탈경계적 감각과 의미 개방성

마이네케의 소설 『톰보이』와 『바다색』에는 각각 브래지어와 옷의 천이 표지그림으로 등장한다. 이것은 시각문화와 관련하여 패션이 이 소설들의 중요한 테마임을 암시한다. 다른 한편 마이네케는 이 소설들에서 대중음악도 주요주제로 다룬다. 물론 크라흐트C. Kracht, 슈투크라트바레B. Stuckrad-Barre 등 1990년대 독일 팝문학 작가들도 음악과 패션을 중요한 주제로 다루기는 했지만, 이 경우 양자를 서로 분리해서 다룬다. 반면 마이네케의 작품에서는 음악과 패션이 긴밀한 연관을 맺으며 서로 교차하는 테마로 등장한다.

시각적인 것과 청각적인 것의 교차현상은 마이네케의 글쓰기 전략

---

153. 손택도 캠프의 연극적, 유희적 특성에 대해서 강조한다.(S. Sontag, 같은 책, 327쪽과 335~336쪽 참조)

에도 반영되어 있다. 마이네케는 타인의 텍스트를 인용한 경우를 제외하고는, 자신의 소설을 여러 개의 콤마로 짧게 끊어지는 명사나 구들이 나열된 문장으로 쓴다. 이러한 문장은 우리가 일상에서 사용하는 자연스러운 문장과는 거리가 멀며 인위적으로 구성된 문장임을 시각적으로 보여준다.[154] 다른 한편 이러한 문장은 단순히 눈으로 묵독하기 위한 것이 아니라 소리를 내서 읽기 위한 문장이기도 하다. 이처럼 짧게 끊어지는 리드미컬한 문장은 테크노 음악적인 요소를 글쓰기에 반영한 결과이다. 이처럼 마이네케는 문학과 음악의 이분법적 분리를 지양하고 문학에 내포된 음악적 요소를 적극적으로 활용하는 글쓰기를 추구한다.[155]

마이네케의 소설 『음악』의 표지에는 '감초젤리'가 그려져 있다. 단 것을 시각적으로 표현한 이 그림은 일차적으로 미각과 관련되겠지만, 그 모양이 또한 레코드판과 비슷하여 청각과의 관련성을 암시하기도 한다. 『음악』이라는 책의 제목을 레코드판이 아닌 레코드판을 연상시키는 감초젤리 그림으로 표현하였다는 것은 중요한 상징적 의미를 지닌다. 즉 여기서는 시각, 미각, 청각이 그 경계를 넘어서며 서로 연결되고 있는 것이다. 물론 이 소설의 표지그림은 일차적으로 시각적인 정보를 주므로 시각적인 것과만 관련된다는 반론도 있을 수 있다. 그러나 매체 생산적인 측면에서 시각적인 매체인 그림이 시각정보만을 제공하더라도, 매체 수용적인 측면에서 이 그림의 관찰자는 원칙적으로 모든 감각을 다 작동시킬 수 있다. 즉 그는 이 그림을 보고 감초젤리로 인식할 수도 있지만, 더 나아가 감초젤리의 맛을 연상하며 그 맛을 느끼거나 아니면 레코드판을 떠올리며 어떤 음악을 들을 수

---

154. 정항균, 「개방성, 탈경계 그리고 창조적 반복―포스트모던적인 팝문학으로서 마이네케의 『톰보이』 읽기」, 『카프카 연구』 제27집(2012), 91쪽 참조.
155. 같은 글, 86쪽 참조.

도 있다. 심지어 감초젤리가 녹았을 때의 끈끈한 촉각적 감정을 갖거나 그 냄새를 맡을 수도 있다. 이것은 수용자가 매체가 주는 외적인 자극을 받게 되더라도 그것에 의해 규정되지 않으며, 수용자의 의식은 자신이 살아온 삶의 상과 텍스트에 근거해 이러한 자극을 자신만의 방식으로 번역하며 이 경우 모든 감각을 다 활용할 수 있음을 의미한다. 이처럼 모든 매체의 수용, 심지어 단일매체의 수용마저 근본적으로 다중매체적 내지 상호매체적으로 이루어진다는 사실은 감각들의 경계가 자유롭게 열려 있으며 그것들이 공감각적으로 기능할 수 있음을 보여준다.[156]

이러한 탈경계적인 감각이 지닌 의미는 이 소설의 주인공인 카롤이 특히 'sweet'라는 개념을 음악과 연결시켜 미국 팝문학사를 살펴보겠다고 한 계획을 통해 보다 구체적으로 드러난다. 'sweet'라는 단어는 일차적으로 '달콤한'이라는 뜻을 지니며 미각과 관련되지만, 카롤은 자신이 계획하는 소설에서 이와 다른 감각차원에서 이 개념을 사용하고자 한다. 사전에서 찾아보면, 이 단어는 '달콤한, 단맛의'라는 의미 외에도 '감미로운,' '(재즈나 댄스음악에서) 규칙적인 박자로 연주되는'이나 '귀여운' 또는 '향긋한'과 같이 청각, 시각, 후각과 관련되는 의미를 지니기도 한다. 『음악』에서도 'sweet'라는 말은 다양한 맥락에서 사용된다. 카롤은 마이클 잭슨이 지나치게 크고 조야한 자신의 코를 작고 '귀여운sweet' 코로 바꾸기 위해 너무 많이 수술하다가 코가 거의 무너져버렸다고 말한다. 이때 'sweet'라는 말은 시각적인 범주와 관련된 의미를 지닌다. 또한 〈Sweet Mama〉, 〈Sweet

---

156. 매체를 수용하는 의식이 갖는 다중매체적 내지 상호매체적인 특성에 대해서는 다음 논문을 참조하시오: B. Scheffer, "Zur Intermedialität des Bewusstseins," *Intermedium Literatur. Beiträge zu einer Medientheorie der Literaturwissenschaft*, Roger Lüdeke/Erika Greber 엮음(Göttingen, 2004), 103~122쪽.

Dreams of Love〉, 〈Sweet Swing Blues on The Road〉, 〈Sweet Jazz O'Mine〉 등 노래 제목에 이 단어가 들어간 엄청나게 많은 곡이 이 작품에 열거되며, 'sweet'라는 단어가 지닌 청각적 의미가 강조된다. 그런데 이 단어가 갖는 의미는 감각의 영역마다 각각 상이하기는 하지만, 서로 연상되는 공통분모가 있다. 즉 '달콤한'(미각), '귀여운'(시각), '감미로운'(청각)이 불러일으키는 연상적 이미지는 비슷하며 그래서 한 감각차원에서 다른 감각차원으로의 이행에 연속성을 낳을 수 있다. 이 소설에서 음악 저널리스트이자 사회학자인 크리스티안 브로에킹은, 윈튼 마살리스가 보수적이며 아르마니 옷을 입고 다니는데 이를 그의 음악에서 들을 수 있는가라는 질문을 던진다. 이에 아프리카계 미국인 클라리넷 연주자인 돈 바이런은 음악가로서 노력한다면 자신의 가치를 음으로 전환시킬 수 있다고 대답한다. 감각의 차원에서 이를 풀이하자면, 아르마니 옷이 마살리스의 음악으로 전환되어 표현된 것이다. 오늘날 대중음악 가수들이 패션에 얼마나 많은 신경을 쓰며 그것을 그들의 음악에 맞추려고 애쓰는지 안다면, 시각적인 것과 청각적인 것의 이러한 경계 넘어서기는 더이상 놀라운 일이 아니다.

다른 한편 마이네케는 일반적으로 sweet한 것으로 간주되는 대상이 상황 맥락에 따라 전혀 다른 의미를 발생시킬 수 있음에 주목한다. 가령 사탕이나 꿀은 미각적 차원에서 sweet한 것으로 간주되지만, 이를 새로운 맥락에 집어넣으면 그것의 일반적 의미가 전도되기도 한다. 카롤은 중고앨범 가게에서 〈꿀Honey〉이라는 오하이오 플레이어스 밴드의 앨범을 구입한다. 앨범 커버에는 몸에 꿀을 바른 벌거벗은 여성이 오른손에 꿀단지를, 왼손에는 숟가락을 들고 꿀을 먹는 장면이 그려져 있다. 오하이오 플레이어스의 섹시하고 달달한 이 음악은 앨범제목과 표지사진을 통해 시각적으로 표현되고 미각적으로 암시된 것을 청각적으로 잘 전환시켜 들려주고 있다. 그런데 흥미로운 것은 카롤이 위의 표지사진 모델이 따뜻하게 데운 꿀 때문에 피부에 화상을 입었다는 소문이 있었음을 언급하고 있다는 사실이다. 물론 꿀의 달콤함과 정반대되는 끔찍한 화상은 꿀 자체보다는 가열에 의한 것이고 이마저 소문에 지나지 않지만, 어쨌든 여기서 꿀은 달콤함과 정반대되는 결과를 가져올 수 있는 것으로 언급되고 있다.

달콤한 초콜릿 역시 상황에 따라서는 위협적인 폭발력을 지닌 것으로 간주되기도 한다. 칸디스가 스크랩한 어느 기사에 따르면, 뮌헨 근처의 한 공장지대에서 페레로 회사의 버찌초콜릿 몽셰리에 사용되는 식품첨가제가 운송 도중 용기에서 흘러나와 소방차 열두 대와 사십 명의 소방대원이 출동했다는 것이다. 이 액체는 폭발성과 연소성이 강하고 심한 부식을 낳을 수 있는 위험한 용액으로 분류된다고 한다. 이는 달콤한 초콜릿 속에 그것과 정반대되는 강력한 폭발의 위험이 숨겨져 있음을 의미한다. 여기서도 초콜릿은 달콤한 맛이나 이로 인해 연상되는 사랑스러운 분위기 대신 파괴성의 위험한 이미지와 연결된다.

캔디와 꿀 같은 단것이 심지어 공포적인 상황을 연출할 수 있음은 버나드 로즈 감독의 영화 〈캔디맨Candyman〉(1992)에서 잘 나타난다. 이 영화는 도시의 전설에 대해 논문을 쓰는 두 여대생이 캔디맨 전설을 추적하는 이야기를 다루고 있다. 캔디맨 전설은 어느 부유한 백인의 딸을 그려달라는 부탁을 받은 한 흑인 예술가가 그녀와의 사랑에 빠지고, 이에 격분한 그녀의 아버지가 그 흑인 청년의 오른손을 톱으로 자른 후 온몸에 꿀을 발라 벌에 쏘여 죽게 했다는 내용이다. 그후 캔디맨은 아이들에게 면도날 조각이 섞인 단 것을 건네면서 사회에 보복한다. 여기서 '달콤한' 캔디나 꿀은 본래의 의미를 상실하며 생명을 위협하는 위험을 지시한다. 이로써 위의 대상이 지닌 원래 의미는 그것이 미각적 차원과 다른 맥락에 놓임으로써 전복되고 그와 정반대되는 의미를 산출할 수 있게 된다.

마이네케는 『음악』에서 "우리가 지닌 각각의 성의 수행은 결코 변화하는 자유로운 선택의 문제가 아니라, 우리를 구성하는 규범들의 항구적인 반복의 문제이다. 그러나 이처럼 반복되는 규범들은 재해석이나 재형성, 저항과 전복을 형성하는 재료가 되기도 한다"(287쪽)는 버틀러의 말을 인용한다. 이 말은 우리의 섹슈얼리티나 성은 우리가 자유롭게 선택하는 것이 아니라 사회적으로 합의된 규범들의 반복적 수행일 뿐이지만, 우리가 그러한 반복의 굴레에 운명적으로 내맡겨진 것은 아니며 그것을 새롭게 해석하여 기존의 규범에 저항하거나 심지어 그것을 전복시킬 수 있음을 의미한다. 이러한 버틀러의 해체주의적 페미니즘 이론을 sweet라는 단어 및 이와 연관된 대상의 해석과도 연결시킬 수 있다. sweet라는 단어는 미각적 차원에서의 달콤함이라는 의미에 국한되지 않고 감각의 경계를 넘어 시각적, 청각적, 후각적 의미로 그 의미를 확장시킬 수 있다. 이러한 감각차원의 이행이 가능한 것은 감각의 경계를 넘어서 여전히 거기에 공통적으로 연상되는 의미의 상이 존재하기 때문이다. 이러한 이행을 통해 sweet라는 단어는 다양한 의미를 펼쳐나갈 수 있게 된다. 또한 마이네케는 sweet라는 단어와 연결될 수 있는 다양한 대상(꿀, 초콜릿, 캔디)들을 재맥락화 내지 재코드화하여 미각차원과 연결된 기존의 의미를 전복시키거나 해체하며, 그것에 잠재된 새로운 의미의 가능성을 탐색한다.

이 소설에서 카롤이 미국 팝음악을 살펴보는 또다른 범주로 sweet 외에 hot과 cool이 있다. 'sweet'가 일차적으로 미각과 관련된 의미를 갖는다면, 'hot'과 'cool'은 촉각과 관련된 의미를 갖는다. hot과 cool이 갖는 일차적 의미를 음악적 차원과 연결시키면 음악장르를 나누는 기준이 되기도 하는데, 대표적인 예로 hot jazz와 cool jazz를 들 수 있다. 초기의 재즈에서 스윙을 거쳐 비밥에 이르기까지의 재즈는 즉흥적이고 열정적인 hot jazz로 분류될 수 있다. 그런데 1940년대 후반부터 지나치게 어렵고 빠른 템포의 현란한 연주를 하는 비밥에 대한 반성으로 보다 구성을 단순화하고 냉정하고 이지적으로 작업하는 cool jazz가 생겨난다.[157] 카롤도 쿨재즈를 "고상한 유럽 콘서트 음악으로부터 나온 미학적 성과를 거의 수학적으로 옮겨놓는 것을 통해, 학문적으로 교육받은 백인 음악가들이 반항적인 아프리카계 미국 비밥을 매끄럽게 각색하고 제어한 것"(64~65쪽)으로 이해한다. 따라서 hot jazz와 cool jazz라는 음악장르를 분류하는 범주로 사용되는 hot과 cool이 갖는 의미는 원래의 촉각영역에서 청각영역으로 옮겨지더라도 그대로 보존되고 있음을 알 수 있다. 이처럼 hot과 cool이라는 개념의 경우에도 감각영역의 경계를 초월한 단어 사용이 확인되고 있다. 이러한 탈경계적인 감각 간의 소통은 개별 감각의 의미 잠재력을 최대로 끌어내며 그것의 보다 폭넓은 사용을 가능하게 한다.

그런데 또 한 가지 흥미로운 사실은, hot과 cool이라는 단어가 맺고 있는 대립관계가 결코 항구적인 것이 아니라, 그것이 위치한 맥락에 따라 언제든지 달라질 수 있다는 것이다. hot이라는 단어가 시각적인 상황과 관련될 경우 그 반대말은 cool이 아니라 sweet가 될 수도 있다. hotpants라는 단어가 꽉 끼는 짧은 여성용 쇼트팬츠를 가리킨다면, sweetpants라는 단어는 이와 반대되는 긴 트레이닝복 바지를 지시한다. 즉 여기서 hot의 반대는 cool이 아니라 sweet인 것이다. 더 나아가 카롤은 자문하는 형식으로 만일 coolpants라는 말이 있다면, 그것이 짧은 바지를 가리킬 수 있을지, 그리고 그것이 이성애적으

---

157. 재즈의 특성과 발전에 대한 보다 자세한 설명은 다음을 참조하시오: https://de.wikipedia.org/wiki/Jazz, 2013. 6. 1.

로 코드화될지 생각해보기도 한다. 이로부터 카롤이 감각과 관련된 위의 단어들을 단순히 지각과 인지의 차원이 아닌 문화적 의미 차원에서 성찰하고 있음을 알 수 있다. 그는 'cool chick'과 'hot chick'이 모두 '멋지고 화끈한 여자'를 가리키는 말로 똑같이 성차별적인 의미를 지니며, 이 경우 hot과 cool에 반대되는 단어는 sweet가 될 것이라고 말한다.

구조주의적인 관점에 따르면 한 단어의 의미는 다른 단어들과의 관계에 의해서 정해진다. 가령 남자는 여자와 대립되는 개념으로서, 동물은 식물과 대립되는 개념으로서 그 의미를 획득한다. 그렇다면 위에서 살펴본 cool이나 hot과 같은 단어 역시 다른 단어들과의 관계 속에서 자신의 의미를 획득한다고 전제했을 때, 주목할 것은 그러한 관계가 항상 동일한 것이 아니라는 것이다. 위에서 살펴보았듯이 hot 은 촉각적, 청각적 차원에서 모두 cool과 대립되는 개념으로 사용되었지만, 시각적 차원에서는 cool과 동의어처럼 사용되며 sweet와 대립될 수도 있음을 보여주었다. 이로써 한 단어가 지니는 의미는 상황 맥락에 따라 달라지며 어떤 정해진 경계에 매여 있지 않음을 알 수 있다. 이처럼 특정 감각을 나타내는 단어는 감각들 간의 경계를 넘어서서 사용될 수 있을 뿐만 아니라, 더 나아가 그러한 감각영역 사이를 이동하는 가운데 또는 단순한 지각의 차원에서 문화적 의미 차원으로 넘어가는 가운데 정해진 의미의 경계를 넘어설 수 있는 잠재력을 지니고 있다.

위에서 살펴본 것처럼, 마이네케가 『음악』에서 펼쳐나가는 감각 담론은 포스트모더니즘 담론의 특성을 보여준다. 트럼펫 연주자 딕 서튼이 다른 연주자들과 함께 만든 앨범 〈프로그레시브 딕시랜드 Progressive Dixieland〉(1954)를 듣다가 카롤은 다음과 같은 생각을 하게 된다. "반복과 차이의 흥미로운 협력: 핫 재즈는 코넷 연주자이자 피아니스트인 빅스 바이더백의 때 이른 약속을 이행하며 이 앨범에서 쿨재즈로 나타난다. 당연한 것이다. 새로운 것이란 사실은 한 번도 새로운 적이 없었다. 오히려 이전의 것은 항상 새롭게 덧 쓰인다. 마치 우리의 정체성이 항구적으로, 늘 수행적으로 재구성되는 것처럼." (116쪽) 모든 것은 반복되지만, 이러한 반복은 항상 똑같은 반복이 아니며 새로운 것을 창조할 수 있는, 즉 차이를 만들어낼 수 있는 반복이다. 이러한 생각은 반복과 차이를 연결시킨 들뢰즈의 철학에 상응한다. "탈경계라는 현상은 창조적 반복과 긴밀한 연관을 갖는다. 그 자체로 규정될 수 없는, 즉 탈경계화된 차이 자체는 잠재성으로 존재하다가 '매번' 현실적으로 실현될 때(즉 반복될 때) 그것과 구분되는 모습을(즉 차이를) 드러낸다. 들뢰즈식으로 말하면 차이가 반복되고 반복이 차이를 낳는 것이다."[158] 사람들이 일반적으로 생각하는 것과 달리, 한 대상의 정체성은 결코 명확히 규정되어 있는 것이 아니며 언어적으로 정확히 포착될 수도 없다. 가령 꿀과 같은 단것은 일반적으로 미각적 차원에서 단맛에 의해 그 속성이 규정되지만, 경우에 따라 그러한 감각차원을 떠나면서 그와 상반되는 공포나 위험 등의 속성과 연결되기도 한다. 이에 따라 그러한 개념이 가리키는 대상은 명확히 규정될 수 없는 '차이 자체'라는 잠재성으로 존재하다가, 매 순간 그것이 상황적 맥락에 따라 현실에서 일어날 때, 즉 반복될 때 차이로서의 다양한 의미들을 만들어냄을 알 수 있다. 역으로 수행적인 차원에서 말하자면, 그러한 개념이 가리키는 의미를 규범적으로 코드화된 주어진 경계에서 끌어내어 그것에 잠재된 다양한 의미들을 창조해내는 것이 중요하다. 이를 통해 그러한 대상을 가리키는 단어의 반복은 탈경계적인 창조적 반복이 될 수 있을 것이다.

---

158. 정항균, 같은 글, 96쪽.

오늘날 여전히 시각문화가 다른 감각문화를 압도하며 지배적인 문화로 군림하고 있지만, 이에 맞선 공감각적인 문화의 발전도 도처에서 감지할 수 있다. 공감각적 사유는 시각적 사유 중심의 좁은 경계에서 벗어나 보다 폭넓고 자유로운 사고를 할 수 있도록 도와준다. 이 경우 공감각적 사유가 리오타르가 말하는 의미에서의 또다른 거대서사를 만들어내지 않도록 하는 것이 중요하다. 마이네케의 소설 『음악』은 다양한 감각들 간의 소통과 교류를 통해 감각들 사이의 경계를 넘어서며 공감각적 사유를 발전시킨다. 그러나 이러한 공감각적 사유는 하나의 거대서사를 발전시키고 총체적 진리를 추구하는 것이 아니라, 탈경계적 사유와 창조적 반복을 지향하는 것으로 나아간다. 바로 이 점에 이 작품의 현재성이 담겨 있다고 할 수 있을 것이다.

:: 수록문 출처

* 이 책에 실린 각 부의 일부 글은 저자의 다음 글을 부분적으로 수정·보완한 것이다.

제1부

「기술영상매체의 발전과 문자의 지위 변화—문자그림에서 문자영화까지」(실린 곳: 『"typEmotion"—문자학의 정립을 위하여』, 문학동네, 2012) 부분 인용.

「'깜박거리는 눈'의 유토피아 체험—막스 프리쉬의 『내 이름을 간텐바인이라고 하자』에 나타난 '시선'의 문제」(실린 곳: 『카프카 연구』 제20집, 2008) 편집 수정.

제2부

「가치와 놀이의 범주로 본 문자의 형식과 변화」(실린 곳: 『"typEmotion"—문자학의 정립을 위하여』, 2012) 부분 인용.

제3부

「문학에 나타난 의사의 시선」(실린 곳: 『독일어문화권 연구』 제20집, 2011) 편집 수정.

「Die Ästhetik der Kälte in *Die Klavierspielerin* von Elfriede Jelinek」(실린 곳: 『카프카 연구』 제17집, 2007) 독문 원고를 번역, 부분 인용.

「지질학자의 카드놀이—페터 한트케의 『생트빅투아르산의 교훈』에 나타난 시선과 놀이의 의미」(실린 곳: 『카프카 연구』 제21집, 2009).

「추리소설의 경계 변천 2」(실린 곳: 『뷔히너와 현대문학』 제26호, 2006) 편집 수정.

「탈경계와 공감각주의—마이네케의 『음악』에 나타난 감각담론 분석」(실린 곳: 『독일문학』 제127집, 2013) 편집 수정.

:: 참고문헌

국내

곰브리치, E. H., 『서양미술사 上』, 최민 옮김, 열화당, 1995.

권택영, 「현대 문명의 이면에 가려진 몸의 실존적 의미」, 무라카미 하루키, 『어둠의 저편』, 임홍빈 옮김, 문학사상사, 2008.

김누리, 『알레고리와 역사―귄터 그라스의 문학과 사상』, 민음사, 2003.

김동규, 『플로베르』, 건국대학교출판부, 1995.

김미정, 「가면 너머 얼굴 혹은 새로운 세계의 한 기원」, 은희경, 『그것은 꿈이었을까』, 문학동네, 2008.

김영하, 『엘리베이터에 낀 그 남자는 어떻게 되었나』, 문학과지성사, 1999.

김춘진 엮음, 『보르헤스』, 문학과지성사, 1996.

김태환, 『미로의 구조―카프카 소설에서의 자아와 타자』, 앎, 2008.

김화영, 『발자크와 플로베르』, 고려대학교출판부, 2002.

니체, 프리드리히, 『도덕의 계보학』, 홍성광 옮김, 연암서가, 2011.

데리다, 자크, 『그라마톨로지에 대하여』, 김웅권 옮김, 동문선, 2004.

데카르트, 르네, 『방법서설』, 이현복 옮김, 문예출판사, 2006.

데카르트, 르네, 『성찰』, 이현복 옮김, 문예출판사, 2006.

도즈, 에릭 R., 『그리스인들과 비이성적인 것』, 주은영·양호영 옮김, 까치, 2002.

들뢰즈, 질, 『니체와 철학』, 이경신 옮김, 민음사, 1998.

들뢰즈, 질/가타리, 펠릭스, 『천 개의 고원』, 김재인 옮김, 새물결, 2001.

랭어, 윌리엄 L., 『뉴턴에서 조지 오웰까지』, 박상익 옮김, 푸른역사, 2004.

레러, 조나, 『프루스트는 신경과학자였다』, 최애리·안시열 옮김, 지호, 2007.

레몽, 미셸, 『프랑스 현대소설사』, 김화영 옮김, 열음사, 1991.

마우러, 아먼드 A., 『중세철학』, 조홍만 옮김, 서광사, 2007.

맥루한, 마샬, 『구텐베르크 은하계』, 임상원 옮김, 커뮤니케이션북스, 2001.

메를로-퐁티, 모리스, 『눈과 마음―메를로-퐁티의 회화론』, 김정아 옮김, 마음산
책, 2008.

무라카미, 하루키, 『어둠의 저편』, 임홍빈 옮김, 문학사상사, 2008.

바따이유, 죠르주, 『에로스의 눈물』, 유기환 옮김, 문학과의식, 2002.

바따이유, 죠르쥬, 『에로티즘』, 조한경 옮김, 민음사, 1996.

박덕흠, 『에곤 실레―에로티시즘과 선 그리고 비틀림의 미학』, 재원, 2003.

박은주, 「『소송』에 나타난 권력과 법정세계」, 『카프카 연구』 제6집, 1998.

박정자, 『시선은 권력이다』, 기파랑, 2008.

박홍규, 『조지 오웰―자유, 자연, 반권력의 정신』, 이학사, 2003.

백지연, 「소설의 '비상구'는 어디인가」, 김영하, 『엘리베이터에 낀 그 남자는 어떻
게 되었나』, 문학과지성사, 1999.

변광배, 『존재와 무―자유를 위한 실존적 탐색』, 살림, 2007.

보르헤스, 호르헤 루이스, 『픽션들』, 황병하 옮김, 민음사, 1997.

뵈메, 하르트무트 외 편저, 『문학과 문화학』, 오성균 외 옮김, 한울, 2008.

브라이슨, 노먼, 「확장된 장에서의 응시」, 핼 포스터 엮음, 『시각과 시각성』, 최연
희 옮김, 경성대학교출판부, 2004.

사드, 도나티앙 알퐁소 프랑소아 드, 『규방철학』, 이충훈 옮김, 도서출판 b, 2008.

사라마구, 주제, 『눈먼 자들의 도시』, 정영목 옮김, 해냄, 2008.

사르트르, 장 폴, 『구토』, 방곤 옮김, 문예출판사, 2004.

서요성, 「포스트모더니즘 소설로서의 파트릭 쥐스킨트의 『향수』 연구」, 『독일문
학』 제88집, 2003.

셰익스피어, 윌리엄, 『셰익스피어 4대 비극』, 이태주 옮김, 범우사, 2002.

슈트라우스, 보토, 『커플들, 행인들』, 정항균 옮김, 을유문화사, 2008.

아이스킬로스/소포클레스, 『그리스 비극 1―아이스킬로스, 소포클레스 편』, 조우

현 외 옮김, 현암사, 2001.

아우구스티누스, 『고백록』, 김평옥 옮김, 범우사, 2002.

양태규, 『양철북―위선을 향한 냉소』, 살림, 2005.

양혜지, 「페터 한트케의 『생 빅트와르 산의 교훈』에 나타난 서술시학」, 서울대학
교 박사학위논문, 2001.

어윈, 로버트, 『이슬람 미술』, 황의갑 옮김, 예경, 2005.

오, 미셸, 『세잔―사과 하나로 시작된 현대 미술』, 이종인 옮김, 시공 디스커버리
총서, 2007.

오비디우스, 『변신 이야기 1, 2』, 이윤기 옮김, 민음사, 2005.

오웰, 조지, 『1984』, 정회성 옮김, 민음사, 2008.

에코, 움베르토, 『장미의 이름 상, 하』, 이윤기 옮김, 열린책들, 2004.

엠리히, 빌헬름, 『카프카를 읽다 1』, 편영수 옮김, 유로, 2005.

옹, 월터 J., 『구술문화와 문자문화』, 이기우/임명진, 문예출판사, 1996.

유기환, 『조르주 바타이유―저주의 몫, 에로티즘』, 살림, 2006.

은희경, 『그것은 꿈이었을까』, 문학동네, 2008.

은희경, 『새의 선물』, 문학동네, 2004.

이경직, 「플라톤과 데미우르고스―세계 설명과 세계 제작」, 『서양고전학 연구』
제16권, 2001.

이정우, 『시뮬라크르의 시대―들뢰즈와 사건의 철학』, 거름, 1999.

이종찬, 「근대 임상의학의 형성에 관한 두 가지 다른 역사적 해석」, 『의사학』 3권
2호, 1994.

이주동, 「'사냥꾼 그라쿠스'에 나타난 문명사의 비판과 작가의 사명」, 『카프카 연
구』 제10집, 2002.

임철규, 『그리스 비극』, 한길사, 2011.

임철규, 『눈의 역사 눈의 미학』, 한길사, 2006.

정재승, 진중권, 『크로스』, 웅진지식하우스, 2012.

정항균, 「개방성, 탈경계 그리고 창조적 반복―포스트모던적인 팝문학으로서 마이네케의 『톰보이』 읽기」, 『카프카 연구』 제27집, 2012.

정항균, 『므네모시네의 부활』, 뿌리와이파리, 2005.

정항균, 『시시포스와 그의 형제들―현대문학과 철학에 나타난 '반복' 모티브』, 을유문화사, 2009.

정항균, 「탐정의 시선에 대한 패러디―카프카의 『실종자』에 나타난 근대적 시선 비판」, 『카프카 연구』 제24집, 2010.

정항균, 「페터 한트케의 『반복』에 나타난 욕망과 반복의 미학」, 『뷔히너와 현대문학』 제25호, 2005.

정항균, 「포스트모더니즘 소설로서의 베른하르트의 『소멸』」, 『브레히트와 현대연극』 제12집, 2004.

정항균, 「혼종성의 미학―토마스 마이네케의 『바다색』 연구」, 『독일어문화권연구』 제21집, 2012.

정항균, 『"typEmotion"―문자학의 정립을 위하여』, 문학동네, 2012.

제이, 마틴, 「모더니티의 시각체제들」, 핼 포스터 엮음, 『시각과 시각성』, 최연희 옮김, 경성대학교출판부, 2004.

졸라, 에밀, 『실험소설 외』, 유기환 옮김, 책세상, 2007.

주은우, 『시각과 현대성』, 한나래, 2003.

지라르, 르네, 『폭력과 성스러움』, 김진식, 박무호 옮김, 민음사, 2003.

질송, 에티엔느, 『아우구스티누스 사상의 이해』, 김태규 옮김, 성균관대학교출판부, 2010.

짐멜, 게오르그, 『짐멜의 모더니티 읽기』, 김덕영, 윤미애 옮김, 새물결, 2006.

카네티, 엘리아스, 『군중과 권력』, 강두식·박병덕 옮김, 바다출판사, 2002.

캠벨, 조지프, 『신의 가면 1―원시신화』, 이진구 옮김, 까치, 2003.

커즈와일, 레이, 『특이점이 온다』, 김명남·장시형 옮김, 김영사, 2007.

파묵, 오르한, 『내 이름은 빨강 1, 2』, 이난아 옮김, 민음사, 2008.

폴슨, 낸시 케이슨, 『보르헤스와 거울의 유희』, 정경원 외 옮김, 태학사, 2002.

푸코, 미셸, 『광기의 역사』, 이규현 옮김, 나남출판, 2003.

푸코, 미셸, 『감시와 처벌—감옥의 역사』, 오생근 옮김, 나남출판, 2003.

푸코, 미셸, 『임상의학의 탄생』, 홍성민 옮김, 인간사랑, 1993.

플라톤, 『국가』, 박종현 옮김, 서광사, 2009.

플라톤, 『파이드로스』, 조대호 옮김, 문예출판사, 2008.

플로베르, 귀스타브: 『보바리 부인』, 박동혁 옮김, 하서, 1992.

피종호, 「라캉의 응시 이론과 재현의 전복」, 『카프카 연구』, 제29집, 2013.

해블록, 에릭 A., 『플라톤 서설』, 이명훈 옮김, 글항아리, 2011.

허영재, 「파트릭 쥐스킨트의 『향수』 연구—포스트모더니즘적 관점에서」, 『독일문학』 제71집, 1999.

국외

Anz, Thomas, *Literatur des Expressionismus*, Stuttgart, 2002.

Batailles, Georges, "Die Geschichte des Auges," G. Batailles, *Das obszöne Werk*, Reinbek bei Hamburg, 1977.

Baudrillard, Jean, *Der symbolische Tausch und Tod*, Berlin, 2005.

Benjamin, Walter, "Das Kunstwerk im Zeitalter seiner technischen Reproduzierbarkeit(zweite Fassung)," *Gesammelte Schriften. Bd I. 2. Abhandlungen*, Rolf Tiedemann/Hermann Schweppenhäuser(Hrsg.), Frankfurt a. M., 1980.

Benn, Gottfried, "Gehirne," G. Benn, *Prosa und Szenen. 2. Bd.*, Dieter Wellershoff(Hrsg.), Stuttgart, 1978.

Benn, Gottfried, *Gesammelte Werke I*, Dieter Wellershoff(Hrsg.), Wiesbaden, 1959-1961.

Beyerlen, Angelo, *Eine lustige Geschichte von Blinden usw. Schreibmaschinen-*

Zeitung Hamburg Nr 138, 1909.

Binczek, Natalie, "Der ärztliche Blick zwischen Wahrnehmung und Lektüre. Taktilität bei Gottfried Benn und Rainald Goetz," *Taktilität(Zeitschrift für Literaturwissenschaft und Linguistik)*, Ralf Schnell(Hrsg.), Stuttgart/Weimar, 2000.

Block, Iris, *'Dass der Mensch allein nicht das Ganze ist!' Versuche menschlicher Zweisamkeit im Werk Max Frischs*, Frankfurt a. M., 1998.

Blumenberg, Hans, *Die Lesbarkeit der Welt*, Frankfurt a. M., 1986.

Burkert, Walter, *Greek Religion: Archaic and Classical*, Cambridge, 1985.

Caltvedt, Les, "Handke's Grammatology: Structuralism, Poststructuralism, Reading and Writing in Die Wiederholung," *Seminar*, 1992.

Connell, Richard, *The most dangerous game*, 인간희극, 2009.

Derrida, Jacques, *Aufzeichnungen eines Blinden. Das Selbstporträt und andere Ruinen*, München, 2008.

Derrida, Jacques, "Die différance," *Randgänge der Philosophie*, Peter Engelmann(Hrsg.), Wien, 1999.

Derrida, Jacques, *Grammatologie*, Frankfurt a. M., 1983.

Diderot, Denis, "Brief über die Blinden. Zum Gebrauch für die Sehenden. Mit einem Nachtrag," *Philosophische Schriften Bd. 1*, D. Diderot, Berlin, 1961.

Die Bibel im heutigen Deutsch. Die Gute Nachricht des Alten und Neuen Testaments, Stuttgart, 1982.

Doktor, Thomas und Spies, Carla, *Gottfried Benn—Rainald Goetz. Medium Literatur zwischen Pathologie und Poetologie*, Opladen, 1997.

Emrich, Wilhelm, *Franz Kafka*, Königstein/Ts., 1981.

Esser, Albert, *Das Antlitz der Blindheit in der Antike*, Leiden, 1961.

Feiereisen, Florecne, *Der Text als Soundtrack. Der Autor als DJ. Postmoderne und postkoloniale Samples bei Thomas Meinecke*, Würzburg, 2011.

Flusser, Vilém, *Medienkultur*, Frankfurt a. M., 2005.

Foucault, Michel, *Die Ordnung der Dinge. Eine Archäologie der Humanwissenschaften*, Frankfurt a. M., 1974.

Freud, Sigmund, "Das Unheimliche," *Gesammelte Werke. 12 Bd. Werke aus den Jahren 1917-1920*, Anna Freud(Hrsg.), Frankfurt a. M., 1978.

Frisch, Max, *Mein Name sei Gantenbein*, Frankfurt a. M., 1975.

Frizen, Werner/Spancken, Marilies, *Das Parfum*, Oldenbourg, 1998.

Goodman, Nelson, *Sprachen der Kunst. Entwurf einer Symboltheorie*, Frankfurt a. M., 1997.

Handke, Peter, *Die Geschichte des Bleistifts*, Frankfurt a. M., 1985.

Handke, Peter, *Die Lehre der Sainte-Victoire*, Frankfurt a. M., 1984.

(von) Herder, Johann Gottfried, *Sämtliche Werke(VIII)*, Bernhard Suphan (Hrsg.), Berlin, 1877-1913.

Hiebel, Hans H., *Franz Kafka: Form und Bedeutung*, Würzburg, 1999.

Hoffmann, E. T. A., *Der Sandmann*, Stuttgart, 1991.

Geer, Nadja, *Sophistication. Zwischen Denkstil und Pose*, Göttingen, 2012.

Gessinger, Joachim, *Auge und Ohr. Studien zur Erforschung der Sprache am Menschen 1700-1850*, Berlin, 1994.

Goetz, Rainald, *Irre*, Frankfurt a. M., 1986.

Grass, Günter, *Die Blechtrommel*, München, 1994.

Imdahl, Max, *Bildautonomie und Wirklichkeit. Zur theoretischen Begründung moderner Malerei*, Mittenwald, 1981.

Jelinek, Elfriede, *Die Klavierspielerin*, Reinbek bei Hamburg, 2002.

Kafka, Franz, "Der Jäger Gracchus," F. Kafka, *Beschreibung eines Kampfs. Novellen, Skizzen, Aphorismen aus dem Nachlaß*, Frankfurt a. M., 1995.

Kafka, Franz, *Ein Landarzt und andere Drucke zu Lebzeiten*, Frankfurt. a. M., 2004.

Kandinsky, Wassilij, "Rückblicke," *Sturmbuch*, Berlin, 1913.

Karpenstein-Eßbach, Christa, *Einführung in die Kulturwissenschaft der Medien*, Paderborn, 2004.

Keel, Othmar/Uehlinger, Christoph, *Gods, Goddesses and Images of God in Ancient Israel*, Minneapolis, 1998.

Kittler, Friedrich, *Aufschreibesysteme 1800~1900*, München, 2003.

Kittler, Friedrich, *Grammophon, Film, Typewriter*, Berlin, 1986.

Kittler, Friedrich, *Optische Medien. Berliner Vorlesunn 1999*, Berlin, 2002.

Kloock, Daniela/Spahr, Angela, *Medientheorien*, München, 2007.

Knapp, Gerhard P. "Noch einmal: Das Spiel mit der Identität. Zu Max Frischs Montauk," *Max Frisch. Aspekte des Prosawerks*, G. P. Knapp(Hrsg.), Bern, 1978.

Krüger, Hans-Peter, *Zwischen Lachen und Weinen. Band I: Das Spektrum menschlicher Phänomene*, Berlin, 1999.

Kurz, Gerhard, *Traum-Schrecken. Kafkas literarische Existenzanalyse*, Stuttgart, 1980.

Lacan, Jacques, *Die vier Grundbegriffe der Psychoanalyse. Das Seminar Buch XI*, Weinheim/Berlin, 1996.

(von) Larisch, Rudolf, *Unterricht in ornamentaler Schrift*, Wien, 1922.

Leisegang, Gertrud, *Descartes Dioptrik*, Meisenheim am Glan, 1954.

Lessing, Gotthold Ephraim, *Werke. 6. Bd. Kunsttheoretische und kunsthistorische Schriften*, Darmstadt, 1996.

Locke, John, *An Essay Concerning Human Understanding*, Oxford, 1975.

Lubich, Frederick A., *Max Frisch: "Stiller," "Homo Faber" und "Mein Name sei*

Gantenbein,* München, 1996.

Lyotard, Jean-François, "Beantwortung der Frage: Was ist postmodern?,"
Wege aus der Moderne. Schlüsseltexte der Postmoderne-Diskussion, Wolfgang
Welsch(Hrsg.), Weinheim, 1988.

Manovich, Lev, "Illusion nach der Fotografie: Wie sich Wirklichkeit in
digitalen Medien darstellt," *Image—images: Positionen zur zeitgenössischen
Fotografie*, Tamara Horáková u.a.(Hrsg.), Wien, 2001.

Meinecke, Thomas, *Musik*, Frankfurt a. M., 2007.

Mendelssohn, Moses, "Briefe über die Empfindungen," *Schriften zu
Psychologie und Ästhetik. 11. Brief, Band 2*, Moritz Brasch(Hrsg.), Leipzig,
1880.

Merkle, Harry, *Die künstlichen Blinden. Blinde Figuren in Texten sehender
Autoren*, Würzburg, 2000.

Moll, Andreas, *Text und Bild bei Rolf Dieter Brinkmann*, Frankfurt a. M., 2006.

Nägele, Rainer, "Auf der Suche nach dem verlorenen Paradies. Versuch einer
Interpretation zu Kafkas *Der Jäger Gracchus*," *The German Quarterly 47*,
1974.

Nietzsche, *Also sprach Zarathustra*, Stuttgart, 1995.

Friedrich, Nietzsche, *Briefwechsel. Kritische Gesamtausgabe III-1.*, Giorgio
Colli/Mazzino Montinari(Hrsg.), Berlin, 1975-1984.

Nietzsche, Friedrich, *Die nachgelassenen Fragmente*, Stuttgart, 1996.

Nietzsche, Friedrich, "Dionysos-Dithyramben," *Kritische Studienausgabe* in 15
Einzelbänden. Bd. 6, Giorgio Colli/Mazzino Montinari(Hrsg.), München,
1999.

Nonnenmacher, Kai, *Das schwarze Licht der Moderne. Zur Ästhetikgeschichte
der Blindheit*, Tübingen, 2006.

Orwell, George, *The Collected Essays, Letters and Journalism of George Orwell,* *Bd. 4,* Sonia Orwell/Ian Angus(Hrsg.), Penguin Books, 1970.

Packard, Stephan, *Anatomie des Comics,* Göttingen, 2006.

Preiß, Martin, "......*Dass es diese Wirklichkeit nicht gäbe". Gottfried Benns Rönne-Novellen als Autonomieprogramm,* St. Ingbert, 1999.

Purekevich, Renata, *Dr. med. Gottfried Benn. Aus anderer Sicht,* Frankfurt a. M., 1976.

Ryan, Judith, "Pastiche und Postmoderne. Patrick Süskinds Roman *Das Parfum,*" *Spätmoderne und Postmoderne. Beiträge zur deutschsprachigen Gegenwartsliteratur,* Paul Michael Lützeler(Hrsg.), Frankfurt a. M., 1991.

Sarasin, Philipp, *Michel Foucault. Zur Einführung,* Hamburg, 2005.

Sartre, Jean-Paul, *Das Sein und das Nichts. Versuch einer phänomenologischen Ontologie,* Hamburg, 1952.

Schlegel, August Wilhelm, *Kritische Schriften und Briefe(II),* Edgar Lohner (Hrsg.), Stuttgart u. a., 1962-1967.

Schmidt, Siegfried J., "Gedächtnis—Erzählen—Identität," *Mnemosyne. Formen und Funktionen der kulturellen Erinnerung,* Aleida Assmann/Dietrich Harth(Hrsg.), Frankfurt a. M., 1991.

Scheffer, Bernd, "Am Rande der buchstäblichen Zeichen. Zur Lesbarkeit/ Unlesbarkeit der (Medien-)Welt," *KulturPoetik* 2권, Göttingen, 2002.

Scheffer, Bernd, "Zur Intermedialität des Bewusstseins," *Intermedium Literatur. Beiträge zu einer Medientheorie der Literaturwissenschaft.* Roger Lüdeke/Erika Greber(Hrsg.), Göttingen, 2004.

Sontag, Susan, "Anmerkungen zu Camp," *Kunst und Antikunst,* Frankfurt a. M., 2003.

Strauß, Botho, *Schlußchor,* München, 1996.

Süskind, Patrick, *Das Parfum. Die Geschichte eines Mörders*, Zürich, 1985.

Tag, John, *The burden of representation. Essays on Photographies and Histories*, Minneapolis, 1995.

Utz, Peter, *Das Auge und das Ohr im Text. Literarische Sinneswahrnehmung in der Goethezeit*, München, 1990.

Utz, Peter, ">Es werde Licht!< Die Blindheit als Schatten der Aufklärung bei Diderot und Hölderin," *Der ganze Mensch. Anthropologie und Literatur im 18. Jahrhundert*, Hans Jürgen Schings(Hrsg.), Stuttgart, 1994.

Vis, Veronika, *Darstellung und Manifestation von Weiblichkeit in der Prosa Elfriede Jelineks*, Frankfurt a. M., 1998.

Vollmer, Michael, *Das gerechte Spiel. Sprache und Individualität bei Friedrich Nietzsche und Peter Handke*, Würzburg, 1995.

Wetzel, Michael, ">Ein Auge zuviel<. Derridas Urszenen des Ästhetischen," *Aufzeichnungen eines Blinden*, J. Derrida, München, 2008.

Welsch, Wolfgang, *Grenzgänge der Ästhetik*, Stuttgart, 1996.

Wohlfart, Günter, *Artisten-Metaphysik*, Würzburg, 1991.

Wohlfart, Günter, "Wille zur Macht und ewige Wiederkunft: die zwei Gesichter des Aion. Nachwort," *Die nachgelassenen Fragmente*, F. Nietzsche, Stuttgart, 1996.

Wuthenow, Ralph-Rainer, *Diderot zur Einführung*, Hamburg, 1994.

Zaehner, Robert Charles, *Mysticism: Sacred and Profane*, Oxford, 1967.

인터넷 사이트

http://de.wikipedia.org/wiki/Camp_(Kunst), 2013. 1. 19.

http://news.mk.co.kr/newsRead.php?year=2013&no=122717, 2013. 3. 2.

http://news.hankooki.com/lpage/opinion/200810/h20081013111151101510.

htm, 2013. 3. 2.

https://de.wikipedia.org/wiki/Jazz, 2013. 6. 1.

http://de.wikipedia.org/wiki/Glam_Rock, 2013. 6. 1.

용어 및 명칭

STUDIUM
스투디움 총서 07

메두사의 저주—시각의 문학사

초판 인쇄 2014년 6월 18일
초판 발행 2014년 6월 30일

지은이 정항균 | 펴낸이 강병선
기획 고원효 | 책임편집 송지선 | 편집 허정은 김영옥 고원효
디자인 김현우 최미영 | 마케팅 정민호 이연실 정현민 지문희 김주원
온라인 마케팅 김희숙 김상만 한수진 이천희
제작 강신은 김동욱 임현식 | 제작처 영신사

펴낸곳 (주)문학동네
출판등록 1993년 10월 22일 제406-2003-000045호
주소 413-120 경기도 파주시 회동길 210
전자우편 editor@munhak.com | 대표전화 031)955-8888 | 팩스 031)955-8855
문의전화 031)955-1933(마케팅), 031)955-2686(편집)
문학동네카페 http://cafe.naver.com/mhdn
홈페이지 http://www.munhak.com

ISBN 978-89-546-2513-5 93800

* 이 저서는 2009년 정부재원(교육부)으로 한국연구재단의 지원을 받아 연구되었습니다
(NRF-2009-812-A00153).

이 도서의 국립중앙도서관 출판시도서목록(CIP)은
e-CIP 홈페이지(http://www.nl.go.kr/ecip)와
국가자료공동목록시스템(http://www.nl.go.kr/kolisnet)에서 이용하실 수 있습니다.
(CIP 제어번호: CIP2014018068)

www.munhak.com